Mia Löw

Das Haus der verlorenen Wünsche

W0395973

PIPER

Zu diesem Buch

Die Welt der 25-jährigen Hamburgerin Tessa bricht von einem Tag auf den anderen durch eine grauenhafte Tat völlig zusammen: In einem Streit tötet ihr Vater die Mutter – und hüllt sich fortan in Schweigen. Tessa steht mit ihrem Schmerz und ihren ungeklärten Fragen ganz alleine da. Um selber Klarheit in ihre Familientragödie zu bringen, flüchtet sie nach Schottland, in jenes Hotel, in dem ihre Mutter ihre letzten Wochen vor der Rückkehr nach Deutschland verbracht hatte. Die Gegend ist Tessa bekannt, als 15-Jährige verbrachte sie im dortigen Internat ein Schuljahr und verliebte sich unsterblich in ihren Mitschüler Hamish. Doch als sie wieder nach Hamburg zurückkehrte, brach der Kontakt ab.

Im Hotel erweckt das Gemälde einer schottischen Adligen ganz besonders Tessas Aufmerksamkeit – denn merkwürdigerweise ist sie Tessa selbst wie aus dem Gesicht geschnitten. Ein sehr charmanter Nachfahre dieser Dame ist bereit, ihr über seine Familie Auskunft zu geben, doch da taucht auf einmal Hamish auf und verbietet ihr aus Eifersucht den Kontakt. Als dann auch noch aus heiterem Himmel Tessas Konten geräumt sind, glaubt sie vollkommen den Boden unter den Füßen zu verlieren. Doch dann kommt sie tatsächlich dem Geheimnis ihrer Mutter auf die Spur. Und dem der schottischen Adligen …

Mia Löw hat Germanistik und Journalistik studiert, als Redakteurin bei einer Frauenzeitung und als Pressesprecherin gearbeitet. Heute schreibt sie erfolgreich Drehbücher und lebt mit ihren Kindern und einem Hund in Hamburg. »Das Haus der verlorenen Wünsche« ist ihr erster Roman.

Mia Löw

Das Haus der verlorenen Wünsche

Roman

Piper München Zürich

Mehr über unsere Autoren und Bücher:
www.piper.de

MIX
Papier aus verantwortungsvollen Quellen
FSC® C014496
FSC www.fsc.org

Originalausgabe
Januar 2014

Umschlaggestaltung: Johannes Wiebel | punchdesign, unter Verwendung eines Motivs von Shutterstock
Umschlagmotiv: Patrick Wang/Shutterstock (Haus)
Satz: Greiner & Reichel, Köln
Gesetzt aus der Minion
Papier: Pamo Super von Arctic Paper Mochenwangen GmbH, Deutschland
Druck und Bindung: GGP Media GmbH, Pößneck
Printed in Germany ISBN 978-3-492-30396-5

Dornie, November 1916

Ein jämmerliches Wimmern drang an das Ohr der halb nackten jungen Frau, die über den Kieselstrand rannte, als wäre der Teufel hinter ihr her. Ihr Äußeres ließ keinen Zweifel daran aufkommen, dass ihr schreckliches Leid widerfahren war. Ihre Haut war aschfahl, ihre Beine blutverschmiert, und das strähnige Haar hing ihr wirr ins Gesicht. Sie blieb kurz stehen und lauschte, weil sie dieses vertraute Geräusch vernommen hatte, das sofort wieder verstummt war. Oder hatte sie es sich nur eingebildet? Nach alledem, was sie durchgemacht hatte, wäre es kein Wunder wenn sie einen Säugling weinen hörte, wo gar keiner sein konnte. War es nur das Heulen des Windes gewesen? Schließlich fegte ein heftiger Sturm von Westen mit aller Kraft in die Bucht. Das Wasser des Loch Duich war aufgewühlt, und die Schaumkronen führten wilde Tänze auf. Ein eiskalter Schauer durchfuhr die junge Frau, denn sie war barfuß und nur mit einem Nachthemd bekleidet aus dem Haus der Hebamme geflüchtet. Erst hatte sie gar nicht gespürt, dass der Wind ihre nackten Arme und Beine streifte, doch inzwischen klapperten ihre Zähne vor Kälte unkontrolliert aufeinander. Sie wollte hastig weitereilen – da war es mit einem Mal wieder. Sie hielt den Atem an und lauschte. Vorsichtig näherte sie sich dem Gebüsch. Nun schwoll das Wimmern an. Ihr Herz klopfte ihr bis zum Hals. Das war keine Einbildung. Ganz in der Nähe schrie ein Baby. Genauso hatte das arme Geschöpf geklungen, das sie vor ein paar Stunden auf die Welt gebracht und das der Herr ihr gleich wieder genommen hatte. Das war die Strafe gewesen für die große Schuld, die sie auf sich geladen hatte. Sie umrundete das Buschwerk, und da sah sie ihn eingewickelt in ein Plaid auf dem Boden liegen: einen Säugling, der kaum älter als ein paar Stunden sein konnte. Er war viel zarter als das Kind, das sie geboren hatte. Diese Zartheit stand in krassem Gegensatz zu den weit aufgerissenen Augen des Säuglings, die fordernd in die Welt blickten. Eiskalter Zorn stieg in ihr auf. Warum lebte dieses Kind, während ihres hatte sterben müssen? Dennoch verspürte sie den Impuls, es hochzuheben, in den Arm zu nehmen und zu wärmen, aber ihre Wut verbot ihr diesen mütterlichen Reflex. Soll es doch verrecken, schoss es der jungen Frau durch den Kopf, während ihre Hand bereits nach dem kleinen Körper griff. Sie konnte gar nichts dagegen tun. Schon hatte sie das schreiende Bündel Mensch im Arm und sprach beruhigend auf das Kind ein. *Pscht! Pscht. Nicht weinen! Ich bin doch da, mein Lieb!* Sie war erstaunt, als das Baby tatsächlich verstummte. Zärtlich betrachtete sie das Gesicht des Kindes. Es ist ein Mädchen, ging ihr durch den Kopf, es muss ein Mädchen sein, so zart wie sie ist. Und sie hat eine uralte Seele. Man kann erkennen, wie sie als Greisin aussehen wird. Aus ihren Augen spricht Weisheit, jetzt, wo sie sich beruhigt hat. Auch wenn das kleine Gesichtchen zerknautscht ist, dieses Geschöpf besitzt wenigstens ein Gesicht, musste sie seufzend zugeben. Im Gegensatz zu ihrem Sohn! Ein erneuter eiskalter Schauer durchfuhr sie, während sie an den Albtraum dachte, den sie kurz zuvor erlitten hatte. Der Entsetzensschrei der Hebamme dröhnte noch immer in ihren Ohren. *Nein, oh nein*, hatte die kräftige Person, die bestimmt nicht leicht zu schockieren war, in einem fort geschrien. Und nach einer Pause, in der sie laut nach Luft geschnappt hatte, erneut: *Nein, oh, nein!* Dann hatte sie das Kind fluchend in eine Decke gewickelt. Der Säugling hatte laut gebrüllt, aber nur kurz. Nur einen einzigen herzzerreißenden Schrei. Danach war alles still gewesen. Die junge Mutter hatte das nicht begreifen wollen. Warum hatte die Hebamme dem Kind die Decke über den Kopf gezogen? Sie würde das Kind die Mutter des Kindes mit aller Macht. Wie hatte sie das nur übers Herz bringen können? Ein Kind in Sturm und Kälte auszusetzen. Wer machte so etwas? Und vor allem, wer konnte schon verzweifelter gewesen sein als sie selbst? Nicht eine Sekunde wäre ihr so etwas Schreckliches in den Sinn gekommen … Die junge Frau hielt den Atem an. Sie mochte den Gedanken gar nicht zu Ende führen. Hatte sie nicht sogar mit dem Gedanken gespielt, sich etwas anzutun, gleich nachdem sie von der Schwangerschaft erfahren hatte? Sie hätte das Kind mit in den Tod gerissen. Vielleicht wäre es besser so gewesen, dachte sie, während ein Beben durch ihren Körper lief, dann hätte ich niemals erfahren, dass ich ein Monster auf die Welt gebracht habe.

Die junge Frau war froh, als vor ihr endlich die bunten Häuser von Dornie auftauchten. Mit gesenktem Kopf eilte sie durch das Dorf, getrieben von der Sorge, es könne ihr womöglich jemand zu diesem Kind gratulieren. Oder man würde sie gleich für verrückt erklären, weil sie bei Sturm im Nachtzeug herumrannte. Außer Atem erreichte sie das Haus der Hebamme. Ihre Knie zitterten. Lange würde sie sich nicht mehr auf den Beinen halten können. Die Hebamme starrte abwechselnd das Kind und dann sie an. Die junge Frau wollte ihr alles erklären, da spürte sie, wie ihr schwarz vor Augen wurde. Doch sie hielt das Kind nur noch fester. Ich gebe es nie wieder her. Es gehört mir, war ihr letzter Gedanke, bevor sie das Bewusstsein verlor.

St. Andrews, Juni 2012

Seit Teresa, die von allen nur Tessa genannt wurde, in Edinburgh gelandet war, hatte sie das Gefühl, endlich wieder nach Hause zu kommen. Auch auf dem Weg nach St. Andrews kam es ihr so vor, als wäre die Zeit stehen geblieben. Dabei schien eine halbe Ewigkeit vergangen zu sein, seit sie ihr neuntes Schuljahr in dem schottischen Internat verbracht hatte. Sie musste kurz nachrechnen. Sie war fünfzehn gewesen. Dann war es jetzt elf lange Jahre her, und doch kam ihr dieser Flecken Erde so vertraut vor, als hätte sie ihn gestern erst verlassen. Sie erinnerte sich, wie sie damals die Entscheidung für Schottland gefällt hatte, nachdem sie monatelang Erkundigungen über mögliche Schulen eingezogen hatte. Nicht nur das Land, sondern auch die St. Leonards School hatten sie magisch angezogen. Mit den Worten »Diese und keine andere!« hatte sie ihren Eltern damals die Internetseite präsentiert. Tessa erinnerte noch genau, wie verbissen ihre Mutter gegen St. Andrews gewettert hatte. Ja, sie hatte ihr sogar ein Pferd versprochen, wenn sie sich stattdessen für ein englisches Internat entscheiden würde. Tessa vermutete, dass ihre Mutter für England plädierte, weil sie selbst nach ihrem Abitur in einem Hotel in Brighton gearbeitet hatte. Aber Tessa konnte mindestens ebenso stur sein wie ihre Mutter. Von der hatte sie es geerbt, gegen alle Widerstände das zu erkämpfen, was sie sich in den Kopf gesetzt hatte. Und vom traditionsreichen St. Leonards war sie fasziniert. Der erbitterte Widerstand ihrer Mutter hatte sie eher beflügelt, ihren Willen durchzusetzen. Sie hatte alle möglichen Tricks angewandt, um ihren Vater auf ihre Seite zu ziehen. Sie hatte ihn mit Informationen über das Internat zugeschüttet in der Hoffnung, dass auch ihn die altehrwürdige Schule schwer beeindrucken würde. Ihr Plan ging auf, und als die *Sunday Times* St. Leonards auch noch zur »Scottish Independent School of the Year« ernannte, hatte sie den Kampf um ihr Auslandsschuljahr gewonnen. Ihre Mutter war damals sehr wütend gewesen. Bei dem Gedanken an ihre Mutter bekam Tessa feuchte Augen. Sie durfte überhaupt nicht an den schrecklichen Albtraum denken. Auf einen Schlag hatte sie die beiden liebsten Menschen verloren. Charlotte und Paul, wie Tessa ihre Eltern nannte. Wenn sie bloß endlich verstehen könnte, was Paul zu dieser Wahnsinnstat getrieben hatte. Sie kannte ihn zeitlebens als einen besonnenen, eher ruhigen Mann. Eine Träne rollte ihr über die Wange. Warum wollte er sie partout nicht sehen? Konnte er sich nicht vorstellen, wie grausam das alles für sie war? Es war schlimm genug, dass ihre Mutter tot war, aber weshalb durfte sie ihn nicht besuchen? Glaubte er, dass sie ihn für seine Tat hassen und ihn nur besuchen würde, um ihm ins Gesicht zu schreien, wie sehr sie ihn verachtete? Und das, obwohl sie ihn in ihren Briefen beschworen hatte, ihr einfach nur die Wahrheit zu sagen. Sie hatte ihm versichert, sie werde ihn nicht vorverurteilen. Warum hatte er ihr trotz allem durch seinen Anwalt ausrichten lassen, dass er keinen Kontakt zu ihr wünschte? Hatte sie nicht ein Recht darauf zu erfahren, was ihn zu diesem Irrsinn getrieben hatte? Wenn er ihr wenigstens schreiben würde! Ihre Briefe waren alle ungeöffnet zurückgekommen. Sie hatte sogar versucht, sich unter falschem Namen eine Besuchserlaubnis für das Untersuchungsgefängnis zu besorgen, aber man hatte ihr mitgeteilt, dass ihr Vater jeglichen Besuch ablehne. Er machte keine Ausnahmen und wollte niemanden sehen. So rigoros war seine Anordnung! Tessa litt Höllenqualen. Doch eines würde sie sich nicht nehmen lassen. Dagegen konnte auch ihr Vater nichts ausrichten. Sie würde zum Prozess gehen, sich in den Zuschauerraum setzen und darauf warten, dass er wenigstens vor Gericht die Hintergründe preisgab. Und sie würde ihn die ganze Zeit anstarren, bis sich ihre Blicke trafen. Tessa fuhr sich hastig mit dem Handrücken übers Gesicht. Tränen liefen ihr inzwischen in Sturzbächen die Wangen hinunter. Der Taxifahrer blickte neugierig in den Rückspiegel. Das darf mir auf keinen Fall im Hotel geschehen, nahm sie sich fest vor. Es musste schließlich nicht gleich jeder sehen, dass sie keine normale Urlauberin war, sondern eine völlig verzweifelte junge Frau auf der Suche nach der Wahrheit.

Als das Taxi vor dem imposanten viktorianischen Gebäude aus hellem Backstein hielt, wünschte sie sich, sie wäre aus einem anderen Anlass hier. Das Wiedersehen mit diesem ihr so vertrauten Ort raubte ihr schier den Atem. Das Hotel lag direkt am Meer und neben dem Old Course, einem der ältesten Golfplätze der Welt. Hier hatten sie damals ihre Schulturniere ausgetragen. Ihr Interesse am Golfspiel war erst in Schottland geweckt worden. Davor, in Deutschland, hatte sie sich strikt geweigert, ihren Vater, einen leidenschaftlichen Spieler, auch nur auf den Platz zu begleiten. Wenn sie an seine Golffreunde dachte! Alles ältere Herren, die ihre Golfbags für jeden sichtbar in ihren Cabrios positionierten. Erst in St. Andrews hatte sie Feuer gefangen, weil das Golfspielen in Schottland ein Sport für jedermann war und so gar nichts von einer imageträchtigen Freizeitbeschäftigung für wohlbetuchte ältere Herren hatte. In diesem Land ging die Begeisterung für das Spiel quer durch die Bevölkerung. Betrübt wandte sie den Blick von der Schönheit des Platzes ab. Schließlich war sie nicht zum Amüsement gekommen. Sie hatte andere Pläne und würde wohl kaum die Muße haben, einen Golfschläger anzufassen. Tessa nahm einen tiefen Atemzug und sog die frische salzige Luft bis tief in die Lungen.

Sie zahlte das Taxi und ließ sich vom Fahrer ihren Koffer die Treppe zum Eingang hinauftragen. Nichts hatte sich verändert. Immer noch waren die Stufen mit einem roten Teppich belegt.

Allerdings war er offenbar erst kürzlich ausgewechselt worden. Er war wie neu. Nicht mehr so abgetreten, ausgeblichen und fadenscheinig wie vor elf Jahren. Zögernd betrat sie die Lobby und steuerte auf den Empfang zu. Ihr Blick blieb an einer Fensterfront an der gegenüberliegenden Seite hängen, die einen malerischen Blick bis zum Meer bot. Doch die hohen Fenster ließen ein ganz anderes Szenario, ein furchtbares, vor ihrem inneren Auge auftauchen: die zerborstene Terrassentür, alles voller Scherben, ihren Vater, der die Waffe noch immer in der Hand hält, sein Gesicht zur Fratze verzerrt, und dann das viele Blut …

»Herzlich willkommen, was kann ich für Sie tun?« Die Stimme der Empfangsdame im adretten blauen Kostüm riss Tessa aus ihren Gedanken.

»Ich hatte ein Zimmer reserviert. Auf den Namen Baumann. Tessa Baumann.«

Täuschte sie sich, oder musterte die Rezeptionistin sie kurz erstaunt? Erinnerte sie sich daran, dass vor gar nicht langer Zeit eine Charlotte Baumann in diesem Hotel residiert hatte?

Tessa nickte kühl. Für einen winzigen Augenblick hatte sie ernsthafte Zweifel. War es wirklich eine gute Idee, das Hotel zu besuchen, aus dem ihre Mutter erst an dem Tag, an dem das Unaussprechliche geschehen war, zurückgekehrt war? Die Erinnerung an diesen Tag war für Tessa wie ein Film, bei dem sie sich an jedes Detail erinnerte, als wäre es gestern gewesen. Sie hatte ihre Mutter vom Flughafen abgeholt. Charlotte hatte sehr ernst und in sich gekehrt gewirkt. Trotzdem hatte Tessa einen Streit mit ihr angefangen. Sie entsann sich an jedes bissige Wort, das sie ihrer Mutter an den Kopf geworfen hatte. Rückblickend schmerzte es sie sehr. Wie hätte sie aber auch ahnen sollen, dass es das Letzte war, was sie jemals zu ihr sagen würde?

»War dein Wochenende schön? Ganz allein in St. Andrews?«

»Woher weißt du, dass ich in St. Andrews war?«

»Die Hotelreservierung war auf deinem Rechner!«

»Du warst an meinem Rechner?«

»Ich habe ja wohl ein Recht darauf zu erfahren, wohin du ohne mich gefahren bist. Weißt du, dass das wehtut? Ausgerechnet St. Andrews!«

»Bitte, Tessa, fang nicht schon wieder damit an. Ich hatte meine Gründe.«

»Ich habe nur gefragt, ob du dich wenigstens amüsiert hast allein. Sag mal, hast du vielleicht einen Lover, und ihr habt euch ein schönes Wochenende gemacht, und es hätte auch Ibiza sein können?«

»Tessa, bitte, ich bin müde.« Charlotte stöhnte ein paarmal gequält, doch das hinderte Tessa nicht daran weiterzusticheln. Im Gegenteil, es brachte sie nur noch mehr in Rage.

»Du brauchst gar nicht so zu stöhnen und das arme Opfer zu spielen! Was meinst du, wie ich mich gefühlt habe? Du fährst spontan für einen Kurztrip in meine zweite Heimat, ich biete dir an, dass wir diese Reise gemeinsam unternehmen, und du verweigerst mir diesen Wunsch. Dann muss ich auch noch erfahren, dass du in mein St. Andrews fährst, meinen Herzensort? Und du kannst mir das nicht mal erklären. Ich meine, was soll ich denn davon halten? Dass unser Verhältnis nicht immer das beste ist, wissen wir beide. Da wäre ein Mutter-Tochter-Ausflug nach Schottland bestimmt gut gewesen!«

Charlotte stieß einen weiteren tiefen Seufzer aus. »Es tut mir leid. Glaube mir, ich werde dir noch heute alles erklären, aber ich muss vorher mit deinem Vater sprechen.«

»Ja, ja, ist ja auch egal. Dann fahre ich eben demnächst auf eigene Faust hin.«

»Ich denke, das ist keine gute Idee«, entgegnete Charlotte schwach.

»Ach, ich soll nicht nach Schottland reisen – aber du? Meine Güte, weißt du noch, was für einen Stress du damals gemacht hast, als ich mich für St. Andrews entschieden habe? Du hast gegen die Schotten gewettert, als hätten die da alle eine ansteckende Krankheit. Aber du, du fährst nach St. Andrews, Charlotte, ich verstehe dich nicht!«

»Tessa! Siehst du nicht, dass ich erschöpft bin? Ich habe keine Kraft mehr, mir deine Vorwürfe weiter anzuhören. Lass mich einfach in Ruhe damit. Bis heute Abend. Ich verspreche dir, du wirst noch heute alles erfahren!«

Daraufhin hatte Charlotte ihrer Tochter den Rücken zugewandt und aus dem Beifahrerfenster gestarrt. Ein paarmal hörte Tessa sie noch seufzen, aber das ignorierte sie mit zusammengebissenen Zähnen. Sie hatte eine solche Wut im Bauch, dass sie sich kaum auf den Verkehr konzentrieren konnte.

Die ganze Heimfahrt über hatten sie kein einziges Wort mehr miteinander gewechselt. Die Spannung im Wagen war unerträglich gewesen. Tessa zog sich gleich nach der Rückkehr in ihre Etage zurück. Sie bewohnte in der Villa ihrer Eltern in Nienstedten ein ganzes Stockwerk. Das Nächste, was sie aus dem Mund ihrer Mutter hörte, war ein gellender Schrei gewesen … Tessa lief bei der Erinnerung daran eine Gänsehaut über die Arme. Es hatte gar nicht mehr menschlich geklungen, sondern wie in einem Horrorstreifen …

Sie füllte nun rasch den Anmeldebogen aus und griff nach ihrer Zimmerkarte.

»Der Aufzug ist dort drüben.« Die Empfangsdame deutete quer durch die Lobby. Sie sah sie immer noch fragend an.

»Ist noch was?«, fragte Tessa provozierend.

Die hübsche junge Frau, auf deren Namensschild »Isla« stand, wurde rot.

»Nein, nein, entschuldigen Sie, Miss Baumann, ich … ich habe mich nur gerade gefragt, ob Sie mit einem Gast verwandt sind, der neulich bei uns wohnte, aber diese Neugier steht mir gar nicht zu. Ich wünsche Ihnen einen angenehmen Aufenthalt in unserem Haus.«

Tessa schenkte ihr ein flüchtiges Lächeln und ließ die Gelegenheit, die Rezeptionistin über den Aufenthalt ihrer Mutter im Hotel auszufragen, ungenutzt verstreichen. Das würde sie später nachholen. Sie warf einen flüchtigen Blick aus dem Panoramafenster in der Lobby. Es war ein wunderschöner Sommertag, einer, der die Vorurteile ihrer deutschen Freunde Lügen strafte – von wegen in Schottland regne es nur. Zwar sind diese Tage selten, aber es gibt sie durchaus, dachte Tessa, als müsse sie ihre Wahlheimat verteidigen, während sie in den Aufzug stieg. Als sich die Tür hinter ihr schloss, schlich sich wie aus dem Nichts Hamish in ihre Gedanken. In diesem Fahrstuhl hatten sie sich zum ersten Mal geküsst.

Hamish war ein Junge aus den Highlands, hochgewachsen, sportlich und ein Jahr älter als sie. Tessa hatte sich unsterblich in ihn verliebt. Und das eine Woche, bevor sie zurück nach Hause fahren musste. Ein Schmunzeln erhellte ihr Gesicht bei dem Gedanken, wie sie sich damals darüber geärgert hatte, dass sie mit fünfzehn noch eine Schuluniform hatte tragen müssen, während Hamish mit seinen sechzehn Jahren schon von diesem Zwang befreit war. Sie hatten das Schulturnier im Golfspielen gewonnen und waren sich bei der anschließenden Siegesfeier im Hotel nähergekommen. Und dann hatten sie den Fahrstuhl entdeckt. Sie waren etliche Male hinauf- und wieder hinuntergefahren, bis sich im Erdgeschoss die Tür geöffnet und der Schuldirektor Mister MacDonald vor ihnen gestanden hatte. Er war nicht ernsthaft böse gewesen, sondern hatte die beiden mit einem Augenzwinkern ermahnt, sich wieder zu den anderen zu gesellen. In der folgenden Woche waren sie unzertrennlich gewesen, und am letzten Abend schließlich hatte Tessa unten am Strand mit ihm geschlafen. Der Preis war eine kräftige Erkältung gewesen, die sie in Hamburg noch eine Weile an jene kalte und doch so unvergessliche Nacht erinnert hatte. Beim Abschied am Flughafen waren reichlich Tränen geflossen, aber sie hatten einander versichert, in Kontakt zu bleiben. Nach Monaten, in denen sie beinahe täglich sehnsuchtsvolle Mails und Berge selbst gebrannter CDs ausgetauscht hatten, war keine Antwort mehr von ihm gekommen. Tessa hatte alles versucht, um ihn zu erreichen, aber er hatte sich aus allen sozialen Netzwerken abgemeldet und offenbar sogar seine Handynummer gewechselt.

Tessa hatte sich nach dem ersten Schock mit diversen Flirts getröstet. Ihr Ruf war damals nicht der beste gewesen. Weder bei den Jungen, besonders nicht bei jenen, an denen sie kein Interesse hatte, noch bei den meisten Mädchen. Tessa verstand nicht so recht, warum einige sie regelrecht mobbten. Ihre Freundin Klara hatte ihr eine verblüffende Antwort gegeben. »Du bist mit Abstand das hübscheste Mädchen der Schule. Du trägst das große ›N‹ für Neid auf der Stirn!« Tessa hatte sich nie besonders schön gefunden, aber in einem Punkt musste sie Klara recht geben: Sie konnte sich vor Verehrern kaum retten! Tessa stieß einen tiefen Seufzer aus. Wenn diese Mädchen geahnt hätten, dass sie niemals wirklich mit dem Herzen dabei war, wenn sie mit all diesen attraktiven Jungs ausging. Dabei hätte sie sich so gern einmal wieder verliebt wie damals mit fünfzehn. Aber ein derartiges Gefühl hatte sich nie wieder einstellen wollen. Sie litt unter ihrer eigenen Kälte. Schützte sie ihr Herz vor einer neuerlichen Verletzung oder war sie einfach zu verkopft? Wie oft hatte sie sich diese Frage in den letzten Jahren gestellt! An Hamish hatte sie allerdings lange nicht mehr gedacht. Dabei war er es doch, der ihr Herz gestohlen hatte. Das kann gar nicht sein, durchfuhr es sie, dass ein sechzehnjähriger Highlander der Grund dafür ist, dass ich es bis heute nie lange in einer Beziehung aushalte. Sie litt doch daran, dass sie sich nicht wirklich auf etwas einlassen konnte. Wenn sie da allein an den armen Daniel dachte. Von ihm hatte sie sich Hals über Kopf getrennt, nachdem das mit Charlotte geschehen war. Daniel hatte ihr in erschütternd aufrichtiger Weise versichert, er werde die Sache zusammen mit ihr durchstehen, aber Tessa blieb hart. Den wahren Grund hatte sie dem jungen Anwalt schlecht verraten können: Sie ertrug seine Berührungen nicht mehr und seinen Geruch …

Mit einem Mal meinte sie, dass ihr der angenehme Duft von Tannenzweigen in die Nase stieg, und ihr wurde ganz warm ums Herz.

»O Gott«, entfuhr es Tessa entsetzt. Genau so hatte Hamishs Haar gerochen! Was ging da nur in ihr vor? Trotzdem blieb sie mit ihren Gedanken bei ihrer ersten Liebe. Was wohl aus ihm geworden ist?, fragte sie sich. Sie kannte sogar noch seinen Nachnamen. Makenzie. Ein Name, der in Schottland so häufig war wie in Deutschland der Name Müller oder Meier.

Erneut musste Tessa an den ersten Kuss denken. Wie vorsichtig sich seine Lippen den ihren genähert hatten, und welche große Sorge sie gehabt hatte, er könne das Pochen ihres Herzens hören und seinen Kopf im letzten Augenblick zurückziehen …

Der Fahrstuhl hielt, und sie merkte, dass sie im oberen Stockwerk gelandet war, denn sie hatte vergessen, den Knopf zu drücken. Das ist jetzt wirklich irre, tadelte sie sich, ich verzehre mich nach einem Jungen, der mir vor Urzeiten den Kopf verdreht hat … Als sie kurz darauf seufzend im ersten Stock ausstieg, fiel ihr sofort ein großes Gemälde ins Auge. Es hing gegenüber dem Fahrstuhl und zeigte eine junge Frau. Tessa stutzte. Es gab ein Foto von ihr, das sie beim Schulball in St. Andrews zeigte, bei dem das Tragen historischer Kleidung in Tartanmustern Pflicht gewesen war. Da hatte sie exakt wie die Lady auf dem Gemälde ausgesehen. Sie fragte sich, ob eine Hochsteckfrisur und ein schulterfreies kariertes Kleid genügten, um solche Ähnlichkeiten vorzutäuschen. Die Frau auf dem Gemälde saß auf einem Sessel. Der Maler hatte sie im Halbprofil und bis knapp über dem Bauch abgebildet. Ihr linker Arm ruhte auf einer Lehne. Ihre Hände waren zart und feingliedrig. Sie trug einen auffälligen Ring mit einem großen rauchblauen Saphir. Die Farbe des Steins korrespondierte mit der ihrer Augen. Aber mehr noch als der Ring zogen Tessa die Hände der Frau magisch an, denn ihre eigenen Finger waren ähnlich lang und schmal. Sie trat einen Schritt näher an das Bild heran. Sie war nämlich kurzsichtig, verzichtete aber weitgehend auf eine Brille. Kontaktlinsen konnte sie nicht vertragen. Interessiert betrachtete sie sich das Gesicht der Highlandlady näher. Sie stutzte. Als wenn sie Modell gestanden hätte! Das dunkle Haar, der herzförmige Mund, die schmale Nase, sogar die Farbe der Augen stimmte. Graublau! Von wem ich das wohl habe?, fragte sie sich gelegentlich.

Charlottes Augen waren nämlich grün, genau wie die ihres Vaters. Überhaupt hatte Tessa rein äußerlich wenig von ihren Eltern geerbt. Charlotte war blond gewesen, ihr Haar glatt und seidig. Genau wie das ihres Vaters. Tessa hatte manchmal gescherzt, man müsse sie bei der Geburt vertauscht haben, anders sei es unmöglich, als Tochter zweier weizenblonder Schöpfe so dunkel auf dem Kopf zu werden. Charlotte mochte diese Art Scherze gar nicht und pflegte jedes Mal recht schmallippig zu erwidern, dass Tessa das schwarze Haar von ihrer Großmutter geerbt habe. Während Tessa immer noch wie gebannt auf das Gemälde starrte, schweiften ihre Gedanken noch einmal zu ihrer Mutter ab. Wie oft hatte sie bei Charlotte in den Tagen vor ihrer überstürzten Reise nach Schottland einen merkwürdig melancholischen Blick bemerkt, wenn diese sich unbeobachtet wähnte. Mehrfach hatte sie Charlotte direkt gefragt, ob sie Sorgen habe, doch ihre Mutter hatte jedes Mal stereotyp erwidert, es sei nichts. Tessa hatte ihr das nicht abgenommen. Schließlich hatte sie die Fragerei aber aufgegeben und sich damit abgefunden, dass es im Leben ihrer Mutter offenbar etwas gab, das sie partout nicht erfahren sollte.

Natürlich hatte sie ihre eigenen Vermutungen, was der Grund für die schwermütigen Anwandlungen ihrer Mutter sein könnte. Hatte sie wirklich ein Verhältnis zu einem Mann und wurde von einem schlechten Gewissen Paul gegenüber gequält? Ihr Vater hatte nämlich immer alles getan, um der Familie ein sorgenfreies Leben zu bieten, und arbeitete dafür häufig bis zum

Umfallen. Er besaß eine der größten Werbeagenturen der Stadt, die im Gegensatz zu anderen keinen existenziellen Schwankungen unterworfen war. Immer wenn ein großer Kunde zur Konkurrenz wechselte, konnte ihr Vater einen neuen gewinnen. Seit ihrem Abitur arbeitete Tessa bei Baumann & Weber als Texterin. Dadurch war sie ihrem Vater in den letzten Jahren ein wenig nähergekommen. Kürzlich hatte sie ihn verdächtigt, eine Affäre mit der Kreativdirektorin Beatrix zu haben, und sich gefragt, ob das vielleicht der Grund für die Niedergeschlagenheit ihrer Mutter war. Schließlich hatte sie sich ein Herz gefasst und ihn beim Wein darauf angesprochen. Paul hatte laut gelacht und ihr verraten, dass Beatrix mit seinem Kompagnon Jan Weber schlafe. Dann war er ganz ernst geworden und hatte ihr versichert, dass er Charlotte liebe, und durchblicken lassen, dass er sehr darunter leide, wie sie sich immer weiter von ihm zurückziehe. Dass er aber nicht in der Lage wäre, seinen Gefühlen Ausdruck zu verleihen.

Diese Unterhaltung hatte an jenem Abend stattgefunden, an dem ihre Mutter nach Schottland abgereist war. Der Alkohol hatte seine Zunge gelöst. Unter Tränen hatte er von seiner großen Liebe Charlotte geschwärmt. Und immer wieder betont, dass der Tag damals, nachdem sie aus Brighton zurückgekehrt war, der schönste Tag in seinem Leben gewesen wäre. Zumal sie dann gleich schwanger geworden und sie ganz schnell geheiratet hätten. An dieser Stelle hatte er vor Rührung sogar laut geschluchzt. Tessa war das in der Öffentlichkeit ein wenig peinlich gewesen, schließlich hatte sie ihren Vater nie zuvor weinen gesehen. Er war im Alltag ein eher kühler Kopf mit einem manchmal geradezu verletzenden Hang zur Distanziertheit. Tessa aber nahm ihm diese Kühle nicht übel, erkannte sie sich doch darin wieder. Wenn sie ehrlich war, hatte sie eher dieser unkontrollierte Gefühlsausbruch befremdet. Trotzdem hatte sie die Gelegenheit seiner ungewohnten Offenherzigkeit dazu genutzt, um etwas über diese merkwürdige Reise ihrer Mutter zu erfahren.

»Weißt du, was sie in St. Andrews treibt?«, fragte sie schließlich ohne Umschweife.

Ihr Vater wirkte ratlos. »Ich glaube, es hängt mit dem Brief zusammen.«

»Welchem Brief?«

»Sie bekam Mittwoch Post aus Schottland und zog sich ins Schlafzimmer zurück. Als sie zurück ins Wohnzimmer kam, hatte sie ganz verquollene Augen. Sie wollte mir nicht sagen, was los war …«

»Und wo ist der Brief?«

Ihr Vater räusperte sich nervös, bis er zugab, bereits das ganze Haus vergeblich nach diesem Brief durchsucht zu haben.

»Meinst du, sie hat ihn mit nach Schottland genommen? Denkst du, sie hat ein Geheimnis vor uns?«

Ihr Vater zuckte die Achseln. »Sie wirkt schon seit Längerem abwesend. Ich habe bereits vermutet, dass sie einen Geliebten hat, aber ich weiß nicht …«

Also doch, war es Tessa an jenem Abend durch den Kopf gegangen. Ihre Mutter betrog ihn. Deshalb hatte Charlotte sie auch nicht nach Schottland mitgenommen. An diesem Abend beschloss sie, den Rechner ihrer Mutter nach Hinweisen auf einen Lover zu durchsuchen.

Tessa verscheuchte diese quälenden Gedanken und wandte sich wieder dem Gemälde zu. Sogar das leicht süffisante Lächeln kam ihr bekannt vor. Ihre Freundin Klara behauptete immer, daran erkenne man sofort, wenn Tessa etwas im Schilde führe.

»Passen Sie auf! Sie ist der Geist des Hauses. Um Mitternacht spukt sie durch die Gemäuer, bis ihre arme Seele endlich erlöst wird.«

Tessa fuhr wie der Blitz herum und blickte in ein Paar lachende wasserblaue Augen.

»Was fällt Ihnen ein, mich so zu erschrecken?«

»Sie sind in einem schottischen Gemäuer. Jedes Hotel hat sein Hausgespenst und am besten eine Frau, die weiße Frau, die rote Frau, auf jeden Fall eine Dame mit einem schrecklichen Schicksal«, entgegnete er lachend. »Woher kommen Sie? London?«

Sie schüttelte den Kopf.

»Keine Engländerin? Gut, dann lassen Sie mich raten. Skandinavien, würde ich sagen, die sprechen das beste Englisch außer uns. Schweden?«

Tessa stöhnte genervt auf. Neugierige Männer waren das Letzte, was sie im Moment gebrauchen konnte.

»Gut, nächste Frage. Sind Sie Gast im Haus?«

Tessa nickte knapp. »Wenn ich Sie jetzt frage, ob Sie auch Gast im Hotel sind, hören Sie dann auf, mich auszufragen?«

Er musterte sie mit einem überaus gewinnenden Lächeln, dem sich selbst Tessa in ihrer momentanen Verfassung kaum entziehen konnte.

»Das kann ich Ihnen nicht versprechen, aber ich beantworte Ihnen gern Ihre Frage. Ja, ich bin so etwas Ähnliches wie ein Gast. Das hier ist mein zweites Zuhause. Ich lebe eigentlich auf den Kanaren, aber es gibt immer wieder mehr oder minder erfreuliche Gründe, in meine schottische Heimat zurückzukehren. Ich bin so etwas wie ein verlorener Sohn …« Wieder lachte er. »Nun werde ich vor Ort gebraucht. Leider!«

Tessa verzog keine Miene. Sie schaffte es, ihn weiterhin kühl zu mustern, obwohl er ausgesprochen attraktiv war. Mittelgroß, lässig gekleidet, dunkles Haar, das er etwas länger trug, ein kantiges Kinn mit einem ausgeprägten Grübchen … Das Lächeln, das er ihr immer noch schenkte, war gewinnend. Nein, unsympathisch war er nicht, aber ihr stand der Sinn nicht nach lockerer Konversation. Und nach Flirten erst recht nicht.

»Wenn Sie mich jetzt entschuldigen«, entgegnete sie steif.

»Selbstverständlich«, sagte er höflich ohne den geringsten spöttischen Unterton. »Man sieht sich«, fügte er lächelnd hinzu und wandte sich Richtung Fahrstuhl. Dort drehte er sich noch einmal um. »Wenn Sie etwas mehr über den Geist von McKinnon erfahren wollen, kommen Sie doch heute Abend ins Kaminzimmer. Ich würde mich freuen, Sie wiederzusehen, und die Lady auch. Sie sehen ihr übrigens ähnlich«, rief er ihr hinterher.

Tessa hörte seine Worte zwar, aber sie eilte den langen Flur entlang, als wäre der Teufel in Gestalt des charmanten jungen Mannes hinter ihr her. Das lag weniger daran, dass er sie ganz offensichtlich angeflirtet hatte, als vielmehr an seinen Worten: *Sie sehen ihr übrigens ähnlich*. Tessa fand es einfach unheimlich, einer Lady aus längst vergangenen Tagen wie aus dem Gesicht geschnitten zu sein. Und was war das mit dem Hausgeist? Ein kalter Schauer durchfuhr sie. Sie war schon damals im Internat für Geistergeschichten empfänglich gewesen. Natürlich hatte sie bereits in St. Leonards nicht wirklich an die Existenz umherspukender weißer Frauen geglaubt. Trotzdem hatten die schillernden Märchen von den Qualen dieser Geister auf der Suche nach Erlösung bei ihr stets wohliges Schaudern ausgelöst.

Tessa war froh, als sie die Zimmertür hinter sich geschlossen hatte. Mit einem prüfenden Blick stellte sie fest, dass der Preis für das Zimmer sein Geld wert war. Sie liebte diese schottische Gemütlichkeit. In Deutschland hätte diese Einrichtung mit gepolsterten Sitzbänken, einer gemusterten Tapete, einem Chesterfieldsofa mit geblümtem Bezug mit Sicherheit überladen und eher muffig gewirkt. Die Schotten aber verstanden sich wie alle Briten mit leichter Hand auf Interior Design. Tessa kannte sich aus, denn Baumann&Weber vertrat eine britische Möbelfirma, die Niederlassungen in Hamburg, München und Berlin besaß. Natürlich hatte man ihr die Kampagne übertragen, kannte doch jeder ihre Begeisterung für alles Schottische. Obwohl sie aus einem sehr persönlichen Grund in St. Andrews war, hatte sie sich für den folgenden Tag zum Frühstück mit dem neuen Marketingchef der Firma Stenton&Lake verabredet. Die scheidende Marketingchefin, Misses Saunders, hatte ihr dieses Treffen ans Herz gelegt. »Sie müssen ihn unbedingt kennenlernen. Er ist Schotte. Bei Ihrer Begeisterung für unser

Land!« Vor ihrer Abreise hatte Tessa über die Agentur einen Termin mit diesem Mister Makenzie, dem Neuen, machen lassen. Makenzie?

Sie stutzte. Makenzie – was für ein Zufall, dass der Mann ausgerechnet wie Hamish hieß, aber sein Vorname war Arran.

Gedankenverloren trat sie ans Fenster. Sie hatte ein Zimmer mit phantastischem Ausblick über den Golfplatz bekommen. Eigentlich konnte sie sich das von ihrem Gehalt gar nicht leisten, aber sie hatte sich in ihrem Zorn einfach Pauls Karte, auf die sie seit Jahren unbegrenzten Zugang hatte, geschnappt. Mit dieser hatte sie bereits den Flug bezahlt. Paul hatte schließlich ihr Leben von einem Tag auf den anderen völlig zerstört. Es wäre ihr allerdings lieber gewesen, sie hätte von Jan Weber, Vaters Kompagnon, einen Vorschuss bekommen, aber der war seit Monaten gemeinsam mit Beatrix auf irgendeiner karibischen Insel unterwegs und für keinen zu erreichen. Auch nicht für seine neue Sekretärin, die Himmel und Hölle in Bewegung gesetzt hatte, um Kontakt zu ihm aufzunehmen. Vergeblich! Er war nur noch einmal kurz in Hamburg gewesen, nachdem er aus dem Internet von Pauls Tat erfahren hatte. Es hatte ihn allerdings keiner der Mitarbeiter zu Gesicht bekommen. Er war bei Nacht und Nebel in die Agentur geschlichen und auf die gleiche Weise wieder verschwunden. Die Kollegen hatten es nur daran gemerkt, dass die echten Gemälde aus seinem Büro verschwunden waren. Sie hatten erst an einen Diebstahl gedacht, doch dann die Notiz auf seinem Schreibtisch entdeckt. *Habe meine Bilder vorübergehend woanders aufbewahrt. Jan.* Felix, Pauls rechte Hand, hatte getobt. Es war allen unverständlich geblieben, wieso er sich, obwohl er in Hamburg gebraucht wurde, mit unbekanntem Ziel verzogen hatte. Tessa hatte es ohnehin nie verstanden, dass sich ihr Vater ausgerechnet mit diesem Großkotz zusammengetan hatte. Für Jan zählte immer nur das Materielle. Das teuerste Auto, das schönste Haus und das größte Boot. Und faul war er überdies. Leider konnte Tessa in der Geschäftsführung wenig helfen, weil sie sich für das Geschäftliche niemals besonders interessiert hatte. Sie war stets die Kreative gewesen. Zahlen waren ihr seit jeher ein Graus. Deshalb hatte man in der Personalabteilung nicht protestiert, als sie sich nach der Beerdigung ihrer Mutter Urlaub genommen hatte. Sie war noch am selben Tag persönlich in die Agentur gekommen, um dieses Anliegen zu klären. Wie erwartet war es ein Spießrutenlauf gewesen! Die mitleidigen Blicke, das Getuschel ... Einige hatten sogar Tränen in den Augen. Tessa nahm ihren Kollegen das Mitgefühl ab, dennoch war es für sie schwer zu ertragen. Ihr ganzes Auftreten war nämlich eine wacklige Fassade. Es bedurfte nur eines Hauchs und schon wurde aus der tapferen Tessa ein weinendes Häuflein Elend. Und doch hatte sie es an jenem Tag fast geschafft, nicht zusammenzubrechen, sondern diese Mitleidsbekundungen ungerührt über sich ergehen lassen. Bis sie auf dem Flur Felix begegnet war. Der hatte sie, kaum dass er »Mein Beileid!« gemurmelt hatte, regelrecht angefleht, für ihn den Kontakt zu ihrem Vater herzustellen. Sie erfuhr, dass Paul auch Felix' Besuchsantrag boykottiert hatte. »Ich muss ihn sehen, verstehst du, ich muss. Bitte!«, hatte er ein paarmal beschwörend wiederholt. Tessa war fassungslos gewesen, genau wie die um sie herumstehenden Kolleginnen. Sie hatten unisono auf Felix geschimpft und ihn aufgefordert, er solle doch die arme Tessa endlich in Ruhe lassen. Der sonst eher ruhige kaufmännische Leiter war regelrecht ausgerastet und hatte gebrüllt: »Ich würde das nicht von ihr verlangen, wenn es nicht verdammt wichtig wäre!« Dann war er mit hochrotem Kopf davongeeilt. Sein Verhalten hatte großes Unverständnis bei den Mitarbeiterinnen hervorgerufen. Tessa war in Tränen ausgebrochen und hatte sich in die Arme ihrer Lieblingskollegin Anja, mit der sie auch ihr Büro teilte, geflüchtet. An dem Tag selbst war sie von Felix' Benehmen richtiggehend schockiert gewesen. Jetzt, mit Abstand, konnte sie ihn ein wenig besser verstehen. Wahrscheinlich bedurfte es dringend eines handlungsfähigen

Geschäftsführers, um wichtige Entscheidungen zu treffen. Es wird mir wohl gar nichts anderes übrig bleiben, als mich höchstpersönlich in die geschäftliche Chose einzuarbeiten, dachte Tessa und ballte die Fäuste. Was fiel ihrem Vater eigentlich ein, sich aus jeglicher Verantwortung zu stehlen? Sie schnaufte vor Zorn. Das kannte sie schon. Entweder überkam sie beim Gedanken an ihren Vater unendliche Traurigkeit oder nackte Wut.

»Wie kannst du mir das antun?«, zischte sie. »Wie kannst du deiner Tochter das antun?«

Sie löste ihre Hände und schüttelte sie kräftig aus, bevor sie ein paar tiefe Atemzüge nahm. Wie schon bei ihrer Ankunft überkamen sie Zweifel, ob es wirklich eine gute Idee gewesen war, ausgerechnet in Schottland nach einem Weg aus dem Dunkel zu suchen. Und überhaupt, was genau wollte sie herausbekommen? Tessa ließ sich auf das Bett fallen und starrte zur Decke. Ich brauche einen Plan, dachte sie, doch in demselben Augenblick ging es in ihrem Kopf bereits wieder zu wie in einem Bienenstock. Alles summte durcheinander. Sie konnte keinen klaren Gedanken mehr fassen.

Hastig setzte sie sich wieder auf. »Was will ich hier?«, fragte sie sich laut. »Was?«

Sie überlegte einen Augenblick, bevor sie entschlossen dachte: Ich werde herausfinden, was meine Mutter in St. Andrews gesucht hat! Und selbst wenn das nichts mit ihrem Tod zu tun hat, ich muss diesen Strohhalm ergreifen und herausbekommen, ob sie allein gewesen ist.

Ziellos griff Tessa nach der Hotelbroschüre, die einladend auf dem Nachttisch lag, und blätterte sie durch, ohne die Seiten wirklich wahrzunehmen. Erst als ein Foto des Gemäldes auftauchte, erwachte ihr Interesse, und sie las halblaut die Erläuterung. »Was wären wir für ein altes Gemäuer, wenn wir keine sagenumwobene Dame zu bieten hätten, die des Nachts auf der Suche nach Erlösung ihrer Seele durch die Gänge geistert? Aber keine Sorge. Unsere Lady in Blau ist leise …«

Tessa stutzte. Wieso blau? Wegen ihrer Augenfarbe? Wegen des rauchblauen Saphirs an ihrer linken Hand? Oder weil es bereits genügend spukende weiße, rote und schwarze schottische Ladys gab? Da erinnerte sich Tessa an die Farbe des Tartans, in dessen Muster ein tiefes Blau dominiert hatte. Interessiert fuhr sie fort, den Text zu studieren.

»Unser Geist ist sehr höflich und wird Sie bis auf seine gelegentlichen Seufzer nicht stören. Und wenn Sie etwas über das Schicksal der armen Frau erfahren wollen, wir werden es Ihnen vor dem knisternden Kamin bei einem guten Glas Malt erzählen. Jeden Donnerstagabend unterhalten wir unsere Gäste gern mit der schauerlichen Geschichte der Lady. Gänsehaut ist garantiert, und manchmal macht sie sich zu den Lesungen bemerkbar, indem sie die Glocken von St. Duthac läuten lässt …«

Was für ein Humbug, dachte Tessa und legte den Hochglanzprospekt unwirsch aus der Hand. Doch dann fielen ihr die Worte des Dunkelhaarigen vor dem Fahrstuhl wieder ein. *Sie sehen ihr übrigens ähnlich* … Erneut nahm sie die Broschüre zur Hand und vertiefte sich in das Foto des vermeintlichen Hausgespenstes. Wie alt mochte die Lady auf dem Bild gewesen sein? Auf jeden Fall nicht älter als ich jetzt, mutmaßte Tessa, während sie sich nur schwer von ihrem Anblick lösen konnte. Es waren die Augen der Frau, die sie geradezu magisch in das Gemälde hineinzogen. Tessa wehrte sich noch eine Weile gegen ihre aufsteigende Neugier, mehr über die Geschichte der Lady zu erfahren. Schließlich gab sie ihren Widerstand auf, aber weniger diese Gespenstergeschichte interessierte sie als vielmehr das wirkliche Schicksal der vornehmen Dame. Dann würde sie eben zu dieser Märchenstunde gehen. Selbst auf die Gefahr hin, dass der attraktive Schotte ebenfalls anwesend sein würde.

Ein Blick auf ihre Armbanduhr zeigte ihr, dass ihr noch ein wenig Zeit blieb, bis es losging. Ich sollte etwas essen, dachte sie, aber sie bekam seit dem Tag, an dem ihr Vater ihre Mutter getötet hatte, kaum einen Bissen hinunter. Sie hatte bereits mehrere Kilo abgenommen. Das war in ihren Augen das einzig Gute an dem ganzen Stress. Sie neigte nämlich dazu, dass sich alles, was sie aß, sofort um Hüften und Bauch legte. Und es war ihr vor diesem alles verändernden Ereignis wahnsinnig schwergefallen, auf ihre heiß geliebten schottischen Süßspeisen zu verzichten. Die Köchin von St. Andrews, Misses Grant, hatte ihr damals zum Abschied des Auslandsschuljahres ein dickes Heft mit Rezepten für selbst gemachte Nachspeisen mit auf den Weg gegeben. Tessa konnte sie inzwischen fast allesamt ohne Kochbuch zubereiten und hatte sich häufig am Wochenende eine Schüssel auf Vorrat gemacht. Bis zu dem gewissen Tag … nein, danach hatte sie weder Zeit noch Lust dazu gehabt, geschweige denn den nötigen Appetit für derartige Köstlichkeiten. Plötzlich musste sie intensiv an Misses Grant denken, so intensiv, dass sie sogar den Geruch von gerösteter Hafergrütze in der Nase hatte. Es überkam sie eine beinahe schmerzhafte Sehnsucht nach dem Internat. Obwohl sie sich das ein oder andere Mal auch vor Heimweh in den Schlaf geweint hatte, in ihrer Erinnerung war es die schönste Zeit ihres Lebens gewesen. Ich sollte einfach auf gut Glück dorthin fahren und schauen, wer noch dort ist. Es gab keinen, den sie nicht gern wiedersehen würde. Sogar eine Begegnung mit der strengen Miss Finch, ihrer Englischlehrerin, würde sie in Kauf nehmen.

Ein Lächeln erhellte ihr Gesicht, aber sie wurde sofort wieder ernst, während sie sich streng ermahnte: An solche Vergnügungen darf ich gar nicht denken, solange ich nicht weiß, warum Charlotte nach St. Andrews gereist ist. Es würde ihr wohl nichts anderes übrig bleiben, als über kurz oder lang das Personal nach Misses Baumann auszufragen. Wohin sie gegangen war, wen sie getroffen hatte, ob sie ein Einzelzimmer oder ein Doppelzimmer gebucht hatte … Mit einem tiefen Seufzer ließ sich Tessa rücklings auf ihr Kingsizebett fallen und schloss die Augen. Sofort überfielen sie die Bilder des schrecklichen Tages. Konnte das nicht endlich aufhören? Kaum machte sie die Augen zu, sah sie alles vor sich. Und mitunter ging ihr die Phantasie durch. Dann fand sie sich selbst als grausame Rachegöttin wieder, die in die Zelle ihres Vaters eindrang und ihn endlich zum Reden brachte. Die Erinnyen hatte ihnen damals Miss Finch in schillernden Farben nahegebracht. Wenn Tessa heute an die Rachegöttinnen dachte, dann auf Englisch. Genauso wie Miss Finch sie ihnen geschildert hatte. Diese schrecklichen Kreaturen mit ihrem giftigen Atem und ihren mit Schlangen umringelten Köpfen. Sie verfolgten unbarmherzig Mörder, besonders jene, die den Mord innerhalb der eigenen Familie begangen hatten. Und in ihrer Phantasie trugen sie ihre Züge. Tessa riss die Augen auf. Das war mehr, als sie ertragen konnte. Das grenzte an Wahnvorstellungen. Was, wenn ich durchdrehe?, fragte sich Tessa verzweifelt. Wenn wieder so ein dummer Panikanfall kommt? Um zurück auf den Boden der Realität zu gelangen, versuchte sie sich daran zu erinnern, wie lange dieser grässliche Tag genau her war. In ihrer Wahrnehmung fühlte es sich an, als wäre es gerade erst geschehen. Tessa erschrak, nachdem ihr bewusst wurde, dass bereits vier Wochen seit der unbeschreiblichen Tat vergangen waren.

Da an Schlaf oder Ausruhen nicht zu denken war, richtete sie sich wieder auf und sprang aus dem Bett. Ein bisschen frische Luft würde ihr sicher guttun. Eilig verließ sie das Zimmer. Sie war froh, dass ihr kein Mensch – besonders kein dunkelhaariger Schotte, den sie schnippisch würde abblitzen lassen – begegnete, bis sie das Hotel in Richtung Ortskern verließ. Vielleicht beruhigte sie der Anblick des klösterlichen Gemäuers, das die St. Leonards wie ein Schutzwall umgab. Vielleicht konnte sie dort ein bisschen von der Unbeschwertheit wiederfinden, mit der sie damals das Leben gemeistert hatte?

Ihr Herz pochte ihr bis zum Hals, als sie schließlich vor dem Eingangstor der ehrwürdigen Schule innehielt. Sie wollte gerade hastig weitereilen, als sich das eiserne Tor öffnete.

»Tessa?«, fragte die drahtige kleine Köchin.

»Sie erkennen mich wirklich noch, Miss Grant?«, erwiderte sie gerührt.

»Aber natürlich. Wie könnte ich das hübsche deutsche Mädchen vergessen mit dem Faible für Süßspeisen?«

Tessa lächelte sie an.

»Denk doch nur an deinen letzten Morgen. Vor der Abreise. Ich habe dir so viel Gebäck mitgegeben, dass du es kaum mehr verstauen konntest …«

»Und Sie haben mir meine Tränen getrocknet, weil Hamish Unterricht hatte und nicht mit zum Flughafen kommen durfte.«

»Ein netter, lustiger Bursche. Was wohl aus ihm geworden ist?« Sie musterte ihren einstigen Liebling prüfend.

»Kind, du bist viel zu dürr. Isst du denn gar nichts mehr? Hast du Kummer? Und was treibt dich überhaupt in das gottverlassene St. Andrews?«

Tessa spürte, wie ihre Kehle sich zuschnürte. Sie wollte auf keinen Fall, dass Miss Grant ihre Tränen sah.

»Ich mache einen kleinen Urlaub, und ich komme Sie bestimmt mal besuchen.«

»Versprochen?«

»Versprochen!«

»Aber ruf vorher an, dann werde ich nämlich all deine Lieblingsgerichte kochen. Das da passt nicht zu dir.«

Miss Grant deutete abfällig auf Tessas Jeans. Die hatte sie sich erst am Flughafen in Edinburgh gekauft, weil ihre alten zu weit geworden waren.

»Ich melde mich«, entgegnete Tessa und eilte rasch weiter. Sie schaffte es bis zur nächsten Ecke. Dort lehnte sie sich an den eisernen Internatszaun und brach in Tränen aus.

Kinross, Juni 2012

Marta McKinnon – in einem teuren Markenkleid und perfekt frisiert – wanderte nervös im Esszimmer auf und ab. Jamie hatte sie vorhin per Telefon um eine ernsthafte Unterredung gebeten. Nicht, dass sie ihre Tochter fürchtete, obwohl sie eine äußerst willensstarke Person war, aber sie ahnte, worum es ging. Am liebsten hätte sie ihr die Aussprache zu diesem Thema verweigert, aber Martas Jüngste war kein Mensch, der sich so einfach abwimmeln ließ.

Da hörte Marta sie bereits näher kommen. Auf den alten Dielen der langen Flure von Stellmore Castle klangen selbst leise Schritte, als wäre eine Armee im Anmarsch. Und ihre Tochter ging mit ihren geliebten Westernstiefeln ohnehin nie auf leisen Sohlen.

Marta straffte die Schultern. Wenn sie sich erst anmerken ließ, dass ihre Nerven angeschlagen waren, würde Jamie erst recht nicht lockerlassen und so lange auf Marta einreden, bis sie womöglich noch ein schlechtes Gewissen bekam.

Jamies kämpferischer Blick, mit der sie ihre Mutter begrüßte, verhieß nichts Gutes. »Hey, Mom!«

»Guten Tag, meine Kleine. Wie war der Tag bisher? Im Hotel viel zu tun?«, entgegnete sie freundlich.

Jamies Miene verfinsterte sich noch mehr. »Als wenn dich das noch interessieren würde!«

»Nun setz dich erst mal und lass uns in Ruhe über alles reden.«

Jamie aber baute sich mit verschränkten Armen vor ihrer Mutter auf. »Du hast vielleicht Nerven! Wie soll ich da ruhig bleiben? Du hattest ja nicht mal den Mut, es mir ins Gesicht zu sagen!«

Marta stöhnte laut. »Ich wollte dich nicht unnötig aufregen. Wir sind alle mit den Nerven fertig. Ich dachte, ich bringe es dir schonend bei.« Marta stand auf und wollte ihre Tochter in den Arm nehmen, doch Jamie zischte nur: »Mutter, ich bin kein Kind mehr. Und schließlich hast du diesen Mist entschieden, während du angeblich um Vater trauerst. Mensch, Mom, er ist gerade mal vier Wochen unter der Erde, und du willst alles verscherbeln …«

Marta hob abwehrend die Hand. »Das ist so nicht wahr. Wir haben ja immer noch die Brennerei.«

»Die Brennerei hast du von deinen Eltern geerbt, aber Dads Herzensprojekt war das Hotel, das unsere Großeltern zu dem gemacht haben, was es heute ist. Und du willst es an diese Barclay-Kette verscheuern. Nicht zu fassen.«

»Lass es dir erklären …«

»Und du hattest nicht einmal den Mumm, es mir persönlich zu sagen. Wann hätte ich es denn erfahren sollen? Wenn die Herren aus England in mein Büro gekommen wären und sich mir als meine neuen Chefs vorgestellt hätten, sofern sie mich nicht schon vorher entlassen hätten?«

»Sie können dir nicht kündigen, mein Liebling. Das steht alles in den Verträgen. Im Gegenteil, sie machen dich zur Generalmanagerin …«

»Na und? Diesen Posten hätte ich eh bekommen als Vaters Nachfolgerin! Aber dann würde es unser Hotel bleiben und nicht von diesem Londoner Konzern gefressen! Und Papier, liebe Mom, ist geduldig!«

»Ich verstehe ja, dass du aufgebracht bist, aber ich musste ihn loswerden, diesen Klotz am Bein. Ich will nichts mehr mit dem Hotel zu tun haben. Verstehst du das nicht? Warum ist dein Vater wohl krank geworden? Weil er sich für das verdammte Hotel verschlissen hat. Es muss weg …«

Jamie ließ die Arme sinken. »Mom, was redest du denn da? Natürlich hat er viel gearbeitet, aber diese heimtückische Krankheit hat er nicht wegen seiner Arbeit bekommen, sondern da gab es mit Sicherheit jede Menge andere Gründe, warum er in letzter Zeit so gereizt war …«

Marta musterte ihre Tochter voller Wut: »Willst du etwa behaupten, das habe was mit unserer Ehe zu tun?«

»Nein, wie kommst du auf so einen Unsinn?«, widersprach Jamie entsetzt.

»Ich weiß doch, was du denkst. Du warst seit jeher ein Vaterkind, und deshalb solltest du volles Verständnis dafür haben, dass ich dich in deinem Kummer schonen wollte. Warum sollte ich dich mit meinen Plänen unnötig belasten? Ich meine, ich weiß, wie heftig du reagierst, wenn in diesem Haus irgendetwas gegen den Willen deines Vaters geschieht. Ja, ich wollte dich einfach schonen.«

Jamie war so perplex, dass ihr die Worte fehlten. Das war so typisch für ihre Mutter. Wenn sie Mist machte, dann konnte sie den Spieß so geschickt umdrehen, dass die Leidtragenden sich schließlich schuldig fühlten.

»Und es ist doch für uns alle das Beste. Sieh mal, wir bekommen eine Menge Geld, und ich kann mir in London eine Wohnung leisten und versuchen zu vergessen, was geschehen ist.«

»Du willst fort von hier?«, fragte Jamie fassungslos.

»Ja, und zwar so schnell wie möglich. Mich hält nach dem Tod eures Vaters gar nichts mehr hier. Ian kann es gar nicht mehr erwarten, bis er zurück nach Teneriffa kann und …«

»Und was ist mit mir?«

»Du stehst doch längst auf eigenen Füßen. Wann besuchst du mich denn schon mal zu Hause? Du lebst im Hotel! Wie oft war ich in diesem Riesenkasten über Wochen mutterseelenallein nur mit dem Personal, und deshalb ist das Ganze hier auch nichts anderes als ein Klotz am Bein …«

Jamie war bei den Worten ihrer Mutter kalkweiß geworden. »Heißt das etwa, du willst auch das Haus loswerden?«

Marta zuckte die Schultern.

»Ich verstehe sowieso nicht, dass Ian deine Pläne widerspruchslos hinnimmt. So als ob ihn das gar nichts anginge. Wenn ihm das Hotel auch gleichgültig sein sollte, an Stellmore Castle hängt er nämlich sehr.«

»Du tust ja gerade so, als würde ich das Geld für mich behalten wollen. Ich meine, dein Vater hat mich nun einmal zur Alleinerbin eingesetzt …«

»Und weißt du was, Mutter? Das will mir einfach nicht in den Kopf. Er hat mir hoch und heilig versprochen, dass ich das Old Course House erbe, weil du kein Interesse hast …«

»Meine liebe Jamie, nun stell mich aber nicht als Erbschleicherin dar! Das ist unfair. Euer Vater hat nicht einmal verfügt, dass ich den Erlös aus den Verkäufen mit euch teile. Das ist meine Entscheidung. Und du willst dich wohl nicht beklagen, dass ich dich zur Millionärin mache, oder?«

»Verdammt, ich will mein Hotel behalten!«, widersprach Jamie heftig und ballte ihre Fäuste.

»Die Welt liegt dir zu Füßen mit so einem Vermögen auf dem Konto. Glaub mir, es ist eine sehr gute Lösung, sich von allem Alten zu trennen. Und eines Tages wirst du das auch begreifen, meine Kleine … Sei mir nicht böse, aber ich kann nicht anders …«

Marta stockte. Sie durfte keinerlei Schwäche ihrer Tochter gegenüber zeigen. Nein, sie musste die eiserne Lady sein, für die Jamie sie ohnehin hielt. Sonst würden ihre Kinder ihr womöglich auf die Schliche kommen und ihr anmerken, dass etwas ganz anderes hinter ihren Verkaufsplänen steckte. Nein, dachte Marta entschieden, sie werden niemals hinter dieses Geheimnis kommen, wenn ich keinen Verdacht errege. Ich muss nur meinem Ruf als eiskalter Person gerecht werden. Das nehmen mir meine Kinder ohne Weiteres ab. Bei dem Gedanken wurde ihr flau im Magen, aber sie bewahrte Contenance, obgleich Jamies hochroter Kopf ihr verriet, dass ihre Tochter innerlich kochte und kurz vorm Platzen war.

»Mutter, was redest du für einen ausgemachten Unsinn? Wenn Vater dich zur Alleinerbin eingesetzt hat, dann doch nur, weil er dir vertraut hat, dass du in seinem Sinne handelst. Er hat schließlich nicht im Traum damit gerechnet, dass du, kaum dass er unter der Erde ist, beides verkaufst, und das ganz ohne Not! Ich verzichte auf alles, wenn du mir nur das Hotel lässt. Ich brauche kein Geld, ich …« Jamie sah ihre Mutter bittend an. »Mom, überlass mir doch das Hotel. Und ich verzichte auf meinen Erbteil an seinem Vermögen. Wenn Ian kein Interesse an Stellmore Castle hat, dann okay, verkauf meinetwegen unser Elternhaus, aber nicht das Hotel. Bitte nicht!«

»Ich habe meine Gründe, und an meiner Entscheidung gibt es nichts mehr zu rütteln«, erwiderte Marta kalt. Wenn ihre Tochter nur ahnen würde, warum sie das tun musste. Selbst auf die Gefahr hin, dass Jamie sie dafür hasste. Dafür hasste Marta das Hotel, weil er es so geliebt hatte. Und der Gedanke, es einfach zu verscherbeln, bereitete ihr eine gewisse Genugtuung. Würde Jamie für die verletzten Gefühle ihrer Mutter Verständnis haben, wenn sie die Wahrheit kannte? Marta bezweifelte es. Sie bedauerte zutiefst, dass sie dazu gezwungen war, ihrer Tochter den Grund ihres Verhaltens zu verschweigen. Vielleicht hätte Jamie ausnahmsweise einmal auf ihrer Seite gestanden. Schließlich hatte Marta wie eine Löwenmutter gekämpft und alles Menschenmögliche unternommen, Jamies Erbe zu schützen, wenn auch nicht mit legalen Mitteln … Seufzend stellte sich Marta vor, wie es sein könnte, wenn Jamie alles wüsste …

Die aber funkelte ihre Mutter weiterhin voller Zorn an. »Darfst du das überhaupt? Wenn du nicht freiwillig einlenkst, werde ich das Mister Wesley vortragen. Immerhin ist er Vaters Testamentsvollstrecker und wird so einem Unsinn hoffentlich nicht zustimmen«, fauchte sie.

»Ich habe das bereits mit unserem Anwalt geklärt. Sowohl was das Hotel wie auch unser Anwesen angeht, gibt es keine zwei Meinungen. Mister Wesley ist ganz meiner Ansicht. Das Angebot der Londoner ist so exzellent, dass mir keiner nachsagen kann, ich würde euch mit dem Verkauf um euer Erbe bringen. Im Gegenteil. Er hat sogar ein Gutachten eingeholt, dass es im Hotel einiger Neuerungen bedarf, damit es sich auch in Zukunft rentiert. Es braucht einen komplett neuen Spa-Bereich. Allein der kostet ein Vermögen.«

»Vater hat uns ein Vermögen hinterlassen, verdammt noch mal! Wenn wir alle an einem Strang ziehen, dann können wir zehn neue Wellnessbereiche in Auftrag geben.«

Marta zog eine Augenbraue hoch. »Kein Interesse! Das Hotel gehört der Vergangenheit an.«

»Du hast es immer gehasst!«, schrie Jamie verzweifelt.

Aber nie so sehr wie jetzt, nachdem ich von ihr weiß, dachte Marta verbittert. Sie würde nie mehr einen Fuß in dieses Gebäude setzen. Sie würde doch jedes Mal daran denken müssen, was dort einst vorgefallen war. Und an das, was ihr der Sterbende anvertraut hatte … Sie war so angespannt, dass sie anfing, mit ihren Fingern zu knacken. Ein scheußliches Geräusch!

»Mom, hör auf damit!«, ranzte Jamie sie an. »Ich frage mich, wie man nur so egoistisch sein kann! Du weißt, wie ich Old Course House liebe.«

»Wo ist das Problem? Wenn du es unbedingt willst, kannst du ja auch dableiben und in St. Andrews versauern. Besser wäre natürlich, du würdest mich nach London begleiten.«

»Das fehlte noch!«

»Verstehe mich bitte nicht falsch. Natürlich sollten wir nicht in einer Wohnung leben, aber meine Freundin Lee, deren Mann in London das Hotel, na sag schon, dieses große, schöne in der Nähe vom Hyde Park …«

»Mutter, ich bin Schottin und wüsste nicht, warum ich mein Land verlassen sollte«, konterte Jamie mit eiskalter Wut.

Marta rümpfte die Nase. »Du bist ja wie dein Vater. Ich konnte ihn gerade noch davon abhalten, sich den Separatisten anzuschließen. Wo leben wir denn? Es reicht doch, dass sich unsere Ahnen ständig mit den Engländern geprügelt haben.«

Jamie ignorierte die letzten Sätze aus dem Mund ihrer Mutter und fragte: »Und wirst du die Brennerei auch verkaufen, wenn du nach London gehst?«

»Natürlich nicht. Die arbeitet gut, auch ohne dass ich in der Nähe bin. Ich habe hervorragendes Personal, und ich hoffe immer noch, dass Ian sie übernimmt, wenn er von seinen Sonnenhotels auf den Kanaren die Nase voll hat …«

Jamie schnappte nach Luft. »Sag mal, Mutter, wenn du dir nur mal zuhören könntest. Du reißt mir in einem Atemzug beinahe das Herz heraus, indem du kompromisslos auf dem Verkauf des Hotels bestehst, und andererseits möchtest du das Lebenswerk deiner Familie bewahren. Hast du vergessen, dass du auch eine McKinnon bist?«

»Ach, häng das bloß nicht so hoch, als wenn das eine besondere Ehre wäre. Bei den McKinnons war auch nicht immer alles in Ordnung …« Marta unterbrach sich und fügte versöhnlicher hinzu: »Dein Vater war auch kein Engel, selbst wenn du es nicht wahrhaben möchtest, aber glaube mir: Es ist alles nur zu deinem Schutz!«

»Ich kann diesen dummen Spruch nicht mehr hören. Nein, und noch mal nein! Du weißt, wie mein Herz am Old Course House hängt, und dass du dich derart brutal über meine Bedürfnisse hinwegsetzt, werde ich dir nie …« Jamie konnte den Satz nicht zu Ende bringen, weil sie schwer schlucken musste. Nur keine Tränen, sagte sie sich, wenngleich sie sich gerade unendlich verlassen fühlte. Wenn wenigstens ihre Großeltern noch leben würden. Dann hätte sich ihre Mutter das wohl kaum getraut aus Angst vor dem strengen Patriarchen Aidan McKinnon. Der hätte nicht tatenlos zugesehen, wie sein Lebenswerk von einer Hotelkette geschluckt wurde. Bei dem Gedanken, dass die beiden agilen Menschen gemeinsam den Tod auf einer einsamen Landstraße gefunden hatten, weil der alte Mann es nicht lassen konnte, aus seinem uralten Bugatti das Letzte herauszuholen, konnte sie die Tränen nicht länger zurückhalten. Wobei sie eher an ihrer Großmutter Jamielle gehangen hatte als an dem strengen alten Mann, der ganz offensichtlich Ian bevorzugt hatte. Wenn sie nur daran dachte, wie wütend er reagiert hatte, als ihr Vater Ian schließlich auf die Kanaren hatte ziehen lassen und ihr die Verantwortung an seiner Seite übertragen hatte. Eine Frau in der Geschäftsführung meines Hotels, ein Skandal!, hatte der Alte geflucht. Allerdings hatte er auch die Größe besessen, sich bei ihr zu entschuldigen, nachdem er einsehen musste, wie gut sie in ihrem Job war.

»Bitte, Kleine, ich möchte dich nicht verletzen. Glaube mir doch!«, lenkte Marta ein.

Jamie wischte sich mit dem Ärmel ihrer Jacke über das Gesicht, um die verräterischen Tränen wegzuwischen.

»Mom?« Auch ihr Ton war nun versöhnlicher. »Tu mir einen Gefallen. Warte vier Wochen, bis du einen Vertrag für das Hotel unterzeichnest …«

»Aber die Engländer sind ganz scharf auf unser Hotel. Wenn ich sie zappeln lasse, wer weiß …«

»Mom, bitte! Ich brauche die Zeit, um mir darüber klar zu werden, ob ich unter fremden Leuten arbeite, nur um in St. Andrews zu bleiben, oder ob ich auch weggehe, aber nicht nach London. So viel ist sicher. Ich denke, Edinburgh wäre eine Alternative. Ich habe da ein Angebot des Scotsman.«

»Aber das wäre doch wunderbar. Siehst du, es ist alles gar nicht so tragisch, oder? Kopf hoch! Du müsstest auch gar nicht arbeiten oder könntest dir irgendwo ein neues Hotel aufbauen. Hauptsache ist, dass wir jetzt zusammenhalten«, zwitscherte Marta sichtlich erleichtert.

Jamie schwieg. Niemals zuvor hatte sie auch nur einen einzigen Gedanken daran verschwendet, zur Konkurrenz zu wechseln, aber wenn es das Erbe ihrer Familie nicht mehr gab … Sie wusste, dass man in Edinburgh Freudentänze aufführen würde, wenn sie dort anfing.

»Ach, das mit Edinburgh ist, wenn ich es mir so recht überlege, doch die beste Idee. Da wird sich aber bestimmt jemand freuen«, ergänzte ihre Mutter, als könne sie Gedanken lesen, denn auch Jamie hatte gerade daran gedacht, was ihr neuer Freund wohl dazu sagen würde, wenn sie in seine Nähe zog.

»Mom? Gibst du mir vier Wochen?«, hakte sie nach.

»Wenn es für dich so wichtig ist«, stöhnte Marta.

»Ist es!«

»Gut, dann werde ich Mister Wesley bitten, die Herren hinzuhalten.«

»Mister Wesley?«

»Sicher, er ist unser Anwalt!«

»Was hat der mit dem Verkauf des Hotels zu tun? Er ist Dads Testamentsvollstrecker und soll aufpassen, dass das alles richtig läuft, und keine Geschäfte mit Dads Erbe machen«, gab Jamie empört zu bedenken.

»Nun werde aber nicht kindisch. Er ist ein seriöser Anwalt und hat deinen Vater stets zu seiner Zufriedenheit beraten.«

Jamie lagen Widerworte auf der Zunge, aber sie schluckte sie hinunter, obwohl es ihr schwerfiel. Sie wollte keinen weiteren Streit mit ihrer Mutter riskieren. Und trotzdem kam ihr sofort in den Kopf, wie ihr Vater damals seinen Anbau beantragt hatte. Der Antrag war unter fadenscheinigen Gründen abgelehnt worden, und Mister Wesley hatte rein gar nichts dagegen unternehmen können. Erst als ihr Vater eine große Summe Geld lockergemacht hatte, um die Behörde umzustimmen, war es kein Problem mehr gewesen. Schon damals hatte Jamie dem Mann eine gewisse Skepsis entgegengebracht. Wie konnte ihre Mutter ihm nur so blind vertrauen? Wie konnte der Anwalt ihrer Mutter überhaupt dazu raten, das Old Course House zu verkaufen? Hätte er sie nicht vielmehr um jeden Preis von diesem Wahnsinn abhalten müssen? Bevor Jamie kampflos aufgab, würde sie den Anwalt zur Rede stellen. Sie hatte, was diesen Kerl anging, ein gewisses Grundmisstrauen, aber das würde sie bestimmt nicht ihrer Mutter anvertrauen, sondern ihrem Bruder. Sie sollten dem windigen Anwalt gemeinsam auf den Zahn fühlen …

»Vier Wochen! Versprochen?« Jamie reichte ihrer Mutter die Hand. Marta schlug zögernd ein und schwieg. Jamie sah ihr förmlich an, dass ihr dieser Aufschub ganz und gar nicht behagte. Dass ihrer Mutter das Hotel seit jeher ein Dorn im Auge gewesen war, wusste Jamie, aber dass sie es kurz nach dem Tod ihres Mannes gar nicht mehr erwarten konnte, sein Lebenswerk loszuwerden, wunderte sie doch ein wenig.

»Sag es! Ich möchte es aus deinem Mund hören!«, forderte Jamie sie hartnäckig auf.

»Glaubst du, ich halte meiner eigenen Tochter gegenüber nicht Wort?«, fragte Marta sichtlich gekränkt.

»Mom, sag es! Ich hätte auch nie im Leben damit gerechnet, dass du das Hotel abstößt, obwohl du weißt, wie viel es mir bedeutet. Gibst du mir jetzt dein Versprechen, oder muss ich es erst von unserem Mister Wesley schriftlich aufsetzen lassen?« Ihr Ton war unwirsch. Eigentlich hatte sie versöhnlicher klingen wollen, aber das misslang ihr gründlich. Erst als ihre Mutter mit ernster Miene schwor, das Hotel nicht binnen der nächsten vier Wochen zu verkaufen, fiel die Anspannung von Jamie ab.

»Ich gehe jetzt eine Runde reiten«, verkündete sie.

Marta warf einen verstohlenen Blick auf die Wanduhr.

»Ich will deinen Elan nicht bremsen, aber ist am Donnerstag nicht immer diese Veranstaltung um den unruhigen Geist der unseligen Lady McKinnon?«

Jamie rang sich zu einem Lächeln durch. »Na, so gleichgültig, wie ich dachte, kann dir das Hotel doch gar nicht sein, wenn du dich an diesen Termin erinnerst.«

Marta erwiderte das Lächeln ihrer Tochter. Sollte sie ihr etwa anvertrauen, dass das Hotel ihr niemals gleichgültig gewesen war, sondern sie es stets wie eine erbitterte Feindin betrachtet hatte? Mal mehr, mal weniger. Immer abhängig davon, wie viel Zeit ihr das Unternehmen gestohlen hatte. Dass sie es nun aber hasste, weil sie inzwischen wusste, dass ihr Mann nicht nur Arbeit mit dem Hotel verband …

»Und was ist nun mit der Geisterstunde?«, fragte sie betont locker.

»Ich habe eine passende Vertretung engagieren können«, erwiderte Jamie geheimnisvoll und wandte sich zum Gehen. In der Tür drehte sie sich noch einmal um.

»Hast du etwas dagegen, wenn ich heute hier übernachte?«

»Aber nein. Ich freue mich doch, wenn du im Haus bist. Ich hasse es, diesen Kasten allein mit dem Personal zu bewohnen!«

»Ich denke, Ian wohnt seit Dads Beerdigung bei dir.«

Marta räusperte sich ein paarmal, bevor sie ihrer Tochter gestand, dass ihr Sohn gleich nach der Beerdigung in das kleine Appartement der Familie unweit vom Hotel am Ortsrand von St. Andrews gezogen war.

»Das hat er mir gar nicht erzählt«, bemerkte Jamie verwundert.

»Du kennst ihn. Er lässt sich nicht gern in die Karten gucken«, erwiderte Marta seufzend.

Eigentlich wollte Jamie endlich in die Natur reiten und die ganze Geschichte hinter sich lassen. Doch der Gedanke, der nun durch ihren Kopf geisterte, überkam sie mit solcher Macht, dass sie ihn, ohne weiter zu überlegen, aussprach.

»Sag mal, Mom, bin ich vielleicht der ungeplante Nachkömmling? Hast du eigentlich nur ein Kind gewollt? Ich meine, Vater war über vierzig, und du warst immerhin auch nicht mehr die Jüngste, als ich geboren wurde. Zwischen Ian und mir liegt ein Altersunterschied von zehn Jahren …«

Marta war offensichtlich völlig verblüfft. »Wie kommst du denn jetzt auf so etwas?«, fragte sie empört.

»Ich … ach, jetzt ist es auch egal. Wir haben uns nichts geschenkt, und da dachte ich, ich kann das endlich loswerden!«

»Was heißt endlich?«

»Na ja, es ist schon merkwürdig, einen so viel älteren Bruder zu haben. Findest du nicht? Dieser Altersunterschied gibt einem schon zu denken.«

»Soll das jetzt eine Retourkutsche werden?«, gab Marta kalt zurück, während ihr das Herz bis zum Hals klopfte. »Denk doch nur an den Altersunterschied zwischen deinem Vater und seinem Bruder. Boyd war auch um einiges älter als dein Dad. Hast du es jemals gewagt, Großmutter zu fragen, warum das so ist? Die hätte dir was erzählt!«

Jamie machte eine wegwerfende Geste. »Ach, Mom, fühl dich nicht immer gleich angegriffen. Natürlich hätte ich Granny nie nach Onkel Boyd gefragt. Du weißt, dass man seinen Namen nicht einmal erwähnen durfte. Und mach dich bloß nicht immer gleich zum Opfer. Du hast mir eben einen Dolch ins Herz gerammt, nicht ich dir …«

»Also, wenn du weiter so auf mir herumhackst, dann werde ich es mir gut überlegen, ob ich auf deine Bitte Rücksicht nehme, mit der Unterzeichnung der Verträge noch vier Wochen zu warten.«

»Dann würdest du dein Versprechen brechen. Das wäre allein dein Problem«, entgegnete Jamie nicht minder kühl. Das hatte sie von ihrer Mutter gelernt. Du kannst als Frau im Leben nur etwas erreichen, wenn du deine Emotionen zügelst. Tu immer so, als könnte dich das nicht anfechten, hatte sie ihr bereits als Kind gepredigt. Jamie hatte diese Sprüche gehasst, denn sie besaß nun einmal ein feuriges Temperament und trug ihr Herz auf der Zunge. Dass es ihr heutzutage hin und wieder gelang, ihre Gefühle im Zaum zu halten, hatte sie nicht den Ratschlägen ihrer Mutter zu verdanken, sondern ihrer Arbeit im Hotel. Dort konnte sie es sich nicht leisten, ihre Emotionen ungehemmt zu zeigen. Sie war nicht nur die stellvertretende

Direktorin des Traditionshauses, sondern auch die Tochter des Eigentümers. Mit Genugtuung stellte sie fest, dass ihre Mutter rot geworden war und ihr nun hoch und heilig versicherte, dass sie niemals ihr Wort brechen würde.

»Dann würde ich an deiner Stelle auch nicht damit drohen!«, bemerkte Jamie süffisant. Sie genoss diesen seltenen Augenblick der Überlegenheit. Ihre Mutter musste innerlich sehr aufgewühlt sein, dass sie sich dermaßen vergaß. In dieser Situation kann sie nicht in ihre geliebte Opferrolle schlüpfen, dachte Jamie mit einer gewissen Schadenfreude.

»Ach, du bringst mich ganz aus dem Konzept. Ich weiß gar nicht, warum ich mich vor dir rechtfertigen muss. Dein Vater hat mich als seine Haupterbin eingesetzt, und wenn er dir das Hotel hätte vererben wollen, hätte er das doch getan. Also gib mir nicht allein die Schuld daran. Dein heiß geliebter Vater hat dein Interesse in diesem Punkt auch nicht berücksichtigt.«

Jamie schnappte nach Luft. Sie wusste genau, was ihre Mutter damit bezwecken wollte. Normalerweise würde sie ausrasten, wenn man versuchte, einen Keil zwischen ihren Vater und sie zu treiben. Sie atmete ein paarmal tief durch, bevor sie in ruhigem Ton erwiderte: »Dad hat im Leben nicht damit gerechnet, dass du sein Lebenswerk ohne Not verscherbeln könntest. Er hat sicher gewollt, dass ich es eines Tages übernehme, aber lass uns nicht wieder von vorn anfangen.«

Marta zuckte unmerklich zusammen. Wie gut, dass ihre Tochter nicht ahnen konnte, wie nahe sie soeben der Wahrheit gekommen war. Ja, wenn ich seinen allerletzten Anordnungen gefolgt wäre, sähe die Welt jetzt anders aus, durchfuhr es Marta eiskalt. Es war merkwürdig. Sie wartete immer darauf, dass sich bei ihr neuerliche Gewissensbisse einstellen würden, aber nichts dergleichen geschah. In diesem Augenblick war sie so überzeugt davon, das Richtige getan haben, wie selten zuvor.

»Mom, ich gehe jetzt wirklich reiten«.

Marta blickte in Jamies verschlossenes Gesicht und fragte sich, ob ihre Tochter ihr das je danken würde. Wie sollte sie, fügte sie in Gedanken hinzu, sie wird es ja nie erfahren. Wie gern würde sie dieser Vatertochter ins Gesicht schleudern, was Aleck ihnen angetan hätte, wenn sie es nicht verhindert hätte.

»Essen wir nachher zusammen?«, fragte sie stattdessen.

»Nein, heute nicht. Ich schlafe heute doch nicht hier. Das ist alles ein Schock für mich. Ich muss nachdenken.«

»Dazu hast du doch reichlich Zeit. Muss das ausgerechnet heute sein?«, erwiderte Marta vorwurfsvoll. »Kannst du dir nicht vorstellen, dass mich Vaters Tod auch sehr mitgenommen hat? Und dass wir uns jetzt gegenseitig Trost spenden sollten?«

»Morgen, Mutter, und da bringe ich auch meinen neuen Freund mit, den du ja unbedingt kennenlernen willst. Heute möchte ich für mich sein. Bitte respektiere das.«

»Ja, ja, wenn du unbedingt willst, aber ich darf ja wohl noch sagen, wie es mir geht. Ich meine, hat sich einer von euch beiden schon einmal danach erkundigt, wie mir zumute ist?«

Jamie legte ihrer Mutter flüchtig die Hand auf den Unterarm. »Es ist für uns alle nicht leicht«, entgegnete sie schwach, bevor sie sich auf dem Absatz umdrehte und davoneilte, ohne sich noch einmal umzudrehen.

Marta wischte sich verstohlen eine Träne aus dem Augenwinkel. Es ist alles seine Schuld!, ging es ihr wütend durch den Kopf, während sie ans Fenster trat und ihren Blick über die Felder bis hin zum Meer schweifen ließ.

Sie wusste nicht, wie lange sie regungslos so gestanden hatte. Erst als sie Jamie auf ihrem Pferd in Richtung des Klippenweges preschen sah, erwachte sie aus der Erstarrung. Der im Wind wehende rote Schopf ihrer Tochter führte ihr schmerzhaft vor Augen, dass ihre Tochter ihr Äußeres geerbt hatte, aber ansonsten ganz nach Aleck kam. Entschieden trat sie vom Fenster zurück und bedauerte zutiefst, dass sie zum ewigen Schweigen gezwungen war. Hätte sie die Kinder nicht erst vorher um Rat fragen sollen? Wer weiß, vielleicht hätten sie dieselbe Entscheidung getroffen wie Marta in ihrer Verzweiflung ganz allein? Doch sie befürchtete, dass Ian so etwas niemals gebilligt hätte. Warme mütterliche Gefühle durchfluteten sie. Er ist wirklich ein feiner Kerl, ging ihr durch den Kopf, und es wird Zeit, dass er sich endlich an die Richtige bindet. Marta war bestimmt nicht besonders sentimental, aber der Gedanke an Enkelkinder rührte sie zutiefst. Dabei dachte sie ausschließlich an Ians Nachwuchs. Sie allein wusste, warum sie Jamie nicht mit derselben Heftigkeit lieben konnte wie ihren Bruder.

St. Andrews, Juni 2012

Im Kaminzimmer waren bereits die meisten Plätze besetzt, als Tessa eintrat. Eine ältere Dame in der ersten Reihe winkte sie heran und deutete auf einen freien Stuhl neben sich. Während Tessa darauf zusteuerte, stellte sie fest, dass das Publikum hauptsächlich aus älteren, gut betuchten Ladys bestand. Eine Wolke von »Opium« schwebte über ihnen. Offenbar hatten sich die Herren in die Zigarrenbar zurückgezogen. Geistergeschichten sind wohl eher Frauensache, vermutete Tessa, während sie ihrer mit üppigem Schmuck behängten Sitznachbarin ein freundliches Lächeln schenkte.

Obwohl es ein Sommertag war, prasselte das Feuer im Kamin. Bei ihrem ersten Aufenthalt in Schottland hatte sich Tessa anfangs sehr darüber gewundert, dass im Gemeinschaftsraum des Internats immer ein Kamin brannte, gleich, wie schön es draußen war. Doch bald hatte sie es verstanden, denn das Wetter in St. Andrews gebärdete sich wie eine launische Diva. Eben noch erhellt von strahlendem Sonnenschein, konnte sich der Himmel in Windeseile verdunkeln und schwarze Wolken jagten Schauer übers Land.

Unter dem Gemälde eines finster dreinblickenden Mannes in der traditionellen Kleidung des besser gestellten Schotten aus alten Tagen war ein Tisch mit Leselampe aufgestellt, der Platz des Vortragenden. Plötzlich klappte die Tür laut, und die grau melierten Damenköpfe fuhren neugierig herum. Tessa tat es ihnen gleich und wandte sich zum Eingang. Ein Raunen ging durch den Raum, als statt des Geschichtenerzählers eine alte Frau hereinhumpelte, die auf den ersten Blick so gar nicht in dieses gediegene Ambiente passte. Im Gegenteil, sie wirkte krank und ärmlich. Sie trug ein fadenscheiniges, altmodisches Kleid, und ihre Strümpfe hatten Löcher. Tessa starrte sie genauso unverwandt an wie der Rest der Damen. Ob die zur Inszenierung des Geisterabends gehört, fragte sie sich und fügte in Gedanken hinzu, dass es dann kein besonders geschmackvoller Einfall war, eine alte Frau durch den Saal humpeln zu lassen, zumal ihre Kostümierung nicht historisch wirkte. Die Alte schien aber nicht einmal zu bemerken, wie ihr die neugierigen Blicke bis zu dem Tisch folgten, vor dem sie stehen blieb, bevor sie sich umdrehte und ins Publikum sah. Plötzlich brach sie in lautes Gelächter aus. Sie warf den Kopf in den Nacken und öffnete weit den Mund. Tessa erschrak. Der alten Frau fehlten zwei Vorderzähne. Nein, geschmackvoll war das wirklich nicht, sollte das zur Vorführung gehören, dachte Tessa verärgert. Man konnte diese Frau doch nicht derart vorführen. Ihre desolaten Zähne waren mit Sicherheit keine Maskerade.

Tessas Blick traf sich mit dem ihrer Sitznachbarin, als die Dame gerade die Nase rümpfte. »Wie kommt denn so eine wie die in dieses Hotel? Wozu gibt es in der Lobby Personal?«, zischte sie.

»Vielleicht gehört das zu der Geisterinszenierung«, flüsterte Tessa.

»Blödsinn!«, gab die Dame pikiert zurück. »Ich bin nicht zum ersten Mal hier, und eine Pennerin hat noch keinmal mitgemacht.« Mit diesen Worten erhob sich die Sitznachbarin und blickte sich um. »Ich denke, ich spreche für Sie alle, wenn ich die Dame bitte, den Raum unverzüglich zu verlassen«, sagte sie mit strenger Stimme.

Ein zustimmendes Gemurmel erhob sich von allen Seiten. Tessa aber schwieg. Ihr war das Erscheinen der alten Frau auch nicht angenehm, weil sie sich keinen Reim darauf machen konnte, warum sie sich gerade in diese Veranstaltung verirrt hatte, aber sie würde sich nicht erdreisten, sie hinauszuwerfen.

In dem Augenblick klappte die Tür erneut. Wieder wandten sich alle um. Ein attraktiver Mann betrat das Kaminzimmer. Tessa erkannte ihn sofort wieder. Es war der Charmeur, der sie vor dem Gemälde angesprochen hatte. Aber er war nicht im sportlichen Freizeitdress wie vorhin, sondern trug das schottische Festgewand.

Er war noch gar nicht vorne an seinem Platz angekommen, als die alte Frau laut krächzte: »Der Herr hat mich geschickt, um die Wahrheit zu verkünden.«

Der junge Schotte trat einen Schritt auf die offenbar verwirrte Alte zu und reichte ihr die Hand.

»Setzen Sie sich doch«, sagte er freundlich. Ein empörtes Raunen ertönte. »Oder wollen Sie meine Geschichte nicht hören?«, fügte er verbindlich hinzu.

»Doch schon, aber ich kenne sie. Und wehe dem, Sie erzählen nicht die Wahrheit!«, konterte die Alte und fuchtelte mit ihren dürren Armen in der Luft herum.

Der Mann im Rock ließ sich nicht verunsichern. Er schnappte sich den Stuhl, der offenbar für ihn vorgesehen war, und stellte ihn der Alten hin. »Ich mache Ihnen einen Vorschlag. Sie hören meine Geschichte, und wenn ich fertig bin, vergleichen wir unser Wissen. Einverstanden?«

Die alte Frau stutzte, dann huschte ein Grinsen über ihr zerknittertes Gesicht. »Sie sind mir einer. Wenn ich jünger wäre …« Widerspruchslos setzte sie sich.

»Das ist ja wohl das Letzte«, stieß Tessas Sitznachbarin empört hervor. »Und so etwas will ein Viersternehaus sein.«

»Genau, das wäre in einem Fünfsternehotel nicht passiert«, bekräftigte eine Dame aus der zweiten Reihe. Ehe Tessa sichs versah, rutschte ihr lautstark heraus: »Wer hindert Sie daran, ins Fairbanks zu gehen? Ich möchte jetzt jedenfalls gern die Geschichte der blauen Lady hören!« Erst an den sichtlich verblüfften Mienen der beiden Damen konnte sie ablesen, dass man offensichtlich keinen Widerspruch aus dem Kreis des Publikums erwartet hatte. Statt sich allerdings auf einen Streit einzulassen, heftete Tessa den Blick starr auf den Vortragenden, der sie gewinnend anlächelte.

»Ja, meine Damen und Herren, ich möchte Sie ganz herzlich zu unserer Geisterstunde begrüßen …«

Er unterbrach sich und sah die alte Frau, die es sich auf seinem Stuhl bequem gemacht hatte, freundlich an. Tessa konnte von ihrem Platz aus erkennen, dass die Alte nun selig vor sich hin lächelte. Und sie konnte sich nicht helfen: Er sah nicht nur blendend aus und war ihr gegenüber charmant, nein, er schaffte es auch, einer alten verwirrten Frau ein Lächeln auf die Lippen zu zaubern. Das ging ihr regelrecht ans Herz. Sie sah ihn plötzlich mit ganz anderen Augen und erwiderte sein Lächeln. Das Gezeter der empörten Ladys war verstummt. Dieser Mann hatte es mit einer bestechenden Selbstverständlichkeit geschafft, die alte Frau in den Kreis der Zuhörerinnen zu integrieren. In Ermangelung seines Stuhls, setzte er sich auf die Tischkante.

Wieder trafen sich ihre Blicke. Tessa wusste nicht recht, was da gerade mit ihr geschah, doch dass es etwas Ungewöhnliches war, ahnte sie. Plötzlich überkam sie das Bedürfnis, diesen Mann in den Arm zu nehmen und ihm zu sagen, wie großartig sie sein Auftreten fand. Verlegen blickte sie an ihm vorbei und musterte stattdessen das Gemälde hinter ihm. Was für ein Kontrast: dieser Mann mit den lachenden Augen und der Finsterling im Hintergrund. Die einzige Gemeinsamkeit war das Muster ihrer Tartans. Der junge Schotte trug genau das gleiche Muster wie der Herr auf dem Gemälde.

»Wenn ich mich hier so umschaue, sehe ich in einigen Gesichtern Erstaunen«, sagte er. Obwohl sie immer noch starr den Mann auf dem Bild fixierte und so tat, als ziehe er ihre ganze Aufmerksamkeit auf sich, nahm sie jedes seiner Worte intensiv in sich auf. Was für eine kehlige, volle Stimme er doch hat, ging es ihr durch den Kopf, als sie seiner Rede lauschte.

»Sollten einige unserer Stammgäste dabei sein, die diese kleine Geisterstunde schon häufiger mitgemacht haben, muss ich mich Ihnen wohl erst einmal vorstellen. Sie wundern sich sicher, dass ich heute auf dem Platz von Jamie McKinnon sitze …«

Zustimmendes Gemurmel ertönte.

»Stimmt, wo ist sie?«, fragte eine Dame aus dem Publikum.

»Die Dame des Hauses ist heute Abend leider verhindert und hat mich gebeten, für sie einzuspringen. Diese Vertretung übernehme ich aus diversen Gründen mit Freuden. Ich kenne nämlich die Geschichte der Lady in Blau seit meiner Kindheit. Wenn Sie wissen wollen, wie sie aussieht, hier ist die Kopie eines Gemäldes …«

Im Nu senkte sich vor dem Finsterling eine Leinwand, auf der ein Foto des Gemäldes der Lady in Blau erschien. »Das ist sie, die arme Seele. Und jetzt schauen Sie mich an. Fällt Ihnen etwas auf?«

Die Damen schnatterten wild durcheinander. Der Schotte fixierte Tessa und lächelte ihr aufmunternd zu nach dem Motto: Sie wissen doch, was ich meine, oder? Tessa fiel tatsächlich eine Gemeinsamkeit ins Auge, aber sie zog es vor zu schweigen. Es war schon verwirrend genug, dass sie seine Anwesenheit derart berührte. Und wie er sie ansah … Tessa versuchte, seinem Blick standzuhalten, ohne rot zu werden. Sie deutete verstohlen auf seinen Kilt und nickte. Er hob den Daumen, um ihr zu signalisieren, dass sie offenbar wusste, worauf er hinauswollte.

»Sie haben dieselbe Augenfarbe«, krähte eine Dame.

Der Schotte lachte. »Nein, ich habe wasserblaue Augen, und die Dame in Blau hat graublaue Augen, die es ganz selten gibt. Ich habe sie so eigentlich nur ein einziges Mal bei einer anderen Frau gesehen.«

Er zwinkerte Tessa ungeniert zu. »Ich glaube, die junge Dame dort kennt die richtige Antwort. Sie ist offenbar nur zu schüchtern, ihr Wissen preiszugeben.«

»Das Kleid der Lady hat dasselbe Tartanmuster wie Ihr Kilt. Es überwiegt die Farbe Blau, die vielleicht bei der Namensgebung der Lady eine Rolle gespielt hat«, entgegnete Tessa zögernd.

Er strahlte sie an. »Was soll ich noch dazu sagen? Die junge Dame hat recht. Und sie hat meinem Vortrag sogar vorgegriffen. Ich wollte Ihnen gerade die Quizfrage stellen. Warum glauben Sie, nennt man sie Lady in Blau? Und der Sieger hätte diese Flasche Malt gewonnen.« Er griff unter den Tisch und holte eine Flasche hervor.

»Die ist für Sie«, sagte er, stand auf, reichte Tessa den Preis und schüttelte ihr die Hand. Sein Händedruck war angenehm kräftig, und vor allem dauerte er länger als üblich. Tessa entzog ihm schließlich ihre Hand, denn sie hatte den Eindruck, dass auch die Damen inzwischen bemerkt hatten, wie der Schotte mit ihr flirtete. In förmlichem Ton bedankte sie sich. Er aber kam ganz dicht an ihr Ohr heran und flüsterte: »Ich habe vergessen zu sagen, dass er nur gemeinsam mit mir getrunken werden darf.«

Wider Willen musste Tessa schmunzeln.

Als er wieder auf seiner Tischkante Platz genommen hatte, fuhr er fort, als wäre nichts gewesen: »Ja, meine Damen, da die Lady in Blau und ich denselben Tartan tragen, ist es nicht schwer zu erraten, dass sie eine meiner Ahnen ist. Ich könnte jetzt nicht beschwören, ob sie meine Urgroßmutter war oder meine Ururgroßmutter, aber eines weiß ich: Das Drama nahm seinen Lauf im Jahre 1914. Ach so, mein Name ist übrigens Ian McKinnon, und lassen Sie mich bitte nachrechnen, damit ich Ihnen keine Antwort schuldig bleibe … Er schloss die Augen und schien fieberhaft zu überlegen. Ein Schmunzeln umspielte seinen Mund, als er die Augen wieder öffnete: »Die Lady in Blau war meine Urgroßmutter. Doch zurück zu unserer Geschichte: Es war eine stürmische Nacht auf der Insel Skye … Die meterhohen Wellen brachen sich an dem Felsen, auf dem die Burg der McKinnons lag …«

Auf der Leinwand erschien passend zu seinem Vortrag das Bild einer Burg, die vom Meer umspült wurde. Von einem Band kamen die dazugehörigen Geräusche. Sturmgeheul und das Klatschen von Wellen an Klippen.

»Das Wetter dort draußen tat der Freude, die innerhalb der Mauern herrschte, allerdings keinen Abbruch. Sir Calum, der junge Baronet, der erst jüngst seinen Vater verloren und dessen Titel geerbt hatte, heiratete an diesem Tag endlich seine geliebte Fiona, eine junge Baroness aus dem Nachbarort. Und die wunderschöne Braut war keine Geringere als meine Urgroßmutter.«

Wieder tauchte das Gemälde der Lady in Blau auf der Leinwand auf.

»Sie müssen zugeben, Fiona war eine wunderschöne junge Frau. Sie konnte sich vor Verehrern nicht retten, und kaum jemand verstand damals, dass sie ausgerechnet meinen Urgroßvater zum Mann nahm.«

Wieder tauchte auf der Leinwand das Bild des mürrisch dreinblickenden Schotten auf. Nein, zum Verlieben sieht er gerade nicht aus, schoss es Tessa durch den Kopf, und das liegt nicht nur an seiner finsteren Miene, sondern auch an seinem spitzen Kinn und dem schütteren roten Haar. Nach seinem Urgroßvater kommt Ian McKinnon jedenfalls nicht. Kaum hatte Tessa den Gedanken zu Ende geführt, da errötete sie. Der junge Schotte spukt ein wenig zu intensiv in meinem Kopf herum, ermahnte sie sich, bevor sie wieder seinen Worten lauschte.

»Also, Sir Calum McKinnon war bestimmt nicht der Mann, für den sich eine Inselschönheit normalerweise entschieden hätte. Schon damals munkelte man, die beiden seien von ihren Clans verheiratet worden. Und böse Zungen behaupteten auch, dass der Wille der Eltern für ihn ein Segen und für sie ein Fluch gewesen sei. Diese Gerüchte kamen wohl auf, weil der Eheschließung immer wieder Hindernisse entgegenstanden. So hatten die beiden nämlich schon einmal vor dem Traualtar gestanden, ein Jahr zuvor, doch da war der Krieg ausgebrochen, und der Baronet musste am nächsten Morgen an die Front. Sie warteten also ungeduldig auf den Pfarrer, aber der war mit seinem Boot gekentert und ertrunken. Eigentlich hätte Fiona mit ihren Eltern nach Hause fahren müssen, doch anscheinend ließ man sie bei ihrem Verlobten zurück. Gerüchte besagten, Fionas Clan war dringend darauf angewiesen, dass ihre einzige Tochter vermögend heiratete. So soll es eine vorgezogene Hochzeitsnacht gegeben haben … Neun Monate später stellte sich jedenfalls Nachwuchs ein. Fiona liebte ihren Sohn über alles und lebte auf Schloss McKinnon wie die rechtmäßige Ehefrau von Sir Calum. Der war der glücklichste Mann der Welt, als er bei seiner Rückkehr von der Front nicht nur seinen prächtigen Sohn in die Arme schließen, sondern auch mit seiner Verlobten endlich vor den Traualtar treten konnte. Dieses Mal war vorgesorgt. Der Pfarrer war bereits auf der Burg, und so konnte die Trauung vonstattengehen. Kaum hatten sie einander Treue bis in den Tod geschworen, erhielt Sir Calum allerdings den Befehl, umgehend zu seiner Truppe nach Frankreich zurückzukehren. Da der tosende Sturm die sofortige Überfahrt erforderte, fanden die Liebenden nicht einmal mehr die Zeit, die offizielle Hochzeitsnacht miteinander zu verbringen …«

Ian legte eine kleine Pause ein und ließ seinen Blick durch die Reihen seiner Zuhörerinnen schweifen. Bei Tessa verweilte er länger, bevor er fortfuhr. Wie Tessa amüsiert feststellte, hingen ihm die Ladys förmlich an den Lippen.

»… und da Sir Calum kommandierender General eines schottischen Regiments war, bekam er keinen Heimaturlaub mehr. Lady Fiona soll sehr darunter gelitten haben, dass ihr Mann fort war. Und dann nahm die Katastrophe ihren Lauf, als acht Monate später ein Brief eintraf, in dem man der jungen Ehefrau bedauernd mitteilte, dass ihr Ehemann in der Schlacht an der Somme gefallen war. Was daraufhin geschah, ist nur aus den Schilderungen des Personals überliefert. Die junge Lady brachte an jenem Abend wie jeden Tag ihren Sohn Aidan ins

Bett und trug dem Kindermädchen auf, immer gut für ihn zu sorgen. Sie müsse auf eine kleine Reise gehen, so sagte sie der jungen Frau. Bleich wie der Tod sei sie in jener Nacht gewesen. Und dann hatte sie mit einem Boot übergesetzt und wurde nie wiedergesehen. Ihre Leiche wurde zwei Tage nach Sir Calums Rückkehr – seine Todesnachricht war ein Irrtum gewesen – an den Strand von Dornie gespült, dort munkelte man, sie sei einem Verbrechen zum Opfer gefallen, aber Sir Calum, der ihren Leichnam identifizieren musste, berichtete von einem Abschiedsbrief, in dem sie ihren Selbstmord angekündigt hatte. Den hat sie ihm, wie er unter Tränen versicherte, zusammen mit ihrem Saphirring hinterlassen. Den Saphir hatte er ihr angeblich zur Geburt des Sohnes Aidan geschenkt als Zeichen ihrer magischen Liebe. Und es muss Liebe gewesen sein! Denn in dem Brief stand geschrieben, dass sie aus Kummer über seinen Tod ins Wasser gegangen war.«

»Nein, nein, nein, das ist nicht wahr! Das ist gelogen!«, protestierte die alte Frau, die Ian bislang widerspruchslos zugehört hatte.

Statt unwirsch zu reagieren, wandte er sich ihr freundlich zu. »Lassen Sie mich die Geschichte noch zu Ende bringen. Ich habe Ihnen versprochen, dass wir dann über das reden, was Sie wissen.«

»Gut, gut!«, brummte die Alte. »Nur, wir dürfen es nicht unterschlagen. Dann bekommt die gute Seele niemals Ruhe. Und das wollen Sie doch auch, oder?«

Er nickte knapp.

»Das war nur der Anfang einer Reihe schlimmer Schicksalsschläge für den McKinnon-Clan. Den Tod seiner Frau soll Sir Calum niemals verwunden haben. Er ist beinahe wahnsinnig geworden und fing zu trinken an. Er verfiel in kürzester Zeit dem Alkohol. Und eines Nachts brannte sein Schloss bis auf die Grundmauern ab. Er selbst hatte im Suff das Feuer gelegt. Im letzten Augenblick konnte er dem Inferno entkommen. Nur das Gemälde seiner Frau und seinen Sohn Aidan hatte er aus dem brennenden Gemäuer retten können. Er wollte nur noch fort von der Insel und kaufte von seinem letzten Geld weit weg an der Ostküste in der Grafschaft ein kleines Haus. Dort ließ er wohl dieses Gemälde von sich anfertigen. Sie kennen das Bild bereits und werden nun vielleicht verstehen, warum mein Urgroßvater so finster dreinblickt. Er ist seines Lebens nie wieder froh geworden, und sein Sohn Aidan wuchs unter den Gemälden seiner Eltern in trostloser Umgebung auf, aber das ist eine andere Geschichte, denn er schaffte es, sich aus den trostlosen Verhältnissen seiner Jugend emporzuarbeiten und dieses Hotel zu errichten. Nach dem Tod seines Vaters besaß mein Großvater jedenfalls nichts als die Gemälde seiner Eltern und den Ring seiner Mutter, den er aber bis zu seinem Tod in Ehren hielt und niemals versilbert hätte. Und seit das Bild nun in diesem alten Gemäuer hängt, ist der Geist der Lady in Blau zurückgekehrt und spukt durch das Old Course House. Wir vermuten, es liegt daran, dass sie damals als Selbstmörderin in einem abgelegenen Grab verscharrt worden ist, während Sir Calums sterbliche Überreste auf dem Friedhof von Kirkcaldy ruhen. Und nun verlangt sie danach, mit ihm wenigstens im Tod vereint zu werden. Vielleicht haben Sie sie schon manchmal leise klagen und stöhnen hören …«

Vom Band erklang schauriges Geheul, im Hintergrund läuteten Kirchenglocken.

»Ich höre es jedes Mal ganz deutlich«, erklärte eine eifrige Dame, nachdem die Geräuschkulisse verebbt war. »Immer wenn ich hier logiere, weint sie nachts ganz fürchterlich. Haben Sie schon einmal an eine Geisterbeschwörung gedacht?«

Tessa sah deutlich, wie Ian sich ein Lachen verbeißen musste. Offenbar glaubte der junge Schotte kein Wort von dem, was er hier zum Besten gab, und war nichts anderes als ein guter Entertainer.

»Ach, wissen Sie, eigentlich gehört sie in dieses Haus, und

wir sind ganz froh, sie hier zu haben«, entgegnete Ian. Für Tessa war der spöttische Unterton kaum zu überhören, aber da war sie wohl die Einzige. Die älteren Damen redeten nun wild durcheinander.

»Sie wollen sie doch nicht unerlöst herumgeistern lassen?«, fragte die Dame, die die Geisterbeschwörung vorgeschlagen hatte, empört. »Und warum überführen Sie den Leichnam der Lady in Blau nicht nach Kirkcaldy zu ihrem Liebsten?«

»Nun, weil sie damals in einem anonymen Grab beigesetzt wurde, wie es dort mit Selbstmördern gemacht wurde«, entgegnete Ian.

»Dann müssen Sie einen Fachmann ins Schloss holen, der Kontakt mit ihr aufnimmt und sie besänftigt«, insistierte die Dame kämpferisch.

»Ja, natürlich, ich denke, das sollte ich anregen …« Ian war das Lachen vergangen. Dafür musste sich Tessa auf die Lippen beißen, um nicht laut loszuprusten. Ian McKinnon schien die geisteraffinen Damen nicht wirklich ernst zu nehmen.

»Sie müssen ihr helfen. Die Frau hat sich umgebracht. Die gibt keine Ruhe. Hat ihr denn noch niemand klarmachen können, dass ihre Tat vergeblich war, weil ihr Mann gar nicht tot war? Ich kenne da ein Medium. Die hat neulich den Kontakt zu meinem verstorbenen Mann hergestellt. Die kann ich Ihnen nur empfehlen. Einer muss ihr helfen, wenigstens im Jenseits zu ihrem geliebten Mann zu kommen!«, schlug eine andere vor.

Tessa befürchtete schon, in einem spiritistischen Zirkel gelandet zu sein. Umso erleichterter war sie, als nun eine aufgeregte Dame mit französischem Akzent rief: »Sie nehmen das doch nicht etwa ernst, mesdames! Das ist Unterhaltung. Das gehört zu einem guten schottischen Hotel wie ein guter Whisky! Mehr nicht!«

Daraufhin ging ein Aufschrei durch den Raum. Der Saal glich nun einem Hexenkessel. Die einen wollten unbedingt der armen Lady Fiona helfen, die anderen hielten das für Humbug. Eine heiße Diskussion entbrannte zwischen denen, die an Geister glaubten, und denen, die einfach nur gut unterhalten werden wollten.

»Meine Damen«, versuchte Ian die aufgebrachten Ladys zu beruhigen. »Wie dem auch immer sei, Sie können hier bei mir Kopien des Gemäldes der blauen Lady käuflich erwerben.«

Tessa musterte ihn belustigt. Er warf ihr einen Blick zu und verdrehte die Augen. Ihn schien das Chaos langsam zu nerven. Wahrscheinlich hat er sich die Vertretung der Geisterstunde unkomplizierter vorgestellt, vermutete sie. Er rollte so übertrieben mit den Augen, dass sie Mühe hatte, sich das Lachen zu verkneifen. Doch das registrierten die anwesenden Damen nicht. Es gelang Ian nur schwerlich, die aufgeregten Ladys zu beruhigen. Erst als er mit ernster Miene verkündete, man werde alles tun, damit die Lady in Blau bei ihrem geliebten Mann die letzte Ruhe fände, verstummten die aufgeregten Stimmen.

In diese Stille schallte eine brüchige Frauenstimme wie ein Donnerhall. »Sie kann nicht erlöst werden, solange die Lüge nicht ausgeräumt ist! Erst wenn die Nachwelt erfährt, was ihr wirklich widerfahren ist, wird sie freiwillig gehen! Und wenn ihr endlich versteht, dass ihr sie ins falsche Grab legen wollt. Solange sie das fürchtet, kann sie keine Ruhe finden.«

Die alte Frau in der ersten Reihe war während ihrer flammenden Worte vom Stuhl aufgesprungen und fuchtelte mit den Armen herum. Alle starrten die Alte an, als wäre sie der Geist von Old Course House.

»Du erzählst eine Menge Unsinn, junger Mann!«, krähte sie. »Aber so seid ihr McKinnons!«

Der Schotte bewahrte Haltung. »Dann erzählen Sie uns doch endlich, was Sie wissen«, schlug er der alten Dame vor.

Die alte Frau funkelte ihn wütend an.

»Ihnen ist völlig egal, was mit Ihrer Urgroßmutter ist. Meinen Sie, ich durchschaue Sie nicht? Sie wollen nur Ihre dummen Gemälde verkaufen!« Sie deutete auf den Stapel mit den Bilderkopien, die auf einem kleinen Tisch lagen und vier Pfund pro Stück kosten sollten. »Nein, darauf müssen Sie schon selber kommen. Ich gebe Ihnen mein Wissen nicht preis. Nein. Ihnen nicht!« Während die Alte weiterschimpfte, stampfte sie wie ein trotziges Kind mit dem Fuß auf. »Ich wollte Ihnen helfen, damit Sie die arme Seele erlösen können, aber Sie haben gar kein Interesse daran! Dann leben Sie meinethalben mit einem Geist!« Sie wandte Ian demonstrativ den Rücken zu und humpelte fluchend durch den Raum.

»Nun warten Sie doch!«, rief Ian ihr halbherzig nach. Er stand auf, wollte ihr folgen, aber er war inzwischen von interessierten Frauen umringt, die Kopien des Gemäldes kaufen wollten. Über ihre Köpfe hinweg warf er Tessa einen flehenden Blick zu. »Können Sie die arme Frau vielleicht nach Hause begleiten? Ich befürchte, sie ist nicht ganz in der Lage, den Weg zu finden.« Ian tippte sich gegen die Stirn. Tessa nickte knapp, erhob sich und folgte der Frau in der Hoffnung, sie in der Lobby einzuholen, aber sie war nirgends zu sehen. Offenbar hatte sie das Haus bereits verlassen. Draußen war es noch hell. Tessa blickte suchend nach beiden Seiten. Schwer zu sagen, welchen Weg die Alte eingeschlagen hatte. Da sah Tessa, wie sie in Richtung der Dünen verschwand. Sie war erstaunlich schnell auf den Beinen. Tessa rannte ihr nach und holte die flinke Person schließlich ein.

»Warten Sie doch bitte!«, keuchte sie außer Atem.

Die Alte blieb stehen und musterte Tessa von Kopf bis Fuß. Ihr Gesichtsausdruck wurde milder.

»Ach, Sie sind das? Das ist gut, das ist sehr gut sogar.«

»Ja, ich saß eben bei der Geisterstunde im Publikum, und ich wollte Sie sicher nach Hause bringen.«

Die Antwort der alten Frau war ein lautes Kichern.

»Nein, nein, das ist nur ein fauler Trick. Das ist nicht mein Zuhause!«

Tessa war ratlos. Sie wollte sich der Fremden nicht aufdrängen, aber durfte sie die offensichtlich verwirrte Person einfach allein lassen?

Die Antwort wurde ihr abgenommen, als in diesem Augenblick zwei Männer im Laufschritt auf sie zukamen. Die alte Frau starrte mit vor Panik geweiteten Augen in deren Richtung, rührte sich aber nicht von der Stelle.

»Miss Cameron, was machen Sie denn wieder für Sachen?«, rief einer von ihnen, als er außer Atem vor der alten Dame stehen blieb.

Miss Cameron presste trotzig die Lippen aufeinander. Nun war der andere, ein etwas dicklicher Mann, auch angekommen. Er keuchte wie eine Dampflok und packte die alte Dame unsanft am Arm.

»Lassen Sie sie sofort los! Wer sind Sie, und was haben Sie mit ihr vor?«, fragte Tessa empört.

»Das wollte ich Sie auch gerade fragen. Was machen Sie hier mit Miss Cameron in den Dünen von St. Andrews? Haben Sie ihre Flucht vorbereitet? Haben Sie ihr geholfen? Das würde einiges erklären. Sonst müsste es mit dem Teufel zugehen, dass sie uns immer wieder ausbüxt!«, schimpfte der Kerl auf sie ein, statt sich für sein rüdes Benehmen zu entschuldigen.

»Welche Flucht? Wieso ausbüxen?«

»Sie ist schon wieder aus der Klinik abgehauen. Nicht zu fassen«, fluchte der andere und griff Miss Cameron grob am anderen Arm. »Unsere Geduld ist bald am Ende«, fügte er unwirsch hinzu.

»Ich möchte mich nur noch in Ruhe von dieser netten Frau verabschieden. Sie wollte mir lediglich den Weg zeigen«, hörte Tessa die alte Dame flöten. Ihre Stimme klang völlig anders als zuvor, beinahe mädchenhaft.

»In Ordnung, aber versuchen Sie ja nicht wegzulaufen, Lady!« Die beiden Männer ließen die alte Dame zögernd los. Sie trat einen Schritt auf Tessa zu, so nah, dass Tessa ihren schlechten Atem riechen konnte. Plötzlich versuchte die Alte, ihr etwas in die Hand zu drücken. Es fühlte sich an wie ein sehr schmales Buch.

»Besuchen Sie mich, und dann holen Sie mich raus! Sie sind ein guter Mensch. Mit Ihrer Hilfe kann ich die arme Seele erlösen. Wir müssen die Lady in Blau davon überzeugen, dass die Wahrheit ans Licht kommt und sie von aller Schuld reingewaschen wird«, raunte sie.

»Aber Sie sollten sich lieber an Mister McKinnon wenden …«, protestierte Tessa schwach.

»Nein!«, zischte die Alte. »Er glaubt nicht daran, dass ihre Seele nach Erlösung sucht. Es wäre sinnlos, wenn ich ihm meine Hilfe anböte. Er würde sie ausschlagen, und die arme Seele würde niemals ihren Frieden finden. Sie würden sie ins Grab zu Sir Calum legen, aber dorthin will sie auf keinen Fall. Bitte glauben Sie mir doch!«, fügte sie beschwörend hinzu.

»Nun ist es aber gut mit dem Abschied, Miss Cameron«, bemerkte der eine der Männer genervt.

»Bitte, schwören Sie, dass Sie zu mir kommen!«, flehte Miss Cameron. »Dann zeige ich Ihnen den Inhalt des Buchs und Sie werden mir glauben müssen!«

Die beiden Männer hakten Miss Cameron ungeduldig von beiden Seiten unter und wollten sie mit sich fortziehen.

»Wohin bringen Sie sie?«, wollte Tessa wissen.

»Ins Royal Dundee Liff Hospital«, entgegnete der Dickliche.

Tessa stieß einen tiefen Seufzer aus. Das hätte sie sich denken können. Die alte Dame war aus der psychiatrischen Klinik geflüchtet. Mit gemischten Gefühlen blickte sie ihnen hinterher. Es war ein merkwürdiges Bild, wie diese kräftigen Kerle die kleine zerbrechliche Person in ihrer Mitte förmlich abführten. Da drehte sich Miss Cameron noch einmal um und rief: »Schwören Sie, dass Sie es nicht aufgeben, bevor die arme Seele erlöst ist?«

»Ich schwöre«, gab Tessa schwach zurück, obwohl ihr unwohl bei dem Gedanken war, der armen Alten ein Versprechen zu geben, das sie nicht zu halten gedachte. Was hatte sie mit der Sache zu tun? Es war Ians Angelegenheit, und so verrückt das alles war, sie würde ihm raten, der alten Frau tatsächlich einen Besuch abzustatten.

Erst als die drei hinter der Düne verschwunden waren, betrachtete Tessa das Buch in ihrer Hand näher. Es hatte einen fleckigen weinroten Umschlag aus Samt. Es muss schon alt sein, vermutete sie, bevor sie vorsichtig den Deckel aufschlug. Es war leer, bis auf eine Seite. Jemand musste die Seiten herausgerissen haben. *Die Aufzeichnungen der Hebamme Bonnie Chattan. Dornie 1916* stand in gestochen scharfer Schrift auf dem vergilbten Papier der übrig gebliebenen Seite geschrieben.

Ein ausgeweidetes Tagebuch, stellte Tessa überrascht fest. Was hatte das zu bedeuten? Sie sollte es unbedingt Ian McKinnon zeigen.

Entschlossen klappte Tessa den Umschlag zu und eilte in Richtung Hotel. Langsam senkte sich die Dämmerung über St. Andrews. Immer noch war der Himmel selten klar bis auf einige wenige Wolken, die jetzt von Westen kamen.

Nachdem sie die Lobby betreten hatte, blieb sie einen Augenblick ratlos stehen, doch dann steuerte sie auf das Kaminzimmer zu. Angeregtes Stimmengewirr schallte ihr entgegen. Die Damen schienen immer noch eifrig darüber zu diskutieren, ob es nun Geister gab oder nicht.

Doch wo war Ian McKinnon abgeblieben? Tessa sah sich suchend um.

»Er musste dringend fort«, bemerkte die Dame, die vorhin neben ihr gesessen hatte, nun, ohne dass Tessa sie danach gefragt hätte.

»Wer?«, gab sie zurück, obwohl sie natürlich wusste, vom wem da die Rede war.

»Sir Ian bekam einen Anruf und ist hastig aufgebrochen. Er hat mir aufgetragen, Ihnen einen Gruß auszurichten. Er sagte wörtlich: *Bitte sagen Sie der jungen Dame, sobald sie zurück ist, ich werde mich morgen bei ihr melden. Sie möge an der Rezeption ihren Namen und ihre Zimmernummer hinterlassen.«*

Die Überbringerin der Nachricht musterte Tessa vielsagend. »Ist er nicht wunderbar?«, fügte sie hinzu.

»Ich kenne ihn nicht näher«, entgegnete Tessa ausweichend.

Die Lady schmunzelte. »Sie halten mich wohl für scheintot. Ich war auch mal jung. Auch vor siebzig Jahren wurde poussiert, was das Zeug hält. Und natürlich habe ich sofort gemerkt, welcher Galan für mich entflammt war. Glauben Sie mir, die Funken, die soeben gesprüht haben, waren nicht zu übersehen.«

Tessa lächelte verlegen. Sie sah ein, dass es keinen Sinn hatte zu leugnen, denn wenn sie ehrlich war, löste der junge Schotte in der Tat ein gewisses Kribbeln in ihr aus. Als sie spürte, wie sie errötete, ging sie hastig zu ihrem Platz und ließ den Tagebuchdeckel in die Umhängetasche, die immer noch unter dem Stuhl stand, gleiten. Dann würde sie ihm die Hülle des Büchleins eben später geben. Nachdenklich kehrte sie in die Lobby zurück. Sie war bereits auf dem Weg zur Rezeption, um dort Namen und Zimmernummer zu hinterlassen, als sie Ian McKinnon in einer Ecke entdeckte. Sie stutzte. Er hielt eine Frau im Arm, die gerade in diesem Augenblick ihr Gesicht hob. Keine Frage, sie hatte geweint, aber nicht einmal die verquollenen Augen vermochten ihre Schönheit zu mindern. Zärtlich strich ihr Ian eine Haarsträhne aus dem Gesicht.

Verlegen wandte sich Tessa ab. Den Anblick konnte sie nur schwerlich ertragen. Was habe ich denn erwartet, fragte sie sich ärgerlich. Dass dieser Mann, weil er mich auf merkwürdige Weise bewegt, auch an mir ein besonderes Interesse haben muss?

Mit hochrotem Kopf änderte Tessa die Richtung und verschwand im Aufzug. Im zweiten Stock warf sie der Lady in Blau einen flüchtigen Blick zu, bevor sie schnellen Schrittes zu ihrem Zimmer ging. Dort angekommen atmete sie ein paarmal tief durch und holte das Tagebuch aus ihrer Tasche. Nachdem sie es eine Zeit lang unschlüssig von außen betrachtet hatte, schlug sie es erneut auf. Es war merkwürdig. Obwohl sie wusste, dass es nur die Hülle war, empfand sie eine gewisse Enttäuschung. Liebend gern hätte sie mehr über die Dame in Blau erfahren. Und genau das hatte die verwirrte Alte offenbar bei ihr auslösen wollen. Ob sie wohl bluffte, oder ob der Inhalt des Tagebuchs tatsächlich in ihrem Besitz war?

Nur mühsam konnte sich Tessa von dem Samteinband lösen. Sie verstand diese magische Anziehung nicht. Was interessierte sie das Schicksal einer Fremden aus längst vergangenen Tagen? Ich sollte dieses Ding schnellstens loswerden. Sie nahm sich vor, es morgen früh gleich für Ian McKinnon an der Rezeption zu hinterlegen. Zusammen mit einer Nachricht, dass die alte Frau aus der psychiatrischen Klinik in Dundee geflüchtet war. Entschlossen legte sie die Buchdeckel auf ihren Nachttisch. Der Geruch von Mottenkugeln zog ihr in die Nase. Sie kannte den Geruch aus ihrer Kindheit. So eine Wolke von Naphthalin war stets aus dem Kleiderschrank ihrer Großmutter geströmt. Tessa hatte den Gestank als Kind gehasst, und trotzdem war er eng verbunden mit den Geheimnissen, die ihre Großmutter in dem riesigen Eichenschrank verborgen hatte. Dort hatte es unter einem Stapel von Handtüchern die herrlichsten Süßigkeiten gegeben. Naschsachen, die bei ihrer Mutter strikt verboten waren wie Geleebananen und zuckersüße Pfefferminztaler.

Tessa richtete sich noch einmal auf und ließ den Tagebucheinband in der Nachttischschublade verschwinden.

Sie holte sich eine kleine Flasche Rotwein aus der Minibar, zog sich ihr Nachthemd an und machte es sich auf dem breiten Bett bequem. Immer wieder schweiften ihre Gedanken zu der Dame in Blau und ihrem Nachkommen, dem charmanten Schotten. Hatte Ian sie nur angeflirtet, weil sie einander so ähnlich sahen? Sie hätte sich denken können, dass der Mann kein Single war.

Warum verschwende ich meine Gedanken an diesen Mister McKinnon, der mich wahrscheinlich nur bemerkt hat, weil ich die einzige Frau unter dreißig im Publikum gewesen bin? durchfuhr es sie ärgerlich. Ich sollte mir lieber überlegen, wie ich herausfinde, was meine Mutter nach St. Andrews getrieben hat, fügte sie hinzu, bevor ihr vor Erschöpfung die Augen zufielen.

Dornie, Oktober 1932

Bei jeder Bö peitschte der Regen erneut gegen die Scheiben der Ladentür und ließ Mairi zusammenzucken. In »Murrons Laden«, wie das Geschäft im Dorf von allen genannt wurde, gab es alles, was die Menschen in Dornie benötigten: von der Angelrute über frischen Fisch, Kernseife und Kochtöpfe bis zu Whisky und Wetterjacken. Es gab keinen Flecken in diesem winzigen Raum, der nicht mit Waren vollgestellt war. Nur die Ladentheke war leer, bis auf die Kasse und ein paar Gläser voller Süßigkeiten.

Die Bewohner des kleinen Ortes liebten ihren Laden und die Besitzerin, die bodenständige Murron Haigs. Mairi hingegen hasste die Enge und den Geruch nach Mottenpulver, der alles andere penetrant überlagerte. Seit sie denken konnte, wusste sie, dass sie in diesem gottverlassenen Nest nicht alt werden würde. Doch diesen Wunsch musste sie tief in ihrem Herzen verbergen, denn wenn ihre Mutter davon Wind bekam, würde sie nur noch mehr Angst um ihre Tochter haben, sich noch stärker an ihr festklammern und noch mehr für sie beten. Es war Mairi schon lästig genug, dass sie jeden Sonntag mit nach St. Duthac musste und von ihrer Mutter in regelmäßigen Abständen gedrängt wurde zu beichten. Da der Pater Schweigepflicht hatte, durfte er Murron nicht erzählen, dass Mairi ihm jedes Mal dasselbe anvertraute: dass sie sich reichlich aus dem Bonbonglas bedient hatte, was nicht einmal stimmte. Aber sie konnte ihm schlecht verraten, dass sie nach der Lektüre von *Kritik der reinen Vernunft* des deutschen Philosophen Immanuel Kant an der Existenz eines Gottes zweifelte.

Mairi seufzte bei dem Gedanken an die übergroße Fürsorge, mit der ihre Mutter sie seit jeher überschüttete. Wie eine Glucke wachte ihre Mutter über ihr Wohl und ihre Tugend. Mairi war wohl die Einzige im Dorf, die jahrelang zum Schulhaus gebracht worden war, obwohl es nur um die Ecke lag, und die Einzige, die vom Spielen nach Hause geholt wurde, sobald sich die Dämmerung über die Bucht legte. Und wohl auch das einzige Dorfmädchen, das noch niemals zum Tanzfest nach Kyle of Lochalsh hatte mitgehen dürfen. Gut, das war kein allzu großer Verzicht, weil sie die Gleichaltrigen ohnehin nicht mochte. Trotzdem, sie behandelt mich wie ein Kind, dabei werde ich schon siebzehn, dachte Mairi verärgert, während sie Shortbread auf einen Teller legte und ihn neben die Kasse stellte. Du musst das Geschäft von der Pike auf kennenlernen, pflegte ihre Mutter stets zu sagen. Doch der Gedanke, dass sie den ganzen Stolz ihrer Mutter, diesen kleinen Laden, einmal übernehmen sollte, erfüllte sie mit Grauen. Sie sah sich eher in einer Bücherei philosophische Schriften studieren. Aber das ahnte ihre Mutter nicht.

An diesem Tag war es besonders schlimm. Seit Stunden hatte sich kein Kunde in den kleinen Laden verirrt. Es war ein Wetter, bei dem selbst die hartgesottenen Highlandbewohner nicht einmal ihre Hunde vor die Tür jagten.

Das Schlimmste war, dass ihre Mutter erst gegen Abend aus Inverness zurückkommen würde und sie dazu verdonnert hatte, sie den ganzen Tag im Laden zu vertreten. Du musst dich schließlich langsam einarbeiten, hatte sie Mairi vor der Abreise eingeschärft. Allein bei dem Gedanken an eine Zukunft in »Murrons Laden« lief Mairi ein kalter Schauer über den Rücken. Doch das war nicht der einzige Plan, den ihre Mutter für sie geschmiedet hatte. Nein, sie hatte auch schon einen potenziellen Ehemann für sie ausgesucht, den Sohn des Dorfschullehrers, Carson MacDonald, ein blasses, pickeliges Jüngelchen, der bei Mairi nicht die allergeringste Chance hatte. Aber er war katholisch und ging jeden Sonntag in die Kirche.

Mairi aber träumte, wie so oft, davon, dass sich ein Fremder in den Laden verirren und sie in eine andere, weitaus spannendere Welt entführen würde. In ihren Träumen sah er blendend aus und war ganz ihrer Phantasie entsprungen, denn so einen Jungen gab es nicht. Jedenfalls nicht hier in diesem Kaff, in dem Loch Duich und Loch Long zusammenflossen. Doch neuerdings kamen zu ihrer großen Freude vermehrt Fremde ins Dorf. Seit man in diesem Jahr endlich den Neuaufbau von Eilean Donan Castle abgeschlossen hatte, war die Burg zu einer großen Touristenattraktion geworden. Und fast jeder, der sie besichtigte, kaufte auch etwas in »Murrons Laden«. Vor allem die hübschen Ansichtskarten von der Burg. Ihre Mutter sah das Ganze mit gemischten Gefühlen. Einerseits brachte es Geld in die Kasse, andererseits befürchtete sie, dass diese fremden Burschen Mairi den Kopf verdrehten und Flausen in den Kopf setzten. Sie hatte ihre Tochter gerade gestern erst wieder ermahnt, als drei junge Studenten aus Edinburgh Proviant im Laden gekauft und sich angeregt mit Mairi unterhalten hatten. Daraufhin war sie das erste Mal ihrer Mutter gegenüber laut geworden. »Hör endlich auf, mich wie ein Baby zu behandeln!«, hatte sie zornig hervorgestoßen. »Ich bin heilfroh, wenn ich einmal vernünftige Gespräche führen kann. Die haben wenigstens etwas im Kopf! Was meinst du, wie gern ich auf eine höhere Schule gegangen wäre! Ich hätte mich gern mit klugen Menschen umgeben statt …«

Mairi hatte ihre Worte bereut, kaum dass sie diese ausgesprochen hatte. Ihre Mutter war kalkweiß geworden. Mairi hatte sich zwar wortreich entschuldigt, aber sie hatte den Eindruck, ihrer Mutter einen echten Tiefschlag versetzt zu haben. Der Schmerz in ihren Augen war nicht zu übersehen gewesen, wenngleich sie Mairi mehrfach versichert hatte, es wäre alles in Ordnung. Mairi hatte wirklich alles versucht, ihre Mutter um Verzeihung zu bitten. Sie hatte sie in den Arm genommen, freiwillig Shortbread gebacken und sogar beteuert, sie werde sich demnächst einmal mit Carson verabreden. Aber nicht einmal dieses Opfer hatte ihre Mutter vollends trösten können.

Mairi ließ sich seufzend auf einen Stuhl hinter der Theke fallen und grübelte darüber nach, was ihre Mutter wohl am meisten daran getroffen haben mochte. Habe ich ihr schmerzhaft vor Augen geführt, dass sie im Gegensatz zu mir ein eher schlichtes Gemüt besitzt?, fragte sie sich zum wiederholten Mal. Dass Mairi nicht nur schneller im Kopf war als ihre Mitschüler, sondern auch als ihre Mutter, hatte sie schon im ersten Schuljahr bemerkt. Sie hatte den Unterrichtsstoff mit einer geradezu spielerischen Leichtigkeit gelernt und sich ganz schnell gelangweilt. Ihr Lehrer hatte das Problem ihrer Unterforderung begriffen und sie mit Extraaufgaben betraut. So hatte sie, während viele der anderen noch damit beschäftigt gewesen waren, die Rechtschreibung zu lernen, bereits jede Menge Bücher verschlungen. Bücher, von denen ihre Mutter noch nie etwas gehört hatte.

Mairi hatte sich sehr darum bemüht, dass ihre Klugheit nicht zu sehr auffiel, denn sie hatte ohnehin schon genug mit dem Neid der anderen Mädchen zu kämpfen. Sie selbst fand sich alles andere als hübsch, aber ihre Mutter predigte ihr stets, dass ein wunderschönes Mädchen wie sie sich davor hüten müsse, mit den Männern zu kokettieren. Das war bei Mairi stets in das eine Ohr hinein und zum anderen Ohr wieder hinausgegangen. Doch gestern hatte sie es zum ersten Mal aus dem Munde eines Fremden gehört. Bei der Erinnerung, wie vertraulich er ihr das Kompliment zugeflüstert hatte, glühten ihre Wangen vor Verlegenheit. »Wissen Sie, dass Sie das schönste Mädchen der Highlands sind?«, hatte er ihr zugeraunt. Mairi war so verdutzt gewesen, dass sie sich wortlos abgewandt und aus dem Laden geflüchtet war. Natürlich war das wiederum ihrer Mutter nicht entgangen, und sie war Mairi mit neugierigen Fragen auf die Nerven gefallen. Sie aber hatte eisern geschwiegen, da sie auf die Standpauke verzichten konnte, die ihr unweigerlich gehalten worden wäre. Ihre Mutter hätte ihr bestimmt vorgeworfen, dass so etwas nur vom Poussieren käme. Der junge Mann war auf jeden Fall attraktiv gewesen, nur seine Haarfarbe war nicht nach ihrem Geschmack. Nicht, dass sie kein dunkles Haar mochte. Im Gegenteil, sie hatte ja selber schwarze dicke Locken. Ihr Haar war ihr einziges Merkmal, das sie wirklich schön fand. Aber in einem Mann suchte sie das Gegenteil von sich selbst. Sie träumte von einem blonden, hochgewachsenen Kerl.

Mairi schloss die Augen und ließ ihn vor ihrem inneren Auge entstehen. Er war schlank, hatte ein kantiges Kinn, schöne Hände, eine tiefe Stimme …

Eine tiefe Stimme riss Mairi aus ihren Gedanken. »Hallo? Wollen Sie mein Geld jetzt? Sonst gehe ich ohne zu bezahlen.«

Sie riss die Augen auf und sah in ein mürrisches Männergesicht.

»Entschuldigen Sie, ich, also, das, ich meine, ich habe Sie nicht kommen hören«, stammelte sie entschuldigend. Das war ihr entsetzlich peinlich. Sie war so vertieft in ihr Traumbild gewesen, dass sie sogar das Bimmeln der Ladenglocke überhört hatte.

»Ist ja kein Weltuntergang«, wiegelte der junge Mann ab und legte das Geld für die Shortbreads auf den Tresen. Er rang sich sogar zu einem Lächeln durch. Erleichtert erwiderte sie es.

»Wie kommt ein so hübsches Ding wie Sie in so einen muffigen Laden, wenn ich mal fragen darf?« Er biss einmal kräftig in das Gebäckteil. »Lecker. Das haben Sie doch nicht etwa selbst gemacht?«

Mairi kämpfte mit widerstreitenden Gefühlen. Einerseits fand sie den Kunden ganz schön frech, andererseits faszinierte er sie, und das, obwohl er schwarze Locken hatte. Die Haarfarbe war ihr mit einem Mal völlig unwichtig.

»Der Laden gehört meiner Mutter, um Ihre erste Frage zu beantworten, und ja, das Shortbread habe ich selbst gebacken«, erklärte Mairi. »Sind Sie immer so direkt? Von wegen muffig und hübsches Ding«, fügte sie hinzu.

»Können Sie den Laden bei dem Wetter nicht für ein Stündchen schließen?«, fragte er unvermittelt.

»Wenn Sie wüssten, wie gern ich das tun würde. Bei dem Regen kommt ohnehin keine Kundschaft.«

»Es hat aufgehört zu regnen. Zeit für einen kleinen Mittagsspaziergang. Kommen Sie!«, sagte er in einem Ton, der etwas von einem Befehl hatte.

Mairi rührte sich nicht vom Fleck. Stattdessen musterte sie ihren Kunden eindringlich. Seinem ganzen Auftreten nach strotzte er nur so vor Selbstbewusstsein und schien es gewohnt zu sein, anderen Anordnungen zu erteilen. Das stand ganz im Gegensatz zu seiner Kleidung. Die Ärmel seiner Jacke waren verschlissen und der Kragen seines Hemdes mehr grau als weiß. Sie beugte sich über den Tresen und ließ den Blick zu seinen Schuhen wandern. Seine Stiefel haben schon mal bessere Zeiten gesehen, dachte sie, viel Geld scheint er nicht zu haben, wenngleich man ansonsten meinen könnte, er stamme aus gutem Haus.

»Woher kommen Sie? Was treibt Sie nach Dornie? Wollen Sie Donan Castle besichtigen?«

»Nein, ich will mit der Fähre nach drüben.«

»Und was tun Sie auf der Insel Skye? Ich meine, wer fährt schon …« Mairi unterbrach sich erschrocken und schlug die Hände vor den Mund. »Entschuldigen Sie meine Neugier!«

»Besser, als wenn ich Ihnen egal wäre«, erwiderte er grinsend. Er reichte seine Hand über die Theke. »Kommen Sie schnell. Wer weiß, wie lange es noch trocken bleibt. Wir sollten es ausnutzen. Schauen Sie nur, da kommt die Sonne durch!«

Mairi zögerte. »Ich weiß nicht recht. Dieses Wetter wird die Leute aus ihren Häusern treiben, und dann wollen sie bestimmt alle vor dem nächsten Guss ihre Einkäufe erledigen.«

»Machen Sie denn nie Mittagspause?«, gab er kopfschüttelnd zurück.

»Nein, meine Mutter sagt immer, man muss für die Kunden rund um die Uhr da sein.«

»Schlafen Sie denn gar nicht?«, lachte er.

»Wir schließen um sechs Uhr abends.«

»So lange kann ich aber nicht warten. Schließlich will ich heute noch nach Elgol reiten und dann wieder mit der Fähre zurück.«

Mairi war unschlüssig. Wie gern würde sie einen kleinen Spaziergang mit dem Fremden unternehmen. Aber was, wenn einer der Kunden sie bei ihrer Mutter verpetzte?

»Ach, nun geben Sie Ihrem Herzen doch einen kleinen Stoß.« Er griff erneut nach ihrer Hand und musterte sie bittend. »Ich bin nicht bereit, diesen Laden ohne Sie zu verlassen.«

»Meine Mutter wäre sehr böse, wenn sie erführe, dass ich sie nicht ordnungsgemäß vertreten habe.«

»Aber sie wird sicher verstehen, dass Sie den Mann Ihrer Träume nicht einfach ziehen lassen können. Ich bin eine gute Partie. Ich besitze eines der renommiertesten Hotels ganz Schottlands.«

Mairi sah ihn ungläubig an. Als sie bei ihm den Anflug eines Grinsens bemerkte, lachte sie: »Sie sind allerhöchstens ein bis zwei Jahre älter als ich. Sie können also noch gar kein Hotel besitzen, es sei denn, Sie werden eines erben, aber nach einem reichen Erben, verzeihen Sie, sehen Sie nicht aus. Dann könnten Sie sich neue Schuhe leisten.«

Er applaudierte ihr. »Sie sind nicht nur hübsch, sondern auch ein kluges Köpfchen, Miss … verraten Sie mir Ihren Namen?«

»Mairi Haigs.«

»Gut, Miss Haigs, haben Sie endlich eine Entscheidung getroffen? Entweder Sie bleiben und sehen mich nie wieder, oder Sie kommen mit und wir wandern Hand in Hand in eine wunderbare gemeinsame Zukunft!«

»Sie sind verrückt, Mister … und wie heißen Sie?«

Der junge Mann deutete eine kleine Verbeugung an. »Sir Aidan McKinnon!«

»Sie sind ein Witzbold! Wahrscheinlich wollen Sie nach Skye, um Ihr Schloss zu besichtigen«, scherzte Mairi.

»So ähnlich«, erwiderte er ernst.

»Sind Sie wirklich einer der McKinnons aus Skye?«, fragte sie irritiert.

»Gibt es denn so viele davon?«, entgegnete er.

Das irritierte Mairi noch mehr. »Wenn das kein Scherz war und Sie wirklich ein McKinnon sind, müssten Sie eigentlich wissen, dass der Clan von der Insel Skye stammt. Er war einst eine mächtige Familie, aber nun wohnt keiner mehr dort drüben. Ich glaube, sie sind ausgestorben.«

»Nicht ganz«, erwiderte der junge Mann. »Aber darüber können wir später plaudern. Ich frage Sie ein letztes Mal: Kommen Sie mit? Sonst muss ich Sie jetzt verlassen, und zwar für immer.« Erneut umspielte ein forderndes Lächeln seinen Mund. Dann schnupperte er und verzog das Gesicht. »Wie halten Sie das bloß aus? Es riecht nach Mottenkugeln.«

»Sehen Sie, das will mir meine Mutter nicht glauben. Sie behauptet immer, das bildete ich mir ein. Es rieche hier nach Lederfett, Shortbread und Whisky.«

Er verdrehte die Augen. Mairi gab sich einen Ruck und kam hinter dem Tresen hervor.

»Sie sind in ganzer Größe noch ansehnlicher als hinter der Theke«, bemerkte er. »Heißt das jetzt ›Ja‹?«

»Ich hole nur noch meine Jacke«, erwiderte Mairi und verschwand in einem winzigen Hinterzimmer. Als sie in ihre Wetterjacke gehüllt zurückkehrte, nahm Aidan wie selbstverständlich ihre Hand. Es war ihr nicht einmal unangenehm. Im Gegenteil, es tat ihr fast leid, als sie ihm ihre Hand entziehen musste, um die Ladentür abzuschließen. Der Himmel war immer noch voller Wolken, doch direkt über ihnen war ein Loch, durch das die Sonne zur Erde strahlte.

»Gehen wir zum Strand?«, fragte Mairi.

»Ich würde gern zur Fähre gehen, um nachzuschauen, wann

ich fahren kann, um den Weg heute noch zu schaffen«, erwiderte er und zog sie in Richtung Hafen mit sich. Wie oft hatte sie sich vorgestellt, wie es wohl wäre, Hand in Hand mit einem Mann durch den Ort zu gehen. Es war weitaus schöner als in ihrer Phantasie. Erst als sie Misses Buchnan, der Frau des einzigen Arztes in der Gegend, begegneten und Mairi ihren sichtlich irritierten Blick wahrnahm, zog sie verlegen ihre Hand weg. Würden die Dorfbewohner das nicht umgehend ihrer Mutter berichten? Nein, das durfte sie nicht riskieren. Es war schon abenteuerlich genug, dass sie einfach den Laden verließ, um mit einem jungen Mann, den sie kaum kannte, zum Hafen zu flanieren.

»Hast du Sorge, dass sie über dich tratschen?« Aidan blieb stehen und musterte Mairi mit leicht spöttischem Blick.

»Und wenn schon. Du kennst meine Mutter nicht. Die würde mich am liebsten rund um die Uhr bewachen und den Rest der Zeit in die Kirche schleppen.«

»Aber nicht mehr, wenn du meine Frau wirst!«

»Du bist wirklich verrückt«, lachte Mairi.

Aidan verzog keine Miene. »Ich meine das ernst. Ich habe schon als kleiner Junge gewusst, dass ich sofort erkenne, wenn ich die Frau treffe, die ich einmal heiraten werde. Gut, ich habe nicht gewusst, dass sie Mairi Haigs heißen wird.« Aidan hatte sich vor Mairi aufgebaut und ihr Gesicht in beide Hände genommen. Zärtlich blickte er ihr in die Augen. »Das ist das schönste Blaugrau, das ich je gesehen habe«, seufzte er. »Bis auf jenes, das der Maler meiner Mutter auf dem Gemälde gegeben hat. Es ist mir so, als würden wir uns schon ewig kennen.« Mairi wurde abwechselnd heiß und kalt. Was für ein Kompliment. Er hatte ja recht. Sie empfand genauso wie er. Von der ersten Sekunde war er ihr vertraut gewesen.

»Ich habe wirklich das Gefühl, als hätten wir beide nur darauf gewartet, uns eines Tages zu begegnen«, bemerkte Aidan in diesem Augenblick verträumt.

Mairi bekam weiche Knie. Das grenzte an Zauberei.

»Genau dasselbe habe ich auch gerade gedacht«, sagte sie mit belegter Stimme.

Aidan zog sie an sich und drückte sie fest an sich. »Ich werde nach diesem kleinen Ausflug nach Hause reisen, eine Arbeit in einem Hotel annehmen, aber erst einmal zurück nach Dornie eilen, um deine Hand anhalten und dich holen.«

Mairis Antwort war ein tiefer Seufzer. Das war doch kompletter Irrsinn, aber sie ahnte, dass sie sich dem nicht entziehen konnte. Sie fühlte sich unendlich geborgen in seinem Arm.

»Mairi Haigs, was tust du da?«, ertönte mit einem Mal eine männliche Stimme. Erschrocken fuhren die beiden auseinander. Mairi blickte in Carson MacDonalds vor Zorn gerötetes Gesicht.

»Wer ist der Kerl?« Carson zeigte mit dem ausgestreckten Finger auf Aidan.

»Ich bin ihr Bräutigam«, entgegnete Aidan kalt.

»Nein, Fremder, sie wird meine Frau. Das ist längst beschlossen«, erwiderte Carson hasserfüllt.

Aidan warf Mairi einen fragenden Blick zu.

Sie räusperte sich ein paarmal. »Meine Mutter möchte, dass ich ihn heirate, mein Leben in Dornie friste und ihren Laden übernehme. Ist das nicht entsetzlich?«

»Mairi Haigs, ich werde ihr umgehend von deinem unmöglichen Benehmen berichten«, schimpfte Carson. »Und ich werde es dem Pfarrer sagen.«

Aidan musterte seinen Nebenbuhler abfällig. »Mairi würde niemals eine Petze heiraten. Aber wenn Sie schon zu ihrer Mutter und dem Pfaffen rennen, dann sagen Sie ihnen gleich, dass Mairi Haigs den Besitzer eines der besten Hotels des Landes heiraten wird. Und jetzt troll dich!«

Schnaubend ging der Lehrersohn seiner Wege.

»Damit hast du ihm klargemacht, was ich schon längst hätte sagen sollen. Dass ich ihn, selbst wenn er der letzte Mann auf Erden wäre, niemals geheiratet hätte«, kicherte Mairi, doch dann wurde sie wieder ernst. »Was redest du da eigentlich immer vom Heiraten und einem Hotel? Bist du etwa ein Traumtänzer? Du sprachst davon, dass du Arbeit in einem Hotel annimmst. Das heißt ja noch lange nicht, dass es dir gehören wird!«

Jetzt lachte Aidan und nahm sie übermütig in den Arm. »Ja, ich beginne zwar vorerst an der Rezeption, aber ich werde mich hocharbeiten. Es ist reine Hochstapelei. Noch! Ich weiß es genau! Du wirst meine Frau, und wir werden einmal ein Hotel haben. Groß und schön. Am Meer. Ich habe es schon häufig im Traum gesehen. Glaub mir, das ist keine Spinnerei. Du wirst es erleben. Ich werde dich auf Händen tragen. Wir werden genug Geld haben. Niemals mehr muss ich solche Schuhe tragen. Und du nicht mehr solche Schürzenkleider.«

Er ließ sie los und musterte ihre Kleidung. Verschämt sah Mairi an sich hinunter. Er hatte recht, sie hatte vergessen, ihre Schürze abzunehmen. Mit hochrotem Kopf holte sie das nach und stopfte sie in ihre Handtasche. Das Kleid ist auch nicht das Beste, dachte sie seufzend, aber ihm schien es zu gefallen.

»Du kannst alles tragen«, bemerkte er bewundernd. »Auch die feinen Kleider, die ich dir später kaufen kann, und den Schmuck …«, fügte er eifrig hinzu.

»Aidan, ich finde es wunderbar, wenn man von einer anderen Zukunft träumen kann, aber mir würde es schon genügen, wenn du eine Arbeit hättest und ich vielleicht Schüler am Klavier unterrichten und Bücher lesen könnte.«

»Du spielst Klavier?«

»Erstaunt dich das so sehr? Ja, schon seit frühster Kindheit. Meine Mutter hätte mein Talent am liebsten ignoriert, aber unser Lehrer, der Vater des unglückseligen jungen Mannes, den meine Mutter für mich ausgesucht hat, hat ihr ins Gewissen geredet. Und stell dir vor, er hat dafür gesorgt, dass ich ein altes Klavier bekam.«

»Wir werden einen Flügel haben und dann vierhändig darauf spielen«, entgegnete er schwärmerisch.

»Spielst du denn auch?«

»Seit Kindertagen, aber mein Vater hätte mir nie ein Klavier gekauft. Er hasste es, wenn er mich bei den Schulaufführungen spielen hörte. Ich nehme an, das hängt mit meiner Mutter zusammen. Sie muss wohl sehr musikalisch gewesen sein.«

»Ist sie … ich meine, ist sie tot?«

»Ich war noch kein Jahr alt, als sie starb. Ich kann mich kaum an sie erinnern. Und Vater spricht nur ungern über sie. Nur, wenn er betrunken ist. Dann wird er entsetzlich sentimental und erzählt mir immer die gleiche Geschichte, dass sie sich einst das Leben genommen hat, weil sie glaubte, er sei im Krieg gefallen …«

»Das ist ja entsetzlich«, stieß Mairi voller Mitleid hervor.

Aidans Miene verfinsterte sich. »Ich kann diese Geschichte nicht mehr hören. Sie langweilt mich, denn jedes Mal, wenn ich nachfrage, wird mein Vater wütend. Ich weiß nur eines: Ihr Tod hat ihn zu dem gemacht, was er heute ist – ein verbitterter Säufer.«

»Du hast wohl kein gutes Verhältnis zu ihm, oder?«, fragte Mairi vorsichtig nach.

»Ach, weißt du, ich hätte einfach gern einen Vater gehabt und keinen kranken Mann, um den ich mich von Kindheit an kümmern musste.«

»Du hast wenigstens einen Vater, der …« Mairi stockte. Ihnen kam ein groß gewachsener Mann um die vierzig entgegen. Sie kannte ihn vom Sehen. Er war einer der Bauleiter, die Donan Castle wieder aufgebaut hatten. Sie wusste, dass er wie die anderen auch aus Inverness kam und nur unter der Woche in Dornie wohnte. Und er musterte sie wie jedes Mal mit einem so intensiven Blick, dass ihr mulmig zumute wurde. Einmal war sie ihm gemeinsam mit ihrer Mutter begegnet. Da war er stehen geblieben, und Mairi hatte ihn deutlich sagen hören: »Bitte,

Murron, lass uns reden …« Ihre Mutter aber war unbeirrt weitergegangen und hatte steif und fest behauptet, der Mann habe nicht mit ihr gesprochen.

Auch Aidan schien aufgefallen zu sein, dass der Mann seine Begleitung ungebührlich anstarrte.

»Was fällt dem Kerl ein?«, zischte er Mairi zu. Sie aber legte ihm beruhigend die Hand auf den Arm. »Er will nichts von mir. Ich glaube eher, der kannte meine Mutter näher. Manchmal glaube ich, der …« Sie verstummte.

Der Mann senkte nun seinen Kopf und eilte weiter. Mairi blickte ihm versonnen hinterher.

»Du meinst, der Kerl könnte dein Vater sein?«

Mairi zuckte die Schultern. »Keine Ahnung, meine Mutter schweigt sich ja über meinen Erzeuger aus, aber das würde hinkommen. Die Arbeiten an dem Wiederaufbau der Burg begannen vor meiner Geburt, und soviel wie ich weiß, hat er, wie all die anderen Kerle, Frau und Kinder in Inverness. Wahrscheinlich hat er meine Mutter verführt und sie sitzen lassen, als sie schwanger war.«

Aidan drückte mitfühlend ihre Hand. »Wir beide sollten uns begegnen, meine Süße. Wir werden alles anders machen und unseren Kindern gute Eltern sein. Zum Teufel mit all diesen Familientragödien.«

Sie waren jetzt bei der Fähre angekommen, die zum Ablegen bereitlag.

»Ich habe einen genialen Vorschlag: Wir fahren gemeinsam rüber!« Er wollte sie zum Schiff ziehen, doch Mairi wehrte sich. »Nein, das geht nicht. Ich muss wieder in den Laden und …«

Aidan sah ihr fest in die Augen. »Willst du ein anderes Leben führen oder in Dornie bleiben, den Laden übernehmen und die Petze heiraten?«

»Aber meine Mutter …«

»Die wird ohnehin toben, wenn sie erfährt, dass ich dich schnellstens aus diesem Kaff entführen werde.«

»Da hast du natürlich auch wieder recht«, stöhnte Mairi und ließ sich trotzdem nicht auf die Fähre ziehen. »Es geht wirklich nicht. Ich war noch nie ungehorsam, außer dass ich mich weigere, mit Carson auszugehen …«

»Dann wird es höchste Zeit«, erklärte er mit Nachdruck und versuchte erneut, sie auf die Fähre zu ziehen.

Mairi aber riss sich energisch los. »Ich kann nicht!«

»Gut, Mairi Haigs, dann bleib, wo du bist!«, zischte Aidan zornig und stieg, ohne sich noch einmal umzudrehen, auf die Fähre.

»Was ist nun? Bleibst du an Land oder kommst du an Bord?«, fragte der Fährmann Mairi ungeduldig, während er die Leinen zum Ablegen klarmachte. »Du stehst nämlich mit einem Fuß auf dem Steg, den ich nun wegnehmen muss.«

»Ich bleibe«, flüsterte sie unglücklich und beobachtete traurig, wie der Mann den Steg auf das Schiff zog. Es ist besser so, dachte sie, doch als sich ihr Blick erneut mit dem des Kapitäns traf, hörte sie sich bitten: »Könnten Sie mir wohl helfen?«

Der Fährmann brummte etwas in seinen Bart, ergriff die Hand, die sie ihm entgegengestreckt hatte, und zog sie auf das Schiff.

St. Andrews, Juni 2012

Ian und Jamie blickten stumm zur Kathedrale hinüber, die man vom Segelboot aus in ihrer ganzen Pracht bewundern konnte. Im Sommer war sie stets kunstvoll illuminiert. Die Geschwister nippten an ihrem Whisky und hingen ihren Gedanken nach. Das war das Wunderbare an ihrer Beziehung. Sie konnten einander wichtige Dinge anvertrauen, doch sie konnten genauso gut miteinander schweigen. Das war schon früher so gewesen. Ian war immer ein zuverlässiger großer Bruder für Jamie gewesen. Er hatte ihr niemals das Gefühl gegeben, ein kleines, dummes Mädchen zu sein, sondern ein ganz besonderes Geschenk. Eigentlich hatten sie noch einen Turn machen wollen, aber es war zu spät, außerdem hatte der Wind aufgefrischt. Das Boot war schon früher ihr Zufluchtsort gewesen, wenn sie es zu Hause nicht ausgehalten hatten. Ian hatte liebevoll den Arm um die Schulter seiner Schwester gelegt.

Jamie stieß einen tiefen Seufzer aus. »Ach, wenn ich dich nicht hätte«, seufzte sie und kuschelte sich noch näher an ihn heran.

»Wenn ich dir bloß helfen könnte«, gab er zurück. »Aber in dem Punkt ist Mutter unnachgiebig. Was meinst du, wie ich versucht habe, ihr ins Gewissen zu reden. Ich weiß ja, was dir Old Course House bedeutet.«

»Ich wäre froh, wenn du genauso daran hängen würdest«, unterbrach Jamie ihn mit leichtem Vorwurf in der Stimme.

»Du weißt doch, warum ich nach Teneriffa gegangen war, nachdem du achtzehn geworden bist«, stöhnte er.

»Ich weiß, dass du meinetwegen länger geblieben bist, als du eigentlich wolltest. Und ich finde ja auch, dass ihre Art einen wirklich aus dem Haus treiben kann, aber warum hasst sie das Hotel so?«

»Keine Ahnung. Ich glaube, sie hasst alles, was Vater geliebt hat …« Als er ihren entsetzten Blick sah, sagte er hastig: »Bis auf uns beide.«

»Ich glaube manchmal, dass das irgendwie mit dieser Frau zusammenhängen könnte.«

»Welche Frau?«

»Da war eine Frau, die ihn im Krankenhaus besucht hat.«

»Mich würde es nicht wundern, wenn Vater eine Geliebte hatte«, entgegnete Ian trocken. »Sah sie denn wenigstens gut aus?«

»Wie kannst du das so locker nehmen? Es hätte auch eine Psychologin oder Seelsorgerin sein können, die einem Todkranken tröstende Worte sagt.« Sie stockte. Ihre Augen füllten sich mit Tränen. Es fiel ihr schwer, darüber ohne Emotionen zu sprechen.

Ian aber zog seinen Arm weg und musterte seine Schwester neugierig. »Nun erzähl schon. Ich bin sehr gespannt.«

»Ach, es war an dem Tag, als er gestorben ist. Du weißt doch, ich habe ein paar Tage Urlaub genommen und mich in einem Hotel in der Nähe der Klinik eingemietet, damit ich auf Abruf sofort bei ihm sein konnte. Wir wussten, dass es jederzeit zu Ende gehen kann. Und da bin ich morgens und abends zu ihm gegangen. Also, an dem Morgen gefiel er mir jedenfalls gar nicht. Er war plötzlich so gelassen und erzählte mächtig viel von früher. Und man weiß doch, wenn ein Todgeweihter in der Vergangenheit weilt, dann ist das Ende nicht mehr weit. Sein Zustand ließ mir einfach keine Ruhe. Ich habe ihm gesagt, ich würde mittags noch einmal reinschauen. Ich hatte eigentlich ein Businesslunch. Da hat sich Dad in seinem Zustand richtig aufgeregt und gemeint, ich dürfte das auf keinen Fall absagen. Aber dann hat mein Geschäftspartner den Termin verschoben, ich bin natürlich gleich ins Krankenhaus und wollte ihn überraschen. Mir ging das nicht aus dem Kopf. Er hat plötzlich ganz intensiv von dem Tod seiner Eltern und dem seines ehemaligen Kindermädchens geredet und zudem irgendetwas Unzusammenhängendes von einem Zeichen der großen Liebe erzählt …« Erneut verstummte sie und schien ihren Gedanken nachzuhängen.

»Schwesterchen, aufwachen! Ich will ja nicht drängen, aber spann mich bitte nicht auf die Folter.«

»Dich würde das nicht kratzen, wenn Vater tatsächlich eine Geliebte hatte, oder?«

»Nein, in der Tat würde es mich nicht verwundern, geschweige denn schockieren. Für mich war Dad immer ein Mensch aus Fleisch und Blut und kein Halbgott ohne Furcht und Tadel wie für meine kleine Schwester.« Er kniff ihr liebevoll in die Wange.

»Gut, ja, ich bin ein Papakind, aber ich kann mir kaum vorstellen, dass er einer von der Sorte Mann war, der ständig fremdgegangen ist.«

»Dein Glaube in Ehren, aber es gibt wohl mehr Männer auf der Welt, die ihre Ehefrau betrügen, als solche, die es nicht tun. Und in diesem Punkt würde ich für unseren Erzeuger nicht die Hand ins Feuer legen.«

»Wie du das sagst!«, fauchte Jamie. »Als wäre Fremdgehen eine Heldentat. Bei dieser Einstellung von Ehe wundert es mich nicht, dass du noch keine Frau gefunden hast, sondern lieber einen auf Don Juan machst. Dein spielerischer Umgang mit der Damenwelt würde darauf hindeuten, dass Vater tatsächlich ein Casanova war. Dann hätte er es dir nämlich vererbt!«

Statt böse zu werden, umspielte plötzlich ein Lächeln Ians Lippen. »Siehst du, ich habe nicht nur seinen Charme geerbt. Aber ich habe nicht behauptet, dass ich es erstrebenswert finde, bis in alle Ewigkeit ungebunden zu bleiben. Was meinst du, was ich darum gäbe, die Frau zu finden, der ich freiwillig treu sein möchte, nicht nur, weil das so ein blödes Papier verlangt.« Er lächelte immer noch versonnen in sich hinein. »Aber würdest du mir nun endlich berichten, was du Entsetzliches gesehen hast?«

»Du kannst dir deinen ironischen Unterton sparen!«, fauchte Jamie ihren Bruder an.

Ian rollte mit den Augen. »Gut, ich werde versuchen zu verstehen, dass eine fremde Frau an Vaters Bett für dich ein Schock gewesen sein muss.«

»Wenn es nur eine fremde Frau an seinem Bett gewesen wäre, glaube mir, das allein hätte mich nicht umgebracht. Okay?«

Ian raufte sich die Haare.

»Schwesterchen, komm auf den Punkt! Geduld ist nicht meine Stärke!«

»Also, ich klopfe an Vaters Tür, ich bekomme keine Antwort, denke, dass er schläft, und öffne sie leise einen Spalt. Ich will mich ja nur vergewissern, dass er noch lebt. Die Tür ist gerade so weit geöffnet, dass ich sein Bett sehen kann. Ich traue meinen Augen nicht. Er, der wochenlang nur gelegen hat, sitzt aufrecht im Bett. Mit dem Rücken zu mir sitzt eine blonde Frau. Leider kann ich ihr Gesicht nicht erkennen. Daher weiß ich nicht, ob sie jung oder älter ist. Von hinten wirkte sie jugendlich, aber das kann täuschen. Vater nimmt mich nicht wahr, er scheint die Frau mit seinem Blick förmlich zu verschlingen. In seinen Augen …« Jamies Stimme versagte. Sie ballte die Fäuste. »… in seinem Ausdruck war so viel Liebe zu lesen, wie ich es selten bei ihm gesehen habe. Verdammt, wer war das? Was fällt dieser dummen Kuh ein, Dad zu besuchen und sich von ihm anhimmeln zu lassen?«

»Und du glaubst nun, Mom wusste von ihrer Existenz?«

»Ach, ich weiß doch auch nicht mehr, was ich glauben soll. Vielleicht war sie auch nur die Krankenhausseelsorgerin!«

Ian zog Jamie sanft zu sich heran. »Ich will dir dein Bild von dem unfehlbaren Vater nicht zerstören, aber meinst du wirklich, dass deine Beobachtung eine andere Deutung zulässt als die, von der du nichts wissen willst?«

Jamie schüttelte den Kopf. Tränen kullerten ihr die Wangen hinunter.

»Ich denke nicht, dass sie eine Kranken- oder Betschwester gewesen ist«, bemerkte Ian leise.

»Und wenn sie eine Mitarbeiterin aus dem Hotel gewesen wäre, hätte ich sie erkannt. Und nein, sie trug eine dunkle Jacke. Also, eine Schwester war sie bestimmt nicht. Wahrscheinlich hast du recht, aber kannst du nicht verstehen, dass ich es nicht wissen wollte?«

»Und was hast du getan, als sie dich entdeckt haben?«

»Das war doch das Verrückte. Sie haben mich nicht einmal bemerkt. Vater hat die Frau wie in Trance angesehen, bis ich die Tür leise wieder hinter mir geschlossen habe. Ich stand vor seinem Zimmer, als hätte ich einen Geist gesehen. Da kam eine Schwester und sagte, ich könne jetzt nicht in Mister McKinnons Zimmer, er habe Anweisung gegeben, dass er keinen Besuch wolle. Er hat wahrscheinlich schon morgens gewusst, dass er diesen Besuch bekommt. Und deshalb so darauf bestanden, dass ich das Geschäftsessen wahrnehme. Er wollte freie Bahn haben, und das, wo wir einander sonst immer blind vertraut haben. Das hat mich so tief verletzt. Kannst du das verstehen?«

»Natürlich, meine Kleine, ich weiß, dass du immer seine Nummer eins warst. Das war sicherlich hart, aber hast du ihn denn nicht darauf angesprochen, als du ihn dann wieder besucht hast?«

Noch einmal schluchzte Jamie laut auf. »Aber das ist doch das Drama. Diese Frau war die Letzte, die mit ihm geredet hat, außer Mutter, die am Nachmittag noch bei ihm war. Als ich abends dazukam, war er jedenfalls nicht mehr bei Bewusstsein. Und dann ist er ja wenige Stunden später …«

Ian strich ihr sanft über den Kopf, während Jamie sich an seiner Brust ausweinte.

»Vermutest du, dass Mutter dieser Frau ebenfalls im Krankenhaus begegnet ist?«, fragte er leise, nachdem das Schluchzen verebbt war.

»Keine Ahnung. Ich konnte über das Ganze ja auch eben zum ersten Mal sprechen. Es hätte mir vorher viel zu wehgetan.«

»Willst du, dass ich Mom direkt danach frage?«

Jamie hob den Kopf und sah ihn aus verheulten Augen an. »Das ist sinnlos. Sie würde dir eh nicht die Wahrheit sagen. Ich habe überhaupt das Gefühl, sie verheimlicht uns etwas. Was hältst du übrigens von Mister Wesley?«

Ian rollte mit den Augen. »Willst du das wirklich wissen?«

»Nun rede schon. Ich habe dir auch mein Herz ausgeschüttet.« Sie boxte ihm freundschaftlich in die Seite.

»Ich finde, Vater hätte einen besseren Anwalt verdient. Ich hätte den Mann schon gefeuert, als er mit den Anträgen für den Anbau bei der Gemeinde abgeschmiert ist und Dad dann überredet hat, unter dem Tisch noch ein paar Tausend Pfund anzubieten. Und plötzlich hat es geklappt. Eigentlich hätte man die so durchwinken müssen. Ich bin mir nicht sicher, ob er die Kröten nicht in die eigene Tasche gesteckt hat. Außerdem …« Er legte eine Pause ein.

»Muss ich dir jetzt jedes Wort aus der Nase ziehen? Das hier interessiert mich mindestens so brennend wie die potenziellen Ehebrüche unseres Vaters.«

»Man munkelt, Mister Wesley habe selber ganz dick seine Hände im Hotelgewerbe. Er bekäme nicht nur fette Provisionen, sondern sei sogar stiller Teilhaber. Und zwar für die Kette, der Mutter nun unser Hotel verkaufen will. Das Mutter ihm jetzt quasi in den Rachen geworfen hat.«

»Und das guckst du dir so seelenruhig an? Dass Mutter gemeinsame Sache mit so einem Kerl macht? Der Mann ist immerhin Dads Testamentsvollstrecker. Das darf der gar nicht«, stieß Jamie zornig hervor.

Ian zuckte die Achseln. »Soll ich mich etwa mit dieser Ratte anlegen? Und das gegen Moms Willen? Ganz ohne Beweise?«

»Und was, wenn man ihm nachweisen könnte, dass er unsaubere Geschäfte tätigt?«

Ian zuckte mit den Achseln. »Es ist zu spät. Die Verträge sind unterzeichnet!«

»Da irrst du dich. Mom hat mir eine Frist von vier Wochen eingeräumt, in denen ich mir überlegen soll, ob ich für die Barclay-Kette als Geschäftsführerin arbeiten will. Bevor ich mich nicht entschieden habe, wird nichts unterschrieben. Also haben wir noch genügend Zeit, alles über unseren teuren Mister Wesley herauszufinden!«

Ian hob abwehrend die Hände. »Schwesterchen, bitte, ich habe mit dem Ganzen bereits vor Jahren abgeschlossen!«

Jamie sprang so heftig von der Bank auf, dass sie den Whisky über das ganze Boot verschüttete und es mächtig zum Schaukeln brachte. Sie baute sich vor ihrem Bruder auf und stemmte angriffslustig die Hände in die Hüften. »Feigling! Ja, ja, du hast dich auf deine Kanaren verpisst, um dich in dein Sonnenhotel zu verkriechen, aber das hier ist auch das Erbe deines Vaters!«

Ian senkte den Blick. »Jamie, darüber haben wir doch schon so oft gesprochen. Ich kann dir nur raten, vergiss das Old Course House und komm mit in die Sonne ...«

»Du weißt genau, dass ich das nie tun würde, und außerdem habe ich eine Menge Verpflichtungen im Gegensatz zu dir! Ich möchte mich nämlich binden und eine Familie gründen«, fauchte sie.

»Entschuldige, ich vergaß. Du hast ja seit ein paar Monaten einen festen Freund. Erzähl mir von ihm. Ist es etwas Ernstes, wie Mutter unter dem Siegel der Verschwiegenheit angedeutet hat? Sie scheint ja regelrecht vernarrt in ihn.«

»Aber auch nur, weil er Anwalt ist. Wo für andere Mütter als Schwiegersöhne nur Ärzte infrage kommen, ist es für Mutter ein gut verdienender Anwalt. Sie hat ihn doch noch gar nicht zu Gesicht bekommen!«

»Wo hast du ihn kennengelernt?«

»Im Hotel. Dort war ein Anwaltskongress, und er war einer der Organisatoren. Na ja, es hat ziemlich schnell gefunkt. Egal, wir gehen es langsam an. Bislang ist es eine Wochenendbeziehung. Und er ist – das weiß Mom aber nicht – noch verheiratet, lebt aber in Scheidung. Können wir jetzt das Thema wechseln? Wie heißt deine neuste Eroberung? Und vor allem, wie lange geht das schon?«

Ian stieß einen tiefen Seufzer aus. »In Puerto de la Cruz gibt es eine attraktive Konkurrentin, die unsere beiden Hotels gern zu einem Unternehmen vereinen würde, und nicht nur unsere Unternehmen …«

»Höre ich da etwa die Hochzeitsglocken läuten?«

»Auf keinen Fall. Wir hatten bislang nur einen kleinen Flirt. Mit ihr kann man keine Affäre riskieren. Sie bekommt alles, was sie will. Ich kann von Glück sagen, dass sie nicht mitgekommen ist nach Schottland. Als sie hörte, dass ich fliege, hätte sie mich zu gern begleitet, aber ich konnte das gerade noch abbiegen. Die hätte es glatt geschafft, dass wir als Verlobte zurückkehren. Sie ist nicht nur ausgesprochen rassig, sondern auch klug. Und von einem Jagdtrieb besessen, dass einem angst und bange werden kann. Ich bin wahrscheinlich interessant, weil sie mich noch nicht erlegt hat. Meine Freunde beneiden mich glühend um das Interesse, das sie mir entgegenbringt. Und sie haben auch irgendwie recht. Wir würden wirklich gut zusammenpassen. Vielleicht sollte ich mir nach meiner Rückkehr einen Ruck geben. Sonst ende ich womöglich noch als Junggeselle, und ich wünsche mir doch im Grunde meines Herzens eine Familie. Ich glaube, ich warte insgeheim noch immer drauf, dass eine Frau es schafft, mich tiefer zu berühren. Ganz tief.« Ian deutete auf sein Herz.

»Und das hat noch keine geschafft?«

Er blieb ihr die Antwort schuldig und blickte verträumt zur Kathedrale, die sich in diesem Augenblick verdunkelte, wie jede Nacht um Mitternacht.

»Ian, was ist los mit dir?«

»Aber du darfst mich nicht auslachen!«

»Niemals!«

»Schwöre es!«

Jamie hob die Hand zum Schwur.

»Ich befürchte, mir ist das vor ein paar Stunden das erste Mal passiert.«

»Wo, wann? Hey, Bruderherz, nun lass mich nicht um jedes Wort betteln.«

»Ich habe dich doch vertreten im Kaminzimmer, und während ich die Geschichte unserer Ahnin erzählte, da …«

Jamie unterbrach ihn, indem sie laut losprustete.

»Doch wohl nicht bei der Geisterstunde. Ich kenne das Publikum. Die alten Damen sind reizend, aber unter fünfzig wirst du keine finden.«

»Unter dreißig. Sie war unter dreißig!«, entgegnete Ian trocken. »Und ein Gast unseres Hauses.«

»Wow, wenn sie Schottin ist und du ihretwegen im Lande bleibst, habt ihr meinen Segen.«

»Keine Ahnung, woher sie stammt. Sie hat sich von mir partout nicht ausfragen lassen …« Wieder blickte er versonnen in die Ferne. »Wir haben uns eigentlich vor der Lady in Blau kennengelernt. Sie hat das Gemälde ausführlich betrachtet. Und weißt du, was das Verrückte ist? Sie sieht ihr ähnlich.«

»Nach deiner verzückten Miene zu urteilen hat es dich aber mächtig erwischt.«

»Dabei war sie erst gar nicht nett zu mir. Ich dachte schon, mein Charme hätte seine Wirkung verloren, aber während der Geisterstunde hat sie mich mehrfach so entzückend angelächelt …« Wieder legte er eine Pause ein.

»Ja, und? Wirst du sie wiedersehen?«

»Ich werde mich darum bemühen.«

»Und warum hast du dich nicht gleich mit ihr verabredet?«

»Weil ich sie gebeten habe, die verrückte Alte nach Hause zu begleiten, die meine Performance gestört hat. Und das hat sie sofort getan, wofür ich sie hätte küssen können. Du hättest mal das Gezeter der feinen Damen hören sollen. Die hätten die alte Frau am liebsten rausgeworfen, weil sie so gar nicht in das Ambiente passte.«

»Fehlen ihr zwei Zähne und macht sie einen leicht verwahrlosten Eindruck?«

»Ja, genau. Kennst du sie?«

»Kennen ist zu viel gesagt. Sie war auch schon in einer meiner Geisterstunden. Ich kann mir also vorstellen, wie sich die Damen heute aufgeführt haben. Die wollten nicht mal, dass ich ihr einen Platz anbiete. Beinahe hätte ich meine Gäste vergrault, aber da kamen schon die Pfleger und wollten sie zurück in die Psychiatrie bringen. Da war was los. Sie hat um sich geschlagen und geflucht: ›Ihr werdet euch noch wundern, wenn ihr dem Geist von Lady McKinnon begegnet. Verdammt, warum wollt ihr der armen Seele nicht helfen?‹«

»So was in der Art hat sie heute auch abgelassen.«

»Und wollte sie dir auch ein altes Tagebuch verkaufen?«

Ian schüttelte den Kopf.

»Als sie bei mir war, ist ein regelrechter Kampf entbrannt. Die Pfleger haben ihr das Tagebuch wegnehmen wollen. Da ist sie ausgerastet, hat gebrüllt und das Buch festgehalten. Der eine Pfleger hat so grob daran gezerrt, dass er die gesamten Blätter in der Hand hatte und die Alte nur noch den Deckel. Da habe ich mich eingemischt und verlangt, dass sie das Buch behalten darf. Sie hat sich bei mir bedankt und mir zugeflüstert, ich müsse sie unbedingt besuchen kommen, wenn ich meiner Urgroßmutter helfen wolle.«

»Und hast du sie besucht?«

»Natürlich nicht«, lachte Jamie. »Ich weiß nicht mal, aus welcher Klinik sie abgehauen ist. Aber stramme Leistung, dass es ihr erneut gelungen ist. Sie muss von der Lady in Blau geradezu besessen sein.«

»Sie behauptet ja auch zu wissen, warum ihre Seele keine Ruhe findet. Wenn ich gewusst hätte, dass sie aus der Klinik abgehauen ist, ich hätte ihr diese junge Dame niemals hinterhergeschickt. Ich wollte ja eigentlich im Kaminzimmer auf sie warten, aber dann hast du angerufen und brauchtest meine Schulter. Hoffentlich ist ihr nichts geschehen. Die Alte wird doch nicht gefährlich sein, oder? Ich muss sie warnen …« Er unterbrach sich und holte hektisch sein Mobiltelefon aus der Jackentasche.

»Bruderherz, es ist nach Mitternacht, wen willst du aus dem Schlaf reißen? Die Alte oder von wem redest du eigentlich?«

»Mist, ich habe sie der Alten regelrecht hinterhergeschickt. Ich habe ja nicht gewusst, dass die aus der Psychiatrie geflüchtet ist. Hoffentlich ist da nichts passiert. Ich habe mich nämlich gewundert, dass sie nicht ins Kaminzimmer zurückgekommen ist.«

»Wenn du von ›sie‹ sprichst, meinst du also die junge Lady, die es dir so angetan hat, oder?«

Ian aber hörte seiner Schwester gar nicht mehr zu. »Selbst auf die Gefahr, dass ich sie wecke, ich muss jetzt wissen, ob sie wohlbehalten zurückgekehrt ist.« Er wählte die Nummer vom Old Course Hotel, doch Jamie nahm ihm energisch das Telefon aus der Hand.

»Ian, jetzt mach dich nicht verrückt. Die alte Frau ist zwar ein bisschen gaga, aber bestimmt nicht gefährlich. Und deine Flamme wird ja gemerkt haben, dass die Alte gar kein Zuhause in St. Andrews hat. Wahrscheinlich waren ihr die Pfleger auch längst schon wieder auf der Spur. Entspann dich!«

»Du hast ja recht. Ich weiß auch nicht, was in mich gefahren ist.«

Jamies Antwort war ein breites Grinsen. »Dass ich das noch erleben darf. Meinen großen Bruder hat es echt erwischt.«

Ian zwickte ihr in die Wange. »Werd nur nicht frech, Kleine, sonst überlege ich mir das heute noch mal mit dem Gästebett auf meiner Couch und schicke dich zurück zu Mama oder allein in deine Wohnung.«

»Hab Erbarmen, großer Bruder«, lachte Jamie. »Ich werde mich auch nie mehr über dich lustig machen.«

»Das sehe ich. Du solltest mal deinen frechen Blick sehen, aber es ist wirklich merkwürdig mit dieser jungen Dame. Es fühlt sich anders an als sonst. Ich denke nicht sofort an heiße Nummern, sondern daran, wie es wohl wäre, neben ihr aufzuwachen …«

»Ein sicheres Zeichen. Du bist verloren. Dann ruf sie doch morgen an und triff dich mit ihr.«

»Das werde ich beherzigen. Gleich morgen früh!«

»Aber nicht vor zehn Uhr. Du weißt, die Devise im Old Course Hotel lautet: Bei uns können Sie sich richtig entspannen!«

»Ich weiß, ich weiß. Und es heißt weiter: Bei uns können Sie auch mittags noch frühstücken«, brummte Ian und stand auf. »Komm, es wird Zeit, morgen ist ein harter Tag, jedenfalls für dich. Ich habe ja quasi Urlaub.«

»Und wann fliegst du zurück?«

Ian legte seine Stirn grüblerisch in Falten. »Ich habe ein Ticket für die nächste Woche, aber ich würde unter Umständen auch stornieren …«

Ian kletterte an Land und reichte seiner Schwester die Hand, um ihr auf die Kaimauer zu helfen.

»Au, was war das denn?«, rief er aus, nachdem sie festen Boden unter den Füßen hatte. Er rieb sich seine Hand. »Seit wann trägst du solche Klunker?«

Jamie lachte. »Du meinst doch nicht etwa den Ring Lady Fionas, oder?«

Ian betrachtete sich das Schmuckstück näher. »Ich wusste gar nicht, dass er noch existiert. Unsere Ahnin trägt ihn auf dem Bild, oder?«

Jamie nickte verlegen. »Dad hat ihn mir geschenkt, an dem Tag, als ich im Hotel die Ausbildung begonnen habe. Und er wiederum hatte ihn am Tag von Großvaters Beerdigung heimlich aus dessen Jacke genommen, in der er unbedingt beerdigt werden wollte.«

»Großvater hat den Ring mit ins Grab nehmen wollen?«

»Offenbar, aber Dad fand das nicht gut und hat ihn später mir gegeben. Mom war ziemlich sauer, ich glaube, sie wollte ihn auch haben. Aber Dad meinte, ich müsse ihn bekommen, denn er soll der Trägerin angeblich zur großen Liebe verhelfen. Ich bin zwar skeptisch, denn ich würde nicht ins Wasser gehen, wenn ich erfahren sollte, dass mein Liebster im Krieg geblieben ist.«

»Also ganz ehrlich, das ist schon eine merkwürdige Geschichte. Vielleicht sollten wir tatsächlich mal die alte Dame besuchen und ihre Version anhören«, lachte Ian.

»Das überlasse ich dir, Bruderherz!«

»Oh nein, zu viel der Ehre. Du bist die Märchenerzählerin vom Old Course House. Aber hat es einen besonderen Grund, dass du diesen Klunker auf einem Segelboot trägst? Gib zu, dass du dir von dem Ring eine magische Kraft erhoffst und eine Liebe bis in den Tod …«, deklamierte Ian.

»Mach dich ja nicht über mich lustig. Dieses Mal halte ich mich mit übertriebenen Schwärmereien zurück. Ich schwör's! Aber du kannst dir selber eine Meinung über meinen Liebsten bilden. Du lernst ihn nämlich morgen kennen.«

»Oh, wie komme ich zu der Ehre? Die letzten Herren hast du mir vorenthalten!«

»Erstens warst du nicht im Lande, und zweitens nehme ich es dir übel, dass du Jacques, den Franzosen, gefragt hast, ob er seine Geldbörse immer vergisst, wenn er Essen geht …«

»Und hatte ich recht?«, lachte Ian.

»Leider, aber ich gebe dir noch eine Chance, dein Lästermaul zu halten, sollte mein neuer Freund auch wieder keine Gnade vor deinem strengen Urteil finden. Ich will morgen nämlich auf keinen Fall mit Mom und ihm allein dinieren. Du bist dabei!

Mom hat so lange gequengelt, bis ich ihn schließlich zu einem Vorstellungstermin nach Kinross gebeten habe.«

Jamie stöhnte laut auf.

»Das scheinst du aber bereits zu bedauern?«, bemerkte Ian und musterte seine Schwester kritisch.

»Ich weiß nicht so recht. Er ist nicht so einfach. Ich glaube, er will meine Familie noch gar nicht kennenlernen. Ich habe ihn viel zu sehr gedrängt. Freuen tut er sich nicht gerade. Ich vermute, er ist manchmal so scheu, weil seine Behinderung ihm schwer zu schaffen macht.«

»Meine Güte, was hat er denn?«

»Gar nichts Schlimmes. Sein rechter Fuß ist nach einem Unfall ein wenig verformt. Er kann es gut überspielen, nur wenn er erschöpft ist, bräuchte er eigentlich einen Stock, aber dazu ist er zu eitel. Manchmal hat er aus dem Nichts heraus eine Stinklaune. Ich glaube, er hat einen regelrechten Hass auf seinen Fuß.«

»Hört sich eher nach Spaßbremse an«, murmelte Ian.

»Du wirst ihn mögen. Und wenn nicht, dann wirst du jedenfalls so tun. Er ist nämlich äußerst sensibel und merkt sofort, wenn er unerwünscht ist. Ansonsten ist er höflich, kultiviert, und man kann mit ihm über alles reden. Bis auf seine Vergangenheit samt dem Unfall …«

Ian biss sich auf die Lippen. Ihm lag eine Erwiderung auf der Zunge, die Jamie nur unnötig verletzen würde: Und du bist dir sicher, dass du dich nicht schon wieder vergriffen hast? Ihr schlechtes Händchen bei der Männerwahl war Jamies wunder Punkt. Ihr Hang zu komplizierten Partnern hatte ihr schon manchen Kummer bereitet. Nein, er würde auf keinen Fall durchblicken lassen, dass er befürchtete, ihr neuer Freund würde genau in das Beuteschema passen. Schwieriger Kerl, traumatische Erlebnisse und Jamie in ihrer Lieblingsrolle als potenzielle Retterin. *Wenn ich mit ihm zusammen bin, dann ist er ganz anders.* Wie oft hatte seine Schwester das schon behauptet, wenn sie ihm einen ihrer steif und verbissen wirkenden neuen

Freunde vorgestellt und sich dieser früher oder später als völlig humorloser Mensch entpuppt hatte, der Jamie überdies zu dominieren versuchte. Oder auch gern das andere Modell, den charmanten Aufschneider mit Geldsorgen. Ach, Kleines, ich wünsche dir mal einen Mann, mit dem du Pferde stehlen kannst, ging Ian durch den Kopf, während er ihr einen prüfenden Seitenblick zuwarf. Sie ist wirklich hübsch mit ihrer roten Lockenpracht und den mädchenhaften Zügen, stellte er fest, aber sie sucht offenbar nach einem Mann wie unserem Vater. Der hatte an der Oberfläche zwar stets eine gewisse Lebensfreude ausgestrahlt, aber Ian hatte immer geahnt, dass dahinter die Schatten der Schwermut lauerten. Ob die unglückliche Ehe seiner Eltern der Grund dafür gewesen war? Ian hatte von Kindheit an den Eindruck, dass die Art der kühlen Marta Gift für die Seele ihres Vaters war. Manchmal aber blitzte bei seiner Mutter eine tiefe Empfindsamkeit durch, die ihn daran zweifeln ließ, ob die Unnahbarkeit nicht eine bloße Benutzeroberfläche war. Konnte er wirklich mit Gewissheit sagen, dass seine Mutter im Herzen die Person war, die sie nach außen vorgab zu sein? Er musste auf jeden Fall sehr vorsichtig bei seinen Äußerungen gegenüber Jamie sein, was den Charakter ihrer Mutter anging. Bloß nichts unternehmen, um Jamies Abneigung gegen Mutter noch zu schüren, dachte er. Ach, geliebte Schwester, wenn du doch bloß mal Glück in der Liebe hättest. Du hast es verdient!, fügte er in Gedanken hinzu.

Er legte den Arm um sie und zog sie zu sich heran. Als er sie wieder losließ, sah er ihren Ring magisch im Mondlicht funkeln. Er interessierte sich zwar nicht sonderlich für Edelsteine, aber er wusste immerhin, dass es sich um einen Sternsaphir handelte. Carmen hatte ihm einmal in der Auslage eines Juweliers einen ähnlichen Stein gezeigt und ihm ihre Vorliebe für diesen besonderen Saphir gestanden. Er hatte ihn ihr aber nicht gekauft. Das wäre ihrer lockeren Beziehung nicht angemessen gewesen. Was für tiefes Blau er hat, dachte er, Kornblumenblau! Merkwürdig, er hatte den Stein von der Farbe her etwas anders in Erinnerung. Hatte der Ring auf dem Gemälde nicht exakt mit der Augenfarbe Lady Fionas korrespondiert? Und die waren nun einmal von einem geheimnisvollen Graublau. Was, wenn der Maler diese Farbe einfach erfunden hatte? Wie man heute Schönheit am Rechner produziert, indem man die Fotos bearbeitet, hatte man Anfang des zwanzigsten Jahrhunderts wahrscheinlich mit den Ölfarben geschummelt, sagte sich Ian und ließ es dabei bewenden.

Schweigend und fest umschlungen traten die Geschwister den Rückweg durch das nachtschlafende St. Andrews an.

Dornie, Oktober 1932

Mairi betrat zögernd den Bauch der Fähre. Suchend blickte sie sich um. Von Aidan keine Spur. Der Kapitän deutete zum Bug des Schiffes, wo man aus dem stickigen Inneren wieder an die Luft treten konnte. Mairi verstand. Dort würde sie ihren Liebsten finden. Während sie sich durch den voll besetzten Innenraum der Fähre einen Weg nach draußen an die frische Luft bahnte, meinte Mairi plötzlich, einen brennenden Blick im Nacken zu spüren. Sie fuhr herum und schrak zurück. Es war die alte Bonnie Chattan, die Hebamme. Die Frau machte ihr schon seit Kindertagen Angst. Sie hatte feuerrotes Haar, das wie bei einem Besen zu allen Seiten abstand, ihre Augen waren klein, aber immer in Bewegung, und ihr fehlte der vordere Schneidezahn. Doch was Mairi am meisten fürchtete, war stets das Gefühl, die Alte könne Gedanken lesen. Auf merkwürdige Weise fühlte sie sich von der Hebamme beobachtet und durchschaut. Mairi beschleunigte ihren Schritt und kam schwer atmend und mit geröteten Wangen bei Aidan an, der versonnen aufs Meer starrte.

Sie räusperte sich, und er fuhr herum. Seine finstere Miene erhellte sich bei ihrem Anblick sofort. Er streckte ihr seine Hand entgegen.

»Komm zu mir, mein kleiner Liebling«, flüsterte er. Bevor sie etwas erwidern konnte, ertönte eine krächzende Stimme von hinten.

»Bist du Aidan McKinnon?«

Mairi erschrak, als sie die Hebamme wahrnahm. Sie musste ihr auf dem Fuß gefolgt sein. Und noch mehr als das, flößte ihr der durchdringende Blick, mit dem die Alte Aidan musterte, Furcht ein.

»Bist du ein McKinnon?«, wiederholte sie krächzend. Wie ein Rabe, schoss es Mairi durch den Kopf, und ein Schaudern durchfuhr sie.

Aidan schien sich nicht im Geringsten vor der Alten zu fürchten. Im Gegenteil, er fragte forsch: »Kennen wir uns?«

»Wenn du Aidan McKinnon bist, und dessen bin ich mir sicher, dann kenne ich dich.«

»Sie machen es aber spannend«, lachte er unbekümmert. »Aber ich bin tatsächlich Aidan McKinnon.«

»Ich habe es gleich gesehen. Ich erkenne die Kinder, die ich entbunden habe, alle wieder. Egal, wie alt sie sind.« Sie warf Mairi einen durchdringenden Blick zu.

»Sie ist Hebamme«, bemerkte Mairi mit belegter Stimme.

»Und Sie haben mich auf die Welt gebracht? Dann haben Sie ja meine Mutter gekannt«, sagte Aidan sichtlich aufgeregt.

Die Alte nickte.

»Wie war sie? Erzählen Sie. Bitte!«

»Sie war eine wunderschöne Frau mit einem großen Herzen. Und sie war die glücklichste Frau auf der Welt, als sie dich das erste Mal in den Arm nahm …« Sie stockte. »Mehr weiß ich auch nicht. So gut habe ich sie auch wieder nicht gekannt«, fügte sie nun in völlig verändertem Ton hinzu. Es klang schroff und abweisend.

Sie weiß mehr über seine Mutter, als sie zugeben will, schoss es Mairi durch den Kopf.

»Ich weiß, wie sie aussieht. Bei uns hängt ein Gemälde von ihr. Sie hatte schöne Augen und …«

»Und was willst du auf der Insel und vor allem mit ihr?«, unterbrach ihn die Hebamme ungeduldig und zeigte mit dem Finger auf Mairi.

»Ich möchte meiner Braut meine Heimat zeigen«, erwiderte Aidan.

Täuschte sich Mairi, oder war die Alte sichtlich erbleicht?

»Weiß es deine Mutter, weiß es Murron schon, dass du mit dem da gehen willst?«, fragte die alte Bonnie streng.

»Sie wird es noch früh genug erfahren, dass ich ihre Tochter zu entführen gedenke«, erwiderte Aidan schmunzelnd.

»Das wirst du nicht tun, so wahr ich Bonnie Chattan heiße«, zischte die Hebamme und packte Mairi grob am Unterarm.

Entsetzt riss sich Mairi los. »Sie sind ja verrückt! Komm, Aidan, ich will hier weg!« Ohne die Alte noch eines Blickes zu würdigen, nahm Mairi ihren Freund bei der Hand und zog ihn fort.

»Ich finde sie unheimlich«, stieß Mairi hervor, kaum dass sie außer Hörweite waren.

»Mir macht die Alte keine Angst. Sie redet zwar wirr, aber sie ist bestimmt harmlos. Sie wird dich bestimmt auch zur Welt gebracht haben, oder bist du nicht in Dornie geboren?«

»Schon, aber meine Mutter sagt immer, sie könne sich gar nicht mehr so recht an meine Geburt erinnern.«

Aidan aber hörte ihr gar nicht mehr zu, sondern blickte staunend auf die schroffen Felsen, die ins Wasser ragten. Die Wolken hatten sich inzwischen verzogen, und die Sonne lachte vom Himmel.

»Es ist malerisch hier«, stieß Aidan begeistert hervor.

»Ist es nicht überall in Schottland so? Ich meine, ich bin noch nie weiter als bis Kyle of Lochalsh gekommen. Meine Mutter hat mich noch nicht einmal mit nach Inverness genommen.«

»Ach, du Arme, sie hält dich ja regelrecht gefangen. Ich lebe noch weiter südlich in der Nähe von Dundee. Kirkcaldy heißt unser Ort. Er liegt in der Nähe von St. Andrews …«

Mairi machte eine abwehrende Geste. »Das weiß ich natürlich! Ich könnte dir blind eine Karte von Schottland zeichnen. Im Kopf habe ich jeden Ort, ich war Klassenbeste, aber trotzdem weiß ich nicht, wie das Meer dort an der Ostküste riecht.«

Aidan lachte. »Nicht anders als in diesen Buchten, aber die Landschaft ist lieblicher und nicht so beeindruckend wie hier. Nun, du wirst es ja bald sehen. Am besten nehme ich dich gleich mit.« Er zog sie fest an sich und gab ihr einen zärtlichen Kuss auf die Wange.

Als die Fähre anlegte, wollte Mairi als Erste vom Schiff sein, um eine weitere Begegnung mit der Hebamme zu vermeiden, doch da stand die Alte schon hinter ihnen in der Schlange.

»Ist deine Mutter im Laden, Mairi Haigs?«, fragte sie.

Mairi schüttelte unwirsch den Kopf. »Nein, sie kommt erst heute Abend aus Inverness zurück, und es wäre sehr freundlich, wenn Sie meiner Mutter nichts von meinem Ausflug verrieten. Sie erfährt es früh genug.«

»Unter einer Bedingung«, krächzte die Hebamme. »Ihr beiden gebt mir euer Ehrenwort, dass ihr nicht sündigt.«

Mairi wurde knallrot und schnappte nach Luft, doch Aidan schienen die anzüglichen Worte der Alten eher zu amüsieren.

»Da wir bald heiraten, können wir noch bis zur Hochzeitsnacht warten«, bemerkte er grinsend.

Mairi war aber gar nicht zum Spaßen zumute. Sie fand es ungeheuerlich, was sich die Hebamme herausnahm.

»Sie schwören also, meiner Mutter nichts zu sagen?«, fragte Mairi nachdrücklich.

»Ich schwöre«, erwiderte die Hebamme, während sie die eine Hand zum Schwur hob und die andere hinter dem Rücken verschwinden ließ. Mairi ahnte auch, warum. Wahrscheinlich machte sie heimlich das Zeichen, um den Schwur aufzuheben. Sie konnte sich nicht helfen, nein, sie traute der Frau nicht.

Sie war froh, als sie endlich an Land waren, und trieb Aidan zur Eile an. »Ich möchte nicht, dass die Alte uns noch einmal anspricht.«

Aidan legte den Arm um sie. »Ich bin doch bei dir. Sie ist eine harmlose, allerdings durch und durch neugierige Person. Hab keine Angst vor ihr.«

»Ich will gar nicht mehr an sie denken«, entgegnete Mairi entschlossen und vertraute sich ganz seiner Führung an. Aidan steuerte, nachdem sie bei der Hochebene angekommen waren, auf ein einsames Gehöft zu.

»Wir sind da. Ich habe dem Bauern einen Brief geschrieben und ein Pferd reserviert. Hoffentlich hat er auch eins für dich. Du kannst reiten, oder?«

Mairi musste schmunzeln. »Ja, aber ich hatte nie viel Gelegenheit, auf einem Pferderücken zu sitzen. Meine Mutter sagt immer, das sei nur etwas für die Barone und Lords und nicht für uns kleine Leute.«

»Die wird sich aber wundern. Ich bin wirklich ein Sir. Und du als meine Frau, du wirst eine Lady.«

Ein grobschlächtiger Riese kam ihnen entgegen. »Sie haben den Gaul bestellt, oder?«

»Genau, aber nun bräuchten wir zwei«, entgegnete Aidan.

»Kein Problem, ich habe den ganzen Stall voll. Kommen Sie! Suchen Sie sich eins aus.«

Sie folgten ihm in den Pferdestall. Der Bauer schlug Aidan einen schwarzen Hengst vor und Mairi eine weiße Stute.

»Ich bringe sie heute Abend unversehrt zurück«, versprach Aidan. »Jetzt müssen Sie uns nur noch verraten, welche Richtung wir nach Elgol einschlagen sollten.«

»Sie wollen heute noch nach Elgol?«

»Ja. Ist das so ungewöhnlich?«, fragte Aidan.

»Nein, nein, nur werden Sie es kaum an einem Tag hin und zurück schaffen. Und wenn, dürften Sie keine Fähre mehr bekommen.«

Mairi warf Aidan einen fragenden Blick zu. Er zuckte die Schultern. »Du musst es wissen. Wenn du solche Angst wegen deiner Mutter hast, dann solltest du lieber zurückfahren.«

»Ich kann unmöglich über Nacht wegbleiben«, entgegnete Mairi entschieden.

»Das verstehe ich. So war es auch nicht geplant. Wenn du

willst, breche ich mein Unternehmen ab und wir fahren zurück.«

»Sie sagen Bescheid, wenn sie sich geeinigt haben«, mischte sich der Bauer unwirsch ein. »Sie finden mich im Haus.«

»Ich weiß nicht. Du bist doch extra hergekommen, um das Land zu besuchen, aus dem deine Vorfahren stammen. Ich möchte nicht, dass du diese Reise umsonst gemacht hast …«

Weiter kam sie nicht, weil Aidan ihr den Mund mit einem Kuss verschloss. Sie erwiderte ihn erst zaghaft, dann immer leidenschaftlicher. Dieser Verrückte, der aus dem Nichts gekommen war, hatte nicht nur ihr Herz gewonnen, sondern setzte auch ihren Körper in Flammen. Die Vorstellung, womöglich die Nacht mit ihm zu verbringen, jagte ihr wohlige Schauer durch den ganzen Körper. Und gerade deshalb musste sie vernünftig sein.

»Aidan, ich denke, es ist besser, wenn ich die nächste Fähre zurück nach Dornie nehme.«

»Du willst doch nicht etwa das tun, was deine Mutter für deine Zukunft entschieden hat, oder?« Seine Stimme klang erschrocken.

Sie strich ihm zärtlich eine dunkle Strähne aus dem Gesicht. »Nein, niemals! Ich gehe mit dir. Aber ich darf sie nicht derart schockieren. Ich muss es ihr schonend beibringen. Sie war immer eine treu sorgende Mutter, die es vielleicht zu gut mit ihrer einzigen Tochter gemeint hat. Deshalb hat sie es nicht verdient, dass ich sie vor den Kopf stoße, indem ich über Nacht wegbleibe. Sie würde tausend Tode sterben und glauben, ich hätte die Sünde gepachtet. Ich möchte vernünftig mit ihr reden. Verstehst du das?«

»Aber ja! Solange du keinen Rückzieher machst, wenn ich morgen bei deiner Mutter um deine Hand bitte, habe ich für alles Verständnis. Ich möchte dich morgen gleich mitnehmen. Verstehst du das? Ich habe Angst, dass du mir sonst gar genommen wirst. Ganz merkwürdig ist das. Es imponiert mir, dass du sie nicht unnötig verletzen willst. Geh nur. Ich will nur einmal im Leben das Land sehen, in dem ich geboren wurde.«

»Wer lebt denn jetzt in deinem Elternhaus?«

»Ich werde, wenn überhaupt, nur Ruinen sehen«, erwiderte Aidan seufzend.

»Wurde es abgerissen?«

Er schüttelte heftig den Kopf. »Nein, unsere Burg brannte bis auf die Grundmauern nieder, aber mehr weiß ich nicht. Mein Vater hat es nur einmal erwähnt, als er sehr betrunken war. Ich werde wohl nie mehr über diese Geschichte erfahren und über meine Mutter …« Er stockte und legte die Stirn in grüblerische Falten. »Vielleicht sollte ich morgen die Hebamme aufsuchen. Wenn sie mich zur Welt gebracht hat … sie wird wahrscheinlich mehr über meine Familie wissen.«

»Ach was!« Mairi machte eine wegwerfende Geste. »Ich glaube, sie ist nicht ganz bei Trost.« Sie tippte sich gegen die Stirn. »Und wieso soll sie dich überhaupt auf die Welt gebracht haben? Sie lebt in Dornie, nicht auf der Insel Skye«, stieß sie mit Nachdruck hervor. Mairi wollte partout nichts mit der Alten zu tun haben, auch wenn sie womöglich etwas über ihren Vater wusste …

»Habt ihr euch jetzt geeinigt?«, mischte sich der Bauer ein, der plötzlich wieder im Stall stand.

»Ja, ich reite allein. Die junge Dame nimmt die nächste Fähre nach Dornie zurück«, erwiderte Aidan, bevor er den Bauern prüfend musterte. »Sagen Sie, gibt es eigentlich eine eigene Hebamme auf der Insel?«

»Ja, im Norden, aber zu uns kommt immer Bonnie Chattan aus Dornie. Gerade heute ist sie wieder bei meiner Schwägerin, um nach deren Säugling zu sehen. Sie war sogar die persönliche Hebamme der feinen Leute. Ich glaube, es gibt keinen kleinen McKinnon, den sie nicht geholt hat.«

»Ich gehe dann zurück zur Fähre«, seufzte Mairi. Aidan aber hielt ihre Hand ganz fest, als wollte er sie partout nicht loslassen.

»Ich bringe dich zurück«, schlug er vor.

»Nein, reite du nur nach Elgol. Umso schneller bist du zurück in Dornie«, entgegnete Mairi hastig und entzog ihm sanft die Hand. Sie strich ihm flüchtig über die Wangen, wandte sich um und schlug den Klippenweg ein, der zur Anlegestelle führte. Doch dann blieb sie noch einmal stehen und warf einen sehnsüchtigen Blick zurück. Aidan winkte ihr lebhaft zu. Plötzlich legte sich die Trauer wie schwarzes Tuch über sie. Tränen traten ihr in die Augen. Woher kam mit einem Mal dieses düstere Gefühl, das ihr Innerstes schier lähmen wollte?

St. Andrews, Juni 2012

Tessa erwachte, als ein fremdes Klingelgeräusch an ihr Ohr drang. Es dauerte einen Moment, bis sie begriff, wo sie sich befand und woher der Klingelton kam. Hastig nahm sie den Hörer des Hoteltelefons ab und meldete sich schlaftrunken. »Tessa Baumann, hallo?«

»Baumann? Das hätte ich nicht gedacht!«, verkündete ihr eine fröhlich klingende Männerstimme. »Dass Sie eine Deutsche sind.« Jetzt war Tessa klar, wem die Stimme gehörte.

»Mister McKinnon, wecken Sie die Hotelgäste immer zu nachtschlafender Zeit?«, brummte sie.

»Verzeihen Sie, ich dachte, um zehn Uhr dürfe man schon anrufen …«

»Zehn Uhr?«, schrie Tessa erschrocken auf.

»Um genau zu sein, fünf Minuten vor zehn, aber ich dachte …«

Tessa sprang aus dem Bett. Sie hatte um halb elf einen beruflichen Termin mit dem neuen Marketingchef von Stenton& Lake. Beinahe hätte sie das Telefon zu Boden gerissen, denn sie hatte vergessen, dass sie den Hörer noch in der Hand hielt.

»Mister McKinnon, sind Sie noch dran? Es tut mir leid, ich habe keine Zeit. Ich muss in dreißig Minuten im Restaurant sein. Oder gibt es etwas Dringendes?«

Für einen Augenblick herrschte Stille in der Leitung. Dann räusperte Ian sich verlegen. »Ich, ich wollte nur … nur wissen, ob es gestern noch Probleme gegeben hat, weil die Dame … also die alte Frau, der ich Sie hinterhergeschickt habe, nun, die war aus der Psychiatrie geflohen.«

»Ich weiß. Zwei Pfleger haben sie regelrecht eingefangen. Mir hat sie wirklich leidgetan.«

»Gut, ich will auch nicht weiter stören.«

»Trotzdem, vielen Dank der Nachfrage«, entgegnete Tessa steif. Kaum dass sie aufgelegt hatte, fragte sie sich, warum sie überhaupt so höflich zu dem Charmeur gewesen war. Schließlich hatte er sie angeflirtet, während seine Partnerin offenbar in der Lobby auf ihn gewartet hatte. Doch ihr blieb keine Zeit, weitere Gedanken an Mister McKinnon zu verschwenden, weil sie noch duschen und sich anziehen musste. Das Spiegelbild zeigte ihr recht deutlich, dass sie noch sehr verschlafen aussah. Nach einer kalten Dusche ging es ihr schon besser, und sie schlüpfte schnell in ihre Chinos und eine schwarze Bluse. Das dicke Haar steckte sie hoch, weil es heute Morgen besonders störrisch war. Auf Schminke verzichtete sie, weil ihr keine Zeit mehr blieb. Hektisch verließ sie ihr Zimmer und eilte zum Fahrstuhl. Bevor sich die Türen hinter ihr schlossen, schenkte sie der Lady in Blau einen flüchtigen Blick. Was für ein Wunder, dass ich heute Nacht nicht von Geistern geträumt habe, ging ihr durch den Kopf, oder ich kann mich einfach nicht mehr an den Traum entsinnen.

Als sie den Fahrstuhl verließ, fiel ihr erster Blick auf Mister McKinnon, der wie gestern Abend eng mit dieser Frau zusammenstand und wieder in ein angeregtes Gespräch mit ihr vertieft war. Wahrscheinlich ist es Misses McKinnon, mutmaßte Tessa, während sie einen großen Bogen um die beiden machte. Sie hoffte, dass er sie nicht wahrnahm, doch in dem Moment, als sie auf gleicher Höhe waren, rief die Rezeptionistin: »Misses McKinnon, Telefon!«

Daraufhin wandten die beiden ihre Köpfe in Tessas Richtung. Ian McKinnon strahlte über das ganze Gesicht, als er sie erkannte, aber Tessa nickte nur knapp, bevor sie grußlos weitereilte. Wie ich vermutet habe, dachte sie wütend, die Dame ist seine Frau. Na, der hat Nerven!

Vor dem Restaurant blieb sie kurz stehen, atmete ein paarmal tief durch und zwang sich, eine freundlichere Miene aufzusetzen. Schließlich wollte sie ihre schlechte Laune nicht an Mister Makenzie auslassen. Suchend sah sie sich um. Es waren fast alle Tische besetzt, an vielen saßen alleinreisende Geschäftsmänner. Sie hatte es sich einfacher vorgestellt, ihn zu erkennen. Deshalb hatten sie auch kein Zeichen vereinbart.

Plötzlich drehte sich ein Mann um, und sie erstarrte. Das hätte Hamish als erwachsener Mann sein können. Das leuchtend rote Haar, das kantige Gesicht, der Mund, das Lächeln …

Der neue Marketingchef von Stenton&Lake stand auf und kam lächelnd auf sie zu.

»Sie müssen Miss Baumann sein«, sagte er erfreut, während er ihr die Hand entgegenstreckte.

Verdutzt schüttelte sie ihm die Hand. »Aber woher wussten Sie das?«

Er lachte. »Meine Vorgängerin hat Sie mir treffend beschrieben. Sie können sie gar nicht übersehen, Arran, hat sie wortwörtlich gesagt, halten Sie einfach Ausschau nach der hübschesten Frau im Raum …«

Tessa machte eine abwehrende Handbewegung. »Das ist aber dick aufgetragen«, seufzte sie, folgte Mister Makenzie zum Tisch und setzte sich auf den Stuhl, den er ihr formvollendet hingeschoben hatte.

Sie plauderten eine Weile über die Veränderungen bei Stenton&Lake und darüber, dass seine Vorgängerin mittlerweile die Welt umsegelte.

»Vor ihrer Abreise hat sie mich ausdrücklich gebeten, dass Sie Ihren Vater von ihr grüßen sollen.«

Tessas Miene verfinsterte sich. »Ich werde die Grüße ausrichten«, erklärte sie schmallippig. Seit gestern hatte sie nicht mehr an Paul gedacht, weil so viel anderes geschehen war. Ausgelöst durch diese sicher gut gemeinten Grüße von Misses Saunders spulte vor ihrem inneren Auge sofort wieder der ganze Film ab: die Scherben, das viele Blut, die Beerdigung, die Briefe an ihren Vater …

»Ist Ihnen nicht gut?«, fragte der neue Marketingchef des Einrichtungskonzerns besorgt.

Tessa rang sich zu einem Lächeln durch. »Alles wunderbar. Lassen Sie uns jetzt zum Geschäft kommen.« Er schien sich über ihren strengen Ton zu wundern, doch Tessa konzentrierte sich nun auf das Berufliche. Sie schilderte ihm anschaulich, was für eine Kampagne sie sich für die neue Möbelkollektion vorstellte. Mister Makenzie hing ihr förmlich an den Lippen. Als Tessa ihre Präsentation soeben beendet hatte, ging Mister McKinnon an ihrem Tisch vorbei. Er suchte ganz offensichtlich ihren Blick, doch Tessa schenkte ihrem Gesprächspartner ein charmantes Lächeln und sagte in einer Lautstärke, dass es der Märchenerzähler ganz bestimmt nicht überhören konnte: »Ach, wie schön, dass es geklappt hat mit unserem Treffen. Ich glaube, das steht alles unter einem guten Stern.«

»Ich freue mich sehr auf unsere Zusammenarbeit. Nennen Sie mich Arran«, entgegnete Mister Makenzie sichtlich angetan.

»Tessa«, schnurrte sie und bemerkte nicht ohne Schadenfreude aus dem Augenwinkel, dass Ian McKinnon aus sicherer Entfernung zu ihrem Tisch hinüberstarrte.

»Wir sollten uns nach getaner Arbeit endlich etwas vom Frühstücksbüfett holen«, schlug Mister Makenzie vor. Gemeinsam gingen sie zu den üppig beladenen Platten und bedienten sich reichlich.

Zurück am Tisch konnte Tessa ihre Neugier nicht mehr zügeln, denn je länger sie ihm gegenübersaß, desto augenfälliger wurde seine verblüffende Ähnlichkeit mit Hamish.

»Wissen Sie, dass Sie mich an jemanden erinnern?«

»Nein, aber ich fühle mich sehr geschmeichelt«, erwiderte er charmant, während er ein wenig verlegen an seinem Ehering drehte.

»Ja, er hieß Hamish Makenzie und besuchte eine Klasse über mir die St. Leonards. Dort war ich ein Schuljahr lang auf dem Internat.«

»Sie waren mit Hamish auf der Schule?«, gab er entgeistert zurück.

»Das ist nicht wahr, oder? Sie kennen Hamish tatsächlich?«

»Er ist mein älterer Bruder. Wann war das denn?«

»Vor elf Jahren.«

»Dann war das vor seinem Unfall«, murmelte Arran Makenzie mehr zu sich selbst, doch Tessa fragte erschrocken: »Er hatte einen Unfall?«

»Ja, und zwar einen ganz üblen. Er ist nur knapp dem Tod entronnen. Sie sind zu viert mit dem Wagen zu einem Konzert nach Edinburgh gefahren, und auf dem Rückweg ist er von der Straße abgekommen. Seine Freunde Bruce, Irving und Kerr waren sofort tot. Ich weiß deshalb noch ihre Namen, weil sie gerade in den Ferien alle bei uns zu Hause gewesen waren ...«

Tessa schlug die Hände vors Gesicht. Sie kannte die Jungen alle. Jeden der drei hätte sie aus der Erinnerung beschreiben können. Der hagere Bruce mit seinem trockenen Humor, der Charmeur Irving, den sie damals »Casanova« genannt hatten, der sommersprossige Kerr ...

»Deshalb hat er mir nicht mehr gemailt«, murmelte sie.

»Er lag ein halbes Jahr im Koma. Danach hat es einige Zeit gedauert, bis er wieder ein normales Leben führen konnte. Körperlich ist alles wieder halbwegs gut geworden. Bis auf den Fuß. Der war so verletzt, dass er immer noch stark deformiert ist. Aber seine Seele ...« Arran stockte, und seine Miene verfinsterte sich.

»Und ich habe geglaubt, er hätte mich vergessen und ein anderes Mädchen ... Warum habe ich nichts davon erfahren?«, fragte Tessa mit leichtem Vorwurf in der Stimme.

Arran musterte sie erstaunt. »Standen Sie ihm denn so nahe? Ich hatte Ihren Namen jedenfalls noch nie zuvor gehört, bis mir Misses Saunders von Ihnen vorgeschwärmt hat.«

»Er war meine erste große Liebe. Wir haben uns leider erst in der letzten Woche meines Auslandsschuljahrs gefunden, aber wir sind in Kontakt geblieben, bis eines Tages … ich erinnere mich sogar noch an das genaue Datum, es war der 8. Oktober, als er meine Mail nicht mehr beantwortet hat.«

»O nein, meine Eltern haben mir seinen Rechner überlassen, als er im Krankenhaus lag, und ich habe damals all seine Daten gelöscht. Es hat ja keiner von uns damit gerechnet, dass er je wieder aufwachen wird.«

»Und wo lebt er heute?«

»In Edinburgh.«

»Und? Hat er Familie?«, hakte sie mit belegter Stimme nach.

»Er ist geschieden. Seine erste Frau war eine Schulfreundin, die, nachdem er aus dem Krankenhaus zurückgekommen war, nicht mehr von seiner Seite wich.«

Das kann nur Jodie gewesen sein, schoss ihr durch den Kopf. Die hat schon damals mit allen Mitteln versucht, Hamish gegen mich aufzuhetzen …

»Jodie hat sich wirklich aufgeopfert für ihn und trägt einen großen Anteil daran, dass er wieder gesund geworden ist«, seufzte Arran. »Es hat ihr allerdings kein Glück gebracht. Er hat sie zwar aus Dankbarkeit geheiratet, aber nicht gut behandelt. Er ließ sie spüren, wie wenig sie ihm bedeutete. Daran hat auch die Geburt seiner Tochter nichts geändert. Er ist schrecklich kühl und abweisend. Zu jedermann.«

»Dann können wir nicht von demselben Menschen sprechen«, protestierte Tessa empört. »Hamish war der warmherzigste Mensch, den ich kenne!«

»War!«, wiederholte Arran mit Nachdruck. »Vor seinem Unfall. Ich war immer sehr stolz auf meinen großen Bruder. Ich war erst dreizehn, als der Unfall geschah. Aber als er im Krankenhaus lag, habe ich manchmal gewünscht, er würde sterben. Ich konnte Moms verheultes Gesicht nicht mehr ertragen. Alles drehte sich nur um meinen Bruder. Das hat sich auch danach nicht geändert, denn er war nicht mehr derselbe wie vorher. Mom sagte immer zu mir, nimm es ihm nicht übel, wenn er mir gegenüber schroff war, er hat es doch so schwer gehabt. Natürlich habe ich versucht, weiter nett zu ihm zu sein, aber er wurde mir immer fremder. Er benahm sich wie ein Zombie. Keiner kam an ihn heran …«

Arran unterbrach seine Rede und starrte ins Leere, bevor er fortfuhr: »Der Unfall hat seinen Charakter verändert. Wir sehen uns eigentlich nur noch traditionell zum Hogmanay-Fest bei unseren Eltern. Das ist einmal im Jahr. Ich fühle mich schrecklich unwohl, denn er ist ein regelrechter Zyniker geworden. Beim letzten Mal hat er meiner Frau an den Kopf geworfen, sie würde die Blagen viel zu sehr verwöhnen. Er meinte meine Kinder damit. Wir sind abgereist, weil meine Frau einen Weinkrampf bekommen hat. Mutter hat mir Vorwürfe gemacht.«

Wieder stierte er vor sich hin, als wäre Tessa gar nicht anwesend. Er tat ihr leid, wenngleich sie sich partout nicht vorstellen konnte, dass er von dem Menschen sprach, dem ihre erste Liebe gegolten hatte.

»Um auf Ihre Frage zurückzukommen: Mutter deutete neulich an, dass er wohl wieder eine Partnerin hat, aber Näheres weiß ich auch nicht. Und ganz ehrlich, es interessiert mich auch nicht sonderlich, denn …« Er stockte wieder und blickte Tessa erschrocken an. »Entschuldigen Sie bitte, Tessa, das war nicht richtig von mir, Ihnen meine ganze Familiengeschichte aufzutischen. Was müssen Sie von meiner Professionalität halten, wenn ich mich bei einem Jobgespräch derart über Privates bei Ihnen auslasse?« Er rang sich zu einem Lächeln durch. Tessa erwiderte es.

»Machen Sie sich keine Sorgen. Ich halte Sie für einen Profi. Wie können Sie ahnen, dass Ihr Bruder meine erste Liebe war, und ich wusste ja nicht, was für ein Schicksal er erlitten hat.«

»Wollen Sie seine Nummer?« Arran griff zu seinem Smartphone.

Tessa machte eine abwehrende Geste. »Nein, nein, lassen Sie nur, ich will keine alten Wunden aufreißen.«

»Gut, dann bleibt mir nur zu sagen: Legen Sie los! Machen Sie alles genau so, wie Sie es mir vorgeschlagen haben. Ich finde Ihre Vorschläge großartig. Und bitte verzeihen Sie mir noch einmal, dass ich Sie mit meinen persönlichen Problemen behelligt habe. Das ist sonst wirklich nicht meine Art.«

»Arran, jetzt hören Sie aber auf. Dieses Gespräch bleibt unter uns, und ich danke Ihnen für Ihre Offenheit.«

»Miss Saunders hat wirklich nicht zu viel versprochen. Sie sind nicht nur eine attraktive, sondern auch eine sehr kluge Frau«, seufzte Arran, während er nach seinem Telefon griff. »Wenn ich nicht gleich in die Firma zurückmüsste, ich würde Sie noch zum Lunch einladen.«

Tessa hielt sich schmunzelnd den Bauch. »Schon wieder essen? Lieber lade ich Sie demnächst in Hamburg zum Dinner ein, denn unsere Abschlussbesprechung sollte in der Agentur stattfinden.«

Arran erhob sich zögernd. »Ich würde mich sehr freuen, Sie bald wiederzusehen. Soll ich Hamish wenigstens über Mom von Ihnen grüßen lassen?«

Tessa schüttelte den Kopf. »Nein, nein! Wahrscheinlich erinnert er sich gar nicht mehr an mich.«

Arran musterte sie durchdringend.

»Das wage ich zu bezweifeln«, bemerkte er versonnen. »Eine Frau wie Sie vergisst man nicht so einfach.«

»Genau das hat Hamish mir zum Abschied gesagt, als ich so verzweifelt war, weil ich glaubte, wir würden nie mehr voneinander hören. Ein Mädchen wie dich vergisst man nicht!« Während sie das aussprach, erinnerte sie sich an die letzte Umarmung, als wäre es gestern gewesen. Wie Ertrinkende hatten sie sich aneinandergeklammert. Tessa stieg der Geruch von Tannenzweigen in die Nase.

»Geht es Ihnen gut?«, hörte sie Arrans Stimme wie von ferne.

»Natürlich, aber ich bin mir sicher, dass sein Koma die Erinnerung an mich ausgelöscht hat. Wenn er von meiner Existenz gewusst hätte, glauben Sie mir, er hätte Himmel und Hölle in Bewegung gesetzt, um mich wiederzufinden. Es wäre ein Leichtes gewesen, sich meine Kontaktdaten zu beschaffen und mir zu mailen. Lassen wir das Vergangene ruhen.«

»Vielleicht haben Sie recht. Er musste ja einiges erst wieder lernen, als er aus dem Krankenhaus kam. Und über den Unfall hat er auch niemals mehr geredet. Mom hat immer gesagt, dass wir ihn nicht an das Schreckliche erinnern dürfen. Sie hat ihn, als er wiederhergestellt war, sogar auf eine andere Schule gehen lassen, damit ihn keiner darauf ansprechen konnte. Sogar ich wurde umgeschult. Einmal sind wir auf dem Golfplatz Irvings Eltern begegnet. Sein Vater kam auf uns zu, aber meine Mutter ist ihm entgegengerannt und hat ihn offensichtlich beschworen, Hamish nicht mit der Geschichte zu konfrontieren. Er ist daraufhin seiner Wege gegangen. Es kann also gut sein, dass St. Leonards und alles, was damit zusammenhing, aus seinem Gedächtnis getilgt ist. Wobei …« Wieder unterbrach sich der Marketingchef. »Meine Mutter erzählte, es ginge ihm infolge einer Therapie besser und er habe sich inzwischen mit den Eltern seiner toten Freunde getroffen. Vielleicht tut es ihm sogar gut, wenn Sie sich persönlich bei ihm melden.«

Arran Makenzie holte erneut sein Telefon hervor und wollte ihr die Nummer heraussuchen.

»Nein, wirklich nicht, Mister Makenzie, ich möchte das nicht«, entgegnete Tessa, während sie wie aus heiterem Himmel ein Brennen in ihren Eingeweiden verspürte, das sich in Windeseile über ihren ganzen Körper verbreitete. Ihre Brust schnürte sich zu. Sie wurde von einem einzigen Gedanken beherrscht: Ich muss sterben! Die Attacke dauerte nur wenige Sekunden, und Tessa hoffte, kaum dass es vorüber war, Arran habe es gar nicht gemerkt, wenngleich sie die Schweißperlen fühlte, die sich an ihren Nasenflügeln gebildet hatten.

Arran aber reichte ihr die Hand, als wäre nichts geschehen. »Ich freue mich auf unser Wiedersehen«, sagte er zum Abschied und musterte sie besorgt. »Ist alles in Ordnung mit Ihnen? Sie sind mit einem Mal so blass.«

Tessa aber rang sich zu einem Lächeln durch. »Alles wunderbar. Bis bald, Arran!«

Kaum war er ihrem Blickfeld entschwunden, tat sie ein paar tiefe Atemzüge, um sich zu beruhigen. Es war das zweite Mal, dass eine schlimme Attacke sie aus heiterem Himmel überfallen hatte. Dass es sich um eine Panikattacke handelte, hatte ihr der Arzt in der Klinik gesagt. Sie war mit Blaulicht nach Eppendorf gebracht worden, nachdem sie den Notarzt gerufen hatte. Es war eine Woche nach dem Tod ihrer Mutter geschehen. Sie hatte sich bis dahin tapfer gehalten und so getan, als wäre nichts passiert, was gar nicht einfach gewesen war, denn kaum war sie aus dem Haus gegangen, hatten die Nachbarn sie mit ihren neugierigen Blicken förmlich aufgespießt. Dennoch hatte sie freundlich gegrüßt wie immer und so getan, als wäre alles völlig normal. Sieben Tage lang war das gut gegangen. Sie war im Bad gewesen, als ein solches Brennen durch ihren Körper gerast war, als würde sie in Säure baden. In demselben Augenblick hatte sich eine eiserne Kralle um ihre Kehle gelegt, und in der Brust war es ihr so eng geworden, dass sie zu ersticken glaubte. Ein einziger Gedanke hatte ihr Denken beherrscht: Ich sterbe, ich sterbe! Das hatte ihre Angst nur noch verstärkt. Ihre Finger hatten sich verkrampft. Sie war auf die kalten Fliesen gesunken und hatte bewegungslos dagelegen, ganz sicher, dass jede Sekunde der Tod eintreten würde. Die Haushälterin fand sie so vor und holte den Notarzt.

Tessa wischte sich mit dem Ärmel den Schweiß von der Stirn und leerte ihren Kaffeebecher in einem Zug. Dann erst realisierte sie, dass der Arzt ihr geraten hatte, ihren Koffeinkonsum zu reduzieren, weil übermäßiger Kaffeegenuss Panikattacken förderte. Sofort setzte bei ihr ein heftiges Herzrasen ein. Nicht schon wieder, ging es Tessa durch den Kopf, doch der Teufelskreis war nicht mehr aufzuhalten. Ihre Kehle schnürte sich zu. Sie hatte nur noch Angst. Schweißausbrüche und Kälteschauer malträtierten ihren Körper.

»O Gott, Miss Baumann, ist Ihnen nicht gut?«, hörte sie Mister McKinnon erschrocken fragen. Sie blickte ihn an, wollte etwas sagen, brachte aber keinen Ton heraus, weil sich ihre Zunge geschwollen anfühlte.

»Nicken Sie, wenn ich einen Arzt holen soll«, sagte der Schotte aufgeregt. Der Schreck stand ihm ins Gesicht geschrieben.

Tessa schüttelte heftig den Kopf.

»Soll ich Sie auf Ihr Zimmer bringen?«

»Bitte!«, stieß sie angestrengt hervor.

Ian McKinnon reichte ihr seine Hand, die sie bereitwillig ergriff. Die Angst ließ nach, während sie mit ihm das Hotelrestaurant verließ. Sie fühlte sich seltsam geborgen an seiner Hand. Als sie die Lobby betraten, sah Tessa Misses McKinnon mit dem Rücken zu ihnen an der Rezeption stehen. Hastig entzog sie dem hilfsbereiten Schotten ihre Hand.

»Danke, ich kann jetzt allein«, erklärte sie steif und wandte sich abrupt in Richtung Fahrstuhl, doch Ian McKinnon folgte ihr.

»Nein, das kann ich nicht verantworten. Sie hätten sich mal sehen sollen. Weiß wie eine Wand und …« Er stockte und strich ihr eine Locke aus dem schweißnassen Gesicht.

Tessa zuckte zusammen, denn aus den Augenwinkeln konnte sie beobachten, wie Misses McKinnon neugierig zu ihnen herüberstarrte.

»Ich glaube, Sie sollten sich jetzt lieber um Ihre Frau kümmern. Sie sieht das bestimmt nicht gern, dass Sie weiblichen Gästen so viel Aufmerksamkeit schenken.«

»Meine Frau? Wo?«, fragte er, und ein Lächeln umspielte seine Lippen.

»Tun Sie doch nicht so scheinheilig«, zischte Tessa.

Ian McKinnon blickte sich suchend um. »Welche der reizenden Damen haben Sie mir denn zugedacht?«, erwiderte er schmunzelnd.

Tessa wurde langsam wütend. Natürlich war sie ihm dankbar, dass er sich so intensiv um sie sorgte, aber dass er sie verspottete, missfiel ihr außerordentlich.

»Was soll das Spielchen? Gehen Sie! Misses McKinnon beobachtet uns. Sonst denkt sie womöglich, wir haben etwas miteinander.«

Ian McKinnon blickte zur Rezeption und brach in dröhnendes Gelächter aus. »Das ist ganz unmöglich, wie sie uns anstarrt. Was fällt ihr nur ein? Sie ist wirklich zu neugierig, die Gute«, lachte er und winkte seiner vermeintlichen Ehefrau übermütig zu.

Tessa schnappte nach Luft vor Empörung. »Wenn Sie Ihre Ehefrau eifersüchtig machen wollen, dann suchen Sie sich eine andere«, schnaubte sie.

Ian McKinnon aber nahm sie in den Arm und überrumpelte sie mit einem Kuss auf die verschwitzte Stirn. Tessa war so überrascht, dass sie erst nach einer Schrecksekunde die Hand hob, um ihm mit einer Ohrfeige zu antworten. Er hielt ihre Hand fest und lachte wieder.

»Sie wollen mich doch nicht etwa vor meiner kleinen Schwester blamieren? Sie hält mich für einen unwiderstehlichen Frauenhelden. Und wenn Sie mich schlagen, ist mein Ruf dahin.«

Er ließ ihre Hand los und lächelte sie entwaffnend an. Tessa wurde knallrot.

»Ich, es tut mir leid, aber ich, ich hatte sie mehrfach zusammen gesehen, also … ich meine …«, stammelte sie verlegen.

Ian nahm ihre Hand und zog sie zum Fahrstuhl.

»Nachdem wir das geklärt hätten, werden Sie mir jetzt in aller Ruhe erzählen, seit wann Sie unter Panikattacken leiden.«

»Wie kommen Sie darauf, dass ich eine Panikattacke hatte?«, fragte Tessa sichtlich verwirrt.

Ian McKinnon schob sie in den Lift und drückte den Knopf.

»Ich habe es bis zum Bachelor in Psychologie gebracht, doch dann hat die Familienkrake mich in den Schoß der McKinnon-Tradition zurückgeholt und ich wurde Hotelier. Angststörungen waren mein Spezialgebiet.«

Sie waren inzwischen in der zweiten Etage angekommen und stiegen aus dem Fahrstuhl. Vor dem Gemälde der Lady in Blau blieb Ian stehen und ließ seinen prüfenden Blick zwischen Tessa und dem Bild hin- und herwandern.

»Ich kann mir nicht helfen. Sie sehen ihr wirklich ähnlich«, bemerkte er, bevor er seinen Blick zwischen den Augen seiner Ahnin und deren Sternsaphir am Finger hin- und herschweifen ließ. »Da hat der Maler aber wirklich den Farbtopf verwechselt«, murmelte er. »Ob ihre Augen auch kornblumenblau waren so wie ihr Ring?«

»Wovon reden Sie, Mister Mackinnon?«, fragte Tessa, um von ihren Panikattacken abzulenken.

»Der Sternsaphir meiner Urgroßmutter ist in Wirklichkeit von einem ganz anderen Blau. Und nun frage ich mich, ob sie vielleicht gar nicht so schöne und geheimnisvolle rauchblaue Augen besessen hat wie Sie.«

Er musterte sie intensiv.

»Aber nun zu Ihren Panikattacken. Zunächst würde ich empfehlen, auf Kaffee und …« Das Klingeln seines Telefons unterbrach ihn. »Entschuldigen Sie, ich muss rangehen. Ich erwarte einen beruflichen Anruf aus Teneriffa.«

Tessa nickte. Sie war in Gedanken bei dem Anfall und fragte sich, ob der Auslöser wohl die intensive Erinnerung an Hamish gewesen sein konnte. Kaum dass sie an ihn dachte, beschleunigte sich ihr Herzschlag erneut. Wie gern würde sie ihn wiedersehen und sich ein eigenes Bild von seinem Zustand machen. Sie war sich aber sicher, dass diese erste Liebe durch den

Unfall aus seiner Erinnerung gelöscht war. Deshalb hatte es keinen Sinn, wenngleich sich alles in ihr danach sehnte, ihn wenigstens noch einmal zu treffen.

Ians laute Stimme riss sie aus ihren Gedanken.

»Nein, Mutter, auf keinen Fall«, hörte sie ihn unwirsch sagen. »Nein, ich werde hinter Jamies Rücken ganz bestimmt nichts gegen sie unternehmen und mit dir kungeln!«

Ian McKinnon steckte wütend sein Telefon zurück in die Jackentasche. Sein freundliches Lächeln war wie weggewischt, und sein Blick wurde erst weicher, als er sich wieder Tessa zuwandte.

»Ich bin untröstlich, aber wir müssen unser Gespräch verschieben. Wie wäre es mit heute Abend? Ich hole sie ab, und wir fahren nach Dundee. Da ist freitags immer was los. Um sechs?«

»Gut, wir sehen uns später«, entgegnete Tessa hastig. Hoffentlich merkt er nicht, dass ich seine Gesellschaft gern noch länger genossen hätte, dachte sie. Die Vorstellung, allein auf ihr Zimmer zu gehen, machte ihr Angst. Sie befürchtete, erneut von einer Attacke überfallen zu werden. Ich werde den Tag nutzen, um etwas mehr über Charlottes Aufenthalt in Dornie zu erfahren, sagte sie sich entschlossen. Dann bin ich beschäftigt. Und überhaupt, dachte sie, werde ich nach Hause zurückkehren, sobald ich eine Antwort auf die Frage habe, was meine Mutter an diesen Ort getrieben hat. Plötzlich hatte sie es sehr eilig. Sie wollte es hinter sich bringen, um nicht noch einmal Gefahr zu laufen, so intensiv an Hamish erinnert zu werden. Kaum dass sie wieder an ihn dachte, beschleunigte sich ihr Herzschlag. Und das Bild von ihm, das sich so tief in ihr Herz gebrannt hatte, tauchte vor ihrem inneren Auge auf: sein Gesicht, sein rotes dichtes Haar, seine braunen Augen …

»Ja, dann bis nachher«, sagte Ian fröhlich und wischte damit das Bild von Tessas erster Liebe fort. Stattdessen blickte sie in ein Paar forschender wasserblauer Augen.

»Kann ich Sie wirklich allein lassen oder soll ich zur Sicherheit nicht doch lieber einen Arzt holen lassen?«

»Auf keinen Fall. Da käme ich mir vor wie eine Psychotante. Dabei bin ich nur leicht überarbeitet. Das gibt sich schon wieder.«

»Wenn Sie meinen. Wir sprechen heute Abend weiter. Ich denke, Sie sollten sich unbedingt in Behandlung begeben. Ich kenne da einen guten Arzt in Dundee …«

»Mister McKinnon, ich bin in spätestens drei Tagen hoffentlich wieder in Hamburg. Ich wollte mich nicht häuslich in St. Andrews niederlassen«, unterbrach sie ihn heftig. Zu heftig, wie sie seinem betretenen Blick entnahm.

»Ich werde mich zu Hause bestimmt um die Sache kümmern. Es gibt zurzeit einfach ein paar Dinge in meinem Leben, die zu klären sind«, fügte sie beinahe entschuldigend hinzu.

Für den Bruchteil einer Sekunde war Tessa versucht, ihm ihre grausame Geschichte anzuvertrauen, aber sie entschied sich dagegen. Was hatte sie davon, es einem Wildfremden zu erzählen, wenn sie schon kaum mit Freunden darüber sprach? Plötzlich fielen ihr die Worte des Arztes ein, der ihr im Krankenhaus nach ihrem ersten Panikanfall ins Gewissen geredet hatte. Auf seine Frage, ob sie unter Stress stehe, hatte sie einen Weinkrampf erlitten und ihm von dem häuslichen Drama berichtet. Der Arzt hatte ihr dringend angeraten, sich professionell betreuen zu lassen. »Kein Wunder, dass Sie eine Angststörung entwickelt haben«, hatte er mit ernster Miene verkündet. »Sie haben ein Trauma erlitten.« Dann hatte er ihr die Adresse eines Fachmannes gegeben. Die Visitenkarte steckte immer noch ungenutzt im Seitenfach ihrer Handtasche.

Ian musterte sie forschend.

»Ich denke, ich werde einen Psychologen aufsuchen, wenn ich zurück in Hamburg bin«, erklärte sie rasch, weil sie befürchtete, er würde womöglich nachbohren und sie ermutigen, ihm einfach zu sagen, was ihr eben auf der Zunge gelegen hatte. Ian stieß einen tiefen Seufzer aus. »Bis heute Abend, Miss Baumann, und vermeiden Sie Kaffee«, sagte er und stieg in den Fahrstuhl.

Nachdem sich die Türen hinter ihm geschlossen hatten, betrachtete Tessa erneut das Gemälde. Wie kann man sich nur umbringen, weil man glaubt, der Mann sei tot, wenn man doch ein Kind von ihm hat?, ging es ihr durch den Kopf. Plötzlich stutzte sie. Hatte die kranke alte Miss Cameron nicht behauptet, die Geschichte entspräche nicht der Wahrheit und ihre Großmutter hätte die wahre Geschichte der Lady in Blau aufgeschrieben? Im selben Atemzug fragte sie sich, warum sie sich überhaupt so brennend für Mister McKinnons Vorfahrin interessierte? Was ging sie deren Schicksal an?

Ein kalter Schauer lief ihr über den Rücken, als ihr Blick an den graublauen Augen der Lady in Blau hängen blieb. Ihr war mit einem Mal so, als würde die Frau sie förmlich anstarren. Und dann meinte sie eine wohlklingende Frauenstimme zu hören, die ihrer eigenen sehr ähnlich war. *Tessa, geh zu Miss Cameron und hole dir das Tagebuch.*

»Nein!«, stieß Tessa entschieden hervor. Ein Riesenschrecken fuhr ihr durch alle Glieder. Hatte sie da eben etwa laut mit einem Gemälde gesprochen? Ich werde wirklich verrückt, ging es ihr entsetzt durch den Kopf. Sie entschied, den Deckel des Tagebuchs noch heute Abend Mister McKinnon auszuhändigen und ihm mitzuteilen, dass Miss Cameron verschwörerisch von ihr verlangt hatte, die Seele der Lady in Blau zu erlösen. Es war allein seine Entscheidung, wie er mit der Geschichte seiner Ahnin verfuhr.

Nur du kannst es tun, meldete sich erneut die raunende Stimme. Tessa hob wütend den Arm und schlug gegen das Gemälde. Wenn die Lady in Blau jetzt aufsteht und das Bild verlässt, gehe ich sofort in eine Klinik, dachte sie erbost. Erleichtert stellte sie fest, dass der Rahmen nur ein wenig wackelte und die Lady in Blau nichts weiter als ein altes Ölgemälde war.

Dornie, Oktober 1932

Das letzte Stück rannte Mairi. Sie wollte den finsteren Gedanken, die sie wie schwarze Schatten verfolgten, entfliehen. Völlig außer Atem kam sie am Steg an, doch die Fähre hatte gerade abgelegt. Keuchend ließ sie sich auf einen Stein fallen und schlug die Hände vors Gesicht. »Aufhören!«, murmelte sie. »Aufhören, bitte!«

Und tatsächlich: Der Albtraum verflüchtigte sich so schnell, wir er eben über sie gekommen war. Sie ließ die Hände sinken und starrte auf das Wasser des Lochalshs. Es war ganz ruhig. Der Wind war eingeschlafen, doch ein Blick zum Himmel zeigte ihr, dass es nur die Ruhe vor dem Sturm war. Von Westen drängten sich riesige Wolkentürme in die Bucht. In Kürze würde es kräftig schütten. Mairi erhob sich und setzte sich in den kleinen Unterstand am Steg. Sie hatte gerade das schützende Dach erreicht, als das Unwetter auch schon über ihr niederging. Böen zerrten an ihrem Haar, der Wind peitschte direkt in das offene Wartehäuschen, aber Mairi störte es gar nicht. Was war schon ein Wetterphänomen gegen die düsteren Boten der Seele, die ihr auf dem Weg zu schaffen gemacht hatten? Ob es mein schlechtes Gewissen ist?, fragte sie sich. Habe ich Angst, dass meine Mutter mich zum Bleiben überreden könnte? Dass sie mich daran hindern würde fortzugehen? Mairies Puls raste bei der Vorstellung, dass ihre Mutter die Pläne womöglich durchkreuzen könnte. Die Aussicht, Dornie, dieses Dorf kurz vor dem Ende der Welt, zu verlassen, erwärmte ihr Herz. Allein die Vorstellung, sie würde im Leben womöglich niemals weiter als einmal nach Inverness kommen, schüttelte sie. Es wäre nicht fair, sie zwischen Menschen leben zu lassen, die ihr fremd waren und es immer bleiben würden. Sie hatte sich schon als Kind den anderen im Ort nicht zugehörig gefühlt. Sie erinnerte sich wie heute daran, dass sie einst einer Reisegruppe von feinen fremden gebildeten Damen, die eine Fahrt zur Insel Skye machen wollten, hinterhergerannt war, um ihnen einen kleinen Vortrag über die Geschichte der Insel zu halten. Und sie würde nie die von Panik geweiteten Augen ihrer Mutter vergessen, als eine der Ladys sie schließlich nach reichlicher Belohnung – immerhin drei Pound – zurück zum Laden begleitet hatte. »Ihre Tochter ist entzückend«, hatte die Fremde geschwärmt. »Ich würde sie sofort mitnehmen. Immerzu hat sie gesagt, dass sie noch nie zuvor so eine schöne Dame zu Gesicht bekommen hat. Ein wirklich süßes Ding, die Kleine. Aber ein Herr sagte mir, wo sie hingehört.«

Mairi erinnerte bis heute, wie sie die Hand der Dame nicht hatte loslassen wollen. Erst als ihre Mutter einen strengen Ton angeschlagen hatte, einen, den sie gar nicht von ihr kannte, hatte sie der wohlriechenden schönen Lady zögernd ihre kleine Hand entzogen. »Tu das nie wieder! Hörst du? Nie wieder«, hatte ihre Mutter sie eindringlich ermahnt, kaum dass die Ladentür hinter der Fremden zugefallen war.

Nein, sie hatte wirklich keinen Vertrauten mehr in Dornie. Sogar das Wohlwollen ihres Lehrers und einstigen Förderers, Mister MacDonald, hatte sie inzwischen verspielt. Er war schwer beleidigt, dass sie seinem Sohn Carson einen Korb nach dem anderen gab. Und das ließ er sie jedes Mal spüren, wenn er in den Laden kam. Stur verweigerte er ihr jegliches Gespräch über die Weltlage. Dabei interessierte es sie brennend, was dort draußen vor sich ging. Und zum Glück verkaufte ihre Mutter auch Zeitungen und Bücher. Es gab kein halbwegs spannend geschriebenes Wort, das Mairi noch nicht verschlungen hatte.

Das Tuten der Fähre riss sie aus ihren Gedanken. Sie zog sich die Kapuze ihres Wettermantels tief ins Gesicht und lief auf das Schiff. Der Kapitän bat alle Fahrgäste, sich ins Innere der Fähre zu begeben, weil schwere Böen über dem Lochalsh tobten. Mairi sah auf die Uhr. Es war jetzt früher Nachmittag, sodass sie bei der Rückkehr ihrer Mutter hinter der Theke stehen würde, als wäre nichts geschehen.

Vorsichtig ließ sie ihren Blick über die Mitreisenden schweifen. Sie wollte sich vergewissern, dass die Hebamme nicht an Bord war. Die alte Bonnie Chattan war die Letzte, die sie treffen wollte. Was die sich erdreistet, uns vorzuschreiben, wie wir es mit der Liebe halten, dachte Mairi zornig. Dass jede alte Frau im Dorf, die wie ihre Mutter und die Hebamme in die katholische Kirche ging, über die Sünde dachte wie Bonnie Chattan, war kein Geheimnis, aber wie kam sie dazu, sie so unverblümt zu ermahnen? Über das, was zwischen Mann und Frau geschah, sprach man hier, wenn überhaupt, nur hinter vorgehaltener Hand. Mairi spürte, dass sie wieder rot wurde bei dem Gedanken an die Worte der Hebamme. Und auch, weil sie sicher wusste, dass kein noch so gut gemeinter Ratschlag sie davon hätte abbringen können, Aidan alles zu geben, wenn sie die Nacht zusammen verbracht hätten. Auch ohne Trauschein.

Plötzlich ging ein Ruck durch das kleine Schiff, und Mairi warf einen Blick aus dem Bullauge nach draußen. Dort tobte ein infernalischer Sturm. Die Wellen spielten mit der Fähre wie mit einer Nussschale. Mairi aber hatte keine Angst, nicht vor einem Unwetter auf See. In diesem Schiffsbauch fühlte sie sich geborgen. Heute konnte sie ohnehin nichts mehr schrecken. Fröstelnd dachte sie an ihre finsteren Gedanken, die sie vorhin so unbarmherzig überfallen hatten. Die grauen Schleier der Angst davor, dass ihr Glück mit Aidan womöglich doch noch zerstört werden konnte, bevor es richtig begonnen hatte, hatten sie in Panik versetzt, nicht das Geräusch des Schiffes, das mit voller Wucht aufs Wasser knallte.

Trotzdem war sie froh, als sie endlich drüben angekommen waren und sie aussteigen durfte. Ihr Magen rebellierte ein wenig, und sie nahm einen tiefen Atemzug der frischen Seeluft.

Es war ein befremdliches Gefühl, schließlich die Tür von »Murrons Laden« aufzusperren. Alles schien ihr noch enger und muffiger als zuvor. Der Gestank der Mottenkugeln raubte ihr schier den Atem. Am liebsten hätte sie das kleine Geschäft gar nicht erst betreten, aber ihr Pflichtbewusstsein siegte. Hinzu kam der Gedanke, dass es vielleicht das letzte Mal sein würde, dass sie hinter der Ladentheke des Kramladens stand. Sie hatte gerade ihre zusammengeknüllte Schürze aus der Tasche gezogen und sie sich umgebunden, als die Glocke ging. Ein Blick zur Tür verhieß nichts Gutes. Es war Carsons Vater mit finsterer Miene.

»Guten Tag, Mister MacDonald. Was kann ich für Sie tun?«, fragte Mairi höflich.

»Ich will deine Mutter sprechen«, brummte der Lehrer, ohne die Begrüßung zu erwidern.

»Meine Mutter ist in Inverness. Kann ich ihr etwas ausrichten?«

Mister MacDonald blickte starr an ihr vorbei in Richtung der Tabakwaren, die hinter ihr in einem Regal standen.

»Ja, du kannst ihr ausrichten, dass ich wiederkomme, weil ich ihr vom ungebührlichen Benehmen ihrer Tochter Bericht erstatten muss«, entgegnete er, ohne sie auch nur eines Blickes zu würdigen.

»Ach, hat Ihr Sohnemann gepetzt?«, stieß Mairi spitz hervor. Immerhin sieht er mich jetzt an, ging es ihr belustigt durch den Kopf.

Der Lehrer funkelte sie zornig an und drohte ihr mit dem Zeigefinger. »Bilde dir ja nicht ein, dass du etwas Besseres bist. Es sind schon ganze andere Mädchen tief gefallen, die sich in irgendwelche dahergelaufenen Burschen verguckt haben. Deine Mutter hat ein Recht zu erfahren, wie schamlos du dich benommen hast!«

»Lieber Mister MacDonald, das geht Sie gar nichts an. Sie sind ja nur beleidigt, dass ich um keinen Preis der Welt Ihren Sohn heirate!«

»Werde nicht frech, Mairi Haigs. Hochmut kommt vor dem Fall. Aber ich werde noch herausbekommen, wer dieser Nichtsnutz ist, dem du dich an den Hals wirfst.«

»Das kann ich Ihnen abnehmen. Er heißt Sir Aidan McKinnon und ist ein Baronet.«

»Der Sohn des unglückseligen Sir Calum?«

Mairi zuckte die Schultern. »Keine Ahnung, aber geben Sie nun endlich Ruhe? Jetzt, da Sie wissen, dass es kein Wildfremder ist, den ich heiraten werde, sondern ein Bursche, der aus der Gegend stammt.«

In den Augen des Lehrers lag nun eher so etwas wie Mitgefühl. »Schlimme Geschichte, aber ich denke, er ist mit seinem Sohn an die Ostküste gegangen.«

»Genau, aber Aidan wollte einmal im Leben die Insel betreten, auf der seine Wurzeln sind, bevor er an der Ostküste das schönste Hotel erbaut, das es in ganz Schottland gibt!« Das klang trotzig, glaubte Mairi doch selbst nicht so recht daran, dass sich Aidans Träume so einfach verwirklichen ließen.

Mister MacDonald schnaubte verächtlich. »Die McKinnons haben alles verloren. Sir Calum war arm wie eine Kirchenmaus, als er von Skye fort ist. Nein, meine Liebe, da hast du dir aber schönen Unsinn erzählen lassen!«

Mairi tat so, als hätte sie seine Worte überhört. »Wollen Sie nun etwas kaufen oder nicht?«

»Ich komme wieder, wenn deine Mutter da ist«, entgegnete der Lehrer, während er sie kopfschüttelnd musterte: »Ich hätte dich nie für so leichtgläubig gehalten. Das klügste Mädchen aus Dornie fällt auf einen Hochstapler rein. Wer hätte das gedacht?«

Mairi ballte die Fäuste. »Das klügste Mädchen, ja? Wenn Sie wirklich glauben, dass mehr in mir steckt, warum sehen Sie tatenlos zu, wie ich Angelschnüre und Wollsocken verkaufen muss, statt auf eine Schule zu gehen?«

»Ich habe deiner Mutter wahrlich ins Gewissen geredet, dich auf ein Internat zu schicken, aber du musst mir glauben: Da war nichts zu machen. Und das lag nicht am Geld. Du hättest immer ein Stipendium bekommen. Aber nun solltest du so schlau sein, dich in das Unabdingbare zu fügen.«

»Ach ja? Indem ich ihren langweiligen Sohn heirate?«

Mairi und ihr einstiger Förderer standen sich zornig gegenüber. Mister MacDonald hob die Hand, und Mairi befürchtete schon, dass er sie schlagen würde, aber er drohte ihr nur mit der Faust. »Du wirst dich noch wundern, Mädchen!« Mit diesen Worten wandte er sich um und stolperte zum Ausgang.

»Auf Nimmerwiedersehen, Mister MacDonald!«, rief ihm Mairi hinterher. Sie zitterte am ganzen Körper. Da war sie wieder, diese unerklärliche Angst, dass sie tatsächlich unsanft von ihrer Wolke auf den Boden der Tatsachen fallen könnte. Um ihre Gedanken zu verscheuchen, machte sie sich daran, die Regale aufzuräumen. Sie war froh darüber, als in diesem Moment Kundschaft hereinkam. Sie gaben sich nun förmlich die Klinke in die Hand. Mairi war das recht, denn so kam sie nicht mehr auf dumme Gedanken. Die Zeit bis zum Abend verging rasend schnell. Sie wollte gerade die Tür verschließen, als Bonnie Chattan den Laden betrat.

»Ich will gerade zumachen«, sagte Mairi in scharfem Ton. »Sie können morgen wiederkommen.«

»Wo ist deine Mutter?«, unterbrach die Hebamme sie unwirsch.

»Sie ist in Inverness, wie ich Ihnen bereits auf der Fähre gesagt habe!«

Bonnie Chattan sah auf ihre Armbanduhr. »Beinahe sechs. Der Zug kommt um zehn Minuten nach sechs …«, murmelte sie, drehte sich grußlos um und verschwand.

Mairi durchfuhr ein eisiger Schrecken. Die Ankunft des Zuges aus Inverness. Die Alte wollte doch nicht etwa zum Bahnhof, um ihre Mutter abzufangen. Das musste sie verhindern! Mairi band die Schürze ab und verließ Hals über Kopf den Laden. Wenn sie sich beeilte, konnte sie vor der Hebamme am Gleis sein.

Keuchend kam sie am Bahnhof an. Es wunderte sie ein wenig, dass sie Bonnie Chattan auf dem Weg nicht überholt hatte. Ich sehe schon Gespenster, mutmaßte sie, während sie zum Gleis hetzte. Der Zug fuhr gerade ein. Mairi atmete erleichtert auf. Jetzt konnte niemand mehr mit ihrer Mutter sprechen, bevor sie ihr alles gebeichtet hatte.

Sie blickte suchend den Zug entlang. Es stiegen nur wenige Menschen aus. Da sah sie schon, wie ihre Mutter dem letzten Wagen entstieg. Pustend, schwitzend und mit Einkäufen bepackt.

Sie wollte gerade laut nach ihr rufen, als sich Murron Haigs plötzlich die Hebamme in den Weg stellte. Mairi hatte keine Ahnung, woher die Alte gekommen war. Sie war einfach da gewesen. Was sollte sie tun? Ihre Mutter begrüßen, als wäre nichts geschehen?

Als sie die beiden Frauen näher kommen sah, versteckte sie sich hinter einer Ecke des Bahnhofsgebäudes. Mit klopfendem Herzen beobachtete sie, wie die Hebamme auf Murron einredete und diese sich ans Herz fasste. Offenbar war es für sie zu spät, der Mutter alles zu beichten. Sie ballte die Fäuste. Was war Bonnie Chattan doch für eine gemeine Hexe, dass sie es gar nicht erwarten konnte, ihren Schwur zu brechen!

Als die beiden Frauen weitergingen, folgte Mairi ihnen in einem sicheren Abstand. Die Hebamme gestikulierte wild, während sie die ganze Zeit auf ihre Mutter einredete. Sie waren inzwischen bei ihrem Haus angekommen, das direkt neben dem Laden lag. Es war ein rot angestrichenes Fischerhäuschen. Davor war eine Bank, auf die sich Murron Haigs jetzt stöhnend fallen ließ. Wieder musste sich Mairi verstecken. Dieses Mal hinter einem Baum gegenüber. Von hier aus hatte sie einen unverstellten Blick auf die Bank. Immer noch redete die Hebamme auf ihre Mutter ein. Murron schien sich dagegen zu verwehren. Sie hielt sich die Ohren zu, doch Bonnie Chattan ließ offenbar nicht locker. Schließlich stieß ihre Mutter einen verzweifelten Schrei aus, den man sicher im ganzen Dorf hören konnte und der Mairi durch Mark und Bein ging. Sie überlegte, ob sie aus ihrem Versteck hervorspringen sollte, aber sie verharrte mit pochendem Herzen hinter dem Baum.

Ihre Mutter hatte die Hände vors Gesicht geschlagen und schluchzte. Ihr Körper wand sich in Zuckungen. Die Hebamme war inzwischen näher an sie herangerückt und hatte ihr den Arm um die Schulter gelegt.

Schließlich erhob sich ihre Mutter schwerfällig. Mairi erschrak. Sie sah um Jahre gealtert aus. Dass es ihr einen Schock versetzen würde, wenn sie erfuhr, dass ihre Tochter in einen jungen Mann verliebt war, hatte Mairi gewusst, aber dass es sie so sehr treffen würde, nein, das hätte sie nicht gedacht. Aber was änderte das? Sie durfte jetzt keine Rücksicht darauf nehmen, wie es ihrer Mutter damit erging. Nein, sie musste hart bleiben und ihren eigenen Weg gehen. Und der führte unweigerlich aus Dornie fort!

Ihre Mutter schwankte so sehr, dass Bonnie Chattan sie stützen musste. Mairi wandte sich ab. Es schnürte ihr die Kehle zu, ihre Mutter derart leiden zu sehen. Sie riskierte erst wieder einen Blick, als die beiden verschwunden waren. Mairi war sich nicht sicher, ob die Hebamme mit ins Haus gegangen war. So verharrte sie noch eine Weile in ihrem Versteck und beobachtete mit laut klopfendem Herzen die Eingangstür. Auf keinen Fall wollte sie der Hebamme begegnen. Deshalb zuckte sie zurück, als Bonnie Chattan ins Freie trat und mit gesenktem Kopf davoneilte.

Mairi wartete noch einen Augenblick, bevor sie sich von dem Baumstamm, gegen den sie zitternd lehnte, löste. Mit weichen Knien überquerte sie die Straße. Sie traute sich nicht einmal, die Haustür mit ihrem Schlüssel zu öffnen, sondern betätigte die Glocke.

Es dauerte eine halbe Ewigkeit, bis sie die schlurfenden Schritte ihrer Mutter vernahm. Mairi atmete ein paarmal tief durch – dann entfuhr ihr ein spitzer Schrei. Ihre Mutter sah entsetzlich aus. Ein wachsweißes Gesicht, uralt.

»Mutter?«, entfuhr es ihr.

Eine Ohrfeige war die Antwort, bevor Murron Haigs ihre Tochter in den Flur zog und der Haustür einen Tritt versetzte, sodass sie mit einem Knall ins Schloss fiel.

Mairi rieb sich die schmerzende Wange. »Mom, es tut mir leid, dass du es auf diese, ich meine, solche Weise erfahren musst«, stammelte sie schließlich.

Ihre Mutter packte sie an den Schultern und schüttelte sie. »Hast du dich diesem Mann hingegeben?«

Da erwachte Mairi aus ihrer Erstarrung. »Mutter, ich kenne ihn erst seit heute. Er kam in den Laden, und er war mir so vertraut wie noch kein Mensch je zuvor ...«

»Ja oder nein?«

Mairi hielt die Hände ihrer Mutter fest. »Hör sofort damit auf!«, schrie sie. »Nein, habe ich nicht, aber ich werde es tun. Worauf du dich verlassen kannst. Aidan wird morgen von der Insel Skye zurückkehren und dann bei dir um meine Hand anhalten. Und wenn du das ablehnst, werde ich trotzdem mit ihm gehen. Ich vertraue ihm blind. Es ist mir, als wäre er ein verlorener Teil meines Herzens. Mir ist so, als hätte ich mich schon immer nach ihm gesehnt ...« Mairis Stimme wurde weicher. Sie klang jetzt fast bittend. »Glaube mir, ich würde niemals auf ihn verzichten. Aber warte doch einfach, bis er morgen kommt und du ihn kennenlernst. Du wirst verstehen, warum wir zusammengehören!«

»Morgen bin ich nicht mehr da«, murmelte Murron wie in Trance.

»Was soll das heißen? Du bist nicht mehr da?«, fragte Mairi mit belegter Stimme. In diesem Augenblick war sie wieder da, jene schwarze Wolke, die ihr Herz beschwerte. Sie spürte das drohende Unheil beinahe körperlich, ohne zu ahnen, dass Aidans und ihr Schicksal schon lange vor diesem Tag besiegelt worden war. Sie musste sich an der Wand abstützen, weil ihre Beine nachgaben.

»Wir beide gehen fort. Heute noch! Für immer!« Murron sah an ihr vorbei in die Ferne.

»Mutter, niemals! Ich bleibe hier, um auf ihn zu warten. Und du wirst Dornie doch niemals verlassen. Denk an das Geschäft.«

»Was ist das Geschäft gegen das Glück meines einzigen Kindes?«, stöhnte ihre Mutter gequält.

»Mom, was hat dir die alte Hexe erzählt?«

»Die Wahrheit, Liebes, die Wahrheit!«

Mairi zitterte am ganzen Körper, sodass sie kaum sprechen konnte. »Mutter, was auch immer sie dir gesagt hat, ich rühre mich nicht vom Fleck, sondern warte auf Aidan.«

Murron, die die ganze Zeit an ihrer Tochter vorbeigestarrt hatte, suchte jetzt ihren Blick.

»Das, mein Kind, wirst du entscheiden, wenn du die Wahrheit kennst«, murmelte Murron und nahm ihre Tochter bei der Hand. »Komm, setz dich«, fügte sie fürsorglich hinzu, nachdem sie Mairi sanft in den Wohnraum geschoben hatte.

»Nein, nein, ich will es gar nicht wissen«, schrie Mairi. Die Verzweiflung hatte mit solcher Macht Besitz von ihr ergriffen, dass ihr schrecklich übel wurde. Mit all ihren Sinnen hatte sie erfasst, dass ihr etwas unvorstellbar Grausames drohte. Doch solange ihre Mutter nicht aussprach, was sie wusste, gab es noch eine letzte Hoffnung, das Schicksal abzuwenden. Es niemals anzuhören! Und da half nur eines: auf der Stelle aus dem Haus zu flüchten, zur Fähre zu laufen, nach Skye überzusetzen und mit Aidan in eine gemeinsame Zukunft zu gehen, ohne ihre Mutter jemals wiederzusehen.

Mairi schaffte es, sich von der Hand ihrer Mutter loszureißen. Sie nutzte das Überraschungsmoment und war schon im Flur. Ein paar Schritte, dann hatte sie die Haustür erreicht, doch da spürte sie einen stechenden Schmerz am Kopf. Ihre Mutter hatte sie gepackt und sie am Haar von der Tür weggerissen. Wie ein Blitz schoss Murron an ihr vorbei, drehte den Schlüssel im Schloss um und nahm ihn an sich.

Wie eine Wahnsinnige funkelte sie ihre Tochter an. »Du kannst deinem Schicksal nicht entkommen«, krächzte sie in einer völlig fremden Stimme, die Mairi eiskalte Schauer über den Rücken jagte. Und dann schleuderte sie ihrer Tochter jene Worte ins Gesicht, die diese nicht mehr vergessen sollte, solange sie lebte. Und nachdem die grausame Wahrheit auf sie niedergeprasselt war, fühlte Mairi sich nur noch wie die schlaffe Hülle ihres erstarrten Körpers. Sie empfand weder Wut noch Trauer, weder Enttäuschung noch Verzweiflung, sondern in ihr war eine unendliche Leere. Sie war wie eine Marionette, als die Mutter sie wenig später durch Dornies Straßen zur Kirche schob. Im Beichtstuhl blieb sie stumm, obwohl der Pfarrer die bohrende Frage in einem fort wiederholte: »Hast du dich Aidan McKinnon hingegeben, mein Kind?«

Sie schwieg eisern. Da half auch das Zetern und Flehen ihrer Mutter nichts. Noch ahnte keiner, dass es weit über ein Jahr dauern würde, bis Mairi Haigs ihre Sprache wiederfand.

Kinross, Juni 2012

Jamie fluchte zur großen Belustigung ihres Bruders den ganzen Weg, bis das Anwesen ihrer Mutter vor ihnen auftauchte, wie ein Landsknecht. Ian ging jedes Mal erneut das Herz auf, wenn er die Auffahrt zu seinem Elternhaus nahm und vor dem Portal hielt. Stellmore Castle. Das viktorianische Haus aus gelbem Sandstein mit seinen vielen Türmen und Erkern wirkte auf ihn immer wieder wie ein verwunschenes Märchenschloss. Manchmal, wenn er sich in heißen Nächten in Puerto de la Cruz von einer Seite zur anderen warf, stellte er sich die kühlen hohen Räume vor und konnte schlafen.

»Verdammte Scheiße!«, zischte Jamie.

»Ich bin empört, was eine Lady wie du für böse Wörter kennt. Das hast du aber nicht von unserer Mutter gelernt, oder?«, neckte Ian seine Schwester. »Und bitte nicht in ihrer Gegenwart. Sie fällt glatt in Ohnmacht.«

»Ich werde ihr den Hals umdrehen und diesem windigen Rechtsverdreher gleich mit. Und ich werde Wörter benutzen, die nicht einmal ich bisher in den Mund genommen habe«, schimpfte sie, während sie in der Einfahrt hielt. »Aber vielen Dank, dass du mir überhaupt von diesem konspirativen Treffen berichtet hast. Sie wollte mich hintergehen, diese …« Jamie unterbrach sich grinsend. »Du sollst dich ja nicht meinetwegen schämen müssen!«

»Wenn ich etwas hasse, sind es Mutters Spielchen. Kannst du dich noch erinnern, was sie immer zu sagen pflegte, wenn sie einem etwas im Vertrauen mitgeteilt hat?«

»Und wie! Bitte sag es nicht Dad! Bitte sag es nicht Ian!« Sie schüttelte sich so heftig, dass sich ihr lockiges rotes Haar aus der Spange löste. »Aber du musst zugeben, dass sie dich immer bevorzugt hat.«

Ian lachte. »Schließlich war ich der Kronprinz!«

»Tja, der sich dann verzogen und das ihm zugedachte Erbe, der Herr von ›Old Course House‹ zu werden, nicht angetreten hat.«

»Komm mit in den Süden, wenn das hier vorbei ist. Ich kann es dir nur raten. Auf Teneriffa ist es warm, Mutter ist weit fort …«

Jamie stupste ihren Bruder liebevoll in die Seite. »Zieht es dich denn überhaupt zurück? Daran habe ich Zweifel, nachdem ich dich vorhin am Fahrstuhl beobachtet habe. Sie ist sehr hübsch, deine Miss Baumann …«

»Woher kennst du ihren Namen?«

»Schon vergessen, dass ich noch die Chefin des Hotels bin? Es ist ein Leichtes für mich herauszufinden, wer meine Gäste sind … Ich habe mich natürlich sofort bei Isla nach ihr erkundigt …« Jamies Telefon läutete.

»So ein neugieriges Ding bist du also?«, murmelte Ian, bevor er mit halbem Ohr zuhörte, wie Jamie offensichtlich mit ihrem neuen Freund redete. Nachdem sie das Gespräch beendet hatte, machte sie einen hektischen Eindruck.

»Er ist bereits unterwegs und kann auch nur eine Nacht bleiben. Das passt mir gar nicht. Stell dir mal vor, Mom und er lernen sich kennen, nachdem ich mich mit ihr frisch gezofft habe. Nein, heute ist kein guter Tag, um ihr meinen neuen Freund vorzustellen. Und eigentlich wollte er das ganze Wochenende bleiben.«

»Dann sollten wir den ungemütlichen Teil schnellstens hinter uns bringen, damit du im Hotel bist, wenn er ankommt«, bemerkte Ian mitfühlend und legte den Arm um seine Schwester.

Schon im Flur hörten sie die aufgeregte Stimme des Anwalts.

»Sie müssen sich auf gar nichts einlassen, Misses McKinnon. Sie sind die Erbin, nicht Ihre Kinder!«

»Ich konnte Mister Wesley noch nie leiden«, raunte Ian seiner Schwester zu, bevor sie den großen Salon betraten, ohne anzuklopfen. Mister Wesley war so überrascht von ihrem Erscheinen, dass er seine Hetzrede auf der Stelle unterbrach und die beiden entgeistert anstarrte.

Auch ihre Mutter machte einen irritierten Eindruck. »Was … ich meine … wie … warum … ihr wisst doch, dass ich Überraschungsbesuche …«

»Das ist kein Besuch«, konterte Jamie kalt. »Das ist eine Intervention!«

»Guten Tag, Miss McKinnon«, sagte der Anwalt steif.

Jamie zog es vor, ihn nicht zu begrüßen, sondern gleich auf den Punkt zu kommen. »Sie wollen also meine Mutter dazu überreden, mit dem Verkauf des Hotels keine vier Wochen mehr zu warten, wie ich es mit ihr vereinbart habe?«

Der Anwalt streckte ihr die Hand hin. »Wo ist der Vertrag, in dem Sie das schriftlich fixiert haben?«

Jamie aber ließ sich nicht verunsichern. »Sie wissen ganz genau, dass wir die Vereinbarung nicht schriftlich aufgesetzt haben. Aber meine Mutter wird es Ihnen jetzt bestätigen, nicht wahr, Mom?«

Marta wand sich vor Verlegenheit. »Jamie, ich wusste ja nicht, dass die englische Hotelkette noch ein anderes Objekt an der Hand hat und dass sie sich für die Konkurrenz entscheidet, wenn wir nicht schnell genug sind.«

»Hast du es mir versprochen? Ja oder nein?«, unterbrach Jamie ihre Mutter in scharfem Ton.

»Das ist völlig irrelevant«, mischte sich Mister Wesley wichtigtuerisch ein.

»Sie halten jetzt mal die Luft an!«, herrschte Ian den Anwalt an, bevor er sich entschlossen an seine Mutter wandte. »Wenn du Jamie ein Versprechen gegeben hast, dann halte es auch ein!«

Marta wurde weiß um die Nase. »Wie sprichst du überhaupt mit mir?«, fauchte sie zurück. »Dich interessiert das alles doch gar nicht!«

»Mir ist aber wichtig, dass meine Schwester bei diesem überstürzten Deal nicht über den Tisch gezogen wird!«

»Mein lieber Mister McKinnon, davon kann ja wohl kaum die Rede sein. Im Gegenteil, die Barclay-Kette zahlt einen angemessenen Preis. Da, Sie können das Angebot gern prüfen!« Der Anwalt hielt ihm ein Schriftstück unter die Nase.

Ian griff danach und musterte Mister Wesley prüfend von oben bis unten. Er war ein großer Mann mit einem kleinen Kopf und einem Faible für teure Maßanzüge.

Ohne einen Blick in das Vertragswerk zu werfen, fragte Ian: »Wie kommen Sie überhaupt als der Testamentsvollstrecker meines Vaters dazu, Geschäfte mit seinem Erbe zu machen?«

»Solange ich es im Interesse meiner Mandantin, seiner Erbin, erledige, ist das völlig korrekt!«

»Und sonst fürchten Sie keinen Interessenkonflikt, Mister Wesley?«, hakte Ian in scharfem Ton nach.

Der Anwalt bekam einen roten Kopf. »Ich … ich weiß gar nicht, was Sie meinen, ich …«

»Na ja, nun, ich dachte nur, dass es vielleicht schwierig ist, wenn beide Vertragsparteien zu Ihrer Mandantschaft gehören, oder?«

»Ian, du gehst zu weit. Mister Wesley ist Vaters langjähriger Vertrauter in geschäftlichen Angelegenheiten, sein Testamentsvollstrecker und unser Anwalt. Ich muss doch sehr bitten!«, fuhr Marta ihn an.

»Ach, meine Mutter weiß wohl nicht, dass die Barclay-Kette auch zu Ihren Mandanten gehört?«

»Das ist eine bösartige Unterstellung. Sie gehören zu der Mandantschaft meines Kompagnons Mister Bix.«

»Richard, das hätten Sie mir aber sagen müssen«, bemerkte Marta mit gespieltem Vorwurf.

»Ich habe es einfach vergessen, meine liebe Marta. Und ich möchte mir ungern von Ihrem Sohn weiter meine kostbare Zeit stehlen lassen. Rufen Sie mich an und teilen im Büro mit, ob Sie morgen unterzeichnen wollen oder nicht. Damit die Leute von Barclays Bescheid wissen.«

Ein Grinsen umspielte Ians Mund. »Die wissen schon Bescheid.«

Die Gesichtszüge des Anwalts entgleisten. »Was wollen Sie damit sagen?«

»Dass ich als Mister Barclay in Ihrer Kanzlei angerufen und gefragt habe, wann der Termin zur Unterzeichnung in Sachen ›Old Course House‹ ist. Da wurde mir von Ihrer Bürovorsteherin gesagt, Mister Wesley sei gerade im Gespräch mit der Gegenseite und rufe zurück, sobald er wieder im Hause sei.«

»Na und? Was wollen Sie daraus wohl schließen?«

Ian schmunzelte. »Ihre Mandantin, meine Mutter, ist die Gegenseite? Merkwürdig, oder?«

»Das sagt man so. Legen Sie das ja nicht auf die Goldwaage! Sie können mir gar nichts!«

»Seien Sie sich da mal nicht so sicher, Mister Wesley! Sie wollen von mir einen stichhaltigen Beweis, dass Sie der Anwalt beider Parteien sind? Den sollen Sie bekommen. Ich habe mir nämlich erlaubt, als Mister Wesley bei Barclay anzurufen. Und wissen Sie, was die Sekretärin zu ihrem Chef sagte: Mister Barclay, Ihr Anwalt ist am Telefon.«

»Wow, Brüderchen, das hätte ich dir gar nicht zugetraut«, bemerkte Jamie und pfiff anerkennend durch die Zähne.

»Richard, also das hätten Sie mir aber schon sagen müssen«, empörte sich Marta.

Der Anwalt sah sie verunsichert an. Marta zuckte unmerklich die Schultern, als wollte sie ihm signalisieren, dass sie schlecht vor den Kindern zugeben konnte, dass sie in all diese Querverbindungen eingeweiht war und mehr … Wesley schien zu verstehen.

»Aber, meine Liebe, was ändert das schon?«, flötete er. »Es ist doch ein Geschäft zum gegenseitigen Nutzen. Worin soll der Konflikt stecken?«

»Wenn Sie so ein gutes Gewissen haben, warum haben Sie meiner Mutter gegenüber denn nicht mit offenen Karten gespielt? Das ist unfair. Sie hätte sich nie mit Ihnen eingelassen«, hakte Jamie nach.

Rührend, wie sie mich verteidigt, durchfuhr es Marta mit einem Anflug von schlechtem Gewissen. Es ist alles noch viel schlimmer, Kleines.

»Ich bin Ihnen keine Rechenschaft schuldig«, fuhr der Anwalt Jamie an. »Einzig und allein meiner Mandantin gegenüber bin ich auskunftspflichtig.«

»Das stimmt nicht ganz. Sie sind der Testamentsvollstrecker meines Vaters, und da unsere Mutter beschlossen hat, dass alles durch drei geteilt wird, arbeiten Sie auch für uns. Beziehungsweise arbeiteten, denn wir werden Ihnen die Vollmacht entziehen.«

»Das können Sie gar nicht!«, protestierte der Anwalt mit hochrotem Kopf. »Wir stehen in keinerlei Vertragsverhältnis zueinander. Kündigen könnte mir nur Misses McKinnon. Und ich bin sicher, das wird sie nicht tun, weil ich ihr nämlich zu einem lukrativen Geschäft verhelfe, von dem auch Sie profitieren!«

»Doch, sie wird sich spätestens dann von Ihnen trennen müssen, wenn ich Ihnen nachweise, dass Sie stiller Teilhaber bei Barclay sind. Dann sind Sie Ihren Job schneller los, als Sie denken. Und da würde Ihnen auch die Protektion durch meine Mutter nichts mehr nützen, sollte sie immer noch nicht genug von Ihren Machenschaften haben. Dann sind diese Schriftstücke nicht mehr das Papier wert, auf dem sie geschrieben sind.« Zur Bekräftigung seiner Worte streckte er den Arm aus und ließ die Verträge los.

Jetzt wird es gefährlich, dachte Marta, ich muss mich auf seine Seite schlagen, sonst machen uns meine Kinder noch alles kaputt …

»Das ist jetzt aber wirklich genug!«, mischte sie sich energisch ein. »Damit würdest du einem alten Freund des Hauses ja kriminelle Energie unterstellen.«

»Hast du etwa wirklich vor, ihn weiter zu beschäftigen?«, fragte Jamie ungläubig.

»Ich kann Mister Wesley doch nicht aufgrund solcher unhaltbarer Beschuldigungen das Mandat entziehen«, erklärte Marta.

»Gut, lass Jamie wenigstens ihre vier Wochen. Und wenn ich in der Zeit nicht beweisen kann, dass Mister Wesley im Begriff steht, ein gutes Geschäft mit sich selber abzuschließen, tu, was du nicht lassen kannst, und wirf ihm Vaters Lebenswerk für einen Dumpingpreis in den Rachen. Aber dieses Geschäft wird keinen rechtlichen Bestand haben. Das wäre nämlich ein Fall für die Justiz! Betrugsdezernat!« Ian deute mit einem abschätzigen Blick auf das am Boden liegende Angebot.

»Mister McKinnon, das nehmen Sie sofort zurück!«

Ian aber ignorierte den Anwalt, der wütend mit den Armen fuchtelte, als wollte er ihn zum Boxkampf herausfordern.

Marta rieb sich die Schläfen, in denen das Blut heftig pochte. Sie hatte keine Wahl, als ihre Kinder hinzuhalten, um den Anwalt und damit auch sich selber aus dem Schussfeld zu bringen.

»Gut, gut, vier Wochen und keinen Tag länger.«

»Marta, überlegen Sie sich das genau. Was, wenn Mister Barclay sein Angebot zurückzieht?«

Mit diesen Worten bückte er sich und wollte die Verträge aufheben, die aber im selben Augenblick von einem Windzug, der durch das offene Fenster wehte, in die Höhe gewirbelt wurden. Mit hochrotem Kopf richtete sich der Anwalt wieder auf. »Vier Wochen Bedenkzeit kommt nicht infrage. Dann ist der schöne Deal geplatzt!«

»Umso besser«, mischte sich Ian ein. Beschwörend wandte er sich an seine Mutter. »Dann soll es so sein. Es wäre ohnehin vernünftiger, du würdest Vaters Lebenswerk nicht so einfach verscherbeln! Jamie ist die bessere Hoteldirektorin als irgendein hergelaufener Londoner!« Diese flammenden Worte brachten ihm einen dankbaren Blick seiner Schwester ein.

»Was willst du eigentlich? Du gehst eh zurück auf deine Kanaren. Dir kann es doch egal sein, was aus dem Hotel wird«, giftete Marta.

»Wer weiß? Vielleicht zieht es mich eines Tages wieder zurück ins alte Schottland, und dann würde mir das Old Course House sehr fehlen.«

»Und Stellmore Castle erst«, ergänzte Jamie eifrig. »Hast du nicht immer gesagt, du würdest als alter Herr dort deinen Lebensabend fristen?«

»Sicher, das ist auch immer noch mein Plan. Ich werde als Oldie nicht unter der kanarischen Sonne schmoren! Ich habe Vater fest versprochen, dass ich eines Tages als Herr von Stellmore Castle aus dem sonnigen Süden zurückkehre«, sagte Ian mit Nachdruck.

Jamie sah ihn an, als hätte er gerade etwas Ungeheuerliches von sich gegeben.

»Schwesterchen, du guckst ja, als hättest du einen Geist gesehen. Die Dame in Blau vielleicht?«, scherzte er. »Für dich wird immer ein Flügel des Anwesens reserviert sein. Also keine Sorge, dass es für dich verloren ist!«, fügte er hinzu.

Jamie verzog keine Miene, sondern starrte ihre Mutter ungläubig an. Martas nervös zuckende Augenlider gaben ihr die Antwort auf ihre Frage: Wenn Ian so sicher war, im Alter auf Stellmore Castle zu leben, würde er niemals tatenlos zusehen, wie sein Alterssitz an die Barclay-Kette verscheuert wurde …

»Sie hat es dir also verschwiegen, nicht wahr?«

Ihr Bruder schien nicht zu verstehen, was hier eigentlich vor sich ging.

»Was? Was hat sie mir verschweigen?«

Jamie musterte ihre Mutter durchdringend. »Sag es ihm!«

Marta wand sich.

»Du sagst es ihm jetzt auf der Stelle!«, befahl Jamie.

Marta straffte die Schultern. »Ich habe nichts zu verbergen«, entgegnete sie spitz, aber ihr war anzumerken, wie unangenehm ihr das Ganze war.

»Hast du gehofft, Ian würde sich nicht um den Verkauf des Hotels scheren und nicht mitbekommen, was sich Barclay noch alles ungestraft einverleiben will? Und du könntest durch deine Unterschrift schnell Nägel mit Köpfen machen und darauf hoffen, dass er dir diesen Verrat verzeihen würde?«

Ian schien langsam zu verstehen. In seinem Gesicht stand das nackte Entsetzen geschrieben. »Mutter, sag, dass das nicht wahr ist! In diesem Pamphlet geht es doch nicht etwa auch um Stellmore Castle?« Um seine Verachtung für die Verträge zu unterstreichen, setzte er einen Fuß auf die am Boden liegenden Dokumente.

»Ja und? Ich bin nun einmal die alleinige Erbin und darf alles entscheiden. Willst du mir Vorschriften machen?«, zischte Marta.

»Typisch!«, konterte Jamie. »Wenn du in die Enge getrieben wirst, gehst du zum Gegenangriff über. Gib doch zu, dass du dich nicht getraut hast, ihm die Wahrheit zu sagen.«

Marta schnappte nach Luft. »Und wenn schon, es ist gut, wie es ist!«

»Dad hätte dir niemals alles überlassen sollen«, schnaubte Ian. »Es ist schon schlimm genug, dass du sein Hotel weggibst, aber sein Elternhaus? Er hat immer versprochen, dass ich es erbe.« Er war außer sich vor Zorn.

Seine Wut machte Marta mehr zu schaffen als Jamies, ebenso wie die Tatsache, dass sie ihn genauso betrogen hatte. Schmerzhaft führte ihr das vor Augen, wie Wesley sie nach der Vernichtung von Alecks Letztem Willen genötigt hatte, der Barclay-Kette auch Stellmore Castle zum Verkauf anzubieten. Sie hörte ihn noch triumphieren: *Wer A sagt, muss auch B sagen …* Das kann ich ihm nicht antun, dass ich ihn um sein Erbe prelle, hatte sie protestiert. Der Anwalt hatte laut gelacht. Bei ihrer Tochter hatten sie nicht solche Skrupel. Marta hätte ihn auf der Stelle umbringen können. Was würde sie darum geben, wenn er sie nicht in der Hand hätte.

»Sie wissen schon, Marta, dass der Vertrag mit den Barclay-Brüdern nicht zustande kommt, wenn wir Stellmore Castle aus dem Verkaufspaket herauslösen, nicht wahr?«, bemerkte der Anwalt in diesem Augenblick.

Was ich weiß, ist, dass das eine verdammte Lüge ist, dachte Marta bitter, und dass dieser Part des Geschäfts auf Wesleys Mist gewachsen ist. Zur großen Freude Barclays, der schon lange scharf auf das Anwesen war und dem sein Adlatus für eine kräftige Provision ein Extraleckerli verschafft hatte. Wie oft hatte Mister Barclay vergeblich versucht, Aleck Stellmore Castle abzuschwatzen. Aleck hatte ihn jedes Mal mit den Worten, Tradition wäre nicht käuflich, abblitzen lassen, wenn der ihm wieder einmal ein verlockendes Kaufangebot unterbreitet hatte. Und nun bekam er es als Zugabe. Aber sollte ich nicht triumphieren, dass ich auf diese Weise all das, was Aleck geliebt und geschaffen hat, zunichtemache?, fragte sich Marta. Doch so weit gingen ihre Rachegefühle nicht. Das Hotel, ja, das wollte sie loswerden, aber Stellmore Castle? Sie wusste schließlich, wie Ian es liebte! Aber das war der Preis für ihre unheilige Allianz mit dem Anwalt.

»Wieso hängt das eigentlich zusammen? Das Old Course House und Stellmore Castle? Was will der eigentlich mit unserem Haus? Ein zweites Hotel errichten? Das ist doch dem großen Zampano Mister Hotelkette Barclay sicher viel zu klein«, mischte sich Jamie aufgeregt ein.

»Das geht Sie nichts an!«, erwiderte Mister Wesley wie aus der Pistole geschossen.

»Und ob es uns etwas angeht! Nun spucken Sie's schon aus. Will er unser Haus etwa wieder zum Hotel umwandeln? Und das, wo der Mann klotzt und nicht kleckert. So ein kleines Juwel ist doch gar nicht sein Stil. Von wegen des Profits.« Ians Ton war spitz.

Als er keine Antwort bekam, wanderte sein Blick prüfend zwischen seiner Mutter und dem Anwalt hin und her. »Wird unser Haus zum Hotel umfunktioniert? Ja oder nein?«, wiederholte er seine Frage mit Nachdruck.

»Nein, nebenan wird ein neuer Golfplatz gebaut, und da wird unser Land eben auch gebraucht«, erwiderte Marta ausweichend.

»Unser Land? Und was ist mit dem Haus?« Jamie war sämtliche Farbe aus dem Gesicht gewichen. »Es wird nicht etwa …« Sie stockte.

Marta verzog keine Miene.

»Mutter, du wirst nicht zulassen, dass dieses Haus abgerissen wird! Es ist Vaters Elternhaus!« Ian ballte die Hände zu Fäusten.

»Ich höre immer nur Vater, Vater!«, schrie Marta. »Das ist sein Elternhaus. Na und? Ihr habt ja keine Ahnung, wer euer Vater wirklich war. Ich will weder sein Haus noch sein Hotel jemals wiedersehen. Ich bin froh, wenn dieser alte Kasten fort ist.« Marta brach urplötzlich in Tränen aus. Wann hatten Jamie und Ian ihre Mutter je weinen sehen? Dieser Ausbruch verschlug ihnen förmlich die Sprache.

»Da sehen Sie, was Sie angerichtet haben«, keifte der Anwalt.

»Raus hier!«, brüllte Ian. »Sie verschwinden auf der Stelle und nehmen das da gleich mit!« Er bückte sich, klaubte das Kaufangebot der Barclay-Kette zusammen und reichte dem verdutzten Anwalt das Papierknäuel. »Und ich schwöre Ihnen: Ich werde alles Menschenmögliche unternehmen, damit meine Mutter diesen Vertrag nicht unterschreibt!«

»Du kannst Mister Wesley doch nicht einfach aus meinem Haus werfen!«, schluchzte Marta.

»Das werden wir ja sehen!« Ian trat einen Schritt auf den Anwalt zu.

Mister Wesley straffte die Schultern. »Sie werden noch von mir hören!«, giftete er, bevor er davoneilte, ohne sich von Marta zu verabschieden.

Jamie sah verstohlen auf die Uhr. Wenn sie rechtzeitig zum Treffen mit Hamish im Hotel zurück sein wollte, würde sie eigentlich in ein paar Minuten aufbrechen müssen, aber das hier war jetzt wichtiger. Sie konnte Ian, nachdem er sich so für sie eingesetzt hatte, nicht mit Marta allein lassen. Jamie holte ihr Telefon hervor und rief die Rezeption an. Sie bat Isla, Hamish die Nummer 213 zu geben, damit er sich gleich von der Fahrt ausruhen konnte. Natürlich hatte sie ihm angeboten, in ihrer Wohnung zu übernachten, aber ihm war ein eigenes Hotelzimmer lieber. Jamie ließ ihm ausrichten, dass sie schnellstens von ihrem Termin zurückkommen würde und sie wider Erwarten einen Abend zu zweit vor sich hätten. Die Lust, Marta ihren neuen Freund vorzustellen, war ihr nämlich mehr als vergangen. Dass ihre Mutter eiskalt zuließ, Stellmore Castle dem Erdboden gleichzumachen, schockierte Jamie zutiefst. Sie wusste ja, dass Marta das Hotel nicht besonders liebte, aber das schöne Haus? Und was sie noch mehr wunderte, war die Tatsache, dass Marta nicht nur ihr Erbe verscherbeln wollte, sondern auch das ihres Sohnes. Es wusste doch jeder, dass Ian Stellmore Castle erben sollte.

»Mutter, was ist eigentlich los mit dir? Bist du völlig durchgedreht?«, fragte sie deshalb, nachdem sie ihr Telefongespräch beendet hatte. »Wir wurden hier geboren, sind hier aufgewachsen … und Vater hat stets betont, dass er es Ian …«

»Ich will darüber nicht reden. Basta!«, unterbrach Marta sie lautstark. »Ihr könnt mich nicht umstimmen! Auch du nicht!« Sie warf Ian einen strafenden Blick zu.

»Du willst das Geschäft mit diesem Betrüger nicht etwa wirklich durchziehen?«, konterte er.

»Ich lasse mir von euch nicht alles kaputt machen! Ich will das alles nicht mehr sehen. Versteht ihr?« Sie stampfte wie ein trotziges Kind mit dem Fuß auf.

»Ich lasse weder zu, dass Vaters Haus verkauft, noch, dass es abgerissen wird«, entgegnete Ian. Seine Stimme klang jetzt klar und besonnen. Jegliche Aufregung war wie weggeblasen.

»Du bist spätestens nächste Woche wieder im Süden!«

»Nein, Mutter, ich werde bleiben, bis diese Sache hier geklärt ist und ich definitiv den Abriss des Hauses verhindert habe! Und wenn wir das Ganze vor Gericht austragen müssen.«

»Bist du wahnsinnig? Du zerrst doch deine eigene Mutter nicht etwa wie ein Prolet vor den Kadi? Das wagst du nicht!«

»Stimmt! Ich gehe eher davon aus, dass du zur Vernunft kommst und von deinem Geschäft mit Barclay Abstand nimmst!«, entgegnete Ian nicht minder barsch.

»Gut, ich warte mit der Unterzeichnung. Versprochen!«, seufzte Marta.

»Danke«, hauchte Jamie und drückte Ians Hand.

»Kann ich darauf vertrauen, dass du morgen nicht hinter unserem Rücken zum Unterschreiben gehst, Mom?«, fragte sie ihre Mutter nun mit Nachdruck.

»Ja, ja, ja«, stöhnte Marta. »Ich habe es Ian doch versprochen!«

Diese Worte trafen Jamie wie ein Hieb mitten in die Magengrube. Ihr hatte es Marta auch versprochen, aber das galt offenbar nicht so viel, wie wenn sie ihrem Sohn ein Versprechen gab. Ian war diese Taktlosigkeit keineswegs entgangen, denn er drückte Jamies Hand zum Trost.

»Mutter, du hast bereits vor diesem ganzen Theater Jamie dein Wort gegeben. Nicht mir!«, verbesserte Ian seine Mutter.

»Ich weiß auch nicht, warum ich mich von euch derart in meinen Rechten beschneiden lasse. Aber ich schwöre euch, ich werde mich nicht davon abbringen lassen, den Vertrag mit den Barclays zu unterzeichnen!«

»Du vertraust Wesley also immer noch, obwohl er dir verschwiegen hat, dass er der Anwalt der Barclays ist?«

»Ja, es ist mir gleichgültig. Er kann mir auf die Schnelle den ganzen Kram vom Halse schaffen.«

»Kram nennst du das?« Jamies Stimme überschlug sich vor Wut.

Marta ballte die Fäuste und funkelte ihre Kinder zornig an. »So, jetzt werde ich euch mal etwas sagen. Ich mache drei Kreuze, wenn ich daran nicht mehr erinnert werden muss. Und das werde ich, solange ich in diesem Haus lebe! So, und jetzt lasst mich in Ruhe! Ich will nichts mehr davon hören. Euer Vater hat es nicht besser verdient!«

»Hör auf, so schlecht über Dad zu reden. Jetzt, da er sich nicht mehr wehren kann«, widersprach Jamie empört. »Oder weißt du etwa mehr über die blonde langhaarige Frau, die Dad am Tag, an dem er starb, besucht hat?«, fügte sie in schneidendem Ton hinzu.

Marta wurde kalkweiß. »Ich habe keine Ahnung, wovon du sprichst.« Blond und langhaarig ist diese Person also, durchfuhr es Marta eiskalt. Aleck hatte sich ja hartnäckig geweigert, ihm zu erklären, was ihn an dieser Frau so faszinierte, deretwegen er vor vielen Jahren beinahe alles aufgegeben hätte, was er sich bis zu dem Zeitpunkt aufgebaut hatte.

»Ich rede von der Frau, mit der Dad am Mittag, bevor er starb, ein intensives Gespräch in seinem Krankenzimmer geführt hat!«

»Was weiß ich, mit wem dein Dad alles gesprochen hat«, entgegnete Marta und versuchte, gefasst zu klingen. Dabei hatte sie große Angst, dass ihre bebende Stimme sie verraten würde.

»Hast du vielleicht an dem Tag erfahren, dass er eine Geliebte hat? Hast du sie vielleicht genauso gesehen, wie ich sie gesehen habe?«, hakte Jamie in bohrendem Ton nach.

»Als ich ihn nachmittags besucht habe, war keine fremde Frau bei ihm!«, schrie Marta. »Und du glaubst doch nicht, dass mich ein Seitensprung deines Vaters überhaupt aufgeregt hätte? Es gab so viele Frauen in seinem Leben. Unzählige, möchte ich sagen …« Marta hielt keuchend inne.

»Du lügst«, widersprach Jamie. Auch sie war jetzt weiß wie eine Wand.

»Natürlich! Verteidige ihn nur. Dein Vater war ja ein Halbgott für dich. Aber ich weiß, was ich weiß!«, keifte Marta.

Mutter und Tochter standen sich wie Kampfhennen gegenüber. Ian hob beschwichtigend die Arme.

»Mom, dann sprich es wenigstens aus. Was hat Dad so Schlimmes getan, außer dass er dich offenbar betrogen hat? Was hat er dir bloß angetan, dass du uns beiden eiskalt alles nimmst, was uns lieb und teuer ist? Jamie das Hotel und mir Stellmore Castle? Du willst mir doch nicht erzählen, dass es dir ums Geld geht? Du hast die Brennerei, die verdammt gut läuft. Und Dads Barvermögen. Du hättest ohne diese Schwachsinnsverkäufe ausgesorgt.«

Marta biss die Lippen trotzig aufeinander und signalisierte damit, dass man aus ihr kein weiteres Wort herausbekommen würde.

»Deine Schwester sollte ihm ein Denkmal setzen«, zischte sie schließlich.

»Macht es dir Spaß, auf seinem Grab herumzutrampeln und so zu tun, als habe er dich umbringen wollen? Er kann sich nicht wehren gegen deine diffusen Verdächtigungen! Das ist gemein!« Jamie schlug die Hände vors Gesicht.

»Jamie, lass gut sein«, sagte Ian sanft und strich ihr übers Haar, bevor er sich wieder an seine Mutter wandte. »Liebe Mom, selbst wenn Dad dich mit irgendetwas so tief verletzt haben sollte, kann das schließlich kein Grund sein, dass du unser Haus der Abrissbirne überlässt und Jamie das Hotel nimmst. Weder das Haus, das Hotel … Wir können doch nichts dafür.«

Marta musterte ihren Sohn kalt. »Ich tue es für euch beide! Aber ich will nicht mehr darüber reden. Ich habe schon viel zu viel gesagt. Ihr habt eure vier Wochen, selbst auf die Gefahr hin, dass Mister Barclay sein Angebot zurückzieht. Findet euch damit ab, dass ich nach Ablauf dieser Frist sowohl unser Haus als auch das Hotel verkaufen werde. Und hört auf, so zu tun, als würde ich euch damit über den Tisch ziehen. Auch ein Drittel des Erlöses macht jeden von euch zum Millionär. Also lasst mich in Ruhe.«

Jamie zog Ian am Ärmel. »Komm, wir fahren zurück. Es hat keinen Zweck.«

»Wann wirst du mit deinem Freund zum Dinner kommen, Jamie?«, fragte Marta, als wäre nichts geschehen.

»Gar nicht, Mom, ich denke, es ist nicht der richtige Zeitpunkt, dir meinen Freund vorzustellen. Es wäre mir unendlich peinlich, wenn du beim Essen fallen lässt, was mein Dad dir alles angetan hat. Aber wenn du versprichst, mir zu verraten, wer die blonde Frau war, dann komme ich natürlich!« Jamie funkelte ihre Mutter hasserfüllt an.

»Ich kenne keine blonde Frau. Er hätte seine Affären nie nach St. Andrews kommen lassen. Das waren Damen in aller Welt, die er auf Geschäftsreisen mitgenommen hat. Nichts von Bedeutung. Nein, es gab keine Frau, die ihn im Krankenhaus besucht hätte!«

»Wetten, du lügst?«, brüllte Jamie.

»Lass gut sein«, mischte sich Ian ein, doch seine Schwester hörte ihm gar nicht mehr zu.

»Weißt du was, Mom? Ich kann es sogar verstehen, dass er eine andere Frau als dich so voller Liebe angesehen hat. Du bist nämlich kalt und unnahbar. Das bist du immer gewesen. Wo andere Mütter ein Herz haben, hast du einen Stein! Dir war immer nur wichtig, was die Leute denken …«

»Jamie, es ist genug!«, ermahnte Ian sie.

»Aber ihr beide, dein Vater und du, ihr seid immer im Recht, ja?«, stieß Marta verächtlich hervor. »Ihr beide nehmt für euch in Anspruch, eure Emotionen rauszulassen, wann immer es euch passt. Da wird keine Rücksicht darauf genommen, ob es adäquat ist oder nicht!«

»Lieber das als ein gefühlloser Eisblock wie du!«, konterte Jamie, doch nun schob ihr Bruder sie energisch in Richtung Tür.

»Genug!«, zischte er Jamie ins Ohr.

»Mutter, ich bleibe in St. Andrews, bis das hier alles geklärt ist«, fügte er hinzu. »Und denk noch einmal in Ruhe über alles nach.«

»Willst du mir etwa drohen?«, erwiderte sie. Ihre Miene war jetzt unbeweglich und starr.

»Womit?«

»Damit, dass du einen Skandal riskierst, indem du deine Mutter verklagst!«, entgegnete sie ungerührt.

Ian musterte seine Mutter kopfschüttelnd. »Wenn das deine einzige Sorge ist … aber du kannst dich beruhigen. Ich würde dich niemals vor den Kadi zerren, aber glaube mir, das brauche ich gar nicht. Es genügt, wenn ich einem Staatsanwalt glaubhaft machen kann, dass die Machenschaften deines Anwalts ein Fall für die Justiz sind. Dann wirst du wohl oder übel auf dieses Geschäft verzichten müssen.«

Marta zuckte bei seinen Worten zusammen, aber sie ließ sich ihre Panik nicht anmerken.

»Tu, was du nicht lassen kannst«, murmelte sie und verließ grußlos vor ihren Kindern das Zimmer.

»Das ist typisch für dich. Wenn du nicht mehr weiterweißt … dann … verpisst du dich einfach. Das ist feige!«, schrie Jamie ihr nach.

»Musste das sein?«, fragte Ian ärgerlich.

»Sie bringt mich zur Weißglut«, schimpfte Jamie. »Wie kann sie jetzt, kaum dass Dad unter der Erde ist, so ekelhaft über ihn reden? Los komm, bloß raus hier.« Jamie nahm ihn bei der Hand und zog ihn aus dem Salon, über den langen Flur aus der Haustür ins Freie. Dort ließ sie ihn wieder los und atmete ein paarmal tief durch.

»Warum tut sie das? Warum?«

»Vater muss sie tief verletzt haben. So viel ist sicher. Und ich vermute, dass es keine Affäre war, die Mom so verbittert hat«, erwiderte Ian nachdenklich.

»Ich kann ihn gut verstehen. Du hättest seinen Blick sehen sollen. So hat er Mom niemals angeschmachtet. Ich bin sicher, sie hat diese Frau auch gesehen, und deshalb möchte sie alles vernichten, was er je geschaffen hat. Das ist die Rache einer frustrierten Frau. Was soll es sonst sein?«, wütete Jamie mit hochrotem Kopf.

Ian zuckte mit den Schultern. »Ich weiß es nicht, und ehrlich gesagt, ich möchte es auch gar nicht wissen. Ich habe nur ein Ziel: Ich werde diese abstrusen Verkäufe verhindern!«

»Das heißt, du stehst auf meiner Seite?«

»Sagen wir mal so: Ich werde alles tun, damit Mom den von Mister Wesley ausgearbeiteten Vertrag mit Barclay nicht unterschreiben wird!«

»Ach, du bist ein Schatz!« Jamie fiel ihrem Bruder um den Hals.

»Und du bist ein unverbesserlicher Hitzkopf!«, murmelte er.

Nachdem Jamie ihren Bruder losgelassen hatte, warf sie einen hektischen Blick zur Uhr.

»Oje, Hamish hasst es, wenn man ihn warten lässt.«

»Na, dann mal los.« Ian streckte die Hand aus. »Schlüssel! Ich werde dir zeigen, was ich aus deiner Kiste so herausholen kann«, lachte er.

Jamie war erleichtert, dass sie nicht fahren musste. In ihrem Kopf tobten die Gedanken wild durcheinander. Ihr war es nämlich alles andere als gleichgültig, ob ihr Vater eine Geliebte gehabt hatte oder nicht. Sie war fest entschlossen, der Sache nachzugehen. Und sie wusste auch schon, wie sie das anstellen würde. Doch nun sollte sie sich auf das Treffen mit Hamish konzentrieren. Er war kein einfacher Mann, den man nach zwei Wochen in die Arme schloss, um mit ihm lustvoll das Wiedersehen zu feiern. Er war schrecklich kompliziert, aber auch das liebte sie an ihm. Ich muss ihm Zeit geben, Vertrauen zu mir zu fassen, dachte sie zuversichtlich. Ihr wurde warm ums Herz, wenn sie an seine Worte dachte, mit denen er sich beim letzten Mal von ihr verabschiedet hatte. *Ich empfinde mehr für dich, als ich jemals für meine Frau empfunden habe. Habe bitte Geduld mit mir!*

St. Andrews, Juni 2012

Tessa fühlte sich nach einem kurzen Schlaf wie neugeboren. Ihre Phantasien, dass die Lady in Blau tatsächlich im Old Course House herumgeisterte, waren beim Aufwachen wie weggeblasen. Ein Blick aus dem Fenster ließ ihre Stimmung weiter steigen. Es war herrlichstes Wetter. Der unbändige Wunsch, eine Partie Golf zu spielen, überkam sie, als sie den Old Course in seiner ganzen grünen Pracht dort unten liegen sah. Ich werde mir Schläger leihen und dann loslegen, dachte sie vergnügt. Plötzlich ahnte sie den Grund für ihren Stimmungsumschwung. Sie freute sich auf das Abendessen mit Ian McKinnon. Sein Gesicht hatte sie beim Aufwachen vor sich gesehen, nicht das von Hamish.

Tessa zog sich so an, dass sie sofort auf den Platz konnte, wenn dort etwas frei war. Das würde sie an der Rezeption erfahren. Vor dem Fahrstuhl drehte sie sich noch einmal um zur Lady in Blau, um sich zu vergewissern, dass der Spuk vorüber war. Und tatsächlich, sie blickte in die leblosen Augen eines Gemäldes. Als das Klingeln des Fahrstuhls ertönte, wandte sie sich um. Die Tür öffnete sich, und Tessa erstarrte. Ein Mann trat aus dem Fahrstuhl, der sie ebenso verwirrt anstierte wie sie ihn.

Sie standen einander eine ganze Weile fassungslos gegenüber, bis sie heiser flüsterte: »Hamish?«

»Tessa?«

»Du erinnerst dich also noch an mich?«

»Wie könnte ich dich jemals vergessen?«, erwiderte er mit belegter Stimme.

»Aber, aber ich dachte, du hättest dein Gedächtnis verloren … das … das … dein Bruder … ach, ich meine, sonst hättest du dich doch bei mir gemeldet«, stammelte sie.

»Mein Bruder? Was hast du mit meinem Bruder zu tun?«

»Er ist der Marketingchef eines unserer Kunden. Und ich fand, er sieht dir ähnlich. Ich habe ihn darauf angesprochen, ob er wohl einen Bruder habe. Und da hat er mir diese ganze schreckliche Geschichte erzählt.«

»Ich hasse es, wenn sich andere darüber ihre Mäuler zerreißen!«, stieß er wütend hervor. So heftig, dass Tessa förmlich zusammenzuckte.

»Er wollte mir doch bloß erklären, warum du dich damals nicht mehr bei mir gemeldet hast. Er meinte, du hättest Teile deines Gedächtnisses verloren.«

»Habe ich nicht. Da sieht man mal, was dabei herauskommt, wenn sich alle deine Lieben ständig Gedanken um dich machen. Bullshit! Ich wollte einfach nicht, dass du mich so siehst, aber man kann dem Schicksal nicht entrinnen.« Hamish trat unvermittelt einen Schritt auf Tessa zu und nahm sie sanft in den Arm. Sie beugte den Nacken zurück und ließ sich nicht nur von ihm küssen, sondern erwiderte seinen Kuss leidenschaftlich. Tannennadeln, sein Haar riecht immer noch nach Tannennadeln, dachte sie voller Erregung, während ihr Herz laut pochte. Alles war wie damals.

»Wohnst du hier?«, fragte er, nachdem sich seine Lippen von ihren gelöst hatten.

Tessa nickte schwach. Sie hatte Sorge, dass ihr die Stimme versagen würde. Ihr war schummrig. Ich muss mich kneifen, sonst glaube ich das nicht, dachte sie.

»Lass uns auf dein Zimmer gehen«, schlug er vor, während er ihr tief in die Augen sah.

Das ist nur ein Traum, hämmerte es in ihrem Kopf, nur ein Traum. Doch statt ihn zu fragen, woher er kam und was er in diesem Hotel machte, nahm sie seine Hand und steuerte mit ihm auf ihr Zimmer zu. Als sie die Karte an das Schloss halten wollte, zitterte ihre Hand so sehr, dass die Tür sich nicht öffnete.

»Ganz ruhig. Ich bin bei dir.« Hamish nahm ihr die Karte aus der Hand.

Im Zimmer küssten sie sich erneut, bevor Hamish sich dem Bett näherte. Tessa konnte keinen klaren Gedanken mehr fassen, alles ging rasend schnell. Da waren seine geschickte Hand an ihrer Hose und ihre Hand, die seinen Reißverschluss öffnete. Schon lag sie halb nackt unter ihm und spürte seine drängende Männlichkeit zwischen ihren Schenkeln. Kein Vorspiel, keine Zärtlichkeit, nur wildes Begehren. Tessa schrie auf, als er in sie eindrang und zustieß, als gäbe es kein Morgen. Sie war noch nicht einmal richtig feucht. Es tat weh, aber das machte ihr nichts aus. Ihr Becken streckte sich ihm entgegen, bereit, den nächsten harten Stoß zu empfangen. Ehe sie sichs versah, kam er unter heftigem Keuchen zum Höhepunkt und ließ sich mit seinem ganzen Gewicht auf ihren Körper sinken. Tessa bekam kaum mehr Luft, aber sie hielt es klaglos aus. Ja, sie umschlang Hamish so fest, dass sie ihn nur noch enger an sich heranzog.

Sie war immer noch zu keinem klaren Gedanken in der Lage. Sie war überwältigt, verwirrt, glücklich, befremdet … eine wirre Mischung aus unterschiedlichen Emotionen wechselte sich in rasendem Tempo ab.

Nach einer halben Ewigkeit rollte sich Hamish von ihrem Körper. Er stützte die Ellenbogen auf und musterte sie. Auch aus seinen Augen sprach keinesfalls pure Zärtlichkeit. Da lag etwas Fragendes in seinem Blick. Verwunderung, Überraschung und auch eine Spur von Erschrecken.

»Tut es dir leid wegen deiner neuen Freundin?«, fragte sie heiser.

»Wie kommst du auf so etwas? Wir beide haben uns hundert Jahre nicht gesehen. Woher willst du wissen, dass ich eine Freundin habe?« Er stockte. In seinem Blick lag jetzt so etwas wie Zweifel. »Hast du einen Partner?«

Langsam setzte Tessas Verstand wieder ein. Warum beantwortete er ihre Frage mit einer Gegenfrage? Sie hatte zuerst gefragt und würde ihm nichts über sich verraten, solange er ihr eine Antwort schuldig blieb.

»Ich will nicht neugierig sein, aber dein Bruder hat da so eine Andeutung gemacht, dass es wohl neuerdings jemanden in deinem Leben gäbe …«

Hamishs zweifelnder Gesichtsausdruck bekam etwas Abweisendes. »Der gute Arran weiß gar nichts. Wir haben quasi keinen Kontakt mehr.«

»Eure Mutter hat ihm von deiner neuen Freundin berichtet«, bemerkte Tessa mit Nachdruck. Sie musste unwillkürlich an Arrans Worte denken. Ja, Hamish war anders als damals. Und wie! Wo war der fröhliche, unbeschwerte Schotte geblieben?

»Mutter weiß auch nichts über mich. Ich werfe ihr ab und zu ein paar Brocken hin, damit sie mich in Ruhe lässt. Sie fragt mich ständig aus. Ich denke, da steckt Jodie dahinter. Sie macht sich immer noch Hoffnungen. Dabei läuft die Scheidung …«

Tessa setzte sich entschieden auf.

»Warum hast du Jodie geheiratet, statt dich bei mir zu melden?«

»Ich wollte nicht, dass du mich mit dem Krüppelfuß siehst.« Demonstrativ streckte er ihr seinen Fuß entgegen. »Oder wolltest du so einen Mann?«

Tessa zwang sich hinzusehen. Der Fuß war vernarbt, und zwei Zehen fehlten. Außerdem war der Spann unnatürlich geschwollen. Sie zuckte mit den Achseln und bemerkte verächtlich: »Und du glaubst allen Ernstes, unsere Liebe wäre daran gescheitert?«

»Und wenn nicht am Fuß, so vielleicht an der Tatsache, dass ich meine drei Freunde umgebracht habe.« Das klang bitter.

»Wie ist es geschehen?«

Hamish hatte sich ganz an den Rand des Bettes zurückgezogen, als würde er den körperlichen Abstand zu ihr brauchen.

»Es war im Nebel. Ein Lastwagen hat uns übersehen«, entgegnete er gequält.

»Aber dafür kannst du nichts.«

»Doch, ich hätte im Nebel nicht fahren dürfen, nachdem ich gerade erst meinen Führerschein gemacht hatte.«

Tessa rutschte näher an ihn heran und wollte ihm den Arm um die Schulter legen, doch er zuckte zurück. Sie erschrak. Bevor sie sich aber von ihrem Schreck erholen konnte, hatte er den Kopf an ihre Brust gelegt und fing an zu schluchzen.

Behutsam strich ihm Tessa durch das rote Haar. Erneut überkamen sie sehr gemischte Gefühle. Sie hatte gewisse Probleme damit, wenn ein Mann weinte. Nicht, weil es Männern nicht anstand, sondern weil sie bis vor Kurzem auch selten Tränen vergossen hatte, zumal in Gegenwart anderer. Schaudernd dachte sie an einen Ex, der in Therapie gewesen war, als sie einander kennengelernt hatten. Er hatte ständig Weinkrämpfe bekommen. Dieser Mann war so auf sich bezogen gewesen, dass Tessa schnell das Weite gesucht hatte. Das hier ist etwas ganz anderes, redete sie sich gut zu. Er hat auch wirklich etwas Schlimmes erlebt, das einfach zum Heulen ist. Außerdem liebte sie Hamish doch immer noch. Ein warmes Gefühl der Zuneigung durchströmte ihren ganzen Körper und verscheuchte das Befremden in ihr.

»Ich liebe dich«, schluchzte er. »Du bist die einzige Frau, die mir je etwas bedeutet hat.«

Tessa atmete tief durch. Unter diesen Umständen sollte sie lieber nicht noch einmal seine Freundin erwähnen. Das hörte sich nicht so an, als ob er ernsthaft an eine andere gebunden war, meinte sie seine Worte deuten zu können. Sie nahm sich vor, ihn auch nicht weiter nach Jodie zu fragen. Das alles schien der Vergangenheit anzugehören. Und die schien in diesem Augenblick beinahe wie ausgelöscht. Was zählte, waren nur noch er und sie. Niemals mehr würden sie sich trennen. Sie würden zusammenleben, eine Familie gründen … Plötzlich durchfuhr

Tessa ein eiskalter Schrecken bei dem Gedanken an die Folgen dieser schicksalshaften Wiederbegegnung. Was würde er sagen, wenn sie bald wieder nach Hamburg zurückkehren müsste? Was, wenn er erführe, welches unfassbare Drama sie erlebt hatte? Was, wenn er Wind davon bekam, dass sie an dubiosen Panikattacken litt?

Nein, ich werde ihm von alledem nichts erzählen, bis ich die Gewissheit habe, dass wir für immer zusammenbleiben. Für immer zusammenbleiben? Das war ihr noch nie bei einem anderen Mann in den Sinn gekommen. Aber konnte sie wirklich nahtlos an ihre alte Liebesgeschichte anknüpfen? Sie waren doch beide inzwischen erwachsen und hatten jeder für sich schreckliche Dinge erlebt, die manchen Menschen ihr ganzes Leben lang nicht widerfuhren. Vielleicht haben wir uns wiedergetroffen, um uns gegenseitig bei der Bewältigung unserer Traumata zu helfen, schoss es Tessa durch den Kopf.

»Ach, Hamish, ich liebe dich«, murmelte sie versonnen.

Er hob seinen Kopf und sah sie aus großen, feuchten Augen an. »Ich lasse dich nie wieder los.«

»Wenn ich hier fertig bin, komme ich zu dir, und dann planen wir alles weitere. Du wohnst in Edinburgh, nicht wahr?«

Hamish nickte. »Dann kommst du zu mir«, wiederholte er, bevor er ihren Kopf zärtlich zurückbeugte und sie erneut küsste. Dieses Mal ließ er es langsam angehen. Er streichelte ihren nackten, schlanken Körper und ließ dabei keine Stelle aus. Sie kraulte seinen Nacken, doch er befahl: »Leg dich einfach hin, schließe die Augen und genieße.« Zögernd tat Tessa, was er verlangte. Bald wusste sie nicht mehr, wo seine Hände waren. Sie schienen überall zugleich zu sein. Als er sie zwischen ihren leicht gespreizten Schenkeln liebkoste, schrie sie auf vor Lust. Er hatte sie kaum berührt, da explodierte sie förmlich. Stöhnend erlebte sie einen intensiven Höhepunkt wie noch nie zuvor. Als er in sie eindrang, schürte das ihre Leidenschaft nur noch mehr. Es hatte nichts mehr von dem harten und fordernden Eindringen von vorhin. Sie war bereit für ihn. Und er ließ sich Zeit. Die Bewegungen seines Beckens waren jetzt intensiv und langsam. Da war nichts mehr von der Härte und Verzweiflung seiner Stöße. Sie raunte seinen Namen wieder und wieder, und als er endlich kam, war sie bereit, alles zu tun, um mit ihm zusammenzubleiben. Es zählte nichts mehr außer ihm. Ihre Bedenken waren wie fortgespült. Hamburg, ihr Vater, selbst ihre Mutter waren weit, weit fort, als wäre alles nur ein schlechter Traum gewesen.

Tessa kehrte in die Realität zurück, als Hamish sich plötzlich steif aufsetzte und murmelte: »Ich muss weg.«

Sie glaubte zunächst, sich verhört zu haben. Er konnte doch unmöglich einfach aufstehen und gehen.

»Wie meinst du das?«, fragte sie mit belegter Stimme.

»So wie ich es sage«, erwiderte er schroff. »Ich muss dich jetzt auf der Stelle verlassen.« Er wirkte hektisch und fahrig. Ohne weitere Erklärung sprang er aus dem Bett, nahm sein Handy aus der Tasche und zog sich ins Bad zurück. Tessa konnte nicht verstehen, was er sagte, denn er sprach betont leise. Als er aus dem Badezimmer zurückkehrte, suchte er, ohne Tessa eines weiteren Blickes zu würdigen, seine Sachen zusammen und kleidete sich an. Er trug einen feinen Anzug und band sich vor dem Spiegel akribisch die Krawatte. Als wäre er allein im Zimmer. Tessa beobachtete ihn mit einer Mischung aus Fassungslosigkeit und Verärgerung.

»Hamish, was soll das?« Ihre Stimme klang unwirsch. »Nach dem, was da eben zwischen uns gewesen ist, willst du doch nicht einfach abhauen. Ich habe noch so viele Fragen an dich.«

Er wandte sich zu ihr um, trat auf das Bett zu, gab ihr einen flüchtigen Kuss auf die Stirn und schlüpfte in seine Schuhe.

»Ich muss dringend gehen. Ich melde mich. Bist du noch lange hier im Hotel?«

Tessa zuckte die Achseln. Plötzlich fühlte sie sich wie in einem schlechten Film. Hatte er sich überhaupt nur mit einem Wort erkundigt, was sie nach all den Jahren nach St. Andrews trieb? Hatte er überhaupt eine einzige Frage zu ihrem Leben gestellt?

Tessa sprang ebenfalls aus dem Bett, wickelte sich die Überdecke um die Hüften, um sich nicht splitternackt vor dem perfekt bekleideten Gentleman aufzubauen.

»Hamish! Du kannst nicht einfach nach all den Jahren mit mir vögeln und dich dann wortlos aus dem Staub machen!«, bemerkte sie empört.

»Ich muss«, entgegnete er mitleidslos. »Und wenn du keinen Spaß daran gehabt hättest, hättest du ja wohl kaum mitgemacht«, fügte er schroff hinzu.

»Aber ich weiß doch gar nicht, wie es weitergehen soll. Ich meine, das ist hier nicht irgendein beliebiger One-Night-Stand …«

»Ich hasse One-Night-Stands«, erklärte er und gab ihr, ohne sie anzufassen, einen Kuss auf den Mund. »Ich melde mich, und dann kommst du nach Edinburgh.«

»Aber wann? Du weißt doch gar nicht, wie lange ich in diesem Hotel bleibe …« Tessa schnappte nach Luft. Der Liebestraum drohte zu einem Albtraum zu werden. Der Ausflug zur rosaroten Wolke zu einem Höllenritt. Nein, das ließ sie nicht mit sich machen. Sie krallte ihre Finger in Hamishs Arm, damit er nicht ohne ein weiteres Wort abhauen konnte.

»Wann sehen wir uns wieder?«

»Bald«, erwiderte er. »Bis bald!«

Der abschätzige Blick, mit dem er ihre Finger musterte, die sich in sein Jackett krallten, ließ sie erschaudern. Und was war das in dieser Situation für eine selten unverbindliche Floskel? Bis bald! Tessa bediente sich dieser Worte, wenn sie sicher war, dass sie den anderen so schnell nicht wiederzusehen wünschte.

»Bis bald?«, fragte sie fassungslos. »Mehr hast du mir nicht zu sagen?«

»Du bist strenger geworden«, erwiderte er ungerührt. »Wahrscheinlich bist du inzwischen in die Firma deines Vaters eingestiegen und alle tanzen nach deiner Pfeife, oder?«

»Danke der Nachfrage«, konterte sie spöttisch. »Schön, dass du dich auch mit einem Wort für mein Leben interessierst, aber du hast recht. Ja, ich arbeite in der Agentur meines Vaters.«

Unvermittelt umspielte ein Lächeln Hamishs Lippen. »Wir haben auch in Edinburgh gute Agenturen. Ich habe viele Kontakte. Wir werden da schon was Passendes für dich finden!«

Mit diesen Worten wandte er sich zum Gehen. In der Tür drehte er sich noch einmal zu ihr um und warf ihr einen Handkuss zu.

Tessa ließ sich wie betäubt auf ihr Bett fallen. Erneut hatte sie das starke Gefühl, sich kneifen zu müssen, weil ihr das alles so entsetzlich unwirklich vorkam. Und weil das alles so gar nicht zusammenpassen wollte. Erst diese harte, ungezügelte Nummer, dann der schönste Sex, den sie jemals mit einem Mann genossen hatte, und zum Abschluss sein plötzlicher und unverbindlicher Abgang, als wäre es ihm nur um ein schnelles Vergnügen gegangen. Von Liebe keine Spur. Und dann, ohne es mit ihr vorher abzusprechen, seine selbstverständliche Annahme, sie würde seinetwegen in Hamburg alle Zelte abbrechen und zu ihm nach Edinburgh ziehen. Wenn er wüsste, dass ich einen guten Grund hätte, genau das zu tun, dachte Tessa irritiert, denn die Vorstellung, das Drama ihrer Eltern einfach hinter sich zu lassen und in Schottland zu bleiben, hatte durchaus ihren Reiz. Mit einem Mal fiel ihr der eigentliche Grund ihrer Reise nach St. Andrews ein. Sie wollte herausbekommen, was ihre Mutter vor ihrem Tod nach Schottland getrieben hatte. Sie stieß einen tiefen Seufzer aus. Merkwürdig, wie intensiv dieser Ort binnen nur vierundzwanzig Stunden ihr eigenes Leben bestimmt hatte. Erst Ian McKinnon, dann die Lady in Blau, die alte Miss Cameron, die Begegnung mit Arran Makenzie und zu guter Letzt das überraschende Treffen mit Hamish.

Je länger es her war, dass er das Zimmer verlassen hatte, desto stärker verblasste ihre Erinnerung an den überstürzten Aufbruch ihrer großen Liebe. Dafür überliefen sie in Wellen wohlige Schauer beim Gedanken an die Heftigkeit, mit der sie einander begehrt und geliebt hatten.

Warum sollte sie seinen ungeschickten Abschied zu hoch hängen und sich das Herz unnötig schwer machen?

Das Klingeln des Zimmertelefons riss sie aus ihren Überlegungen. Ein flüchtiger Blick auf die Uhr zeigte ihr an, dass es inzwischen schon Abend geworden war. Sie ahnte, dass es Mister McKinnon war, der sie an ihre Verabredung erinnern wollte. Doch nach allem, was sie in den letzten Stunden erlebt hatte, würde sie sich auf keinen Fall mit ihm treffen. Sie schützte vor, dass die Panikattacke sie mehr mitgenommen hatte, als sie zunächst geglaubt hatte.

»Ich würde Ihnen natürlich gern helfen«, sagte Ian. »Aber wenn Sie sich zu schwach fühlen, unter Leute zu gehen, müssen wir das wohl verschieben.« Es gelang ihm kaum, die Enttäuschung in seiner Stimme zu verbergen.

»Dann holen wir das morgen nach«, versprach sie hastig, während sie sich fragte, ob sie morgen überhaupt noch in St. Andrews sein würde. Was, wenn Hamish sich noch heute bei ihr meldete und sie einlud, zu ihm nach Edinburgh zu kommen?

»Ja, gut, wir treffen uns morgen Abend um neunzehn Uhr in der Lobby, wenn Ihnen das recht ist.«

Verdammt, ich kann nichts anderes tun, als einfach nur zu warten, fiel ihr siedend heiß ein, sie hatte nicht einmal Hamishs Nummer. Gut, sie konnte Arran anrufen, aber er war eigentlich ein beruflicher Kontakt, dem sie nicht derart tiefe Einblicke in ihr Privatleben gewähren wollte. Doch hatte er ihr nicht auch schon viel Persönliches verraten? Über das Verhältnis zu seinem Bruder …

»Miss Baumann? Sind Sie noch da?«, hörte sie wie aus einer anderen Welt Ians Stimme am anderen Ende.

»Ja, ja, natürlich, wir sehen uns morgen. Ich freue mich«, entgegnete sie mechanisch. »Bis dann.« Ohne einen weiteren Gruß legte sie auf. Eine Zeit lang blieb sie regungslos auf ihrem Bett liegen. Hatten noch vor ein paar Minuten allein die leidenschaftlichen Bilder von Hamish ihr Denken bestimmt, dominierte jetzt die Erinnerung an Arrans Worte in ihrem Kopf. Sie konnte nicht länger verdrängen, was sie soeben aus eigener Erfahrung zu spüren bekommen hatte: Hamish war nicht mehr der gut gelaunte, unkomplizierte Bursche, der er als Jugendlicher einmal gewesen war. Im Gegenteil, er war durch den Unfall und seine Schuldgefühle, weil er einst den Tod seiner Freunde verursacht hatte, zu einem äußerst schwierigen Mann geworden. Unberechenbar und launisch, ichbezogen und übersensibel, leidenschaftlich und verzweifelt … Tessa sprang aus dem Bett und wanderte nervös im Zimmer auf und ab. Übrig geblieben waren eine äußere Hülle, die entfernt an damals erinnerte, der Geruch von Tannennadeln in seinem Haar und ihre unerschütterliche Liebe zueinander. Er hatte es ihr doch eben noch selbst versichert. Sie war seine große Liebe, so wie er die ihre war.

Am Fenster blieb Tessa stehen. Ihr unruhiger Blick schweifte über das Grün des Golfrasens bis hin zur Düne. Ihr war nach einem Spaziergang am Meer, aber die Befürchtung, Ian zu treffen, hielt sie davon ab. Ob er gemerkt hat, dass ich eine Ausrede vorgeschoben habe, um die Verabredung abzusagen, fragte sie sich. Sie mochte den gut aussehenden Hotelier. Und sie hätte sich vor der schicksalhaften Begegnung mit Hamish sogar gewünscht, ihn ein bisschen näher kennenzulernen. Tief in ihrem Inneren spürte sie, dass dieser neue Hamish nicht gut war für sie, aber sie konnte nicht anders. Bei all den merkwürdigen Verhaltensweisen, die sie heute im Umgang mit ihm erlebt hatte, war ihr doch eines gewiss: Hamish Makenzie war ihr Schicksal. Es konnte kein Zufall sein, dass sie einander in diesem Hotel wiederbegegnet waren. Sie hatte sich schon einmal unwiderstehlich zu ihm hingezogen gefühlt. Diese Anziehung war ungebrochen. Selbst wenn sie vom Verstand her zu einem anderen Ergebnis gelangt wäre, sie hätte sich gar nicht gegen diesen starken Sog wehren können. Und plötzlich spürte sie in der Tiefe ihres Herzens, dass ihr Leben wieder einen Sinn hatte. Hamish und sie waren dazu bestimmt, einander neuen Halt zu geben. Nur durch ihre Kräfte und ihre Liebe würden sie die Geister der Vergangenheit besiegen. Irgendwann würde der Unfall in seinem Leben nur noch eine grausame Erinnerung sein, genau wie für sie die Tatsache, dass ihr Vater ihre Mutter umgebracht hatte.

In diesem Augenblick entschied Tessa, dass Hamish und sie unzertrennbar miteinander verbunden waren. Sie würde alles tun, um ihn seinen Unfall vergessen zu lassen, sie würde eine Familie mit ihm gründen, ihn wieder zum Lachen bringen. Oh ja, sein Lachen, das war etwas Besonderes gewesen. Du wirst wieder lachen, mein Liebling, dachte sie zärtlich, dafür werde ich sorgen. Und auch ich werde frei von den schrecklichen Erinnerungen sein und das Leben an deiner Seite aus vollen Zügen genießen, dachte sie. Tränen verschleierten ihren Blick. Gemeinsam schaffen wir es, sagte sie sich, gemeinsam haben wir die Kraft, die Macht der Traumata zu brechen. Wenn wir erst Kinder haben …, fuhr sie in Gedanken fort. Ein Lächeln erhellte ihr Gesicht. Noch bei keinem Mann war ihr dieser Wunsch in den Sinn gekommen, und jetzt erschien das Bild wie von selbst vor ihrem inneren Auge: Sie sah Hamish und sich in einem Garten stehen. Vor ihnen auf der Schaukel ein kleines Mädchen mit dunklen Locken. Es lachte laut bei jedem Schwung, den der Vater ihm gab. Es quietschte vor Vergnügen. Sie selbst, die Mutter, so nahm sie ganz sicher an, spürte unendliches Glück inmitten ihrer Lieben. Sie wandte sich zu ihrem Kind um und erschrak. Es war nicht ihr Kind, sondern sie selbst, die kleine Tessa. Und die Mutter in dieser ihr so real erscheinenden Phantasie war nicht sie, sondern Charlotte, der Blut aus dem Mundwinkel tropfte …

Tessa presste ihre Hand auf den Mund, um nicht laut aufzuschreien.

St. Andrews, Juni 2012

Ian durchquerte unschlüssig die Lobby. Tessa Baumanns Absage hatte ihn tief getroffen. Er spürte, dass sie ihm eine Ausrede serviert hatte. Warum? Eigentlich hatte er den Eindruck gewonnen, dass er ihr sympathisch war. Ich kann es gar nicht gut vertragen, wenn eine Frau mich abblitzen lässt, gab er zerknirscht vor sich selber zu. Ich bin zu verwöhnt.

Er haderte mit sich, ob er noch einen Drink in der Bar nehmen oder in seine Wohnung zurückkehren sollte. Die Lust, nach Dundee zu fahren, war ihm gründlich vergangen. Was sollte er dort allein anstellen? Aber sich zu Hause vor den Fernseher zu setzen, danach stand ihm auch nicht der Sinn. Und er war innerlich viel zu unruhig, als dass er einfach hätte relaxen können.

Tessas fadenscheinige Absage wurmte ihn mehr, als er zugeben wollte. Es war nicht nur seine Eitelkeit, in der er sich getroffen fühlte, sondern er war ehrlich enttäuscht. So fühlt es sich also an, wenn man sein Herz tatsächlich an eine Frau hängt, alter Junge, dachte er und verstand, warum er dieses Gefühl all die Jahre vermieden hatte. Es tat nämlich weh, wenn die eigenen Empfindungen nicht erwidert wurden. Und in dem Punkt machte er sich nichts vor. Wenn sie auch nur annähernd das für mich empfinden würde, was ich für sie empfinde, dann würde sie mich nicht mit dämlichen Ausreden abspeisen, mutmaßte er.

Entschlossen betrat er die Hotelbar. Einen Drink, sagte er sich. Einen Drink, um sich nicht weiter in Spekulationen über Tessa Baumanns Gefühlsleben zu ergehen. Vielleicht hat es mich ja auch gar nicht ernsthaft erwischt, sondern ich bin nur gekränkt, dass die deutsche Lady meinem Charme offenbar nicht erlegen ist, ging ihm grimmig durch den Kopf.

Ian wunderte sich, als er seine Schwester an der Bar sitzen sah. Vor sich einen riesigen Cocktail. Wo sie Mixgetränke eigentlich hasste und sie nur in sich hineinschüttete, wenn sie Kummer hatte … War sie nicht im Hotel mit ihrem neuen Freund verabredet gewesen? Ob der nur mal kurz die Örtlichkeiten aufgesucht hatte? Dann wollte er die beiden auf keinen Fall stören. Ohne sich bemerkbar zu machen, trat er den Rückzug an, doch als er gerade bei der Tür war, rief Jamie seinen Namen. Ian drehte sich um. Sie winkte ihn zu sich heran.

»Ist dein Freund gerade draußen?«, fragte er vorsichtig, nachdem er sie zur Begrüßung stumm umarmt hatte. Dann erst erkannte er, dass sie geweint hatte.

»Was ist los? Ist er nicht gekommen?«

»Doch, doch, er war pünktlich im Hotel – er nimmt es mit der Zeit sehr genau! –, hat sich den Zimmerschlüssel geholt und war wohl auch kurz oben. Isla meinte, knapp eine Dreiviertelstunde, aber dann ist er wie auf der Flucht aus dem Fahrstuhl gestolpert, hat ihr den Schlüssel zurückgegeben und ist aus dem Hotel gestürzt. Isla sagte, er habe einen komplett verwirrten Eindruck gemacht. Und das passt überhaupt nicht zu ihm. Hamish bewahrt stets Contenance.«

»Und wo ist er jetzt?«

Jamie zuckte die Schultern. »Ich nehme mal an, auf dem Rückweg nach Edinburgh. Er hat mich jedenfalls angerufen und mir ziemlich deutlich zu verstehen gegeben, dass er nicht bleiben konnte, ihm das mit dem Besuch bei mir zu schnell gegangen ist und dass ich zu sehr gedrängelt hätte …«

Ian rümpfte die Nase. »Wie? Zu schnell? Ihr kennt euch doch schon sechs Monate, oder?«

»Schon, aber er ist der Meinung, wir können erst eine echte Beziehung eingehen, wenn seine Scheidung durch ist.«

»Das hat er gesagt? In welchem Jahrhundert lebt er denn?«

»Ich weiß es auch nicht. Es ist zum Verrücktwerden. Das letzte Mal in Edinburgh waren wir uns so verdammt nahe. Er hat mich zwar nicht mit in seine Wohnung genommen …«

»Moment mal, du hast ihn besucht, aber er hat dich nicht mit zu sich genommen? Wohnt er denn noch mit seiner Frau zusammen?«

»Nein, die ist mit dem Kind im Haus geblieben. Er hat eine kleine Wohnung in der Nähe seiner Kanzlei gemietet.«

»Und dorthin hat er dich nicht mitgenommen?«

»Er meinte, so weit sei er noch nicht. Wir haben das Wochenende in einem Hotel verbracht, aber es war sehr schön. Er kann ungeheuer leidenschaftlich sein. Manchmal habe ich das Gefühl, dass im Bett eine Barriere fällt, die er im normalen Leben als Art Schutz aufrechterhält.«

»Ich höre immer nur Barriere und Schutz. Jamie, ich will mich auf keinen Fall einmischen, aber bist du dir sicher, dass dieser … wie heißt er noch mal?«

»Hamish Makenzie!«

»Ich meine, bist du sicher, dass dieser Hamish Makenzie gut für dich ist?«

Jamie rollte mit den Augen. »Meine Güte, du stellst Fragen. Ich bin verliebt in ihn. Das ist los. Und wenn er erst einmal begriffen hat, dass ich ihn trotz seines Fußes liebe …« Sie stockte.

»Ist das denn so schlimm?«

»Nein, gar nicht! Er ist ein bisschen vernarbt. Zwei Zehen fehlen, und er kann nicht richtig auftreten. Er glaubt, dass das jeder sieht, dabei humpelt er nur leicht. Das muss man schon wissen, um es überhaupt zu erkennen.«

»Und wie ist das passiert?«

»Er hatte einen Autounfall. Mehr weiß ich auch nicht. Er sagt immer: Bitte habe Geduld mit mir, eines Tages erzähle ich dir alles. Lass mich erst einmal meine Scheidung hinter mich bringen, und dann wird alles gut!«

»Ich weiß zwar nicht, was seine Scheidung damit zu tun hat, dass er dir nicht erzählen kann, warum sein Fuß verkrüppelt …«

»Verkrüppelt? Sag das bloß nie, wenn du ihn erst kennengelernt hast! Das würde ihn fertigmachen.«

»Schon gut, ich glaube kaum, dass es mir in seiner Gegenwart rausrutschen würde. Aber findest du es nicht merkwürdig, dass er sich auf den langen Weg nach St. Andrews macht, um dich zu besuchen, und dann, kaum dass er im Hotel angekommen ist, wieder abreist?«

Ian erschrak, als sich die Augen seiner Schwester mit Tränen füllten. Er nahm hastig ihre Hand. »Ich wollte doch nichts aufrühren, Süße. Tut mir leid, ich kann nur schwer ertragen, wenn dich jemand verletzt.«

»Ich weiß«, seufzte Jamie. »Aber natürlich finde ich sein Verhalten selber ganz furchtbar. Und wenn ich nicht so verliebt wäre, ich würde auf Distanz gehen. Ich habe es doch auch schon versucht, aber jedes Mal, wenn ich mich rar mache, meldet er sich wieder bei mir. Und dann ist er immer besonders entzückend. Er versichert mir, dass er mich liebt und … ach, ich weiß auch nicht … aber sag mal? Was machst du eigentlich hier? Warst du nicht mit dieser jungen Deutschen verabredet?«

Jamie musterte ihren Bruder forschend. Jegliche Freundlichkeit war aus seinem Gesicht gewichen. Seine Züge waren hart und abweisend.

»Sie hat abgesagt. Es geht ihr nicht gut«, entgegnete er, nachdem er einen Gin Tonic bestellt und ihn in einem Zug getrunken hatte.

»Das klingt auch nicht gerade toll«, entgegnete Jamie.

»Können wir das Thema wechseln? Ich blicke da einfach nicht durch. Einerseits habe ich den Eindruck, dass sie mich mag, andererseits konnte man geradezu riechen, dass es eine dumme Ausrede war.«

»Und das ist mein Bruderherz von der Frauenwelt nicht gewohnt, oder?«, versuchte Jamie zu scherzen, aber Ian verzog keine Miene.

»Oje, es ist schlimmer, als ich gedacht habe«, fügte sie entschuldigend hinzu. »Es hat dich wohl tatsächlich ernsthaft erwischt.«

»Ach, ich weiß auch nicht, warum ich mein Herz an eine Frau hänge, die bald wieder in Deutschland sein wird, die sich merkwürdig benimmt und die an Panikattacken leidet ...« Er unterbrach sich. »Sorry, das hätte ich jetzt nicht ausplaudern sollen.«

»Doch, rede dir nur alles von der Seele. Ich habe dir schließlich auch einiges gebeichtet.«

»Ich fand sie in einem desolaten Zustand im Restaurant vor. Sie hatte Schweißausbrüche, machte den Eindruck, als bekäme sie keine Luft, und versuchte zu verbergen, dass sich ihre Hände verkrampft hatten. Ich wollte ja mal über Panikattacken promovieren, als ich noch studiert habe. Deshalb war die Diagnose klar. Eigentlich wollte ich heute Abend mit ihr darüber reden.«

»Na dann musst du dich nicht wundern, dass sie gekniffen hat. Wenn ich mir vorstelle, ein Mann, den ich gut finde, aber den ich noch gar nicht weiter kenne, sieht mich in einer derart hilflosen Lage ... wer mag das schon? Ich glaube, es ist ihr peinlich, mit dir darüber zu reden.«

Ian legte den Kopf schief. »Und du meinst wirklich, das könnte der Grund sein? Gut, ich werde sie sofort anrufen ...« Und schon war Ian aufgesprungen, hatte sein Mobiltelefon am Ohr und die Bar verlassen. Jamie sah ihm kopfschüttelnd hinterher. Sie starrte immer noch zur Tür, als eine auffallend attraktive Frau den Raum betrat. Sie war mittelgroß, hatte brünettes volles Haar, ein Madonnengesicht, trug ein gut sitzendes Kostüm, High Heels und blickte sich suchend um, bevor sie auf den Tresen zusteuerte und sich auf den freien Platz zu Jamies anderer Seite setzte.

»Einen Tequila Sunrise, bitte«, schnurrte sie mit einem leichten Akzent. Woher sie wohl kommen mag, rätselte Jamie. Eine Schottin oder Britin war sie auf jeden Fall nicht.

Ihre Spekulationen wurden beendet, als Ian zurückkehrte. Seine finstere Miene verhieß nichts Gutes. Schweigend setzte er sich zurück auf seinen Hocker und bestellte einen zweiten Gin Tonic. Ein sicheres Zeichen, dass er gestresst war.

Gerade als sie ihn auf das Telefonat, das ihm so miese Laune bereitet hatte, ansprechen wollte, riss sie ein erstauntes und zugleich forderndes »Ian McKinnon!« aus ihren Gedanken. Es kam von der attraktiven Brünetten zu ihrer Rechten, die nun von dem Barhocker glitt und ihren Bruder überschwänglich umarmte. Seinem abweisenden Gesichtsausdruck nach zu urteilen beruhte die Freude über diese Begegnung nicht auf Gegenseitigkeit. Die junge Dame schien davon allerdings nichts zu bemerken.

»Da staunst du, was?«, plapperte sie sichtlich aufgeregt auf Ian ein. »Ein schottisches Reiseunternehmen möchte ein festes Kontingent in meinem Haus buchen, und da musste ich wohl oder übel nach Glasgow reisen. Natürlich habe ich mich gefreut, dich bei der Gelegenheit zu treffen. Deshalb habe ich den kleinen Abstecher nach St. Andrews gemacht. Ich wollte doch auch mal sehen, woher du kommst. Du hast mir so viel vom Old Course House erzählt …« Jetzt hörte Jamie ganz deutlich, dass sie mit spanischem Akzent sprach, und sie konnte sich denken, wer diese Frau war. Die Spanierin küsste Ian ungeniert auf den Mund. Ihr pinkfarbener Lippenstift war offensichtlich nicht kussecht …

Jamie machte ihrem Bruder ein Zeichen, dass die stürmische Dame ihre Spuren auf seinen Lippen hinterlassen hatte. Er verstand sie sofort und schwang sich von seinem Barhocker. »Ich bin gleich wieder da«, sagte er rasch. »Das ist übrigens Carmen Conzales, meine größte Konkurrentin in Puerto de La Cruz. Sie ist wie ich Eigentümerin eines gehobenen Hotels, das sich wohltuend von den Touristensilos der Stadt unterscheidet«, fügte er hinzu und deutete auf Jamie. »Das ist meine kleine Schwester.« Die beiden Frauen reichten sich die Hände, während Ian in Richtung der Waschräume verschwand. Carmen setzte sich auf ihren Platz zurück und musterte Jamie wohlwollend. »Er hat viel von Ihnen gesprochen.«

»Ja, er hat mir auch von Ihnen viel erzählt«, erwiderte Jamie hastig. Die Spanierin war ihr nicht unsympathisch. Hätte sie nicht soeben definitiv erfahren, dass sich ihr Bruder ernsthaft in eine andere verliebt hatte, sie würde viel offener auf sie zugehen können. Aber so stand ihr Wissen um seine Gefühle für diese Tessa Baumann wie eine unsichtbare Wand zwischen ihr und der anderen Frau.

»Hatten Sie einen guten Flug?«, erkundigte sich Jamie höflich.

»Bis auf Turbulenzen beim Anflug auf Glasgow war alles super«, erwiderte die Spanierin. »Sie sind die Chefin dieses wunderschönen Hotels, hat mir Ihr Bruder erzählt. Es ist bezaubernd. Alles so stilvoll, so gediegen«, fügte sie bewundernd hinzu.

Jamie lächelte zustimmend. Warum sollte sie dieser wildfremden Frau erzählen, dass ihre Mutter es nicht erwarten konnte, das Hotel in fremde Hände zu geben? Sie war erleichtert, als Ian zurückkam. Jamie erkannte an seiner gequälten Miene, dass ihm dieser Besuch alles andere als gelegen kam.

Doch auch seine spanische Freundin schien endlich etwas zu bemerken.

»Was ist mit dir, Ian? Hätte ich lieber vorher anrufen sollen? Ich dachte, du liebst Überraschungen.«

»Nein … ja, ich meine, es ist alles in Ordnung. Ich bin einfach nur müde. Meine Schwester spannt mich ganz schön ein.« Er gähnte demonstrativ. »Das Beste wäre, wir buchen ein Hotelzimmer für dich und wir sehen uns morgen in aller Frische. Ich meine, wie lange bleibst du überhaupt?«

»Ich dachte eigentlich, wir fahren zusammen zurück. Du hattest den Rückflug diese Woche gebucht, oder?«

»Hatte ich, ja, das stimmt, aber eine familiäre Angelegenheit zwingt mich, meinen Aufenthalt in Schottland zu verlängern«, entgegnete er förmlich.

»Ach, entschuldigen Sie bitte, Miss McKinnon, ich habe Ihnen ja noch gar nicht mein Beileid ausgesprochen.« Carmen streckte Jamie ihre perfekt manikürte Hand hin. »Es tut mir so leid um Ihren Vater.«

Jamie ließ sich kondolieren, während sie den Blick ihres Bruders suchte. Sie hätte zu gern gewusst, was in seinem Kopf vor sich ging, und vor allem, wie diese Deutsche auf seinen Anruf eben gerade reagiert hatte. Doch Ian starrte angespannt sein nächstes Glas Gin Tonic an, bevor er es hinunterstürzte.

»Noch einen«, verlangte er.

Auch wenn Jamie gut verstehen konnte, dass er seinen Kummer im Alkohol ertränken wollte – sie war schließlich aus demselben Grund in der Bar gelandet, die sie sonst eigentlich nie privat betrat –, machte sie sich trotzdem Sorgen. Ian verlor eigentlich nie seinen Humor. So verbissen hatte sie ihn selten erlebt.

»Da ist ein Tisch frei geworden«, zwitscherte Carmen. »Da können wir uns besser unterhalten. Was meint ihr?« Ohne eine Antwort abzuwarten, griff die Spanierin nach ihrer Handtasche und steuerte auf einen Loungeplatz zu.

»Und was hat sie gesagt?«, flüsterte Jamie.

»Dass sie mich sehr nett findet, aber dass sie in festen Händen sei!«

»Wie bitte? Was hast du ihr denn gesagt?«, fragte Jamie entsetzt.

»Nicht so laut!«, zischte Ian. »Ich habe ihr gestanden, dass ich gern mal mit ihr ausgehen würde, weil ich sie bezaubernd finde. Und dass ich sie hoffentlich nicht mit meiner Spontandiagnose auf Panikattacke verschreckt habe.«

Jamie fasste sich an den Kopf. »Musste das sein? Am Telefon? Ich meine nicht das mit der Diagnose, das mit dem Bezauberndfinden?«

»Ich trinke selten drei Gin Tonic auf ex«, entgegnete Ian gereizt. »Aber tu mir einen Gefallen. Lass mich nicht mit Carmen allein. Hörst du?«

»Ja, ja, versprochen. Aber keinen vierten Drink!«

»Noch einen Gin Tonic!«, orderte Ian in einem Ton, der keine Widerrede duldete.

»Gut, dann nehme ich auch noch einen Drink«, erklärte Jamie trotzig und bestellte sich »irgendetwas, das knallt!«. Der Barkeeper mixte ihr lächelnd einen Drink und setzte dazu an, ihr zu erklären, was für Zutaten er benutzte. Jamie winkte ab. »Ich nehme alles!«

Mit ihren Gläsern in der Hand gesellten sie sich zu Carmen in die gemütliche Ecke, in der zwei rote Ledersofas standen. Jamie war froh, dass die junge Spanierin ihnen ungefragt und ausführlich berichtete, wie der Termin mit dem Reiseveranstalter in Glasgow gelaufen war. So konnte sie ihren Gedanken nachhängen und musste keine Konversation treiben, denn der Part wäre an ihr hängen geblieben. Ian war in Gedanken offensichtlich woanders. So kannte sie ihn ganz und gar nicht. Ian war ansonsten ein Meister des Small Talks, selbst wenn es ihn entsetzlich langweilte. Man konnte ihn überallhin mitnehmen, weil er es verstand, seine Mitmenschen im Nu mit seinem Charme einzuwickeln. Davon war in diesem Augenblick nicht die Spur zu erkennen. Jamie wunderte sich, dass die Spanierin überhaupt so fröhlich drauflos plapperte. Merkte sie nicht, wie abwesend und mürrisch Ian war? Oder erzählte sie ohne Pause, um die angespannte Stimmung zu überspielen?

Nun schweiften auch Jamies Gedanken ab, und sie fragte sich, ob es nicht doch besser wäre, den Kontakt zu Hamish abzubrechen. Es war schließlich nicht das erste Mal, dass er sie mit seinem schroffen Verhalten brüskiert hatte. Ian hatte völlig recht. Was hinderte ihn seine laufende Scheidung daran, sie mit in seine Wohnung zu nehmen? Weiß deine Frau denn nicht, dass du eine Freundin hast?, hatte sie ihn in Edinburgh gefragt. Sie hat doch selbst einen neuen Partner, hatte er da unwirsch erwidert. In einem derart unfreundlichen Ton, dass sie keine weiteren Fragen gestellt, sondern das Hotel hingenommen hatte.

Plötzlich schreckte Jamie aus ihren Gedanken. Die Spanierin war verstummt. Nicht dass die Arme jetzt merkt, dass sowohl Ian als auch ich gar nicht bei der Sache sind, dachte sie und wandte sich Carmen zu. Doch die hatte nur Augen für Ian, der sich gerade einen neuen Drink bestellte.

Am liebsten hätte sich Jamie diskret weggeschlichen. Aber hatte sie ihrem Bruder nicht versprochen, ihn nicht mit der attraktiven Brünetten aus Puerto de la Cruz allein zu lassen?

»Dasselbe noch mal«, sagte sie, als der Barkeeper ihrem Bruder den Gin Tonic brachte. Sie spürte selbst, dass sie schon leichte Artikulationsstörungen hatte. Wie sie sich nach ihrem Bett sehnte und danach, alles zu vergessen: dass ihre Mutter ihr das Hotel wegnehmen wollte, dass ihr Elternhaus dem Erdboden gleichgemacht werden sollte und dass sie wieder einmal an einen Mann geraten war, der ihr nicht guttat. In diesem Augenblick überkam sie die Sehnsucht nach ihrem Vater mit solcher Macht, dass ihr erneut Tränen in die Augen traten. Hastig wischte sie sich mit dem Ärmel ihrer Bluse über das Gesicht.

Sie hatte das dringende Bedürfnis, sich die Decke über den Kopf zu ziehen. Sie wollte Ian signalisieren, dass er auch aufbrechen sollte. Zu ihrer Überraschung war er inzwischen in ein inniges Gespräch mit der Spanierin vertieft. Die beiden flüsterten und wirkten mit einem Mal sehr vertraut miteinander. Trotzdem, sie hatte ihr Versprechen gegeben, ihn nicht mit der attraktiven Hotelbesitzerin allein zu lassen. Sie räusperte sich.

»Ian, bringst du mich in meine Wohnung? Ich habe zu viel getrunken«, sagte sie, doch ihr Bruder schien sie gar nicht wahrzunehmen. Er hatte jetzt nur noch Augen für die Schöne aus Puerto de la Cruz.

Jamie wiederholte ihre Bitte ein wenig lauter, sodass Ian es nicht mehr überhören konnte. Er warf ihr einen flüchtigen Blick zu. Es war ihm deutlich anzumerken, dass er getrunken hatte.

»Ich denke, die paar Schritte schaffst du auch allein«, erwiderte er, bevor er sich wieder intensiv Carmen zuwandte.

Jamie erhob sich vom Sofa und merkte, dass sie leicht schwankte. Auch an ihr war die Wirkung des Alkohols nicht spurlos vorübergegangen. Ian ist ganz offensichtlich nicht mehr daran interessiert, vor der Spanierin beschützt zu werden, dachte Jamie, während sie sich hastig abwandte. Ian und Carmen küssten sich jetzt nämlich äußerst leidenschaftlich.

Grußlos verließ Jamie die Bar und durchquerte die Lobby, um zum Lift zu gelangen. Ihre Privatwohnung befand sich im zweiten Stock des Hotels. Dort hatte sie sich eine ehemalige Suite zu einem kleinen, aber sehr geschmackvoll eingerichteten Domizil umgebaut. Sie musste plötzlich daran denken, wie Hamish sich gesträubt hatte, sie dort zu besuchen. Er hatte auf einem Hotelzimmer bestanden. Das ist doch nicht normal, dachte sie verärgert, änderte die Richtung und steuerte auf den Empfang zu. Zu ihrer großen Verwunderung stand Isla hinter dem Tresen, wo eigentlich um diese Zeit ein Nachtportier stehen sollte.

»Sollten Sie nicht längst zu Hause sein?«, fragte sie ihre Mitarbeiterin.

»Peter musste seine schwangere Frau in die Klinik bringen, und da bin ich eingesprungen. Er möchte doch so gern bei der Geburt dabei sein.«

»Sie sind ein echter Schatz«, seufzte Jamie und beugte sich vertraulich über den Tresen. »Merkt man mir an, dass ich eben in der Bar mein bester Gast gewesen bin?«, flüsterte sie.

Über Islas rundliches Gesicht huschte ein schelmisches Lächeln. »Nein, wenn Sie nicht gebeichtet hätten, ich hätte es nicht einmal gerochen, aber wo Sie es jetzt sagen, es gab offensichtlich noch bessere Gäste als Sie …« Jamie wandte sich um und konnte sich selbst davon überzeugen. Kichernd und Arm in Arm näherten sich Ian und die attraktive Spanierin. Sie nahmen Jamie gar nicht wahr, sondern wankten zum Fahrstuhl. Jamie wurde bei dem Anblick der beiden melancholisch. Wenn ich mich doch so leicht trösten könnte wie mein Bruder, dachte sie wehmütig. Aber selbst wenn jetzt ein unglaublich attraktiver Mann auftauchen und sich mit in ihre Höhle schleppen lassen würde, es hätte sie nicht über die Enttäuschung wegen Hamishs merkwürdiger Abreise hinwegtrösten können.

»Sag mal, Isla, ist das Zimmer, das Sie Mister Makenzie gegeben haben, schon wieder belegt?«

»Ich schaue mal nach …« Die Rezeptionistin warf einen Blick in den Rechner. »Nein, Nummer 213 ist auch noch nicht geputzt worden, sehe ich gerade.«

»Ob Sie mir wohl die Schlüsselkarte für das Zimmer geben könnten?« Jamie wusste auch nicht, was in diesem Augenblick in sie gefahren war. Der Gedanke, sich in das Bett zu kuscheln, auf oder in dem Hamish womöglich vor ein paar Stunden gelegen hatte, hatte sie aus heiterem Himmel überfallen. Sie fand ihre eigene Idee zwar sehr befremdlich, aber sie würde es trotzdem tun. Hastig ergriff sie die Karte und wünschte Isla noch eine erfreuliche Nachtschicht.

Sie kam sich wie ein Eindringling vor, als sie die Tür zum Zimmer mit der Nummer 213 öffnete. Es lag gegenüber ihrer Wohnung. Zögernd betrat sie die Suite und näherte sich dem King-Size-Bett. Enttäuscht stellte sie fest, dass er es offenbar gar nicht benutzt hatte. Sie begann fieberhaft nach Spuren seines Aufenthalts in den beiden Räumen und dem Bad zu suchen, aber es machte alles einen derart sauberen Eindruck, dass man meinen könnte, er hätte sein Zimmer gar nicht betreten. Dass er sich offenbar nicht einmal die Hände gewaschen hatte, machte sie stutzig. Er wusch sich immer als Erstes die Hände, wenn er von draußen kam.

Jamie blieb eine ganze Weile unschlüssig vor dem geputzten Waschbecken stehen. Sie ließ ihren Blick zu den Handtüchern schweifen. Es war keines auch nur annähernd benutzt worden. Das ließ nur einen Schluss zu: Er hatte das Zimmer 213 gar nicht betreten. Aber hatte Isla nicht mit eigenen Augen gesehen, wie Hamish nach ungefähr einer Dreiviertelstunde aus dem Lift gestürzt war? Jamies Herzschlag beschleunigte sich. Irgendetwas stimmte nicht. Dessen war sie sich sicher.

Kirkcaldy, Juni 1938

Murron Haigs stand in einer dunklen Eckes ihres Ladens, dort wo die Mehl- und Zuckersäcke lagerten, und beobachtete mit Sorge ihre Tochter Mairi, die gerade einen Kunden bediente. Wenn sie doch wenigstens freundlich tun würde, ging ihr beim Anblick von Mairis versteinerter Miene durch den Kopf. So ging es nun schon seit sechs Jahren. Seit sie damals bei Nacht und Nebel aus Dornie geflüchtet waren. Damals, nachdem sie ihrer Tochter die ganze Wahrheit gesagt hatte. Die ganze Wahrheit? Murron unterbrach ihre Gedanken. Am liebsten würde sie verdrängen, dass sie die Geschichte in ihrem Sinne geschönt hatte. Aber war es nicht ihr gutes Recht, sich selbst im besten Licht bei der Sache erscheinen zu lassen? Die alte Bonnie hätte bestimmt nichts dagegen, wenn sie als treibende Kraft herhalten musste für den Betrug. Schließlich war ja wirklich Geld geflossen. Und Bonnie konnte doch nicht klagen. Sie hatte letztendlich ein wirklich gutes Geschäft gemacht. Murron hatte der Hebamme, die es inzwischen müde geworden war, alle Kinder von Dornie und Umgebung bis zur Insel Skye auf die Welt zu bringen, noch in jener Nacht ihren Laden verkauft. Die hatte zwar nicht viel dafür bezahlt, aber es hatte Murron gereicht, um in Kirkcaldy ein kleineres Geschäft zu erwerben. Und das Gerangel dort draußen auf dem Meer, das sie damals beobachtet hatte, verdrängte sie so gut sie konnte. Und damit die Frage, ob sie hätte helfen können. Konnte ich nicht, sagte sie sich jedes Mal, wenn sie daran dachte. Ich musste das Kind retten! Was hätte ich wohl getan, wenn ich damals gewusst hätte, wer die beiden da draußen auf dem Meer gewesen waren? Murron war froh, dass sie es nicht einmal geahnt hatte, jedenfalls nicht bis zu dem Tag, an dem die Hebamme ihr die Wahrheit über Mairis Herkunft verraten hatte. An dem Tag, an dem sie Dornie hatten verlassen müssen. Bis dahin hatte Murron glauben müssen, das Mädchen wäre ein unglückseliger Bastard, den keiner hatte haben wollen. Ein fremder Bastard, für den Murron jede Entbehrung in Kauf genommen hatte und für dessen Zukunft sie sich krummgelegt hatte. Erst als die Hebamme ihr in der Not die Wahrheit gestanden hatte, waren Murron wieder jene zwei Ruderboote auf dem Meer in den Sinn gekommen … Natürlich legte das nur einen Schluss nahe, doch Murron wollte mit diesen Leuten und deren Schicksal nichts zu tun haben. Mairi gehörte ihr! Ihr allein!

Sie könnte ruhig ein wenig dankbarer sein, dachte Murron verschnupft. Schließlich hatte sie sich für dieses Kind aufgeopfert. Immer häufiger überkamen Murron solche Anfälle von Selbstmitleid. Früher in Dornie hatte sie geduldig über jede Eskapade ihrer Tochter hinweggesehen. Damals aber war Mairi auch noch ein aufgewecktes braves Mädchen gewesen. Nun war sie eine verbitterte mürrische junge Frau geworden. Ein ganzes Jahr lang hatte sie einfach nicht mehr gesprochen. Es war zum Verzweifeln gewesen. Die Kunden hatten geglaubt, Murrons Tochter wäre taubstumm. Auch wenn Mairi ihre Schönheit nicht verloren hatte, sie wirkte lange nicht mehr so anmutig wie damals. Trotzdem besaß sie auch fern der Heimat in dieser Hafenstadt an der Ostküste einen hartnäckigen Verehrer, der vor Murrons Augen Gnade fand. Carby hatte sich vom einfachen Fischer zum Besitzer einer Fabrik gemausert und lieferte ihnen täglich frischen Fisch für den Laden. Er war an die fünfzehn Jahre älter als Mairi und warb schon seit Jahren um sie, obwohl Mairi ihn eiskalt abblitzen ließ. Nicht nur die finanzielle Sicherheit sprach für ihn, sondern auch die Tatsache, dass er ein aktives Mitglied der katholischen Gemeinde von Kirkcaldy war. »Heirate du ihn doch, wenn er so ein toller Kerl ist, er ist eher deine Altersklasse«, pflegte ihre Tochter jedes Mal patzig zu entgegnen, wenn sie Mairi vorschlug, endlich einmal mit Mister Carby auszugehen.

Seit Mairi die Wahrheit oder jedenfalls das, was Murron ihr davon weitergegeben hatte, kannte, war sie unausstehlich. Dabei hatte sie es in Murrons Augen wirklich gut. Sie würde den Laden schließlich einmal erben, doch sie hatte für das Geschäft nur Verachtung übrig. Und das, obwohl er inzwischen viel lukrativer war als das Geschäft in Dornie. Wenn Murron damals geahnt hätte, wessen Kind sie unter Mithilfe der Hebamme als ihr eigenes ausgegeben hatte. Nicht auszudenken, wenn die alte Bonnie Chattan an jenem Tag Mairi nicht mit dem jungen Mann auf dem Schiff gesehen hätte. Die Katastrophe hätte ihren Lauf genommen! Murron fröstelte, während sie an den mörderischen Schrei dachte, den Mairi ausgestoßen hatte, als sie ihr die halbe Wahrheit entgegengeschleudert hatte. Für einen winzigen Augenblick hatte sie befürchtet, Mairi könnte sie für eine Lügnerin halten und auf den jungen Mann warten, mit ihm fortgehen wollen. Zu ihrer großen Verwunderung aber hatte Mairi das getan, was Murron von ihr verlangte. Sie hatte ihre Habseligkeiten gepackt und war mit ihr bei Nacht zum Bahnhof nach Kyle of Lochalsh gepilgert. Dort hatten sie in einer dunklen Ecke kauernd auf den ersten Zug gen Osten gewartet. Seitdem war Mairi verstummt.

Immer wieder zermarterte sich Murron ihr Hirn mit der Frage, ob sie nicht schon an jenem Tag, an dem die Leiche an den Strand von Dornie gespült worden war, hätte erkennen müssen, wer Mairis leibliche Mutter gewesen war. Sie hatte inmitten der Gaffer gestanden mit ihrem Neugeborenen auf dem Arm, um aller Welt zu zeigen: Seht her, was ich für ein schönes Kind habe! Auch Bonnie Chattan hatte mit angesehen, wie man die Frau in dem schönen Kleid an den Strand gelegt hatte. Ihre schwarzen Locken hatten ihr Gesicht umspielt. Obwohl man sie aus dem Wasser gezogen hatte, hatte sie ausgesehen wie eine Schlafende. Wenn Murron gewollt hätte, ja, dann hätte sie etwas merken müssen. Allein das Verhalten der Hebamme, die mit den Armen gefuchtelt und immer wieder »Mein Gott! Mein Gott!« gejammert hatte. Hätte sie nicht spätestens damals, nachdem sie nach der Geburt wieder auf den Beinen gewesen war, zur Polizei gehen und zu Protokoll geben müssen, was sie an dem stürmischen Tag auf dem Meer gesehen hatte? Doch was hätte sie davon gehabt? Sie hätte die Behörden nur unnötig auf ihre Fährte gebracht. Und das Kind womöglich dem vermeintlichen Vater übergeben müssen, nein, das hätte sie niemals getan, zumal ... Jahrelang hatte sie diese Geschichte verdrängt. Die Hebamme hatte damals Anstalten gemacht, ihr die ganze Geschichte um Lady Fiona und das Baby zu erzählen, aber Murron hatte abgewunken. Sie hatte nur gestöhnt: »Du schwörst, Lady Fiona ist ihre Mutter?« Bonnie hatte geschworen. »Dann will ich nichts mehr hören, und sie wird nur das erfahren, und wir gehen weit fort. Willst du meinen Laden?«

Die Hebamme hatte bei der Gelegenheit noch einmal versucht, Murron zu berichten, wie sie die junge verzweifelte Lady entbunden hatte, doch Murron hatte sich die Ohren zugehalten. Sie wollte partout nichts davon wissen. Nur weit fort, hatte sie gedacht. Eigentlich war es für sie gar nicht das Schlechteste gewesen, dass Mairi die Sprache verloren hatte. Besser, als wenn sie Murron mit Fragen gelöchert hätte. Mit Schaudern erinnerte sich Murron an die ersten Worte ihrer Tochter nach einem Jahr des Schweigens: »Wenn Lady Fiona meine Mutter ist, dann habe ich ja auch noch einen Vater. Sir Calum? Nicht wahr?« Damit hatte Murron natürlich nicht gerechnet. Und schlagartig war ihr bewusst geworden, dass dieser Kerl eine Gefahr darstellte. Nicht auszudenken, Mairi würde ihn aufsuchen und bei ihm leben statt bei ihr. Da waren ihr die Gerüchte eingefallen, die damals in Dornie kursierten. Man munkelte, Lady Fiona habe sich aus Scham umgebracht, weil sie das Kind eines anderen Mannes erwartete. Daran hatte auch Sir Calums öffentliche

Versicherung nichts geändert, seine verzweifelte Frau habe einen Abschiedsbrief verfasst und sich vor Kummer über seinen vermeintlichen Tod gegrämt. Murron hatte Mairi die Gerüchte von dem anderen Vater als reine Wahrheit weitergegeben. Und sie hatte es in ihrem Sinn ausgeschmückt. »Deine Mutter hat dich damals wie ein krankes Tier zum Sterben hinter den Busch gelegt. Du solltest erfrieren. Ich habe dich gerettet. Wenn du willst, suche doch nach deinem Vater!« Das hatte sie mit klopfendem Herzen vorgeschlagen in der Hoffnung, Mairi würde das nicht tun. Ihre Hoffnung hatte sich erfüllt. »Kein Interesse«, hatte Mairi gesagt und die Sache nie wieder auch nur mit einem Wort erwähnt. Damit war die Gefahr gebannt: Mairi besaß nur eine Familie, und das war sie, Murron Haigs!

Warum dankt sie mir nicht, dass ich sie als mein Kind großgezogen habe? Warum kann sie sich nicht einfach in ihr Schicksal fügen? Es gibt Schlimmeres, als später einmal ein gut gehendes Geschäft zu erben. Murron ballte die Fäuste. Sie hat die Verdorbenheit der feinen Leute geerbt, ging es ihr durch den Kopf, sie denkt, sie sei etwas Besseres, aber warte, meine Liebe, du wirst das Leben führen, das dir als meine Tochter bestimmt ist. Statt eines Schlosses übernimmst du meinen Laden … Murron spürte, wie ihre Wangen vor Zorn ganz heiß wurden. Ich liebe sie doch immer noch, durchfuhr es sie plötzlich, während ihr Blick erneut auf das verkniffene Gesicht ihrer Tochter fiel, das nichts mehr von der Anmut ausstrahlte, die einmal ihr größtes Geschenk gewesen war. Allein, wie sie sich kleidete. Wie eine alte Jungfer, dachte Murron. Sie war wirklich nicht dafür, wenn sich Mädchen wie die Stadtfrauen herausputzten, aber wie Mairi sich verschandelte, das ging zu weit. Entschlossen trat sie aus dem Schatten der Regale heraus. Ich muss mit ihr reden, entschied sie energisch, so geht das jedenfalls nicht weiter! Sie wollte den Moment, bevor ein neuer Kunde kam, zur Aussprache nutzen, nachdem eben gerade einer den Laden verlassen hatte.

Doch ausgerechnet in diesem Moment ging die Türglocke erneut. Die Türglocke war das Einzige, was Murron damals in jener Nacht vor sechs Jahren aus dem Laden in Dornie mitgenommen hatte. Sie trat widerwillig einen Schritt zurück in ihr Versteck zwischen den Regalen, von dem aus sie aber einen freien Blick zum Verkaufstisch hatte. Wie abweisend Mairi guckte! Wie gequält und verbissen, als läge die Last der ganzen Welt auf ihr ... Plötzlich kam Leben in die Züge ihrer Tochter. Erst schien sie schockiert und dann ... Murron reckte den Hals. Sie konnte den Kunden im Profil sehen. Es war ein hochgewachsener junger Mann mit schwarzen Locken. Ein eisiger Schreck durchfuhr ihre Glieder. Sie hatte ihn zwar noch nie gesehen, aber es gab keinen Zweifel, das war er! Er sah seiner Mutter überaus ähnlich! Murrons erster Impuls war, aus ihrem Versteck zu springen und ihn aus dem Laden zu jagen. Doch etwas in ihr hielt sie davon ab. Mit klopfendem Herzen beobachtete sie, wie er nach Mairis Händen griff und sie mit stummer Verwunderung anstarrte. Es dauerte eine halbe Ewigkeit, bis er seine Sprache wiederfand.

»Warum?«, fragte er mit belegter Stimme. »Warum warst du fort, als ich von der Insel Skye zurückgekommen bin?«

»Ich hatte meine Gründe«, erwiderte sie heiser.

Wenn sie es ihm nicht sagt, dann werde ich es tun!, beschloss Murron und ballte die Fäuste. Sie hatte inständig gebetet, dass die beiden einander niemals mehr begegnen würden. War das ein Zeichen, dass man seinem Schicksal nicht entrinnen konnte?

Mairi wandte sich zu der Ecke um, in der ihre Mutter stand. Sie hatte längst gemerkt, dass Murron sie die ganze Zeit mit stummem Vorwurf beobachtete. In Mairis Augen stand eine Warnung zu lesen: Wage es nicht, dich noch einmal einzumischen! Täuschte sich Mairi, oder war ihre Mutter merkbar zurückgezuckt?

»Komm!«, befahl sie knapp, verließ den Ladentisch und eilte an Aidan vorbei ins Freie. An der frischen Luft atmete sie ein paarmal tief durch. Ihre Knie gaben beinahe unter ihr nach, und sie geriet ins Schwanken. Hätte Aidan sie nicht aufgefangen, sie wäre umgekippt. In seinen starken Armen fühlte sie sich geborgen. Noch genauso wie damals bei ihrer ersten Begegnung vor sechs Jahren. Und genau wie damals wusste der Himmel nicht genau, was er wohl sollte. Inmitten der grauen Wolken tat sich nur ein einziges Loch auf, durch das die Sonne ihre Strahlen zur Erde sandte.

Mairi hätte diesen Augenblick am liebsten bis in alle Ewigkeit ausdehnen wollen, denn sie allein wusste, dass es das letzte Mal sein würde, dass sie sich wie Liebende in den Armen lagen. Als sein Mund den ihren suchte, stieß sie ihn erschrocken von sich weg. Sie musste ihm endlich reinen Wein einschenken, aber wie sollte sie das bewerkstelligen, ohne ihm das Herz zu brechen? Er war doch völlig ahnungslos. Während sie noch fieberhaft nach Gründen suchte, wie sie ihm wohl erklären sollte, warum ihre Liebe keine Zukunft hatte, entdeckte sie seinen Ehering, an dem Aidan nervös herumspielte.

»Ich habe geglaubt, du willst mich nicht«, bemerkte er gequält. »Ich habe dich überall gesucht. Tagelang, monatelang, jahrelang, und dann traf ich auf Jamielle …«

»Jamielle?«

»Meine Ehefrau«, gab Aidan zögerlich zu.

»Du bist also verheiratet?«

Mairi spürte, wie ihr ein dumpfer Schmerz das Herz beschwerte, aber genau diese Gefühle musste sie sich untersagen. Und bot seine Ehe ihr nicht auch eine ungeahnte Chance? Wenn er verheiratet war, konnte sie seine Frau als Grund vorschieben, warum eine Liebesbeziehung zwischen ihnen unmöglich geworden war. Der Gedanke, es auf diese Weise umgehen zu können, ihn mit der Wahrheit zu schockieren, erleichterte sie ungemein.

»Ja, mein Herz. Ich habe nicht mehr damit gerechnet, dir jemals wieder zu begegnen. Ich war enttäuscht, gekränkt, untröstlich … Warum hast du mich verlassen? Warum?«, fragte er sie verzweifelt.

»Es tut mir so leid, aber man hatte meiner Mutter damals zugetragen, dass ein junger Mann ins Dorf gekommen ist, um mich zu entführen. Sie hat, sie hat …« Mairi fiel es ungeheuer schwer, Aidan zu belügen. »Meine Mutter hatte daraufhin einen leichten Herzanfall. Sie hat mich vor die Wahl gestellt: dass ich mit dir gehe und ihr Leben aufs Spiel setze oder mit ihr komme und wir bei Nacht und Nebel alle Zelte in Dornie abbrechen«, erwiderte Mairi. Sie tröstete sich damit, dass diese Geschichte ja nicht vollkommen erfunden war. Bis auf den Herzanfall …

Aidan fasste ihr unter das Kinn und zwang sie, ihm in die Augen zu sehen. »Aber warum hast du dich gegen mich entschieden? Warum hast du nicht auf mich gewartet? Sie hätte dich doch nicht zwingen können, Dornie Hals über Kopf zu verlassen. Du wusstest, dass ich am nächsten Tag zurückkommen und dich aus ihren Klauen retten würde. Warum?«

Mairis Lider flatterten wie Schmetterlinge. Es war noch schwerer für sie, ihn zu beschwindeln, während sie ihm tief in die Augen sah.

»Warum, Liebes, warum?«

Mairi stieß einen Seufzer aus, weil ihr keine halbwegs plausible Antwort einfallen wollte. Der drohende Herzanfall schien ihn nicht überzeugt zu haben.

»Meine Mutter hat gedroht, sich umzubringen, wenn ich sie verlasse«, log Mairi und spürte, wie ihre Wangen vor Scham glühten.

»Das ist doch wohl das Allerletzte. Die werde ich mir vorknöpfen. Wie konnte sie dir das antun? Wo ist sie?« Aidan ließ Mairi los und trat einen energischen Schritt auf die Ladentür zu. Mairi hielt ihn am Ärmel fest. »Tu es bitte nicht! Es ist doch nicht mehr zu ändern. Du hast eine neue Liebe gefunden.«

Aidan sah sie entgeistert an. »Du glaubst doch nicht, dass ich dich zum zweiten Mal gehen lasse? Ich liebe dich …« Er stockte. »Liebst du mich noch?«

»Von ganzem Herzen!«, stöhnte Mairi, und sie war froh, dass sie ihm wenigstens einmal an diesem Tag die ganze Wahrheit sagen konnte.

»Ich … ich werde mit Jamielle reden. Sie wird verstehen, dass ich … ich meine, vielleicht können wir das Hotel trotzdem …«, stammelte er.

Mairi strich ihm zärtlich über die Wangen. »Hast du dir etwa deinen Traum erfüllt?«

Aidans Ohren wurden rot. »Ja … also … ich, es war so: Jamielles Eltern besitzen ein Hotel in Kinross, und ich werde es bald übernehmen. Und ich sage dir, es wird das größte und schönste Hotel in Schottland. Gäste aus aller Welt werden sich dort die Klinke in die Hand geben, und ich schwöre dir, es ist schon jetzt eine wahre Goldgrube. Ich kann nur hoffen, dass es keinen Krieg gibt. Das ist immer schlecht für unser Geschäft …«

»Siehst du? Du kannst dich gar nicht von deiner Frau trennen, ohne deinen Lebenstraum zu verraten.«

Aidan senkte den Kopf und fixierte seine Schuhspitzen.

Elegante Schuhe, ging es Mairi durch den Kopf, wie er überhaupt sehr vornehm wirkte. Jetzt trug er die Kleidung, die seiner Attraktivität gerecht wurden. Mairi durfte gar nicht weiterdenken, wie gut er ihr auch jetzt noch gefiel.

Nach einer Weile hob Aidan den Kopf. »Du hast recht, Liebes, wenn ich Jamielle verlasse, stehe ich ohne alles da. Als ich sie kennenlernte, besaß ich nichts außer zwei Gemälden. Eines von meinem Vater und meiner Mutter, diesem schönen, reinen Engel …«

Mairi zuckte förmlich zusammen. Nein, so versponnen, wie er von seiner Mutter sprach, durfte sie ihm diese Illusion niemals nehmen, wenn sie ihn wirklich liebte. Und das tat sie mit der ganzen Kraft ihres Herzens! Ja, mehr noch, sie konnte sich unmöglich vorstellen, ihn wieder gehen zu lassen und niemals mehr wiederzusehen.

»Was ist mit deinem Vater?«, fragte Mairi, um sich von dem drohenden Abschiedsschmerz abzulenken.

»Er ist jämmerlich am Suff zugrunde gegangen. Ich wollte die Gemälde verkaufen und nur noch fort. Auf einem Schiff anheuern, jedenfalls nur weg. Von dem wenigen Geld, das ich für ein paar Möbel bekommen habe, mietete ich mich in einem Hotel in Kinross ein. Dort begegnete mir Jamielle, die Tochter des Hauses, und wir …« Er unterbrach sich.

»Ihr verliebtet euch ineinander«, vollendete Mairi seinen angefangenen Satz.

»Ja und nein. Für sie war ich die ganz große Liebe. Ich mochte sie von Herzen, aber bei jedem Kuss, bei jeder Umarmung musste ich an dich …«

Mairi legte ihm zärtlich die Finger auf die Lippen.

»Sag es nicht«, bat sie zärtlich.

Aidans Augen schimmerten feucht. »Aber was soll ich denn machen? Mein Herz bricht, wenn ich nicht in deiner Nähe sein kann. Es war mir die ganze Zeit, als würde mir eine Hälfte fehlen. Erst seit ich dir begegnet bin, fühle ich mich ganz. Du gehörst zu mir. Ich nehme dich mit, ich …« Er stutzte. »Jamielle sucht ein Kindermädchen für Boyd.«

»Boyd?«

Aidan fuhr sich nervös durchs Haar. »Ich … wir … wir haben einen kleinen Sohn. Er ist jetzt zwei Jahre alt, und wir suchen dringend eine Nanny für ihn.«

Mairi sah ihn entgeistert an. »Und da denkst du an mich?«, stieß sie ungläubig hervor.

»Ja, denn sieh mal, wenn ich mich schon nicht von Jamielle trennen kann, wärst du auf diese Weise wenigstens in meiner Nähe. Du würdest bei uns wohnen …« Wieder glühten seine Ohren vor Verlegenheit.

»Ich kann nicht unter deinem Dach wohnen und das Kindermädchen spielen!«, empörte sich Mairi, aber dann stutzte sie. Warum eigentlich nicht? Es ging ihr doch genauso. Aidan war ein Teil von ihr, nur dass sie wusste, warum dies so war. Und der Gedanke, ihn erneut zu verlieren, tat weh. Sie war hin und her gerissen, wollte diese Entscheidung nicht an der Ladentür treffen, in Ruhe darüber nachdenken …

»Aidan, kannst du morgen noch einmal wiederkommen? Ich möchte eine Nacht darüber schlafen.«

»Und wenn du dann wieder fort bist? Wie soll ich dir glauben, dass du nicht nur Zeit schindest?«, knurrte er.

»Morgen um dieselbe Zeit?«

»Ich werde da sein, wenn du ebenfalls schwörst, da zu sein«, stöhnte er.

»Ich schwöre es!«

Aidan wandte sich grußlos zum Gehen.

»Bis morgen, mein Lieb«, murmelte Mairi und blickte ihm noch lange hinterher, selbst noch, nachdem er hinter einer Ecke verschwunden war. Schließlich trat sie auf die Ladentür zu, doch dann hielt sie inne. Sie war viel zu aufgewühlt, um in den Laden zurückkehren. Außerdem stand ihr der Sinn nicht nach einer Begegnung mit ihrer Mutter. Sie würde sich im Haus verkriechen und am Abend, wenn ihre Mutter heimkam, schlafend stellen. Auf keinen Fall würde sie ihr mitteilen, welche schwerwiegende Entscheidung sie zu treffen hatte. Wenn sie mitgehen würde, müsste sie ihr altes Leben komplett hinter sich lassen … In diesem Augenblick wusste sie, dass sie sich längst entschieden hatte. Sollte sie Aidan nachlaufen? Mairi entschied sich dagegen, obwohl sie sich am liebsten auf der Stelle aus dem Staub gemacht hätte, um die Auseinandersetzung mit der Frau, die sie zeitlebens Mutter genannt hatte, zu vermeiden. Doch wäre das fair?

St. Andrews, Juni 2012

Marta McKinnon schmerzten sämtliche Glieder. Sie hatte eine schreckliche Nacht hinter sich. Wenn sie überhaupt geschlafen hatte, dann zwischendurch höchstens mal für eine Stunde. Immer wieder war sie schweißnass aufgewacht, um sich im Bett hin- und herzuwerfen in der Hoffnung, ihre quälenden Gedanken würden endlich zur Ruhe kommen. Aber das Gegenteil war eingetreten. Jedes Mal, wenn sie kurz davor war einzunicken, war sie wieder hochgeschreckt. Und immer wieder war es dieselbe bohrende Frage, die ihr keine Ruhe ließ: Durfte sie ihren Zorn auf Aleck wirklich derart rücksichtslos an ihrer Tochter auslassen? Sie konnte doch nichts für das, was damals geschehen war. Und dann war da noch diese Angst, ob Ian ihr verzeihen würde, wenn sie sein Haus zum Kauf anbot, zumal an jemanden, der es abreißen lassen wollte. Aber hatte sie denn eine Wahl? Und dann stellte sie sich auch noch die blonde Frau an Alecks Bett vor …

Sie setzte sich hastig auf, verscheuchte das Bild der Fremden und rieb sich die schmerzenden Gelenke. Hatte sie tatsächlich gehofft, sie könne mit dem Totalausverkauf seines Lebenswerks die erlittene Kränkung für alle Zeiten aus der Welt schaffen?

Marta griff nach einem Wasserglas und nahm einen kräftigen Schluck. Sie fühlte sich wie gerädert und spielte mit dem Gedanken, eine Schlaftablette zu nehmen, um ihren verlorenen Schlaf nachzuholen. Sie entschied sich dagegen. Was hatte sie davon? Wenn sie aufwachte, würde sie vor derselben Frage stehen: Handelte sie wirklich richtig? Sie ließ sich stöhnend zurück in ihre Kissen fallen. Wenn sie in diesem Augenblick auch nur die geringste Möglichkeit sehen würde, ihren Kindern zurückzugeben, was ihnen gebührte, sie würde es tun, selbst auf die Gefahr hin, dass sie ihnen ihre Tat gestehen musste. Doch das würde der Anwalt niemals zulassen. Und dann stellte sie sich wieder vor, sie hätte sich gar nicht schuldig gemacht und alles in Alecks Sinn erledigt. Wären ihre Kinder nicht mindestens ebenso außer sich gewesen, wie sie es jetzt waren? Doch dann hätte ihr Zorn nicht mir gegolten, sondern ihrem Vater, dachte Marta gequält. So konnte sie jedenfalls sicher sein, dass sein Bastard keine Ansprüche stellte. Ihr wurde übel, wenn sie daran dachte, was Aleck an seinem Todestag von ihr verlangt hatte. Sie hatte seit der Diagnose, die auf unheilbaren Darmkrebs lautete, gewusst, dass er bald sterben würde, und er war jeden Tag schwächer geworden, aber als sie an diesem Tag ins Krankenhaus gekommen war, hatte er seltsam aufgekratzt gewirkt. Und dann hatte er sie ohne Vorwarnung mit der Wahrheit überfallen. Er hatte nicht gefragt: »Wie geht es dir damit, Marta?«, oder: »Wie ist das für dich, Marta?« Nein, er hatte nur unwirsch nach Papier und Stift verlangt. »Mir bleibt nicht mehr viel Zeit«, hatte er gekeucht. »Nun lauf! Bitte!« Marta war ganz verstört über die Krankenhausflure geeilt, um seinen Wunsch zu erfüllen, und schließlich mit einem Schreibblock und einem Stift zurückgekehrt. Wenn sie gewusst hätte, was er damit beabsichtigte, sie hätte es nicht getan. Mit fiebrigem, wirrem Blick und zittrigen Händen hatte Aleck das Dokument verfasst. »Bring es zu Wesley!«, hatte er mit schwindenden Kräften geflüstert und war völlig erschöpft in die Kissen gesunken. Danach war ihnen kaum noch eine halbe Stunde geblieben, in der sie nur noch wenige Worte hatten wechseln können, bevor sein Kopf zur Seite gesackt war und er das Bewusstsein verloren hatte. Marta hatte an seinem Bett ausgeharrt, bis er die ewige Ruhe gefunden hatte. Irgendwann war Jamie dazugekommen und hatte die ganze Zeit leise vor sich hin geweint. Ian nahm zu dem Zeitpunkt einen Termin für seine Schwester wahr, die sich nicht in der Lage sah, an einer Konferenz im Hotel teilzunehmen. Marta war noch immer Jamies Schrei im Ohr, nachdem sie begriffen hatte, dass es vorbei war. Sie hingegen hatte nichts gefühlt, sie war innerlich tot gewesen, das Dokument hatte in ihrer Tasche gebrannt. Erst spät in der Nacht hatte sie es gelesen, nachdem man Aleck fortgebracht und sie nach Stellmore zurückgefahren war. Trotz des lodernden Feuers im Kamin hatten sie eiskalte Schauer überfallen. Es war ein solcher Schock gewesen. Am liebsten hätte sie dieses testamentarische Machwerk den Flammen übereignet, aber sie hatte es nicht gewagt.

Hätte ich es bloß getan, dachte Marta in diesem Augenblick, statt Alecks Anordnung zu folgen und das Schreiben in die Kanzlei dieses Scharlatans zu tragen. Die Rechnung für diese Dummheit musste sie ganz allein zahlen. Und nun setzte der Kerl sie schon wieder unter Druck. Er verlangte, dass sie den Vertrag hinter dem Rücken ihrer Kinder umgehend unterzeichnete. Sonst, hatte er gedroht, sonst … Marta wusste, was das hieß. Er würde ihr alles in die Schuhe schieben. Dabei war Stellmore seine Idee gewesen, nachdem sie das Testament aus dem Weg geschafft hatten. Das war sozusagen der Preis für ihre Komplizenschaft. Als er von ihr verlangt hatte, das Hotel an die Barclays zu verkaufen, war sie zunächst erleichtert gewesen. Was für eine Gelegenheit, den Kasten loszuwerden, ihn aus ihrem Leben zu streichen. Ja, sie hatte so etwas wie Befriedigung empfunden, Alecks Lebenswerk zu verscheuern als Strafe für das, was er ihr angetan hatte …

Nervös trommelte sie mit ihren Fingern auf der Bettdecke herum. Da war sie wieder, diese lähmende Angst, dass der Anwalt etwas übersehen haben könnte, verbunden mit dem Bauchgefühl, dass ihre Tat auffliegen könnte. Was, wenn diese Frau auch ohne Testament auf den Gedanken kam, Forderungen an sie zu stellen? Was, wenn die Mutter ihr berichtet hatte, was für ein wohlhabender Mann ihr Vater gewesen war und sie von sich aus auf sie zukam, um ein Stückchen von dem Kuchen abzubekommen?

Nein, versuchte Marta sich zu beruhigen, selbst wenn sie Ansprüche anmeldete, würde der Anwalt diese abschmettern, ohne dass Ian und Jamie etwas von ihrer Existenz erfuhren. Umso wichtiger war es, dass Hotel und Haus schnellstens verkauft und der Erlös zwischen ihnen aufgeteilt werden, dachte Marta entschieden, je eher die Sache abgewickelt war, desto ruhiger würde sie wieder schlafen können.

Sie konnte nur hoffen, dass Ian inzwischen keine Beweise für Richard Wesleys stille Teilhabe an der Barclay-Hotelgruppe fand. Ihr Sohn bekam es fertig und informierte sofort die Behörden. Was hatte Richard ihr gestern Abend am Telefon angedroht? In dem Fall, dass Ian ihn in Schwierigkeiten brächte, würde sie nicht ungeschoren bleiben. Deshalb war sie gezwungen, auf diese schäbige Weise ihr Wort zu brechen, das sie den Kindern am Tag zuvor gegeben hatte. So wie Wesley es von ihr verlangte! Nein, ihr blieb keine andere Wahl, als den Anwalt anzurufen und ihm zu bestätigen, dass sie zu dem Termin kommen, heimlich Fakten schaffen und den Vertrag mit Barclays unterzeichnen würde!

Um vierzehn Uhr sollte das konspirative Treffen zwischen Mister Barclay, Mister Wesley und ihr in dessen Privathaus stattfinden. Dem Anwalt war es zu gefährlich, den Termin wie geplant in der Kanzlei stattfinden zu lassen. Womöglich lässt ihr Sohn den Eingang beobachten, hatte Richard gesagt. Aleck würde sich im Grab umdrehen, wenn er wüsste, dass ich ausgerechnet an »diese Heuschrecke«, wie er John Barclay zu nennen pflegte, verkaufen will. Wesley hatte ihr gestern am Telefon vorgeworfen, mit dem dummen Versprechen, vier Wochen mit dem Verkauf zu warten, das Gelingen des schönen Geschäfts aufs Spiel zu setzen. Marta hatte sich noch eine Nacht Bedenkzeit ausgebeten. Und die war nun vorüber. Die Würfel waren gefallen.

Die Tatsache, Alecks Lebenswerk ausgerechnet an diesen Barclay zu verscherbeln, verschaffte ihr allerdings keinerlei Genugtuung mehr. Im Gegenteil, sie fühlte sich wie eine Fliege im Spinnennetz. Gepaart mit einer tiefen Traurigkeit, dass es so weit hatte kommen müssen. Niemals hatte sie damit gerechnet, dass Aleck solche Gefühle in ihr auslösen würde. Ob er wohl jemals auf den Gedanken gekommen war, dass ihrerseits aus dem einstigen Agreement Liebe erwachsen war? Eigentlich hätte sie Aleck diese Geschichte verzeihen müssen, war sie ihm doch ihrerseits zu ewiger Dankbarkeit verpflichtet. Aber wegen dieser Deutschen hätte er sie schon damals beinahe verlassen, wenn diese Frau nicht diesen Deutschen geheiratet hätte. Das hatte er nie verwunden. Und sie, Marta, auch nicht! Danach hatte er sich wahllos in diverse Affären gestürzt. Auf keine war sie so eifersüchtig gewesen wie auf diese Deutsche.

Ob er mich überhaupt jemals geliebt hat, fragte Marta sich. Oder ob ich für ihn immer eine »Ehrensache« geblieben bin? Auch eine jener Fragen, mit denen sie sich immer wieder verzweifelt das Hirn zermarterte. Aber war das jetzt überhaupt noch wichtig?

Marta erhob sich mit einem Ruck. Nein, sie durfte sich nicht von sentimentalen Gedanken den Verstand vernebeln lassen. Sie musste ihren Plan ohne Verzögerungen durchziehen, denn sie konnte nicht zulassen, dass diese Leute ihnen etwas wegnahmen. Obgleich sie sicher wusste, dass es keine Mitwisser geben konnte, überkam sie erneut diese panische Angst, es würde doch noch alles ans Licht kommen. Ach, wenn ich meinen Kindern nur verraten könnte, dass ich mit meinem scheinbar grausamen Verhalten lediglich eine Gefahr von ihnen abwende, dachte Marta wehmütig. Aber so, wie sie ihren grundanständigen Sohn Ian kannte, würde der diese Person noch freiwillig am Erbe beteiligen. Was hatte sie bei seiner Erziehung nur falsch gemacht? Er hatte doch immer alles bekommen, sie hatten ihn von Kindheit an darauf vorbereitet, das McKinnon-Erbe zu übernehmen, und dennoch war er früh seine eigenen Wege gegangen. Wenn sie nur an sein Studium dachte. Keiner hatte ihn davon abhalten können, sich für Psychologie einzuschreiben. Aleck hatte getobt, aber nur kurz. Bis er erkannt hatte, dass Jamie im Gegensatz zu ihrem Bruder für seine Ziele brannte. Sie war damals erst sechzehn gewesen, aber sie hatte unbedingt im Hotel jobben wollen. Das hatte Aleck schwer begeistert. Vergessen war, dass Ian unbedingt Seelenklempner werden wollte, wie er den Berufswunsch seines Sohnes stets abfällig abgetan hatte. Hätte sich sein Vater Aidan, der alte Patriarch, nicht eingemischt und seinen Enkel quasi genötigt, in seine Fußstapfen zu treten, Ian wäre heute bestimmt kein Hotelier. Er hatte die Familie zwar schockiert mit seiner Entscheidung, ein Hotel auf den Kanaren zu bauen, aber in dem Punkt hatte er sich nicht überzeugen lassen. Nicht einmal von seinem strengen Großvater. Wenn Marta ganz ehrlich zu sich war, dann wusste sie, dass sie ihrem Sohn das Old Course House nicht so einfach genommen hätte, wie sie es bei Jamie tat. Und sie war sich sehr wohl ihrer Eifersucht auf die Tochter bewusst. Sie hatte Jamie stets glühend beneidet um das herzliche Verhältnis, das sie zu ihrem Vater hatte. Aleck hatte seine Tochter geradezu vergöttert und ihr jeden Wunsch von den Augen abgelesen. Sie ist das schönste Geschenk, das du mir machen konntest, hatte er immer wieder betont. Wenn er nur geahnt hätte, was für einen Stich ihr das jedes Mal versetzt hatte.

Wenn Marta nur an die Sache mit dem Saphir dachte, drehte sich ihr immer noch förmlich der Magen um. Jahrelang hatte sie ihrem Mann in den Ohren gelegen, das schönste Geschenk, das er ihr machen könne, wäre der Saphirring seiner Großmutter. Den hatte er jedoch nicht aus der Hand gegeben, obgleich er sonst ein großzügiger Mann war. Marta brauchte nur mit dem Finger zu schnipsen und schon kaufte er ihr die teuersten Schmuckstücke. Doch von diesem schönen Stück wollte er sich partout nicht trennen. Dabei wäre der Ring beinahe im Grab ihres Schwiegervaters gelandet. Er hatte ihn am Tag des Unfalls in seiner Jackentasche gehabt. Marta erinnerte sich noch genau daran, wie Aleck von einem befreundeten Polizisten zur Unglücksstelle in der Nähe von Kirkcaldy gerufen worden war. Aidan war aus unerklärlichem Grund bei bestem Wetter von der Straße abgekommen und auf ein Feld geraten, wo sich der Wagen mehrfach überschlagen hatte. Böse Zungen hatten damals behauptet, Aidan habe das absichtlich getan, nachdem bei ihm die ersten Anzeichen von Demenz festgestellt worden waren. Die beiden alten Leute waren sofort tot gewesen. Es war jetzt über fünf Jahre her. Marta erinnerte sich auch an die merkwürdige Notiz, die ihr Schwiegervater bei sich getragen hatte: »Begrabt mich in dieser Jacke!« In der Jackentasche hatte Aleck dann den Ring gefunden. Er hatte das Schmuckstück damals von allen Seiten mit einem merkwürdigen Ausdruck betrachtet. »Ist das nicht der Ring, den deine Großmutter auf dem Gemälde trägt?«, hatte Marta ihn gefragt. »Doch, doch«, hatte er rasch erklärt und ihn an sich genommen. Marta hatte damals ihre Zweifel gehabt, ob es Aidan recht gewesen wäre. Sie hatte Aleck ihre Bedenken aber verschwiegen in der Hoffnung, dass sie die Nutznießerin dieses Schmuckstückes würde. Doch Aleck hatte ihn verschwinden lassen. Wie oft hatte Marta Andeutungen gemacht. Wenn er gefragt hatte, was sie sich zum Geburtstag wünschte, hatte sie immer wieder den Saphir ins Spiel gebracht. Vergeblich! Und dann hatte er ihn später einmal einfach Jamie zu Weihnachten geschenkt. Marta hatte damals stumm daneben gestanden und gegen die Tränen angekämpft. Sie weinte wirklich selten und allenfalls dann, wenn keiner zusah. Aber diese Geste ihres Mannes hatte sie tief verletzt. Es war ihr dabei nicht nur um das wertvolle und bildschöne Schmuckstück gegangen, sondern um die persönliche Zurückweisung, als welche sie sein Geschenk an Jamie gesehen hatte.

Zum Glück gibt es in der Familie McKinnon so etwas wie ausgleichende Gerechtigkeit, ging es Marta durch den Kopf. In dem Maß, in dem Aleck seine Tochter auf Händen trug, hatte sein Vater, der alte Aidan McKinnon, Ian bevorzugt. Wenn er die Wahrheit gekannt hätte, wäre er niemals so vernarrt in seinen Enkel gewesen, durchfuhr es Marta eiskalt. Ian hatte den alten Querkopf abgöttisch geliebt. Er hatte ein weitaus besseres Verhältnis zu ihm gehabt als Aleck selbst. Die Beziehung zwischen Aleck und seinem Vater Aidan war zeitlebens überschattet gewesen. Marta wusste nichts Genaues, aber sie nahm an, dass es mit dem innigen Verhältnis seines Vaters zu dem früheren Kindermädchen der Familie zu tun hatte. Auch Aleck hatte Tante Mairi, wie sie von allen genannt wurde, über alles geliebt und war bei ihrem Tod untröstlich gewesen. Seine Mutter Jamielle war allerdings sehr unglücklich über die innige Bindung dieser Frau zu ihrem Sohn und ihrem Mann gewesen. Später hatte sie häufig zur Flasche gegriffen. Alles wegen der innigen Beziehung ihres Mannes zu Mairi Haigs, dem Kindermädchen. Das hatte sie Marta einmal im Vertrauen und unter dem Einfluss diverser Gläser Whisky erzählt. Sie hatte sich bitterlich bei ihrer Schwiegertochter beklagt: dass sein Blick weich würde, wenn er diese Frau ansähe, seine Stimme ruhig und sein Benehmen sanft wie das eines Lämmchens.

Marta kannte diese Frau nur von einem Foto, das auf Alecks Schreibtisch stand. Sie konnte sich durchaus vorstellen, was ihr Schwiegervater an ihr gefunden hatte. Im Gegensatz zu Jamielle, die immer nach der neusten Mode gekleidet war, wirkte diese Frau seltsam altmodisch und uneitel, aber sehr vornehm und von natürlicher Schönheit. Auf dem Bild saß sie am Klavier und blickte versonnen in die Kamera. Sie hatte ein ebenmäßiges Gesicht und dunkle Locken. Meinst du, dass dein Mann etwas mit ihr hatte?, hatte Marta ihre Schwiegermutter direkt gefragt. Jamielle war in Tränen ausgebrochen und hatte schluchzend gebeichtet, dass sie Aidan oft angefleht hätte, sie zu entlassen. Doch er hätte immer gesagt: »Wenn sie gehen muss, dann gehe ich mit!« Das war für Marta ein sicheres Zeichen, dass das ehemalige Kindermädchen Aidans Geliebte gewesen war. Hinzu kam die Tatsache, dass diese Mairi Aidan offenbar all ihr Vermögen vererbt hatte. Das tat man ja sicherlich nicht für einen Arbeitgeber, wenn man ihn nicht näher gekannt hatte. Nein, Marta war fest davon überzeugt, dass ihr Schwiegervater im eigenen Haus ein Doppelleben geführt hatte.

Ein weiteres Zeichen dafür, dass es sich so und nicht anders verhalten haben musste, war die Tatsache, dass sich Aidan nach ihrem Tod offenbar wie ein Verrückter aufgeführt hatte. Aleck hatte ihr erzählt, dass es auf Mairis Beerdigung einen Skandal gegeben hätte, weil er an ihrem Grab wie ein Schlosshund geheult hätte. Obwohl Aleck damals selbst untröstlich gewesen war, hatte der damals Sechzehnjährige das Verhalten seines Vaters nicht gebilligt, weil es überhaupt nicht zu dem Bild passte, das die Menschen von Aidan McKinnon hatten. Man hielt ihn für einen knallharten Geschäftsmann, der nur eine Liebe kannte: sein Hotel! Diese hemmungslose Trauer, so sagte Aleck immer, hätte dem letzten Zweifler in der Grafschaft Fife bewiesen, dass sein Vater Mairi mehr geliebt haben musste als seine Mutter. Dabei hatte Mairis Herz zu diesem Zeitpunkt bereits einem anderen Mann gehört. Das hatte sie Aleck jedenfalls kurz vor ihrem Tod noch versichert. Aleck pflegte immer zu sagen: »Es ist doch letztendlich gleichgültig, ob sie mit meinem Vater das Bett geteilt hat oder nicht, sie ist zweifelsohne seine große Liebe gewesen. Aber es war meiner Mutter gegenüber unfair, es derart hemmungslos zur Schau zu stellen.«

Marta hatte zu ihrem Schwiegervater ein neutrales Verhältnis gehabt. Er hatte sie nie beleidigt, aber auch nicht in sein Herz geschlossen. Bis auf seine Schwäche für Tante Mairi und Ian hatten für den alten Patriarchen allerdings ausschließlich der Erfolg und sein Hotel gezählt. Deshalb war er zunächst sehr böse auf seinen geliebten Enkel gewesen, als dieser sich geweigert hatte, zusammen mit seinem Vater die Geschäftsführung des Old Course House zu übernehmen. »Das muss dir doch im Blut liegen, mein Junge!«, hatte er ihm gepredigt. Dass Ians Hotel auf den Kanaren von Anfang an schwarze Zahlen schrieb, hatte ihn besänftigt und in seiner Meinung bestätigt, dass die McKinnons sich den Erfolg auf ihre Fahnen geschrieben hätten. Der Alte war sogar jeden Winter für zwei Monate zu seinem Enkel nach Teneriffa gereist, um ihm mit Rat und Tat zur Seite zu stehen. Allein, ohne seine Frau Jamielle.

Was würde ihr Aidan in dieser verzwickten Erbschaftsangelegenheit raten? Marta war sicher, dass er sein Vermögen mit Zähnen und Klauen gegen falsche Erben verteidigen würde. Aber auch um den Preis, dass sein Lebenswerk dann in die Hände einer seelenlosen Hotelkette gelänge? Rasch schob sie den Gedanken an den alten Patriarchen beiseite.

Meine Kinder werden es mir noch danken, dass sie sich mit dem vielen Geld jeden Wunsch erfüllen können, sagte sich Marta entschieden. Der tröstende Gedanke, dass sie Gutes tat, beflügelte sie, aufzustehen und Wesley endlich zuzusagen. Sie tat es zum Wohl ihrer Kinder. Das konnte sie sich gar nicht oft genug einreden! Plötzlich tauchte Jamies feindseliges Gesicht vor ihrem inneren Auge auf, aber Marta verscheuchte es wie eine lästige Fliege.

Hastig ging sie unter die Dusche und versuchte mittels des eiskalten Wassers die Dämonen der Vergangenheit zu vertreiben. Anschließend zog sie ein elegantes Kleid an. Ihr Spiegelbild bewies ihr, dass sie für ihr Alter eine äußerst attraktive Person war. Ein Lächeln umspielte Martas Lippen.

Keiner kannte ihr wahres Alter. Aleck hatte damals geglaubt, dass sie zwanzig gewesen war, als er sie geheiratet hatte. Hätte er sie auch vor dem gesellschaftlichen Aus gerettet, wenn er gewusst hätte, dass sie bereits drei Jahre älter war?

Erneut stieß Marta einen tiefen Seufzer aus. Was für ein verrücktes Leben, dachte sie und stellte das kalte Wasser ab. Sie wollte es endlich hinter sich bringen, aber vor zehn Uhr konnte sie den Anwalt an einem Samstag nicht aus dem Bett klingeln.

Die folgenden Stunden vergingen schleppend. Der einzige Trost Martas war, dass sie sich allein im Haus befand. Sie hatte ihrer Haushälterin am Abend zuvor freigegeben. So musste sie sich selbst das Frühstück zubereiten. Das lenkte sie von ihren ständigen Grübeleien ab.

Erneut schweiften ihre Gedanken zu dem »Ausverkauf« ab. Und wieder quälten sie erhebliche Zweifel, ob die Kinder ihr diesen Verrat je verzeihen würden. Bei Jamie war sie sich fast sicher, dass sie sie dafür hassen würde. Aber auch, was Ian anging, hegte sie Zweifel. Schließlich hatte sie ihnen geschworen, dass sie bis zur Vertragsunterzeichnung vier Wochen warten würde. Wenn Jamie und Ian davon erfuhren – und es würde ihnen zwangsläufig schneller zu Ohren kommen, als es Marta lieb war –, wäre die Hölle los. Dessen war sich Marta sicher. Und sie konnte nicht einen einzigen triftigen Grund zu ihrer Verteidigung vorbringen.

Ob ich diese Frist nicht wenigstens zum Schein wahren sollte, fragte sich Marta, als das Telefon sie aus ihren Gedanken holte. Wer rief sie denn an einem Samstag vor neun Uhr an? Es war der Anwalt, der die Unsicherheit offenbar nicht länger hatte ertragen können. Marta wusste, dass für ihn beim Abschluss dieses Geschäfts eine Menge Geld herausspringen würde.

Er kam sofort auf den Punkt. »Sehen wir uns um vierzehn Uhr bei mir?«

»Ja«, erwiderte Marta. Nicht mehr. Nur »Ja«. Dann legte sie einfach auf. Sie wollte sich für ihren Verrat nicht auch noch belobigen lassen. Sie mochte Richard nämlich nicht besonders. Es handelte sich lediglich um eine Komplizenschaft. Mehr nicht! Eine gefährliche Komplizenschaft, die sie jederzeit zum Opfer einer Erpressung werden lassen konnte. Eine Komplizenschaft, die zu ihrem Nutzen war, die sie deshalb aber nicht weniger verabscheute!

Kirkcaldy, Juni 1938

Mairi hatte an jenem Abend nicht mehr den Mut aufgebracht, ihrer Mutter den unumstößlichen Entschluss mitzuteilen, mit Aidan fortzugehen. Sie hatte sich tatsächlich schlafend gestellt. Beim Frühstück hatte Murron sie auf Aidan angesprochen. »Du weißt, dass es nicht sein darf?«

»Ja, ja«, hatte sie unwirsch erwidert und es nicht übers Herz gebracht, die arme Frau mit der Wahrheit zu konfrontieren. Nun arbeiteten sie schon den halben Tag schweigend gemeinsam im Laden, und noch immer fühlte Mairi jedes Mal, wenn sie endlich reden wollte, einen solchen Kloß im Hals, dass sie befürchtete, kein Wort herauszubringen. Innerlich fieberte sie ihrem Treffen mit Aidan entgegen. Sie blickte alle Augenblicke zur Uhr, aber die Minuten verrannen wie Stunden. Als die Kirchturmuhr zwölf Mal schlug, konnte sie es nicht länger aushalten. Ohne ihre Mutter auch nur eines Blickes zu würdigen, verließ sie das Geschäft in großer Hast. Offenbar war es Aidan ähnlich gegangen, denn er trat im selben Augenblick aus dem Eingang eines gegenüberliegenden Hauses.

»Ich warte schon seit über zwei Stunden«, bemerkte er mit leisem Vorwurf und wollte sie zur Begrüßung auf den Mund küssen, doch sie wandte sich ab. Seine Miene versteinerte. »Du gehst nicht mit mir? Ist es das, was du mir damit sagen wolltest?« Verzweiflung lag in seinen Worten.

»Ich gehe mit dir«, seufzte sie. »Unter einer Bedingung!«, fügte sie streng hinzu.

»Alles, alles, was du willst. Hauptsache, du kommst mit mir, und wir müssen uns nie wieder trennen.« Er umarmte sie, wollte sie erneut küssen, doch Mairi wandte sich wieder so schnell zur Seite, dass lediglich ein zarter Kuss auf ihrer Wange landete.

»Was ist los mit dir?«, fragte er gekränkt und suchte ihren Blick.

Mairi sah ihm fest in die Augen. »Du musst mir schwören, dass du dich mir niemals mehr als Mann näherst. Niemals, hörst du? Niemals! Keine Küsse, und versuche niemals, nachts in mein Zimmer zu kommen!«

Aidan stöhnte laut auf. »Wie kannst du das von mir verlangen? Ich sterbe vor Sehnsucht nach dir! Dann kannst du mir gleich das Herz herausreißen!«

»Du hast die Wahl«, wiederholte Mairi nachdrücklich. »Ich komme mit, lebe in deinem Haus als Kindermädchen deines Sohnes, und du rührst mich niemals an, oder wir gehen in diesem Augenblick auseinander und werden uns niemals wiedersehen.« Nach außen wirkte Mairi kühl und überlegen, während sich in ihrem Kopf die Gedanken überschlugen. War es wirklich richtig, mit ihm zu gehen? Aber hatte sie denn überhaupt eine Wahl? Hatte ihr Herz nicht längst entschieden und würde sich durch nichts und niemanden umstimmen lassen? War nicht das Allerwichtigste auf der Welt, dass sie für immer zusammenblieben? Sie, die zusammengehörten, weil sie aus einem Blut waren?

»Gut«, murmelte Aidan und senkte den Blick.

»So kann ich es dir nicht glauben. Sieh mich an«, verlangte Mairi, »und schwöre es!«

»Ich schwöre«, stöhnte Aidan, »dass ich dich niemals mehr küssen werde, geschweige denn anfassen. Wenn du nur mit mir kommst und ich dein schönes Gesicht jeden Tag aufs Neue bewundern darf.«

Ein Lächeln umspielte Mairis Lippen. Das erste seit sechs Jahren.

»Endlich!«, jubelte er. »Endlich zeigst du wieder dein bezauberndes Lächeln! Ich hatte schon befürchtet, es wäre für immer verschwunden.«

»Ich bin so froh, dass du gestern in den Laden gekommen bist!« Dann stutzte sie. »Was wolltest du eigentlich bei uns?«

»Der Ruf eures Ladens ist bis nach St. Andrews gedrungen, und ich wollte eigentlich mit euch ins Geschäft kommen. Ich brauche einen zuverlässigen Lieferanten. Was meinst du, gehen wir rein und fragen deine Mutter? Die Aussicht auf ein lukratives Geschäft wird sie vielleicht besänftigen.« Schon hatte er die Klinke der Ladentür in der Hand.

»Nein, bitte, lass mich erst allein mit ihr sprechen. Es wird ein Schock für sie sein«, protestierte Mairi energisch.

»Aber du bist erwachsen. Sie muss dich doch gehen lassen!«, entgegnete Aidan empört.

Wenn es nur das wäre, dachte Mairi, sie würde mich auch mit dem Fischhändler ziehen lassen, aber nicht mit dir, mein Lieb …

»Bitte, Aidan, lass mich nur machen«, bat sie ihn sanft. »Sie ist schließlich meine Mutter …« Sie verspürte ein leichtes Unwohlsein, während sie diese Lüge über die Lippen brachte. »… und schließlich hat sie es immer nur gut mit mir gemeint«, fügte sie rasch hinzu.

Aidan entfuhr ein zischelnder Unmutslaut. »Von gut kann nun wirklich keine Rede sein. Sie hat unser Leben zerstört. Mit dir wollte ich Kinder, eine Familie, ein Hotel. Und jetzt wirst du das Kindermädchen in meinem Haushalt, das ist doch …«

»Noch kannst du es dir überlegen. Aber wenn du immer noch möchtest, dass ich mit dir komme, dann lass die Vergangenheit bitte ruhen!«, unterbrach ihn Mairi energisch.

»Ich warte«, seufzte Aidan.

Mairis Herz klopfte bis zum Hals, als bei ihrem Eintreten in den Laden die vertraute Glocke ertönte. Murron stand auf einer Leiter hinter dem Verkaufstresen und sortierte Waren in das Regal. Zögernd näherte sich Mairi dem Ladentisch, doch Murron wandte sich nicht einmal um.

»Mom, ich muss mit dir reden«, begann Mairi zaghaft. Murron stieg wortlos die Leiter hinunter. Als Mairi ihr Gesicht sah, erschrak sie. Es war nicht zu übersehen, dass ihre Mutter geweint hatte.

Bevor Mairi ihr Anliegen vorbringen konnte, fauchte Murron: »Hast du es ihm endlich gesagt? Glaubst du, ich habe keine Augen im Kopf? Ich weiß, dass er da draußen auf dich wartet.«

Mairi schüttelte stumm den Kopf.

»Oder ist er endlich fort?«, hakte ihre Mutter nach.

»Nein, du hast recht, er wartet draußen auf mich«, gab Mairi zu.

Murron fuhr sich einmal flüchtig durchs Haar und machte sich daran, ihre Ladenschürze aufzubinden. »Dann werde ich das jetzt erledigen! Denn ich sehe es dir an den Augen an. Du hast ihm die Wahrheit verschwiegen, oder?«

»Nein, Mom, das wirst du schön bleiben lassen!«, widersprach Mairi energisch. »Er wird davon nichts erfahren. Hörst du? Niemals!«

»Was soll der Unsinn? Glaubst du, ich sehe mir ungerührt an, wie er dir weiter nachstellt? Glaubst du, ich bin blind? Er begehrt dich, und du weißt, dass das eine Sünde ist. Das werde ich ihm schon austreiben!«

Murron machte Anstalten, den Laden zu verlassen, doch Mairi stellte sich ihr in den Weg. »Du wirst ihm gar nichts sagen!«

»Warum nicht? Das wird ihn kurieren bis in alle Ewigkeit!«

»Tu es nicht. Mir zuliebe. Die einzige schöne Erinnerung, die er an seine Eltern hat, ist der unbedingte Glaube, dass seine Mutter ein engelsgleiches Wesen war. Wenn er erfährt, dass sie ein derart dunkles Geheimnis mit in den Tod genommen hat, wird er es nicht verkraften. Aidan ist nicht so stark, wie er tut. Er kann Dinge anpacken, aber seine Seele ist zerbrechlich. Es würde ihm das Herz brechen, wenn er erführe, dass sein Vater ihm ein Märchen aufgetischt hat.«

»Blödsinn!«, schnaubte Murron. »Ich habe nun wirklich alles getan, damit sich eure Wege nicht mehr kreuzen. Und glaube mir, ich bin die Letzte, die möchte, dass er die Wahrheit kennt, aber das ist immer noch besser, als wenn er dir weiterhin nachstellt! Ich gehe jetzt zu dieser Tür hinaus und sage es ihm! Und du wirst Carby heiraten!«

Murron versuchte, sich an Mairi vorbeizudrücken, doch die hielt ihre Mutter am Ärmel fest.

»Nein, noch einmal wirst du mich nicht daran hindern, mit ihm zu gehen!«, zischte sie.

»Du willst doch nicht ... nein, das kannst du nicht! Das darfst du nicht!«, zeterte Murron.

»Ich muss! Ich muss in seiner Nähe sein. Ich kann gar nicht anders.«

»Du darfst nicht seine Frau werden! Das weiß du!«, schrie Murron verzweifelt.

»Keine Sorge, er ist mit einer anderen verheiratet, und ich werde nur das Kindermädchen für seinen Sohn. Er hat mir geschworen, dass er mich niemals anrühren wird, aber ich muss bei ihm sein. Er braucht mich. Ich spüre das. Es fühlt sich so an, als wären wir zwei Teile von einem großen Ganzen ...«

»Du bist wahnsinnig! Du bist ja irre. Das erlaube ich nicht. Ich werde ihm sagen, was für eine Lügnerin du bist!« Murrons Stimme war schrill vor Erregung. Sie versuchte, sich loszureißen, doch Mairi hielt sie mit eisernem Griff fest.

»Ich eine Lügnerin? Die größte Lügnerin bist doch wohl du! Erst wirst du schwanger von einem verheirateten Mann, und als dein eigenes Kind bei der Geburt stirbt, kaufst du von der alten Hexe ein fremdes und gibst es als deins aus.« Mairis Augen funkelten vor Zorn.

Murron brach in Tränen aus.

Mairi tat es in der Seele weh, so hart gegen die Frau zu sein, die ihr ein Zuhause gegeben hatte, aber nichts auf der Welt würde sie davon abbringen, mit Aidan zu gehen. Und sie würde mit allen Mitteln verhindern, dass er jemals die Wahrheit über Fiona McKinnon erfuhr. Sollte er nur weiter an das Märchen von der treuen Ehefrau glauben. Ja, er musste es sogar! Sie war sicher, dass er zusammenbrechen würde, wenn er die Wahrheit erfuhr. Eine größere Macht als die Liebe, die sie bislang für ihn empfunden hatte, nahm von ihr Besitz. Sie fühlte sich wie eine Löwin, die um jeden Preis ihr Junges beschützen musste. Das Leben hatte endlich einen Sinn. Die reine Liebe beflügelte sie, dem zu folgen, was sie in diesem Augenblick für ihre Berufung hielt. Es ist kein Zufall, dass er mich wiedergefunden hat, dachte sie, und ein warmer Schauer der Dankbarkeit durchrieselte ihren ganzen Körper. Eines Tages würde auch Aidan begreifen, dass sie beide etwas Erhabeneres verband als jugendliche Verliebtheit und drängende Lust.

»Mom, bitte lass mich in Frieden ziehen. Du bleibst schließlich meine Mutter. Ich werde dich besuchen, ich …«

»Ich habe keine Tochter mehr!«, erwiderte Murron kalt. Ihre Tränen waren versiegt. Das Einzige, was sie noch spürte, war die Verbitterung darüber, dass alles umsonst gewesen war. Für wen hatte sie denn diese Existenz aufgebaut? Doch nur für dieses hilflose Geschöpf, das sie einst vor dem Erfrieren gerettet hatte. Murron lehnte sich gegen eine Wand und schlug die Hände vors Gesicht. Am liebsten hätte sie dem undankbaren Mädchen ins Gesicht geschrien: Hast du es schon vergessen? Deine Mutter wollte dich sterben lassen! Doch dann überfielen sie mit Macht die Bilder der Vergangenheit, die sie all die Jahre hatte im Zaum halten können. Da war sie wieder, die grausame Fratze des Geschöpfes, das sie einst geboren hatte. In ihrem Kopf drehte sich alles.

»Mom, bitte, beruhige dich, es wird alles gut«, hörte sie Mairi wie aus einer anderen Welt sagen.

»Raus!«, brüllte Murron. »Hau ab und lass dich nie wieder blicken, du Bastard! Du bist hässlich als Baby gewesen. Weißt du das eigentlich? So entsetzlich hässlich. Abstoßend. Deshalb hat deine Mutter dich nicht haben wollen. Wahrscheinlich hat sie es zutiefst bedauert, ein so unsagbar hässliches Geschöpf zur Welt gebracht zu haben. Da konnte sie nur ins Wasser gehen! Ich hatte nichts als Mitleid mit dir, aber geliebt habe ich dich nie. Ich wollte nur mein totes Kind ersetzen. Das ist mir niemals auch nur annähernd gelungen. Du warst mir immer fremd. Mit deinem Hang zu Höherem. Ich bin froh, dass du weggehst. Und es ist mir gleichgültig, ob du dich versündigst … Gib dich ihm doch hin, und zeugt Bastarde über Bastarde. Das ist die Strafe des gerechten Gottes für die Sünden eurer Mutter. Die zukünftigen Generationen sollen dem Wahnsinn verfallen und euch hassen dafür, dass ihr euch widernatürlich paart. Geh mir aus den Augen, du Missgeburt!«

Mairi war innerlich wie erstarrt und musterte die vor Hass verzerrte Fratze der Murron Haigs. Sie kämpfte mit sich, ob sie ihr zum Abschied nicht wenigstens danken sollte für alles, das sie für sie getan hatte, aber sie konnte nicht. Diese Person mit den glühenden Augen Satans war nicht mehr ihre Mutter. Entschieden wandte sich Mairi ab und lief, ohne sich noch einmal umzudrehen, mit weichen Knien aus den Laden. Das Klingeln des Glöckchens, das sie ihr Leben lang begleitet hatte, läutete zum Abschied wie das einer Totenglocke.

»Mairi, um Himmels willen, was ist geschehen?«, fragte Aidan, der erschrocken auf sie zusprang und sie auffing, als sie schwankend aus der Tür trat.

»Lass uns gehen. Schnell. Ich muss fort hier!«, keuchte sie.

»Willst du denn gar nichts mitnehmen?«

»Nein, lass uns nur schnell weg von hier!«

»Und das Geschäft?«, hakte er verunsichert nach.

»Such dir einen anderen Lieferanten«, entgegnete sie heiser. Sie befreite sich aus seiner Umarmung und rannte los, bis sie den Hafen von Kirkcaldy hinter sich gelassen hatte. Aidan hatte Mühe, ihr zu folgen, doch in der Maryhallstreet holte er sie schließlich ein. Schweigend ging er neben ihr her. Sie keuchte laut. Er ahnte, dass er ihr besser keine Fragen mehr stellen sollte. So erfuhr er nicht, was an jenem Tag zwischen Mairi und ihrer Mutter vorgefallen war. Er konnte sich nur denken, dass es sehr schlimm gewesen sein musste, denn Mairi erwähnte Murron Haigs nur noch ein einziges Mal ihm gegenüber, aber das war Jahre später.

St. Andrews, Juni 2012

Tessa wachte an diesem Morgen mit gemischten Gefühlen auf. Die Erinnerung an die leidenschaftliche Begegnung mit Hamish war noch ganz frisch. Im Bettzeug hing der für ihn typische Geruch nach Tannennadeln. Sie steckte die Nase in das Kopfkissen, auf dem er gelegen hatte. Wie ein Winterwald, dachte sie, doch dann kam ihr der befremdliche Abschied in den Sinn, und ihr fiel ein, dass sie ja nicht einmal eine Nummer von ihm hatte. Wie gern würde sie ihn jetzt anrufen und mit ihm darüber reden, wie es weitergehen sollte. Sie hatte ihn gestern so verstanden, dass er mit ihr zusammen in Edinburgh leben wollte. Das wird ein Schock für seinen Bruder, ging es ihr plötzlich durch den Kopf.

Ihr Handy brummte. Tessa setzte sich auf und griff nach dem Telefon. Sie rechnete damit, dass es sich um eine Nachricht von Hamish handelte, doch sie kam aus Deutschland. Tessas Herzschlag beschleunigte sich beim Lesen der dürren Zeilen merklich. Sie las es noch einmal laut, um es zu begreifen.

Ihr Vater hat einen Selbstmordversuch unternommen. Er liegt im Zentralkrankenhaus Holstenglacis. Bitte um Rückruf. Privatnummer: 0173 5431963. Dr. Tillmann.

Widerstreitende Gefühle stiegen in Tessa auf. Vielleicht ist es besser, wenn er auch tot ist, dachte sie kurz, aber dann durchfuhr sie ein entsetzlicher Schreck. Er durfte nicht sterben, bevor er ihr die Wahrheit gesagt hatte. Und da war noch etwas anderes, das sie ganz deutlich spürte: Sie liebte ihn immer noch, ganz gleich, was er getan hatte. Und es musste einen Grund für seine Wahnsinnstat gegeben haben. Mit zittrigen Fingern gab

Tessa die Nummer in ihr Telefon ein. Der Anwalt Dr. Tillmann meldete sich.

»Ich habe gerade Ihre SMS bekommen. Was ist geschehen?«, fragte Tessa atemlos und ohne sich mit Begrüßungsfloskeln aufzuhalten.

»Wer spricht denn da?«

»Teresa Baumann, es geht um meinen Vater. Kann ich ihn sehen?« Ihre Stimme überschlug sich vor Aufregung.

»Er liegt im künstlichen Koma, aber ich werde Sie unterrichten, sobald er aufgewacht ist. Ich muss erst mit ihm sprechen, ob ihm Ihr Besuch recht wäre …«

»Verdammt!«, schrie Tessa. »Ich bin seine Tochter und möchte endlich wissen, warum er das getan hat. Wenn er es mir schon nicht sagt, dann reden Sie wenigstens!«

»Ich verstehe ja, dass Sie das alles furchtbar mitnehmen muss, aber selbst wenn ich Näheres wüsste, ich dürfte es Ihnen nicht sagen.«

»Was heißt das, selbst wenn Sie Näheres wüssten?«

Ein tiefer Seufzer drang durch das Telefon. »Es ist nicht einfach, Ihren Vater zu vertreten, denn er schweigt auch mir gegenüber. Wenn es nach ihm gegangen wäre, hätte er sich gar keinen Anwalt genommen. Ich bin sein Pflichtverteidiger. Und dass er jetzt versucht hat, sich umzubringen, wird das Gericht als Schuldeingeständnis werten. Das Schweigen hat nur den einen Vorteil: Er wird nicht wegen Mordes verurteilt werden können.«

Tessa schnappte nach Luft. »Was reden Sie denn da? Mein Vater hat meiner Mutter mit einer Vase den Schädel eingeschlagen. Die Wucht des Schlages war so groß, dass sie durch die Verandatür geknallt ist. Wenn das kein Mord ist!«

»Bitte, liebe Frau Baumann«, sagte der Anwalt beschwörend. »Ich weiß, dass das für einen Laien schwer verständlich ist, aber diesen Tathergang wird jedes Gericht als Totschlag werten, weil kein Mordmotiv nachweisbar ist, solange ihr Vater schweigt.

Aber andererseits kann ich schlecht strafmildernde Argumente vorbringen, wenn ich nicht annähernd weiß, wie es zu diesem Ausbruch von Gewalt gekommen ist …«

»Verdammt, ich will ihn sehen«, unterbrach Tessa ihn verzweifelt.

»Ich verstehe Ihre Erregung, aber er hat mir die klare Anweisung erteilt, unter allen Umständen zu verhindern, dass Sie ihn besuchen. Warten Sie doch ab, bis sie ihn aus dem Koma holen. Ich werde noch einmal versuchen, ihn zum Reden zu bringen und ihn davon zu überzeugen, dass zumindest Sie ein Recht haben, Hintergründe der Tat zu erfahren.«

»Gut«, entgegnete Tessa wie betäubt und beendete das Gespräch. Da erst wurde ihr bewusst, dass sie den Anwalt überhaupt nicht gefragt hatte, wie Paul versucht hatte, sich umzubringen. Unschlüssig blickte sie auf ihr Telefon, bevor sie es rasch auf dem Nachttisch ablegte. Nein, sie wollte gar nicht wissen, wie er es getan hatte. Und plötzlich aus dem Nichts wurde es in ihrer Kehle eng. Nicht schon wieder, dachte sie ängstlich, und legte sich aufs Bett. Nach ein paar Atemzügen ließ der Druck auf ihren Brustkorb nach. Dieses Mal hatte sie den Anfall abwenden können.

Tessa überlegte fieberhaft, was sie tun konnte, um sich ein wenig zu entspannen und dem Karussell in ihrem Kopf für einen Augenblick zu entkommen. Es ging alles durcheinander: Bilder von ihrer Mutter wechselten sich ab mit Gedanken an ihren Vater im Koma, unterbrochen von der bangen Frage, ob Hamish sich jemals wieder bei ihr melden würde. Und mitten in diesem Chaos fiel ihr plötzlich ein, dass sie die Agentur über den erfolgreichen Stenton&Lake-Auftrag informieren sollte.

Sie griff nach ihrem Telefon und wählte Felix Köllns Nummer. Zu ihrer großen Verwunderung meldete sich nicht einmal das Band. Daraufhin versuchte sie es bei ihrer Kollegin, mit der sie das Büro teilte. Auch dort ging niemand an den Apparat.

Bevor sie noch weitere Nummern ausprobieren konnte, fiel ihr ein, dass Wochenende war.

Der Geruch von Mottenpulver stach ihr in die Nase. Der Umschlag des Tagebuchs lag immer noch auf ihrem Nachttisch. Ich sollte ihn gleich Mister McKinnon geben, dachte sie und merkte sofort, dass sie nicht ganz emotionslos an den attraktiven Schotten denken konnte. Wenn Hamish nicht wieder in mein Leben getreten wäre, wer weiß …

Sie stand hektisch auf und ging zum Fenster. Unten auf dem Golfplatz sah sie ein paar Spieler, und sie ahnte, was ihr in diesem Augenblick helfen würde. Aber woher sollte sie Schläger bekommen? Sie konnte sich kaum vorstellen, dass auf einem der ältesten und begehrtesten Golfplätze der Welt Driver oder Putter verliehen wurden, aber vielleicht hatte man im Hotel Leihschläger. Tessa war froh, dass sie sportliche Kleidung mitgenommen hatte, mit der man sie ohne Probleme auf den Platz lassen würde.

Vor dem Lift versäumte sie nicht, der Lady in Blau zuzublinzeln. Die Dame war an diesem Tag nichts weiter als ein Gemälde, was Tessa sehr beruhigte. Halluzinationen waren zurzeit das Letzte, was sie gebrauchen konnte. In der Lobby angekommen sah sie sich suchend um. Sie hoffte, Ian zu sehen, um ihm den Einband des Tagebuchs zu geben; in dem Moment fiel ihr jedoch ein, dass sie ihn oben im Zimmer vergessen hatte. Und wie es schien, war Mister McKinnon auch gar nicht in der Nähe.

Dafür traf sich ihr Blick nun mit dem seiner Schwester. Täuschte sie sich oder sah die junge Frau verlegen zur Seite, nachdem sie sie als jene Frau erkannt hatte, die von Ian McKinnon am Fahrstuhl auf den Mund geküsst worden war?

Tessa schüttelte den Gedanken gleich wieder ab. Was kümmerte es sie? Schließlich würde sie abreisen, sobald sich Hamish bei ihr meldete, und das würde hoffentlich bald sein.

An der Rezeption hatte wieder die junge Frau Dienst, bei der sie auch eingecheckt hatte. Tessa fragte, ob und wo sie sich Schläger ausleihen könnte.

»Das bieten wir hier im Haus an, aber darf ich fragen, wo und wann Sie spielen wollen? Soll ich etwas für Sie organisieren?«

In diesem Augenblick erinnerte sich Tessa daran, dass sie die Rezeptionistin schon längst nach ihrer Mutter gefragt haben wollte.

»Sagen Sie, entsinnen Sie sich zufällig an eine Misses Charlotte Baumann? Sie muss vor vier Wochen Gast des Hauses gewesen sein.«

Die Frau, auf deren Namensschild »Isla« stand, überlegte kurz, bevor sie antwortete: »Eigentlich sprechen wir nicht über Gäste unseres Hauses. Mir ist es immer noch peinlich, dass mir bei Ihrer Ankunft herausgerutscht ist, es hätte neulich ein Gast mit demselben Namen im Hotel logiert. Danke, dass Sie meine Indiskretion überhört haben.«

Tessa seufzte. »Ich bin ihre Tochter, auch wenn unsere Ähnlichkeit wegen unserer unterschiedlichen Haarfarben nicht auf den ersten Blick erkennbar ist.«

»Ja, Ihre Frau Mutter hat in der Tat auffällig helles Haar. Fast weißblond.«

»Hatte sie ein Einzelzimmer oder ein Doppelzimmer gebucht?«

Isla wand sich verlegen. »Ich weiß nicht, ob ich das ausplaudern darf. Ich meine …«

»Und ob Sie dürfen«, entgegnete Tessa bittend. »Meine Mutter ist tot, und ich habe Anlass zur Vermutung, dass ihr Tod im Zusammenhang mit ihrem Aufenthalt in St. Andrews steht! War sie allein oder nicht? Hatte sie Besuch? Hat sie sich mit jemandem getroffen? Hat sie sich auffällig verhalten? Ist sie ausgegangen? Und wenn, wohin?«

Isla musterte Tessa fassungslos. »Aber sie machte überhaupt keinen kranken Eindruck.«

Tessa verzichtete auf eine Erklärung. Sie wollte es die Rezeptionistin nicht wissen lassen, dass Charlotte von ihrem eigenen Ehemann bestialisch umgebracht worden war.

»Ich wäre Ihnen wirklich sehr dankbar, wenn Sie mir helfen würden herauszufinden, was meine Mutter nach St. Andrews getrieben hat«, hakte sie eindringlich nach.

»Ihre Mutter hatte ein Doppelzimmer zur Einzelbenutzung gebucht«, gab Isla zögernd zu. »Sie hatte, soviel ich mitbekommen habe, keinen Besuch, und sie hat abends allein im Restaurant gegessen. Sie war nur einmal aus …« Die Rezeptionistin stockte.

»Wo war sie?«

Isla zuckte die Achseln. »Das weiß ich nicht. Sie hat sich von mir ein Taxi bestellen lassen. Wann sie zurückgekommen ist, kann ich Ihnen nicht sagen, denn ich hatte nur bis fünfzehn Uhr Dienst. Ich musste mich noch einmal hinlegen, weil ich an dem Tag Vertretung für die Nachtschicht machen wollte. Bis dahin war sie nicht ins Hotel zurückgekehrt, oder jedenfalls habe ich es nicht bemerkt.«

»Haben Sie die Nummer des Unternehmens?«

Isla notierte die Telefonnummer des örtlichen Taxirufs auf einen Zettel, den sie Tessa reichte.

»Es tut mir sehr leid um Ihre Mutter. Sie war sehr freundlich, auch wenn sie ein merkwürdiger Schatten von Trauer umwehte …«, raunte Isla und schlug sich, als sie merkte, was sie da von sich gegeben hatte, die Hand vor den Mund. »O bitte, verzeihen Sie, das hätte ich nicht sagen dürfen!«

»Doch, das dürfen Sie. Ich bin Ihnen sogar sehr dankbar dafür. Wenn Sie mir erzählt hätten, sie wäre fröhlich pfeifend durch die Lobby getanzt, dann hätte ich Grund zur Sorge haben müssen. Ihre Beobachtung bestätigt nur meinen Eindruck, dass sie etwas bedrückt hat. Wenn ich nur wüsste, was!«, stöhnte Tessa.

»Und soll ich Ihnen erst ein Schlägerset holen lassen oder Sie mit den St. Andrews Taxi Services verbinden?« Isla hatte sich wieder ganz und gar hinter ihre höfliche und förmliche Fassade zurückgezogen. Offensichtlich bedauerte sie, dass sie sich zu dieser persönlichen Äußerung über Misses Baumann hatte hinreißen lassen.

Der Anruf kann warten, entschied Tessa.

»Ich hätte gern die Schläger.«

»Und darf ich noch einmal fragen, auf welchem Platz ich Sie anmelden darf?«

»Das brauchen Sie nicht. Ich gehe einfach so auf den Old Course.«

Isla machte nun einen sichtlich betretenen Eindruck. »Es tut mir leid, aber das geht nicht. Startzeiten müssen in der Regel für das darauffolgende Jahr gebucht werden. Oder Sie stellen sich morgens am Starterhäuschen an und nehmen an der Verlosung teil, falls ein Spieler für den Tag ausgefallen ist.«

Tessa sah die Rezeptionistin mit großen Augen an. »Aber wir sind früher als Schüler doch immer auf dem Platz gewesen.«

»Dann waren Sie sicher auf der St. Leonards. Die haben Sonderrechte.«

»Was gibt es denn für Alternativen?«, fragte Tessa sichtlich enttäuscht.

»Sie begleiten uns bei dem Flight«, ertönte hinter ihr eine bekannte männliche Stimme, die allerdings um einiges kratziger klang als zuvor.

Tessa fuhr herum und blickte in Ian McKinnons sichtlich verkatertes Gesicht. Neben ihm stand eine gut aussehende Frau, die von seinem großzügigen Angebot alles andere als begeistert zu sein schien.

»Wolltest du nicht ganz in Ruhe spielen?«, fragte sie vorwurfsvoll und musterte Tessa dabei prüfend von oben nach unten.

»Gehen Sie nur. Ich komme schon zurecht«, murmelte Tessa, doch der Schotte ließ ihren Protest nicht gelten.

»Isla, bring der Lady ein Set. Sie begleitet uns. Es kann nicht sein, dass Sie zu Hause erzählen, Sie hätten am Old Course gewohnt und wären nicht auf den Platz gekommen. Ein Flight auf dem Old Course ist ein Traum, der selbst Tote wieder zum Leben erweckt.« Er rollte mit den Augen und lachte.

Tessa aber spürte den giftigen Blick seiner Begleitung förmlich auf ihrem Gesicht brennen.

»Ich kenne den Platz. Gehen Sie nur!«

»Woher wollen Sie den Old Course von St. Andrews wohl kennen?«

»Ich war vor Jahren für ein Jahr auf der St. Leonards.«

»Dann müsste ich Sie doch gesehen haben«, lachte er.

»Sie sind wohl kaum mein Jahrgang«, entgegnete Tessa wenig charmant. Sie hoffte, ihn auf diese rüde Weise loszuwerden. Auf keinen Fall würde sie mit seiner Begleiterin und ihm auf den Platz gehen. Die zieht mir glatt den Schläger über den Schädel, dachte Tessa, als sie einen weiteren Blick auf diese Frau riskierte.

»Sie haben recht. Ich schätze, uns trennen an die zehn Jahre«, erwiderte Ian kein bisschen beleidigt. »Aber bitte, begleiten Sie uns gerade deshalb. Es macht doch besonders Spaß, sich auf dem Platz zu messen.« Ein Grinsen huschte über sein Gesicht. »Wenn Sie den Platz kennen, dann wissen Sie ja, dass es der schönste Linksplatz ist, den es auf der Welt gibt. Wo haben Sie denn sonst solche wunderschönen Dünen?«

Ungeniert stieß die Frau Ian ihren Ellenbogen in die Rippen, doch er nahm das gar nicht wahr, sondern bemerkte freundlich: »Ach so, ja, bevor ich es vergesse. Das ist Tessa Baumann, ein Hotelgast aus Deutschland. Und das ist Carmen Conzales, meine stärkste Konkurrentin in Puerto de la Cruz.«

Keine der beiden Frauen machte auch nur die leisesten Anstalten, der anderen die Hand zur Begrüßung zu reichen. Tessa nickte kurz mit dem Kopf, Carmen musterte sie feindselig.

In diesem Augenblick kehrte Isla mit einem Golfbag zurück, das die erlaubten vierzehn Schläger und Hölzer enthielt, wie Tessa auf einen Blick erkannte. Nun gab es kein Zurück mehr. Sie beschloss, die eifersüchtige Spanierin zu ignorieren und sich auf dem Platz für ein paar Stunden von ihrem Kummer abzulenken. Das schien ihr bitter nötig, um stabile Nerven für alles Weitere zu wahren, auch wenn es sie drängte, den Wegen ihrer Mutter nachzugehen. Was ist diese Zicke gegen das, was ich ansonsten alles auszustehen habe, gegen das, was es womöglich aufzudecken gibt, ging Tessa durch den Kopf, und sie wandte sich jetzt wesentlich freundlicher Ian McKinnon zu.

»Wenn Sie mich so bitten, kann ich kaum ablehnen. Es ist einfach zu verlockend, wieder nach Hause zu kommen.«

Während sie zum Platz gingen, löcherte der Schotte sie mit Fragen. Wann sie in St. Andrews gewesen wäre, ob es ihr gefallen und ob die Sehnsucht nach Schottland sie zu dieser Reise verleitet hätte. Tessa blieb ihm keine Antwort schuldig. Wahrscheinlich hätten sie angeregt weitergeplaudert, wenn sie nicht ein verärgertes Räuspern der Spanierin unterbrochen hätte.

»Also, wenn du lieber mit Miss Baumann allein spielen willst, dann treffen wir uns nachher im Hotel, Darling«, erklärte Carmen Conzales, wobei sie das »Darling« betont dehnte.

Die Spanierin war also seine Lebensgefährtin. Dieses Mal irrte sich Tessa nicht. Dessen war sie sich sicher. Carmen Conzales würde sich sicher nicht als Ian McKinnons Schwester entpuppen. Das gab Tessa einen kleinen Stich, obwohl sie doch keinerlei Recht besaß, dem Schotten eine Freundin anzukreiden, zumal ihre alte Liebe zu Hamish frisch entflammt war. Da hörte sie sich bereits giftig sagen: »Sie können Ihre Eifersucht stecken lassen, Miss Conzales, ich bin in festen Händen und beabsichtige nicht, mit Ihrem Freund zu flirten. Verstanden?«

Die Spanierin schien keineswegs erleichtert. Im Gegenteil, das nervöse Zucken in ihrem Gesicht war nicht zu übersehen.

»Wollen wir jetzt endlich spielen oder wollen die Damen lieber catchen?«, fragte Ian daraufhin in einem Ton, als würde es ihn gar nicht interessieren, dass sie gebunden war. Das Flirren und Knistern zwischen Tessa und dem Schotten legte sich allerdings merklich. Sein Charme hatte sich verflüchtigt, und er redete nur noch das, was unbedingt zum Spielen nötig wurde. Als sie vor dem Spiel die Scorekarten austauschten, erwischte sie die der Spanierin. Das hieß, dass sie deren Punkte aufschreiben musste, Ian hatte ihre Karte.

Schon beim Abschlag verschwendete Tessa allerdings keinen Gedanken mehr daran, was in den Köpfen ihrer Mitspieler vor sich gehen mochte. Sie beobachtete Ian fasziniert. Er hatte eine exzellente Haltung und einen kräftigen Schlag. Der Ball flog fast bis zur Fahne, genau wie es sein sollte. Tessa war mächtig nervös, als die Spanierin ihr den Vortritt ließ. Sie hatte schon so eine Ahnung, als sie das Eisen nach hinten schwang. Sie verfehlte den Ball, was ihr einen schadenfrohen Blick von Señora Conzales und die Frage, ob sie wohl nur das deutsche Handicap 54 besitze, einbrachte. Tessa wäre am liebsten vor Scham in den Boden versunken. Dank der Begleitung von Ian McKinnon hatte keiner nach ihrer Zutrittsberechtigung gefragt. Nun machte sich bemerkbar, dass sie seit einer kleinen Ewigkeit kein Eisen mehr angerührt hatte.

Stumm machte sie sich daran, den Abschlag zu wiederholen. Sie konzentrierte sich auf alles, was sie einmal gelernt hatte. Das zahlte sich aus, denn sie traf den Ball nicht nur, sondern er flog fast bis aufs Grün. Ian stieß einen anerkennenden Pfiff aus. Er war völlig auf das Spiel konzentriert. Jetzt war Carmen an der Reihe, und Tessa spürte die vibrierende Anspannung der Spanierin. Tessa wunderte sich nicht sonderlich, dass ihr der Abschlag misslang. Sie traf den Ball, aber er rollte nur wenige Meter. Mit grimmiger Miene führte sie den nächsten Schlag aus, weil sie am weitesten weg vom Loch war. Sie brauchte sechs Schläge, um sich vor Ians Ball zu spielen. Ihm gelang es, mit dem zweiten Schlag den Ball auf das Grün fast neben das Loch zu pitchen. Nachdem Carmen einen wütenden Schlag ausgeführt und ihr Ball in einem Ginsterbusch gelandet war, kam Tessa wieder zum Zug. Auch sie schaffte es, dass der Ball auf dem Grün landete. Ian gelang es, den Ball ins Loch zu putten,

Tessa brauchte zwei Schläge. Als sie beim nächsten Abschlag ihre vier und Carmens letztendlich neun Punkte in die Karte eintrug, zischte ihr die Spanierin zu, das wäre nur Anfängerglück. Sie solle sich ja nichts darauf einbilden. Zu Unrecht, wie sich bei der Schlusszählung herausstellte. Tessa war Zweite geworden, und das bei einem hervorragenden Mitspieler wie Ian McKinnon. Carmen lag weit hinter ihnen. Sie war von Loch zu Loch immer mürrischer geworden und riss Tessa die Karte mit den Punkten nach dem Spiel unwirsch aus der Hand.

Während sie den Platz verließen, wurde Tessa bewusst, dass sie in den vergangenen Stunden sämtliche Belastungen hatte ausblenden können. Und ich bin nach so langer Zeit noch ziemlich fit, stellte sie befriedigt fest.

»Eins-a-Haltung, guter Schlag«, raunte ihr Ian bewundernd zu. Sie schenkte ihm ein Lächeln. Und sie hatte geglaubt, er wäre eingeschnappt, weil sie ihre Beziehung erwähnt hatte. Beziehung?, ging es ihr zweifelnd durch den Kopf. Hamish hatte sich nicht mehr gemeldet seit dem heißen Sex.

»Essen wir beide eine Kleinigkeit, Darling?«, fragte Carmen Ian in spitzem Ton.

»Haben Sie Lust, uns in die Bar zu begleiten? Ich glaube, ich muss jetzt wohl doch das Getränk zu mir nehmen, mit dem ich gestern Nacht aufgehört habe. Mein Kopf ist zwar ein wenig durchgepustet, aber jetzt pocht es wieder im Schädel. Ich glaube, es war eine Bloody Mary«, seufzte der Schotte.

»Nein, es war ein doppelter Malt«, korrigierte ihn die Spanierin und musterte Tessa mit einem finsteren Blick, der nicht schwer zu deuten war. Carmen Conzales war nicht erfreut von der Einladung ihres Freundes.

»Nein, nein, ich habe noch einiges zu erledigen, denn höchstwahrscheinlich werde ich spätestens morgen abreisen. Es war nett, mit Ihnen zu spielen. Herzlichen Dank, dass Sie mich mitgenommen haben, Mister McKinnon«, entgegnete Tessa höflich, aber bestimmt. Da fiel ihr ein, dass sie ihm eigentlich den

Tagebuchumschlag dieser Hebamme hatte geben wollen. »Ach, Mister McKinnon, bevor ich es vergesse, Miss Cameron, die alte Dame, die Ihnen neulich die Geistershow stehlen wollte, hat mir diesen Einband eines Tagesbuchs gegeben. Sie behauptet, den Inhalt zu besitzen und dass dieser Aufschluss über die wahre Geschichte ihrer Urgroßmutter gebe. Wenn Sie Interesse haben, dann besuchen Sie die alte Dame doch einmal. Ich werde den Deckel vor meiner Abreise an der Rezeption abgeben.«

»Und Sie müssen wirklich schon abreisen? Ich hätte liebend gern eine weitere Partie Golf mit Ihnen gespielt. Es hat Spaß gemacht.«

Tessa nickte eifrig: »Ich muss. Leider!« Sie schenkte ihm noch ein Lächeln und wandte sich, ohne seine Begleiterin eines weiteren Blickes zu würdigen, zum Gehen.

»Was machst du dich denn zum Affen für diese Deutsche?«, giftete es in ihrem Rücken. »Hast du was mit ihr?«

»Ich finde sie äußerst apart«, entgegnete Ian ungerührt. »Außerdem ist sie eine hervorragende Golfspielerin! Dafür, dass sie keine Schottin ist, außergewöhnlich.«

Wie gern hätte sich Tessa noch einmal zu den beiden umgedreht, nur um das Gesicht von Carmen Conzales zu sehen. Stattdessen eilte sie zur Hotellobby zurück. Dort gab sie den Golfbag ab und begab sich hastig in ihr Zimmer. Sie vergaß sogar, die Dame in Blau zu begrüßen, denn nun stürmte alles, was der Sport sie hatte vergessen lassen, unbarmherzig auf sie ein. Bei dem Gedanken an ihren Vater und an das, was er getan hatte, begann es in ihrem Kopf ganz fürchterlich zu pochen. Plötzlich verspürte sie das dringende Bedürfnis, endlich einmal mit jemandem über alles zu reden. Bislang hatte sie mit keinem Menschen über das Grauen gesprochen außer mit der Polizei, bei der sie eine Aussage hatte machen müssen. Tessa hatte sich seitdem weder mit Freunden getroffen noch war sie zu Hause ans Telefon gegangen. Klara hat bestimmt keine Ahnung von der ganzen Geschichte, dachte sie. Ihre Freundin arbeitete zurzeit in Paris. Ohne zu zögern, wählte sie ihre Nummer. Sie brauchte dringend jemanden zum Reden. Sonst wurde sie wirklich noch verrückt.

Ihr Herz klopfte bis zum Hals, als sich ihre Freundin meldete. Und bevor sie etwas sagen konnte, überfiel sie ein Weinkrampf, und sie schluchzte ins Telefon.

»Tessa?«, hörte sie die besorgte Klara fragen. »Tessa?«

Es dauerte einen Augenblick, bis sie halbwegs verständliche Worte hervorstieß.

»Ja, ich bin's. Ich …« Wieder brach ihr die Stimme.

»Wo bist du? Soll ich kommen? Ich steige sofort in den Flieger. Stell dir vor, meine Mutter hat mir eben gerade alles erzählt, was in der Zeitung steht. Du Arme …«

»Ich bin in St. Andrews«, schluchzte Tessa und war erleichtert, dass sie Klara das Ganze nicht am Telefon berichten musste. »Was steht denn in der Zeitung?«

»Na ja, dass dein Vater – Sie haben den Nachnamen natürlich abgekürzt, aber wer der Mitinhaber einer großen Hamburger Werbeagentur Paul B. ist, kann sich jeder denken – im Untersuchungsgefängnis einen Selbstmordversuch unternommen hat. Und dass er seine Frau … Warum hast du mich nicht sofort angerufen? Ich hätte alles stehen und liegen lassen.«

»Ich stand unter Schock, und in gewisser Weise stehe ich es immer noch.«

»Soll ich kommen?«

»Nein, nein, es geht schon. Entweder ziehe ich vorübergehend nach Edinburgh oder …«

Klara stieß einen Seufzer aus. »Normalerweise wäre das etwas, das mich brennend interessieren würde, aber das ist plötzlich so nebensächlich geworden.«

»… ja, das stimmt. Es kann aber auch sein, dass ich morgen nach Hamburg fliege. Dann wäre es vielleicht nicht schlecht, wenn du …«

»Natürlich komme ich!«

»… ich kann nämlich im Haus nicht allein schlafen«, erklärte Tessa beinahe entschuldigend.

»Das ist klar! Sag mal, warst du im Haus, als es passiert ist?«

»Ich war in meinem Zimmer, als ich den markerschütternden Schrei meiner Mutter hörte. Daraufhin bin ich nach unten gerannt. Paul stand mit einer Vase in der Hand da. Mit einem irren Blick. Überall lagen die Rosen, die er für sie gekauft hatte, weil ich meine Mutter gerade vom Flughafen abgeholt hatte. Und alles war voller Blut, alles rot …« Tessa schluchzte erneut verzweifelt auf. »Es war entsetzlich. Alles voller Scherben. Meine Mutter war durch die Scheibe der Terrassentür nach draußen geschleudert worden. Ich bin nicht nach draußen gegangen, habe nur den leblosen Körper meiner Mutter gesehen. Sie lag auf dem Bauch in einer Blutlache. Das konnte ich erkennen. Dann habe ich geschrien und nicht mehr aufgehört. So bin ich in mein Zimmer gerannt, habe mich eingeschlossen. Plötzlich hatte ich lauter wirre Bilder im Kopf. Dad ist pleite und löscht jetzt seine Familie aus. Es war ein Horrortrip. Ich glaube, ich habe immer noch gebrüllt, als jemand meine Zimmertür aufgebrochen hat. Da kam ein Arzt und gab mir eine Spritze. Sie haben mich auf mein Bett gelegt. Eine Polizistin saß an meinem Bett und hat mir über die Hand gestreichelt. Und dann war ich irgendwann ganz ruhig. Sie haben gesagt, dass ich erst am nächsten Tag meine Aussage machen muss …« Tessa unterbrach sich, weil sie ihre Freundin leise weinen hörte. Leise, damit sie es nicht hören sollte.

»… ich aber wollte alles hinter mich bringen und habe alles gesagt, was ich wusste. Aber ich wusste doch gar nichts. Ich hatte meine Mutter erst an diesem Tag vom Flughafen abgeholt. Stell dir vor, sie war in St. Andrews gewesen …«

»Charlotte in Schottland? Ich erinnere mich noch, was für einen Stress sie gemacht hat, weil du dir diese Schule in St. Andrews ausgesucht hast. Aber was sagt dein Vater dazu? War es vielleicht ein Unfall?«

»Mein Vater war schon fort, nachdem sie meine Aussage protokolliert hatten. Ich habe ihn seitdem weder gesehen noch gesprochen.«

»Aber du musst doch wissen, warum er das getan hat. So wie er Charlotte vergöttert hat. Ich weiß noch, wie neidisch ich immer darauf war, dass dein Vater deine Mutter angebetet hat, während meiner meine Mom wie einen Putzlappen behandelt hat. Und du hast ihn nicht besucht?«

»Nein«, erwiderte Tessa und biss sich auf die Lippen, um nicht gleich wieder in Tränen auszubrechen. »Er hat mir über seinen Anwalt erklären lassen, dass er keine Besuche wünscht. Und meine Briefe kamen alle ungeöffnet zurück.«

»Das ist aber nicht typisch für deinen Vater.«

»Es ist auch nicht typisch für ihn, seiner geliebten Frau den Schädel einzuschlagen«, entgegnete Tessa bitter.

»Entschuldigung, ich wollte damit nur sagen, dass es mich wundert, weil ihr immer so ein besonders gutes Verhältnis gehabt habt.«

»Was meinst du, wie oft ich mir den Kopf darüber zerbreche, was in seinem Hirn vor sich geht. Ach, wäre sein Selbstmordversuch bloß geglückt und er tot!«

»Ach, das meinst du doch nicht wirklich«, unterbrach sie die Freundin hastig.

»Natürlich nicht. Wenn er stirbt, werde ich die Wahrheit nie erfahren.«

»Willst du nicht, ich meine, willst du nicht lieber hinfahren?«, fragte Klara zögernd.

»Der Anwalt möchte warten, bis mein Vater aufwacht, und ihn dann fragen. Seine Anordnungen, dass ich nicht zu ihm darf, waren wohl eindeutig. Wahrscheinlich hat er noch, bevor er sich aufgehängt hat, einen Zettel hinterlassen, dass ich auf keinen Fall auf seine Beerdigung kommen darf«, bemerkte Tessa in spöttischer Verzweiflung.

»Er hat sich nicht aufgehängt«, widersprach Klara heftig.

Tessa wurde übel. Sie wusste ja gar nicht, wie er es getan hat. »Wie hat er es gemacht?«

»Ach, lass gut sein, in der Zeitung stand nur …« Klara stockte.

»Wie?«

»Er soll sich ein Stichwerkzeug gebastelt und versucht haben, es sich ins Herz zu stechen.«

Tessa ließ das Telefon fallen und hielt sich die Ohren zu. »Ich will es nicht wissen, ich will es nicht wissen«, murmelte sie, doch dann bückte sie sich und hob ihr Smartphone wieder auf.

»Klara, bist du noch dran?«

»Ja, ach, meine Süße, das ist alles zum Kotzen. Ruf mich an und sag mir, wann du in Hamburg sein wirst. Oder soll ich lieber gleich nach Schottland kommen? Ich habe den Eindruck, du brauchst jetzt eine Schulter.«

»Die werde ich wahrscheinlich vor Ort bekommen«, erwiderte Tessa rasch.

»Kenne ich ihn? Ist er dir vielleicht aus Hamburg nachgereist? Wie hieß er noch, dieser verflucht sexy Lockenkopf?«

»Von Daniel habe ich mich getrennt, gleich nachdem das mit meinen Eltern passiert war. Ich konnte seinen mitleidigen Blick nicht mehr ertragen. Wie ein Dackel. Dabei passte ihm diese Horrorgeschichte gar nicht in seine stromlinienförmige Lebensplanung. Mädchen aus gutem Hause heiratet wohlhabenden Jungen aus Hamburg-West, sie bekommen Kinder …«

»Jetzt bist du ungerecht. So eine hohle Nuss war er gar nicht, aber du gibst ja keinem Mann überhaupt eine Chance, nachdem dir dieser pickelige schottische Teenie das Herz gebrochen hat.«

»Es ist dieser Teenie, der mir seine Schulter bietet«, entgegnete Tessa ungerührt.

»Nein, das kann doch nicht sein. Du bist mit diesem, wie hieß er noch gleich …?«

»Hamish Makenzie!«

»Du hast diesen Schotten wiedergetroffen? Ach du Schreck! Und warum hat er sich damals nicht mehr gemeldet? Wir hätten uns vieles erspart. Unmengen an Taschentüchern und unseren ersten Vollrausch. Weißt du noch, wie wir Dutzende von Makenzies in den Highlands angerufen haben, weil du nicht wusstest, aus welchem Ort er stammt? Bist du seinetwegen nach Schottland geflogen?«

»Nein, ich bin hergeflogen, weil ich herausbekommen wollte, was meine Mutter dort getrieben hat, und dann traf ich ihn im Hotelfahrstuhl, also quasi vor dem Lift, in dem wir uns damals zum ersten Mal geküsst haben.«

»Das ist ja Wahnsinn. Und? Warum hat er sich nun damals nicht bei dir gemeldet und dich in deinem Liebeskummer fast ersaufen lassen?«

»Er hatte einen Unfall, aber das ist eine lange Geschichte. Erzähle ich dir, wenn wir uns sehen.«

»Und du bist dir sicher, dass dieser Hamish auffangen kann, was du da gerade durchmachen musst?«

»Wir werden sehen«, antwortete Tessa ausweichend.

»Was heißt das?«, hakte Klara nach. Eigentlich mochte Tessa ihre Freundin genau für diese unerbittliche Klarheit. Sie ließ es niemals durchgehen, wenn etwas nicht stimmte. Nein, Klara fragte so lange nach, bis sie die Sache verstand, um die es ging. Aber was sollte sie Klara erwidern? Sie war sich doch selbst nicht sicher, ob gerade Hamish, der so wenig in sich gefestigt zu sein schien, ihr eine echte Hilfe sein würde.

»Ich habe es ihm noch gar nicht gesagt«, gab sie kleinlaut zu.

»Wie bitte? Du hast die Hölle auf Erden und verschweigst es dem Mann, den du angeblich liebst!« Klaras Stimme bebte vor Empörung.

»Klara, wir haben uns gestern erst wiedergesehen und ein paar schöne Stunden verbracht. Es ergab sich keine Gelegenheit, ihm das eben mal zu erzählen. *Du, Schatz, übrigens mein Vater hat meine Mutter umgebracht. Ich bin die Tochter eines Mörders.*«

Klara lachte. »Ich hatte schon befürchtet, dass du deinen legendären Humor durch diese ganze Sache verloren hast.«

»Das dachte ich auch«, erwiderte Tessa. »Aber, um auf Hamish zurückzukommen. Es ging wirklich nicht. Wir waren doch beide völlig durcheinander, dass wir uns nach all den Jahren wiederbegegnet sind und noch eine derartige Anziehung aufeinander haben. Ich konnte es ihm schlecht im Bett erzählen.«

»Das verstehe ich. Das wäre überaus unpassend gewesen«, kicherte Klara. »Und wann fährst du zu ihm? Ihr werdet euch doch jetzt sicher erst einmal ein paar schöne Tage machen, oder?«

Tessa stieß erneut einen Seufzer aus. Dass Klara aber auch immer wieder den Finger genau in die Wunden legen musste …

»Er hat sich noch nicht wieder bei mir gemeldet.« Tessa merkte am Räuspern ihrer Freundin, dass die sich offenbar ihren Teil dachte, aber ihrer Skepsis aus Rücksicht auf die angeschlagene Psyche der Freundin keinen Ausdruck verleihen wollte.

»Er ruft an. Ganz sicher. Schließlich hat er schon angedeutet, dass es in Edinburgh auch Werbeagenturen gibt.«

»Du willst doch nicht etwa ganz in Schottland bleiben?«, entfuhr es Klara sichtlich erschrocken.

»Was wäre dabei? Du arbeitest ja auch in Paris«, konterte Tessa.

»Aber ich komme früher oder später zurück.«

»Und wenn du dich unsterblich in einen Franzosen verliebst?«

»Ja, ja, du hast ja recht, aber ich habe Sorge, er könnte dich noch einmal verletzen. Das musst du verstehen. Er ist in meinen Augen nun einmal kein unbeschriebenes Blatt. Weißt du, mein Bauch sagt mir: Finger weg!«

»Mach dir keinen Kopf. Es ist alles gut«, entgegnete Tessa und war redlich bemüht, ihre Worte selber zu glauben.

»Also ich soll mich wirklich nicht in den nächsten Flieger setzen und dir zur Seite stehen?«

»Nicht nötig. Wenn ich deine Schulter doch noch brauchen sollte, melde ich mich. Und ich bin ganz froh, dass ich aus Hamburg weg bin. Diese mitleidigen Blicke meiner Mitmenschen, dieses Getuschel, das alles nervt mächtig. Und hier ahnt kein Mensch, dass ich die Tochter eines Mörders bin.«

»Das weißt du noch gar nicht, ob er ein Mörder ist!«, widersprach Klara energisch. »Es kann doch wirklich alles anders gewesen sein. Ich meine, ich kenne Paul auch seit Kindertagen. Der bringt nicht einfach seine Frau um. Das kannst du nicht wirklich glauben!«

»Lass gut sein, ich weiß auch nicht mehr, was ich denken soll. Zumindest möchte ich herausfinden, was Charlotte ausgerechnet nach St. Andrews getrieben hat. Ich rufe dich an, sobald ich Neuigkeiten habe. Wenn der Anwalt es schafft, meinen Vater umzustimmen, sobald die ihn aus dem Koma holen, zögere ich keinen Augenblick und fliege nach Hamburg, um ihn zu besuchen«, beteuerte Tessa.

»Gut, dann will ich mal darauf vertrauen, dass du in guten Händen bist«, seufzte Klara.

»Ganz sicher«, erwiderte sie. »Bis bald.«

Kaum dass sie das Gespräch beendet hatte, überkamen Tessa bohrende Zweifel. Klara hatte recht mit dem, was sie dachte, aber aus Rücksicht auf ihren Zustand offenbar nicht auszusprechen wagte. Es war höchst befremdlich, dass Hamish sich nach dem, was am Vortag zwischen ihnen vorgefallen war, noch nicht wieder gemeldet hatte. Wenigstens eine SMS hätte er schicken können. Das fehlt mir noch zu meinem Glück, dass er mich wieder hängen lässt, dachte Tessa in einem Anflug von Selbstmitleid. Sie sah sich im Geiste bereits sämtliche Makenzies aus Edinburgh durchtelefonieren, denn dieses Mal besaß sie weder seine E-Mail-Adresse noch seine Handynummer.

Nervös trat sie ans offene Fenster, um gleich wieder einen Schritt ins Zimmer zurückzutreten. Dort unten standen Carmen Conzales und Ian McKinnon immer noch auf demselben

Platz und schienen sich zu streiten. Tessa mutmaßte, dass es ihretwegen war. Tessa ging das gemeinsame Golfspiel noch einmal in Gedanken durch, und im Nachhinein kam sie nicht umhin, die Spanierin sogar zu verstehen. Schließlich war Carmen seine Freundin, während sie eine Fremde war. Wenn Hamish vorhin an Carmens Stelle gewesen wäre, er wäre sicher furchtbar eifersüchtig geworden. Ian und sie waren auf dem Platz auf eine seltsame Weise verbunden gewesen, obwohl sie doch kaum ein Wort miteinander gewechselt hatten. Natürlich muss das auch Carmen Conzales gespürt haben, dachte Tessa. Allein, wie er jeden meiner Schläge förmlich mit den Augen aufgesogen hat. So intensiv hat er Carmens Spiel jedenfalls nicht beobachtet.

Tessa stieß einen tiefen Seufzer aus. Ein Gedanke, der sie aus heiterem Himmel überfiel, nahm ihr beinahe die Luft zum Atmen, so erschrocken war sie. Wenn es einen Menschen in Schottland gab, dem sie ihre tragische Lebensgeschichte ungestraft würde anvertrauen können, dann wäre das Ian McKinnon … Sie mochte gar nicht weiterdenken, sondern nahm hastig ihr Telefon zur Hand und legte sich damit aufs Bett. Wenn Hamish jetzt anrief, würde sie ihren ganzen Mut zusammennehmen und sich ihm anvertrauen. Doch solange sie auch auf ihr Display stierte, es kam weder eine Nachricht noch der ersehnte Anruf von Hamish Makenzie.

Dundee, Juni 2012

Das Anwesen von Mister Wesley lag direkt am St-Cyrus-Strand. Das Haus bestand vorwiegend aus Glasfronten. Marta fand es beeindruckend, aber sie liebte mehr den viktorianischen Stil wie in Stellmore Castle … Für den Bruchteil einer Sekunde verspürte Marta den Impuls umzukehren, von ihrem Plan Abstand zu nehmen und zur Polizei zu gehen. Was konnte ihr schon geschehen, wenn sie sich selbst anzeigte? Noch war ja kein Schaden entstanden. Doch der Gedanke an diese Person, die sich dann auf ihre Kosten und die ihrer Kinder bereichern würde, verscheuchte dieses Bedürfnis. Zwar hatte die blonde Frau Aleck – wollte man seinen vagen Äußerungen auf dem Sterbebett Glauben schenken – versichert, dass sie keinerlei Interesse an seinem Vermögen hätte, aber durfte man darauf vertrauen? Wenn sie erfuhr, welchen Schatz es tatsächlich zu verteilen gab – sie würde das Kind wahrscheinlich schneller nach Schottland schicken, als Marta bis zehn zählen konnte! Der Gedanke, dass diese Person eines Tages überraschend in St. Andrews auftauchen könnte, verursachte Marta Übelkeit.

»Schön, dass Sie meiner Einladung gefolgt sind, Misses McKinnon«, ertönte Mister Wesleys durchdringende Stimme. Sie hatte ihn gar nicht gesehen. Er hatte offenbar schon an der offenen Terrassentür gelauert. »Kommen Sie. Ich mache Ihnen die Haustür auf!«

Widerwillig öffnete Marta die Pforte zu dem umzäunten Grundstück des Anwalts. Sie hatte keine Wahl. Mister Wesley würde sich dieses Geschäft niemals entgehen lassen und nicht davor zurückschrecken, ihr die Sache mit dem Testament in die

Schuhe zu schieben. Und wahrscheinlich wird er damit auch noch durchkommen, mutmaßte sie, schließlich bin ich Nutznießerin des Ganzen. Dass ich es für meine Kinder getan habe, wird mir keiner abnehmen. Und dass er Alecks Letzten Willen, ohne ihre Antwort abzuwarten, in den Reißwolf gestopft hatte, würde der windige Anwalt mit Sicherheit abstreiten. »Soll ich?«, hatte er lauernd gefragt, nachdem sie sich wegen des Testaments bei ihm ausgeweint hatte. Ja, hatte Marta gedacht, o ja, bitte tun Sie es, lassen Sie es verschwinden! Doch bevor sie es hatte aussprechen können, war das Dokument schon im Reißwolf gelandet. Natürlich war ihr ein eisiger Schreck durch den Körper gefahren, der sich aber schnell in eine wohlige Genugtuung verwandelt hatte …

In Wesleys Blick lag etwas Triumphierendes. »Ich wusste, dass Sie eine vernünftige Frau sind«, begrüßte er sie breit grinsend.

Marta nickte nur knapp. Der Kerl war ihr noch niemals so zuwider gewesen wie in diesem Moment. Wenn sie könnte, würde sie ihm in seine feixende Visage schlagen. Außerdem sah er ungepflegt aus. Und das, obwohl seine Frau stets großen Wert auf sein Aussehen legte, war sie doch selbst äußerst attraktiv. Niemals hätte sie ihn mit einem grauen Dreitagebart und ausgelatschten Hausschuhen an die Tür gelassen.

»Ist Ihre Frau denn gar nicht zu Hause?«, fragte Marta lauernd, als er ihr aus dem Mantel half. Das Haus kam ihr merkwürdig still und leer vor. Sie war schon ein paarmal mit Aleck zum Dinner hier gewesen. Und es war immer ein gewisses Leben im Haus gewesen. Dank Misses Wesley, einer temperamentvollen Person und reizenden Gastgeberin.

Die Miene des Anwalts verdüsterte sich.

»Sie ist nach Italien gereist«, erwiderte er knapp.

Marta dachte sich ihren Teil. Misses Wesley hatte stets alles gemeinsam mit ihrem Mann unternommen und wäre mit Sicherheit niemals allein verreist, zumal sein zorniger Blick mehr verriet als seine Worte. Marta hatte schon läuten hören, dass die geduldige Misses Wesley die ständigen Affären ihres Mannes nicht länger ertrug und ihn verlassen hatte. Man sprach auch davon, dass ihn diese Scheidung teuer zu stehen kommen würde. Marta konnte nicht behaupten, dass sie auch nur eine Spur von Mitleid mit dem Anwalt empfand. Geschieht ihm recht, dachte sie.

»Mister Barclay wird sich ein wenig verspäten«, bemerkte der Anwalt nun förmlich. »Aber das Mädchen hat uns schon einen Tee gemacht.«

Zögernd betrat Marta den geräumigen Wohnraum. Auch hier war alles kühl und sachlich eingerichtet. Nicht dass es geschmacklos ist, ging es Marta durch den Kopf, aber die Blumen fehlen. Misses Wesley hatte das Zimmer stets mit frischen Blumensträußen dekoriert. Nun gab es keinen Farbtupfer mehr, und das Weiß wirkte fade.

Der Anwalt bot ihr einen Platz am Tisch an, an dessen anderem Ende er bereits die Dokumente fertig zur Unterschrift deponiert hatte.

»Darf ich den Vertrag noch einmal überfliegen?«, bat Marta höflich.

»Nicht nötig«, erwiderte er kalt. »Sie können ohnehin nichts mehr daran ändern. Es wird alles so verkauft, wie wir es besprochen haben.«

»Mister Wesley, ich muss doch sehr bitten. Wie reden Sie eigentlich mit mir? Ich werde ja wohl wenigstens pro forma das Recht haben, einen Blick in das Vertragswerk zu werfen! Dass Sie auch Barclays Anwalt sind und fette Provisionen kassieren, war mir ja klar, aber von Ihrer stillen Teilhaberschaft bei Barclays habe ich bis gestern nichts geahnt. Da wird dann wohl für Sie mehr als nur ein Taschengeld abfallen. Und es war nicht die feine Art, wie sie mir Stellmore Castle abgepresst und ihrem Mister Barclay regelrecht zum Fraß vorgeworfen haben. Ganz schön billig, Richard.« In ihrer Stimme schwang Todesverachtung und Abscheu mit, als sie ihn beim Vornamen nannte. Sie duzten sich eigentlich schon seit Jahren, aber seit der Kerl sie erpresste, siezte sie ihn wieder.

»Sehr verehrte Marta, tun Sie nicht so vornehm. Die Tatsache, dass Sie mit einem goldenen Löffel im Mund geboren sind, gibt Ihnen nicht das Recht, mich zu verachten. Sie haben doch gewollt, dass die Sache diskret gehandhabt wird. Ich habe lediglich ausgeführt, was Sie mir aufgetragen haben.«

»Ich habe Ihnen nicht die Anordnung erteilt, Alecks letzten Willen im Reißwolf verschwinden zu lassen!«, unterbrach Marta ihn wütend.

»Sie haben mich aber auch nicht daran gehindert, sondern schienen überaus erleichtert, dass ich Ihnen Ihren Wunsch von den Augen abgelesen habe. Und ich sage Ihnen eines: Wenn Sie oder Ihr Sohn mir dumm kommen, dann werde ich beschwören, dass Sie mich dazu angestiftet haben, ja, dass Sie mich geradezu angefleht haben, und mehr noch, dass ich gar nicht so schnell reagieren konnte, wie Sie das Papier haben verschwinden lassen …«

»Sie sind ja noch widerlicher, als ich dachte«, stieß Marta verächtlich hervor. »Ich habe keine Ahnung, aus was für einem Stall Sie kommen, aber eine gute Erziehung haben Sie mit Sicherheit nicht genossen. Ich hätte nicht übel Lust, den ganzen Deal platzen zu lassen! Dann sage ich meinen Kindern eben die Wahrheit!«

»Träumen Sie schön weiter. Mitgehangen, mitgefangen. Wir sitzen in einem Boot. Wenn Sie von Bord springen, lasse ich Sie absaufen. Ihr Sohn, dieser Gutmensch, wäre bestimmt not amused, wenn er erfährt, was seine Mutter getan hat …«

Marta sprang von ihrem Stuhl auf und wollte sich auf den Anwalt stürzen, doch als sie sein hämisches Gelächter hörte, blieb sie abrupt stehen und ließ die Arme sinken. »Sie sind wirklich eine Ratte. Wie mein Sohn schon sagte«, stöhnte sie.

»Natürlich würde ich Ihrem Sohn dann auch umgehend den Namen der dritten Erbin durchgeben, damit er ihr großzügig anbieten kann, sich ihren Anteil zu nehmen. Und die Presse würde ich ebenfalls informieren. Ich könnte mir vorstellen, das gäbe eine schöne Story. Liebe, Hass, Untreue, Rache und Verbrechen …« Weslsy grinste breit.

»Sie sind ein Schwein!«, entfuhr es Marta.

Der Anwalt hörte nicht auf, über das ganze Gesicht zu grinsen. »Und Sie sind alles andere als eine feine Lady! Aleck war übrigens nicht nur in dieser Angelegenheit ein ausgemachter Dummkopf. Geschäftlich war er ohnehin eine Niete. Er konnte dem Alten nicht das Wasser reichen. Der war ein schlauer Fuchs.«

»Nennen Sie meinen Mann nie wieder beim Vornamen!«, zischte Marta.

»Wir waren Freunde!«, widersprach der Anwalt.

»Das glauben Sie vielleicht!«, zischte sie. »Und was die Dummheit meines Mannes angeht, er hätte auf einen Blick erkannt, dass der Preis, den mir die feinen Herren aus London anbieten, eine Frechheit ist«, fügte sie spitz hinzu, während sie sich zurück auf ihren Platz setzte. Sie hatte eingesehen, dass es keinen Sinn hatte, sich mit diesem kriminellen Winkeladvokaten anzulegen. Er saß am längeren Hebel, und sie war sicher, er würde nicht eine Sekunde lang zögern, seine Drohungen wahr zu machen. Das konnte und wollte sie nicht riskieren. Sie würde unterschreiben, nach London gehen und diesen Menschen für alle Zeiten aus ihrem Gedächtnis streichen.

»Es liegt alles in Ihren Händen, gnädige Frau«, höhnte der Anwalt.

Das Geräusch der Türglocke hielt sie davon ab, ihm weitere Beleidigungen an den Kopf zu werfen.

»Sie können schon mal den Stift zur Hand nehmen«, zischte er, bevor er in Richtung Flur verschwand.

Marta rieb sich die Schläfen, weil sich plötzlich ein stechender Schmerz in ihrem Kopf bemerkbar machte. Wenn ich das doch bloß schon hinter mir hätte, dachte sie. Im Flur hörte sie Wesleys Stimme. Sie klang entsetzlich schleimig. Wie gern würde sie als Siegerin aus diesem Poker hervorgehen. Da kam ihr eine Idee, wie sie den schmierigen Anwalt wenigstens kurzfristig zum Schwitzen bringen konnte … Marta rieb sich voller Vorfreude die Hände.

Mister Wesley sah gar nicht gut aus, als er ins Zimmer zurückkehrte. Er war aschfahl und kratzte sich nervös am Kinn.

»Mister Barclay, Misses McKinnon«, nuschelte er kaum verständlich.

Mister Barclay war ein attraktiver Mann in den Sechzigern und von ausgewählter Höflichkeit. Er deutete zur Begrüßung sogar einen Handkuss an. Marta entrang sich ein Lächeln.

»Sie machen mich mit Ihrem Erscheinen außerordentlich glücklich, Mylady«, sagte er mit einer angenehm sonoren Stimme. Marta musste zugeben, dass er von Kopf bis Fuß ein Gentleman war. Zu ihrer Verwunderung trug er statt eines Maßanzugs die Geschäftskleidung eines vornehmen Highlanders. Aber wieso eigentlich?

»Wie kommen Sie als Engländer auf die Idee, sich wie ein Schotte zu kleiden?«, hörte sich Marta da bereits provozierend fragen. Mister Wesleys Kiefer klappte nach unten, aber er sagte nichts. Mister Barclay hingegen lächelte.

»Sie hätten Ihr Traditionsunternehmen tatsächlich an einen Engländer verkauft? Das hätte ich nicht von einer McKinnon gedacht. Ihrem Mann eilte jedenfalls stets der Ruf voraus, ein echter Schotte zu sein«, bemerkte er süffisant, doch dann wurde sein Blick weicher. »Mein Beileid übrigens.«

Darauf kann ich verzichten, dachte Marta zornig, während Mister Barclays prüfender Blick weiterhin auf ihr ruhte. Das machte sie ausgesprochen nervös. Plötzlich umspielte ein Lächeln seinen Mund. »Ich persönlich würde ein urschottisches Hotel wie das Old Course House niemals an eine englische Konzernkette verkaufen«, erklärte er und schien Freude dabei zu haben, Martas Wut weiter anzuheizen. »Mein Clan ist übrigens gar nicht weit von hier zu Hause. Aber den kleinen Irrtum kann ich Ihnen gar nicht wirklich ankreiden. Sie haben schließlich meinen Bruder erwartet. Der tut gern so, als wäre er in Hampstead Heath auf die Welt gekommen und nicht in einem kleinen Fischerhaus in Ullapool.«

»Sie sind nicht …« Marta stockte.

»Nein, ich bin nicht der legendäre John Barclay. Der ist verhindert. Ich bin der jüngere Bruder Ethan. John meinte, der Fall wäre sonnenklar, und ich müsste mich nicht lange in Dundee aufhalten.« Er tippte sich an die Stirn. »Die Barclays Engländer. Wo gibt es denn so was!«

Marta wünschte sich, der Boden würde sich auftun und sie verschlucken. Wie war sie nur dem Irrtum verfallen, Mister Barclay wäre ein Engländer? Ihr war das derart unangenehm, dass sie spürte, wie sich ihre Wangen röteten. Was musste der Mann von ihr denken? Dass sie an jeden verkauft hätte? Und das Schlimme war, er hatte ja recht. Sie hätte an den Teufel höchstpersönlich verkauft, wenn er ihr diesen Preis geboten und sie auf die Schnelle von Alecks Lebenswerk befreit hätte.

»Ja, dann lassen Sie uns bitte zur Tat schreiten«, mischte sich Mister Wesley nun ungeduldig ein.

Marta aber suchte noch nach einer Erklärung für ihren Fauxpas. Sie war völlig durcheinander. Beinahe wäre sie widerspruchslos den Anordnungen des Anwalts gefolgt, hätte einfach unterschrieben und ihren kleinen Racheplan für Mister Wesley vergessen. Vor lauter Verlegenheit ließ sie ihren Blick ziellos durch den Raum schweifen. Er blieb bei dem Anwalt hängen, der aussah, als würde er gleich platzen vor Wut. Ob ihm das Erscheinen des Bruders seines Mandanten zu diesem Termin diese schlechte Laune bereitet hatte? Da fiel es ihr wieder ein! Sie wollte den Anwalt ja noch ein wenig auf die Folter spannen.

»Ja gern, lassen Sie uns zur Tat schreiten«, flötete sie. »Aber mir blieb leider keine Zeit, den fertigen Vertrag noch einmal zu studieren. Deshalb müssten sich die Herren einen Augenblick gedulden …«

»Aber, liebe Misses McKinnon! Wir haben doch alles bereits im Vorwege geklärt«, unterbrach der Anwalt sie unwirsch. »Sie können mir durchaus vertrauen, dass ich das so zu Papier habe bringen lassen, wie wir es besprochen haben!«

»Aber, Mister Wesley, hätten Sie Misses McKinnon den Vertrag nicht ebenfalls zuschicken können, wie Sie ihn meinem Bruder zugesandt haben?«, fragte Mister Barclay vorwurfsvoll.

»Das ist im Büro offenbar vergessen worden«, brummte der Anwalt.

»Dann müssen wir wohl warten, bis die Dame den Wortlaut studiert hat«, entgegnete Mister Barclay entnervt und warf einen demonstrativen Blick auf seine teure Armbanduhr. »Ich habe den Chauffeur in einer halben Stunde bestellt. Meinen Sie, das schaffen wir?« Diese Frage ging an den Anwalt. Marta grinste in sich hinein. Wenn der Rechtsverdreher seine Macht über sie schon derart ungeniert ausspielte, würde sie ihn im Gegenzug so lange zappeln lassen, wie es irgend ging.

Widerwillig reichte Mister Wesley Marta das Vertragsexemplar.

»Bitte, aber beeilen Sie sich«, zischte er, was ihm einen verständnislosen Blick Ethan Barclays einbrachte. Marta war beeindruckt von diesem Mister Barclay. Sie hatte noch nie etwas von ihm gehört. Im Gegensatz zu seinem Bruder. Dem eilte ein Ruf wie Donnerhall voran. Eiskalt, berechnend und skrupellos. Diesen Eindruck hatte Marta allerdings nicht im Geringsten von seinem Bruder. Als sich ihre Blicke trafen, bevor sie sich zum Schein in das Vertragswerk vertiefte, ahnte sie, warum er so charmant war. Er schien sich für sie als Frau zu interessieren. Marta setzte ein Siegerlächeln auf. Das erleichterte ihr das kleine Spielchen auf Kosten des Anwalts.

»Ich versuche, das Ganze schnell gegenzulesen, und wenn ich Fragen habe, kann ich mich ja direkt an Sie wenden, werter Mister Wesley.« Sie schenkte ihm ein falsches Lächeln.

Nachdem sie ihren Blick eine halbe Ewigkeit lang auf die erste Seite geheftet hatte, hörte sie den Anwalt leise schnaufen. Voller Schadenfreude dachte Marta daran, dass dies erst der Anfang war. In Gegenwart des Hoteliers konnte er ihr auf keinen Fall drohen, noch auf ihre Komplizenschaft verweisen, sondern er musste Contenance wahren. Eine herrliche Vorstellung, die sie bis ins Letzte auskosten würde. Die Stirn in sorgenvolle Falten gelegt sah sie schließlich von dem Dokument auf.

»Also, ich weiß nicht«, murmelte sie. »Ich glaube, Stellmore Castle möchte ich doch behalten.«

Der Anwalt schnaubte wie ein altersschwaches Walross. »Misses McKinnon, das Haus ist Vertragsbestandteil. Ohne das Grundstück kommt der Vertrag nicht zustande. Und jetzt darf ich Sie bitten, nichts infrage zu stellen, worüber man sich längst einig war.«

Marta sah ihn mit gespieltem Bedauern an. »Tja, dann kann ich wohl nicht unterschreiben. Leider«, seufzte sie und unterstrich das ganze Theater mit einem wirkungsvollen Augenaufschlag.

»Mister Wesley, was wird hier gespielt? Mein Bruder hat mir Order gegeben, bei Ihnen einen fertig ausgehandelten Vertrag zu unterschreiben. ›Unterschreiben‹ hat er gesagt. Mehr nicht!«

Obwohl Marta Bedenken hatte, dass sie womöglich zu weit gehen könnte, wollte sie dem Spiel noch kein Ende bereiten. Sie hatte gar nicht gewusst, wie erhebend es war, Macht auszukosten. Und das wollte sie bis an die Grenzen des Möglichen tun.

»Misses McKinnon«, bellte der Anwalt, der kurz davor stand, die Fassung zu verlieren. »Machen Sie jetzt bitte keine unnötigen Schwierigkeiten. Sie waren mit allem einverstanden. Nun bitte, unterzeichnen Sie.« Er hielt ihr seinen Stift hin, den Marta ignorierte.

»Nein, das Hotel verkaufe ich, aber nicht Stellmore Castle«, sagte sie mit solcher Ernsthaftigkeit, dass kein Mensch je darauf kommen würde, dass dies nur ein Spiel war und sie am Ende alles so unterzeichnen würde, wie es auf dem Tisch des Hauses lag. Und dass ihr theatralisches Geziere nur dem einen Zweck diente: den zur Cholerik neigenden Anwalt auf die Palme zu bringen.

»Misses McKinnon!«, brüllte Mister Wesley zu ihrem großen Vergnügen, während sein Kopf die Farbe einer überreifen Tomate annahm.

»Wie reden Sie denn mit der Dame!«, empörte sich Ethan Barclay und wandte sich Marta zu. »Was hat es mit diesem Haus auf sich? Ich denke, mein Bruder ist nur auf das Hotel aus? Ich bin hier, um das Old Course Hotel zu kaufen. Sonst nichts!«

Binnen Sekunden wurde aus dem Spiel bitterer Ernst. Ethan Barclay ahnt nichts von dem neuen Golfplatz, durchfuhr es sie eiskalt. Das wäre eigentlich ein Signal, auf der Stelle aufzuhören und das zu unterschreiben, was der Anwalt wollte. Sonst würde er seine Drohungen wahr machen, und sie stände als Betrügerin da … Aber sie konnte nicht.

»Bitte, Misses McKinnon, klären Sie mich auf!«, bat Ethan Barclay Marta.

»Ihr Bruder plant einen neuen Golfplatz, und Stellmore Castle stört. Deshalb will er es abreißen.« Marta bereute, ihm die Wahrheit gesagt zu haben, kaum dass ihr letztes Wort verklungen war.

Ethan Barclay war sichtlich empört.

»Stellmore Castle abreißen? Ist der wahnsinnig? Das ist einer der schönsten Privatbesitze in der Grafschaft Fife. Das kann man doch nicht machen!«

»Mister Barclay, das ist der ausdrückliche Wunsch von Misses McKinnon gewesen. Sie wollte das Anwesen loswerden. Sie selbst hat sogar vorgeschlagen, wir könnten jetzt endlich den Golfplatz bauen. Sie wusste ja, dass Ihr Bruder an dem

Anwesen interessiert ist. Und mit Aleck McKinnon war nie zu reden. Der Golfplatz wird ein Millionengeschäft für Ihre Firma! Das ist wirklich eine große Chance für Ihr Unternehmen.« Wesleys Stimme klang beschwörend.

Er machte eine kleine Pause in der Hoffnung, dass Ethan Barclay endlich begriff, um was für einen enormen Vorteil es bei diesem Deal für seine Firma ging, doch der Schotte schüttelte nur unwirsch mit dem Kopf.

»Was ist das nur wieder für eine Schnapsidee meines Bruders! Als hätten wir in und um St. Andrews nicht genügend Golfplätze. Ich liebe Golf, aber es gibt Grenzen. Das ist wahrlich kein Grund, die schönsten Gebäude der Grafschaft Fife dem Erdboden gleichzumachen!«

»Ich denke, Sie sollten Ihre persönliche Meinung im Interesse Ihres Unternehmens für sich behalten, Mister Barclay«, entgegnete der Anwalt verärgert. »Solange sich meine Mandantin und Ihr Bruder einig sind, sollten Sie das akzeptieren. Ihr Bruder hat Sie als seinen Vertreter zu diesem Termin geschickt und nicht als Landschaftsschützer!«, fügte er mit Nachdruck hinzu.

Ethan Barclay bedachte den Anwalt mit einem herablassenden Blick. An seinen Hausschuhen blieb er hängen. Er sagte nichts, sondern zog nur eine Augenbraue hoch.

»Sind Sie eigentlich der Anwalt meines Bruders oder der von Misses McKinnon?«

Wesley bekam erneut einen hochroten Kopf. Marta grinste in sich hinein. Wenn Ethan Barclay nur wüsste, wie nahe er der Wahrheit gekommen war, dachte sie, doch der Anwalt hatte sich wieder gefasst.

»Eben weil ich der Vertreter von Misses McKinnon bin, muss ich allein ihre Interessen vertreten. Und sie war es, die Stellmore Castle zum Kauf angeboten hat. Ich befürchte, der Grund, warum sie jetzt ihre Meinung ändert und sich wie ein Fähnchen im Wind benimmt, sind allein ihre Kinder. Die haben die Arme mächtig unter Druck gesetzt und …«

»Misses McKinnon. Stimmt das? War es Ihre Idee, Stellmore Castle für einen Golfplatz zu verkaufen?«

Marta spürte, dass sie das Spiel besser beenden sollte. Tu, was der Anwalt verlangt, ratterte es in ihrem Kopf, aber sie brachte die nötigen Worte nicht über die Lippen. Stattdessen schwieg sie, was Ethan Barclay als Verneinung seiner Frage verstand.

»Wie konnten Sie überhaupt zulassen, dass Ihre Mandantin so etwas Wahnsinniges unterzeichnet?«, fragte er den Anwalt zornig.

»Ihr Bruder hat gesagt, das Geschäft mit dem Hotel platzt, wenn sie ihm nicht auch Stellmore Castle verkauft«, versuchte Mister Wesley alles auf John Barclay zu schieben. »Und ich musste im Interesse meiner Mandantin dafür sorgen, dass es zustande kommt!«

»Aber doch nicht auf diese Weise!«, herrschte ihn Ethan Barclay an. »Wir werden hier gar nichts unterschreiben, bevor ich mit meinem Bruder nicht ein ernstes Wort geredet habe.« Er haute zur Bestätigung mit der Faust auf den Tisch. Marta zuckte zusammen. Der Anwalt funkelte sie hasserfüllt an.

»Ich glaube, das wäre nicht in Misses McKinnons Interesse. Ich denke, ich sollte kurz einmal mit meiner Mandantin unter vier Augen sprechen.«

Marta stieß einen Seufzer aus. Sie wusste, dass sie verloren hatte. Sie konnte nicht zulassen, dass Ethan den Machenschaften seines Bruders und des Anwalts auf die Schliche kam. In dem Fall würde Wesley sie gnadenlos mit in den Abgrund reißen. Offenbar hatte Ethan Barclay keine Ahnung, auf welche enge Weise sein Bruder und der Anwalt verbunden waren.

Nein, Marta konnte es nicht einfach riskieren, dass zu viel Staub aufgewirbelt wurde. Die kleine Racheaktion an Wesley war beendet!

»Schon gut, ich unterschreibe«, sagte sie leise.

Das Aufatmen des Anwalts war deutlich zu hören. Ethan Barclay musterte sie irritiert. »Also, jetzt verstehe ich gar nichts mehr«, murmelte er, während Wesley ihm hektisch sein Vertragsexemplar unter die Nase hielt.

Marta hatte den Stift zur Unterschrift angesetzt, als sie das Geräusch der Türglocke aufhorchen ließ. Es klingelte nicht nur einmal, sondern mehrmals hintereinander.

»Ist das schon Ihr Chauffeur?«, fragte Wesley Ethan Barclay verärgert über diese Störung.

Mister Barclay warf dem Anwalt einen vernichtenden Blick zu. »Mein Chauffeur würde sich niemals durch enervierendes Läuten bemerkbar machen und schon gar nicht an fremden Türen Sturm klingeln. Er wartet in der Regel ganz diskret im Wagen auf mich.«

Nun ertönte ein schriller Dauerton. Er erinnerte an den Klang amerikanischer Krankenwagen. Der Anwalt hatte immer noch einen hochroten Kopf, als er zur Tür ging. Marta vermutete, dass sein Blutdruck in schwindelnde Höhen gestiegen war.

Das Nächste, was sie hörte, waren laute Stimmen und energische Schritte. Und schon standen vier Polizisten im Raum, zwei in Zivil und zwei in Uniform. Zwischen ihnen ein sichtlich angeschlagener Mister Wesley.

»Vielleicht können wir diese Vertragsunterzeichnung noch eben zu Ende führen«, bat er die Beamten.

»Nein, ich möchte jetzt gehen!«, entgegnete Ethan Barclay entschieden und stand auf.

»Sie behalten Platz!«, herrschte ihn der Zivile an, der offenbar das Kommando bei dieser Aktion hatte. »Das ist eine Festnahme und eine Hausdurchsuchung.« Kaum hatte er das ausgesprochen, nahm er sich Martas Vertragsexemplar und warf einen neugierigen Blick hinein.

Ihr wurde abwechselnd heiß und kalt. Offenbar war man ihnen doch auf die Schliche gekommen, und nun würde die Sache zwangsläufig vor Gericht enden. Mit ihr als Angeklagter! Dieser Skandal, durchfuhr es sie entsetzt.

»Detective Inspector, ich kann Ihnen das alles erklären, ich, ich …«, stammelte sie. Wesley sah sie warnend an, aber sie ignorierte ihn, wollte lieber gestehen, dass sie tatenlos zugesehen hatte, wie ein Testament vernichtet worden war, als dass man sie womöglich in Haft nahm.

»Wer sind Sie, wenn ich fragen darf?«

»Misses Marta McKinnnon.«

»Und was wissen Sie über die Entmietungsversuche in der Bellstreet?«

Marta sah den Inspector fassungslos an.

»Was wissen Sie über den Vorwurf gegen Mister Wesley, er habe diverse Hauseigentümer, die nicht bereit zum Verkauf waren, um Platz für ein Einkaufszentrum zu schaffen, mit Gewalt an Leib und Leben bedrohen lassen?«

»G…gar nichts«, stotterte Marta. Sie wusste nicht mehr, was sie denken sollte. Ihre kleine Schweinerei war also nicht aufgeflogen, aber würde der Anwalt nicht plaudern, wenn sie ihn jetzt wegen dieser anderen Sache mitnahmen?

»Mister Barclay, Misses McKinnon, unser Geschäft findet genauso statt wie geplant«, erklärte der Anwalt beherrscht. »Das ist alles ein bedauerlicher Irrtum. Wir sehen uns in meinem Büro. Ich melde mich bei Ihnen.«

Der Inspector blickte prüfend von Marta zu Ethan Barclay. »Wenn Sie dem Constabler noch Ihre persönlichen Daten geben und ihm mitteilen, wo wir Sie bei Bedarf erreichen, können Sie gehen.«

Das ließ sich Marta nicht zweimal sagen. Sie wollte nur noch raus hier. Hastig sprang sie vom Stuhl, reichte dem Polizeibeamten ihren Führerschein und nannte ihm ihre Adresse. Er musterte sie prüfend und verlangte schließlich keinen Adressnachweis von ihr. Stellmore Castle aus dem Mund einer vornehmen Dame wie ihr schien ihm glaubwürdig. Auch Ethan Barclay musste keine weiteren Unterlagen als seinen Führerschein vorzeigen.

Sowohl er als auch Marta hatten es eilig, das Haus des Anwalts zu verlassen. Sie waren schon fast aus der Tür, als ihnen Wesley hinterherrief: »Sie werden noch heute von mir hören! Ich schwöre Ihnen, das sind alles nur üble Verleumdungen! Wir sehen uns morgen in meinem Büro!«

»Das glaube ich kaum«, zischte Ethan Barclay wütend, als sie ins Freie traten. »Mit diesem krummen Hund mache ich keine Geschäfte, solange nicht geklärt ist, wie viel Dreck der Kerl am Stecken hat.« Dann murmelte er kaum verständliche Flüche vor sich hin.

Marta klopfte das Herz bis zum Hals. Was, wenn er seinen Bruder dazu bringen könnte, das Hotel zu kaufen, ihr aber Stellmore Castle lassen würde? Wäre das nicht ein Kompromiss, mit dem sie die Gemüter ihrer Kinder würde beschwichtigen können? Dann hätte sie genau das, was sie von Anfang an gewollt hatte. Das Old Course House könnte sie versilbern, während sie sich den Kindern gegenüber als Retterin von Stellmore Castle präsentierte. Ian würde ihr gewiss von Herzen dankbar sein, Jamie würde vielleicht noch etwas grummeln, aber … Marta räusperte sich. Ja, sie würde Ethan und nicht seinem Bruder diesen Vorschlag unterbreiten.

In dem Augenblick wandte er sich ihr zu. Als könnte er Gedanken lesen, verkündete er energisch: »Weder mein Bruder noch ich werden etwas unterschreiben, solange ich nicht weiß, was hier gespielt wird. Dass meinem Bruder jedes Mittel recht ist, das weiß ich ja schon lange, aber ich dulde nicht, dass der Ruf unserer Unternehmen durch kriminelle Machenschaften leidet. Ich habe übrigens den Verdacht, dass mein Bruder und Ihr Anwalt …«

»Ja, die beiden kennen sich allzu gut. Ich glaube, sie golfen zusammen«, unterbrach Marta ihn rasch, um ihm die Nähe der beiden Männer plausibel zu machen, ohne dass sich sein Verdacht, sie könnten gemeinsame Geschäfte tätigen, weiter erhärtete.

»Das wird ja immer besser! Die Herren sind also Freunde? Und obwohl Sie das wissen, haben Sie sich darauf eingelassen?«, fragte er ungläubig.

Marta schluckte trocken. Nun hatte sie sein Misstrauen nur noch mehr geschürt. Wenn er schon das gemeinsame Golfen anrüchig fand, wie würde er erst über die geschäftlichen Verbindungen der beiden Herren urteilen? Der Schotte erinnerte sie vom Charakter fatal an Ian. Er schien genauso integer zu sein wie ihr Sohn. Wenn dieser Mann erfuhr, was sie getan hatte, würde er sie mit Sicherheit verachten. Marta fragte sich im selben Augenblick, warum ihr so wichtig war, was er über sie denken könnte. Anzeigen würde er sie bestimmt nicht. Damit gefährdete er schließlich den ganzen Deal, und solch ein Gutmensch konnte er doch gar nicht sein, dass er damit seiner eigenen Firma schadete. Oder hatte er im Barclay-Konzern nichts zu melden? Auf jeden Fall schien er völlig ahnungslos, was die Machenschaften seines Bruders anging.

»Misses McKinnon, womit hat er Sie erpresst? Was weiß mein Bruder über Sie? Darin ist er nämlich ganz groß. Informationen über seine Geschäftspartner zu sammeln und sie gegen diese zu verwenden.«

Das Blut schoss Marta in die Wangen.

»Ich verstehe nicht ganz«, entgegnete sie kühl, während ihr das Herz bis zum Hals pochte. »Wie kommen Sie auf einen solchen absurden Gedanken?«

»Sie werden meinem Bruder doch nicht freiwillig angeboten haben, dass er Stellmore Castle abreißen darf, wie Ihr Anwalt mir eben weiszumachen versuchte?«, hakte er in scharfem Ton nach.

Marta wusste nicht, was sie sagen sollte. Wenn sie jetzt log und behauptete, es wäre alles ihre Idee gewesen, würde Ethan Barclay es ihr schlichtweg nicht abnehmen.

»Ich will einmal so sagen«, begann sie zögernd. »Ihr Bruder hat mir dafür eine anständige Summe geboten, und da ich nach dem Tod meines Mannes in London neu anfangen möchte … also … da ich Schottland sowieso zu verlassen gedenke, ist es mir nicht mehr so wichtig.«

»Das klang vorhin aber ganz anders. Zumindest scheinen Ihre Kinder nicht erfreut zu sein von Ihren Plänen.«

»Mein Mann hatte verfügt, dass ich allein über das Vermögen entscheiden kann …« Marta spürte, wie ihr übel wurde. Es fiel ihr schwer, diesen Mann zu belügen. »Aber ich darf Ihnen versichern, wir teilen den Erlös durch drei. Das ist für mich eine Selbstverständlichkeit. Mit dem Geld können sich beide eine eigene Existenz aufbauen. Damit haben auch meine Kinder wirklich keinerlei Grund zur Klage«, ergänzte sie entschieden. »Aber wenn Sie Stellmore Castle aus dem Vertragswerk streichen wollen, an mir soll es nicht liegen. Damit wäre ich einverstanden. Dann ginge es nur noch um das Hotel. Und das ist auch nur ein alter Kasten, den man mit dem entsprechenden Vermögen innen komplett umbauen könnte.«

»Umbauen? Das Old Course House? Sie wissen aber, dass es gerade wegen seiner geschmackvollen Einrichtung beliebt ist, oder?«

»Ja, ja, durchaus, aber der Wellnessbereich ist nicht mehr auf dem heutigen Stand. Daraus könnten Sie eine wahre Goldgrube machen.«

»Danke, dass Sie mir Ihr Haus wie Sauerbier anbieten. Aber ich weiß nicht, ob Geld immer das Wichtigste im Leben sein sollte. Das Old Course House hat sicherlich einen hohen ideellen Wert für Ihre Familie. Und es ist nicht zu unterschätzen, wenn ein Haus in alter Familientradition geführt wird. Mit Verlaub, mir ist der ganze Deal suspekt. Nicht, was unsere Seite angeht. Ich verstehe vollkommen, dass mein Bruder alles tun würde, um dieses Vertragswerk zu unterzeichnen. Für John ist es eine von diesen einmaligen Chancen, die er sich um keinen Preis entgehen lassen wird. Aber was haben Sie davon? Ein bisschen weiß ich ja schon über Ihre Familie. Sind Sie nicht auch Erbin dieser Brennerei? Also Geld wird nicht Ihr Problem sein, aber es gibt Dinge im Leben, die kann man nicht ersetzen. Nein, solange ich nicht weiß, wo bei dieser Sache der Haken ist, werde ich bestimmt nichts dergleichen unterzeichnen.«

Er redet wirklich wie Ian, ging es Marta durch den Kopf. Der Mann war ihr dabei alles andere als unsympathisch. Er stellte sich nur gerade vehement ihren Interessen in den Weg.

»Und wenn wir beide einfach einen neuen Vertrag aufsetzen, ich Ihnen nur das Hotel verkaufe und versichere, dass kein Mensch mich genötigt hat, Stellmore Castle herzugeben?«, fragte sie vorsichtig.

»Es hat sie also kein Mensch genötigt, sagen Sie?«, wiederholte er und zog seine Augenbraue hoch. Das war zwar nur eine klitzekleine Geste, die Marta aber sehr wohl zu deuten wusste: Er glaubte ihr nicht!

»Ich sagte Ihnen doch bereits, dass ich in dieser Angelegenheit erst mit meinem Bruder sprechen muss. Von meiner Seite würde dem Geschäft, immer gesetzt den Fall, es wäre wirklich alles sauber, prinzipiell nichts im Wege stehen. Wenn Sie Ihr Hotel unbedingt loswerden wollen. Aber mit Verlaub, was die Freiwilligkeit angeht, habe ich meine Zweifel. Ich halte Sie nämlich nicht für dumm, gnädige Frau. Und ganz suspekt ist mir die Tatsache, dass Sie Stellmore Castle so einfach veräußern wollen. Wer, der ganz bei Verstand ist, gibt ein Juwel wie Stellmore Castle zum Abriss frei, wenn er nicht überschuldet ist oder dazu erpresst wird? Übrigens hätte Stellmore Castle gar nicht abgerissen werden können, weil es mit Sicherheit auf der Liste der schützenswerten Gebäude steht.«

»Daran habe ich gar nicht gedacht«, entgegnete Marta ehrlich überrascht.

»Mein Bruder wird bestimmt nicht so blauäugig gewesen sein, das zu übersehen. Aber sicherlich hat er in der Behörde seine Kontakte spielen lassen und einfach jemanden geschmiert …« Er stockte. »Ich hätte ihm niemals die Geschäftsführung überlassen sollen«, fügte er grimmig hinzu.

»Sind Sie denn überhaupt nicht in die Geschäfte involviert?«, fragte Marta neugierig.

Ethan Barclay stieß einen Seufzer aus. »Nein, wir haben eine strikte Arbeitsteilung. Ich komme aus der Werbung und bin Chef des Marketings. Ich sorge für ein gutes Image. Mir liegt die Geschäftemacherei nicht. Ich hätte mich mit unseren ersten fünf erfolgreich laufenden Hotels zufriedengegeben, aber für meinen Bruder muss es immer höher und besser sein. Wenn ich ehrlich bin, habe ich schon länger geahnt, dass er zu Mitteln greift, die ich ablehne, aber ich habe den Kopf in den Sand gesteckt. Und ich werde das Gefühl nicht los, dass er mit diesem Wesley unter einer Decke steckt.«

Wenn es nach ihrem Herzen gegangen wäre, hätte Marta ihm am liebsten verraten, dass sein Gefühl ihn nicht trog und Wesley sowohl der Anwalt von John Barclay als wahrscheinlich auch stiller Teilhaber der Barclay-Hotelkette war, aber sie ließ es bleiben. Dann würde er sich nur noch mehr wundern, warum sie sich von einem Nutznießer dieses Vertrags überhaupt vertreten ließ.

»Soll ich ehrlich sein? Meines Erachtens hätten Sie eine Million Pfund mehr verlangen können. Entweder sind Sie unglaublich naiv, oder Sie haben Ihre Gründe, unter Wert zu verkaufen.«

Marta stockte der Atem. Langsam wurde der Mann ihr unheimlich. Jedes Mal, wenn sie etwas dachte, sprach er es aus.

»Wenn Sie wirklich bei Ihrem Entschluss bleiben, das Old Course House an unsere Kette zu verkaufen, würde ich an Ihrer Stelle noch einmal nachverhandeln.«

»Natürlich will ich es verkaufen, und ich würde es auch zu dem bestehenden Preis tun, aber dazu muss erst der verdammte Vertrag unterschrieben werden.«

»Gut, wenn Sie darauf bestehen, unter Preis zu verkaufen,

lasse ich den Vertrag nur für das Hotel von unserem Anwalt schon einmal aufsetzen, und dann können wir ihn unterzeichnen, nachdem ich meinem Bruder auf den Zahn …« Er unterbrach sich und holte sein Telefon aus der Tasche. Ehe Marta sichs versah, hatte er eine Nummer eingetippt.

»Hier ist Ethan, ist John schon zurück von seinem Termin? Ach schade, Misses Young, Sie wissen doch bestimmt, wie sein Anwalt heißt?«

Ethan wandte sich entschuldigend an Marta, der das Herz bis zum Hals klopfte. »Das ist seine Sekretärin. Sie arbeitet auch sonntags.« Er hörte nun aufmerksam zu, was die Dame ihm zu sagen hatte. Seine Miene versteinerte sich. »Und Sie sind sich ganz sicher? Aha, nun schön. Er kommt noch einmal in die Firma. Prima, dann richten Sie ihm aus, ich käme heute Abend mit einem Champagner vorbei, um mit ihm auf den erfolgreichen Geschäftsabschluss mit Misses McKinnon anzustoßen. Ja, genau. Ich glaube auch, er wird sich riesig freuen.« Bei diesen Worten fixierte er Marta mit unheilvollem Blick und beendete das Gespräch.

»Haben Sie das gewusst? Dass Ihr Anwalt auch der Anwalt meines Bruders ist?«

Marta zog es vor zu schweigen. Sie senkte den Kopf und fixierte ihre Fußspitzen.

»Also ja. Wissen Sie, dass ich aus der Sache nicht mehr schlau werde und eine echte Schweinerei dahinter vermute? Und dass ich glaube, dass Sie, Misses McKinnon, mittendrin stecken!«

»Sie wissen gar nichts«, fauchte Marta zurück.

»Dann werden Sie wohl Licht in das Dunkel bringen müssen.«

»Ich will nur das Hotel loswerden. Mehr nicht!« Marta wurde jetzt lauter.

»Und ich werde verhindern, dass der Vertrag geschlossen wird, solange ich nicht die Garantie habe, dass die Sache korrekt ist. Da kann ich mir nämlich noch so gute PR-Kampagnen für unsere Hotels ausdenken. Wenn ruchbar wird, dass die Geschäftspraktiken meines Bruders nicht koscher sind, ist das leider vergebliche Mühe. Und diese Sache stinkt nun einmal zum Himmel.«

»Sie leiden doch unter Verfolgungswahn«, keifte Marta und wandte sich zum Gehen. Sie zitterte am ganzen Körper. Dieser Mann war offenbar unbestechlich und an der kompromisslosen Aufklärung der Wahrheit interessiert. Nein, ein skrupelloser Geschäftsmann wie sein Bruder war er nicht!

»Sie wollen also nicht mit mir dinieren gehen, um von Mensch zu Mensch mit mir zu plaudern und sich vom Herzen zu reden, auf was Sie sich da eingelassen haben?«

Marta blieb ihm die Antwort schuldig, sondern setzte ihren Weg ungerührt fort.

»In Ordnung!«, rief er hinter ihr her. »Dann werde ich eben Ihre Kinder zum Dinner einladen. Vielleicht können die mir helfen.«

Wütend fuhr Marta herum. »Unterstehen Sie sich!«

Zu ihrer Verwunderung umspielte ein Lächeln seinen Mund. »Sie haben die Wahl. Gehen Sie mit mir zum Dinner, oder ich diniere mit Ihren Kindern.«

»Sie haben gewonnen! Wo und wann?«

»Ich rufe Sie an«, erwiderte er.

»Sie haben doch gar keine Nummer von mir.«

»Marta McKinnon, Stellmore Castle. Ich denke, da gibt es nur die eine. Und noch eins. Brechen Sie jeglichen Kontakt zu diesem Anwalt ab! Er ist eine ganz miese Ratte, die – und dessen seien Sie sich sicher – keinen Tag länger die Barclay-Kette vertreten wird.« Mit diesen Worten eilte er auf einen Jeep zu, an dessen Steuer ein Chauffeur saß.

Marta blickte dem Wagen unschlüssig hinterher. Was sollte sie davon halten? Sie war sicher, dass er es gut mit ihr meinte, dass er ihr helfen wollte, weil er glaubte, sein Bruder würde sie erpressen. Ja, er vermutete offensichtlich, sein Bruder sei das

Schwein in dieser Angelegenheit. In Wahrheit hatte auch John Barclay keinen Schimmer, warum sie ihm und seiner Kette so bereitwillig Stellmore Castle zum Fraß vorwarf. John Barclay hatte sich eher auf ein zähes Ringen um das Anwesen eingestellt, denn dass er darauf aus war, dort seinen Golfplatz zu bauen, hatte er ja nun schon viele Jahre Aleck gegenüber deutlich gemacht. Und dabei die Erfahrung gemacht, dass er bei Mister McKinnon auf Granit biss. Dass er es allein seinem Anwalt und dessen krimineller Energie zu verdanken hatte, dass es ihm nun beinahe wie reifes Obst in den Schoß gefallen wäre, darauf wäre selbst der große John Barclay nicht gekommen. Nein, diese Erpressung ging allein auf Wesleys Konto.

Marta erinnerte sich an jede Einzelheit der entscheidenden Augenblicke in Wesleys Büro: Marta in Tränen aufgelöst, immerfort weinend: »Wie konnte er uns das nur antun?« Wesley überfliegt das Dokument. Seine Miene verfinstert sich. »Wenn Ihre Tochter das Hotel erbt, können Sie es ja gar nicht an Barclay verkaufen.« Marta stutzt: »Ist das Ihre einzige Sorge? Sehen Sie nicht, dass meine Tochter es sich mit der da teilen muss?« Marta deutet angewidert auf das Testament. »Es missfällt uns beiden sehr, nicht wahr?«, bemerkt der Anwalt lauernd. Marta nickt. Sie weiß, dass der Anwalt auch wütend ist. Als Marta ihm gestern am Telefon angedeutet hat, dass sie das Hotel verkaufen will, konnte er seine Freude kaum verbergen. »Würden Sie auch an die Barclay-Kette verkaufen?«, hat er als Erstes gefragt. Als Marta ihm versichert, liebend gern auch an Barclay zu verkaufen, verspricht der Anwalt, sofort einen Vertrag aufzusetzen. Den kann er vergessen, wenn Jamie das Hotel erbt. Jamie und diese …

Ich hätte es vorher und ohne Zeugen verschwinden lassen sollen, denkt Marta, während der Anwalt ihr gegenüber an seinem Schreibtisch sitzt und das Testament mit spitzen Fingern festhält. Dann steht er auf und geht zu einem Gerät. Marta begreift nicht sofort, um was es sich dabei handelt. »Ich weiß, was

Sie von mir verlangen. Marta. Und wir kennen uns so lange, dass ich Ihnen diesen kleinen Gefallen tue!« Er steckt das Papier hinein. Marta hört nur noch das surrende Geräusch eines Reißwolfs, wie es gierig Alecks Testament frisst. Und mit den feinen Streifen, in denen das Gerät es binnen Sekunden zerschreddert, ist Wesley nun der Herr über den Letzten Willen seines Mandanten geworden. Das begreift Marta aber nicht sofort. Zu groß ist ihre Erleichterung darüber, dass das Testament für immer verschwunden ist. Sie wacht erst auf, als sie ihn sagen hört: »Sie werden Barclay auch Stellmore Castle verkaufen.« Sie bereut in diesem Augenblick zutiefst, dass sie das verdammte Papier nicht im Kamin verbrannt hat. Dann hätte es in ihren Händen gelegen, Alecks Letzten Willen in ihren eigenen umzuwandeln.

»Muss ich noch extra verfügen, dass Jamie Old Course bekommt und Ian Stellmore Castle, oder wirst du alles in meinem Namen regeln, wenn ich tot bin?«, hatte Aleck sie gefragt, nachdem er die Diagnose bekommen hatte. Marta hatte es ihm in die Hand versprochen. Warum nur hatte er es sich an seinem Todestag plötzlich anders überlegt und alles schriftlich niedergelegt? Doch nur, damit er sicherstellen konnte, dass die Dritte im Bunde auch bedacht wurde. Hatten ihn seine Zweifel, ob Marta die frisch gebackene Erbin womöglich unterschlagen würde, dazu gebracht?

Hätte ich ihre Existenz freiwillig erwähnt, wäre ich dann alleinige Herrin über sein Vermögen gewesen?, fragte sich Marta in diesem Augenblick. Sie war wenigstens ehrlich vor sich selbst: Niemals! Marta hätte sie totgeschwiegen. Und das musste Aleck geahnt haben, obwohl er an dem Tag bereits mehr tot als lebendig gewesen war. Wenn er gekonnt hätte, so hätte er ihr mit Sicherheit nicht das Schreiben anvertraut, aber was hätte er tun sollen? Es war alles ein Wettlauf gegen die Zeit gewesen. Marta würde nie seinen verklärten Blick vergessen, nachdem er das Dokument unterschrieben hatte. »So ist alles gut. So kann ich gehen«, hatte er gemurmelt. Marta würde auch nie vergessen, wie sie endlich in der Nacht am Kamin gelesen und ihr Blick sofort an dem fremden Namen hängen geblieben war. Am nächsten Morgen hatte sie einen Termin mit Wesley gemacht und ihm angekündigt, sie werde das Hotel verkaufen! Und das, obwohl sie wusste, dass sie dazu wegen dieses dummen Wisches gar nicht mehr befugt war …

Warum fehlte mir bloß der Mut, es in die Flammen zu werfen?, fragte sich Marta zum wiederholten Mal voller Verzweiflung, dann wäre ich nicht in dieser misslichen Lage. Gott, was, wenn dieser integre Ethan Barclay wüsste, dass ich die eigentliche Verbrecherin bin, dachte Marta gequält. Immerhin habe ich Stellmore Castle zurückerobert, versuchte sie sich zu trösten, jenes viktorianische Schmuckstück, in dem die Erfolgsgeschichte der Familie McKinnon begonnen hatte.

Kinross, Juni 1940

Mairi wusste nicht genau, wie lange sie schon gerudert waren. Das Schloss lag zwar seit geraumer Zeit vor ihnen, doch sie hatte das Gefühl, als kämen sie ihm nicht wirklich näher. Das lag sicher an dem Wind, der ihnen entgegenpfiff, und an den hohen Wellen. Sie waren zwar bei Sonnenschein losgerudert, aber dann hatte eine Wolke gigantischen Ausmaßes wie aus dem Nichts den Himmel verdunkelt. Sie sah merkwürdig aus, anders als sie üblichen Regenwolken, die aus Westen kamen. Allein die Farben waren ungewöhnlich. Grau und orange. Obwohl das kleine Boot gefährlich schaukelte, fühlte sich Mairi völlig sicher. So ging es ihr immer, wenn Aidan in ihrer Nähe war. Wenn er bei ihr war, fühlte sie sich unbesiegbar.

Liebevoll betrachtete sie sein konzentriertes Gesicht, sein ausgeprägtes Kinn, den vor Anspannung mahlenden Kiefer, wobei ihr Blick hin und wieder verschämt zu seinen ausgeprägten Muskeln, die sich deutlich unter seinem Hemd abzeichneten, schweifte. Keine Frage, er war immer noch ein attraktiver Mann für sie, aber sie vergaß keinen Augenblick, dass sie ihn nicht mehr begehren durfte. Anfangs hatte ihr dieses Wissen so manche Qual bereitet. Es war ihr nicht immer leichtgefallen, in ihm den Mann zu sehen, für den sie ausschließlich schwesterliche Gefühle hegen durfte. Mitunter war sie von diesem Pfad abgewichen, aber nur in Gedanken. Und in solchen Augenblicken wünschte sie sich, das Ganze wäre nur Murron Haigs Phantasie entsprungen. Und dass diese sie aus Eifersucht belogen hätte, nur um sie in Dornie zu halten. Doch tief in ihrem Inneren wusste Mairi, dass es die Wahrheit war. Aidan war wie ein Teil ihrer selbst. Erst seit sie ihn gefunden hatte, fühlte sie sich vollständig. Diese Empfindung war so stark, dass es nur die eine Erklärung geben konnte, nämlich die, dass es tiefere Bande als die Liebe zwischen Mann und Frau waren, die sie untrennbar miteinander verbanden. Besonders schwer fiel es ihr, diese Gewissheit zu akzeptieren, wenn er sich wieder einmal nicht an die Vereinbarung hielt, in ihr nicht mehr zu sehen als eine Schwester. *Wenn du je etwas anderes in mir siehst als eine Schwester, dann muss ich dein Haus auf der Stelle verlassen.* Das war ihre Bedingung gewesen, wenn sie fortan unter seinem Dach leben sollte. Insgeheim hatte sie gehofft, er würde über das Wort »Schwester« stolpern und der Wahrheit vielleicht selbst auf die Spur kommen, aber das war ein frommer Wunsch geblieben. Er hielt sie für eine durch und durch moralisch integre Person, die ihm jegliche körperliche Annäherung nur aus dem einen Grund versagte: weil er verheiratet war und ein Kind hatte. Das bewies seine immer wiederkehrende Frage: Warum bist du so streng? Ich habe dich doch vor ihr begehrt, warum willst du nicht wenigstens meine Geliebte werden? Wie oft war sie versucht gewesen, ihm zu verraten, dass sie das brüderliche Verhalten seinerseits nicht nur im übertragenen Sinn verlangte. Einmal, da war sie kurz davor gewesen, es ihm zu gestehen. Damals in der zweiten Nacht, als er sich in ihr Bett geschlichen hatte. Sie sah alles noch vor sich, als wäre es gestern gewesen.

»Du hast eine Frau!«, fauchte sie ihn nach ihrem ersten Schrecken an, während sie ihn unsanft auf den Boden beförderte.

»Ich kann das nicht«, jammerte Aidan. »Seit du bei uns im Haus bist, bekomme ich kein Auge mehr zu. Es hat keinen Zweck, länger gegen unsere Liebe anzukämpfen. Ich bin bereit, alles, was mir lieb und teuer ist, für dich zu verlassen. Hör endlich auf, mir einzureden, dass ich bei Jamielle bleiben soll. Ich gehe mit dir ans Ende der Welt, wenn ich dich nur endlich berühren darf, den Duft deines Körpers einatmen darf und dich lieben, lieben, lieben, lieben. Und zwar ganz!«

Mairi hatte es schier das Herz brechen wollen. »Du kannst doch dieses Hotel nicht einfach aufgeben. Du hast all deine Kraft aufgebracht, damit es ein anderes Haus wird als zu Zeiten deiner Schwiegereltern. Du hast aus Stellmore House ein Stellmore Castle gemacht. Hast mit eigener Hände Arbeit geschuftet, um dieses Juwel daraus zu zaubern. Das darfst du nicht aufgeben.«

»Ich kann nicht anders!«, hatte er unter Tränen gestanden. »Ich muss dich besitzen. Sonst werde ich verrückt. Wir werden überall auf der Welt ein größeres und schöneres Hotel aufbauen. Wenn ich dich nur spüren darf.«

Ich muss es ihm sagen, hatte es in ihrem Kopf gehämmert. Ich muss! Aber es fiel ihr so schwer. Würde er ihr nicht übel nehmen, dass sie das Geheimnis schon so lange mit sich herumgetragen hatte?

»Aber du kannst Boyd nicht alleinlassen, und Jamielle, die dich abgöttisch liebt!« Das war ihr letzter Versuch gewesen, seine Leidenschaft in freundschaftliche Bahnen zu lenken.

»Mir ist alles gleichgültig, wenn ich dich nur endlich besitzen darf!«, hatte er beinahe trotzig entgegnet.

Das war der Augenblick gewesen, in dem sie keinen Ausweg mehr gesehen hatte, als ihn in das Geheimnis von Lady Fiona einzuweihen oder jedenfalls in das, was sie dafür hielt. Damit würde sie zwar das geheiligte Bild seiner Mutter vom Sockel stoßen müssen, aber sie würde ihn mit einem Schlag von seiner Leidenschaft heilen können.

Doch wie jedes Mal, wenn sie nahe daran war, ihm die Wahrheit zu gestehen, fing er plötzlich an, mit verklärtem Blick von seiner Mutter zu schwärmen.

»Meine Mutter würde bestimmt wollen, dass ich mich zu dir bekenne. Denk nur daran, was sie aus Liebe zu meinem Vater getan hat. Ich erinnere mich kaum an sie, aber ich weiß, dass sie ein Engel war, ein Engel der wahren Liebe. Mein Vater, der grobe Klotz, hat es zeitlebens nicht würdigen können, dass sie aus Kummer über seinen vermeintlichen Tod ins Wasser gegangen ist.«

Nicht aus Liebe für deinen Vater, sondern aus Angst vor ihm und vor Scham, ging Mairi durch den Kopf. Wie gern hätte sie ihm entgegengeschleudert, dass es keine Heldentat war, sich umzubringen und zwei kleine Kinder mutterlos zurückzulassen. Sie konnte sich seine vor Entsetzen geweiteten Augen bildlich vorstellen. Zwei?, würde er fragen. Ja, zwei, dich und mich!, würde sie erwidern. Ja, in ihrer Vorstellung hatte sie das bereits hundertmal durchgespielt, wie es sein würde, wenn sie es ihm endlich verriet, aber sie brachte es auch dieses Mal nicht übers Herz, ihn seiner Illusionen zu berauben.

Trotzdem hatte sie der ungezügelten Leidenschaft, die Aidan ihr entgegenbrachte, damals in der zweiten Nacht unter seinem Dach ein jähes Ende bereiten müssen. »Ich liebe dich nicht so wie du mich«, hörte Mairi sich sagen, als wäre es erst gestern gewesen.

Und sie hatte auch noch sein fassungsloses Gesicht vor Augen, während sie ihm weitere faustdicke Lügen aufgetischt hatte.

»Ich werde deine Gefühle nie erwidern, weil ich keinen Mann je so lieben kann, wie du es von mir erwartest. Mir ist der Gedanke an körperliche Nähe zuwider. Ich möchte nicht, dass mir ein Mann zu nahe kommt!« Sie war laut geworden. Ihre Stimme hatte sich überschlagen.

»Aber, Liebes, was hast du Schreckliches erlebt? Bitte sag es mir. Du kannst mir vertrauen. Ist dir je ein Mann gegen deinen Willen zu nahe getreten. Ist es das?«

Mairi spürte noch heute ihr schlechtes Gewissen, das sie geplagt hatte, während sie unter Tränen erwidert hatte: »Ja, aber bitte frag nie wieder danach!« Ihre Tränen aber waren echt gewesen.

Aidan hatte ihr Gesicht in beide Hände genommen und ihr die Tränen weggeküsst. Mairi hatte sich nicht gewehrt.

»Ich werde in dir eine Schwester sehen, wenn du nur bei mir bleibst«, hatte Aidan ihr mit bebender Stimme versprochen.

»Mairi, träum nicht! Halt dich fest. Da kommt eine Welle.« Mit diesem Ruf riss Aidan sie aus ihren Gedanken. Es gelang ihr gerade noch rechtzeitig, ihre Finger in die Bordwand zu krallen, bevor das kleine Ruderboot in ein Wellental krachte.

»Wir müssen umkehren. Es frischt noch mehr auf! Und der Wind kommt von vorn«, mahnte Aidan, während er das Boot unter Mühen wendete.

Mairi nickte. So gern sie einmal die Insel betreten hätte, auf der sich das sagenumwobene Schloss Loch Leven befand, aber die düsteren Wolken über ihnen gaben Aidan recht. Doch es war zu spät. Schon wurde der Himmel von einem Blitz hell erleuchtet. Staunend betrachtete Mairi das Naturschauspiel, weil Gewitter in Schottland eine Seltenheit waren. In ihrem Leben hatte sie es nur zwei Mal erlebt, dass der Himmel so hell geleuchtet hatte. Ein ohrenbetäubender Lärm ließ sie zusammenzucken. Es war also fast über ihnen. Das hatten sie in der Schule gelernt. Man konnte abschätzen, wie weit ein Gewitter entfernt war. Fünf Sekunden waren etwa eine Meile. Mairi ließ ihren Blick fassungslos über den See schweifen. Kein einziges Boot war unterwegs außer ihrem. Das Ufer schien endlos weit weg zu sein. Auf den Wellenkämmen waren jetzt Schaumkronen, wie Mairi sie sonst nur vom Meer kannte oder von zu Hause, wenn der Loch Duich außer Rand und Band geriet. Überall erhellten Blitze die Finsternis, die sich wie ein Schatten gleichmäßig über dem Wasser ausgebreitet hatte. Plötzlich sah sie es direkt vor sich hell funkeln.

»Leg dich flach auf den Boden«, brüllte Aidan, als der Donner folgte. Mairi tat, was er verlangte. Nun setzte auch noch prasselnder Regen ein. Als der nächste Donner über den See grollte, kauerte sich Aidan neben sie auf die Planken. Blitz und Donner wechselten sich nun in einem infernalischen Reigen ohne Pause ab.

Auf dem engen Schiffsboden lagen sie so eng zusammen, dass zwischen ihre Körper nicht einmal ein Stück Papier gepasst hätte.

»Hab keine Angst«, raunte Aidan ihr ins Ohr. »Ich bin ja bei dir. Und wenn wir ertrinken, dann gemeinsam.« Das klang eher zuversichtlich als ängstlich. »Komm, leg dich in meinen Arm. Das ist bequemer.«

Als Mairi sich in seine Armbeuge gekuschelt hatte, fühlte sie sich noch sicherer. Wie immer, wenn Aidan sie beschützte, hatte sie das Gefühl, dass ihr nichts geschehen konnte. Plötzlich musste sie an Murron Haigs denken. Schon etliche Male hatte sie sich vorgenommen, sie einfach in ihrem Laden in Kirkcaldy zu überraschen. Doch neulich hatten Nachbarn in Kinross ihr erzählt, Murron Haigs hätte ihr Geschäft aufgegeben und wäre zurück nach Dornie gegangen. Mairi hatte bislang nicht gewagt, sich mit eigenen Augen davon zu überzeugen. Zu groß war ihre Angst, dass sie jene Frau, die sie einst »Mutter« genannt hatte, für immer verloren hatte. Je länger es her war, dass sie Murron verlassen hatte, desto weniger nahm sie ihr die hässlichen Bemerkungen zum Abschied übel. Im Gegenteil, sie war sich in den vergangenen zwei Jahren darüber im Klaren geworden, dass diese Frau sie wie ein eigenes Kind geliebt und sie nur aus Angst, ihr könnte etwas zustoßen, so überbehütet hatte. Und dass ihre Beleidigungen ein einziger Hilfeschrei gewesen waren.

Ein ohrenbetäubender Donner ließ Mairi zusammenfahren. Sie griff nach Aidans Hand und drückte sie fest. Er bewahrte immer noch Ruhe, aber das tat er stets, wenn es um ihn herum toste. Dann war er wie ein Fels in der Brandung. Plötzlich musste sie daran denken, aus welchem Grund sie heute überhaupt einen Ausflug zu zweit gemacht hatten. Aidan hatte darauf bestanden, weil er sich morgen auf die Reise nach Afrika machen musste. Britisch-Somalia hieß sein Ziel. Aidan hatte sich freiwillig zum 42. Regiment gemeldet, den Black Watch, wie sie auch respektvoll genannt wurden. Jamielle, seine Frau, war außer sich vor Zorn gewesen, dass ihr Mann das Hotel für den dummen Krieg verlassen wollte. Doch Aidan hatte sich wie immer durchgesetzt. So ehrgeizig er auch war, er hielt es für seine Pflicht, in Afrika gegen die Italiener zu kämpfen.

Mairi hatte sogar Verständnis dafür, wie sie eigentlich immer für alles Verständnis hatte, was ihr Bruder tat. Manchmal überkam sie ein gewisses Mitleid mit Jamielle, die schließlich nicht ahnen konnte, welches unzerstörbare Band Aidan und sie zusammenhielt. Mairi würde nie ihr erstes Aufeinandertreffen vergessen. Sie war damals direkt aus dem Laden ihrer Mutter mit zu seinem Haus gefahren. Die Familie bewohnte einen Flügel des prächtigen viktorianischen Anwesens, das Mairi sehr beeindruckt hatte. Und das Aidan, wie er ihr versichert hatte, von einer kleinen Familienpension in eines der besseren Hotels verwandelt hatte. Aidan wäre – und dessen war sich Mairi sicher – heute seinem Ziel, einer der erfolgreichsten Hoteliers Schottlands zu sein, ein ganzes Stück näher, wenn der Krieg seine ehrgeizigen Pläne nicht durchkreuzt hätte. Zurzeit standen die Hälfte der Zimmer von Stellmore Castle leer. Aidan konnte sich zwar freuen, dass es immer noch reiche Stammkunden gab, die sich trotz des Krieges ihren Urlaub auf dem Lande nicht nehmen ließen, aber viele andere verzichteten auf dieses Vergnügen. Besonders die Gäste aus London, die in ständiger Angst schwebten, die deutschen Bomber könnten ihre Stadt angreifen, waren in ihre Landhäuser geflüchtet. So waren die Gäste, die zurzeit im Hotel wohnten, vorwiegend solche Londoner, die kein eigenes Landhaus besaßen und sich in Schottland sicherer fühlten.

Immer noch tobte das Gewitter über Mairi und Aidan, doch der Wind hatte nachgelassen, und die Abstände zwischen Blitz und Donner wurden länger.

»Wohin uns das Boot wohl treibt?«, fragte Mairi.

»Wenn wir Glück haben, zum rettenden Ufer.« Er drückte ihr zur Bekräftigung, dass alles gut werden würde, die Hand.

»Willst du gar nicht wissen, warum ich dich zum Schloss Loch Leven entführen wollte?«, fügte er geheimnisvoll hinzu.

»Verrat es mir bitte«, seufzte sie.

»Ich wollte dir etwas geben für den Fall, dass mir etwas zust...« Aidan wurde von einem mörderischen Knall unterbrochen. Mairi schrie laut auf. Er zog sie noch fester in seinen Arm und redete beruhigend auf sie ein. »Der Blitz ist ganz in der Nähe eingeschlagen, aber nicht in unser Boot. Das war nur ein letztes Aufbäumen des Gewitters. Lass uns noch einen kleinen Augenblick in Deckung bleiben. Kennst du die Geschichte von Schloss Loch Leven?«

»Erzähl sie mir!«, bat Mairi Aidan. Sie liebte es, wenn er ihr zu allen möglichen Orten die passende Geschichte erzählte. Und sie konnte in diesem Augenblick sehr gut eine beruhigende Geschichte gebrauchen. Auch wenn sie sich in Aidans Arm geborgen fühlte, war es ihr doch nicht ganz geheuer, unter freiem Himmel mitten in ein Gewitter geraten zu sein.

»Du weißt, dass Maria Stuart einst auf Schloss Loch Leven festgehalten wurde?«

»Das lernt jedes Kind in der Schule«, lachte sie. »Der Adel ließ sie dort einkerkern, weil sie ihre eigene Entführung inszeniert und den Grafen Bothwell geheiratet hat, den Mann, der angeblich ihren zweiten Gatten, Lord Darnley, ermordet haben soll ...«

»Dann weißt du sicher auch, wie sie sich aus ihrem Kerker befreit hat, du kluge Frau.«

»O nein, so einfach kommst du mir nicht davon. Erzähl!«

Sie kuschelte sich noch tiefer in seine Armbeuge. Das war einer von jenen seltenen Momenten mit ihm, den sie unbeschwert genießen konnte. Über ihnen das letzte Zucken und Grollen und sie behütet in seinem Arm. In solchen Augenblicken ging ihr das Herz über vor schwesterlichen Gefühlen. Sie liebte seine tiefe, raue Stimme.

»Nach elf Monaten Gefangenschaft verliebte sich einer der

jungen Knappen in Maria – in diesem Punkt stand sie ihrer englischen Cousine in nichts nach –, und dieser stahl unter Gefahr für Leib und Leben die Schlüssel zur Burg, befreite sie, wofür er mit einem Kuss auf die Wange belohnt wurde – er soll sich danach nie wieder das Gesicht gewaschen haben –, und ruderte sie ans Festland. Dort warteten ihr treu ergebene Adelige auf sie. Die Schlüssel sollen heute noch auf dem Grund des Sees liegen. Maria wurde von ihren Anhängern in ein Versteck gebracht, von wo aus sie eine Armee mobilisierte, um ihren Thron wieder zu erkämpfen. Jedoch wurde sie 1568 in der Schlacht von Langside geschlagen …«

»… und was dann kam, das wissen wir ja. Sie flüchtete zu ihrer Cousine nach England, weil sie glaubte, dort in Sicherheit zu sein.«

»Ich wollte dir die Geschichte von dem Knappen oben auf den Zinnen des Schlosses erzählen und dir etwas geben«, bemerkte Aidan versonnen. »Siehst du, auch ein Mann, der eine Frau nur platonisch lieben darf, würde alles für sie tun. Wie ich!«

Mairi kannte auch diese Augenblicke in ihrem Zusammensein. Wenn Aidan anfing, durch die Blume darüber zu lamentieren, dass sie ihm nicht mehr Nähe erlaubte. Er glaubte bis heute, dass der Grund für ihre körperliche Abwehr eine angebliche Vergewaltigung, über die sie nicht sprechen wollte, wäre. Sie hatte es nie richtiggestellt, sondern ließ ihn in dem Glauben. Über ihr zuckte es noch einmal hell am Himmel. Sie zählte mit, und als sie bei fünfzehn angekommen war, sagte Aidan: »Ich glaube, die Gefahr, dass ein Blitz uns trifft, wenn wir aufrecht sitzen, ist gebannt.« Mairi wand sich aus seinem Arm und setzte sich auf die Bank zurück. Der Wind hatte sich gelegt, und bis auf ein leises Grummeln hatte sich das Gewitter verzogen. Am Horizont wurde es wieder sommerlich hell. Und auch die dunkle Wolke über ihnen hatte sich vollständig aufgelöst. Die Luft war rein und klar. Sie waren tatsächlich in Richtung Kinross getrieben. Auch Aidan setzte sich auf die Ruderbank zurück. Er warf einen flüchtigen Blick auf seine Armbanduhr.

»Es ist leider zu spät, um zum Schloss zu rudern«, seufzte er mit sichtlichem Bedauern.

»Dann verrate mir wenigstens, was du mir dort geben wolltest.«

Aidan holte eine kleine Schachtel aus seiner Jackentasche und überreichte sie ihr.

»Ich wollte dir etwas schenken für den Fall, dass ich nicht mehr aus Afrika zurückkehren sollte«, raunte er feierlich.

»Sag doch nicht so etwas!«, empörte sich Mairi.

»Nun pack es schon aus!« Aidan schien sehr ungeduldig zu sein.

Vorsichtig hob Mairi den Deckel und erstarrte, als sie den Inhalt erblickte. Ihr Herz klopfte bis zum Hals. Es war der blaue Saphir, den ihre Mutter auf dem Gemälde am Finger trug.

»Das … das … kannst du nicht machen …«, stammelte sie.

»Doch, wenn er einer zusteht, dann dir. Du bist die Frau meines Herzens …«

Mairi aber hörte ihm gar nicht mehr zu. Sie konnte ihren Blick nicht von dem rauchblauen Sternsaphir lösen. Durch die Rutilnadeln, die im Mineral enthalten waren, entstand eine perfekte sechsstrahlige Reflexion. In diesem Augenblick bahnte sich ein einzelner Sonnenstrahl den Weg zur Erde und brachte den Edelstein kräftig zum Funkeln.

»Siehst du, das ist ein Zeichen, dass meine Mutter ihn an deiner Hand sehen möchte«, hörte sie Aidan wie von ferne sagen.

Unsere Mutter, dachte Mairi, sie ist *unsere* Mutter. Und zum ersten Mal in ihrem Leben wagte sie, was ihre Herkunft betraf, weiterzudenken als je zuvor. Wer wohl jener Mann gewesen war, mit dem Fiona Sir Calum, Aidans Vater, betrogen und sie gezeugt hatte? Sie glaubte fest daran, dass dieser Mann Lady Fionas große Liebe gewesen sein musste. Aber was musste in ihrem Kopf vorgegangen sein, als sie sich in die Fluten gestürzt hatte, nachdem sie ihr Neugeborenes einfach sich selbst überlassen hatte?

Den Blick starr auf dem immer noch märchenhaft funkelnden Stein, fasste Mairi einen folgenschweren Entschluss: Sie würde nach Dornie reisen, um mehr über Lady Fiona herauszubekommen. Sie würde Murron Haigs zuhören. Etwas, das sie damals in jener grauenhaften Nacht nur mit halbem Ohr getan hatte. Die Informationen waren an ihr nur so vorübergerauscht. Das Einzige, das sie begriffen hatte, war die Tatsache, dass ihre leiblichen Eltern Aidans Mutter und ein unbekannter Kerl gewesen waren. Aber wer war der Mann gewesen? Zum ersten Mal tat ihr nicht nur ihr Bruder leid, den Lady Fiona allein mit seinem Vater zurückgelassen hatte, sondern sie sich selbst. Was muss das für eine Frau gewesen sein, die ein hilfloses Baby im Gebüsch zurücklässt, bevor sie sich das Leben nimmt? Wollte sie, dass ihr Kind ebenfalls starb? Hatte Mairi ihr Leben wirklich Murron Haigs zu verdanken, die den halb erfrorenen Säugling zur Hebamme gebracht hatte? Die dann Schweigegeld von ihr erpresst hatte? Ob diese alte Hexe mehr weiß? Schließlich hatte sie ihre Mutter entbunden. Mairi schüttelte sich bei dem Gedanken an die alte Bonnie Chattan. Und trotzdem würde sie die Hebamme unbedingt befragen müssen. Und war nicht, wenn sie es recht überlegte, sie das arme Kind gewesen? Aidan hatte Fiona wenigstens im Schutz der Burg zurückgelassen. Mairis Gedanken überschlugen sich förmlich.

»Gefällt er dir nicht?«, fragte Aidan besorgt.

»Doch, sehr«, sagte sie und blickte ihm in die Augen. Es war ihr manchmal, als würde sie in ihre eigenen sehen. Nur die Farbe unterschied sich, aber die tiefe Traurigkeit, die sie ausstrahlten, verriet ihr, dass sie dasselbe Schicksal erlitten hatten. Ob Aidan sich auch manchmal fragte, woher diese gewisse Ähnlichkeit zwischen ihnen beiden herrührte? Die dunklen Locken, der melancholische Blick?

Mairi wandte sich dem Ring zu. »Er ist wunderschön!«, seufzte sie.

»Heißt das, du nimmst ihn an?« Seine Stimme klang freudig erregt.

Mairi nickte.

»Du machst mich zum glücklichsten Mann der Welt«, jubelte er. »Und ich habe schon gedacht, du wirst das Geschenk ablehnen wie alles, was dir zu sehr ans Herz geht.«

Ich werde ihm jetzt die Wahrheit sagen, durchfuhr es Mairi ohne Vorwarnung. Ein Kribbeln rieselte durch ihren ganzen Körper. Ihr wurde abwechselnd heiß und kalt. Ihr Mund war trocken, und ihre Zunge fühlte sich pelzig an. Sie hatte Sorge, kein Wort hervorbringen zu können, doch da hörte sie sich sagen: »Aidan, ich werde demnächst nach Dornie reisen, und ich möchte, dass du mich begleitest, denn ...«

In diesem Augenblick rief jemand vom Ufer laut seinen Namen. »Aidan! Gott sei Dank, Aidan!«

Auf dem Steg, von dem sie nur noch wenige Meter entfernt waren, rannte Jamielle aufgeregt hin und her und winkte ihnen. »Aidan, Aidan!« Boyd konnte seiner Mutter auf den kurzen Beinchen kaum folgen. »Dad!«, brüllte er. »Dad!«

Mairi stockte mitten im Satz. Aidan winkte zurück. Jetzt war es zu spät, ihn mit der ganzen Wahrheit zu konfrontieren. Aidan war bereits dabei, das Boot anzulegen. Sein Blick fiel auf den Ring. »Soll ich ihn einstecken, bis wir zu Hause sind?«, raunte er ihr zu.

Hastig schloss sie das Kästchen und reichte es ihm. Aidan ließ die Schachtel diskret in seine Jackentasche gleiten. Dann vertäute er das Boot am Steg und half Mairi beim Aussteigen. Kaum hatte er ihre Hand losgelassen, da stürzte sich Jamielle wie eine Ertrinkende auf ihren Mann.

»Ich habe mir solche Sorgen gemacht. Bei den Nachbarn hat der Blitz eingeschlagen. Und es gab ein Feuer. Ich bin gleich, nachdem sich das Wetter beruhigt hatte, losgeeilt. Warum musstest du auch an deinem letzten Tag, bevor du in diesen scheußlichen Krieg ziehst, unbedingt auf den See fahren, und warum hast du mir nichts davon gesagt?« Sie stockte, musterte Mairi mit unverhohlenem Vorwurf, bevor sie ihn noch enger zu sich heranzog.

»Was ist denn das?«, fragte sie plötzlich und griff in Aidans Jackentasche. Er wollte sich ihrer Umarmung entwinden, doch da hielt sie die Schachtel bereits in ihren Händen, öffnete sie ungeniert und holte den Ring hervor.

»Oh, Liebling!«, zwitscherte sie, während sie das Schmuckstück drehte und von allen Seiten bewunderte. Ein Sonnenstrahl, der sich seinen Weg durch die Wolkendecke gebahnt hatte, ließ die Sterne des Saphirs mit Macht funkeln.

»Das ist aber lieb von dir«, säuselte Jamielle und gab ihrem verdutzten Mann einen Kuss auf den Mund, bevor sie sich das Schmuckstück an den Finger steckte. Der Ring passte wie angegossen. »Ach, Schatz, das ist ein wunderbares Geschenk.«

Aidan warf Mairi einen hilflosen Blick zu. Sie bebte vor Zorn, aber sie war vernünftig genug, Aidan keine Szene vor seiner Frau zu machen.

Jamielle aber schien außer sich vor Glück über dieses vermeintliche Geschenk ihres Ehemanns. Sie schlang ihm die Arme um den Hals und säuselte mit zuckersüßer Stimme: »Ich werde jeden Tag beten, dass dir nichts geschieht. Und immer wenn ich den Ring betrachte, muss ich an dich denken. Ach, wie soll ich die nächsten Wochen bloß ohne dich überstehen?«

Aidan machte sich sanft aus ihrer Umklammerung los. »Es können auch Monate werden.«

Jamielle rollte mit den Augen. »Daran darf ich gar nicht denken.« Dann wandte sie sich an Mairi. »Würden Sie bitte schon einmal mit Boyd nach Hause gehen? Ich habe mit meinem Mann unter vier Augen zu reden.«

»Aber heute ist Mairis freier Tag«, protestierte Aidan schwach.

»Ich denke, sie macht eine kleine Ausnahme, wo wir uns nur noch heute Abend haben«, zwitscherte Jamielle und legte besitzergreifend ihre Hände um seine Taille.

Der kleine Boyd hatte die ganze Zeit stumm daneben gestanden. Nun aber spürte Mairi, wie sich seine kleine warme Hand in ihre schob. Ein warmer Schauer durchfuhr sie. Wie sie dieses Kind liebte! Er entschädigte sie für vieles im Haus ihres Bruders. Besonders für Jamielles kleine Gemeinheiten ihr gegenüber. Sobald Aidan ihnen den Rücken zugewandt hatte, begann sie zu sticheln. Sie lästerte über Mairis schlichte Kleidung, über ihre einfache Herkunft und über ihren Hang, sich in jeder freien Minute hinter ihren Büchern zu verschanzen. Mairi ließ das meiste davon widerspruchslos über sich ergehen. Aidans wegen und weil Jamielle eine Person war, die sie nicht wirklich interessierte. Aidans Frau war in ihren Augen ein verwöhntes, oberflächliches Luxusgeschöpf, das davon zehrte, dass ihre Eltern ihr ein solches Leben ermöglicht hatten, und die sich ausschließlich mit ihrem Aussehen beschäftigte. Sie war eine attraktive Frau, keine Frage, aber sie ließ das Personal nur zu gern spüren, dass sie die Herrin in Stellmore Castle war. Nie würde Mairi vergessen, wie sie ihren Streit belauscht hatte, nachdem Aidan sie aus Kirkcaldy mit nach Stellmore Castle gebracht hatte.

»Seit wann suchst du die Nanny für unseren Sohn aus?«, hatte sie ihn angeschrien.

»Seit heute!«, hatte er erwidert.

»Aber doch nicht diesen Trampel. Guck sie dir nur an. Wie eine alte Jungfer!«

Seine Antwort hatte sie damals nicht gehört. Jemand hatte vorher die Salontür geschlossen. Doch Aidan hatte sich durchgesetzt. Mairi bekam die Stelle. Damals hatte sie irrtümlich geglaubt, dass Jamielle ihrem Mann immer das letzte Wort ließ, aber die zwei Jahre in diesem Haus hatten sie eines Besseren belehrt. Jamielle hatte im Haus McKinnon das Sagen. Wie oft hatte Mairi erlebt, dass Aidan klein beigab. Sie mochte es gar nicht, wenn sich ihr Bruder vor seiner Frau duckte, aber was sollte sie tun? Sie würde sich hüten, ihn gegen Jamielle aufzuhetzen. Das würde ihm nur unnötig Hoffnung geben, Mairi könne womöglich doch mehr von ihm wollen.

»Ja, was ist nun, Mairi? Muss ich vor Ihnen auf die Knie gehen, oder ist es zu viel verlangt, dass Sie mir den kleinen Gefallen tun, mit meinem Mann an seinem letzten Abend vor seiner Abreise ein wenig allein zu sein?«, quengelte Jamielle.

Aidan öffnete den Mund, als ob er sich einmischen wollte, klappte ihn aber sogleich wieder zu.

Mairi wandte sich abrupt von Jamielle ab und dem kleinen Boyd zu. »Was meinst du? Wollen wir beide schon mal vorgehen?«

»Ja!«, rief er aus und klatschte vergnügt in die Hände. »Schichte vorlesen!«

Boyd liebte es, wenn Mairi ihm Märchen vorlas. Er konnte gar nicht genug davon bekommen, obwohl sie sich nicht ganz sicher war, ob der kleine Kerl mit seinen dreieinhalb Jahren auch wirklich alles verstand. Jedenfalls lauschte er ihr immer mit einer solchen Inbrunst, dass ihr ganz warm ums Herz wurde.

Ohne Aidan und seine Frau auch nur eines einzigen weiteren Blickes zu würdigen, nahm sie das Kind bei der Hand und verließ den Steg in Richtung Stellmore Castle. Insgeheim bebte sie vor Zorn. Ob Jamielle sich mir gegenüber wohl besser benehmen würde, wenn sie wüsste, dass ich Aidans Schwester bin?, ging ihr durch den Kopf. Sie wagte das zu bezweifeln. Jamielle trat auch ihren eigenen Verwandten und dem Personal gegenüber herrisch auf. Sie benahm sich stets wie jemand, der ein angeborenes Recht besaß, alle nach ihrer Pfeife tanzen zu lassen.

Sie hatten sich kaum zum Gehen gewandt, als sie Jamielle lauthals schwärmen hörte: »Er war bestimmt teuer. Ach, wie lieb von dir, dass du mir etwas geschenkt hast, das mir es leichter macht, deine Abwesenheit zu verkraften.«

Mairi fuhr herum. »Er hat seiner Mutter gehört!«, stieß sie

hervor und bereute es in demselben Augenblick, denn sowohl Aidan als auch Jamielle blickten sie irritiert an.

»Woher willst denn du das wissen, Mairi?«, fragte Jamielle bohrend und musterte ihren Mann fragend. Mairi wusste, dass sie einen Fehler begangen hatte, denn nun würde Jamielle erst recht Verdacht schöpfen und sie für Aidans Liebchen halten. Aber sie konnte nicht zurück. Die Vorstellung, dass Jamielle in Zukunft den Ring ihrer Mutter tragen würde, missfiel Mairi außerordentlich. Sie funkelte Aidan wütend an, der sich daraufhin ein paarmal verlegen räusperte.

»Liebling, Mairi hat recht. Den Saphir habe ich nicht gekauft. Es ist das einzige Schmuckstück meiner Mutter, das mein Vater nicht versetzt hat. Ich fand es nach seinem Tod unter der Matratze.«

»Das ist ja noch entzückender von dir, dass du mir ein Erbstück deiner Mutter schenkst. Ich werde den Ring nicht mehr abnehmen, bis du gesund wieder aus diesem verdammten Krieg zurück bist. Er ist ein Glücksbringer. Weißt du das eigentlich? Man sagt, wer einen solchen Stein besitzt, ist vor allem Bösen geschützt!«

»Was man ja am Schicksal seiner Mutter gemerkt hat«, zischte Mairi, obwohl sie wusste, dass sie Jamielles Misstrauen damit nur noch mehr schürte. Wenn sie Jamielle von Herzen gemocht hätte, dann hätte meinetwegen Aidans Frau den Saphir tragen dürfen, aber so? Wieder einmal traute sich ihr Bruder nicht, den Mund aufzumachen. Es fiel ihr schwer, zu akzeptieren, was für ein Feigling er mitunter sein konnte. Offenbar hatte Aidan in ihrem Blick die Verachtung lesen können, die sie für diese Seite seines Wesens aufbrachte, denn plötzlich hörte sie ihn sagen: »Jamielle, ich halte es nicht für richtig, dass du ihn dir einfach aus meiner Tasche nimmst und dich selbst bedienst! Deshalb verlange ich von dir: Gib ihn mir zurück!«

Er hielt fordernd seine Hand hin, doch diese Geste ignorierte seine Frau völlig.

»Komm, gib!«, wiederholte er.

»Ich denke nicht dran!«, erwiderte sie trotzig und verschränkte die Arme hinter dem Rücken. »Da musst du mir schon den Finger brechen!«, fügte sie drohend hinzu.

»Gut!«, seufzte Aidan. »Dann behalte ihn in Gottes Namen. Ich hätte ihn dir ohnehin heute noch geschenkt.«

Mairi war stumm vor Entsetzen. Wie kam er dazu, den Ring kampflos aufzugeben? Hätte er nicht ein wenig mehr Durchsetzungsvermögen zeigen können gegenüber diesem verwöhnten Frauenzimmer, das sich alles nahm? Wie hätte Mairie ahnen können, dass dies das letzte Mal in seinem Leben war, dass Aidan vor seiner Frau kuschen sollte? Ja, wie hätte sie ahnen können, dass ein durch und durch unduldsamer Patriarch aus dem Krieg zurückkehren sollte? Wie, dass ihre Abneigung gegen Jamielle eines Tages in Mitleid umschlagen sollte?

Ihn dermaßen feige zu erleben machte sie jedenfalls wütend. Sie wünschte sich in diesem Moment einen Bruder, der groß und stark war, einer, der seinen Mann stand. Und plötzlich änderten sich ihre Gefühle ihm gegenüber von einer Sekunde zur anderen so grundlegend, wie sie es sich schon lange vergeblich gewünscht hatte. Sie sah ihn allein mit den Augen einer Schwester an. Alle Erotik, jegliches körperliche Verlangen, jene Gefühle, die zwischen Mann und Frau normal waren und die vorher immer noch versteckt und verboten auch von ihrer Seite im Spiel waren, waren wie weggeblasen. Und die Erkenntnis überkam sie mit aller Macht: Aidan war ein schwacher Mensch und kein großer Held.

In diesem Augenblick war es wieder der Druck der warmen Kinderhand, der sie in die Realität zurückholte.

»Komm, mein Kleiner, wir gehen jetzt schnell nach Hause«, versprach sie Boyd. Ohne sich noch einmal umzudrehen, machte sie sich mit dem Kind in der Hand auf den Heimweg. Als die Türme von Stellmore Castle vor ihnen auftauchten, hatte Mairi einen unwiderruflichen Entschluss gefasst: Sie würde

Aidan niemals in das Geheimnis ihrer Herkunft einweihen. Es würde ihn nur unnötig verstören. Und sie besann sich aus vollem Herzen ihrer Aufgabe, die Aidan und sie wieder zusammengeführt hatte: Sie war der Schutzengel ihres Bruders, und allein darauf würde sie sich in Zukunft konzentrieren.

Eine Art Glücksgefühl überkam sie, als sie den Privatflügel von Stellmore Castle betrat. Sie fühlte sich mit einem Mal unverletzlich und unbesiegbar. Die Gefahr, dass sie doch noch einmal schwach werden und den körperlichen Anfechtungen erliegen könnte, war endgültig gebannt. Was brauchte sie den Ring ihrer Mutter? Sollte Jamielle damit glücklich werden!

St. Andrews, Juni 2012

Hamishs Nachricht war kurz und knapp. *Heute Abend neunzehn Uhr Princes Street 105 in Edinburgh. H.*

Tessa hatte seine SMS beim Frühstück bekommen. Wie ein Teenie hatte sie ihr Telefon im Restaurant neben den Teller gelegt, um bloß keine Nachricht von ihm zu verpassen.

Sie las die Nachricht immer wieder, obwohl sie die lakonische Botschaft bereits nach dem ersten Lesen auswendig kannte. Sosehr sie sich auch freute, dass er sich endlich gemeldet hatte, der Text befremdete sie. Tessa erwartete keine glühenden Liebeserklärungen, aber das klang wie die Verabredung zu einem Jobgespräch. Außerdem störte es sie, dass er sie nicht *fragte*, ob sie nach Edinburgh kommen wollte. Es klang vielmehr wie ein Befehl. Als würde ich nur darauf warten, zu ihm reisen zu dürfen, ging es Tessa durch den Kopf. Sie stockte. War es nicht tatsächlich so? Wartete sie nicht seit gestern ungeduldig darauf, dass er ein Zeichen gab, damit sie springen konnte? Und es gab noch etwas, das sie befremdete. Der Absender der Nachricht lautete »Unbekannt«. Unterdrückte er seine Handynummer immer, oder sollte sie seine Nummer nicht erfahren?

Blödsinn, seine Nachricht ist doch ein Beweis, dass er es ernst meint!, scheuchte sie diese Zweifel energisch beiseite. Sonst würde er wohl kaum verlangen, dass wir uns bei ihm zu Hause treffen. Diese Einladung ist mehr wert als tausend Liebesschwüre, redete sich Tessa beinahe trotzig ein.

Sie warf einen flüchtigen Blick auf ihre Armbanduhr. Es war erst kurz nach acht Uhr morgens. Sie hatte also noch den ganzen Tag zu ihrer Verfügung bis zu ihrer Abreise. Und was lag näher, als ihr ursprüngliches Ziel weiterzuverfolgen: herauszubekommen, was ihre Mutter nach St. Andrews verschlagen hatte. Ihr fiel wieder ein, was ihr die junge Frau an der Rezeption erzählt hatte. Ihre Mutter war mit einem Taxi weggefahren und zumindest bis nachmittags nicht zurückgekehrt. Die Nummer des Unternehmens hatte Isla ihr gegeben. Tessa hatte sie in ihr Notizbuch eingetragen. Hastig stürzte sie den Rest ihres Kaffees, der für einen schottischen Hotelkaffee erstaunlich gut schmeckte, hinunter, bevor sie zum Fahrstuhl eilte. Sie würde das Taxiunternehmen anrufen und herausfinden, wohin der Fahrer ihre Mutter gebracht hatte. Vielleicht führte sie das weiter. Ganz ohne Ergebnis wollte sie schließlich nicht nach Hause zurückkehren. Nach Hause? Wann würde sie nach Hamburg zurückkehren? Was, wenn sie in Edinburgh blieb? Was, wenn ihr Vater noch heute aufwachte und sie sehen wollte? Würde sie Hamish dann versetzen müssen, weil sie den nächsten Flieger nahm und nicht einmal absagen konnte, weil sie keine Nummer von ihm besaß?

Tessa schwirrte erneut der Kopf. Zu viele Optionen und kein klares Ziel. Das hasste sie wie die Pest. Ihr Leben war völlig aus den Fugen geraten. Normalerweise war sie eine gestandene Frau, die alles plante und nichts dem Zufall überließ. Und nun ging alles durcheinander. Sicher war nur, dass sie heute aus dem Hotel auschecken würde. Dann sollte ich das vielleicht gleich erledigen, entschied sie und begab sich an die Rezeption.

Tessa traf Isla dort an, die ihr ohne eine Miene zu verziehen die Rechnung aushändigte und höflich zusagte, das Gepäck bis zu ihrer Abreise im Hotel aufzubewahren.

»Könnten Sie mir einen Mietwagen bestellen?«

»Wann soll er hier sein?«

»Wie weit ist es von hier nach Edinburgh?«

»An die 57 Meilen. Sie brauchen ungefähr anderthalb Stunden.«

»Gut, dann soll der Wagen gegen siebzehn Uhr da sein. Ich will kein Risiko eingehen.«

»Wollen Sie zum Flughafen?«

Tessa nickte. Was sollte sie der Rezeptionistin erklären, dass sie in Edinburgh den Mann ihres Herzens traf? Oder eventuell tatsächlich zum Flughafen fuhr, wenn im Laufe des Tages der Anwalt anrief und erklärte, ihr Vater sei aus dem Koma erwacht und erwarte ihren Besuch. Letzteres glaubte Tessa nicht wirklich, aber sie musste sich zumindest auf die Möglichkeit einstellen.

»Dann wünsche ich Ihnen eine schöne Heimreise!«, sagte Isla höflich.

»Sie wollen abreisen?«, fragte eine tiefe Stimme, kaum dass sie die Rezeption in Richtung Lift verlassen hatte. Tessa fuhr herum. Sie hatte Ian nicht kommen hören.

»Ja, mein Urlaub ist zu Ende«, erwiderte Tessa ausweichend.

»Dann bleibt mir nur noch, Ihnen eine gute Heimreise zu wünschen«, erklärte Ian förmlich, doch in seinem Blick war etwas ganz anderes zu lesen. Erstaunen und Unmut. »Hat es Ihnen denn bei uns gefallen?«

Tessa nickte eifrig. Die Gegenwart des Schotten machte sie verlegen. Sie hatte gehofft, ihm nicht mehr zu begegnen, seit sie sich gestern hatte eingestehen müssen, dass er der einzige Mensch vor Ort wäre, dem sie ihr Herz ausschütten würde.

Sie konnte ihm nicht in die Augen sehen, denn sein Blick war sehr intensiv. Und trotzdem wirkte er in diesem Augenblick eher spröde und ungelenk. Wo waren seine Weltgewandtheit und sein Humor geblieben? Tessa vermutete, er war mindestens so verlegen wie sie.

»Ja, es war wirklich schön bei Ihnen«, bekräftigte Tessa. »Ich komme bestimmt eines Tages wieder.« Ihr wurde abwechselnd heiß und kalt, denn das war glatt gelogen. An diesen Ort würde sie mit Sicherheit niemals wieder zurückkehren. Allein wegen der Gefahr, die von diesem Mann ausging.

»Dann spielen wir wieder eine Partie! Der Flight mit Ihnen war ein Vergnügen.«

»Gern!«, log sie.

»Na dann, gute Reise«, entgegnete Ian knapp und drehte sich auf dem Absatz um.

In diesem Augenblick fiel Tessa ein, dass der Umschlag des Tagebuchs immer noch auf ihrem Nachttisch lag.

»Mister McKinnon, ich habe noch etwas für Sie. Das, was Miss Cameron mir gegeben hat!«, rief sie ihm hinterher. Ein Strahlen ging über sein Gesicht, als er sich zu ihr umwandte.

»Das höre ich gern. Denn, wenn ich ehrlich bin, ich bin not amused, dass Sie abreisen. Ich wollte Sie nämlich gerade zu einem Flight einladen, weil mir meine Partnerin abhandengekommen ist.«

»Ist Ihre spanische Freundin nach Hause gefahren?«, rutschte es Tessa raus. Sie wurde feuerrot. »Ich meine … ich … ich wollte nicht indiskret …«, stammelte sie.

»Nein, sie ist nicht abgereist. Noch nicht jedenfalls. Sie hat sich nur geweigert, mit mir noch einmal auf den Platz zu gehen. Sie hat mir vorgeschlagen, doch lieber mit der Dame von gestern zu spielen. Und ich hätte sie gern beim Wort genommen, aber nun reisen Sie ja bedauerlicherweise ab.«

Tessa schenkte ihm ein Lächeln. »Tja, leider. Wenn ich gewusst hätte, dass Sie darauf brennen, mit mir zu spielen, ich wäre mit Ihnen auf den Platz gegangen, ich fahre nämlich erst am frühen Abend. Aber ich habe mich nun leider anderweitig verabredet.« Während sie ihn derart unverfroren belog, überlegte sie, ob sie diesen letzten Tag in St. Andrews wirklich mit dem Ausspionieren ihrer Mutter verbringen sollte. Wäre so ein Golfspiel mit Mister McKinnon nicht weitaus angenehmer? Tessa entschied sich für die Pflicht. Außerdem verunsicherte sie die Gegenwart des attraktiven Schotten.

»Holen wir jetzt das, was Sie mir geben möchten?« Er lächelte immer noch gewinnend. Schweigend durchquerten sie die Lobby, wo ihnen seine Schwester entgegenkam. Sie sah schlecht aus, war blass und hatte Ringe unter den Augen.

»Moment«, sagte Ian und nahm Jamie zur Seite. »Was ist passiert? Du siehst aus wie der Tod.« Tessa verstand jedes Wort, obwohl er sich bemühte zu flüstern.

»Er sagt, es sei ihm alles zu viel und zu schnell gegangen. Wir sollten uns mehr Zeit lassen.«

»Und was heißt das?«

»Dass wir eine Pause machen.«

»Vergiss ihn! Der Kerl ist doch hochgradig beziehungsgestört. Du kannst an jeder Hand zehn haben. Warum hängst du dein Herz immer an diese Spinner?«

Tessa musste wider Willen lächeln. Es war rührend, wie sich der große Bruder um das Glück seiner kleinen Schwester sorgte. In diesem Augenblick trafen sich Jamies und Tessas Blicke. Ians Schwester nickte ihr kurz zu. Tessa erwiderte den Gruß.

»Lass uns heute zusammen essen gehen«, schlug Ian vor und tätschelte seiner Schwester die Wange, bevor er sich wieder Tessa zuwandte.

»Das ist aber süß, wie Sie sich um Ihre Schwester kümmern«, entfuhr es Tessa.

»Was würden Sie tun, wenn eine Person, die Ihnen am Herzen liegt, an den falschen Mann gerät und Sie das in aller Klarheit erkennen, während der geliebte Mensch vor Liebe blind ist?«

Tessa seufzte. Wahrscheinlich würde sie so handeln wie er. Es ist immer einfacher, bei anderen zu erkennen, dass sie ihr Herz an den Falschen hängen, durchfuhr es sie erschrocken, und sie musste an Klaras Bemerkungen über Hamish denken.

Sie waren jetzt vor dem Fahrstuhl angekommen. Als sich beim Einsteigen ihre Hände berührten, zuckten sie beide gleichzeitig zurück. Schweigend fuhren sie in den zweiten Stock.

Vor dem Gemälde blieb Ian kurz stehen. »Entschuldigen Sie, aber ich muss mir den Ring meiner Ahnin genauer ansehen.« Er vertiefte sich in seine Betrachtung und runzelte die Stirn. »Na, da hat der Maler aber arg geschummelt. Hat er die Farbe des Rings den Augen meiner Urgroßmutter angepasst? In Wirklichkeit sieht er ganz anders aus. Der Stein ist kornblumenblau und hat nicht diesen rauchigen Ton, der ihr diese geheimnisvolle Aura gibt. Ob er die Lady in Blau auch sonst geschönt hat?«, murmelte er, bevor er sich ihr wieder zuwandte: »Entschuldigen Sie, aber meine Schwester trug den Ring gestern, und da wollte ich ihn mir noch einmal kurz auf dem Bild betrachten.«

»Das, was ich Ihnen geben möchte, hängt auch mit Ihrem Hausgeist zusammen«, entgegnete Tessa.

Ian folgte ihr in einigem Abstand bis zu ihrer Tür. Er blieb höflich auf dem Flur stehen, als sie ins Zimmer schlüpfte und wenig später mit dem Einband in der Hand zurückkehrte.

»Sehen Sie. Die alte Miss Cameron hat gemeint, ich solle sie unbedingt besuchen, und dann würde sie mir das Innenleben des Tagebuchs anvertrauen. Aber wenn, dann geht es Sie etwas an, nicht mich.«

»Ich weiß von diesem Tagebuch. Die Alte hat es meiner Schwester schon zum Verkauf angeboten. Da kamen dann aber die Pfleger dazwischen. Sie hielt den Einband fest, die Jungs rissen am Papier. Schließlich ging es kaputt. Aber was soll ich mit dem leeren Umschlag?«

Ian hielt ratlos den samtenen Einband hoch.

»Das kann ich Ihnen auch nicht sagen. Wenn es meine Urgroßmutter wäre, ich würde die alte Dame besuchen und einen Blick hineinwerfen, aber seien Sie bloß nett zu ihr. Ihnen wollte Sie das nämlich eigentlich gar nicht zukommen lassen. Da sollten Sie einen schönen Blumenstrauß kaufen und ihr glaubwürdig versichern, dass Sie alles tun werden, um die Seele Ihrer Ahnin zu erlösen.«

»Sie würden also zu einer Verrückten gehen, um sich irre Geschichten anzuhören?«

»Wenn Sie mich fragen, ist Ihre Version nicht unbedingt glaubwürdiger. Wer bringt sich schon um, nachdem der Partner gestorben ist und man ein Kleinkind hat?«

»Das ist eben die wahre Liebe«, seufzte Ian.

»Das glauben Sie doch selber nicht«, konterte Tessa. »Gut, vielleicht war das früher einmal so, aber heute?«

»Nun, es mag auch heute vorkommen, wenngleich ich in diesem Fall auch meine Zweifel hege. Die Frau war bildschön und mein Urgroßvater ein finsterer Geselle.«

»Aussehen ist nicht alles«, widersprach Tessa.

»Ach ja, ich vergaß, es kommt ja auf die inneren Werte an«, lachte Ian.

»Machen Sie sich nicht über mich lustig.« Auch Tessa konnte dabei nicht ganz ernst bleiben. Sie mochte seine Leichtigkeit, ohne oberflächlich zu sein, seinen Humor, ohne flach zu werden, seinen Charme, ohne zudringlich zu sein …

Tessa, hör auf, von dem Kerl zu schwärmen, ermahnte sie sich. »Deshalb haben Sie ihn wohl auch nicht neben sie gehängt, oder? Haben Sie ihn in den Keller verbannt?«

»Das ist eine bösartige Unterstellung! Kommen Sie, ich zeige Ihnen, wo ich Sir Calum geparkt habe.«

Tessa zögerte. »Eigentlich sollten wir uns jetzt voneinander verabschieden. Ich habe noch einiges zu erledigen bis zu meiner Abreise. Oder versuchen Sie, mich hier festzuhalten?«

Ian blickte ihr treuherzig in die Augen. »Wenn ich das könnte, würde ich es liebend gern tun, aber wenigstens ein bisschen herauszögern darf ich unseren Abschied, oder?«

»Ich weiß nicht …«

»Es handelt sich nur um Sekunden. Mehr würde ich gar nicht wagen«, lachte Ian.

»Nun gut!« Tessa zog die Zimmertür hinter sich zu und folgte Ian den langen Flur entlang.

»Doch der Keller?«, fragte Tessa scherzhaft.

»Nein, aber die letzte Ecke!«

Er hatte nicht zu viel versprochen. Ganz am Ende des Flures hing einsam und allein Sir Calum. Gnädigerweise hatte man über dem Gemälde eine Lampe angebracht, die das Bild beleuchtete.

»Nun schauen Sie selber. Sieht der Mann so aus, als würde eine wunderschöne Lady wie Fiona aus Kummer über seinen Tod ins Wasser gehen? Vielleicht erkennt eine Frau, was der Mann an sich gehabt hat. Vielleicht können Sie sich hineinversetzen in die Augen einer Liebenden.«

Tessa grinste. »Wo die Liebe hinfällt!«, bemerkte sie.

»Oje, damit kann man sich um jedes Statement drücken. Hand aufs Herz, finden Sie diesen Mann anziehend?«

Tessa tat so, als ob sie sich erneut in die Betrachtung des Gemäldes vertiefte. Dieser Blick bestätigte nur, was sie bereits bei Ians Vortrag erkannt hatte. Der Mann hatte wirklich keine schöne Ausstrahlung. Er wirkte verhärmt und verbissen. So viel Lebensfreude die Lady in Blau ausstrahlte, so wenig Charisma besaß er.

»Sagten Sie in Ihrer Geisterstunde nicht, das Bild sei nach dem Tod seiner Frau gemalt worden? Vielleicht war er davor der strahlende Held, dem die Frauen zu Füßen lagen.«

»Ihnen fehlt der nötige Ernst in Sachen Liebe«, frotzelte er. »Sagen Sie mir, was meine Urgroßmutter am alten McKinnon gefunden haben mag, mal davon abgesehen, dass er mindestens zehn Jahre älter war als sie.«

»Das ist kein Argument. Sie sind auch an die zehn Jahre älter als ich, und ich finde Sie sehr …« Tessa stockte. Jetzt war sie bei dem ganzen lustigen Geplänkel zu weit gegangen.

»Sprechen Sie es ruhig aus«, sagte er lächelnd. Sein Blick war warm und zugewandt. Plötzlich musste Tessa an Hamish denken. Hatte er sie so liebevoll angesehen, wie dieser Mann es tat? Sie bemühte sich, auf der scherzhaften Ebene zu bleiben, damit er nicht merkte, mit welchen intensiven Emotionen sie in diesem Moment zu kämpfen hatte.

»Wollen Sie es wirklich aus meinem Mund hören? Dass Sie so gar nicht nach Ihrem Ahnherrn kommen? Sie haben weder die hohe Stirn noch das spitze Kinn oder das schüttere rote Haar. Und auch Ihre Augen stehen nicht so eng beieinander wie bei Sir

Calum. Nein, Sie kommen, wenn überhaupt, nach Lady Fiona, aber ich glaube, Sie sind eine ganz eigene Mischung. Zufrieden?«

Ian strahlte Tessa an. »Das haben Sie wirklich bezaubernd ausgedrückt. Was meinen Sie, nehmen wir noch einen Tee in der Bar? Als Abschiedstrunk?«

Tessa straffte die Schultern. Das hier muss ein Ende haben, dachte sie entschlossen. Gerade, weil sie liebend gern noch länger seine Gesellschaft genossen hätte. Sie konnte sich nicht helfen, aber sie fühlte sich ihm erschreckend nahe.

»Nein, ich habe noch etwas Wichtiges vor. Ein geschäftlicher Termin«, erklärte sie hölzern.

Ian stieß einen tiefen Seufzer aus. »Schade, es kommt selten im Leben vor, dass man einen fremden Menschen kennenlernt, dem man sich auf so merkwürdige Weise vertraut fühlt.«

Tessa atmete tief durch, um ihr pochendes Herz zu beruhigen. Es beunruhigte sie zutiefst, dass dieser Mann ihr aus der Seele sprach. Was hätte sie darum gegeben, die Zeit bis zu ihrer Abfahrt mit ihm zu verbringen. Es machte Spaß, mit ihm zusammen zu sein. Ob sie sich ernsthaft austauschten oder miteinander scherzten, es war einfach angenehm.

»Ich denke, ich finde allein zurück«, erwiderte sie steif und drehte sich auf dem Absatz um. Bloß keine Abschiedsszene, ging ihr durch den Kopf, doch da hatte er ihr bereits von hinten die Hände auf die Schulter gelegt.

Sie drehte sich zu ihm um. Ihre Blicke trafen sich. O Gott, was mache ich hier?, fragte sie sich noch, als sie ihn zärtlich sagen hörte: »Auch auf die Gefahr hin, dass wir uns niemals wiedersehen, aber ich muss es tun.«

Ehe sie sichs versah, hatte er ihr Gesicht in beide Hände genommen und es zu sich herangezogen. So nahe, dass sie seinen Atem spürte. Ihr Herz klopfte ihr bis zum Hals. Für den Bruchteil einer Sekunde wollte sie verhindern, was jetzt unweigerlich geschehen würde, aber sie konnte nicht. Bereitwillig öffnete sie den Mund und erwiderte seinen leidenschaftlichen Kuss.

Noch während er seine Lippen von ihren löste, durchfuhr Tessa ein eisiger Schreck. Was sollte das? Sie befreite sich überstürzt aus der Umarmung und rannte in Richtung ihres Zimmers. Keuchend öffnete sie die Tür und ließ sich auf ihr Bett fallen. Du bist ja verrückt, sagte sie sich. Wie hatte es nur dazu kommen können? Die Antwort kam wie ein Blitz aus heiterem Himmel. Sie hatte sich in diesen Schotten verliebt! Aber wie kann das angehen, fragte sie sich verzweifelt, ich liebe doch Hamish! Meine Gefühle für diesen Ian sind nichts als Einbildung, sagte sie sich schließlich, ich bin momentan einfach nicht zurechnungsfähig!

St. Andrews, Juni 2012

Marta war alles andere als erfreut über den Treffpunkt, doch sie hatte keine Wahl. Ethan Barclay erpresste sie. »Wenn Sie heute nicht ins Restaurant des Old Course Hotel zum Lunch kommen, werde ich eben Ihre Kinder zum Dinner einladen«, hatte er ihr angedroht. Marta kochte vor Wut. Und nun saß sie an dem reservierten Tisch, und er ließ sie zu allem Überfluss auch noch warten.

Es war das reine Spießrutenlaufen für sie gewesen. Sämtliche Mitarbeiter, denen sie auf dem Weg ins Restaurant begegnet war, hatten sie voller Erstaunen begrüßt. Wann hatte sie das letzte Mal freiwillig das Hotel betreten? Ach, ja, zu Alecks Trauerfeier.

Marta musste neidlos zugeben, dass dies das am geschmackvollsten eingerichtete Restaurant war, das sie kannte. Aleck und Jamie waren zweifellos Könner ihres Fachs. In dem Augenblick betrat Ethan Barclay den Raum. Er ist noch attraktiver, als ich ihn in Erinnerung habe, durchfuhr es Marta, als er lächelnd auf den Tisch zutrat.

»Schön, dass Sie meiner Einladung gefolgt sind«, bemerkte er höflich.

»Sie haben mir ja keine Wahl gelassen. So etwas nennt man Erpressung«, zischte sie wenig charmant zurück.

»Was für harte Worte aus Ihrem zarten Mund«, erwiderte er lächelnd. »Ich würde sagen, es handelt sich eher um Notwehr.«

Da huschte auch Marta ein Lächeln übers Gesicht. »Nehmen Sie Platz, wir sind ja nicht zusammengekommen, um uns zu streiten, sondern um unseren Vertrag auszuhandeln, nicht wahr? Sie haben sich also entschieden, das Hotel zu kaufen?«

»Sind Sie immer so direkt?« Ethan Barclay musterte sie prüfend. »Kein Vorgeplänkel?«

»Na ja, wenn der Sachverhalt so klar ist wie in diesem Fall, muss ich mich wohl kaum mit höflicher Konversation aufhalten«, entgegnete Marta schnippisch. Sein prüfender Blick verunsicherte sie zutiefst. Vor allem konnte sie vor sich selbst kaum verbergen, dass sie ihn äußerst anziehend fand. Was hatte ihre Londoner Freundin Jane neulich gerade erst gesagt? Lass uns gemeinsam durch die Weltgeschichte reisen, denn in unserem Alter einen passenden Mann zu finden, ist unwahrscheinlicher, als vom Blitz erschlagen zu werden.

»Darf ich Ihnen schon etwas zu trinken bringen?«, unterbrach der Kellner ihre Gedanken.

»Ja, ich hätte gern ein Wasser, einen trockenen Weißwein und ... Sie können die zwei anderen Gedecke abräumen. Wir sind nur zu zweit.«

»Bitte lassen Sie sie stehen«, mischte sich Ethan Barclay ein. »Wir erwarten noch zwei Gäste.«

Marta sah ihn erstaunt an. »Kommt Ihr Bruder auch?«

Ethan lächelte geheimnisvoll. »Lassen Sie sich überraschen.«

Ihr blieb nichts anderes übrig, als ihre Neugier zu unterdrücken.

»Und was hat Ihr Bruder zu dem Preis gesagt?«

»Mein Bruder hat mir freie Hand gelassen. Dieses Geschäft zu tätigen obliegt allein mir.«

»Wie haben Sie denn das geschafft? Ihrem Bruder eilt der Ruf voraus, aus jedem Geschäft den letzten Vorteil zu pressen, den es hergibt. Und Sie sind, wenn ich mir diese Einschätzung erlauben darf, alles anderes als ein skrupelloser Geschäftsmann.«

»Danke, das nehme ich als Kompliment, denn es ist in der Tat nicht mein Metier, aber ich habe gewisse Dinge herausgefunden, die meinen Bruder zu dieser großzügigen Geste veranlasst haben.«

Marta wurde mulmig zumute. Sie hatte den Eindruck, Ethan Barclay führte etwas im Schilde.

»Wussten Sie, dass Ihr Anwalt stiller Teilhaber bei Barclay ist?«

Diese Frage kam völlig überraschend für Marta. Sie lief knallrot an.

»Ich … also … nicht genau …«, stammelte sie.

»So, liebe Misses McKinnon, und jetzt verraten Sie mir endlich, warum sie diesem Gierlappen und meinem Bruder das Lebenswerk der McKinnons in den Rachen werfen wollten?«

Sein Ton war gar nicht mehr so zugewandt und freundlich. Marta sah nur eine Chance: zum Gegenangriff überzugehen!

»Ach, und Sie haben Ihren Bruder also mit diesem Wissen erpresst? Das scheint Ihre Methode zu sein. Das finde ich persönlich mindestens so unschön, wie krumme Geschäfte abzuwickeln.«

»Gut gebrüllt, Löwin«, spottete Ethan McKinnon. »Aber es schreckt mich nicht so sehr, dass ich freiwillig auf Ihre Erwiderung verzichte. Und keine Antwort ist auch eine Antwort, gnädige Frau.« Ethan holte sein Telefon hervor und wählte eine Nummer. »Sie könnten jetzt dazustoßen. Ich brauche Sie. Sie hatten recht, sie ist ein harter Brocken«, sagte er leise und ließ das Telefon wieder in der Jackentasche verschwinden.

»Und ich finde, es geht Sie gar nichts an, warum ich dieses Hotel loswerden möchte. Wenn ich Ihnen sage, dass es private Gründe hat, muss das genügen«, entgegnete Marta in scharfem Ton. »Wie kommen Sie eigentlich dazu, sich dermaßen unverschämt in meine persönlichen Angelegenheiten zu mischen?«

»Tja, das sagen Sie, dass es rein privat ist, aber ich habe eine große Verantwortung, wenn ich ein Hotel kaufe, das von der besten Hotelierin des Jahres 2012 betrieben wird. Da wundert man sich doch, dass ein Haus auf der Spitze des Erfolges abgestoßen werden soll. Vielleicht stimmt da etwas nicht!«

»Unfug! Was soll im Old Course House nicht stimmen? Der Laden ist eine Goldgrube und läuft wie geschmiert. Aber was soll das mit der Hotelierin 2012? Das verstehe ich nicht.«

»Das können Sie auch nicht verstehen, weil es noch nicht offiziell bekannt gegeben wurde. Ihre Tochter wird im Dezember diese Auszeichnung erhalten. Bester schottischer Hotelier 2012. Ich kenne da zufällig jemanden in der Jury, der hat es mir gesteckt, als ich ihm erzählte, dass ich Interesse an der Übernahme des Hauses habe.«

»Das freut mich sehr«, sagte Marta kühl.

»Wie Sie das sagen, hört es sich mehr nach Beileidsbekundung an«, erwiderte Ethan Barclay. »Mein Informant zeigte sich sehr erstaunt darüber, dass es überhaupt Verkaufsverhandlungen gibt. Von so einem Traditionsunternehmen trennt sich doch keiner ohne triftigen Grund, sagte er zumindest.«

»Jetzt ist aber genug. Was wollen Sie mir da unterstellen? Was geht Sie das überhaupt alles an?«, keifte Marta.

Statt sich aufzuregen, legte Ethan seine Hand beschwichtigend auf ihren Arm. »Sie werden es mir nicht glauben, aber ich will Sie vor einem großen Fehler bewahren, weil mir Ihr Wohl am Herzen liegt.«

Martas Herzschlag beschleunigte sich. Sollte er sich wirklich etwas aus ihr machen? Für einen winzigen Augenblick hätte sie sogar auf den Verkauf des Hotels verzichtet, wenn er nur seine Hand nicht wegziehen würde, aber dann fiel ihr siedend heiß der Anwalt ein. Würde er sie nicht ans Messer liefern, wenn sie jetzt auf den Verkauf des Hotels an Barclay verzichtete?

»Zu Ihrer werten Information, bevor Sie mich weiter mit Ihren Fragen traktieren, es ist nichts als ein gutes Geschäft, an dem nichts mehr zu rütteln ist. Ich habe schließlich einen Vertrag mit Mister Wesley. Ich habe mich verpflichtet, das Hotel an Barclay zu verkaufen, und die Abwicklung muss über ihn laufen. Er ist ja schließlich auch der Anwalt Ihres Bruders und soll seine wohlverdiente Provision bekommen.«

Ethan Barclay sah Marta fassungslos an und zog seine Hand hastig zurück.

»Aber dieser Kerl sitzt in Untersuchungshaft. Ihm werden neben diverser Entmietungen mittels Gewalt und Drohung auch Betrug und Untreue im großen Stil vorgeworfen. Mit dem Mann werden Sie gar keine Geschäfte mehr machen! Der wird nie wieder in seinem Job arbeiten, wenn er verurteilt wird. Da sind Sie an gar nichts gebunden. Und er ist auch nicht mehr der Anwalt meines Bruders geschweige denn stiller Teilhaber bei Barclays. Wissen Sie übrigens, was mein Bruder über diesen Vertrag behauptet?«

Marta schüttelte stumm den Kopf.

»Er behauptet, die Idee, den Kauf des Hotels mit dem von Stellmore Castle zu koppeln, wäre von Wesley gekommen. Er habe inzwischen längst ein anderes Gelände für den neuen Golfplatz erworben und kein Interesse mehr an Ihrem privaten Anwesen. Auf das Hotel hat er natürlich weiterhin ein Auge ...«

»Dann machen Sie doch endlich den Vertrag fertig und wühlen nicht in meinem Privatleben rum«, schnaubte Marta. Es war die pure Angst, die sie so nervös werden ließ. Ich muss Wesley unbedingt im Gefängnis besuchen und ihm Schweigegeld anbieten, ging es ihr hektisch durch den Kopf, als sie erstarrte. Zielstrebig näherte sich Jamie dem Tisch. Ethan Barclay hatte sie auch schon kommen sehen, und seine Miene erhellte sich. Er sprang auf und begrüßte die junge Frau herzlich.

»Schön, dass Sie kommen konnten«, sagte er, ohne dem entsetzten Blick Martas, den er aus dem Augenwinkel wahrnahm, weitere Beachtung zu schenken.

Jamie strahlte über das ganze Gesicht. »Sie hatten recht, Mister Barclay, ich erhielt soeben tatsächlich einen Anruf.«

»Dann darf ich Ihnen ja auch offiziell gratulieren.« Ethan reichte ihr die Hand.

»Was soll das Theater?« Marta war hochrot im Gesicht.

»Ach, Mutter, es gibt eine gute Nachricht. Man hat mich zum besten Hotelier Schottlands gewählt.«

»Da wäre dein Dad aber stolz auf dich«, zischte Marta. »Aber nun würde ich gern mit Mister Barclay unter vier Augen weiterverhandeln.«

In dem Augenblick kam Ian herbeigeeilt und ließ sich schnaufend auf den freien Stuhl fallen. »Entschuldigung, aber ich hatte noch einen Termin. Und ich danke für die Einladung, Mister Barclay.«

»Jetzt sag mir endlich einer, was das hier soll«, keifte Marta.

»Mister Barclay wollte den Verkauf des Old Course House mit uns besprechen«, erwiderte Jamie mit Unschuldsmiene. »Denn er hat noch ein paar Fragen.« Sie wandte sich ihrem Bruder zu. »Stell dir vor, die Jury hat mich zum besten Hotelier Schottlands 2012 gewählt.«

»Schwesterchen, meinen Glückwunsch!« Ian sprang auf und küsste sie links und rechts auf die Wange.

»Wie kommen Sie dazu, ohne Absprache meine Kinder zu diesem Treffen zu bitten?«, fragte Marta Ethan Barclay in scharfem Ton.

»Ich dachte, es geht Sie alle an, wenn ich gewisse Vorbehalte gegen dieses Geschäft vorzubringen habe.«

»Also für weniger Geld bekommen Sie das Hotel meines Mannes bestimmt nicht!«, schnaubte Marta.

»Das versteht sich von selbst, Misses McKinnon«, entgegnete Ethan Barclay in süffisantem Ton. »Aber es ist in der Tat der Preis, der mir Kopfschmerzen bereitet. Ich habe inzwischen ein Gutachten eingeholt über den Wert dieses Hotels, und der ermittelte Preis liegt an die zweihundertfünfzigtausend Pfund über dem, was man meinem Bruder angeboten hat.«

»Verdammt noch mal, dann reden Sie doch nicht so viel, sondern freuen sich und machen endlich den Vertrag klar. Sie sind schließlich nicht unser Anwalt. Wir vertreten unsere Interessen schon allein.« Auf Martas Stirn zeichnete sich eine scharfe Zornesfalte ab.

»Sehen Sie das auch so, Miss McKinnon?« Ethan wandte sich an Jamie.

»Ich bin hier die Erbin«, fauchte Marta.

Jamie ignorierte die Worte ihrer Mutter. »Mich dürfen Sie nicht fragen, Mister Barclay, ich würde Ihnen das Hotel auch nicht verkaufen, wenn Sie uns eine Million Pfund mehr zahlen würden.«

Ethan musterte die Tochter des Hauses interessiert.

»Ja, ich finde es Wahnsinn, das Lebenswerk einer Kette zu übereignen, die den Ruf hat, als Heuschrecke …« Jamie stockte.

»Nein, nein, sprechen Sie ruhig aus, was Sie denken«, ermutigte sie Ethan.

»Gut, meiner Meinung nach gehört dieses Hotel in unsere Hände, weil es ein Familienunternehmen ist.«

Ethan runzelte die Stirn.

»Und was haben Sie für ein Interesse daran, das Hotel Ihres Mannes über den Kopf Ihrer Tochter unter Wert zu verkaufen?«, hakte Ethan bohrend nach.

»Kinder, ich möchte euch gern einmal unter sechs Augen sprechen«, erklärte Marta in scharfem Ton.

»Ist nicht nötig. Mister Barclays Anwesenheit stört uns gar nicht. Im Gegenteil, er spricht ganz in unserem Sinn. Noch haben wir die Gelegenheit, diese ganzen unsinnigen Verkaufsverhandlungen zu stoppen, denn an die Verträge, die Wesley ausgehandelt hat, bist du nicht mehr gebunden, Mutter. Und wenn Mister Barclay so freundlich ist, vom Verkaufsinteresse zurückzutreten, dann ist allen geholfen.«

»Was mischt du dich überhaupt ein? Du bist bald wieder auf deinem Teneriffa!«, wies Marta ihren Sohn streng zurecht.

»Würde sich denn etwas ändern, wenn ich nicht führe?«, fragte Ian lauernd und warf seiner Schwester einen verschwörerischen Blick zu.

»Natürlich, das habe ich doch immer gesagt. Wärst du der Herr vom Old Course House, dann würde ich es mir noch einmal überlegen.«

»Danke, Mutter, wirklich sehr nett von dir«, bemerkte Jamie spöttisch.

»Machen Sie sich nichts draus«, mischte sich Ethan ein. »Sie haben als erste Frau den Männertitel geholt. Damit spielen Sie in der obersten Liga des Hotelgewerbes.«

»Da stimme ich Ihnen zu«, pflichtete ihm Ian bei. »Ich kann noch viel von ihr lernen, und ich denke, als Doppelspitze sind wir unschlagbar. Und wir möchten nicht verkaufen. Um keinen Preis.«

»Das ist ein Wort. Sie entbinden mich damit von der Entscheidung, freiwillig auf so ein Schnäppchen zu verzichten, wofür mir mein Bruder sicherlich den Hals umdrehen würde. Aber wenn Sie nicht verkaufen wollen, ich kann Sie nicht zwingen.«

Ethan huschte bei seinen Worten ein breites Grinsen übers Gesicht.

Marta schnappte nach Luft. »Das ist doch wohl das Letzte. Ich bin die Erbin! Mit mir allein müssen Sie verhandeln. Und ich verkaufe. Basta!«

»Mutter, ich glaube, du hast mir nicht zugehört. Sagtest du nicht eben, du würdest nicht verkaufen, wenn ich in der Chefetage des Hotels säße?«

Marta sah ihren Sohn entgeistert an. »Du wirst nicht etwa bleiben und …«

»Genau das! Ich werde mit meiner Schwester zusammen das Old Course House führen.« Ian blickte an seiner Mutter vorbei zur Tür. Durch diese trat soeben der Auslöser für seine weitreichende Entscheidung. Mit zusammengekniffenen Lippen kam Carmen auf ihn zu und reichte ihm ihre schmale Hand mit den rot lackierten Fingern.

»Ich werde über dein Angebot nachdenken. Der Preis für dein Hotel geht jedenfalls in Ordnung.«

Ian sprang auf und nahm sie in den Arm. »Carmencita«, flüsterte er. »Es wäre nicht gut gegangen mit uns beiden. Ich bin durch und durch Schotte, und du würdest dir langfristig Frostbeulen in St. Andrews holen.«

Carmen stieß einen Seufzer aus. »Es ist so schwer, dir Charmebolzen böse zu sein.« Dann befreite sie sich aus seiner Umarmung und nickte allen am Tisch zum Abschied kurz zu.

Marta war wie versteinert. »Ihr wollt das Hotel wirklich gemeinsam führen?«, fragte sie ungläubig.

»Ja«, versicherten die Geschwister wie aus einem Mund.

»Tja, dann habe ich wohl nichts mehr zu melden«, brummte Marta.

»Jedenfalls nicht mehr im Old Course House«, ergänzte Ethan Barclay und erhob sich. »Ich muss zurück. Mein Bruder wartet auf das Ergebnis. Leider werde ich ihm mitteilen müssen, dass die Familie McKinnon es sich anders überlegt hat.« Lächelnd musterte er Marta. »Werden Sie mich wohl dafür, dass ich Sie vor einem derart miesen Deal zu Ihren Ungunsten bewahrt habe, morgen nach Edinburgh zu einer Aufführung von *Tosca* begleiten? Ich lasse Sie gegen siebzehn Uhr von einem unserer Wagen abholen, der Sie später dann auch wieder zurückbringen wird.«

Marta presste sie Lippen fest zusammen, bis sie sich schließlich zu einem »Okay« durchrang.

»Das freut mich sehr«, entgegnete Ethan Barclay freundlich, als wäre ihm die Unhöflichkeit, mit der Marta ihn brüskierte, gar nicht aufgefallen. Er verabschiedete sich ebenso zugewandt von Jamie und Ian.

Kaum war er außer Sichtweite, flüsterte Jamie verschmitzt: »Also, wenn ich dreißig Jahre älter wäre, der würde mir gefallen.«

»Das verstehe ich sogar als Mann. Und unsere Mutter hat bei ihm echte Chancen.«

Jamie verging augenblicklich ihr Grinsen. »Mutter kann auf

keinen Fall so kurz nach Vaters Tod etwas mit einem Mann anfangen«, schnaubte sie empört.

Ian wollte etwas sagen, doch Marta schnitt ihm das Wort ab. »Keine Sorge, liebe Jamie, ich teile eure Begeisterung für diesen Herrn ganz und gar nicht!«

»Aber immerhin begleitest du ihn in die Oper«, widersprach Jamie.

»Wenn ich nicht mitgehe, wird er so lange nerven, bis ich schließlich aufgebe«, erwiderte Marta gereizt. Aber es war nicht so sehr die Aussicht, mit Ethan Barclay in die Oper zu gehen, die ihr schlechte Laune bereitete, sondern die Sorge, Wesley könnte, wenn er vom Platzen des Verkaufsdeals hörte, dem Gericht aus Rache vorlügen, dass sie das Testament ihres Mannes im Reißwolf hatte verschwinden lassen.

»Mutter, nun freu dich doch ein bisschen, dass deine Kinder Vaters Werk gemeinsam fortführen«, sagte Ian versöhnlich.

Marta stöhnte auf. »Ich freue mich ja, dass du bleibst«, murmelte sie, während sie sich alle möglichen Szenarien ausmalte, wie die Wahrheit über das verdammte Testament doch noch ans Licht gelangen könnte.

St. Andrews, Juni 2012

Tessa lag eine ganze Zeit lang auf ihrem Bett und grübelte fieberhaft darüber nach, warum sie diesen Fremden geküsst hatte. Schließlich sprang sie mit einem Satz auf. Sie hatte eine zufriedenstellende Erklärung gefunden: Der Kuss war nicht mehr als ein klitzekleiner, unbedeutender Ausrutscher gewesen, der ausschließlich auf ihre angeschlagene Verfassung zurückzuführen war. Besser, ich küsse einen fremden Mann, als dass ich weitere Panikattacken bekomme, dachte sie beinahe trotzig.

Hastig raffte sie ihre Sachen zusammen und warf sie wahllos in ihren Koffer. Tessa bebte vor innerer Unruhe und hatte nur noch das eine Ziel: so schnell wie möglich weg von hier! Sie würde sich gleich einen Mietwagen bestellen und darauf verzichten, ihr Gepäck bis zur Abfahrt im Hotel aufzubewahren. Plötzlich hielt sie inne. Eines sollte sie jedoch noch vom Hotel aus erledigen: in Erfahrung bringen, wohin der Taxifahrer ihre Mutter an jenem Tag gefahren hatte.

Tessa holte aus ihrer Handtasche einen Kalender und rechnete zurück. Ihre Hand zitterte, als sie bei dem Datum ankam, an dem ihr Leben dermaßen aus den Fugen geraten war. Es war Ende Mai geschehen, in der Woche vor Pfingsten. An einem heißen Tag, von dem böse Zungen später behaupten würden, das wäre der Hamburger Sommer des Jahres 2012 gewesen. Sie hatte zum ersten Mal die Strümpfe weggelassen und auf dem Weg zum Flughafen das Dach ihres Cabrios geöffnet. Sie erinnerte sich noch genau, wie herrlich es gewesen war, sich den Wind durch das Haar pusten zu lassen. Völlig zerzaust war sie in Fuhlsbüttel angekommen, die Maschine war gerade gelandet.

Trotzdem hatte sie am Terminal ziemlich lange auf ihre Mutter warten müssen. Das hatte erneut ihre Wut auf sie entfacht. Sie kam einfach nicht darüber weg, dass Charlotte ohne sie nach St. Andrews gefahren war. Doch sie hatte versucht, ihren Zorn im Zaum zu halten. Ihre Mutter hatte nämlich schlecht ausgesehen und so ganz und gar nicht nach Urlaub. Ihr Gesicht war bleich gewesen, die Augen gerötet und geschwollen, als sei sie tagelang in Tränen aufgelöst gewesen. Das hatte ihr bei ihrer Tochter eine Schonfrist eingebracht, aber kaum dass sie im Auto gesessen hatten, hatte Tessa nicht mehr an sich halten können. Sie war mit Vorwürfen über Charlotte hergefallen. Etwas, das sie inzwischen zutiefst bereute, aber wie hätte sie ahnen können, dass dieser Tag so grausam enden würde?

Bis dahin hatte es keine größeren Katastrophen in Tessa Baumanns Leben gegeben. Bis auf die Tatsache, dass sie keinen Mann fand, mit dem sie es lange aushielt, war ihr Leben in ruhigen Bahnen verlaufen. Sie war in dem wunderschönen Haus in Nienstedten aufgewachsen und dort auch nach dem Abitur wohnen geblieben, weil sie gleich bei der Agentur Baumann&Weber angefangen hatte. Das einzig Außergewöhnliche, das sie in jungen Jahren erlebt hatte, waren das Auslandsjahr in St. Andrews und die damit verbundene erste und bislang einzige große Liebe Hamish Makenzie gewesen. Tessa hatte in der Agentur ihres Vaters schnell Karriere gemacht und als angehende Mitinhaberin keine großen Hürden zu überwinden gehabt.

Das größte Problem, das sie ständig begleitete, seit sie zur Frau herangewachsen war, war der Neid einiger Geschlechtsgenossinnen. Denn die Männer standen auf sie, was sie selbst am meisten verwunderte. Sie hatte schon manche Freundin verloren, nachdem diese geheiratet hatte. Man hatte sie einfach nicht mehr eingeladen und sich unter fadenscheinigen Ausreden zurückgezogen. Wenn diese Frauen nur geahnt hätten, wie wenig sie sich für ihre Ehemänner interessierte. Niemals würde sie sich mit einem verheirateten Mann einlassen. Das bedeutete Teilen, und das lag ihr gar nicht. Insgeheim suchte sie die große Liebe, und ihre Erwartungen, wie dieser Traummann sein musste, waren mittlerweile ins Unermessliche gewachsen. Wenn sie geahnt hätte, dass sie in Wirklichkeit die ganze Zeit nur nach dem verlorenen Hamish suchte. Und nun, wo er wieder in ihr Leben getreten war, hing der Himmel gar nicht voller Geigen, wie sie es sich in ihren Träumen vorgestellt hatte …

Tessa schreckte aus ihren Gedanken, als das Telefon läutete. Es war Isla, die ihr mitteilte, der Mietwagen stände wie gewünscht am Nachmittag bereit.

»Ich hätte doch lieber umgehend einen Wagen. Ich mache mich sofort nach Edinburgh auf«, erklärte Tessa hastig. »Bekommen Sie das hin?«

»Kein Problem«, erwiderte Isla.

»Sagen Sie, können Sie sich noch erinnern, wann meine Mutter diese Taxifahrt unternommen hat? Sie sagten, sie hätte einmal während ihres Aufenthaltes einen Ausflug unternommen.«

Isla räusperte sich ein paarmal. »Ja, ich weiß es zufällig ganz genau. Es war an dem Tag, an dem unser Chef starb. Das hat uns alle sehr mitgenommen, und daher weiß ich es so genau. Ich erfuhr von seinem Tod noch an demselben Abend, weil ich einen Kollegen von der Nachtschicht vertreten habe. Da traf ich die arme Miss Jamie. Ihr ging es entsetzlich. Sie hat ja so an ihrem Vater ge…« Isla unterbrach sich hastig. »Entschuldigen Sie, ich rede viel zu viel. Es war Mittwoch, der 23. Mai.«

»Danke, das macht es mir bestimmt leichter, den Fahrer herauszufinden«, sagte Tessa und legte den Hörer auf. Am 23. Mai hatte Mutter nur noch zwei Tage zu leben gehabt, durchfuhr es sie eiskalt, bevor sie vom Hoteltelefon aus die Nummer der St. Andrews Taxi Service wählte.

Nachdem Tessa ihr Anliegen vorgebracht hatte, versicherte die Frau von der Zentrale ihr, dass sie dank der Dienstpläne zumindest herausbekommen würde, welche Fahrer am Vormittag des 23. Mai für sie unterwegs gewesen waren. Sie nannte Tessa drei Namen.

»Rufen Sie sie doch einfach an und fragen, wer an dem Tag zum Old Court House gerufen wurde«, ergänzte die Frau.

Tessa notierte die Nummern der drei Fahrer und bedankte sich für die unkomplizierte Hilfe. Dann versuchte sie ihr Glück. Der erste Fahrer verneinte ihre Frage zwar, wollte ihr aber ausführlich berichten, dass er an dem Tag eine Tagesfahrt zur Insel Skye gehabt hätte. Sie unterbrach ihn und wählte die zweite Nummer. Eine Frau meldete sich. Tessa hatte Glück. Jo konnte sich sofort daran erinnern, eine große Blondine, der man, wie sie betonte, ihr Alter gar nicht angesehen habe, die aber auf der Rückfahrt einen geradezu desolaten Eindruck machte, vom Hotel abgeholt und wieder zurückgebracht zu haben.

Tessas Herz klopfte bis zum Hals. »Und wissen Sie noch, wohin Sie meine Mutter gefahren haben?«

»Selbstverständlich, die Dame ist mir im Gedächtnis geblieben. Sie war so entsetzlich aufgeregt. Gezittert hat sie vor Angst. Ich habe gleich geahnt, dass sie nicht als Besucherin zum Ninewells möchte, sondern als Patientin. Ich war da nämlich auch mit meinem Brustkrebs. Die Abteilung ist bis nach London bekannt, und viele ...«

»Wohin haben Sie meine Mutter gefahren?«, unterbrach Tessa die Taxifahrerin.

»Na, zum Ninewells Hospital, aber das sagte ich doch bereits«, erwiderte die Frau.

»Wo haben Sie sie abgesetzt?«

»Vor dem Haupteingang.«

»Und hat sie irgendeine Andeutung gemacht, was sie dort wollte?«

»Nein, sie hat nicht gesprochen. Sie war still, oder sie hat leise geweint. Also auf dem Rückweg. Auf dem Hinweg hat sie ein paarmal laut vor sich hin gestöhnt, aber den ganzen Rückweg über hat sie geweint. Ich meine, da weiß ich doch, was Sache ist.

Da fragt man so eine Frau nicht nach dem Grund. Ich meine, das konnte man sich denken. Ich weiß ja, was das heißt.«

»Vielen Dank!«, stieß Tessa mit letzter Kraft hervor, bevor sie den Hörer sinken ließ und sich erst einmal setzen musste, weil ihr die Knie weich wurden. Was, wenn Charlotte wirklich todkrank gewesen war? Je mehr Tessa darüber nachdachte, desto absurder schien es ihr. Wenn ihre Mutter Krebs gehabt hätte, hätte sie sich vertrauensvoll an ihre Freundin Regine gewandt, die in Eppendorf eine Gynäkologie-Praxis hatte und zu der sie auch sonst immer ging. Und die hätte sie mit Sicherheit nicht in eine Klinik nach Schottland geschickt. Tessa nahm sich vor, Regine trotzdem zu fragen, nachdem sie sich auf der entsprechenden Station der Klinik umgesehen hatte.

Dann stutzte Tessa. Es gab einen weiteren triftigen Grund, warum ihre Mutter nicht als Patientin im Ninewells Hospital geblieben sein könnte, sondern schon zwei Tage später nach Hamburg zurückgeflogen war: wenn man in einer Operation keinen Sinn mehr gesehen hätte und sie nach Hause zum Sterben … Tessa sträubte sich dagegen, diesen Gedanken zu Ende zu führen, vor allem, wenn sie bedachte, dass und wie ihre Mutter zwei Tage darauf gestorben war. Nein, sie hielt das für abwegig, aber trotzdem würde sie zum Ninewells Hospital nach Dundee fahren und sich vor Ort umsehen.

Ihre Knie zitterten, als sie sich erhob. In diesem Augenblick bedauerte sie es zutiefst, dass sie keinen Menschen hatte, den sie um Rat fragen konnte. Außer Klara, aber die mochte sie nicht schon wieder anrufen. Die Freundin würde mit Recht fragen, warum sie diese ganze Geschichte nicht endlich ihrem Hamish anvertraute. Und wenn Klara erfuhr, mit welchen knappen Worten er sie nach Edinburgh zitiert hatte, sie würde mit ihrer vernichtenden Meinung über den Schotten nicht länger hinter dem Berg halten, befürchtete Tessa.

Sie versuchte erneut, all diese quälenden Gedanken abzuschütteln, und machte sich daran, den Rest ihrer Waschutensilien aus dem Bad in den Koffer zu stopfen. So chaotisch und lieblos hatte sie noch nie gepackt. Als sie mit ihrem Gepäck bereits bei der Tür war, fiel ihr ein, dass sie unbedingt in der Agentur anrufen musste. Erstens sollte sie ihren Kollegen endlich mitteilen, dass der Auftrag mit Stenton&Lake eingetütet war, und zweitens musste sie ihnen mitteilen, dass sie ihren Urlaub auf unbestimmte Zeit zu verlängern gedachte. Was wusste sie, wie lange sie in Edinburgh blieb?

Tessa kannte die Nummer ihres Büros auswendig. Sie wunderte sich, dass keiner an den Apparat ging. Schließlich versuchte sie es in der Zentrale. Sie wollte gerade auflegen, da ihr eingefallen war, dass ja immer noch Wochenende war, da meldete sich eine ihr völlig fremde Stimme. »Ja bitte?«

»Äh … ich … ich wollte mit Anja Schäfer sprechen, aber es ist ja Sonntag …«, stammelte Tessa mit belegter Stimme. Ihr Bauch signalisierte ihr, dass irgendetwas nicht stimmte.

»Tut mir leid. Ob Sonntag oder nicht – das ist zurzeit nicht möglich. Mit wem spreche ich denn?«

Tessa zögerte. Was ging es die fremde Frau an, wer sie war? Doch dann nannte sie ihren Namen.

»Baumann? Sind Sie die Tochter von Paul Baumann?«

»Ja, die bin ich, aber es wäre sehr schön, wenn ich meinerseits wüsste, mit wem ich spreche.«

»Hauptkommissarin Berner. Ich würde Sie gern als Zeugin vernehmen. Könnten Sie heute in der Polizeidienststelle …«

»Moment«, unterbrach Tessa die angebliche Polizistin scharf. »Ich bin gerade beruflich im Ausland und kann nicht mal eben bei Ihnen erscheinen. Außerdem würde ich gern erfahren, was Sie in unserer Zentrale zu suchen haben!«

»Dazu kann ich Ihnen bedauerlicherweise per Telefon keinerlei Auskunft erteilen. Wir können Ihnen auch eine Vorladung schicken, wenn Sie sich nicht als kooperativ erweisen, Frau Baumann!«

»Nun gut, warum schreiben Sie mich nicht gleich zur Fahndung aus? Ich habe nämlich bis auf Weiteres im Ausland zu tun und werde Ihre Briefe nicht erhalten. Schönen Tag noch.«

»Frau Baumann, warten Sie, was wissen Sie über den Aufenthalt von …«

Tessa aber beendete das Gespräch. Als ob ich nicht schon genug Sorgen habe, ging es ihr wütend durch den Kopf. Nun ist auch noch die Polizei in der Agentur. Und das am Wochenende. Das verhieß nichts Gutes! Noch mehr Horrornachrichten verkrafte ich wirklich nicht. Jedenfalls nicht aus dem Mund dieser Kommissarin. Trotzdem ließ ihr die Sache keine Ruhe. Sie rief Anja auf deren mobiler Privatnummer an. Zu Tessas großer Erleichterung meldete sie sich, wenngleich sie nicht gerade fröhlich klang.

Nachdem Tessa ihren Namen genannt hatte, stieß Anja nur ein erschrockenes »Oh!« hervor.

Tessa kam sofort auf den Punkt: »Was ist in der Firma los?«

»Wo bist du denn? Wenn du zurück in Hamburg bist, sollten wir uns gleich treffen. Ich meine, es tut uns allen leid, was mit Paul passiert ist …«

»Er liegt noch im Koma. Und ich bleibe in Schottland, bis ich von seinem Anwalt Nachricht bekomme, dass ich zu ihm kann. Aber würdest du mir jetzt bitte verraten, was das für eine Frau in der Zentrale war, die behauptet, Kommissarin zu sein?«

»Also, ich würde dir raten, du setzt dich in den nächsten Flieger nach Hamburg, ich hole dich ab, und dann reden wir ganz in Ruhe. Ich denke, so wird es das Beste für dich sein. Am Telefon ist das doch gar nicht gut …«

»Verdammt noch mal, warum wollen eigentlich immer alle entscheiden, was für gut für mich ist? Ich bin nicht krank, sondern nur in einer verdammt beschissenen Lage. Und ich fühle mich noch beschissener, wenn du mir jetzt nicht augenblicklich sagst, was da bei euch in Hamburg los ist.«

Ein Seufzer drang durchs Telefon. Tessa merkte, dass ihr bald der Geduldsfaden reißen würde. Sie konnte nicht mehr. Da halfen auch die pflanzlichen Beruhigungspillen, die sie seit dem 23. Mai täglich einnahm, nicht mehr. Gleich würde sie explodieren. Das spürte sie in jeder Faser ihres Körpers. Immer noch besser als eine Panikattacke, dachte sie wütend.

»Was ist los?«, schrie sie.

»Okay, okay, aber bitte brüll nicht so.« Anja holte tief Luft. Diese kleine Atempause war nach Tessas Empfinden lang, viel zu lang.

»Verdammt, ich habe ein Recht zu erfahren, was Sache ist, schließlich galt ich noch kürzlich als Nachfolgerin meines Vaters, verstehst du?«

»Das ist ja gerade das Problem, aber bevor du ganz ausrastest, hör zu! Am Donnerstag kam die Steuerfahndung, hat alle Unterlagen mitgenommen. Felix hat angeordnet, dass wir weiterarbeiten. Am Freitag tauchten dann Beamte vom Betrugsdezernat auf. Die haben am Wochenende das ganze Büro auf den Kopf gestellt.«

»Aber weshalb? Paul sitzt wegen Mordes, nicht weil er krumme Dinger gedreht hat. Das würde er nie tun …«

»Es geht nicht um ihn. Jan ist das Schwein. Er hat nicht nur schwarze Konten geführt, sondern sich, bevor er sich in die Karibik abgesetzt hat, aus dem Firmenkapital bedient. Und das ganz geschickt an Felix vorbei. Die Agentur hatte jede Menge Schulden und keinerlei Rücklagen mehr. Felix hat uns jedenfalls nach Hause geschickt, bis das geklärt ist. Und nun sind die Bullen ganz scharf darauf, dich als Zeugin zu hören, weil sie den Verdacht haben, dass Jan das alles gar nicht ohne euer Wissen getrickst haben kann. Vielleicht solltest du wirklich den nächsten Flieger nehmen und den ganzen Schlamassel ausräumen.«

»Einen Scheiß werde ich!«, zischte Tessa. »Wie kann denn einem einzigen Menschen so viel Mist auf einmal passieren? Das ist nicht normal!« Die ganze Contenance, die sie mühsam aufrechterhalten hatte, stürzte ein wie ein Kartenhaus. Tessa brach in Tränen aus.

»Ich kann nicht mehr«, schluchzte sie. »Ich werde mir das nicht antun. Nein, ich bleibe hier, wo ich mich erst mal von all den anderen Schocks erholen kann. Sollen sie doch Paul befragen, wenn er wieder aus dem Koma erwacht. Wenn überhaupt. Es ist seine Agentur, und wenn die jetzt den Bach runtergeht, was juckt es mich? Du kannst Felix einen schönen Gruß bestellen. Mit mir könnt ihr nicht rechnen!«

Mit diesen Worten legte sie auf. Sie bebte am ganzen Körper voller Zorn auf Jan Weber, ihren Vater und ihr verdammtes Schicksal. Obwohl sie wusste, dass Anja es wirklich gut mit ihr meinte, löschte sie mit zitternden Fingern ihre Nummer sowie alle anderen Kontaktdaten von Baumann&Weber. Noch eine Baustelle würde sie nicht bewältigen. Ihre Kraft war definitiv am Ende, und diese Gewissheit machte sie nur noch wütender. In der Vergangenheit hätte man aus dem Mund von Tessa Baumann niemals den Satz gehört: Ich kann nicht mehr! Sie hatte immer alles geschafft, und wenn sie Nächte durchgearbeitet hatte. Tessa war ein Erfolgsmensch, und nun musste sie hilflos erleben, wie ihr ganzes Leben in einen Abgrund rauschte. Ihr Atem ging schnell und keuchend. Voller Wucht schlug sie mit der Faust gegen die Wand. So sehr, dass ihre Fingerknöchel zu bluten begannen. Das brachte sie für einen Augenblick zur Vernunft. Sie ging ins Bad und wusch sich das dunkle Rot ab. Dabei konnte sie den Blick nicht vom Waschbecken abwenden, als sich die Blutspur ihren Weg in den Abfluss bahnte. Erinnerungsfetzen rasten durch ihren Kopf. Die Lache, die Scherben, die überall verstreuten Rosen …

Tessa geriet ins Wanken und musste sich auf dem Waschbeckenrand abstützen. Sie hob ihr Gesicht und erschrak. Was sich ihr im Spiegel bot, war entsetzlich anzusehen. Die Augen verquollen, die Miene hassverzerrt, das Haar strähnig.

Sie drehte den Wasserhahn auf und ließ sich das kühle Nass in die Hand laufen, um sich das Gesicht damit zu benetzen. Danach rubbelte sie sich kräftig mit dem Handtuch ab. Die Haut nahm zwar eine rosige Tönung an, aber der Ausdruck blieb. Eine Mischung aus einem verschreckten Kaninchen und einer rasenden Irren, dachte sie und atmete ein paarmal tief durch. Ich darf nicht ausrasten, sprach sie sich gut zu, dann wird alles noch viel schlimmer! Ich muss mich zusammenreißen, muss funktionieren, muss meinen Verstand einschalten, hämmerte es in ihrem Hirn. Erst einmal muss ich Anja anrufen, dachte sie. Ich muss ihr sagen, dass ich nicht durchgedreht bin. Trotz ihres desolaten Zustands gelang es ihr, sich aus dem Kopf an Anjas Nummer zu erinnern.

Während Tessa wählte, nahm sie mit der anderen Hand ihre Tablettendose aus der Tasche. Sie würde zur Sicherheit gleich zwei Pillen auf einmal schlucken.

»Gott sei Dank, dass du dich noch mal meldest«, stieß Anja erleichtert hervor, nachdem sie Tessa erkannt hatte.

»Ich möchte dir nur sagen, ich komme zurecht. Es ist alles megahart, aber ich schaffe das schon. Pass auf, bestell Felix, ich komme nach Hamburg, sobald ich die Kraft dazu habe. Sag ihm, dass ich einfach neben der Spur bin und man mich in eine psychosomatischen Klinik mit Traumaabteilung eingewiesen hat …«

»Schön wär's, wenn du so vernünftig wärst«, seufzte Anja.

»Versichere ihm, es wird alles gut. Es wird nur noch ein wenig dauern. Momentan sei ich ein Psychowrack und als Zeugin in diesem Verfahren gänzlich ungeeignet. Ich glaube, ich würde momentan sogar zugeben, dass ich Jans Komplizin bin.«

»Ist er nicht ein Arsch, sich so fies am Firmenkonto zu bedienen?«

»Tja, er hat schon immer über seine Verhältnisse gelebt und ist wahrscheinlich, nachdem er von Paul erfahren hat, nur für eine Stippvisite zurückgekehrt und hat schnell die Konten ganz abgeräumt, weil Dad ihm nicht auf die Finger gucken konnte.«

»Das befürchten wir auch. Aber du hast schon recht. Du solltest dich nicht auch noch damit belasten. Das mit Paul ist schlimm genug. Wir denken alle an ihn.«

»Dann sehen wir uns, sobald ich zurück bin.«

Nachdem Tessa aufgelegt hatte, fühlte sie sich ein wenig besser. Sie schnappte sich ihr Gepäck und verließ das Zimmer. Vor dem Fahrstuhl musste sie warten und drehte sich noch einmal zu der Lady in Blau um. Ein merkwürdiges Gefühl beschlich sie. Als würde sie von einer alten Bekannten Abschied nehmen. Sie konnte sich kaum von dem Anblick Fiona McKinnons losreißen, doch dann kam der Lift. Tessa wandte sich rasch ab und stieg in den Fahrstuhl. Als sich unten in der Lobby die Türen öffneten, wäre sie beinahe mit Ian zusammengestoßen. Er blickte sie besorgt an. »Ist Ihnen nicht gut? Brauchen Sie Hilfe? Kommen Sie! Setzen Sie sich.« Und schon hatte er sie zu einem Sessel geschoben, in den sie sich widerwillig fallen ließ.

»Ist das wieder eine so eine Attacke? Wenn ja, dann nicken Sie einfach.«

Tessa ließ die Hilfsbereitschaft des attraktiven Schotten wortlos über sich ergehen, obwohl sich alles in ihr sträubte, von ihm wie ein krankes Huhn behandelt zu werden. Sie sollen mich endlich alle in Ruhe lassen, dachte sie.

»Warten Sie. Ich bringe Ihnen ein Glas Wasser.« Ian verschwand in Richtung Bar. Diesen Augenblick nutzte Tessa, um sich seiner Fürsorge zu entziehen. Das konnte sie in diesem Augenblick partout nicht ertragen. Sie sprang auf und eilte zum Ausgang.

»Misses Baumann, Ihr Wagen kommt jeden Augenblick!«, rief ihr Isla hinterher.

»Sagen Sie dem Fahrer, dass ich auf dem Parkplatz warte«, erwiderte Tessa und rannte ins Freie. Erst als sie auf dem Hotelparkplatz angekommen war, blieb sie keuchend stehen und drehte sich vorsichtig um. Sie war erleichtert, dass Ian McKinnon ihr nicht gefolgt war. Er wird mich jetzt für komplett gestört halten, vermutete sie, aber warum muss er mir auch unbedingt in diesem Zustand begegnen, fügte sie in Gedanken hinzu. Sie konnte nur hoffen, dass Mister McKinnon das Hotel nicht verließ, bevor sie in ihrem Mietwagen davonbrausen konnte. Wieder überkamen sie Zweifel, ob es alles so richtig war, was sie tat. Sollte sie nicht doch den nächsten Flieger nach Hamburg nehmen? Aber würde sie damit nicht Hamish verärgern, der in Edinburgh auf sie wartete? Sollte sie nicht erst einmal herausfinden, ob diese Liebe eine zweite Chance verdient? Nach allem, was ich durchgemacht habe, sollte ich ausschließlich an mich und mein Glück denken, redete sie sich gut zu. Nach allem, was er selbst durchgemacht hatte, wird er mir sicherlich die Schulter bieten, die ich brauche. Noch heute erzähle ich ihm alles, nahm sich Tessa vor, denn sie wusste, dass sie es nicht mehr allein schaffen konnte. Sie brauchte jemanden, dem sie vorbehaltlos ihr Herz ausschütten konnte. Wenn sie weiter vorgab, die starke Tessa zu sein, würden über kurz oder lang ihre Nerven nicht mehr mitspielen. Begeben Sie sich in professionelle Hände, hatte der Arzt ihr geraten, nachdem sie in Hamburg die erste Panikattacke erlitten hatte.

Ich brauche keinen Seelenklempner, bei dem ich mich auskotze, ich brauche einen Partner, der mich liebt und dem ich meine Sorgen und Ängste anvertrauen kann, dachte Tessa entschieden. Und genau das wird Hamish für mich sein! Sie musste ihn sehen, in seine Arme sinken, und zwar sofort! Ihr kam in den Sinn, dass sie noch nach Dundee ins Krankenhaus fahren wollte, um sich nach ihrer Mutter zu erkundigen, aber dem fühlte sie sich momentan nicht gewachsen. Das würde sie von Edinburgh aus nachholen. Jetzt wollte sie nur noch zu Hamish. Sie würde ihn in seiner Kanzlei überraschen. Aber wo war die Kanzlei? Sie hatte ja nur die Adresse seiner Wohnung, vor der er sie heute Abend erwartete.

Ohne zu überlegen, rief Tessa seinen Bruder an, dessen Nummer sie in ihrem Handy gespeichert hatte. Arran war hocherfreut, ihre Stimme zu hören, doch als sie sofort auf den Punkt kam und ihn nach der Adresse von Hamishs Kanzlei fragte, war für einen kleinen Augenblick Schweigen in der Leitung. Dann räusperte er sich. »Princes Street 105.«

Tessa stutzte. Hatte Hamish ihr gar nicht seine Privatadresse gegeben, sondern die seiner Kanzlei?

»Wohnt Ihr Bruder auch in dem Haus, in dem sich die Kanzlei befindet?«, fragte sie zögernd nach.

»Nicht dass ich wüsste, aber wenn ich Sie schon am Telefon habe, ich hätte da noch eine Idee für unsere Kampagne …«

»Ich melde mich«, unterbrach Tessa ihn hastig und beendete das Gespräch. Ihr stand ganz und gar nicht der Sinn danach, ihm von der verworrenen Lage in der Agentur zu berichten. Womöglich würde es zu dieser Zusammenarbeit auch gar nicht mehr kommen, weil es Baumann&Weber dann schon gar nicht mehr gab …

Tessa schüttelte den Gedanken an Hamburg ab und konzentrierte sich nur noch auf das eine: Wie würde Hamish reagieren, wenn sie ihn am frühen Nachmittag in Edinburgh mit einer Einladung zum Tee überraschte? Ein Lächeln erhellte ihr Gesicht, als die Mitarbeiter des Pkw-Verleihs mit zwei Wagen auf den Parkplatz fuhren. Sie regelten die Formalitäten, und Tessa ließ sich das kleine Mietauto von ihnen erklären.

Sie hatte gerade das Gepäck verladen, als sie hinter sich ein seltsames Keuchen vernahm, fast ein asthmatisches Bellen … Sie fuhr herum und erstarrte. Vor ihr stand völlig außer Atem die alte Misses Cameron.

»Sie?«, fragte Tessa erstaunt.

»Ja, mich haben Sie wohl nicht erwartet.« Sie kicherte. »Dieses Mal bin ich beim Augenarzt ausgebüxt. Der Herrgott hat mir den Befehl dazu gegeben. Er sagte, du musst dich beeilen, die junge Lady wird das Old Course Hotel verlassen, wenn sie auch wiederkommt, aber das wirst du nicht mehr erleben, und deshalb bring ihr das Buch, bevor es zu spät ist und sie es nach deinem Tod in den Müll werfen.«

Tessa erschauderte bei diesen Worten. Die Alte griff unter ihre speckige Jacke, holte das Innenleben des Tagebuchs hervor und reichte es Tessa.

»Nun zieren Sie sich nicht, Kindchen. Nehmen Sie es! Meine Großtante Bonnie hat es doch nur zu dem einen Ziel aufbewahrt, dass es eines Tages in die Hände des richtigen McKinnon gerät.«

»Entschuldigen Sie, aber ich habe mit der Familie nichts zu tun. Ich bin Gast des Hotels und war nur zufällig neulich bei dem Geistervortrag.«

Misses Cameron musterte Tessa so durchdringend, dass ihr mulmig zumute wurde.

»Ich irre mich nicht!«, zischte sie schließlich wütend.

»Vielleicht geben Sie es besser bei der Rezeption ab, damit es in die richtigen Hände fällt. Damit es Ian oder Jamie McKinnon erhalten.« Tessa hatte zur Bekräftigung ihrer Worte die Finger hinter dem Rücken verschränkt.

»Nein, und noch mal nein. Der Herrgott hat gesagt, ich soll es Ihnen geben und nicht dem da …« Die Alte deutete mit dem Zeigefinger in Richtung Hoteleingang. Tessa folgte ihrem Blick. Vor dem Hotel stand Ian McKinnon und sah sich suchend nach allen Seiten um.

»Okay, geben Sie schon her!«, bat Tessa hastig und nahm das Tagebuch entgegen. »Ich habe es leider eilig. Sonst würde ich Sie mitnehmen und irgendwo absetzen«, fügte sie hinzu, während sie in den Wagen stieg und das Tagebuch auf den Beifahrersitz warf.

Die alte Dame lachte. »Nein, nein, auf diesen Trick falle ich nicht rein. Sie wollen mich nur in die Klapse zurückbringen, aber da geh ich nicht mehr hin, jetzt, wo ich meine Mission erfüllt habe. Sie sollten sich beeilen, ich glaube, er hat sie entdeckt.«

Mit diesen Worten humpelte die Alte von dannen. Erschrocken blickte Tessa in den Rückspiegel. Tatsächlich, Ian McKinnon eilte auf den Parkplatz zu. Woher in aller Welt konnte die Alte wissen, dass sie vor ihm auf der Flucht war?

Tessa startete den Wagen und gab Gas.

St. Andrews, Juli 1942

»Nun sag schon, wie findest du es?«, fragte Aidan aufgeregt. Mairi legte den Kopf schief, während sie ihren Blick erneut über das imposante Gebäude im viktorianischen Stil schweifen ließ.

»Es ist atemberaubend, aber meinst du nicht, dass es zu groß ist und viel zu teuer?«

Aidan lachte. »Der Preis geht in Ordnung, es wird doch versteigert, billiger geht es nicht, und ich habe unser Stellmore Castle bis unter die Türmchen beliehen. Keine Sorge, ich kann mir diesen Traum allemal leisten.«

»Und was sagt Jamielle dazu, dass du das Hotel ihrer Eltern beleihst und dich in ein so riesiges neues Projekt stürzt? Sie beklagt sich ohnehin schon ständig, dass du zu viel arbeitest und keine Zeit für sie hast.«

Aidan machte eine wegwerfende Geste. »Ach, die. Sie interessiert sich nicht für Geschäfte, sondern ausschließlich für die neuste Mode und ihre Damenkränzchen.«

Mairi missfiel seine herablassende Art, wenn er über seine Frau sprach. Seit er mit einer Verletzung am Bein aus Afrika zurückgekehrt war, führte er sich Jamielle gegenüber wie ein Tyrann auf. Sosehr Mairi während Aidans Abwesenheit auch unter der launischen und herablassenden Art der Hausherrin gelitten hatte; wie Aidan seine Frau behandelte, das ging einfach zu weit. Doch er schien taub auf dem Ohr zu sein. Ein paarmal schon hatte Mairi sich für seine Frau eingesetzt, aber er weigerte sich, mit ihr darüber zu reden. Nur ein einziges Mal hatte er sich dazu geäußert. Er hatte sehr bitter geklungen. Im Lazarett, als er auf Tod und Leben daniedergelegen hatte, da hätte er beschlossen, sich nicht mehr zur Schießbudenfigur machen zu lassen.

»Und was wird aus Stellmore Castle?«

»Unser Wohnsitz. Was denkst du denn? Du kannst dir schon mal überlegen, in welchen Flügel du ziehen willst. Du bekommst natürlich eine eigene Wohnung.« Er stieß einen tiefen Seufzer aus. »Wenigstens zu einem ist die verdammte Verletzung gut. Als amtlich anerkanntes Hinkebein habe ich genügend Zeit, mich um das neue Hotel zu kümmern. Wenn wir diesen hässlichen deutschen Mistkerl doch endlich besiegt hätten! Mal abgesehen davon, dass er ein Verbrecher ist, der Krieg ist schlecht fürs Geschäft.«

Mairi ahnte, wie er in Wirklichkeit darunter litt, dass ihn seine Verletzung daran hinderte, weiter an der Front zu kämpfen. Denn er hätte gern das Seinige getan, diesen Hitler zu besiegen, wenn man ihm nicht das Bein zerschossen hätte. Mairi wusste auch genau, was er als Nächstes sagen würde, wenn er in dieser gewissen Stimmung war.

»Hier bin ich als Krüppel wenigstens noch zu etwas zu gebrauchen«, hörte sie ihn da bereits lamentieren.

Es trieb ihr jedes Mal die Zornesröte ins Gesicht, wenn er sich selbst so nannte. Sie hatte jede Menge aufrechter schottischer Soldaten gesehen, die mit ganz anderen Verletzungen aus Afrika zurückgekehrt waren. Und wie viele waren in fremder Erde verscharrt worden. Ihnen war es nicht vergönnt gewesen, Schottland wiederzusehen. Wenn Mairi bloß an die bangen Wochen vor Aidans Rückkehr dachte. Damals vor zwei Jahren, als es alles andere als sicher gewesen war, ob er überhaupt jemals wiederkommen würde. Mairi versuchte, ihm stets klarzumachen, dass er ungeheures Glück gehabt hatte. Immer wenn sie ihm ins Gewissen geredet hatte, war er ein paar Tage duldsamer, bevor ihn wieder einmal die Fliege an der Wand ärgerte und er seinen Zorn an Jamielle ausließ. Die Arme war seit seiner Rückkehr zu einer mürrischen Ehefrau geworden, die es aber nicht wagte, ihrem cholerischen Mann Widerworte zu geben oder ihn gar zu gängeln, wie sie es noch zwei Jahre zuvor getan hatte. Wenn Mairi diese unglückliche Ehe betrachtete, dann war sie stets heilfroh, dass sie nicht geheiratet hatte und es auch niemals tun würde. Und sie verklärte den Charakter ihres Bruders schon lange nicht mehr, sondern sah ihn als das, was aus ihm geworden war: ein schwieriger und launenhafter Mensch.

»Nun schau nicht so skeptisch. Ist das nicht ein Traum? Sieh nur, die Fassade und die Lage.« Seine Augen funkelten vor Begeisterung.

»Es ist wirklich wunderschön und direkt am Golfplatz und mit einem Meeresblick … das ist in der Tat nicht zu übertreffen«, gab Mairi seufzend zu.

»Komm mit!« Aidan nahm Mairi bei der Hand. »Wir machen einen kleinen Rundgang.«

Mairi rief nach Boyd, der seinen Vater unbedingt zum »Schloss«, wie er das Anwesen in St. Andrews nannte, hatte begleiten wollen. Er war jetzt sechs Jahre alt, ein bildhübsches, aufgewecktes Kerlchen und Aidans ganzer Stolz. Der Junge sollte einmal sein Nachfolger werden. Das verkündete der Vater bei jeder Gelegenheit. Boyd hing sehr an Mairi. Wie oft musste sie deshalb Jamielles bissige Bemerkungen über sich ergehen lassen.

»Boyd, wo bist du denn?« Suchend sah sich Mairi nach allen Seiten um.

»Ach komm, er ist schon groß. Er wird sich bestimmt allein hier draußen vergnügen. Wir sind doch gleich wieder da«, bemerkte Aidan ungeduldig und zog Mairi mit sich in Richtung des hochherrschaftlichen Eingangsportals.

»Aber es gibt hier überall ungesicherte Baustellen. Mir wäre wohler, wenn wir ihn mitnehmen würden«, widersprach Mairi.

»Du bist eine richtige Glucke«, scherzte Aidan. »Er ist schließlich kein Baby mehr. Und heute hast du auch gar nicht das Sagen. Es ist dein freier Tag. Heute entscheidet der Herr

Papa, und der sagt: Lass dem Jungen sein Abenteuer.« Mit diesen Worten zog er Mairi übermütig die Stufen der steinernen Treppe empor.

Kaum hatte sie das Innere des viktorianischen Hauses betreten, ließ sich Mairi von seiner Begeisterung anstecken. Sie standen in einer prachtvollen Eingangshalle, in der alles aus edlem Holz gefertigt war und wertvolle Lüster von der Decke hingen. Hier hatte jemand versucht, sich seinen Lebenstraum zu verwirklichen. Offenbar träumte nicht nur Aidan davon, der größte Hotelier Schottlands zu werden. Mairi wusste, dass der Mann, der den Ausbau begonnen hatte, ein reicher Highlander gewesen war, der sich mit einem anderen Projekt verspekuliert hatte. Nun verkaufte die Bank Aidan das Anwesen, weil er ihnen das beste Hotelkonzept hatte vorlegen können und schon mit Stellmore Castle der erfolgreichste Hotelier der Grafschaft war.

Aidan steuerte gleich auf den Fahrstuhl zu, den der ehemalige Besitzer nach der neusten Technik der Vierzigerjahre hatte einbauen lassen. Er führte zu den Zimmern, die bereits mehr als zur Hälfte fertiggestellt waren. Eines ist schöner als das andere, dachte Mairi, als sie der Reihe nach jede einzelne Tür öffneten und einen flüchtigen Blick riskierten, bevor sie die Suite am Ende des Flurs etwas intensiver in Augenschein nahmen.

»Ich habe dir doch gesagt, ich werde eines Tages das prächtigste Hotel Schottlands besitzen«, bemerkte Aidan nicht ohne Stolz.

Mairi war an das Fenster der Suite getreten und ließ ihren Blick über den Old Course gleiten. Sie spielte selbst kein Golf, aber sie hatte Aidan schon häufig zum Platz begleitet und sich als sein Caddie betätigt. Sie zuckte zusammen, als sich ihr zwei Hände zärtlich von hinten um die Taille legten. Erschrocken fuhr sie herum.

»Das sollst du nicht mehr tun!«

Aidan lächelte. »Ich tu doch gar nichts.« Er nahm die Hände hastig weg, holte eine Schachtel aus seiner Jackentasche und reichte sie ihr.

Zögernd nahm sie das Geschenk entgegen. Ihr war merkwürdig zumute. Ihr kam unwillkürlich der Tag in Erinnerung, als er ihr damals den rauchblauen Saphir hatte schenken wollen, den Jamielle seitdem Tag und Nacht am Finger trug, alltags wie feiertags, als hätte sie Angst, man könnte ihn ihr wieder abnehmen.

Als sie den Deckel abnahm, strahlte ihr ein kornblumenblauer Edelstein entgegen. Im ersten Augenblick dachte sie, es wäre der Saphirring ihrer Mutter, doch dann erkannte sie voller Enttäuschung, dass die Sterne dieses Steins nicht annähernd die Strahlkraft des Originals besaßen.

»Freust du dich denn gar nicht?«, fragte Aidan.

»Ist das wirklich der Ring unserer Mutter? Er sieht irgendwie anders aus. Allein die Farbe«, stieß sie zweifelnd hervor.

Aidan starrte sie an wie einen Geist. Erst an seinem verwirrten Gesichtsausdruck erkannte sie, dass sie soeben einen kapitalen Fehler begangen hatte.

»Ich meine natürlich, deiner Mutter. Ich … ich wollte sagen, dass das gar nicht der Ring deiner Mutter ist, oder?

»Du hast von *unserer* Mutter gesprochen. Wieso?«

»Habe ich das? Ist mir gar nicht aufgefallen.«

»Du bist eine schlechte Lügnerin, Mairi Haigs! Hör auf mit dem Gestammel, und nenn mir den Grund, warum du das gesagt hast!«

Mairi zuckte die Schultern. »Das ist mir nur so rausgerutscht. Ich habe mich einfach versprochen! Das kann doch mal passieren!«

»Und warum blühen in deinem Ausschnitt rote Flecken wie immer, wenn du aufgeregt bist?«

Er trat einen Schritt auf sie zu und musterte sie durchdringend. Er war ihr so nahe, dass sie seinen warmen Atem spüren konnte.

Mairi wurde flau im Magen. Sosehr sie auch nach einer plausiblen Erklärung für ihren Versprecher suchte, ihr fiel nichts Passendes ein. In ihrem Kopf war nichts als Leere.

»Du verschweigst mir etwas!«, herrschte Aidan sie an. Mairi zuckte zusammen. Noch nie zuvor hatte er in diesem scharfen Ton mit ihr gesprochen.

»Ich muss jetzt nach Boyd sehen. Er ist noch zu klein, um lange allein draußen herumzutollen«, erwiderte sie mit bebender Stimme. Sie wollte sich an Aidan vorbeidrücken, doch der hielt sie an den Schultern fest.

»Du sagst mir jetzt auf der Stelle, was los ist«, forderte er.

Mairi aber presste die Lippen fest aufeinander.

»Du verheimlichst mir was. Nun red schon! Vorher lasse ich dich nicht gehen.«

»Sei doch vernünftig, ich …« Sie stockte, als sie meinte, von draußen einen Schrei gehört zu haben.

»Ich muss nach Boyd sehen. Er hat nach mir gerufen«, erwiderte sie hektisch.

»Blödsinn. Ich habe nichts gehört.« Sein Blick wurde wieder weicher. »Mairi, ich spüre, dass etwas zwischen uns steht. Warum hast du gefragt, ob es der Ring unserer Mutter ist?«

»Ich erzähle es dir später«, versprach sie ihm hastig. »Ich muss wirklich nach deinem Sohn sehen.« Mairi trat auf das Fenster zu, öffnete es und blickte ängstlich nach draußen. Von hier hatte man einen einzigartigen Blick über die Dünen bis hin zum Meer. Von Boyd allerdings keine Spur. Wahrscheinlich hatte sie sich verhört. Es kämpften zwei Seelen in ihrer Brust: das Bedürfnis, Aidan endlich alles zu sagen, und andererseits die Sorge, ob er die Wahrheit wirklich verkraften würde. Die Lichtgestalt Fiona eine Rabenmutter, die ihren Mann betrogen und das Baby im Gebüsch ausgesetzt hatte?

»Komm, wir schauen nach Boyd und ich erzähle dir auf dem Weg alles«, erklärte sie halbherzig.

»Nein, wenn du mir etwas zu sagen hast, dann tu es auf der

Stelle!«, erwiderte er und nahm ihr Gesicht in beide Hände. »Bitte, lüg mich nicht an. Es gibt da wohl etwas, das ich unbedingt wissen sollte.«

»Gut, du hast es nicht anders gewollt«, seufzte Mairi und blickte ihm fest in die Augen.

»Der wahre Grund, dass ich mit meiner Mutter bei Nacht und Nebel aus Dornier geflüchtet bin, ist …« Sie unterbrach sich und stieß einen tiefen Seufzer aus. In Aidans Augen meinte sie, die nackte Panik zu erkennen, als ob er schon ahnte, gleich etwas Ungeheuerliches zu erfahren. »Ich bin nicht die Tochter von Murron Haigs, sie hat mich nach meiner Geburt nur von der Hebamme gekauft, nachdem ihr eigener Säugling gestorben war, kaum dass er den ersten Atemzug tun konnte.« Wieder stockte sie.

Aidan verstand das offenbar falsch und glaubte wohl, das wäre das ganze Geheimnis, denn er umarmte sie erleichtert. »Ach, und du glaubst, ich hätte dich damals nicht geheiratet, wenn ich erfahren hätte, dass du nicht weißt, wer deine Eltern sind? Aber Kleines, das ist mir gleichgültig. Dann lass uns doch endlich zueinander stehen. Ich werde Jamielle und Boyd verlassen. Wir beide fangen ein neues Leben an. Ich lege dir dieses Hotel zu Füßen.« Während er beschwörend auf sie einredete, drückte er sie fest an sich. Mairi bekam kaum noch Luft. Ihr wurde übel. Warum habe ich mir bloß diesen dummen Versprecher geleistet?, fragte sie sich verzweifelt.

»Lass mich los, verdammt noch mal!«, schrie sie ihn an. Aidan ließ erschrocken die Arme sinken.

»Das ist doch längst nicht alles, du Dummkopf!«, schrie sie. »Hör mir zu.«

Aidan war erbleicht. Er trat einen Schritt zurück. Aus seinen Augen sprach die nackte Angst.

»Die Frau, die mich geboren hat, war deine Mutter. Lady Fiona McKinnon«, stieß Mairi heiser hervor.

»Blödsinn!«, schnaubte er empört.

»Erinnerst du dich an die schreckliche Hebamme auf dem Schiff? Sie hat sowohl dich als auch mich entbunden. Sie muss ja wohl wissen, dass wir aus demselben Schoß gekrochen sind. Bonnie Chattan kannte unsere Mutter.«

Er starrte sie wie einen Geist an.

»Ich hätte es wissen müssen, deine Augen, dein Haar. Und warum hast du es mir damals nicht gleich gesagt?«

»Du schienst in unserer Mutter ein engelsgleiches Geschöpf zu sehen. Ich habe es nicht übers Herz gebracht, das Bild der Madonna von Dornie zu zerstören, die sich angeblich aus Liebe ins Meer gestürzt hat ...«

»Aber deine Existenz ändert doch nichts an dem, was sie aus Liebe zu unserem Vater getan hat ...«

»Sir Calum ist nicht unser Vater. Deine Mutter hat das Kind eines anderen Mannes bekommen und sich wahrscheinlich aus Scham das Leben genommen. Verstehst du nun?«

Aidan ließ sich an der Wand entlang auf den Boden gleiten. Er war leichenblass.

»Das kann nicht sein, das kann nicht sein«, stammelte er. »Ich habe mich immer gewundert, dass sie ihn so sehr geliebt hat, so sehr, mehr als ihr Leben ...« Er musterte Mairi mit einem Blick, als sähe er sie zum ersten Mal. »Und wer ist dein Vater?«

Mairi zuckte die Achseln. »Keiner weiß es genau. Ich war schon einmal drauf und dran, nach Dornie reisen und zu versuchen, Näheres herauszufinden, aber ich habe davon Abstand genommen, damals, nachdem du mir ihren Ring schenken wolltest ...«

»Der Ring«, unterbrach er sie völlig abwesend und griff in die Jackentasche, in die er das Schmuckstück inzwischen zurückgesteckt hatte. »Er ist ein Duplikat. Deshalb lag dir an dem Sternensaphir so viel.« Er hob den Blick. Plötzlich flackerte es gefährlich in seinen Augen.

»Deinetwegen hat sich unsere Mutter umgebracht. Weil du kleiner Bastard unterwegs warst. Du bist schuld. Geh mir aus den Augen!« Er schien nicht einmal zu merken, dass er schrie.

Mairi bebte am ganzen Körper. Ihre Augen füllten sich mit Tränen.

»Aidan, ich bin deine Schwester, wir werden einander beschützen, solange wir leben.«

»Hau ab, Bastard!«, zischte er, sprang vom Boden hoch und trat bedrohlich einen Schritt auf sie zu. Sein Blick war beängstigend.

Mairi zögerte keine Sekunde. Sie rannte los. Erst am Fahrstuhl blieb sie keuchend stehen. Ängstlich wandte sie sich um, als der Lift nicht sofort kam, doch Aidan schien ihr nicht gefolgt zu sein. Das Herz pochte ihr bis zum Hals, als sich die Türen des Fahrstuhls endlich öffneten. Was war nur in ihn gefahren? Sie hatte mit vielem gerechnet, aber nicht damit, dass er in seinem Schmerz sie für den Selbstmord ihrer Mutter verantwortlich machen würde. Unter diesen Umständen werde ich sein Haus auf der Stelle verlassen, ging es ihr verzweifelt durch den Kopf.

Unten in der Lobby angekommen hörte sie aufgeregte Stimme wild durcheinander reden. Sie konnte nicht viel verstehen von dem, was sie sagten, aber sie vermutete, es musste etwas geschehen sein. Ob die Deutschen Dundee bombardiert hatten? Das Gerücht, dass sie die Stadt dem Erdboden gleichmachen wollten, kursierte bereits seit Wochen in der Gegend. Mehrere wild gestikulierende vierschrötige Kerle standen mitten im Empfangsraum. Ihrer Kleidung nach waren sie Bauern von den umliegenden Höfen und passten so gar nicht in das Ambiente eines angehenden Grandhotels.

Sie waren so in ihr Gespräch vertieft, dass sie gar nicht bemerkten, wie sich Mairi ihnen näherte, um ein paar Gesprächsfetzen aufzuschnappen.

»Der Zaun war morsch. Er wollte ihn gerade reparieren«, erklärte einer von ihnen aufgebracht.

»Wie solltest du denn auch wissen, dass der Junge hier unbeaufsichtigt herumläuft?«

»Genau, es war ein Unfall!«, bekräftigte ein anderer.

»Der Zuchtbulle hat sich losgerissen, hat den Zaun niedergewalzt und alles, was sich ihm in den Weg gestellt hat. Dich trifft keine Schuld.«

Mairis Herzschlag drohte auszusetzen. Ihr Magen rebellierte. Zwar hatte es keiner ausgesprochen, aber sie spürte die Gefahr in jeder Pore.

»Der Junge war sofort tot. Er musste nicht leiden«, bemerkte wieder ein anderer.

Mairi wagte nicht, die Männer zu fragen, ob ihre grausame Befürchtung zutraf. Stattdessen trieb es sie mit aller Macht nach draußen. Vor dem Eingang standen weitere Männer beieinander. Alle stierten voller Entsetzen auf den Boden. Sie verdeckten das, worauf sie gafften. Mairi wurde noch schummriger zumute, doch sie schaffte es, sich wortlos den Weg bis nach vorn zu bahnen. Auf dem Kiesbett der Auffahrt lag Boyd, die Glieder merkwürdig verdreht, die Augen weit aufgerissen, eine klaffende Wunde am Kopf, seine blonden Locken blutverkrustet.

»Boyd!«, schrie sie panisch, während sie sich neben ihn hockte, an den Schultern packte und schüttelte. Dabei wusste sie längst, dass das Kind tot war, doch sie konnte diese Gewissheit nicht zulassen. Immer wieder rief sie seinen Namen und schüttelte seinen leblosen Körper hin und her wie eine Schlackerpuppe.

Erst als sie von kräftigen Armen gepackt und grob zur Seite geschleudert wurde, kam sie zur Besinnung. Halb am Boden liegend, beobachtete sie fassungslos, was Aidan in seiner Verzweiflung tat. Er hatte sich wie ein Wahnsinniger über seinen Sohn geworfen und stieß unmenschliche Schreie aus. Mairi schaffte es, sich aufzurappeln. Sie trat auf Aidan zu und versuchte, den rasenden Vater von seinem Kind ziehen. Vergeblich. Er war in seinem Schmerz nicht zu bewegen, sich von

Boyd zu lösen. »Aufwachen!«, brüllte er. »Junge, genug geschlafen!«

Das war das Zeichen für zwei kräftige Kerle, das zu vollenden, was Mairi zuvor verzweifelt versucht hatte. Sie packten den vor Schmerz rasenden Vater unter den Achseln, jeder an einer Seite, und zogen ihn hoch. Aidan aber wehrte sich, er trat nach ihnen, doch die Farmer waren stärker. Er hielt mit seinem Widerstand aber erst inne, als er Mairi erblickte. Aus seinen Augen funkelte der schiere Wahnsinn.

»Sie hat meinen Sohn auf dem Gewissen. Sie hat nicht auf ihn aufgepasst!« Er riss sich von dem einen Mann los und zeigte mit dem Finger auf sie.

Mairi war vor Entsetzen wie gelähmt.

Die Männer führten den sich weiter wehrenden Mann von seinem Kind. Aidan schaffte es noch einmal, sich nach ihr umzudrehen. »Bastard!«, brüllte er. »Verdammter Bastard!«

Mairi aber hörte seine Stimme nur noch von ferne, als wäre sie tief unter Wasser, bevor es in ihren Ohren nur noch rauschte wie das Meer an einem stürmischen Wintertag. Dann wurde ihr schwarz vor Augen.

Edinburgh, Juli 2012

Missmutig schlenderte Tessa die Royal Mile entlang. Die herben architektonischen Schönheiten der Stadt nahm sie nicht einmal mehr im Vorbeigehen wahr. Fast zwei Wochen war sie jetzt im »Athen des Nordens«, in das sie sich damals mit fünfzehn Jahren auf den ersten Blick so unsterblich verliebt hatte. Der Zauber war leider vorüber, aber das lag nicht an dem guten alten Edinburgh, sondern an ihrer Grundstimmung. Sie war mit großen Erwartungen in ihre alte Traumstadt gekommen, und dann hatte eine Enttäuschung die andere gejagt. Wenn sie allein an ihren Überraschungsbesuch in Hamishs Kanzlei dachte. Statt sich zu freuen, hatte er ihr einen Vortrag darüber gehalten, dass er es sich nicht leisten könnte, während seines Arbeitstages faul in Cafés herumzusitzen. Genervt hatte er ihr den Schlüssel eines Hotels in die Hand gedrückt, das sich in demselben Gebäude befand wie die Kanzlei. Ich habe doch gesagt, neunzehn Uhr, hatte er beinahe vorwurfsvoll hinzugefügt. Tessa hatte sich gefühlt, als hätte man ihr einen Knüppel über den Kopf gezogen. Nicht einmal richtig begrüßt hatte er sie, sondern mit zwei Wangenküsschen abgespeist. Aber das war nur der Anfang, dachte Tessa seufzend.

Sie war gerade auf dem Weg in ihr Lieblingscafé, wo sie seit ihrer Ankunft in Edinburgh bei gutem Wetter fast jede freie Minute an einem Tisch mit Blick auf die St. Giles verbrachte. Um sich die Zeit zu vertreiben, las sie diverse schottische Zeitungen, Bücher über schottische Geschichte oder den Brief, den ihr Vater ihr geschrieben und der sie über seinen Anwalt erreicht hatte. Das weiße Papier war schon ganz schmuddelig, weil sie ihn immer und immer wieder zur Hand nahm. Dabei kannte sie die grausame Nachricht inzwischen auswendig.

Liebe Tessa, eines musst Du mir glauben. Ich liebe Dich, und das wird sich nie ändern. Aber ich möchte Dich trotzdem nicht wiedersehen. Behalte mich so in Erinnerung, wie Du mich kanntest. Deinen immer zu einem Scherz aufgelegten Vater. Das Wrack, das ich aus mir gemacht habe, möchte ich Dir ersparen. Und eines sollst Du noch wissen. Ich habe auch Deine Mutter geliebt, und es wird mir jede Sekunde meines verkorksten Restlebens leidtun, dass ich ihr Leben ausgelöscht habe. Bitte vergiss mich. Und versuche nicht, Kontakt zu mir aufzunehmen. Ich habe meine Anordnungen gegeben, um einen möglichen Besuch Deinerseits zu verhindern. Auch wird mich Deine Post nicht erreichen. Glaub mir, es ist besser für Dich! Ich wünsche Dir alles Glück der Welt. Dein Vater für immer!

Sie konnte diese Zeilen wie die unzähligen Male zuvor nicht lesen, ohne sich aufzuregen. Mal weinte sie bitterlich, mal, so wie in diesem Augenblick, ballte sie die Fäuste vor Wut. Warum tat er ihr das an? Warum? Hatte sie nicht ein Recht, aus seinem Mund zu hören, warum er es getan hatte? Damit wird er nicht durchkommen, dachte sie wutentbrannt. Ich werde spätestens bei seiner Verhandlung im Zuschauerraum sitzen und eine Erklärung von ihm erwarten!

Es war ein schöner warmer Sommertag, und Tessa würde einiges darum geben, ihn besser genießen zu können, aber es war ihr, als hätte sich ein schwarzes Tuch über ihre Seele gelegt. Sie hatte an nichts mehr Freude, bis auf den leidenschaftlichen Sex mit Hamish. Es verwunderte sie stets aufs Neue, dass er im Bett ein völlig anderer Mensch war als im Alltagsleben. Sie schliefen jeden Abend in ihrem Hotel miteinander, und es war immer aufs Neue aufregend. Hamish schien ihre geheimen Wünsche blind zu erraten. Aber nicht nur körperlich waren sie sich in diesen Momenten nahe, sondern auch im Herzen. Allein bei dem Gedanken, mit welch zärtlichen Worten er ihr jedes Mal seiner Liebe versicherte. Umso weniger verstand sie, dass er sie noch nicht ein einziges Mal mit in seine Wohnung genommen hatte. Stattdessen wohnte sie in diesem Hotel, aber er verbrachte jede Nacht mit ihr in dem engen Zimmer. Jeden Abend, wenn er sie nach der Arbeit besuchte, war er ihr wieder fremd, was sich erst im Bett änderte. Oder wenn sie von alten Zeiten redeten. Sie genoss diese Augenblicke der Nähe sehr und entschuldigte sein ansonsten eher schroffes Verhalten mit dem Unfall. Allerdings konnte sie nicht länger die Augen vor der Tatsache verschließen, dass er ein völlig anderer Mensch war als der Hamish, in den sie sich damals unsterblich verliebt hatte. Heute würde sie die Nacht das erste Mal allein verbringen müssen. Hamish hatte einen Abendtermin mit offenem Ende, wie er ihr bedauernd erklärt hatte. Obwohl sie ihm versichert hatte, er könne auch ruhig noch spät in der Nacht zu ihr kommen, bestand er darauf, diese Nacht in seiner Wohnung zu verbringen. Tessa kannte nicht einmal die Adresse.

»Was darf ich Ihnen bringen?«

Die Stimme der Bedienung riss Tessa aus ihren Gedanken. Sie bestellte sich einen Tee und Scones, bevor ihre Gedanken erneut zu Hamish abschweiften. Er tat ihr nicht wirklich gut. Das spürte Tessa, wobei sie sich nicht ganz sicher war, ob es nicht eher die Gesamtsituation war, die ihr aufs Gemüt schlug. Seltsamerweise war der einzige Gedanke, der ihr hin und wieder ein Lächeln auf ihr Gesicht zauberte, der an den Kuss mit dem Hotelier. Sie musste häufig an Ian McKinnon denken und besonders an seinen Charme. Dagegen war Hamish ein mürrischer Zeitgenosse …

Nachdem sie ihr kleines schottisches Frühstück verzehrt hatte, wollte sie zahlen, aber ein Blick in ihre Geldbörse zeigte ihr, dass sie vergessen hatte, etwas abzuheben. Sie besaß nur noch ein paar Penny in bar. Der Kellner schlug vor, dass sie ihre Rechnung am nächsten Tag begleichen sollte, doch Tessa hatte ungern Schulden. Sie versprach, sich am Automaten auf der anderen Straßenseite Geld zu ziehen. Es wimmelte in der High Street an diesem Vormittag wie immer in der Ferienzeit nur so vor Menschen. Touristen aus aller Herren Länder bevölkerten die Royal Mile und die vielen Souvenirläden. Tessa hatte Schwierigkeiten, sich den Weg durch eine japanische Reisegruppe zu bahnen.

Wenigstens ist vor dem Automaten keine Schlange, dachte sie, während sie ihre Karte in den Schlitz schob und den gewünschten Betrag eintippte. Es dauerte eine gefühlte Ewigkeit, bis sich etwas tat, aber das beunruhigte sie nicht weiter. Nur als die Karte wieder aus dem Schlitz kam und keine Geldauszahlung erfolgte, wurde ihr mulmig zumute. Erst jetzt las sie den Text auf dem Display, wonach zurzeit keine Auszahlung möglich war.

Tessa vermutete zunächst, dass sie sich vertippt hatte, und wiederholte den Vorgang. Vergeblich. Ohne Vorwarnung setzten alle Vorboten einer Panikattacke ein. Es wurde ihr gleichzeitig eng in Brust und Kehle. Sie atmete hastig mit der Folge, dass es ihr im Gesicht und an den Händen kribbelte, als würden ganze Ameisenkolonien über sie herfallen. Ihr Herz raste, und der Schweiß rann ihr in Strömen von der Stirn. Sie war nur von einem einzigen Gedanken beherrscht: Ich sterbe, ich sterbe! Am ganzen Körper bebend, hockte sie sich auf den Boden vor dem Automaten.

»Hey Sie, verziehen Sie sich da mal. Ich komm nicht an meine Kohle«, schnauzte sie ein junger Mann an, aber Tessa rutschte keinen Meter zur Seite, denn sie war immer noch dominiert von der Angst, sterben zu müssen.

»Lassen Sie die Frau in Ruhe«, mischte sich eine ältere Dame ein. »Sehen Sie nicht, dass sie krank ist. Wir brauchen einen Rettungswagen.«

»Blödsinn, die ist besoffen.« Der Mann versetzte Tessa mit seinem Fuß einen leichten Tritt in die Seite. »Hier ist kein Platz für Penner.«

Tessa hörte das von ferne, aber es interessierte sie nicht. Die Panik zu sterben war größer und mächtiger. Erst als eine ihr bekannte Stimme dem jungen Mann Schläge androhte für den Fall, dass er sie noch einmal treten oder beleidigen würde, schwand Tessas Angst, und Erstaunen machte sich breit.

»Sie?«, fragte sie fassungslos und warf ihm einen ungläubigen Blick zu.

»Kommen Sie. Nehmen Sie meine Hand. Ich ziehe Sie hoch«, befahl er. Tessa tat, was Ian McKinnon verlangte. Er schob sie hastig weg von dem Automaten und durch den Pulk von Schaulustigen, der sich inzwischen auf der High Street gebildet hatte.

Sie ließ sich widerstandslos auf einen Stuhl in ihrem Frühstückscafé bugsieren. Die Attacke war vorbei, aber nun kam ihr zu Bewusstsein, dass man offenbar die Konten ihres Vaters gesperrt hatte. Sie benutzte seine Karte, seit auf ihrem Konto kein Gehalt mehr eingegangen war.

»Verdammt«, zischte sie. »Verdammt noch mal!«

»Nun atmen Sie erst einmal tief durch«, empfahl Ian und strich ihr dabei sanft übers Haar. Am liebsten hätte sie sich dem Hotelier an die Brust geworfen. Da war es wieder: dieses Gefühl von großer Vertrautheit.

»Danke«, hauchte sie. »Vielen Dank, aber wo kommen Sie her?«

»Ich habe meine Schwester nach Edinburgh gefahren. Sie hat etwas in der Stadt zu erledigen und wird über Nacht bleiben. Und das nutze ich für einen kleinen Bummel und ein paar Einkäufe. Ich liebe Edinburgh. Und Sie? Was führt Sie her? Ich wähnte sie im fernen Deutschland.«

»Ich habe noch einen Freund besucht«, gab Tessa seufzend zu.

»Einen Freund oder Ihren Freund?«

Tessa wollte ihm gerade sagen, dass diese Frage nach ihrem Geschmack zu persönlich war, da bemerkte er lachend: »Gucken Sie mich nicht so strafend an. Das war natürlich ein Scherz. Es geht mich ja nichts an. Aber mal im Ernst, Sie müssen sich jetzt schnellstens in Behandlung begeben. Ich kann Ihnen nur noch mal meinen Freund in Dundee ans Herz legen.«

»Ich weiß doch gar nicht, wie lange ich noch in Schottland bleibe«, erwiderte Tessa ausweichend.

»Mit diesen Attacken ist nicht zu spaßen.«

»Ich weiß.«

»Gab es denn einen Auslöser?«

Sie zögerte, war sich nicht ganz sicher, ob sie ihm anvertrauen sollte, dass sie keinen Cent mehr besaß.

»Es ist besser, wenn Sie sich alles von der Seele reden«, ermutigte er sie.

Alles, dachte Tessa bitter, wenn ich ihm alles erzählen würde, dann würde selbst diesem charmanten Schotten sein Lächeln vergehen.

»Ich wollte Geld abheben, was mir der freundliche Automat verweigerte. Das Konto meines Vaters wurde offenbar gesperrt.«

»Das Konto Ihres Vaters? Haben Sie denn kein eigenes?«

»Das ist eine lange Geschichte, die ich hier wirklich nicht vor Ihnen ausbreiten möchte. Jedenfalls bekomme ich keinen Cent. Nicht mal mein Frühstück kann ich bezahlen.« Sie deutete auf den Kellner. Ian aber winkte ihn heran, ließ sich ihre Rechnung geben und beglich sie.

»Kann Ihr Freund, ich meine, Ihr Bekannter, Ihnen nicht aushelfen?«

»Ich würde ihn ungern fragen, aber mir wird wohl nichts anderes übrigbleiben.«

»Und wenn alle Stricke reißen, ich habe gerade einen Job als Greenkeeper zu vergeben.«

»Auf Teneriffa?«

»Nein, in St. Andrews. Ich habe mich entschieden, das Old Course House mit meiner Schwester gemeinsam zu führen. Es ist nun einmal ein Familienunternehmen, und das soll es auch bleiben. Und von so einem Greenkeeper wie Ihnen können wir nur träumen.«

Nun huschte sogar Tessa der Hauch eines Lächelns übers Gesicht. »Ja, wenn alle Stricke reißen, dann komme ich auf Ihr Angebot zurück.« Sie erhob sich. »Und nun muss ich gehen. Ich habe noch einiges vor.« Es war dieses Gefühl von Geborgenheit, vor dem Tessa unbedingt fliehen wollte.

»Das kommt überhaupt nicht infrage. Sie glauben doch nicht, dass ich Sie ohne Geld und nach einem solchen Anfall allein in der fremden Stadt zurücklasse. Ich fahre Sie jetzt zu Ihrem Bekannten. Der soll sich um Sie kümmern.«

»Nein, das geht nicht«, widersprach Tessa heftig. »Der muss arbeiten.«

»Noch nie etwas von Notfall und Freinehmen gehört?«

»Das gilt nicht für meinen Freund. Er hasst es, wenn er bei der Arbeit mit Privatkram belästigt wird.«

»Das ist ja ein richtig toller Freund«, spottete Ian. »Dann wird er wohl heute mal eine Ausnahme machen müssen. Entweder ich bringe Sie dorthin oder ich nehme Sie mit nach St. Andrews. Sie haben die Wahl.«

»Okay, okay«, stöhnte Tessa. »Wir können zu Fuß gehen. Wir müssen nur zur Princes Street.«

Schweigend bahnten sie sich den Weg durch die Touristenströme.

»An so einem warmen Sonnentag ist Schottland das schönste Land auf Erden«, bemerkte Ian, als sie schließlich in ruhigeren Gefilden angelangt waren.

»Haben Sie gar keine Sehnsucht nach den Kanaren?«

»Hält sich in Grenzen.«

»Da vorne ist es schon!« Tessa deutete auf das imposante Bürogebäude, das vor ihnen auf der rechten Seite auftauchte.

»Das ist es?«, fragte Ian ungläubig.

»Ja, da ist seine Kanzlei.«

»Kanzlei?«, wiederholte Ian.

»Ja, er ist Anwalt …« Sie stockte, denn in diesem Moment sah sie Hamish aus dem Gebäude eilen. Tessa wollte gerade auf sich aufmerksam machen, als sie registrierte, dass er nicht allein war. Hinter ihm verließ eine rothaarige Frau das Haus. Tessa hielt sie für eine Mandantin, bis sie seine Begleitung erkannte. Es war keine Geringere als Ians McKinnons Schwester Jamie. Mit einem Blick in Ians Richtung überzeugte sie sich davon, dass er genauso überrascht war wie Tessa. Sie waren abrupt stehen geblieben. Sie wollte ihren Augen nicht trauen, als Jamie Hamishs Hand nahm und er sie daraufhin zärtlich zu sich heranzog. Das sah ganz und gar nicht aus wie ein anwaltliches Gespräch. Nein, das war ganz offensichtlich ein Kuss!

Tessa beobachtete das Ganze fassungslos, bis sich die beiden voneinander lösten und in ihre Richtung kamen. Geistesgegenwärtig zog Tessa Ian in einen Hauseingang und weiter zu einer Drehtür, durch die sie in das Innere des Gebäudes gelangten.

Tessa atmete ein paarmal tief durch. Auf keinen Fall wollte sie in die nächste Panikattacke schlittern.

»War das Ihr Bekannter?«, fragte Ian erstaunt.

»Hamish, meine erste große Liebe und mein neuer Freund seit vierzehn Tagen«, entgegnete Tessa wie in Trance.

»Oh!«, entfuhr es Ian.

»Sie müssen mich nicht bemitleiden. Nur eine Frage: Ist er vielleicht der Termin, den Ihre Schwester in Edinburgh hat?«

»Na, Sie stellen Fragen«, seufzte Ian. »Ganz gleich, was ich Ihnen antworte, ich bin mir sicher, es gefällt Ihnen nicht.«

»Bitte, schonen Sie mich nicht. Die Wahrheit hilft mir am meisten. Ist Hamish die Verabredung Ihrer Schwester?«

»Ich habe sie jedenfalls vorhin bei der Kanzlei abgesetzt«, erwiderte er ausweichend.

»Wissen Sie, in welchem Verhältnis die beiden zueinander stehen?«

Erneut stieß Ian einen Seufzer aus.

»Sie waren so gut wie verlobt, doch dann brach der Kontakt

offenbar ab. Wie ich es verstanden habe, hat sich Hamish bei ihr vor ein paar Tagen gemeldet und um eine Aussprache gebeten …«

»Er bei ihr? Jetzt verstehe ich, warum wir uns heute Abend nicht sehen können. Die Aussprache dauert über Nacht.« Tessa ballte die Fäuste.

»Kommen Sie, Tessa, lassen Sie es gut sein. Ihnen steht ins Gesicht geschrieben, was Sache ist. Sie wussten nicht, dass Ihr Freund mit einer anderen liiert ist, nicht wahr?«

Tessa schüttelte stumm den Kopf. Ihr kam die ganze Situation völlig absurd vor, aber dann fügte sich in ihren Gedanken eins zum anderen. Ihr fiel sein hektischer Aufbruch ein, nachdem sie bei ihrem ersten Wiedersehen in ihrem Hotelzimmer miteinander geschlafen hatten. Wie ein gehetztes Tier war er geflüchtet. Er war nicht zufällig im Old Course House gewesen, sondern mit Jamie verabredet gewesen …

»Wissen Sie zufällig, ob Hamish Ihre Schwester vor etwa zwei Wochen besuchen wollte?«

Ian rollte mit den Augen. »Ich erinnere mich leider genau. Sie wollten sich im Hotel treffen, doch als Jamie etwas verspätet ins Hotel kam, war er bereits abgereist.«

»O Gott, wenn ich das gewusst hätte, ich wäre nie mit ihm …«

»Lassen Sie gut sein. Mich geht es ja nichts an. Mir tut nur meine Schwester leid. Sie hat sich diesen Kerl nun mal in den Kopf gesetzt. Mir war er schon vom Erzählen nicht besonders sympathisch. Sorry, aber es hörte sich an, als ginge er zum Lachen in den Keller.«

»Er hat ein schweres Schicksal erlitten«, stieß Tessa entschuldigend hervor.

»Ich weiß, der Unfall. Damit rechtfertigt meine Schwester auch alles. Woher kennen Sie den Kerl?«

Sie hatten sich inzwischen auf eine Treppe gesetzt.

»Ich lernte ihn kennen, als ich an der St. Leonards mein Auslandsjahr gemacht habe. Es war meine große Liebe – meldete sich aber plötzlich nicht mehr bei mir. Was habe ich gelitten damals. Und als er dann im Fahrstuhl vor mir stand …«

»Lieben Sie ihn immer noch?«

»Ja!«, entgegnete Tessa mit einer Vehemenz, als müsste sie sich selbst davon überzeugen.

»Und nun?«

»Nun bringen Sie mich bitte weit fort!«

»Nichts lieber als das. Hören Sie. Mein Vorschlag vorhin war ernst gemeint. Ich brauche dringend einen Greenkeeper. Und Sie wären prädestiniert für den Job.«

»Ich bin Werbetexterin«, widersprach Tessa heftig.

»Das soll doch keine Lebensaufgabe werden. Ich dachte nur, Sie könnten sich Geld verdienen, hätten Unterkunft und Verpflegung und könnten nach Herzenslust spielen, wenn der Platz geschlossen ist. Und endlich zur Ruhe kommen. Ich weiß zwar nicht, was mit Ihnen los ist, aber dass Sie unter enormem Stress stehen, das lässt sich nicht verbergen.«

»Vielleicht sollte ich lieber den nächsten Flieger nach Hamburg nehmen.«

»Ich gebe Ihnen selbstverständlich das Geld für den Flug.« Er betrachtete sie mit schief gelegtem Kopf. »Haben Sie in Erwägung gezogen, erst einmal das Gespräch mit Ihrem Freund zu suchen? Vielleicht hat er meine Schwester auch nur kommen lassen, um die Beziehung zu beenden …«

»Mister McKinnon, ich habe schließlich Augen im Kopf. Danach sah die Umarmung eben nicht aus. Für Hamishs Verhältnisse war das sehr viel. Er hasst den Austausch von Zärtlichkeiten in der Öffentlichkeit.«

»Da soll mal einer die Frauen verstehen. In was verlieben Sie sich bloß bei so einem Mann?«

»Ich habe ihn nie vergessen können, und als er dann vor mir stand … Er hat sich sehr verändert.«

»Reden Sie mit ihm. Es ist besser für Sie und auch für meine Schwester, wenn die Sache geklärt wird.«

Tessa lachte bitter. »Was gibt es da noch zu klären? Der gute Hamish fährt zweigleisig, wie man an der innigen Umarmung der beiden unschwer erkennen konnte.« Ihre Augen füllten sich mit Tränen.

Ian legte den Arm um sie und zog sie ganz dicht zu sich heran. Tessa wehrte sich nicht. Im Gegenteil, sofort keimte wieder dieses unglaubliche Gefühl von Geborgenheit in ihr auf. Sie ging in Gedanken alle ihre Möglichkeiten durch. Sollte sie nach Hamburg zurückkehren, in das Haus, in dem alles geschehen war? Nein, und in ein Hotel konnte sie nicht ziehen. Sie besaß keinen Cent. Und sich von Ian McKinnon den Flug zahlen zu lassen kam ebenfalls nicht infrage. Ob sie Hamish tatsächlich zur Rede stellen sollte? Es war merkwürdig, aber sie hatte nicht das geringste Bedürfnis, mit ihm über seine Beziehung zu Jamie McKinnon zu sprechen. Wenn sie ehrlich zu sich war, dann fühlte sich ihr Schmerz eher wie verletzter Stolz an … In dem Augenblick, in dem sie Jamie und Hamish in dieser Vertrautheit miteinander erlebt hatte, war etwas in ihr zerbrochen. Liebte sie diesen Mann überhaupt noch? Nur eines spürte sie deutlich: Sie konnte in ihrer Lage keine weitere Aufregung verkraften und sie konnte nicht länger leugnen, wie vertraut ihr Ian war. Plötzlich durchfuhr sie die Erinnerung daran, wie Hamish auf die Geschichte mit ihrem Vater reagiert hatte, wie ein Blitz. Hatte er das wirklich gesagt? *Du kannst dem Anwalt deines Vaters ja mal meine Nummer geben. Ich habe schließlich jahrelange Erfahrung als Strafverteidiger* … Er hatte sie weder in den Arm genommen noch ihr auf andere Weise gezeigt, dass er mit ihr fühlte. Nein, er hatte nur seine beruflichen Dienste angeboten. Kein Wort des Mitgefühls. Hamish fehlt es an jeglicher Empathie, wurde ihr mit einem Mal bewusst. Er bemitleidet sich ausschließlich selbst. Ihr wurde bei dem Gedanken übel, in ihrer Kehle wurde es eng. Sie konnte in diesem Zustand keine Entscheidungen treffen, sondern musste sich um sich selbst kümmern.

»Ich gehe zu Ihrem Doktor nach Dundee«, flüsterte sie kaum hörbar und hob den Kopf. Der liebevolle Blick, mit dem Ian sie betrachtete, berührte sie tief. »Sie sind ein wunderbarer Mann. Wissen Sie das eigentlich?«

Ian lächelte. »Wenn ich jetzt Ja sage, weiß ich, halten Sie mich bestimmt für eingebildet. Aber es freut mich, das aus Ihrem Munde zu hören. Sie wissen ja, dass ich Sie …«

»Sch!«, raunte Tessa und legte ihn zur Bekräftigung, dass er nicht aussprechen sollte, was er dachte, den Finger auf die Lippen. »Ich komme mit nach St. Andrews und übernehme den Job als Greenkeeper …«

»Sie können auch so bei uns wohnen. Als unser Gast«, unterbrach er sie hastig.

»Auf keinen Fall. Eine bodenständige Betätigung an frischer Luft wird mir guttun, um einen klaren Kopf zu bekommen. Wissen Sie, es ist ja nicht nur das mit Hamish, was mich belastet. Mein ganzes Leben ist aus den Fugen geraten.« Tessa stieß einen tiefen Seufzer aus.

»Sie müssen mir nichts erklären. Das geht mich alles gar nichts an. Ich helfe Ihnen, ohne etwas zu erwarten.«

Ihre Blicke trafen sich. Tessa ertappte sich bei dem Wunsch, dass er sie doch einfach noch einmal küssen sollte. Sie spürte, wie ihre Wangen heiß wurden.

Ian aber machte keine Anstalten, sich ihr zu nähern, wenngleich aus seinen Augen unverhohlene Zuneigung sprach.

»Kommen Sie«, sagte er. »Wir sollten dieses Treppenhaus endlich verlassen. Ich denke, meine Schwester und ihr Verl…, na ja, die beiden jedenfalls sind sicher schon lange außer Sichtweite.«

Sie standen zeitgleich auf, und ihre Hände berührten sich zufällig. Tessa zuckte zurück, als hätte sie eine Flamme gestreift.

Sie musste blinzeln, als sie aus dem Halbdunkel des Hausflurs ins Freie traten.

»Mein Wagen steht ganz in der Nähe«, sagte Ian und betrachtete sie sorgenvoll von der Seite. Sie besaß etwas verstörend Verletzliches, das bei ihm den unbedingten Instinkt weckte, sie in den Arm zu nehmen und zu beschützen. Gleichzeitig empfand er einen unbändigen Zorn auf diesen Anwalt. Es fiel ihm sehr schwer, die Meinung über diesen Kerl für sich zu behalten. Wenn sie nicht derart zerbrechlich wirken würde, dann hätte er sich nicht länger zusammenreißen können. So aber befürchtete er, jedes weitere Wort über ihn würde ihr den letzten Funken Kraft rauben. Ihm entging nicht, dass sie ihre Fassade nur mit Mühe aufrechterhielt. Und es ärgerte ihn maßlos, dass dieser Kerl nicht nur diese bezaubernde Deutsche ins Unglück stürzte, sondern auch Jamie. Ob er seiner Schwester wohl verraten sollte, was er wusste?

»Versprechen Sie mir bitte eines.« Tessas Stimme klang belegt.

»Alles, was Sie wollen.«

»Sagen Sie Ihrer Schwester nichts von mir. Wenn ich spurlos aus Hamishs Leben verschwinde, kommt das mit den beiden vielleicht wieder in Ordnung.«

»Können Sie Gedanken lesen?«, fragte er verblüfft.

»Wieso?«

»Weil ich gerade eben darüber nachgegrübelt habe, ob ich ihr einen Hinweis gebe.«

»Nein, tun Sie es nicht. Wir holen jetzt meine Sachen aus dem Hotel und …«

»Hotel? Haben Sie denn nicht bei Mister Hamish gewohnt?«

Tessa schüttelte den Kopf. »Er hatte in der Wohnung vorher wohl mit seiner Frau gelebt und wollte mir das nicht zumuten, weil da noch immer ein paar Möbel …« Während sie das sagte, wurde ihr bewusst, wie absurd das war. Er hatte sie einfach nicht wirklich in sein Leben lassen wollen. Das war der Grund gewesen!

»Oje«, entfuhr es Ian.

»Sie finden ihn schrecklich, oder?«

Ein Lächeln umspielte Ians Mund. »Ich sage nichts ohne meinen Anwalt. Wenn ich ganz ehrlich bin, habe ich bereits meiner Schwester auf den Kopf zugesagt, was dieser Mann denn bloß für eine Spaßbremse sei. Und da hatte sie noch nicht viel über ihn erzählt. Aber sie scheint ihn wirklich zu lie… Entschuldigung, ich sollte nicht mehr über ihn reden.«

»Versprechen Sie, dass Sie Ihrer Schwester gegenüber kein Wort darüber verlieren?«

»Nun gut, ich versuch's, aber wenn ich merke, dass ihr dieser Kerl weiterhin das Leben schwer macht, kann ich sie nicht sehenden Auges ins offene Messer rennen lassen. Ich liebe meine kleine Schwester von Herzen und wünsche ihr einen aufrichtigen Mann.«

Tessas Augen wurden feucht. Wie liebevoll er von seiner Schwester sprach, ging ihr sehr nahe. Was würde sie nur darum geben, ihr Leid mit Geschwistern teilen zu können.

Sie waren inzwischen beim Auto angekommen. Ian öffnete die Beifahrertür und strich ihr tröstend über die Hand, als er ihr beim Einsteigen in den Geländewagen half.

Stumm fuhren sie durch Edinburgh. Tessa hatte das Gefühl, in dieser einst geliebten Stadt den Boden unter den Füßen verloren zu haben. Was war denn überhaupt noch von ihr übrig? Der stets vor Selbstbewusstsein strotzenden Tochter des Chefs, die sich der Reihe nach von Männern trennte, die ihr zu nahe kamen? Von der attraktiven Tessa Baumann, die sich der Gunst der Männer und des Neids der Frauen sicher war? Was von der verwöhnten jungen Frau aus Nienstedten, die in der Villa ihrer Eltern eine eigene Etage besaß und die Kreditkarte ihres Vaters jederzeit zum Glühen bringen konnte, wenn ihr Konto wieder einmal überzogen war? Dem Vaterkind, das ihren Vater beim Vornamen nannte und ihm allemal mehr anvertraut hatte als der Mutter?

»Soll ich Sie nach oben begleiten, oder wollen Sie Ihre Sachen allein holen?«, fragte Ian.

Tessa hatte gar nicht gemerkt, dass er inzwischen vor dem Hotel eingeparkt hatte.

»Entschuldigen Sie bitte. Ich geh schnell allein hoch. Und beeile mich.«

»Lassen Sie sich Zeit. Ich habe heute frei.«

Ian blickte ihr nachdenklich hinterher. Er wurde nicht schlau aus ihr, und dennoch hatte er sie bereits viel mehr in sein Herz geschlossen, als gut war. Ganz offensichtlich sah sie in ihm ausschließlich einen Freund. Ian nahm sich vor, sich als Mann in Zukunft ein wenig mehr zurückzuhalten. Doch wenn er an den Kuss zurückdachte, hatte er nicht den Eindruck, dass er Tessa unangenehm gewesen wäre.

In diesem Augenblick stellte sich Tessa eine Frau in den Weg. Soweit er es durch die Windschutzscheibe und auf die Entfernung beurteilen konnte, war sie etwa in Tessas Alter. Sie sieht allerdings nicht halb so umwerfend aus wie sie, stellte Ian schwärmerisch fest. Die andere Frau gestikulierte wild. Freundlich wirkte das nicht gerade. Ian überlegte schon, ob er aussteigen und Tessa zur Hilfe kommen sollte. Doch da war sie bereits forsch weitergegangen. Die andere Frau schien hinter ihr her zu schimpfen.

Ian hoffte, Tessa würde ihm für diese merkwürdige Begegnung eine Erklärung abgeben, sobald sie in den Wagen zurückgekehrt war. Was sie wohl damit gemeint hatte, dass der Anwalt nicht ihr einziges Problem war? War das etwa ein Hinweis auf ihre finanziellen Schwierigkeiten gewesen?, fragte er sich. Seltsam, dass sie von der Kreditkarte ihres Vaters gesprochen hat. Ian wurde den Eindruck nicht los, dass sie in großen Schwierigkeiten steckte, über die sie nicht reden mochte. Ihre Panikattacken waren ein sicheres Zeichen, dass ihre Seele schwer belastet war.

Ian zog sein Mobiltelefon hervor und wählte die Nummer seines alten Studienkollegen Lucas Macbain. Er hatte Glück, der Psychiater war höchstpersönlich am Apparat.

»Ich falle gleich mal mit der Tür ins Haus. Wir haben eine junge Frau aus Deutschland als Gast im Hotel. Sie leidet unter Panikattacken, und ich würde sie dir gern zeitnah vorbeischicken. Morgen?«

Lucas Macbain brach in schallendes Gelächter aus. »Typisch Ian McKinnon. Alles muss gleich geschehen, am besten gestern. Habe mindestens ein Jahr nichts von dir gehört, alter Junge. Was machen die Kanaren?«

»Ich fahre die junge Lady zu dir. Vielleicht können wir, nachdem du mit ihr gesprochen hast, zu dritt lunchen?«

»Immer noch der alte Charmeur, dem man keinen Wunsch abschlagen kann. Gut, ich werde eine Patientin verlegen, aber auch nur, weil sie nervt. Elf Uhr?«

»Du bist ein wahrer Freund.«

»Und du bist ein alter Schmeichler.«

Befriedigt beendete Ian das Gespräch. Da erblickte er Tessa, die ziemlich gehetzt aus dem Hotel trat.

Keuchend setzte sie sich auf den Beifahrersitz.

»Sie machen den Eindruck, als wäre der Teufel hinter Ihnen her«, bemerkte Ian scherzend.

»Nicht der Teufel, aber Hamishs Ex oder Nochfrau Jodie. Ich weiß nicht mal, ob die Scheidung schon durch ist.«

»Er ist noch nicht geschieden«, entgegnete Ian trocken. »Das hat mir meine Schwester erzählt. Und was wollte die Dame nun von Ihnen?«

»Sie wohnen offenbar noch zusammen, und sie hat auf seinem Schreibtisch eine Nachricht gefunden, die die Rezeption ihm in meinem Auftrag neulich überbracht hat. Und da wollte sie wissen, ob er sich mit einer Frau trifft. Und hat sich dann furchtbar aufgeregt, als sie mich erkannt hat. Damals im Internat wollte Jodie mir schon die Augen auskratzen dafür, dass er sich für mich entschieden hatte …«

Ian fiel das Gespräch mit Jamie in der Hotelbar ein, nachdem der Kerl sich feige aus dem Hotel geschlichen hatte. Hatte er Jamie nicht erzählt, er habe eine eigene Wohnung? Und warum hatte er Tessa vorgelogen, er wohne in der ehelichen Wohnung allein? Ian schüttelte es. Wenn dieser Mann kein notorischer Lügner war, so hatte er zumindest ein großes Problem mit der Wahrheit.

»Sie verlangen jetzt nicht, dass ich meiner Schwester auch das verheimlichen soll, oder?«

»Bitte, erwähnen Sie es nicht. Ich glaube nicht, dass seine Ex für Ihre hübsche Schwester eine Konkurrenz ist.« Tessa wunderte sich selbst darüber, wie gelassen sie das aussprach. So, als hätte sie überhaupt nichts mehr mit der Sache zu tun. »Ich kenne die Frau ganz gut. Sie war damals mit uns in der Klasse in St. Leonards und höllisch eifersüchtig, als Hamish sich in mich verliebte. Nachdem er aus dem Koma erwacht war, hat sie ihre Chance gewittert. Und sich ihm als Pflegerin angedient. Das jedenfalls hat mir kürzlich sein Bruder erzählt. Ich kann mir schwerlich vorstellen, dass er sich jemals ernsthaft in Jodie verliebt hat.«

»Das ist ja auch nicht gerade ein Zeichen von Charakter, eine Frau zu heiraten, ohne sie zu lieben«, brummte Ian.

»Bitte sagen Sie Ihrer Schwester vorerst gar nichts«, bat Tessa ihn inständig.

»Gut, dann will ich Ihnen zusagen, dass ich mir die Chose eine kleine Weile ansehe. Sollte meine Schwester wider Erwarten doch glücklich mit diesem Mann werden, schweige ich wie ein Grab. Ansonsten werde ich sie allerdings ins Bild setzen müssen und …« Ian unterbrach sich und musterte Tessa durchdringend.

»Und meinen Sie nicht, er wird nach Ihnen suchen?«

Tessa schüttelte den Kopf. »Er wird denken, dass ich nach Deutschland zurückgekehrt bin. Ich vermute, sein Interesse an mir ist nicht so immens, dass er mir nach Hamburg folgen würde.«

Ich würde es tun, durchfuhr es Ian.

»Sie können es nicht verstehen, wenn ein Mann mehrgleisig fährt, oder?«

»O doch, ich bin als Don Juan verschrien und hatte meistens in meinem Leben mehrere Freundinnen zugleich, aber ich habe nie einen Hehl daraus gemacht und ihnen keine Einzigartigkeit vorgegaukelt«, lachte Ian.

An Tessas eisiger Miene erkannte Ian, dass er sich mit dieser Bemerkung ihr schwer gefasstes Vertrauen womöglich verscherzt hatte, aber er dachte nicht daran, es zu relativieren. Dann nämlich müsste er ihr wohl oder übel gestehen, dass er von tiefstem Herzen bereit war, den Don Juan aus seinem Leben zu verbannen.

Schweigend fuhren sie nach St. Andrews zurück.

Dornie, August 1943

Mairi lebte seit ihrer Rückkehr nach Dornie in einem verwunschenen Haus ihrer Mutter, das etwas außerhalb des Ortes am Strand des Loch Duich lag und von dessen Garten man einen einzigartigen Blick auf das Eilean Donan Castle hatte. Ihr liebster Platz war auf einem geflochtenen Schaukelstuhl. Stundenlang konnte sie einfach nur dasitzen, zur Burg sehen und ihren Gedanken nachhängen.

Sie ging selten aus, denn sie ertrug die abschätzigen Blicke der Dorfbewohner nicht. Dabei wussten die Leute gar nichts über sie. Und genau das war es wohl, was die Leute am meisten ärgerte.

Mairi würde sich niemals verzeihen, dass sie zu spät gekommen war. Sie war noch an demselben Tag, an dem Boyd verunglückt war, überstürzt nach Dornie gereist. Nachdem Aidan sie vor all diesen Leuten beschuldigt hatte, ihre Aufsichtspflicht verletzt zu haben, war sie einfach weggerannt. Ein Farmer hatte sie bis nach Stellmore Castle mitgenommen, wo sie nur rasch das Notwendigste eingepackt und sich vom Hotelchauffeur zum Bahnhof hatte bringen lassen. Zu ihrer großen Erleichterung war sie weder Jamielle begegnet noch Aidan. Schon am Abend war Mairi in Dornie eingetroffen und hatte sich gleich zum Haus ihrer Mutter aufgemacht. Der Schreck war groß gewesen, als ihr ausgerechnet Carson MacDonalds die Tür geöffnet hatte. Sie erinnerte sich an sein dummes Gesicht, als wäre es gestern gewesen. Und sie entsann sich noch jedes einzelnen Wortes. Dabei war es inzwischen über ein Jahr her.

»Was willst du hier, Mairi Haigs?«

»Dasselbe könnte ich dich auch fragen. Was machst du im Haus meiner Mutter, Carson MacDonald?«

»Es ist mein Haus, ich habe ...«

Eine schrille Frauenstimme übertönte Carson MacDonalds Worte. »Wer ist das?« Eine alte Schulkameradin von Mairi, deren Namen ihr entfallen war, kam neugierig in den Flur geschlurft.

»Mairi Haigs?«

»Ich möchte nur wissen, wo ich meine Mutter finde.«

Carson deutete in Richtung der Kirche.

»Ist sie umgezogen?«, hakte Mairi nach.

»So was in der Art«, erwiderte Carson, und ein Grinsen umspielte seinen Mund, an dem noch Speisereste hingen. Mairi zuckte zurück vor Ekel. Er war noch viel hässlicher, als sie ihn in Erinnerung hatte. Und entsetzlich ungepflegt. Sie rümpfte die Nase. Eine Wolke von Essensgestank, kaltem Rauch, Whisky und Schweiß wehte ihr entgegen.

»Nun sag's ihr doch endlich. Sie hat es nicht anders verdient«, mischte sich ihre alte Schulkameradin ein, die offenbar seine Frau geworden war. »Das kommt davon, wenn man seine Mutter im Stich lässt«, fügte sie in gehässigem Ton hinzu.

»Deine Mutter ist vor zwei Wochen gestorben«, erklärte Carson mitleidslos.

»Sie ist tot?«, wiederholte Mairi fassungslos.

»Ja, ein Lastwagen hat sie erwischt. Sie konnte nicht mehr gut sehen ... und hat viel geschuftet im Laden ...«

»Ihre Tochter war sich ja zu fein, ihr zu helfen«, geiferte die Frau.

»Sie hatte den Laden wieder?«

»Die alte Bonnie hat ihn ihr zurückverkauft. Und auch dies Haus hier, aber sie wollte lieber unten am Wasser wohnen und hat es schließlich meiner Frau und mir verkauft.«

Mairi wurde schwindelig. Das konnte doch nicht sein. Erst war Boyd verunglückt und nun ihre Mutter ...

»Alles Weitere erfährst du am Markt. Wir haben jetzt nämlich einen Anwalt im Ort. Der regelt ihren Nachlass«, bemerkte die Frau, deren Namen ihr nicht einfallen wollte, voller Stolz. »Und mein Mann und ich haben auch keine Zeit mehr, uns um dich zu kümmern, du eingebildete Ziege.«

Allison, die Frau heißt Allison, ging es Mairi durch den Kopf, das hat sie nämlich schon damals zu mir gesagt. Eingebildete Ziege. Das konnte nur Allison sein, die niemals eine Gelegenheit ausgelassen hatte, Mairi bloßzustellen.

Sie fröstelte. Grußlos wandte sie sich ab und eilte in Richtung Markplatz. Es war gegen Abend, und sie machte sich keine allzu große Hoffnung, dass der Anwalt noch arbeitete, nachdem sie sein Türschild gefunden hatte. Zaghaft klingelte sie bei dem Advokaten Liam Buchan. Zu ihrer Überraschung wurde ihr sofort geöffnet.

»Ich wollte gerade gehen«, brummte ein älterer, gedrungener Mann mit Glatze.

»Es tut mir leid, ich, ich komme morgen wieder, aber vielleicht wissen Sie, wer den Schlüssel zu dem Haus meiner Mutter hat.«

»Welches Haus?«

»Mein Name ist Mairi Haigs, und ich habe eben erfahren, dass meine Mutter kürzlich verstorben ist.«

Seine Gereiztheit war wie weggeblasen.

»Kommen Sie doch herein. Da versuche ich die ganze Zeit, Ihren Aufenthaltsort herauszubekommen, und mit einem Mal stehen Sie einfach vor meiner Tür.«

Er führte sie zu seinem Büro und bot ihr den Besucherstuhl an, während er hinter dem Schreibtisch Platz nahm. Er hatte sich kaum hingesetzt, als er wieder aufsprang und ihr seine Hand entgegenstreckte. »Mein Beileid«, sagte er in zackigem Ton. Dann musterte er sie zunächst einmal stumm und runzelte die Stirn. »Was wollen Sie zuerst? Die gute oder die schlechte Nachricht?«

Was für eine dämliche Frage, schoss es Mairi durch den Kopf. Was soll es denn im Zusammenhang mit Mutters Tod für gute Nachrichten geben? Sie zuckte mit den Achseln.

»Gut, Ihre Mutter hat Ihnen ein nicht unbeträchtliches Vermögen hinterlassen, denn sie hat ihren Laden erst kürzlich für gutes Geld an einen Kaufmann aus Kyle of Lochalsh verkauft. Und dann besitzt sie das Haus am Loch Duich. Und Sie sind die Alleinerbin.«

Mairi hörte zwar, was er sagte, aber es kam nicht wirklich in ihrem Inneren an. Langsam begriff sie, dass sie ihre Mutter nicht mehr nach ihrer Herkunft würde befragen können.

»Und jetzt kommen wir zu der schlechten Nachricht. Ich bin … also … ich bin untröstlich, aber es war eine Verkettung unglücklicher Umstände. Ich hatte den Brief versehentlich auf den Stapel gelegt, der im Kamin verfeuert werden sollte.«

»Welchen Brief?«, fragte Mairi. Das Entsetzen stand ihr ins Gesicht geschrieben, denn sie hatte bereits eine böse Ahnung.

»Im Nachlass Ihrer Mutter befand sich ein persönlicher Brief an Sie und …«

Mairi wurde kalkweiß. »Jetzt sagen Sie bitte nicht, dass er im Kamin gelandet ist.«

Der Anwalt sah verlegen zur Seite, während er nickte.

Mairi atmete ein paarmal tief durch. Wahrscheinlich hatte Murron aufgeschrieben, was sie wirklich über Lady Fiona wusste.

»Dann bleibt mir nur noch Bonnie Chattan«, flüsterte Mairi mehr zu sich selbst.

»Was haben Sie mit der Hebamme zu tun?«

»Ich werde sie morgen aufsuchen müssen«, erwiderte Mairi. Sie hatte den merkwürdigen Blick des Anwalts zwar wahrgenommen, aber nicht hinterfragt.

Erst am nächsten Tag war ihr klar geworden, was jener Blick zu bedeuten hatte. Die Schwester der Hebamme wollte sie zunächst gar nicht ins Haus lassen, aber Mairi bettelte, bis die alte

Dame schließlich nachgab. Sie nannte ihr sogar den Grund des Besuches. Dass sie Lady Fionas Tochter war und herausbekommen wollte, wer ihr Vater war. Und dass Bonnie ihre Mutter entbunden hatte. »Ich weiß nicht, ob Bonnie Ihnen helfen kann«, murmelte die Schwester der Hebamme schließlich skeptisch und ließ sie eintreten.

Als Mairi die leise vor sich hin brabbelnde Hebamme auf ihrem Stuhl im halbdunklen Zimmer entdeckte, wurde ihr schlagartig klar, warum die Schwester ihr keine großen Hoffnungen gemacht hatte. Bonnie Chattan nahm keinerlei Notiz von ihrem Besuch, sondern redete mit monotoner Stimme weiterhin unverständliches Zeug. Die Hebamme war ganz offensichtlich nicht mehr im Vollbesitz ihrer geistigen Kräfte. Alles, wovor sich Mairi einst gefürchtet hatte, war verschwunden. Die alte Frau hatte nichts mehr von einer gefährlichen Hexe, sondern wirkte wie ein hilfloses Kleinkind. Doch plötzlich verstummte sie und wandte sich um.

»Lady Fiona, tun Sie es nicht«, flüsterte sie verschwörerisch und fixierte Mairi mit einem irren Blick. »Wir holen die Polizei, die hilft Ihnen.«

Mairi stockte der Atem. Ob die Alte gar nicht so verrückt war? Sie trat mit einem Schritt auf den schäbigen Ohrensessel zu und beugte sich zu der Hebamme hinunter.

»Was soll ich nicht tun?«, fragte sie mit sanfter Stimme.

Die Alte aber stieß einen Schrei aus. »Laufen Sie!«, rief sie voller Panik. »Laufen Sie!« Dann fuhr sie mit ihren stumpfsinnigen Selbstgesprächen fort, als wenn nichts geschehen wäre.

»Sehen Sie jetzt, dass es nichts bringt?«, fragte die Schwester der Hebamme vorwurfsvoll.

»Ja, aber vielleicht sollte ich es noch einmal versuchen … vielleicht an einem anderen Tag wiederkommen.«

»Es wird nicht besser. Im Gegenteil. Wir bringen sie in den nächsten Tagen in eine Anstalt nach Edinburgh. Es hat keinen Sinn, und ich schaffe es nicht. Sehen Sie, ich muss mich um die

Kleine kümmern.« Sie deutete auf ein Mädchen, das lautlos am Boden saß und in einem Buch mit einem roten Ledereinband las.

»Seit meine Tochter tot ist, spricht sie nicht mehr, sondern liest alles, was sie in die Finger bekommt, aber dass sie das Tagebuch meiner Schwester studiert, geht zu weit. Ich habe ihr strikt verboten, etwas aus Bonnies Nachttischschublade zu nehmen.« Mit diesen Worten beugte sich die Großmutter zu ihrer Enkelin hinunter und wollte ihr das Buch entreißen, doch die Kleine presste es fest an ihre Brust und schrie wie am Spieß. Erschrocken wich die alte Frau zurück. »Sie gehen jetzt besser«, herrschte sie Mairi an.

Als Mairi vor die Tür trat, regnete es und sie machte sich auf den Weg zu dem Haus ihrer Mutter. Der Anwalt hatte ihr den Weg beschrieben und einen Schlüssel mitgegeben.

Das alles war inzwischen über ein Jahr her, und dank des geerbten Geldes konnte sie sorgenfrei in den Tag hineinleben, obwohl sie ihre Arbeit sehr vermisste. Und natürlich Boyd. Sie roch immer noch seine kindliche Haut, hörte sein fröhliches Lachen und strich ihm in Gedanken durch seine Lockenpracht. Wenn sie allerdings an Aidan dachte, überkamen sie gemischte Gefühle. Wie oft verfluchte sie ihren unglückseligen Versprecher. Sie hatte zwar geahnt, dass er die Wahrheit über ihre gemeinsame Mutter nicht verkraften würde, aber dass er ihr die Schuld an Lady Fionas Tod geben könnte, das hätte sie nicht für möglich gehalten. Dass er behauptete, sie wäre überdies verantwortlich für Boyds Unglück, schrieb sie seinem rasenden Schmerz zu.

Das Klingeln der Haustürglocke riss Mairi aus ihren Gedanken. Wer konnte das sein? Sie bekam doch nie Besuch, um diese Zeit schon gar nicht. Es war schon sieben Uhr am Abend. Aber sie erhob sich aus ihrem Schaukelstuhl und ging zur Tür.

Es war ein Fremder, ein vornehm wirkender älterer Herr mit

grauem Haar und in der traditionellen Tracht der Highlands. Das wirkte etwas altmodisch, weil in Dornie kaum jemand so angezogen war.

»Miss Mairi Haigs?« Seine Stimme klang rau und tief.

»Ja, und darf ich fragen, wer Sie sind.«

»Mein Name ist Nial Macloyd. Ich habe gehört, dass Sie auf der Suche nach Ihrem Vater sind.«

Mairis Herzschlag beschleunigte sich.

»Woher wissen Sie das?«

»Die Witwe Gordon hat mir, bevor sie mit ihrer Enkelin nach Edinburgh gezogen ist, anvertraut, dass Sie die Tochter Lady Fionas sind. Und sie wusste aus einem Tagebuch ihrer Schwester, Bonnie Chattan, wer Ihr Vater ist. Das Buch wollte Sie Ihnen eigentlich zum Abschied überlassen, aber es war plötzlich unauffindbar …« Er stockte. »Darf ich eintreten?«

»Natürlich, kommen Sie!« Mairi starrte ihren Besucher immer noch wie einen Geist an, während sie ihn ins Wohnzimmer führte.

»Schön haben Sie es hier«, bemerkte er und ließ seinen Blick über das Wasser bis zum Schloss schweifen.

»Wollen Sie etwas trinken?«

»Haben Sie einen Whisky?«

Mairi nickte.

»Sie sehen ihr wirklich ähnlich«, sagte Nial Macloyd versonnen.

»Heißt das, Sie kannten meine Mutter?«

Sein Blick verdüsterte sich. »Meine und ihre Eltern waren befreundet. Unsere Schlösser lagen in Sichtweite. Beide Familien besaßen wohlklingende Titel, aber kein Geld. Mein älterer Bruder Marcus und Fiona waren von Kindesbeinen an unzertrennlich. Es war für die beiden klar, dass sie einmal heiraten würden. Er schenkte ihr den Glücksring meiner früh verstorbenen Mutter. Es war ein rauchblauer Sternsaphir. Immer wenn ein Sonnenstrahl auf den Stein traf, funkelte er wie ein ganzer

Sternenhimmel. Man sagte, die Frau, die ihn trug, hätte die große Liebe gefunden.«

Mairi schenkte zwei Gläser randvoll. »Das heißt also, Ihr Bruder ist mein Vater?«, fragte sie ungläubig.

»Genau, aber es kam alles anders, als es die beiden geplant hatten. Fionas Vater zwang seine Tochter, statt Marcus den reichen Sir Calum zu heiraten. Die beiden wollten durchbrennen, wurden aber verraten. Durch eine böse Intrige von Fionas Eltern und Sir Calum musste Marcus denken, dass Fiona freiwillig einen Rückzieher gemacht hatte. Er bekam einen Brief diesen Inhalts – angeblich von ihr. Tief verletzt ging er daraufhin an die Front. Fiona, die glaubte, er habe sie verlassen, ließ sich auf Druck ihrer Eltern schließlich auf den Antrag von Sir Calum ein.«

»Und wo ist mein Vater jetzt?«

»Man sagt, er sei aus dem Krieg nicht mehr zurückgekehrt.«

»Und warum kommen Sie erst jetzt zu mir?«

»Das ist eine lange Geschichte. Ich habe in Indien gelebt und bin erst kürzlich für einen kurzen Besuch zurückgekommen. Auf dem Dachboden fand ich die Kiste mit den Briefen Ihrer Mutter.«

Nial Macloyd fasste in seine Jackentasche und reichte Mairi einen Stapel Briefe. »Lesen Sie. Dann wissen Sie, was geschehen ist.«

Mit zittrigen Fingern faltete Mairi den obersten Brief auseinander und las laut vor:

Mein Liebling, bitte gib mir ein Zeichen, wenn Du aus dem Krieg zurückkehrst. Es war eine einzige Intrige. Mein Vater hat es mir auf dem Totenbett endlich gestanden. Ich wollte mit Dir fortgehen. Sir Calum habe ich nur heiraten wollen, weil sie mir den gefälschten Brief gegeben haben und Du ohne ein Abschiedswort fortgegangen bist. Hast Du wirklich geglaubt, dass ich unsere Fluchtpläne verraten habe? Weil der Pfarrer bei der Überfahrt ertrunken ist, konnten wir nicht verheiratet werden. In jener

Nacht wollte ich fortlaufen, aber meine Eltern zwangen mich, auf der Burg zu bleiben, und Calum vollzog die Hochzeitsnacht gegen meinen Willen. Ich wurde sofort schwanger, und das Wissen, dass ich dieses Kind unter dem Herzen trug, ließ mich auf der Burg bleiben, bis Calum von der Front zurückkehrte und wir wirklich heirateten. Bei meinem Leben, ich liebe nur Dich und verfluche den Tag, an dem ich mich an diesen Mann verkauft habe. Er ist jähzornig und wacht eifersüchtig über mich. Als wäre ich sein Eigentum. Er ahnt, dass der Ring von Dir ist. Neulich hat er mir angedroht, mir den Finger abzuhacken, wenn ich den Ring nicht freiwillig ablege. Aber er würde mir niemals wirklich etwas antun. Auf seine Weise liebt er mich abgöttisch. Aber ich kann nicht bei ihm bleiben. Trotz des kleinen Aidan. Ich kann nicht. Seit der heimlichen Liebesnacht mit Dir bin ich verloren. Ich gehe mit Dir fort, wohin Du auch immer willst. Deine dich ewig liebende Fiona

»Aber sie müssen sich wiedergesehen haben. Sonst gäbe es mich doch nicht«, bemerkte Mairi irritiert.

»Ja, das ist es eben. Sie haben sich wiedergesehen, bevor mein Bruder erneut an die Front ging. Ich glaube, es geht aus dem letzten Brief hervor. Das ist der auf dem blauen Papier.«

Mairi klopfte das Herz bis zum Hals, als sie die entsprechenden Zeilen las.

Liebster, das kann doch nicht sein, dass Du wieder in den Krieg ziehen musst, und dann noch in Calums Einheit. Ob er was ahnt? Ob er etwas damit zu tun hat, dass sie Dich jetzt einziehen? Und ausgerechnet dorthin, wo mein Mann das Kommando hat. Sei vorsichtig, Geliebter. Ich traue ihm nicht. Denke immer daran, dass er Dich hasst, weil er weiß, dass ich Dich liebe. Sieh Dich vor. Er ist ein jähzorniger und unbeherrschter Mann. Ach, Geliebter, ich kann es nicht für mich behalten, unsere Liebesnacht ist nicht ohne Folgen geblieben. Ich erwarte ein Kind von Dir. Wenn ich Dich nur noch einmal in den Arm nehmen könnte, bevor Du fährst. Aber ich glaube, dass der Vorschlag, den Du neulich machtest, unsere einzige Lösung ist. Wir gehen zu Deinem

Bruder nach Indien. Du, ich und unser Kind. Der Gedanke, Aidan zurückzulassen, bricht mir das Herz, doch ich könnte ihm niemals seinen Sohn nehmen, aber bleiben kann ich auch nicht. Hoffentlich erhältst Du diesen Brief noch, bevor Du abreist … Ich liebe Dich Fiona

Mairis Augen wurden feucht. Wie gut, dass Aidan niemals erfahren wird, dass sie ihn auf dem Schloss zurückgelassen hat, um mit mir und ihrer großen Liebe ein neues Leben anzufangen, dachte sie. »Aber wenn sie solche Pläne für die Zukunft hatte, verstehe ich nicht, warum sie dann nach meiner Geburt ins Wasser statt mit Ihrem Bruder nach Indien gegangen ist.«

Nial Macloyd zuckte mit den Achseln. »Ich weiß es auch nicht. Vielleicht hat sie erfahren, dass Marcus im Krieg geblieben ist, und wollte nicht ohne ihn weiterleben. Ach, wenn ich nicht so weit fort gewesen wäre, ich hätte das Unglück vielleicht verhindern können. Ich habe sie sehr gemocht, Ihre Mutter. Wenn ich ehrlich bin, war ich als Junge auch ein wenig verliebt in sie, aber sie hatte nur Augen für Marcus.«

»Erzählen Sie. Wie war sie?«

Seine Augen leuchteten, als er zu schwärmen begann. »Sie war das schönste Mädchen der Insel. Sie haben viel von ihr. Fiona war ein liebreizendes Geschöpf. Sie hatte immer für alles Verständnis, kümmerte sich um jedes Lebewesen, das ihre Hilfe brauchte, und sie war eine leidenschaftliche Reiterin. Aber sie war wohl manchmal zu gutmütig. Sonst hätte sie die Intrige ihrer Eltern und Sir Calums sicher durchschaut. Sie hätte sich nicht verkaufen lassen …« Er stieß einen tiefen Seufzer aus. »Das habe ich alles noch miterlebt, weil ich zu der Zeit einen Besuch bei meinem Bruder machte. Er war außer sich, als man ihn glauben ließ, Fiona habe ihre gemeinsamen Fluchtpläne den Eltern verraten. Ich habe ihm geraten, die Aussprache mit Fiona zu suchen, aber er raste vor Zorn und ging noch an demselben Abend an die Front.«

»Und er? Wie war mein Vater?«

»Er war ein stattlicher Kerl. Groß und dunkelhaarig. Er hatte stets einen etwas melancholischen Gesichtsausdruck, was ihn für die Frauenwelt offenbar unwiderstehlich machte. Ich war manchmal ein wenig neidisch, wenn die Frauen bereit waren, alles für ihn zu tun. Er aber liebte nur Fiona.«

Mairis Gedanken schweiften erneut zu Aidan. Würde er sie nicht noch mehr hassen, wenn er erfuhr, dass sie das Kind der Liebe gewesen war, für das sich ihre Mutter entschieden hatte?

Das Läuten der Türglocke riss sie aus ihren Gedanken.

»Das wird mein Chauffeur sein«, erklärte der vornehme Schotte und erhob sich. »Ich gehe in den nächsten Tagen zurück nach Indien. Jetzt, nachdem ich endlich einen Käufer für unser baufälliges Schloss gefunden habe. Leider hat es nicht viel gebracht …«

Er zog aus seiner Brieftasche ein Bündel mit Geldscheinen hervor. »Aber Sie, ich meine, du, schließlich bist du meine Nichte, du sollst deinen Anteil bekommen. Es ist dein Erbe.«

Mairi lehnte dieses Geschenk energisch ab. »Nein, ich habe genug von meiner Adoptivmutter geerbt. Behalten Sie es. Bitte!«

»Gut, aber vielleicht kommst du mich einmal in Indien besuchen. Schließlich bist du meine einzige Nichte. Deshalb wäre es schön, wenn wir nicht ganz so förmlich miteinander umgingen.«

Mairi rang sich zu einem Lächeln durch. »Vielleicht begebe ich mich eines Tages auf die Reise. Und danke, dass Sie, ich meine, dass du mir die Briefe gebracht hast. Es ist gut zu wissen, wo man herkommt. Und dass man einen Onkel hat.«

»Ich bin froh, dass ich dir helfen konnte.«

Mairi begleitete ihn zur Tür. Doch dort stand gar nicht der Chauffeur. Ihr wollte schier das Herz stehen bleiben.

»Aidan?« Ihre Stimme bebte.

»Verzeih mir bitte. Ich habe dir etwas mitgebracht zum Zeichen, dass ich mein hässliches Benehmen zutiefst bereue.« Er holte eine kleine Schachtel aus seiner Jackentasche und reichte sie ihr. Mit zitternden Fingern öffnete sie das Kästchen.

Nial Macloyds Blick wanderte neugierig zwischen den beiden hin und her. »Ach, da kommt auch schon mein Chauffeur«, bemerkte er leise, und als er keine Antwort bekam, eilte er diskret auf den Wagen zu, der in diesem Augenblick vorfuhr, um ihn abzuholen.

Mairi bemerkte von alledem nicht, sondern starrte nur gebannt auf den rauchblauen Sternensaphir in ihrer Hand. Aidan hatte ihr als Zeichen seiner Reue Fionas Ring mitgebracht!

Dundee, Juli 2012

Dr. Lucas Macbain war Tessa auf den ersten Blick sympathisch. Er war groß, blond und besaß eine freundliche Ausstrahlung.

»Fallen Sie bloß nicht auf seinen Charme rein«, hatte Ian gescherzt, als er Tessa bei der Praxis seines Freundes abgesetzt hatte. »Ich bin in einer Stunde zurück. Dann gehen wir mit meinem Freund Lucas essen.«

Nun saß sie ihm auf einem bequemen Sessel in dem freundlich eingerichteten Behandlungsraum gegenüber.

»Sie beherrschen unsere Sprache nahezu perfekt. Mir scheint, Sie haben sogar einen schottischen Dialekt.«

»Ich war ein Jahr als Austauschschülerin auf der St. Leonards.«

»Und wie war es für Sie zurückzukehren?«

Tessas Blick fing sofort an, nervös zu flackern. Was sollte sie ihm sagen? Es ist eine Flucht vor der ganzen grausamen Geschichte in Hamburg und gleichzeitig wie ein Nachhausekommen, dachte sie.

»Ich fühle mich wohl hier«, erwiderte sie ausweichend.

»Nun gut. Ian deutete an, sie litten unter Panikattacken. Ist das so korrekt?«

Tessa nickte. »Dass es sich um Panikattacken handelt, sagte mir gleich beim ersten Mal der Arzt in Hamburg.«

»Und erinnern Sie sich an dieses erste Mal?«

Erneut nickte Tessa.

Lucas Macbain musterte sie durchdringend. »Möchten Sie, dass ich Ihnen helfe, oder sind Sie nur mitgekommen, um Ian einen Gefallen zu tun?«

»Nein, nein, ich möchte, dass es aufhört.«

»Mögen Sie mir vielleicht schildern, wie sich das Ganze beim ersten Mal abgespielt hat?«

Tessa überlegte fieberhaft. Sie konnte doch unmöglich einem Freund Ians alles erzählen.

»Meine Mutter war eine Woche zuvor gestorben …«

»War sie krank, oder war es ein Unfall?«

Tessa spürte, wie es ihr allein beim Gedanken an jenen Tag die Kehle zuschnürte.

»Ich habe Durst«, stieß sie heiser hervor.

Lucas reichte ihr ein Glas Wasser. »Trinken Sie!« Tessa nahm einen Schluck, bevor die ganze Geschichte aus ihr herausbrach. Unter Tränen, Fluchen und Schreien vertraute sie diesem Fremden die ganze Wahrheit an. Er hörte ruhig zu. Erst nachdem sie keuchend in sich zusammengesunken war, bemerkte er: »Das erklärt alles!«

Tessa hob den Blick. Ihre Augen waren verquollen, und ihre Hände zitterten.

»Solch ein Erlebnis ist traumatisch«, fügte er hinzu. »Und wie war Ihre Lebenssituation bis zu dem Tag? War alles in Ordnung?«

»Natürlich«, entgegnete sie beinahe trotzig.

»Ich frage das nur, weil meist schon vorher ein Zustand der Erschöpfung bei den Betroffenen vorherrscht oder sie unter großer Belastung stehen. Auch Erlebnisse aus Kindertagen im Elternhaus können dazu beitragen.«

»Bei uns zu Hause war alles in Ordnung, bevor mein Vater meine Mutter umbrachte«, erwiderte Tessa hastig, während sie an die letzten Tage vor Charlottes Abreise dachte. Nicht nur mit ihr hatte ihre Mutter Streit gehabt, sondern auch mit Paul. Des Öfteren waren laute Worte aus dem Schlafzimmer ihrer Eltern nach draußen gedrungen. Tessa hatte das jedes Mal mit lauter Musik übertönt. Und ganz plötzlich kam ihr eine Situation in den Sinn, als sie noch ein Kind gewesen war. Noch nicht einmal in der Schule war sie damals gewesen. Nie zuvor hatte sie ihren Vater derart wütend erlebt. Sie konnte sich nicht an die Worte erinnern, aber an den Ton. Er war scharf gewesen. Charlotte hatte geweint. Tessa hatte die Gesichter ihrer Eltern nicht sehen können, weil sie unter einem Esstisch gekauert hatte. Weder Charlotte noch Paul hatten ahnen können, dass sie Zeugin dieser Auseinandersetzung geworden war. Und Tessa hatte es ihr Leben lang in sich verschlossen. Es war entsetzlich gewesen. Sie haben sich nicht mehr lieb, hatte Tessa damals gedacht, aber sie hatte ja nicht weinen dürfen. Dann hätte man sie in ihrem Versteck entdeckt …

»Also, Sie können sich an nichts erinnern, was Sie bereits vor diesem grausamen Ereignis belastet haben könnte?«, hakte der Psychologe nach.

»Nein, ich war nur ein wenig überarbeitet. Urlaubsreif, wenn Sie so wollen.«

Lucas Macbain runzelte die Stirn. »Das kann in der Tat dazu beigetragen haben. Wissen Sie, ich schlage vor, das war's erst einmal zum Kennenlernen. Ich würde gern mit Ihnen arbeiten.«

»Ich auch mit Ihnen«, antwortete sie mechanisch.

Lucas Macbain lächelte. »Ich werde den Eindruck nicht los, dass Sie immer noch glauben, diese Panikattacken vergehen einfach so, wie Sie gekommen sind. Und dass Sie mich nicht dazu brauchen. Kann es sein, dass Sie immer schon glaubten, Ihre Probleme aus eigener Kraft und ganz allein in den Griff bekommen zu müssen?«

Tessa wurde rot. Damit hatte sie nicht gerechnet. Der Mann war gut, das musste sie zugeben. Er erkannte auf den ersten Blick, wie sie tickte.

»Ja, so in der Art funktioniere ich wohl«, gab sie zögernd zu.

»Ich auch«, lachte er. »Doch ich glaube, wenn ich durchgemacht hätte, was Ihnen das Leben beschert hat, dann wäre sogar bei mir der Punkt erreicht, an dem ich professionelle Hilfe in Anspruch nehmen würde.«

Tessa musste unwillkürlich lächeln. Er traf genau den richtigen Ton, um ihre Mauer ein wenig bröckeln zu lassen.

»Mir ist da gerade etwas eingefallen«, sagte sie und schilderte ihm die Situation, die sie damals mit fünf Jahren unter dem Esstisch kauernd erlebt hatte.

»Was war Ihre größte Angst?«

»Dass sich meine Eltern scheiden lassen würden«, kam wie aus der Pistole geschossen. »So genau wusste ich zwar nicht, was eine Scheidung ist, aber immerhin erlebte ich bei meiner Freundin Klara, dass der Vater nicht mehr im Haus lebte. Das war für mich Scheidung. Mein Papa wäre fort, und dabei war ich doch ein Vaterkind. Ich hätte ihn rasend vermisst.«

»Meinen Sie denn, dass die Ehe Ihrer Eltern glücklich war?«

Tessa dachte nach, und zum ersten Mal konnte sie zulassen, was sie immer schon insgeheim gespürt hatte: ein Ungleichgewicht in dieser Ehe. Paul betete Charlotte an, während sie ihm gegenüber oftmals kühl und abweisend wirkte. Sie erzählte es Lucas. Niemals hätte sie für möglich gehalten, wie gut es ihr tat, sich offen auszusprechen. Sie spürte, wie sie von einer warmen Welle der Dankbarkeit für Ian überflutet wurde. Ihm allein hatte sie es zu verdanken, dass sie jetzt in diesem hellen, ansprechenden Raum saß, in dem es ganz dezent nach Vanille duftete. Ihr Blick fiel auf einen Strauß frischer Blumen auf einem kleinen Tisch.

»Ich möchte unbedingt mit Ihnen arbeiten«, sagte sie leise. »Und ich bleibe so lange in Schottland, bis es mir besser geht. Ich glaube, es ist an der Zeit, an mich selbst zu denken.«

»Das hört sich hervorragend an«, bekräftigte der Therapeut. »Aber unter einer Bedingung: Sie zahlen nichts!«

Tessa fuhr erschrocken zusammen. »Hat Ihnen Ian etwa gesagt, dass die Konten meines Vaters gesperrt sind und ich nicht an Geld komme?«

»Kein Wort. Außer der Diagnose meines alten Freundes auf Panikattacken habe ich nichts über Sie gewusst.«

Tessa holte tief Luft und berichtete ihm von den zusätzlichen Schwierigkeiten in der Firma.

»Machen Sie sich keinen Kopf. Ich bin meinem Freund etwas schuldig. Als mein Neffe ein amtliches Drogenproblem hatte, hat er ihm einen Ausbildungsplatz angeboten. Heute ist der Junge Koch in Ians Hotel.«

Tessa legte den Kopf schief.

»Ich wollte Ihr Problem natürlich nicht mit einem Drogenproblem vergleichen«, setzte er entschuldigend hinzu.

»Ich habe schon verstanden«, lachte Tessa. »Aber Ihr Freund und ich stehen nur in einem rein freundschaftlichen Verhältnis zueinander, sollten Sie vermuten, ich sei ...«, ergänzte sie hastig.

»Das ändert nichts an meinem Angebot. Schlagen Sie ein.« Lucas streckte ihr seine Hand entgegen, die sie kräftig schüttelte. »Kommen Sie, wir gehen jetzt etwas essen. Ian kann ja nachkommen, wenn er noch nicht wieder zurück ist.«

Tessa zögerte. Plötzlich verspürte sie das unbändige Bedürfnis, endlich Licht in das Dunkel zu bringen.

»Verzeihen Sie, aber ich würde die Zeit gern nutzen, um kurz ins Ninewells Hospital zu fahren.«

»Haben Sie Beschwerden?«, fragte Lucas besorgt.

»Nein, ich habe inzwischen erfahren, dass meine Mutter während ihres Aufenthalts im Old Course House ein Taxi zum Ninewells Hospital geordert hat. Und jetzt frage ich mich, was sie dort gemacht hat.«

»Gut, dann sage ich Ian, er soll Sie dort einsammeln.«

Tessa schüttelte heftig den Kopf. »Nein, bitte nicht. Er weiß überhaupt nichts von der ganzen Geschichte. Ich kann doch nicht überall herumrennen und die Leute mit meinem Schicksal belasten.«

»Bei Ian wäre Ihre Geschichte mit Sicherheit gut aufgehoben«, bemerkte der Therapeut mit Nachdruck. »Entschuldigen Sie, das war ein wenig zu persönlich«, fügte er rasch hinzu.

»Sie haben recht, aber ich muss erst einmal selbst klarer sehen. Dann vielleicht. Wissen Sie, was ein Mann, der mir angeblich sehr nahestand, sagte, nachdem ich mich ihm offenbart hatte?«

»Erzählen Sie es mir. Nach Ihrem Gesichtsausdruck zu urteilen war Ihnen der Mann keine große Hilfe.«

»Wenn dein Anwalt in Hamburg Hilfe braucht, gib ihm meine Nummer. Mehr nicht! Das hat mich schwer geschockt … Nein, ich denke nicht, dass Ian auch nur annähernd so unsensibel wäre. Aber lassen Sie mir Zeit, mich erst einmal wieder selbst zu finden.«

Lucas zuckte mit den Achseln. »Von mir würde er ohnehin kein Wort erfahren. Das hier unterliegt der ärztlichen Schweigepflicht.«

»Gut, dann schreiben Sie mir doch rasch die Adresse des Lokals auf, in dem Sie mit Ian zum Mittagessen verabredet sind. Ich beeile mich. Wie weit ist das Hospital von hier?«

»Zehn Minuten zu Fuß«, erwiderte der Therapeut, während er ihr die Adresse des Restaurants notierte.

Tessa war froh, dass Ian noch nicht im Vorraum auf sie wartete, als sie das Behandlungszimmer verließ. Sie wollte unbedingt vermeiden, ihm zu begegnen. Natürlich würde er fragen, was es denn so Wichtiges in Dundee zu erledigen gäbe, dass sie nicht einmal Zeit für einen Lunch mit Lucas und ihm hatte.

Gehetzt verließ sie das Gebäude und zog den Plan hervor, den Lucas ihr mitgegeben hatte. Danach lag die Klinik wirklich nur drei Ecken entfernt.

Sie war völlig außer Atem, als sie in der Empfangshalle der Klinik ankam. Ihr Herz klopfte heftig, als sie auf dem Schild im dritten Stock den Wegweiser zum »Brustzentrum« entdeckte. Es wurde nicht besser, je weiter sie sich dem entsprechenden Stockwerk näherte. Mit einem unsanften Ruck hielt der Lift. Ihre Knie zitterten, als sie die Station betrat. Eine Schwester fragte sie, wohin sie wollte, weil sie sich suchend umsah.

»Ich … ich wollte wissen, ob meine Mutter auf dieser Station liegt … äh … lag.«

»Wie heißt denn Ihre Mutter? Ich kenne fast alle Patientinnen mit Namen.«

»Es war im Mai.«

»Daran kann ich mich natürlich nicht mehr so genau erinnern. Kommen Sie. Wir gehen ins Schwesternzimmer und werfen einen Blick in den Rechner. Wie heißt denn Ihre Mutter?«

»Baumann. Charlotte Baumann.«

»Eine Deutsche?«

Tessa nickte.

Die Schwester schüttelte den Kopf. »Nein, das kann ich Ihnen so sagen. Eine Patientin aus Deutschland hatten wir nicht.«

Tessa stieß einen tiefen Seufzer aus. Einerseits war sie erleichtert, andererseits fehlte damit jeglicher Anhaltspunkt auf Charlottes Motivation, sich von dem Taxi ins Ninewells Hospital bringen zu lassen. Tessa holte ein Foto ihrer Mutter hervor. Paul hatte Charlotte auf dem Foto ausgezeichnet getroffen. Man konnte ihr förmlich ansehen, dass ihr etwas missfiel. Die Lippe war leicht vorgeschoben, so als ob sie schmollte. Ein ganz und gar typischer Gesichtsausdruck Charlottes. Habe ich sie eigentlich wirklich gekannt, meine Mutter? Dieser Gedanke überfiel Tessa aus heiterem Himmel. Genau wie die Antwort: Nein, einen wirklich emotionalen Zugang zu Charlotte hatte sie nie gefunden. Jedenfalls nicht in späteren Jahren. Wie es in ihrer frühen Kindheit gewesen war, daran konnte sich Tessa gar nicht mehr recht entsinnen. Woran sie sich noch erinnerte, war die Tatsache, dass sie Trost stets lieber bei Paul gesucht hatte …

»Vielleicht war sie Besucherin auf der Station.« Tessa reichte der Schwester das Bild.

»Nein, bei uns war sie definitiv nicht. Ich meine, wir können vorsichtshalber noch meine Kollegin fragen.« Und schon war sie mit dem Foto in der Hand den Flur entlanggeeilt. Tessa konnte ihr kaum folgen.

»Mary, die Dame fragt, ob diese Frau mal zu Besuch auf Station war?«

Mary musterte das Foto derart intensiv, dass Tessa bereits Hoffnung schöpfen wollte. Dann ließ sie es sinken. »Ich glaub, ich habe sie mal im Fahrstuhl gesehen. Ich kann mich aber nur noch schwach erinnern, dass sie mir aufgefallen ist, weil sie die ganze Fahrt nach unten leise vor sich hin geschluchzt hat.«

»Ist sie im dritten Stock mit Ihnen zusammen eingestiegen?« Tessas Herzschlag hatte sich erneut beschleunigt.

»Nein, sie war schon im Lift. Fragen Sie doch mal weiter oben. Auf der Inneren Männer, der Entbindungsstation, auf der Kardiologie oder der Urologie.«

Tessa riss der Krankenschwester das Foto beinahe aus der Hand. Die Kraft, sämtliche Stationen abzuklappern, hatte sie nicht. Sie bedankte sich bei den beiden und rannte zum Lift.

Nur raus hier, dachte sie, als sie schließlich wieder an die frische Luft trat. Ihr Elan, etwas Konkretes herauszufinden, war vorerst gebremst. Da war wieder dieser Schatten, der vollkommen Besitz von ihr zu ergreifen versuchte. Selbst wenn ich wüsste, warum sie in diesem Krankenhaus gewesen ist, es würde ohnehin nichts ändern. Es wird weder Charlotte wieder lebendig machen noch Paul aus dem Gefängnis helfen, dachte sie betrübt.

Dundee, Juli 2012

Gemeinsames Lunchen in der Redwood Lounge hatte für die beiden Freunde schon Tradition. Da das Restaurant des Invercarse Hotel in Laufweite von Lucas' Praxis lag, waren sie jedes Mal, wenn Ian für eine Stippvisite in Dundee war, dort verabredet, um wenigstens die wichtigsten Informationen auszutauschen. Lucas zog seinen Freund gern damit auf, dass es jetzt wieder ein Jahr dauern würde. Als Ian ihm dieses Mal mitteilte, er werde in St. Andrews bleiben, war Lucas ehrlich erfreut.

»Endlich wieder mit dir über den Old Course fliegen«, sagte er begeistert, doch sein Freund schien ganz offensichtlich nicht ganz bei der Sache. Lucas ahnte, wem Ians Gedanken galten, und er beschloss, nicht lange um den heißen Brei herumzureden.

»Läuft da was mit dieser Deutschen oder nicht?«

»Ich habe die Frage schon früher erwartet«, lachte Ian und musterte seinen Freund verschmitzt. Mit Lucas verstand er sich wie mit kaum einem anderen seiner Freunde, obwohl er ihn manchmal glühend darum beneidete, dass ihn keine Familie von Hoteliers davon abgehalten hatte, Therapeut zu werden.

»Und wie lautet die Antwort?«

»Ehrlich oder diplomatisch?«

Lucas rollte mit den Augen. »Wir befinden uns nicht in diplomatischen Verhandlungen. Nun spuck es schon aus: ja oder nein?«

»Warum willst du das unbedingt wissen? Hast du vielleicht selbst ein Auge auf sie geworfen?«

»Mister McKinnon, ich muss schon sehr bitten«, erwiderte Lucas in gespielter Empörung. »Die Dame ist meine Patientin. Und außerdem – solltest du schon vergessen haben, wem mein Herz gehört?«

»Sag bloß, immer noch Jamie? Dann kann ich nur hoffen, dass sie den Charakter ihres derzeitigen Lovers noch rechtzeitig erkennt und sich endlich einem netten Mann wie dir zuwendet.«

Lucas raufte sich scherzhaft die Haare. »Bitte, Ian, wie du das sagst! Nett? Weißt du, was nett heißt? Langweilig, eintönig und abtörnend. Was ist das denn für ein Kerl?«

»Anwalt aus Edinburgh. Mürrisch, charakterschwach, unnahbar.«

»Siehst du, ergo nicht nett, aber gerade deshalb für die Frauen spannend«, entgegnete Lucas witzelnd. »Aber mein lieber Freund, ich befürchte, du willst nur ablenken. Nun sag schon, ist da was mit der Deutschen und dir? Oder nicht?«

»Was sagt sie denn?«

Lucas hob drohend den Finger. »Selbst wenn sie was dazu gesagt hätte, ich würde schweigen wie ein Grab.«

»Sie geht mir irgendwie unter die Haut. Ich möchte sie ständig in den Arm nehmen und küssen …«

»Oje. Du bist verliebt. Dergleichen habe ich das letzte Mal aus deinem Mund gehört, als du mit Vivian zusammen warst … entschuldige, ich wollte das nicht erwähnen.«

Ian klopfte seinem Freund kumpelhaft auf die Schulter. »Mann, das ist weit über fünfzehn Jahre her. Ich denke gar nicht mehr daran. Ich hoffe, sie ist mit diesem Franzosen glücklich geworden.«

»Es wird auch mal Zeit, dass du deinem aufgesetzten Don-Juan-Image den Todesstoß versetzt. Es passt gar nicht zu dir. Und sie ist wirklich ein guter Typ, also für dich …«, bemerkte Lucas halb scherzend.

»Schön wär's, aber ich glaube, sie steht nicht auf mich. Außerdem hängt sie an einer alten Liebe. Es ist ein bisschen wie bei mir mit Vivian.«

»Hat er sie auch wegen einer Französin verlassen?«

Ian lachte. »Nein, aber er hat ihr auch das Herz gebrochen. Sei nicht so neugierig. Ich werde gar nichts mehr über sie preisgeben. Ich bin ein Freund und unterliege auch einer Schweigepflicht. Aber vielleicht kannst du mir wenigstens eines verraten: Wirst du ihr helfen?«

»Wir haben beschlossen, weiterhin zusammenzuarbeiten«, erwiderte Lucas ausweichend.

Ian rollte mit den Augen. »Ich weiß, ich weiß, die Schweigepflicht. Dann sollten wir lieber das Thema wechseln.«

»Wie geht es Jamie?«

»Ach, frag bloß nicht den großen Bruder. Ich mache mir Sorgen, weil ich nicht glaube, dass sie mit dem neuen Kerl, diesem Anwalt, je glücklich werden kann.«

»Meinst du, ich sollte ihr endlich mal mein Interesse zeigen und sie nicht in dem Glauben lassen, ich würde einfach nur jede Gelegenheit nutzen, um im Old Course essen zu gehen, weil das Lamm so gut ist? Ich meine, es ist überragend, aber natürlich möchte ich rein zufällig deiner Schwester über den Weg laufen. Und wenn du mich ermutigst, werde ich ihr nächstes Mal offen meine Zuneigung gestehen.«

»Das versprichst du mir nun schon seit Jahren, aber immer, wenn es ernst wird, kneifst du.«

»Du vergisst, dass Jamie jedes Mal, wenn wir uns treffen, einen Begleiter bei sich hat. Ich habe deine Schwester noch nie ohne Anhang erlebt. Und du darfst mir glauben, ich strafe jeden einzelnen der Kerle mit Missachtung, aber für Jamie bin ich dein Freund, nicht ihr Verehrer.«

»Tja, viele Freunde hatte sie in der Tat. Aber die Qualität macht es, nicht die Quantität. Jamie kann nicht allein sein und sieht in ihrer Bedürftigkeit über die offensichtlichen Probleme einfach weg. Dann redet sie die größten Egomanen und Spaßbremsen schön. Sie kauft einem Kerl dann sogar beim dritten Mal noch ab, dass er seine Geldbörse schon wieder vergessen hat …« Ian unterbrach sich. »Aber das sollte ich dir gar nicht verraten.«

»Doch, doch, der Hinweis ist nicht schlecht. Ich verspreche dir, das nächste Mal fahre ich meinen geballten Charme auf, selbst wenn dieser Anwalt dabei ist.«

»Ach, wir beiden netten Schotten, wir sollten doch unser Glück machen. Wir wären gute Ehemänner, tolle Väter und …«

»Und dabei noch umwerfend gut aussehend«, ergänzte Lucas grinsend. Die beiden Männer brachen in schallendes Gelächter aus, sodass sie Tessa gar nicht kommen sahen.

»Ich störe doch hoffentlich nicht?«

Sofort übertrafen die Freunde sich gegenseitig mit Versicherungen, dass sie in der Runde willkommen wäre.

»Haben Sie noch einen Shoppingbummel gemacht?«, fragte Ian arglos und wunderte sich über die wissenden Blicke, die sich Tessa und Lucas zuwarfen. Ich muss aufhören, ihr Geheimnis ergründen zu wollen, ermahnte sich Ian. Ich habe sie jetzt Lucas' professionellen Händen anvertraut.

»Ja, ich wollte einfach ein wenig von der Stadt sehen«, erklärte Tessa zögernd. Ian spürte, dass das mit Sicherheit nicht die Wahrheit war, aber er ließ sich nichts anmerken.

»Ja, Dundee hat einen ganz besonderen Charme. Schade nur, dass die meisten historischen Gebäude, die darauf hinweisen, dass es eine unserer ältesten Ansiedlungen ist, zerstört wurden. Ich glaube, es ist die am meisten von den Engländern geplünderte Stadt Schottlands«, bemerkte Ian im Ton eines Reiseführers.

Lucas stand hastig auf. »Ich muss zurück. Termine. Ja, alter Junge. Und denk an unseren Flight nächsten Sonntag.«

»Wie könnte ich den vergessen? Ich denke, wir werden zu dritt spielen. Was meinen Sie, Tessa?«

»Wenn Sie mir freigeben«, lachte sie.

»Sie arbeiten für ihn?«, erkundigte sich Lucas interessiert.

»Sie ist mein Greenkeeper«, erklärte Ian nicht ohne Stolz. »Aber nur aushilfsweise. Sie ist eine hervorragende Spielerin. Wir müssen uns warm anziehen, alter Junge. Ach ja, und wir feiern im August das siebzigjährige Bestehen des Old Course House unter Leitung der McKinnons. An dem Tag bekommt Jamie auch ihren Preis als bester schottischer Hotelier 2012. Es gibt ein großes Fest, und du bist hiermit herzlich eingeladen. Die offizielle Einladung folgt. Aber bitte schon mal notieren. 24. August. Und ich erwarte Taten, selbst wenn der Anwalt mit von der Partie sein sollte, mein Lieber!«

Um Lucas' Mund zuckte ein leichtes Grinsen. »Ich werde mein Bestes tun!« Dann wandte er sich Tessa zu. »Wir sehen uns nächste Woche. Es war schön, Sie kennengelernt zu haben. Das sage ich jetzt natürlich als Privatmann.« Er reichte ihr zum Abschied die Hand.

Kaum hatte Lukas das Restaurant verlassen, musterte Tessa Ian fragend. »Was meinten Sie da eben mit: Ich erwarte Taten, selbst wenn der Anwalt mit von der Partie sein sollte …«

Ian zog ein schuldbewusstes Gesicht wie ein Schuljunge, der auf frischer Tat bei einem Streich ertappt worden war. »Ach, sorry, ich hatte kurzzeitig verdrängt, dass Sie den Herrn Anwalt ebenfalls näher kennen. Das war gar nicht für Ihre Ohren bestimmt, aber Sie kennen ja meine Meinung über diesen Hamish. Sagen wir es mal so, ich finde, mein Freund Lucas passt besser zu meiner Schwester und ist der angenehmere Mensch.«

Ein Lächeln umspielte Tessas Mund. »Sie hätten also lieber den Therapeuten zum Schwager.«

»Ertappt!«

»Er ist wirklich wunderbar«, schwärmte Tessa. »Ich habe volles Vertrauen zu ihm. Bislang habe ich von Seelenklempnern nicht allzu viel gehalten, aber ihm kann man alles sagen, ohne dass man das Gefühl hat, es wird bewertet. Wirklich ein durch und durch vertrauenerweckender Mann.« Sie stockte und musterte Ian beinahe entschuldigend. »Ich meine, Ihnen vertraue ich auch. Sie sind ein so guter Freund. Eines Tages werde ich Ihnen bestimmt auch sagen können, was mit mir los ist.«

Ian legte seine Hand auf ihre. »Tessa, ich verstehe doch gut, dass Sie einem Fremden wie mir nicht Ihre ganze Lebensgeschichte erzählen wollen. Es tut mir leid, wenn ich Ihnen in der Vergangenheit womöglich zu nahe getreten bin. Bei Lucas sind Sie in den allerbesten Händen.«

Durch Tessas Körper rieselten heiße Schauer, und sie hatte nur noch einen Wunsch: Küss mich!

Ian aber nahm hastig seine Hand fort.

»Wollen Sie gar nichts essen?«, fragte er fürsorglich.

»Doch, ich nehme einen Salat, wenn Sie überhaupt noch soviel Zeit haben, dass ich etwas bestellen kann.«

»Ich sagte ja schon, es ist mein freier Tag heute, und ich bin ganz froh, dem Hotelbetrieb mal für ein paar Stunden zu entfliehen.«

Plötzlich durchfuhr Tessa ein Gedanke, wie sie womöglich doch noch Licht ins Dunkel bringen konnte. Was, wenn Ian ihre Mutter auf dem Foto wiedererkannte? Und ihr vielleicht weitere Hinweise geben konnte? Er war ein sehr guter Beobachter. Das war ihr mehrfach aufgefallen.

»Darf ich Sie etwas sehr Persönliches fragen?«

»Sie immer!«, rutschte es Ian heraus. Er bedauerte sofort, dass er seinem Interesse an ihr schon wieder so unverhohlen Ausdruck verliehen hatte, doch sie schien es gar nicht bemerkt zu haben. Stattdessen holte sie ein Foto aus ihrer Handtasche. Bevor sie es ihm reichte, fragte sie: »Seit wann sind Sie in St. Andrews? Ich meine, dieses Mal. In diesem Jahr. Wann ging Ihr Flieger von den Kanaren?«

Ian runzelte die Stirn. Das konnte er ihr aus dem Kopf gar nicht beantworten. Er musste rechnen. Es war drei Tage vor dem Tod seines Vaters gewesen. Der war am 21. Mai gestorben. Genau, am Freitag war er in Edinburgh eingetroffen und sofort an sein Bett geeilt. Es war das letzte Mal, dass er seinen Vater gesehen hatte. Ihm trieb es noch nachträglich den Schweiß auf die Stirn, wenn er daran dachte, wie furchtbar diese Begegnung gewesen war. Vater und Sohn hatten noch nie ein besonders inniges Verhältnis zueinander gehabt. Es hatte auch nie wirklich Streit gegeben außer damals, als Ian die Flucht auf die Kanaren angetreten hatte. Sonst hatten die beiden sich immer eher in Ruhe gelassen. Dunkel erinnerte Ian, dass es in der Kindheit anders gewesen war. Eigentlich, bis Jamie geboren wurde. Mit seinen zehn Jahren hatte der kleine Ian sehr wohl gespürt, dass der Vater dieses Kind von Herzen liebte. So emotional hatte er seinen Vater vorher niemals erlebt. Er hatte regelrechte Freudentänze im Haus vollführt. Und an jene letzte gespenstische Begegnung mochte Ian gar nicht denken. Der Vater hatte ihn fast die ganze Zeit nur durchdringend gemustert, fast so, als wäre er ein Fremder. Und dann hatte er immer wieder gemurmelt: »Wenn ich tot bin, sprich mit deiner Mutter! Versprichst du es mir? Frage sie, ob sie dir etwas zu sagen hat. Bitte!« Schließlich hatte Ian die Hände seines Vaters genommen und ihm geschworen, er würde dann, wenn der Fall, an dem sie gar nicht denken sollten, eingetroffen war, mit seiner Mutter sprechen. Ihm lief allein bei dem Gedanken an diesen Besuch eine Gänsehaut über den Rücken. Allerdings hatte er weder seiner Mutter noch Jamie gegenüber das merkwürdige Verhalten des Vaters erwähnt. Aber er hatte es auch nicht über sich bringen können, ihn noch einmal zu besuchen.

»19. Mai. Der Flieger landete am 19. Mai in Glasgow.«

Tessa reichte ihm daraufhin das Foto ihrer Mutter. »Haben Sie diese Frau vielleicht in jenen Tagen im Hotel gesehen?«

Ian betrachtete das Foto eindringlich. Merkwürdig, wie blond sie ist. Aber sie sieht gut aus, und ihr steht das lange Haar, dachte er. »Ist das Ihre Mutter? Es ist die Nase, die mich darauf bringt. Ansonsten sehen Sie ihr nicht ähnlich, wenngleich auch sie eine sehr schöne Frau ist, aber ein ganz anderer Typ als Sie.«

»Ja, sie ist meine Mutter. Und sie war in der Zeit vom 18. bis zum 23. Gast in Ihrem Hotel.«

Ian reichte ihr das Bild mit den Worten zurück: »Leider bin ich Ihnen keine große Hilfe. Ich habe nach meiner Rückkehr aus Teneriffa das Hotel eher gemieden. Bis auf eine Konferenz im Haus, bei der ich meine Schwester vertreten habe. Es war ja kein schöner Anlass, der mich zu diesem Besuch bewegt hat. Mein Vater lag im Sterben, und meine Mutter bat mich, sofort zu kommen. Drei Tage später war er dann tot. Ja, und ich fühlte mich als Gast, der nur zu Besuch ist. Mit dem Hotel wollte ich eigentlich nichts zu tun haben. Ich habe auch nicht dort gewohnt, sondern in einer kleinen Wohnung, die zum Hotel gehört und manchmal dem Personal zur Verfügung gestellt wird, das nur zur Aushilfe im Hotel arbeitet …«

Ein Lächeln hellte seine düstere Miene auf. »Die kleine Wohnung, in der Sie jetzt wohnen, da habe ich gewohnt.«

»Haben Sie die extra für mich frei gemacht?«

»Nein, nein, keine Sorge, es gibt unter dem Dach des Hotels eine alte riesige Suite, die ich mir zur Wohnung umbaue. Noch ist es eine Baustelle.«

»Habe ich Sie also doch aus Ihrer Wohnung vertrieben. Sie können nicht auf einer Baustelle wohnen. Wenn ich das gewusst hätte. Ich ziehe aufs Sofa. Wir können gern eine WG auf Zeit gründen.«

»Noch haben Sie nicht angefangen mit Ihrem Knochenjob. Wenn Sie ab morgen früh als Greenkeeper schuften, werden Sie froh sein, wenn Sie abends in eine ruhige Wohnung kommen. Und ich bin zur großen Freude meiner Mutter vorübergehend in Stellmore Castle untergekommen.«

»Ihnen ist meine Mutter also nicht über den Weg gelaufen«, seufzte Tessa und wollte das Foto zurück in die Tasche stecken.

»Halt, warten Sie! Meine Schwester, die kennt jeden Gast. Ihr ist Ihre Mutter bestimmt aufgefallen. Zeigen Sie ihr das Foto doch bei Gelegenheit.«

»Ja, das werde ich tun«, erwiderte Tessa hastig, obwohl sie fest entschlossen war, um Hamishs Verlobte einen großen Bogen zu machen. »Hoffentlich besucht Hamish Ihre Schwester nicht so bald«, fügte sie nachdenklich hinzu. »Ich lege keinen gesteigerten Wert auf ein Wiedersehen.«

»Keine Sorge, Jamie und ich stehen uns so nahe, dass sie mir in jedem Fall von einem anstehenden Besuch des Anwalts berichten wird.«

Tessa zuckte die Schultern. »Na ja, Sie sagten ja eben selbst, am 24. August wird er sie wohl zum Fest begleiten. Aber wenn ich dann immer noch hier sein sollte, kann ich ja einen Wochenendtrip in die Highlands unternehmen.«

»Das ist fast vier Wochen hin. Da werden wir doch mal sehen, wer mit auf das Fest kommt und wer nicht«, erwiderte Ian entschieden.

»Sie hoffen immer noch, dass die Beziehung auch so zerbricht, oder?«

Ian nickte verlegen. »Mir wäre es lieber, diesen Kerl gar nicht mehr in St. Andrews anzutreffen.«

»Und ich werde das Foto lieber nicht Jamie zeigen. Womöglich zeigt sie es ihm. Er kennt das Foto, und wenn es ganz dumm kommt, erzählt er ihr noch, wie sie umgekommen …« Tessa unterbrach sich und lief knallrot an. Sie erwartete, dass Ian sie mit Fragen löchern würde, doch er schien ihre Worte überhört zu haben. Oder jedenfalls tat er so.

»Was meinen Sie, wollen wir uns auf den Rückweg machen? Ich würde Sie nämlich gern Ihren Mitarbeitern auf dem Platz vorstellen.«

Tessa nickte und suchte verstohlen nach verräterischen Anzeichen in seinem Gesicht, die bewiesen, dass er jedes Wort verstanden hatte, aber er verzog keine Miene. Wenn das ein Pokerface ist, dachte Tessa, dann ist er ein talentierter Spieler!

Auf der Rückfahrt fiel Tessa plötzlich das Tagebuch ein. Es hatte die ganze Zeit wie Blei in ihrer Tasche gelegen. In Edinburgh hatte sie es ein paarmal zur Hand genommen und war versucht gewesen, darin zu stöbern, aber sie wäre sich schrecklich indiskret vorgekommen.

Und nun hatte sie es zu ihren anderen Büchern in der kleinen Wohnung gelegt.

»Ich habe übrigens noch etwas für Sie«, sagte Tessa. »Die alte Frau hat mir das Tagebuch in die Hand gedrückt, bevor ich abgereist bin.«

»Welches Tagebuch?«

»Na, das der Hebamme Bonnie Chattan, das diese alte Lady, ihre Nichte, in ihrem Besitz hatte. Von dem ich Ihnen immer vergeblich den Einband zustecken wollte.«

»Und? Wie lautet das Geheimnis um meine Urgroßmutter?«

»Ich lese nicht einfach in Tagebüchern, die nur Ihre Schwester und Sie etwas angehen.«

»Schade, ich dachte, Sie könnten mir endlich die wahre Geschichte über die Lady in Blau erzählen. Mich würde nämlich brennend interessieren, ob sie wirklich solche geheimnisvollen Augen besessen hat wie Sie oder ob der Maler geschummelt hat.«

»Ich gebe es morgen an der Rezeption ab«, erklärte Tessa sachlich. Sie wollte auf keinen Fall durchblicken lassen, dass sie ja selbst vor Neugierde brannte.

»Tun Sie mir einen Gefallen?«

»Kommt darauf an. Ich sage mal, um mich bei Ihnen für alles zu bedanken, würde ich Ihnen beinahe jeden Gefallen tun, wenn es in meiner Macht stände.«

»Würden Sie das Tagebuch für mich lesen und mir bei einem Dinner eine ganz persönliche Geisterstunde präsentieren?«

»Können Sie nicht selber lesen?«, entfuhr es Tessa schroff.

Zu ihrer Erleichterung lachte Ian, statt ihr böse zu sein. »Doch, ich kann und ich will auch, aber ich gestehe, die Einarbeitung in die Hotelgeschäfte erfordert meine ganze Konzentration. Das war heute vorerst mein erster und letzter freier

Tag. Es muss ja auch das Fest vorbereitet werden, und da meine Schwester die Preisträgerin der begehrtesten Hoteliers-Trophäe Schottlands ist, muss ich mich auch noch darum kümmern. Und ich habe demnächst zusätzlich einige Abendtermine.«

»Vielleicht vertiefen Sie sich nach dem 24. August in das Tagebuch«, schlug Tessa vor.

»Wenn Sie es noch so lange aushalten, die Wahrheit über Lady Fiona zu erfahren«, lachte Ian.

Tessa wurde rot. »Wie kommen Sie denn darauf, dass mich das Schicksal Ihrer Ahnin besonders interessiert?«

»Das sehe ich Ihnen an der Nasenspitze an. Deshalb tun Sie sich keinen Zwang an und fangen Sie endlich mit dem Lesen an. Aber nicht vergessen, mir alles weiterzugeben.«

»Ich denke, Sie haben so viel zu tun!«

»Aber nicht jeden Abend. Ein Zeitfenster, um mit Ihnen essen zu gehen, wird sich schon auftun!« Ian wandte ihr den Blick zu. »Machen Sie es mir zuliebe?«

»Wie sollte ich Ihnen einen Wunsch abschlagen?«, scherzte Tessa.

»Sie könnten mir natürlich auch vorlesen.«

»Wir werden sehen«, erwiderte Tessa und spürte, dass ihr der Gedanke, sich heute vor dem Schlafengehen in eine Decke einzukuscheln und in dem mysteriösen Tagebuch zu lesen, sehr behagte. Und wenn es nur dem einen Zweck diente: sie von den aktuellen Dramen abzulenken, die ihr eigenes Leben überschatteten.

Kinross, April 1944

Mairi hatte Schwierigkeiten, sich in ihrem eigenen Flügel einzuleben. Sie war eine bescheidene Frau und zeitlebens mit kleinen Räumlichkeiten zufrieden gewesen. Das Häuschen ihrer Mutter am Loch Druich hatte ihr völlig genügt, und nun besaß sie eine ganze Etage für sich allein. Ja, sie hatte sogar ein eigenes Badezimmer, eine Küche und einen Salon. Sie hielt das für Verschwendung, zumal sie niemals Besuch bekam. Und trotzdem war sie froh, Aidans Drängen auf ihre Rückkehr nach Stellmore Castle nachgekommen zu sein. Allein wegen des kleinen Alecks, der friedlich in seinem Bettchen schlief. Niemals würde sie dieses Kind auch nur eine einzige Sekunde aus den Augen lassen. Nicht wie bei Boyd …

Unschlüssig blickte sie an sich hinunter. Sie trug jetzt Kleider nach der neuen Mode. Das hatte Aidan von ihr verlangt, als sie mit ihm zurückgegangen war. *Du bist nun Nanny bei dem erfolgreichsten Hotelier Schottlands. Du kannst nicht mit meinem Sohn ins Old Course House kommen und aussehen wie eine Dienstmagd! Du bist eine Lady. Vergiss das nicht!*, hatte er gepredigt und gleich einen Schneider kommen lassen. Mairi hielt diesen Aufwand für übertrieben. Wo sie doch nur so wenige gesellschaftliche Auftritte im Hotel absolvierte. Seit Aidan wusste, dass sie seine Schwester war, und er sich in Dornie vor ihr auf die Knie geworfen und um Verzeihung gebeten hatte, behandelte er sie tatsächlich wie eine Schwester. Mairi hätte es besser gefunden, wenn sie auch Jamielle eingeweiht hätten, aber das lehnte Aidan vehement ab. Inzwischen kannte Mairi den Grund. Ihre Eifersucht auf sie lenkte Jamielle von den unzähligen wirklichen Affären ihres Mannes ab. Anfangs hatte er seiner Schwester Einzelheiten über die Damen berichten wollen, aber Mairi hatte abgewunken. Nein, die Frauengeschichten ihres Bruders interessierten sie nicht. Ihr ganzes Streben galt allein dem kleinen Aleck. Sie war überglücklich, dass sie an diesem Neffen wiedergutmachen durfte, was sie bei Boyd versäumt hatte. Der Kleine war kurz vor ihrer Rückkehr aus Dornie geboren und würde im Sommer ein Jahr alt.

Für dieses Kind trug sie die volle Verantwortung, denn Jamielle benahm sich eher wie eine Gastmutter. Sie war ständig unterwegs oder gab Gesellschaften. Meist für einen guten Zweck, denn im Krieg machte es keinen guten Eindruck, allein zum Vergnügen zu feiern.

Mairi würde nie den entsetzten Blick Jamielles vergessen, als sie an jenem warmen Sommertag vor acht Monaten nach Stellmore Castle zurückgekehrt war.

»Sie? Was machen Sie denn hier?«

Mairi hatte mit Sicherheit keine herzliche Begrüßung erwartet, aber solche unverhohlene Abneigung?

»Wussten Sie denn nicht, dass Ihr Mann mich wieder eingestellt hat?«, fragte sie die Dame des Hauses in höflichem Ton.

»Doch, aber ich habe es ihm auszureden versucht. Schließlich war Boyd an jenem unglückseligen Tag in Ihrer Obhut. Mein Mann behauptet zwar, er trage die Alleinschuld, aber wir wissen ja, dass er für Sie alles tun würde. Dass Sie zurück sind, ist ärgerlich genug, aber dass er mir offenbar den Ring abgeschwatzt hat, um mich zu hintergehen, das kann nur auf Ihrem Mist gewachsen sein.«

»Ich weiß nicht, worauf Sie hinauswollen«, gab Mairi mit belegter Stimme zurück. Der verräterische Saphir, den sie vorsichtshalber an einer Kette um den Hals versteckt unter der Bluse trug, wollte sich förmlich in ihre Haut einbrennen. Sie hatte sich überhaupt nicht gefragt, wie er es geschafft hatte, seiner Frau den Saphir zu entlocken.

»Tun Sie nicht so unschuldig! Mein Mann hat ihn unter dem Vorwand erschlichen, er wolle mir eine passende Kette schenken. Und tatsächlich kam er dann mit dem Ring und einem Geschmeide an. Wissen Sie was? Ich habe mich selten so über ein Geschenk gefreut und für einen winzigen Augenblick geglaubt, der Teufel, der unsere Ehe zerstört hat, wäre für immer fort. Doch dann beim ersten Sonnenstrahl habe ich es gemerkt: Er hat ein Duplikat anfertigen lassen, denn so ein Stück wie den rauchblauen Saphir gibt es nur ein einziges Mal. Der andere Stein war kornblumenblau. Ihm fehlten das Geheimnis des Originals und dessen Strahlkraft. Ich habe meinem Mann die Fälschung vor die Füße geworden. Er hat sie wortlos an sich genommen. Und nun raus mit der Sprache: Wo ist mein Ring?«

Jamielle hatte bedrohlich einen Schritt auf ihre vermeintliche Konkurrentin zugemacht und streckte ihr fordernd die Hand entgegen. Mairi glaubte, ihr Herz müsse zerspringen, aber sie entgegnete kühl: »Das ist eine Angelegenheit zwischen Ihrem Mann und Ihnen. Ich bin nur Ihre Nanny.«

Jamielle funkelte Mairi hasserfüllt an, befahl dann aber: »Kommen Sie!«, bevor sie schnellen Schrittes die langen Flure des ehemaligen Hotels entlangeilte, sodass Mairi kaum folgen konnte. Schließlich führte sie Mairi in ein Kinderzimmer und deutete auf die Wiege. »Sobald er aufwacht, geben Sie ihm etwas zu trinken und neue Windeln!«

»Aber«, protestierte Mairi, nachdem sie einen Blick auf den friedlich schlafenden Säugling geworfen hatte. »Aber muss er nicht noch gestillt werden?«

»Sagen Sie mir nicht, wie ich mein Kind zu ernähren habe«, konterte Jamielle, drehte sich auf dem Absatz um und verschwand.

Mairi ließ sich in einen Schaukelstuhl fallen und atmete ein paarmal tief durch. Ihr war klar, dass es angesichts Jamielles offen gezeigter Feindseligkeit nicht einfach sein würde, für sie zu arbeiten. Erst das leise Weinen aus der Wiege stimmte sie zuversichtlicher. Sie nahm den kleinen Aleck auf den Arm und wiegte ihn, bis er wieder Ruhe gab. Diesem Neffen wird kein Unglück widerfahren, schwor sie sich. Solange sie lebte, würde es diesem Menschenkind an nichts fehlen.

Energisches Kindergebrüll riss Mairi aus ihren Gedanken an jenen ersten Tag in Kinross. Ein Lächeln huschte über ihr Gesicht. Was die paar Monate aus Alecks Stimme gemacht hatten! Das war nicht mehr das zarte Babygewimmer seiner ersten Lebenswochen.

Mairi hob ihn aus seinem Bettchen und ging mit ihm in die Küche, wo bereits das vorbereitete Fläschchen stand. Sie wärmte die Milch auf und gab Aleck zu trinken. Wie immer konnte er nicht genug bekommen. Unter schmatzenden Geräuschen sog er gierig an der Flasche.

»Oh, da hat aber jemand großen Hunger«, sagte Aidan, der die beiden schon eine ganze Weile durch die offene Tür beobachtet hatte. Mairi hatte nichts davon mitbekommen, weil sie nur Augen für den kleinen Aleck hatte. Ein hübsches Kind, wie sie immer wieder begeistert feststellen musste.

Lächelnd blickte sie auf. »Er ist ein Schatz!« Sie wusste, dass sie damit offene Türen einrannte. Aidan war regelrecht vernarrt in seinen Sohn. Fast täglich fuhr er in der Mittagspause vom Hotel nach Stellmore, um nach seinem Nachwuchs zu sehen. Im Gegensatz zu Jamielle, die sich nur in diese Etage verirrte, um ihren Sohn für wenige Stunden zu sich zu holen. Für Mairis Geschmack viel zu selten. Mittlerweile übernachtete Aleck unter der Woche fast täglich bei seinem Kindermädchen. Mairi musste allerdings neidlos zugeben, dass Jamielle in gewisser Weise aufgeblüht war. Sie hatte sich zu einer attraktiven Hoteliersgattin gemausert, trug nur teure, maßgeschneiderte Kleidung und war stets perfekt geschminkt und frisiert.

»Du wirst heute Abend der Star des Festes sein«, bemerkte Aidan versonnen. »Mit dem Kleid, das ich dir neulich mitgebracht habe.«

»Das Fest? Das habe ich völlig vergessen. Und das Kleid …«

»Sag bloß, du hast es noch nicht einmal anprobiert?«

Mairi nickte schuldbewusst.

»Gib mir den Kleinen, und du holst es schnellstens nach. Was, wenn es dir nicht passt?«

»Dann kann ich mich galant vor dem Trubel drücken«, scherzte Mairi, was ihr einen strafenden Blick ihres Bruders einbrachte.

»Gut, ich versuche mich in das Prachtgewand zu zwängen«, lachte sie und gab ihm vorsichtig seinen Sohn auf den Arm.

»Ich finde, er sieht unserer Mutter und dir ähnlich. Unser Vater spielt keine Rolle, und das ist gut so«, bemerkte er in zärtlichem Ton. Aidan hatte nie auch nur mit einem Wort erwähnt, dass Mairi einen anderen Vater hatte als er, so als würde er verdrängen wollen, dass seine Mutter einen anderen Mann geliebt hatte.

»Worauf wartest du noch?«, trieb Aidan sie zur Eile an.

»Ich fliege«, flötete sie und eilte fröhlich summend in ihr Schlafzimmer. Dort hing das Abendkleid im Tartanmuster der McKinnons, in dem die Farbe Blau dominierte, auf einem Kleiderbügel. Mairi schlüpfte hinein und stellte befriedigt fest, dass es wie angegossen passte. Es war schulterfrei, oben eng geschnitten, was ihre schmale Taille aufs Vorteilhafteste betonte, der Rock war weit schwingend und bodenlang. Das Bild, das sich ihr im Spiegel bot, gefiel ihr, bis auf das zerzauste Haar und das erhitzte Gesicht, außerordentlich gut. Wenn sie sich heute Abend entsprechend zurechtmachte, würde sie ein ganz passables Bild abgegeben.

Lächelnd führte sie Aidan das Kleid vor. Er starrte sie an wie einen Geist.

»Wie unsere Mutter!«, entfuhr es ihm staunend.

»Ach, du übertreibst«, wiegelte sie ab.

»Du solltest unbedingt den Ring tragen, statt ihn immer unter der Bluse zu verbergen.«

Mairi fasste sich an den Hals. Er hatte offenbar ihre Kette gesehen, die sie vergessen hatte abzulegen.

»Nein, auf keinen Fall! Ich möchte deine Frau nicht unnötig provozieren«, entgegnete sie energisch.

»Sie soll sich nicht so anstellen. Schließlich habe ich ihr einen ähnlich schönen Ring und sogar eine passende Kette für teures Geld machen lassen«, brummte er.

Mairi stieß einen tiefen Seufzer aus. »Du weißt doch, dass sie den Schmuck aus lauter Trotz nicht trägt. Und wenn ich das Original heute Abend am Finger habe, dann hat sie doch den Beweis, dass du sie mit einem Duplikat abgespeist hast, um mir das Original zu schenken. Da kann sie doch gar nichts anderes vermuten, als dass ich deine Geliebte bin.«

»Der Ring unserer Mutter steht ihr nicht zu. Basta!«

»Ich sehe das genauso. Aber woher soll deine Frau ahnen, dass er mir gehört? Weißt du, manchmal denke ich, wir würden es uns allen leichter machen, wenn wir ihr die Wahrheit sagten. Das würde die allgemeine Stimmung im Haus bestimmt heben. Es wäre doch auch besser für Aleck, wenn klare Verhältnisse herrschten. Ich wäre so gern offiziell seine Tante. Diese Eifersucht deiner Frau ist auf Dauer schier unerträglich.«

»Aber durchaus praktisch«, schmunzelte Aidan.

»Weißt du, dass du ein furchtbarer Egoist bist!«, fuhr Mairi ihren Bruder an. »Nur damit du dich ungestört mit deinen kleinen Freundinnen treffen kannst!«

»Nicht böse sein, Schwesterchen«, lachte Aidan. »Schau, Aleck verzieht gleich sein Gesicht.«

»Du bist unmöglich!«

»Und du eine Schönheit …« Er stockte. »Hast du nie daran gedacht, selbst einmal zu heiraten?«

»Natürlich habe ich das. Hin und wieder wünsche ich mir eine eigene Familie, aber langsam bin ich zu alt. Und wenn ich mir vorstelle, ich könnte dann nicht länger in deiner und Alecks Nähe sein. Nein, der Zug ist abgefahren«, seufzte Mairi.

»Du wirst trotzdem die schönste Frau auf dem Fest sein. Genieß wenigstens die bewundernden Blicke der Herren.« Er warf einen flüchtigen Blick auf seine Armbanduhr. »Ich muss zurück ins Hotel!« Hastig erhob er sich und drückte ihr Aleck in den Arm.

»Aidan?«, fragte sie, als er bereits bei der Tür war.

»Schwesterherz?«

»Meinst du wirklich, dass es eine gute Idee ist, dass ich überhaupt zum Fest komme? Es ist doch eher unüblich, dass die Nanny mit dem Säugling mitfeiert. Eigentlich bleiben sie bei dem Kind und halten bescheiden im Hintergrund die Stellung. Das wird nur wieder unnötiges Getuschel geben.«

»Du bist nicht meine Nanny, du bist meine Schwester!«

»Das weiß aber niemand. Dir ist klar, dass das wieder Anlass zu Klatsch und Tratsch geben wird, oder?«, seufzte sie. »Jamielle wird mich mindestens eine Woche lang mit ihrer schlechten Laune malträtieren!«

»Egal! Mein Herz ist rein. Und du lässt das einfach an dir abperlen, meine schöne Schwester«, lachte er. »Und denk daran, der Wagen, der euch abholt, kommt um sieben. Und wehe, du versuchst, dich noch vorm Fest zu drücken. Dann komme ich höchstpersönlich und hole dich. Was meinst du, was die Leute dann zu reden hätten!«

Mairi drohte ihm scherzhaft mit dem Finger, aber sie konnte ihm im Grunde ihres Herzens nie wirklich böse sein. Ganz selten dachte sie noch an ihre erste Begegnung und die magische Anziehung, die er damals auf sie ausgeübt hatte. Und sie war trotz seiner diversen Charaktermängel, die sie bestimmt nicht zu beschönigen versuchte, auch ein wenig stolz auf ihn. Er hatte nicht zu viel versprochen, als er einst prophezeit hatte, einmal der erfolgreichste Hotelier Schottlands zu werden. Wenn er es auch noch nicht ganz an die Spitze geschafft hatte, er war auf dem besten Weg.

Trotzdem behagte ihr der Gedanke, sich am Abend zwischen

all diesen gesellschaftlichen Größen zu tummeln, ganz und gar nicht. Es fiel ihr manchmal schwer, sich vorzustellen, dass sie nicht Murron Haigs Tochter war. Zu tief hatte sich die beklemmende Atmosphäre des nach Mottenpulver stinkenden Krämerladens in ihr Gedächtnis eingebrannt. Meine Eltern stammen aus alten Adelsfamilien, und ich komme mir immer noch vor wie das Ladenmädchen, dachte sie bekümmert. Aber schließlich hatte sie den Duft der Burgen niemals selbst eingeatmet, hatte an keinen opulenten Festlichkeiten teilgenommen oder vornehme Kleider getragen. Trotzdem bin ich die Tochter einer Lady, sagte sie sich und straffte die Schultern. Sie nahm sich fest vor, am Abend nur so vor Selbstbewusstsein zu strotzen.

Das war allerdings leichter gesagt als getan, ging es Mairi durch den Kopf, als sie kurz vor sieben Uhr mit Aleck auf dem Arm die Treppen hinuntereilte, um pünktlich am Wagen zu sein. Unten in der Diele stand Jamielle und musterte sie abschätzig.

»Wer hat Sie denn zur Hausherrin herausgeputzt? Unser Tartan. Das Muster der McKinnons. Nicht zu fassen«, spottete sie. »Nun, das wird Ihnen auch nichts nutzen. Sie sind und bleiben die Nanny.«

Mairi biss die Zähne zusammen. Mit dem Kind auf dem Arm würde sie nicht kontern. Stattdessen ignorierte sie diese Gehässigkeit und ging wortlos an Jamielle vorbei nach draußen. Ihr Herz klopfte zwar ein wenig, aber sie war sehr stolz auf sich, dass sie es wieder einmal geschafft hatte, sich nicht provozieren zu lassen.

Als der Wagen kam, stieg sie mit dem Kind hinten ein. Jamielle nahm den Platz auf dem Beifahrersitz ein. Schweigend ließen sie sich nach St. Andrews bringen. Kaum waren sie vor dem in festlichem Licht erstrahlenden Hotel aus dem Wagen gestiegen, entriss Jamielle Mairi ohne Vorwarnung das Kind, was Aleck mit einem lauten Gebrüll quittierte.

»Ich werde mich heute Abend allein um meinen Sohn kümmern. Sie werden nicht gebraucht«, fauchte sie Mairi an. Die war so verblüfft, dass ihr die Worte fehlten. Wäre in diesem Augenblick nicht Aidan auf sie zugeeilt, sie hätte den Chauffeur wohl gebeten, sie nach Stellmore Castle zurückzubringen.

»Da seid ihr ja endlich. Kommt schnell. Gleich treffen die ersten Gäste ein. Wir sollten zur Begrüßung bereitstehen.«

Bevor Jamielle protestieren konnte, hatte er Mairi bereits in Richtung der steinernen Eingangstreppe geschoben. Sie blickte sich hilflos um und konnte den unverhohlenen Hass aus Jamielles Augen funkeln sehen.

Das muss endlich aufhören, dachte sie ärgerlich, wir müssen sie einweihen! Das halte ich nicht länger aus. Es ist egoistisch von ihm, dass er mir das zumutet. Nur, damit sie mich für seine Geliebte hält und nicht die vielen anderen meist jungen Damen, mit denen sich Aidan im regen Wechsel einließ.

Doch für weitere Grübeleien blieb keine Zeit mehr. In der Lobby herrschte rege Betriebsamkeit. Vornehm gekleidete Kellner und Serviermädchen wuselten durcheinander, allesamt auf dem Weg zum großen Saal, wo die Feier stattfand. Anlass der heutigen Festlichkeiten war das zweijährige Bestehen des Hotels unter Leitung von Aidan McKinnon. Sämtliche Hoteliers des Landes hatten sich angesagt sowie Vertreter der angesehensten Familien aus der Grafschaft Fife und sogar der Clanchef der McKinnons.

Mit vor Stolz geschwellter Brust positionierte sich Aidan im Eingang zum Saal, um jeden Gast einzeln zu begrüßen. Er verlangte, dass Jamielle und Mairi mit seinem Sohn auf dem Arm ihn zu beiden Seiten umrahmten.

»Ich halte mein Kind selbst«, widersprach Jamielle schnippisch.

»Du tust, was ich sage. Mairi trägt Aleck. Wie sollen wir wohl sonst erklären, dass sie mit uns das Begrüßungskomitee bildet? Und außerdem, hörst du nicht, dass er sich nicht wohlfühlt. Auf Mairis Arm wird er ruhiger sein«, fuhr Aidan seine Frau an.

»Kann sie denn nicht wenigstens mit dem Kind in eine dunkle Ecke gehen?«, zischte Jamielle.

»Sie hat recht, es ist besser, ich mache mich in der Menge unsichtbar und halte Aleck vom Trubel fern«, pflichtete Mairi der Frau ihres Bruders eifrig bei.

»Das kommt gar nicht infrage. Komm, gib Aleck her!«

Zögernd ließ Jamielle ihr Kind los. Aidan reichte den Jungen, der mit aufgerissenen Augen neugierig um sich blickte, an Mairi weiter.

Da in diesem Augenblick die ersten Gäste eintrafen, blieb ihr nichts anderes übrig als zu lächeln. Einige der Ankömmlinge schienen etwas pikiert, dass sie auch das Kindermädchen der Familie begrüßen sollten, und besonders einige Damen der Gesellschaft ließen keinen Zweifel daran, dass sie es unpassend fanden, der vermeintlichen Geliebten des Hausherrn die Hand zu schütteln. Jamielle bewahrte nach außen Fassung, wie Mairi mit einem Seitenblick bewundernd erkennen konnte. Sie lächelte, als wäre es das Selbstverständlichste der Welt, dass die Nanny und sie den Hausherrn umrahmten. Noch nie zuvor hatte sich Mairi so von Herzen gewünscht, als das vorgestellt zu werden, was sie wirklich war: die Schwester des Gastgebers!

»Ja, das ist ja nicht zu fassen, diese Ähnlichkeit«, rief eine ältere Dame plötzlich aus und deutete auf das Gemälde von Lady McKinnon, das genau über ihnen hing, bevor sie Mairi interessiert musterte. »Man könnte meinen, Sie seien mit der Dame verwandt!«

Mairi lief knallrot an. Sie riskierte einen flüchtigen Blick zu ihrem Bruder, der nach einer Schrecksekunde lächelnd erklärte: »Nicht wahr? Eine verblüffende Ähnlichkeit. Meine Frau und ich haben das Kindermädchen nach einer Ähnlichkeit zur Großmutter unseres Sohnes ausgesucht.«

Jamielle spielte mit und lachte. Nur Mairi schaffte es vor lauter Schreck nicht, das Ganze locker zu nehmen. Am liebsten hätte sie der Farce ein Ende bereitet und lauthals die Wahrheit verkündet. Zu Mairis großer Erleichterung fing Aleck in diesem Augenblick zu weinen an, sodass Aidan Mairi mit dem Kind gehen ließ. Sie zog sich in die entfernteste Ecke des Saals zurück, wo das Kindergeschrei nicht störte und wo sie vor allem den bohrenden und wissenden Blicken der Gesellschaft entfliehen konnte. Es dauerte nur einen winzigen Augenblick, bis sie Aleck beruhigt hatte. Ihr Herz raste. Sie war so wütend auf ihren Bruder. Warum setzte er sie diesem Theater aus? Er erntete doch keine abschätzenden Blicke, sondern allein sie. Im Gegenteil, aus den Augen so manch ehrwürdigen Mitglieds der feinen Gesellschaft sprach Bewunderung für den virilen Gastgeber. Am liebsten würde sie zurückgehen, um dem Spiel ein Ende zu bereiten. Aber die Loyalität zu ihrem Bruder hielt sie schließlich davon ab, zumal sie von ferne sah, wie er gerade seine derzeitige Geliebte begrüßte. Aidan hatte Mairi viel von Lady MacGregor vorgeschwärmt.

In diesem Augenblick kam ein älterer Herr auf sie zu. Es dauerte den Bruchteil einer Sekunde, bis sie Nial Macloyd erkannte. Ihn hätte sie hier natürlich nicht erwartet, weil sie ihn im fernen Indien wähnte.

»Du hier?« Ihr Onkel schien ebenfalls überrascht, Mairi auf diesem Fest zu treffen.

»Und warum bist du nicht in Indien?«

»Dort braut sich etwas zusammen. Es ist nur noch eine Frage der Zeit, wann unsere Herrschaft zusammenbricht. Ich denke, wenn der verdammte Krieg vorbei ist – und das wiederum ist nur eine Frage von Monaten –, jagen sie uns fort. Und da habe ich lieber rechtzeitig meine Zelte abgebrochen und ein Anwesen in der Nähe erworben.«

Mairi hatte plötzlich das Bedürfnis, den vornehm aussehenden Nial Macloyd einfach in den Arm zu nehmen. Schließlich war er ihr Onkel, doch auch das war ein Verwandtschaftsverhältnis, das sie wohl oder übel verheimlichen musste. Wenn Aidan davon erfuhr …

»Sie kennen unser Kindermädchen?«, hörte sie ihren Bruder da bereits neugierig fragen. Dann verharrte Aidan einen Moment. »Aber natürlich, Sie waren das, Sie haben Mairi ein paar Möbel aus Ihrem Schloss verkauft, nicht wahr?«

»Möbel?«, wiederholte Nial Macloyd.

»Erinnern Sie sich nicht? Wir sind uns in Dornie vor Mairis Haus begegnet. Ich kam, als sie gerade gingen. Leider haben wir nichts aus Dornie mitgenommen, sondern das Haus mitsamt dem Inventar verkauft.«

Nial war anzusehen, dass er rein gar nichts von dem verstand, was Aidan McKinnon von sich gab.

»Wahrscheinlich erinnern Sie nicht mehr, dass Sie mir ein paar Sessel aus Ihrem Schloss auf der Insel Skye verkauft haben. Das ist ja auch schon lange her«, sagte Mairi beschwörend. Nial Macloyd verstand offenbar, dass er jetzt lieber den Mund halten sollte, denn er schwieg.

»Na, so lange ist es ja nun auch wieder nicht her. Nicht mal ein Jahr«, lachte Aidan, doch dann zog erneut die blonde Lady MacGregor seine gesamte Aufmerksamkeit auf sich. Sie winkte ihm zu.

»Entschuldigen Sie, Mister Macloyd, aber ich muss mich um die übrigen Gäste kümmern.« Und schon eilte er davon.

»Um was ging es denn eben?«, fragte Nial Macloyd irrtiert. »Möbel?«

»Na, irgendetwas musste ich ihm erzählen, als er überraschend in Dornie auftauchte. Natürlich wollte er wissen, wer du bist. Und da fiel mir auf die Schnelle nur das mit den Möbeln ein. Er denkt bis heute, ich hätte mit dir Geschäfte gemacht.«

»Aber warum verschweigst du ihm deine Herkunft?«

»Er glaubt, seine Mutter habe sich umgebracht, weil sie sich für diesen Fehltritt geschämt hat …« Mairi zog ihren Onkel am Ärmel in eine noch entlegenere Ecke. Sie hatte Angst, jemand könnte zufällig etwas von dem mitbekommen, was sie ihm anvertraute.

»… wenn er wüsste, dass meine Mutter ihn beim Vater zurücklassen und mit mir und ihrer großen Liebe ein neues Leben hatte anfangen wollen, würde ihm das Herz brechen.«

»Aber er weiß, dass du seine Schwester bist? Die Gerüchteküche in St. Andrews brodelt nämlich. Die Leute glauben, du seist sein Liebchen.«

»Er kennt die Wahrheit, aber seine Frau ahnt es nicht. Ebenso wenig die feinen Herrschaften. Schau nur, wie sie mich mit ihren Blicken auffressen.« Mairis Ton war spöttisch.

»Sehr verwirrend«, bemerkte Nial Macloyd nachdenklich.

Mairi stieß einen tiefen Seufzer aus. In dem Augenblick hörte sie ganz in ihrer Nähe zwei Frauenstimmen miteinander tuscheln. Sie verstand nicht alles, doch der Satz, den sie aufschnappte, schnürte ihr förmlich die Kehle zu.

»Ein Skandal, dass er sein Flittchen derart ungeniert präsentiert!«

Nial Macloyd, der die Bemerkung ebenfalls gehört hatte, sah Mairi mitleidig an. »Ist diese Geheimniskrämerei wirklich nötig?«, flüsterte er.

Mairi zuckte hilflos die Achseln. »Manchmal möchte ich es in alle Welt hinausschreien, aber mein Bruder hat seine triftigen Gründe, seine Frau und die Leute im Glauben zu lassen, dass ich mehr als die Nanny seines Sohnes bin.«

Als ob Aleck spürte, welchen Kummer Mairi mit sich herumtrug, fing er an zu weinen. Sie wiegte das Kind hin und her, bis es sich beruhigt hatte.

»Mein Bruder würde es mir nie verzeihen, wenn ich es gegen seinen erklärten Willen ausplaudern würde, obgleich seine Motive, mich zum Schweigen zu verdonnern, ziemlich vordergründig sind«, raunte sie Nial zu, bevor sie einen durchdringenden Blick auf Lady MacGregor und Aidan riskierte, die in ein inniges Gespräch vertieft waren.

»Ich verstehe. Meinst du nicht, dass du mehr an dich denken und keine falsche Rücksicht nehmen solltest?«

Aleck war erschöpft eingeschlafen.

»Ich tue es auch für ihn«, flüsterte Mairi. »Für diesen kleinen Kerl. Er ist mein einziger Neffe, so wie ich deine einzige Nichte bin. Das ist ein starkes Band.«

»Tapferes Mädchen«, seufzte Nial Macloyd und strich ihr zärtlich durch die dunklen Locken. »Du siehst deiner Mutter heute übrigens besonders ähnlich. Versprich mir eines: Wenn du einmal nicht weiterweißt, such mich auf! Ich notiere dir meine Adresse. Du bist immer herzlich willkommen!«, fügte er nachdrücklich hinzu.

Mairi versprach ihm, auf sein Angebot zurückzukommen, wenn sie einmal wirklich in Not sein sollte. »Im Moment habe ich nur einen Wunsch: mich unauffällig von diesem Fest zu schleichen!«

»Gut, dann geh und warte draußen. Ich übernehme es, deinem Br…, äh, dem werten Gastgeber zu sagen, dass dir übel geworden ist und ich dich nach Stellmore Castle bringen werde. Du wohnst doch mit den McKinnons unter einem Dach, nicht wahr?«

Mairi nickte, bevor sie sich suchend umsah. Da entdeckte sie die Tür, die zum kleineren Saal führte. Von dort aus gelangte man über die Küche zum Hinterausgang. Sie gab Nial Macloyd ein verschwörerisches Zeichen.

Kinross, August 2012

Jamie war der spontanen Einladung ihrer Mutter zu diesem Abendessen nur widerwillig gefolgt. Der Gedanke, ihr Hamish wie ein Zirkuspferd vorzuführen, missfiel ihr außerordentlich. Sie wunderte sich allerdings, dass er quasi darauf gedrängt hatte, sie nach Stellmore Castle zu begleiten. Dabei war ihr Wiedersehen in Edinburgh alles andere als romantisch verlaufen. Sie hatte ihn auf seinen Wunsch hin in seiner Kanzlei abgeholt. Er hatte sie von da aus unbedingt sofort in das Hotel fahren wollen, das er für sie ausgesucht hatte. Erst unten vor der Tür hatte er sie geküsst. Und dann hatte er sie bis zum Abend allein gelassen. Sie hatten im Hotel gegessen und sich schließlich auf ihrem Hotelzimmer geliebt. Allerdings war es nicht wirklich leidenschaftlich gewesen. Sie hatte den Eindruck, dass er nicht bei der Sache war. Am nächsten Morgen war Jamie fest entschlossen gewesen, einen endgültigen Schlussstrich unter dieses Verhältnis zu ziehen. Er tat ihr nicht gut. Das konnte sie einfach nicht länger leugnen.

Dann war alles anders gekommen. Sie hatte Edinburgh kaum verlassen, als sie eine ungewöhnlich herzliche Mail von ihm erhalten hatte. *Komm zurück und bleib noch eine Nacht. Ich war gestern abgelenkt. Es war ein schwerer Fall zu lösen. Heute bin ich bei Dir. Dein Hamish*

Sie hatte einen winzigen Augenblick gezögert, doch dann war sie umgekehrt und zu seiner Kanzlei gefahren. Zu ihrer großen Verwunderung hatte er sie vor den Augen der Empfangsdame mit einem Küsschen auf den Mund begrüßt. Er war wie ausgewechselt gewesen. Sie hatte ihn noch nie so zugewandt erlebt.

Ein sanfter Stoß in die Seite brachte Jamie in die Realität zurück. »Träumst du? Ich habe dich gerade gefragt, ob ich meinen Koffer schon jetzt mitnehmen oder ob ich ihn nachher erst holen soll«, bemerkte Hamish gereizt.

»Entschuldige, ich bin mit meinen Gedanken gerade woanders gewesen. Wir lassen ihn vorerst im Wagen. Ich würde ohnehin lieber in St. Andrews übernachten.«

»Aber das haben wir doch bereits entschieden. Ich würde gern hier auf dem Land bleiben, und du meintest auch, dass es deine Mutter freuen würde.«

»Ja, schon«, seufzte Jamie. »Aber ich übernachte eben lieber in meinen eigenen vier Wänden. Schließlich sehen wir uns nicht häufig …«

»Jamie, nun sei nicht albern«, unterbrach Hamish sie schroff. »Das ist mein offizieller Antrittsbesuch als zukünftiger Schwiegersohn. Da sollten wir schon ein wenig Rücksicht auf die Wünsche deiner Mutter nehmen.«

»Gut, dann können wir deinen Koffer auch mitnehmen«, knurrte Jamie. »Weißt du, ich habe langsam, aber sicher das Gefühl, du magst mein Hotel nicht.«

»Red keinen Blödsinn! Du weißt doch, dass ich es schon als Jugendlicher gemocht habe. Aber beizeiten solltest du dich mit der Frage beschäftigen, wer deine Nachfolge in der Geschäftsführung übernimmt.«

Sie waren bei der Tür angelangt, und Jamie wollte gerade den Klingelknopf betätigen. Erschrocken zog sie ihre Hand zurück. »Wieso meine Nachfolge?«

»Wenn wir heiraten, wirst du ja kaum in St. Andrews bleiben können. Und wenn alles gut geht, werde ich dieses Jahr noch geschieden. Ich würde dann ziemlich zeitnah neu heiraten wollen.«

Jamie blieb der Mund offen stehen. Wie geschäftsmäßig er darüber redete und wie selbstverständlich er voraussetzte, dass sie das Hotel aufgab.

»Was ist nun? Willst du nicht klingeln?« Und schon hatte Hamish den Knopf gedrückt.

Eine Wolke von Fleur Oriental wehte ihnen entgegen, als Marta die Tür öffnete. »Schön, dass ihr da seid«, stieß sie überschwänglich hervor, während sie ihren Blick unverblümt auf Jamies Verlobten heftete.

Mit einem Seitenblick stellte Jamie erstaunt fest, dass Hamish strahlend lächelte, während er ihre Mutter begrüßte. So sollte er mich auch hin und wieder ansehen, ging es Jamie durch den Kopf, und sie fand, dass es ihm außerordentlich gut stand. Er bekam dadurch beinahe etwas Jungenhaftes.

»Kommt rein, legt ab.«

»Ist Ian schon da, Mom?«

Marta zog die Augenbraue hoch. »Du kennst doch deinen Bruder. Er wollte noch mal eben auf den Golfplatz, hat er mir vorhin am Telefon gesagt, und mit einem der Greenkeeper eine Runde spielen. Ideen hat dein Bruder. Ich muss schon sagen.«

Jamies Miene verdüsterte sich merklich. Selbst wenn ihre Mutter sich über Ian beschwerte, schwang so viel Zärtlichkeit mit, dass sie neidisch werden konnte. Mutter ist einfach eine männerfixierte Person, dachte sie, als sie beobachtete, wie geschäftig sie um Hamish herumwuselte. Sie überschlug sich förmlich. *Kann ich Ihnen den Mantel abnehmen? Ihr Koffer wird gleich nach oben gebracht. Ach, schön, dass wir uns jetzt endlich kennenlernen …*

Am meisten wunderte sich Jamie darüber, dass Hamish diese überbordende Aufmerksamkeit mit strahlender Miene über sich ergehen ließ.

Marta eilte voran in den Salon, wo nicht nur ein festlich eingedeckter Tisch auf sie wartete, sondern ein Überraschungsbesucher mit einem Whiskyglas in der Hand.

»Das freut mich aber riesig, Mister Barclay«, rief Jamie begeistert aus und eilte auf den Mann zu, dem sie ewig dankbar sein würde, dass er den Verkauf des Old Course House an seinen Bruder verhindert hatte. Hamish war ihr zögernd gefolgt. Jamie stellte die beiden Männer einander vor und goss ihrem Verlobten und sich ebenfalls einen Whisky ein. Sie prosteten einander zu.

»Mir bitte auch«, rief Marta.

Jamie erkannte an den Blicken, die ihre Mutter und Mister Barclay austauschten, sofort, dass dort mehr lief als nur eine Einladung zum Dinner. Sie war über sich selbst erstaunt, dass sie der Gedanke, ihre Mutter könnte so schnell nach dem Tod ihres Mannes eine neue Beziehung eingehen, nicht wirklich wütend machte. Vielleicht liegt das an Mister Barclay, mutmaßte sie, er ist wirklich ein feiner Kerl. Und er scheint einen guten Einfluss auf Mutter zu haben. Selten hatte Jamie Marta so entspannt und fröhlich erlebt.

Nachdem Ian eingetroffen war, bat Marta zu Tisch. Hamish und Ian hatten einander auffallend förmlich begrüßt. Wenn Jamie es nicht besser wüsste, müsste sie vermuten, dass es sich seitens ihres Bruders um Ablehnung auf den ersten Blick handelte. Jamie fragte sich, warum ihr Bruder nicht zumindest den charmanten Ian McKinnon *spielen* konnte. Wenigstens ihr zuliebe. Aber er wirkte selten zugeknöpft und abweisend. Jedenfalls Hamish gegenüber, während er Mister Barclay in der ihm eigenen Herzlichkeit begrüßt hatte.

»Mit welchem Greenkeeper warst du denn auf dem Platz?«, fragte Jamie ihren Bruder, um ihn ein wenig zum Reden zu bringen, denn für seine Verhältnisse war er erstaunlich schweigsam.

»Dem neuen«, gab er lakonisch zurück.

»Du hast einen neuen Greenkeeper eingestellt?«

»Warum nicht? Wir haben mit dem Club die Absprache, dass wir drei Greenkeeper vom Hotel aus einstellen und bezahlen. Und John ist doch noch nicht zurück aus London.«

Jamie runzelte die Stirn. »Aber Personalentscheidungen treffen wir sonst immer gemeinsam.«

»Tja, es musste schnell gehen. Und da habe ich mir erlaubt, ihr den Job …«

»Eine Frau?« Jamie lachte. »Nicht zufällig die junge deutsche Lady?«

»Liebes Schwesterchen, die Dame ist abgereist.«

Ian fühlte sich gar nicht wohl in seiner Haut. Er belog seine Schwester höchst ungern. Aber Tessa hatte ihn darum gebeten, Jamie möglichst nichts von ihrer Rückkehr nach St. Andrews zu erzählen.

»Aber es ist nur eine Frage der Zeit, wann ihr einander über den Weg lauft«, hatte er zu bedenken gegeben. »St. Andrews ist weniger als ein Dorf, und im Hotel ist meine Schwester allgegenwärtig.«

»Ich nehme mich in Acht«, hatte Tessa erwidert.

Ian musste wider Willen lächeln. Auf dem Rückweg vom Golfplatz hatte er sie vor der Wohnung abgesetzt, und Tessa hatte ihm versichert, sie habe sich mit Lebensmitteln eingedeckt, um an ihrem freien Tag nicht vor die Tür zu müssen. Wegen des Hamish-Alarms vor Ort, wie sie lachend hinzugefügt hatte.

»Also, ich könnte schwören, ich habe sie heute im Vorbeifahren gesehen. Hm. Dann hat die Lady wohl eine Doppelgängerin«, sagte Jamie mit einem merkwürdigen Unterton, der Ian gar nicht gefiel.

»Von welcher Lady sprecht ihr da die ganze Zeit?«, mischte sich Marta ein.

»Ach, Mutter, das ist gar nicht der Rede wert.« Er rang sich zu einem Lächeln durch.

»Verschaukelt mich nicht, Kinder! Hat Ian eine neue Flamme? Wie heißt die Dame? Warum hast du sie nicht mitgebracht?«

»Mom, ich habe wirklich nur einen Spaß gemacht«, wiegelte Jamie ab. »Wir hatten einen Hotelgast aus Deutschland, der es meinem Bruder mächtig angetan hatte, aber die Dame ist offenbar abgereist, bevor er es ihr gestehen konnte.«

Während Jamie sprach, musterte Ian sein Gegenüber Hamish lauernd. Nicht ohne Schadenfreude sah er, wie ihm die Gesichtszüge förmlich entglitten. Ihm war wohl klar, dass hier nur von Tessa die Rede sein konnte. Es juckte Ian in den Fingern, ihn vor seiner Schwester zu fragen, ob ihm nicht gut sei, aber er ließ es bleiben. Er hatte Tessa versprochen, weder Jamie noch Hamish gegenüber etwas von der Sache in Edinburgh zu verraten. Kaum hatte er sich an dieses Versprechen erinnert, hörte er sich bereits sagen: »Ich habe diese deutsche Lady übrigens noch einmal wiedergetroffen. Zufällig in Edinburgh, kurz nachdem ich dich in der Princes Street abgesetzt hatte.«

»Und? Habt ihr euch unterhalten?«

»Ganz kurz«, entgegnete Ian und weidete sich an dem raschen Farbwechsel in Hamishs Gesicht. Die verräterischen roten Flecken waren einem kalkigen Weiß gewichen. Aber dann ermahnte er sich, den Bogen nicht zu überspannen. Schließlich wäre es genauso peinlich, wenn Jamie ihn dabei erwischen würde, dass er sie belogen hatte, falls Tessa ihr doch einmal in die Arme laufen sollte.

»Wo übernachtet ihr eigentlich? In St. Andrews?«, fragte er daher vorsichtshalber.

»Ich würde ja gern in meiner Wohnung …«

»Hier in Stellmore Castle«, mischte sich Hamish entschieden ein, bevor er seine Gabel gegen ein Glas klirren ließ und sich erhob.

»Ich möchte mich ganz herzlich für die Einladung bedanken, liebe Misses McKinnon. Und freue mich, endlich Ihr Heim kennenzulernen. Ich hoffe, ich werde noch oft die Gelegenheit bekommen, Gast in Ihrem Haus zu sein. Und ich möchte diesen Besuch nutzen, unsere Verlobung offiziell bekannt zu geben.« Hamish legte eine Pause ein und holte aus seiner Jackentasche einen Ring.

»Liebe Jamie, ich möchte dir diesen Ring als Zeichen unserer Verbundenheit anstecken.«

Jamie stand ebenfalls auf. Sie schien ehrlich überrascht. Hamish griff nach ihrer rechten Hand und musste feststellen, dass sie am Ringfinger bereits einen blauen Saphirstein trug.

»Vielleicht kannst du mal Platz schaffen«, versuchte er zu scherzen.

Jamie war völlig überrumpelt, aber sie tat, was er verlangte. Nur bewegte sich der Saphir kein bisschen. Entweder sind meine Finger geschwollen oder ich habe zugenommen, dachte Jamie, während sie sich redlich bemühte.

»Versuch es nachher mit Seife!«, zischte Hamish unwirsch, bevor er fragte: »Willst du meine Frau werden?«

Ian wurde beim Anblick dieser Show regelrecht übel, und wieder quälte ihn sein schlechtes Gewissen. Durfte er seiner Schwester wirklich vorenthalten, dass dieser Mann ihr nur aus einem Grund derart zugewandt war: weil seine Zweitfreundin Edinburgh ohne ein erklärendes Wort verlassen hatte? Und der Gigolo damit unfreiwillig sein doppeltes Spiel hatte aufgeben müssen? Hoffentlich hatte Tessa recht, wenn sie vermutete, er wäre eher erleichtert, dass sie fort war. Und dass Hamish, wie sie meinte, Jamie wahrscheinlich mehr liebte als sie, die nichts als ein verzweifelter Versuch seinerseits gewesen war, sein unversehrtes Leben von vor dem Unfall zurückzubekommen.

»Herzlichen Glückwunsch«, gratulierte Ian steif. »Aber sind Sie nicht noch verheiratet, Hamish?«

Hamish funkelte Ian wütend an. »Sie sind ja außerordentlich gut informiert. Dann wissen Sie sicher auch, dass wir schon lange getrennt leben und dieses Jahr noch geschieden werden.«

Ian lagen die Widerworte förmlich auf der Zunge, aber Jamies warnender Blick hinderte ihn daran, sie auszusprechen.

»Kinder, ich gratuliere auch von Herzen«, mischte sich Marta überschwänglich ein, der die wachsende Spannung zwischen den beiden Männern nicht entgangen war. Sie strahlte Hamish förmlich an. »Bitte erhebt nun alle euer Glas, damit wir auf unseren Familienzuwachs anstoßen können. Ich bin Marta, lieber Hamish!«

Alle ergriffen ihre Sektkelche und prosteten einander zu. Danach herrschte einen Augenblick Schweigen, bis Mister Barclay das Wort ergriff.

Ian traute seinen Augen nicht, als er bemerkte, was für einen verliebten Blick seine Mutter ihm schenkte. Er sah förmlich die Sternchen in ihren Augen glitzern.

»Marta hat mich gebeten, Ihnen den Grund für die heutige Einladung zu verraten …« Er räusperte sich ein paarmal. »Ich habe zwar noch nicht um die Hand Ihrer Mutter angehalten, aber ich habe Marta gebeten, mit mir nach Inverness zu ziehen. Dort besitze ich ein Anwesen, und da ich mich aus dem Tagesgeschäft der Firma herausziehen möchte, beziehungsweise mein Bruder John mich ersucht hat auszusteigen, nachdem ich ihm das Geschäft mit Ihnen vermasselt habe …« Er machte eine kleine Pause und nahm Martas Hand. »Ich hoffe, Sie nehmen es mir nicht übel, wenn ich Ihre Mutter in die Highlands entführe.«

Ian gewann als Erster die Fassung wieder. Er stand auf und stieß mit Ethan Barclay an. »Ich bin Ian, und meinen Segen haben Sie. Mom hat lange nicht mehr so gut ausgesehen!«

Auch Jamie erhob sich. »Mister Barclay, ich will ehrlich sein. Ich bin natürlich empört darüber, dass Mom nicht mal das Trauerjahr abwartet, aber wenn ich Ihnen in Mutters Lage begegnet wäre, ich hätte auch nicht gezögert. Prost, ich bin Jamie.«

»Kinder, da fällt mir aber ein Stein vom Herzen«, stieß Marta sichtlich erleichtert hervor. »Ich habe befürchtet, dass zumindest du, meine liebe Tochter, mir den Kopf abreißen würdest.«

Jamie schmunzelte. »Jeder andere Verehrer hätte das nicht überlebt. Sei froh, dass du die richtige Wahl getroffen hast.«

»Gut, ihr beiden. Wo das geklärt wäre, bin ich ab heute Ethan für euch!«, verkündete Mister Barclay.

Marta strahlte über das ganze Gesicht. Sie hätte die ganze Welt umarmen können. Erst hatte sie kaum glauben können, dass ihr Ethan tatsächlich den Hof machte, aber mittlerweile gab es keinen Zweifel mehr daran. Ob Jamie auch so glücklich ist wie ich, fragte sich Marta. Der junge Mann war wohlerzogen und höflich, aber warum mochten er und Ian einander nicht? Das war ganz offensichtlich. Wenn Ian jemanden nicht leiden konnte – und das kam selten vor –, versteckte er seine Abneigung normalerweise. Aber dass er sie derart unverhohlen zur Schau stellte? Diesen Hamish schien er gefressen zu haben, mutmaßte Marta, aber warum? Da musste doch etwas zwischen den beiden vorgefallen sein. Ob sie sich von früher kannten? Ein Satz aus dem Mund ihrer Tochter riss Marta aus ihren Gedanken und ließ sie innerlich erstarren.

»Ich finde es übrigens großartig, dass dieser windige Mister Wesley seinen Kopf nicht aus der Schlinge ziehen konnte. Drei Jahre sind viel zu wenig! Ich gönne es ihm jedenfalls. Er soll des Profits wegen ganze Familien regelrecht aus ihren Wohnungen geekelt haben.«

Martas Herz begann zu rasen. Davon hatte sie zwar auch in der Zeitung gelesen, aber sie war bemüht, alles, was mit Mister Wesley zu tun hatte, möglichst gleich wieder zu verdrängen. Sie würde ansonsten immer gleich an den verkappten Drohbrief denken müssen, den ihr der Kerl aus der Untersuchungshaft geschickt hatte. Durch die Blume hatte er sie aufgefordert, sich etwas zu seiner Entlastung einfallen zu lassen, sonst sähe er sich gezwungen, einen anderen Fall ins Spiel zu bringen. Das hatte er aber so verklausuliert, dass der Brief durch die Zensur gelangt und ihr zugestellt worden war. Seitdem fuhr sie jedes Mal zusammen, wenn der Name Wesley fiel. Sie fühlte sich wie auf einem Vulkan, der jeden Augenblick ausbrechen konnte. Wahrscheinlich blieb ihr gar nichts anderes übrig, als ihn demnächst in Longforgan zu besuchen und anzuflehen, sie in Ruhe zu lassen.

»Ach, wisst ihr das denn noch gar nicht?« Ethan blickte erstaunt in die Runde.

»Was sollten wir wissen?«, fragte Marta mit bebender Stimme. Sie war sicher, es hatte etwas mit Wesley zu tun. Was, wenn ihr Albtraum Wahrheit und der Anwalt wirklich auspacken würde?

»Wesley hat sich in seiner Zelle erhängt. Ich habe es auf dem Weg hierher in den Nachrichten gehört.«

Marta hielt die Luft an. Sie wollte sich natürlich nicht offenkundig über den Freitod eines Menschen freuen, aber sie konnte nichts dagegen tun: Sie spürte die Erleichterung in jeder Pore.

»Das gönne ich meinem ärgsten Feind nicht, aber ich kann keine Träne um ihn weinen«, bemerkte Jamie.

Ian nickte nur gedankenverloren, während er aus dem Augenwinkel Hamish musterte. Was die Frauen bloß an dem eitlen Kerl finden, fragte er sich. Er sieht nicht schlecht aus, aber er wirkt, als trage er das Leiden dieser Welt allein auf seinen Schultern. Außerdem kaut er nervös an seinen Fingernägeln und scheint es nicht einmal zu merken. Das passt so gar nicht zu diesem gelackten Stiesel. Wenn der Mann wüsste, was ich weiß, ging es Ian durch den Kopf.

»Nun lass uns endlich mal über etwas Schönes reden«, schlug Jamie vor. »Was haltet ihr davon, wenn wir uns morgen alle zum Lunch im Hotel treffen? Hamish hat das Hotel noch gar nicht richtig gesehen.«

»Habe ich wohl«, widersprach Hamish hastig. »Ich war dort bereits als Schüler, habe schon zwei Anwaltskongresse dort organisiert und war gerade erst neulich dort, um dich zu besuchen, mein Schatz!«

»Ja, aber da hast du gleich die Flucht ergriffen«, stieß Jamie mit leichtem Vorwurf hervor. Seine eisige Miene zeigte ihr, dass er nicht an seinen überstürzten Abgang erinnert werden wollte. »Ich möchte dir doch einmal in Ruhe das Haus zeigen«, fügte sie versöhnlicher hinzu.

»Liebes, ich bin so schrecklich erschöpft von der Woche. Lass uns einfach hierbleiben. Schau, hier kann man sich wunderbar erholen.«

Ian fragte sich, warum Hamish das Hotel so unbedingt zu meiden versuchte. Weil er Tessa noch liebte oder ihn ein schlechtes Gewissen plagte? Wie gern würde er seiner Schwester beispringen, sodass dieser Kerl gar keine Wahl mehr hatte, als das Hotel zu besuchen, aber Ian musste in erster Linie an Tessas Wohl denken. Die Gefahr, dass sich Hamish und Tessa in St. Andrews über den Weg liefen, war schlicht zu groß. Und dieses Zusammentreffen wollte Ian unbedingt verhindern, solange er konnte. Tessas wegen, aber auch aus einem gewissen Eigeninteresse heraus. Wusste er denn, wie sie reagierte, wenn sie ihrer großen Liebe plötzlich erneut gegenüberstehen würde? Was, wenn dieser humorlose Knochen Jamie auf der Stelle verlassen und Tessa auf Knien anflehen würde, zu ihm zurückzukehren? Würde Tessa da nicht schwach werden? Bei der Ausstrahlung, die dieser Mann offenbar auf die Frauen ausübte, auch wenn sie ihm unerklärlich blieb, würde er für sie nicht die Hand ins Feuer legen. Und das wäre in dieser Phase der Annäherung zwischen Tessa und ihm mehr als kontraproduktiv. Seit Tessa in St. Andrews wohnte, unternahmen sie viel gemeinsam. Fast jeden Abend, nachdem der Platz geschlossen worden war, spielten sie eine Partie Golf. Und sie wurde immer besser. Danach schlenderten sie, nachdem sich Ian jedes Mal vergewissert hatte, dass seine Schwester nicht in der Nähe war, meist noch zur Hotelbar und nahmen einen Drink. Er machte allerdings ganz bewusst keinerlei Anstalten mehr, ihr zu nahe zu kommen. Das hieß nicht, dass seine Gefühle abgekühlt waren. Im Gegenteil, er war kaum je so verliebt in eine Frau gewesen. Was würde er darum geben, wenn er erführe, ob Tessas Herz immer noch an diesem Kerl hing.

»Ich wusste gleich bei unserer ersten Begegnung: Diese Frau wird meine Frau«, hörte er Hamish wie von ferne sagen. Das war der Moment, in dem Ian sich nicht mehr beherrschen konnte. Natürlich wusste er in dem Moment, als er vom Stuhl aufsprang, dass er mit seinem Aktionismus alle Beteiligten gegen sich aufbringen würde, aber er konnte diese Scheinheiligkeit nicht eine Minute länger ertragen.

»Hamish, da fällt mir was ein. Ich muss Ihnen unbedingt etwas zeigen«, sagte er in einem Ton, der keinen Widerspruch duldete.

»Aber doch nicht sofort. Nicht vor dem Dessert!«, protestierte Marta.

»Es dauert nicht lange.« Ian packte den verdutzten Anwalt am Arm und zog ihn förmlich vom Stuhl hoch.

»Ian, was soll das?« Jamie starrte ihn an, als wäre er nicht ganz bei Trost.

Hamish aber ließ sich widerstandslos aus dem Salon schieben. Erst vor der Tür fand er seine Sprache wieder. Dort schüttelte er Ians Hand energisch ab.

»Ich wollte mich nicht vor Ihrer Familie mit Ihnen prügeln, aber was wollen Sie von mir?«

»Das werden Sie gleich sehen!«, herrschte Ian ihn an. Hamish aber rührte sich nicht vom Fleck.

»Ich würde Ihnen dringend raten, freiwillig mit mir zu kommen. Sonst sehe ich mich gezwungen, einen Gast einzuladen. Weiblich, dunkel gelockt und sehr hübsch. Und das dürfen Sie dann meiner Schwester erklären!«

Hamish war erbleicht.

»Und noch eins. Wenn Sie meine Schwester verletzen sollten, mache ich Sie fertig. Also kommen Sie mit und treffen Sie Ihre Entscheidung!«

Ian eilte zu seinem Wagen. Hamish folgte ihm mit zusammengebissenen Zähnen.

»Was geht Sie mein Leben an?«, zischte Hamish Ian an, kaum dass sie im Auto saßen.

»Eine Menge, Sie Idiot. Ich liebe die beiden Frauen, mit denen Sie ihr kleines Spiel veranstalten. Und Sie werden meine Schwester nicht heiraten, wenn Sie eigentlich Tessa wollen …«

»Also doch, sie ist die deutsche Lady, von der Sie bei Tisch sprachen.«

»Gut aufgepasst, Herr Anwalt!«

»Aber warum ist sie in St. Andrews? Ich meine, sie ist ohne ein Wort abgehauen. Da hatte ich keine Wahl, als …«

»… als sich auf meine Schwester zu besinnen? Ich warne Sie. Als Notnagel ist Jamie zu schade. Ich glaube, Sie wissen gar nicht, wie viel Glück Sie haben, von zwei so wunderbaren Frauen geliebt zu werden. Und deshalb müssen Sie sich jetzt entscheiden.«

»Aber warum hat Tessa Edinburgh verlassen?«

»Das wird Sie Ihnen gleich selber sagen.«

Ian hielt vor seiner Wohnung und blieb im Wagen sitzen. Er deutete auf ein Haus auf der gegenüberliegenden Seite.

»Es ist der obere Klingelknopf. McKinnon.«

In Hamishs blasse Gesichtsfarbe mischte sich ein Grünton.

»Kotzen Sie mir ja nicht den Wagen voll«, bemerkte Ian. »Nun gehen Sie schon. Und geben Sie mir Bescheid. Wenn Sie sich für Tessa entscheiden, dann werde ich Ihnen Ihr Gepäck schicken lassen.«

Ians Stimme klang energisch und sicher, doch innerlich bebte er. Er wusste, welch gefährlichen Weg er eingeschlagen hatte, aber er konnte nicht anders. Diese Geheimniskrämerei, dieses Doppelspiel des Anwalts und die Ungewissheit, ob Tessa den Kerl immer noch liebte, zerrten derart an seinen Nerven. Er brauchte Klarheit! Der Schuss kann nach hinten losgehen, dachte er angespannt, und vielleicht werden mir das weder Tessa noch Jamie je verzeihen …

»Wird's bald!«, fuhr er den Anwalt an, der ihn wie ein verschrecktes Kaninchen ansah und keine Anstalten machte, den Wagen zu verlassen.

Als Hamish nicht reagierte, sprang Ian aus dem Wagen,

umrundete ihn, riss die Beifahrertür auf und brüllte: »Raus hier!«

Das ließ dem Anwalt keine Wahl. Mit gesenktem Kopf stieg er aus dem Wagen und überquerte die Straße wie ein Tier, das zum Schlachthof geführt wurde.

Ian setzte sich auf den Fahrersitz zurück und atmete ein paarmal tief durch. Er dachte daran, wie er Tessa versprochen hatte, die Sache auf sich beruhen zu lassen. Sie wird zu Recht böse auf mich sein, mutmaßte er, aber sosehr er auch über seine Aktion nachgrübelte, er kam immer wieder zu demselben Schluss: Er konnte nicht anders!

St. Andrews, August 2012

Tessa war gerade vom Joggen zurückgekehrt, hatte geduscht und es sich auf dem Sofa bequem gemacht. Vor ihr auf dem Tisch stand ein Glas Rotwein, und das Tagebuch lag bereit. Sie wollte endlich anfangen, Bonnie Chattans Aufzeichnungen zu lesen. Ian fragte ständig nach, wann sie ihm die wahre Geschichte erzählen würde. Tessa streckte sich wohlig. Sie war jetzt fast drei Wochen in St. Andrews, und es ging ihr von Tag zu Tag besser. Die Gespräche mit Doktor Lucas, die Arbeit draußen auf dem Golfplatz, die Abende mit Ian, das alles war Balsam für ihre Seele. Das Einzige, das sie zutiefst bedauerte, war die Tatsache, dass Ian keinen weiteren Versuch unternommen hatte, ihr näherzukommen. Er verhielt sich wie ein guter Freund. Dabei hätte sie sich gewünscht, er würde sie noch einmal küssen. Nur ein einziges Mal, redete sie sich ein. Mehr will ich nicht von ihm.

Sie hatte inzwischen von Pauls Anwalt erfahren, dass man Jan am Flughafen Frankfurt verhaftet und er offenbar ausgesagt hatte, dass sein Kompagnon Paul nichts von den veruntreuten Geldern geahnt hatte. Die Konten waren allerdings immer noch nicht wieder freigegeben. Und sie kannte den Prozesstermin ihres Vaters. Am 27. August war der erste Verhandlungstag. Tessa war fest entschlossen, als Zuschauerin anwesend zu sein! Und wahrscheinlich war damit ihre Rückkehr nach Hamburg besiegelt. Sie wurde dringend in der Agentur gebraucht. Nur noch ein Kuss, dachte sie verträumt.

Das Klingeln der Haustürglocke holte sie aus ihren Gedanken. Das kann nur Ian sein, vermutete sie. Ob er von dem Familienessen auf Stellmore Castle geflüchtet war? Zuzutrauen war es ihm. Wahrscheinlich hat er Hamishs verlogenes Gesicht nicht ertragen. Sie schmunzelte, während sie sich vorstellte, wie Ian gezwungen war, mit seinem erklärten Feind Konversation zu betreiben.

Das Schmunzeln wich aus ihrem Gesicht, sobald sie die Tür öffnete.

»Du?«

»Ja, ich! Kann ich reinkommen?«

Tessa machte ihm ein Zeichen, die Wohnung zu betreten. Völlig verstört zog sie die Tür hinter ihm zu.

»Wie hast du mich gefunden?«

»Tut doch jetzt nichts zur Sache. Warum hast du das getan?«

»Setz dich.« Tessa bot ihm einen Sessel an. »Wein?«

»Ich hab dich was gefragt!«

Tessa rollte mit den Augen. »Kannst du es dir nicht denken?«

»Würde ich sonst fragen?«

Die Stimmung zwischen ihnen war zum Zerreißen gespannt. Tessa stieß einen tiefen Seufzer aus. »Sagen wir mal so. Ich war zur falschen Zeit am falschen Ort.«

»Du sprichst in Rätseln«, gab er schroff zurück, doch aus seinen Augen sprach etwas anderes. Er schien den Grund ihrer plötzlichen Abreise zu erahnen.

»Ich habe euch gesehen. In inniger Umarmung, und ihr habt euch geküsst. Du und Jamie McKinnon.«

»Ach, was du schon gesehen haben willst«, entgegnete er abschätzig. »Jamie McKinnon ist eine alte Freundin von mir.«

»Oh, da habe ich aber etwas anderes gehört! Bist du nicht ihr Verlobter?«

»Sitze ich hier auf der Anklagebank, oder was soll das?«

»Nein, ich gebe dir nur eine Antwort auf deine Frage. Ich habe Edinburgh Hals über Kopf verlassen, nachdem ich dich mit Jamie McKinnon knutschend vor deinem Büro erwischt habe. Mein Eindruck war, dass ich nichts mehr in der Stadt zu suchen hatte.«

Hamish stand von seinem Sessel auf und näherte sich ihr.

»Darf ich?«

Ohne eine Antwort abzuwarten, hockte er sich neben sie aufs Sofa und legte den Arm um sie.

»Tessa, es gibt nichts, was sich zwischen dich und mich drängen könnte. Unsere Liebe ist etwas Besonderes. Du wirst doch nicht wegen solch einer Lappalie unsere Beziehung beenden wollen. Ich habe an dem Tag Schluss machen wollen, aber dann warst du plötzlich fort und ...«

Tessa starrte ihn fassungslos an.

»Wie darf ich das verstehen? Willst du damit sagen, dass du, wenn man dich vor die Wahl stellen würde, mich bevorzugen würdest?«

»Ja, wenn ich meinen Gefühlen folgen würde, natürlich, aber weißt du, diese ganze Geschichte da bei dir zu Hause, die finde ich schon ganz schön gruselig. Also ich würde von dir verlangen, dass du alle Kontakte nach Deutschland abbrichst, wenn wir heiraten. Sieh mal, bei Jamie, da passt alles, die Familie ...«

Tessa musterte Hamish entsetzt.

»Du müsstest dich mal selbst hören. Was du für einen Stuss redest. Aber ich sag dir das eine, solltest du diese Jamie nur als Notnagel nehmen, ihr Bruder wird das nicht zulassen!«

»Ach, daher weht der Wind! Was mischt sich dieser Idiot eigentlich in meine Angelegenheiten? Aber ich ahne es. Der Kerl ist scharf auf dich, doch die Suppe werde ich ihm versalzen. Komm, pack deine Sachen, wir fahren sofort nach Edinburgh. Ich will mit dir zusammen sein.« Hamish drückte sie fest an sich. Sie wehrte sich nicht, obwohl sie kaum Luft bekam. In ihrem Kopf hatte in den letzten Wochen selten so viel Klarheit geherrscht wie in diesem Augenblick.

»Ziehen wir zusammen? Heiraten wir?«, fragte sie, nachdem er sie endlich wieder losgelassen hatte.

»Alles, was du willst, mein Liebling«, stöhnte er, während er versuchte, mit der Hand unter ihr T-Shirt zu gleiten.

Tessas Herz klopfte ihr bis zum Hals, als sie seine Hand packte und festhielt. Sie suchte seinen Blick und funkelte ihn wütend an. »Was ist bloß aus dir geworden, Hamish Makenzie? Was bist du nur für ein Arschloch geworden?«

Hamish wich zurück. »Das ist derart gemein, was du da von dir gibst. Du weißt gar nicht, wie das ist, in jungen Jahren einen solchen Unfall zu haben und das Leben lang mit einem Krüppelbein herumlaufen zu müssen. Da erwarte ich schon mehr Verständnis von meiner zukünftigen Frau!«

»Und du verschanzt dich hinter deinem Unfall, um für dein heutiges Verhalten keine Verantwortung übernehmen zu müssen. Das war eine schreckliche Erfahrung, keine Frage. Aber damit zu leben, dass dein Vater deine Mutter umgebracht hat und du vielleicht niemals erfahren wirst, warum er es getan hat, ist auch nicht gerade schön. Nein, Hamish, ich muss deinen romantischen Heiratsantrag leider ablehnen. Ich bleibe hier!«

Hamish Makenzie schnappte nach Luft, bevor er vom Sofa aufstand, sich ein paarmal durch das Haar fuhr und sich vor ihr aufbaute.

»Ich wollte nur wissen, wie du wirklich tickst, liebe Tessa. Glaub mir, ich hätte dich nie geheiratet. Du bist gut im Bett. Besser als damals, aber keine Frau zum Heiraten. Natürlich ist Jamie meine erste Wahl, und du warst der Ausrutscher.«

Tessa wunderte sich am meisten über ihre Reaktion auf diese Boshaftigkeiten. Statt sich aufzuregen und ihm an die Kehle zu gehen, wurde sie innerlich noch ruhiger. An der geschwollenen Ader auf seiner Stirn konnte sie förmlich erkennen, wie Hamish mit seiner Fassung rang. Er konnte einen Korb wahrscheinlich nicht ertragen, sodass er nach weiteren Beleidigungen sann, mit der er sie klein machen konnte. Aber Hamish Makenzie hätte ihr in diesem Augenblick die schlimmsten Dinge an den Kopf werfen können. Seine Worte trafen ins Leere. Was dieser Mann von sich gab, interessierte Tessa nicht mehr. Sie war frei. Endlich frei, aber nur von Hamish Makenzie. Längst hatte sich ein anderer in ihr Herz geschlichen. Bei dem Gedanken an Ian wurde ihr warm ums Herz.

»Hörst du, was ich sage? Ich möchte die Kette zurück, die ich dir in Edinburgh geschenkt habe.«

»Da«, murmelte Tessa, während sie die Schachtel aus einer Schublade holte und sie ihm mit einem Lächeln reichte.

»Hör endlich auf, so blöd zu grinsen. Ich finde das gar nicht komisch.«

Tessa sah ihn milde lächelnd an. »Wenn du diese Jamie wirklich liebst, geh zu ihr, aber wenn du es nicht ernst meinst, verschwinde aus St. Andrews und lass uns in Ruhe.«

»Uns?« Die Ader auf Hamishs Stirn schwoll noch einmal mächtig an.

»Es wird wohl das Beste sein, wenn du meine Wohnung jetzt verlässt«, sagte sie entschieden.

Hamish aber machte keinerlei Anstalten zu gehen. Im Gegenteil, er schnaufte wie eine alte Dampflok. »Hätte ich es mir doch denken können. Schuld ist nur dieser Kerl, der dir den Kopf verdreht hat.«

»Von wem sprichst du?«, fragte Tessa scheinheilig.

»Von dem Kerl, der mich genötigt hat, die Aussprache mit dir zu suchen, der mich von dem Dinner regelrecht entführt und hergefahren hat. Na, der kann war erleben!«

»Ian hat dich hergefahren?«, fragte Tessa ungläubig.

»Er hat mich beinahe am Schlafittchen gepackt und von mir verlangt, ich solle mich zwischen dir und seiner Schwester entscheiden. Der Herr verlangte eine sofortige Antwort!«

»Du sollst dich zwischen Jamie und mir entscheiden, hat er gesagt?« Tessa ballte die Fäuste. »Wie kann er glauben, dass ich je zu dir zurückkäme, nachdem er euch beide vor deiner Kanzlei gesehen hat?«

»Er war dabei?«

»Genau, wir haben uns zufällig getroffen. Er hatte seine Schwester nach Edinburgh gefahren, und ich wollte zu dir, weil ich akut deine Hilfe brauchte. Und da haben wir euch beobachtet.«

»Und jetzt wartet er da draußen auf meine Entscheidung. So ein Mistkerl!«

Tessa aber ging zum Fenster und warf einen Blick auf die andere Straßenseite. Ihr Herz setzte für einen Augenblick aus, als sie dort tatsächlich Ians parkenden Wagen erkannte.

»Na warte!«, zischte sie und an Hamish gewandt: »Los, komm!«, bevor sie aus der Wohnung und dann direkt auf Ians Wagen zustürzte.

Ian war nicht wohl, als er Tessa mit zorniger Miene durch die Windschutzscheibe näher kommen sah. Nein, der gewisse Ausdruck verhieß nichts Gutes. Sie aber machte ein eindeutiges Zeichen, dass er aussteigen sollte. Seufzend folgte er ihrer Anordnung und verließ sein sicheres Auto. Er konnte gar nicht so schnell gucken, wie Tessa ihm eine Ohrfeige verpasst hatte.

»Sorry, ich weiß, ich hätte ihm nicht verraten sollen, dass du in St. Andrews bist«, gab er reumütig zu.

Tessa aber schenkte ihm ein Lächeln. »Das war dafür, dass du allen Ernstes geglaubt hast, ich könnte ihn immer noch lieben.« Dann bot sie ihm ihren Mund zum Kuss an. Obwohl Ian völlig überrumpelt war, nahm er die Aufforderung an, und sie küssten sich leidenschaftlich, bis sie von einem wutschnaubenden Hamish unterbrochen wurden.

»Das werden Sie bereuen!«, brüllte er und schubste Ian gegen den Wagen.

Ehe sichs Tessa versah, hatte sich Ian auf den Anwalt gestürzt, und die beiden prügelten sich wie zwei Schuljungen. Als sie sich schließlich raufend und fluchend auf dem Boden wälzten, ging Tessa dazwischen. »Aufhören!«, schrie sie. »Sofort aufhören!«

Ian zwinkerte ihr zu, entwand sich geschickt den Armen seines Gegners und erhob sich.

»Und du bist mir wirklich nicht böse, dass ich ihn hergebracht habe?« Er deutete auf Hamish, der wegen seines Fußes größere Schwierigkeiten hatte, sich aufzurappeln. Ian bot ihm seine Hand zur Hilfe, was der Anwalt harsch ablehnte.

»Nein, es war falsch, dich zum Schweigen zu verdonnern. Ich meine, wir können deine Schwester unmöglich ins offene Messer rennen lassen. Sie ist tatsächlich so etwas wie die zweite Wahl für ihn.«

Ian musterte Tessa irritiert. »Habe ich doch gesagt. Er will dich. Aber wenn das klar ist, dann verstehe ich nicht, warum du nicht mit ihm weggehst und …« Er stockte, als Tessa seine Hand nahm.

»Das weißt du wirklich nicht?«

»Du meinst … du … ich meine … wir …«

»Verdammt, jetzt fahren Sie mich endlich zurück nach Stellmore Castle«, ging Hamish wütend dazwischen.

Tessa und Ian wechselten einen fragenden Blick. Ian schüttelte unmerklich den Kopf. Tessa nickte.

»Ich sagte Ihnen ja bereits, den Koffer schicke ich Ihnen nach«, verkündete Ian dem Anwalt mitleidslos.

»Sie werden mich unverzüglich zum Haus Ihrer Mutter bringen, und ich werde Ihrer Familie berichten, wie Sie mich zusammengeschlagen haben.«

»Dafür, dass ich mich nicht grundlos prügele, war ich schon in der Schulzeit bekannt. Und in der zehnten Klasse habe ich zuletzt die Beherrschung verloren. Bis auf heute. Kommen Sie, ich bringe Sie nach Dundee zum Bahnhof.«

»Danke, verzichte! Ich werde mir ein Taxi nach Stellmore Castle nehmen. Und Sie werden mich nicht davon abhalten, Jamie zu heiraten, lieber Schwager.«

»Das ist keine gute Idee«, mischte sich Tessa ein. »Dann würde ich ihr wohl berichten müssen, dass du mir eben einen Antrag gemacht hast.«

»Das wird dir keiner glauben. Was zählt wohl mehr? Das Wort eines Anwalts oder das von der Tochter eines Mörders?«

Tessa überlegte nicht lange. Sie holte aus und schlug Hamish ins Gesicht. Wie an dem Muster ihrer fünf Finger auf seiner Wange unschwer zu erkennen war, fiel diese Ohrfeige wesentlich heftiger aus als jene, die sie Ian verpasst hatte.

»Ich glaube, damit haben Sie das letzte Wort in dieser Angelegenheit selbst gesprochen, Herr Anwalt! Fahren Sie zurück nach Edinburgh und gehen Sie direkt dorthin, nicht über Stellmore Castle. Unter diesen Umständen nehme ich mein Angebot zurück, sie zu bringen.« Ian holte sein Telefon hervor und rief den Taxiservice.

»Wir warten so lange, damit Sie nicht noch auf dumme Gedanken kommen.«

Wenn Blicke töten könnten, so hätte Ian wohl auf der Stelle umfallen müssen, denn Hamish hatte seine Augen zu gefährlichen Schlitzen zusammengekniffen.

»Weißt du was, Tessa?«, zischte er. »Was warst du nur damals für ein süßes Mädchen. Wie kann man sich nur derart verändern?«

»Das frage ich mich auch«, konterte Tessa und musterte Hamish ein letztes Mal von Kopf bis Fuß ohne den gewissen verklärenden Blick der Liebenden. In diesem Augenblick fand sie an ihm nichts mehr wieder von dem rothaarigen quirligen Burschen, in dessen Armen sie einst in den Dünen von St. Andrews ihre Unschuld verloren hatte. Schade, dachte sie, es ist wirklich schade.

Dann kam das Taxi. Ian schärfte dem Fahrer ein, seinen Gast am Bahnhof Dundee abzusetzen.

»Wird gemacht, Mister McKinnon«, versprach der Fahrer. Ian hegte nicht den geringsten Zweifel, dass Hamish Makenzie schnellstens das Weite suchen würde. Mit Sicherheit war das Letzte, was er wollte, vor der versammelten Familie McKinnon mit seinem Doppelleben konfrontiert zu werden.

»Und jetzt?«, fragte Tessa, nachdem das Taxi um die Ecke gebogen war.

Ian runzelte die Stirn. Er kämpfte mit sich. Sollte er mit Tessa den Beginn einer wunderbaren Liebe feiern oder seiner Schwester die Augen öffnen? Er konnte ihr ja schlecht weismachen, dass Hamish freiwillig gegangen war.

»Vertraust du mir?«

»Geht so«, lachte Tessa. »Versprich mir bloß nichts mehr. Du machst ja doch, was du willst.«

Ian sah sie ernst an. »Das war ein Notfall. Mein schlechtes Gewissen hat mich dazu getrieben, mein Wort zu brechen.«

Tessa strich ihm zärtlich über die Wange. »Wirklich nur das Gewissen?«

»Na ja, also gut, nicht nur … ich.«

Tessa verschloss ihm den Mund mit einem Kuss.

Als sich ihre Lippen wieder voneinander gelöst hatten, schmunzelte Ian.

»Ich möchte dich meiner Familie vorstellen.«

»Gern, aber deine Schwester kennt mich ja schon. Das können wir mal irgendwann machen.«

»Jetzt!«

»Ist das eine gute Idee?«

Ian zuckte mit den Schultern. »Ich weiß nicht, aber ich glaube, es ist besser, wenn wir Jamie gemeinsam die Wahrheit über ihren Anwalt beibringen.«

»Ich weiß nicht recht.«

»Mir liegt Jamies Wohl am Herzen, und ich möchte ihr kein Märchen auftischen, warum ihr Anwalt auf dem Weg nach Edinburgh ist.«

»Na gut«, seufzte Tessa und sah an sich hinunter. »Aber nicht in Jogginghosen.«

»Ich warte im Wagen, während du dich umziehst, denn ich würde nicht meine Hand dafür ins Feuer legen, dass wir heute noch in Stellmore Castle ankommen, wenn ich dich jetzt begleite und dir beim Umziehen zusehe«, entgegnete er frech.

»Was bist du nur für ein umsichtiger Mann«, lachte Tessa. »Bis gleich!«

Ian setzte sich in seinen Wagen und lehnte sich seufzend zurück. Er war erleichtert, dass seine abenteuerliche Aktion nicht fehlgeschlagen war. Ich werde dich nie wieder loslassen, Tessa Baumann, dachte er verträumt. Ob sie mir jetzt wohl anvertrauen wird, was sie Schreckliches erlebt hat?, fragte er sich. »Tochter eines Mörders« hatte der Anwalt sie genannt!

Das Klappen der Wagentür holte ihn aus seinen Gedanken.

»Wow!« Er stieß einen anerkennenden Pfiff aus. Tessa hatte ihr Haar aufgesteckt und trug ein atemberaubendes schwarzes Kleid. Eigentlich war es ganz schlicht, aber gerade diese Schlichtheit brachte Tessas ganze Schönheit zur Geltung. So fühlt es sich also an, wenn man angekommen ist, durchfuhr es ihn, und er nahm ihre Hand, die er auf der ganzen Fahrt nach Kinross nicht mehr losließ. Mit einem Seitenblick stellte er befriedigt fest, dass auch Tessas Bedenken, ihn nach Stellmore Castle zu begleiten, offenbar verflogen waren. Sie strahlte über das ganze Gesicht.

Hand in Hand betraten sie wenig später den Salon. Die Gesellschaft saß inzwischen vor dem Kamin. Alle Köpfe drehten sich gleichzeitig zu ihnen um, als die Tür aufging.

»Ian!«, polterte Marta los. »Was ist das für Blut an deinem Kinn? Wo warst du?«

»Das frage ich mich aber auch!« Jamie war vom Sofa aufgesprungen. Ohne Tessa zu begrüßen, baute sie sich kämpferisch vor ihrem Bruder auf. »Wo ist Hamish?«

Ian aber ließ sich nicht aus der Ruhe bringen. »Darf ich euch Tessa Baumann vorstellen? Sie ist mein neuer Greenkeeper.« Mit einem Seitenblick nahm Ian wahr, dass seine Mutter ihre Tasse unsanft auf den Unterteller zurückstellte.

Der Einzige, der den neuen Gast formvollendet begrüßte, war Ethan. Er erhob sich und reichte Tessa die Hand. »Schön, dass Sie uns besuchen, Misses Baumann. Setzen Sie sich doch. Möchten Sie einen Drink?«

Marta aber starrte sie an wie einen Geist. »Könnten Sie mir noch einmal Ihren Namen nennen? Ich habe ihn nicht richtig verstanden.« Ihre Stimme bebte.

»Tessa, ich meine Teresa Baumann«, erwiderte Tessa artig.

»Woher kommen Sie?«, hakte Marta tonlos nach.

»Aus Hamburg, Mutter, aber nun beruhigt euch bitte. Ich habe nur eine Dame mitgebracht, die mir am Herzen liegt. Wir wollen noch nicht unsere Verlobung verkünden.«

Marta aber hörte ihm gar nicht mehr zu. Sie griff sich an den Bauch. »Mir ist übel. Ich vertrage die Meeresfrüchte nicht. Wenn ihr erlaubt, ich ziehe mich zurück ...«

»Ich begleite dich«, bot Ethan ihr an, aber Marta wehrte schroff ab. »Nein, nein, ich kenne das schon. Fahr du nur zurück nach Inverness. Ich melde mich!«

Mit diesen Worten fegte sie, ohne Tessa auch nur eines weiteren Blickes zu würdigen, zur Tür.

Ethan, Ian und Jamie sahen einander fragend an. Doch dann versuchte Ian die peinliche Situation zu überspielen. »Setz dich, Tessa. Whisky?«

Tessa trank so gut wie nie harten Alkohol, aber in diesem Augenblick stand ihr der Sinn nach einem kräftigen Schluck. Sie nickte.

Ethan blieb irritiert stehen. Aus seinem Blick sprach die pure Hilflosigkeit.

»Komm, setz dich zu uns«, forderte Ian ihn auf.

Ethan schüttelte den Kopf. »Nein, ich denke, ich mache mich in den Norden auf. Ich verstehe zwar nicht, was in eure Mutter gefahren ist, aber ich wollte ohnehin heute Nacht noch zurück. Ich habe morgen früh einen wichtigen Termin wegen der Umbauten. Eure Mutter möchte ein neues Bad und ...« Er stockte. »Also, Kinder, ich fahre. Wir sehen uns spätestens nächste Woche zum Fest.« Mit festem Schritt verließ er den Salon.

»Dann lass uns wenigstens mit dir anstoßen, Schwesterchen«, forderte er Jamie auf, doch sie funkelte ihn nur wütend an.

»Du sagst mir jetzt sofort, was das vorhin sollte, und: Wo ist Hamish?«

»Ich hoffe, er sitzt im Zug nach Edinburgh.«

»Wie bitte?«

»Glaub mir, es ist das Beste für dich.«

»Spinnst du?« Jamies Blick blieb an Tessa hängen, die ratlos von einem zum anderen sah. »Ich denke, Sie sollten sich eine Weile frisch machen gehen. Ich habe mit meinem Bruder etwas zu klären.«

Tessa sprang auf. Nichts lieber als das, dachte sie. Dass der Plan Ians, seiner Schwester die Wahrheit schonend beizubringen, gescheitert war, bevor er überhaupt ein Wort gesagt hatte, war offenkundig.

»Ian, ich glaube, es ist besser, wenn ich mir ein Taxi nehme«, schlug sie vor, während sie sich fragte, in was sie da hineingeraten war. Seine Mutter hatte sich doch ganz offensichtlich nur deshalb zurückgezogen, weil Ian sie mitgebracht hatte.

»Nein, Tessa«, widersprach er. »Es ist besser, wenn du bleibst.« Dann wandte er sich an seine Schwester. »Süße, es tut mir leid, aber ich musste ihn leider bitten, St. Andrews auf schnellstem Wege zu verlassen. Du erinnerst dich sicher, wie ich dich neulich nach Edinburgh gebracht und vor seinem Büro abgesetzt habe.«

»Ja, natürlich, aber worauf willst du hinaus? Komm endlich auf den Punkt!«

Ian warf Tessa einen flehenden Blick zu. Offenbar hatte er nicht damit gerechnet, dass seine Schwester so kratzbürstig sein würde.

Tessa räusperte sich ein paarmal, bevor sie das Wort ergriff. »Ihr Bruder hat mich an jenem Tag zufällig in Edinburgh getroffen und mir angeboten, mich zu meinem Freund zu bringen. Als wir in der Princes Street vor der Kanzlei ankamen, hatte mein Freund Sie im Arm.«

»Wie … Ihr Freund?«

»Er war meine erste Liebe, als ich damals in St. Leonards mein Auslandsschuljahr absolvierte. Nach seinem Unfall brach der Kontakt ab, und wir trafen uns vor ein paar Wochen zufällig im Hotellift wieder. Und dann sind wir … also wir haben dann … tja, er lud mich jedenfalls nach diesem Wiedersehen nach Edinburgh ein.«

Jamie funkelte Tessa wütend an. »Verstehe ich das richtig? Sie haben ein Verhältnis mit meinem Verlobten?«

»Ich glaube, du bist auf die falsche Person böse, Schwesterchen, Tessa konnte ja nicht ahnen, dass er zweigleisig fährt.«

Jamie machte eine abwehrende Handbewegung. »Mir egal. Sie können ihn haben!« Mit diesen Worten warf sie einen vernichtenden Blick auf den blauen Saphir an ihrem Finger. »Nehmen Sie ihn! Mein Vater hat behauptet, ein Sternsaphir deute auf die große Liebe hin. Wer es glaubt …! Ihnen viel Glück mit Hamish!«

»Aber, Jamie, darum geht es doch gar nicht. Ich will ihn nicht mehr!«, widersprach Tessa energisch. »Und was Ihren Bruder angeht: Er wollte Sie nur nicht länger im Unklaren lassen.«

»Was heißt eigentlich länger? Wie lange hast du das schon gewusst?«

»Na ja, seit wir euch beide gesehen haben. Ungefähr vor drei Wochen«, gab Ian zerknirscht zu.

»Solange weißt du, dass er mich verarscht, und du hast es nicht für nötig befunden, mir gleich reinen Wein einzuschenken?« Jamies Wangen glühten vor Zorn.

»Es ist nicht Ians Schuld«, mischte sich Tessa hastig ein. »Ich habe ihn gebeten, es Ihnen zu verschweigen.«

»Das ist aber reizend von Ihnen, Miss Baumann«, knurrte Jamie spöttisch.

»Sie hat es wirklich nur gut gemeint. Sie dachte, er liebt dich, nicht sie, und vermutete, sie wäre der Ausrutscher. Tessa ist an demselben Tag noch mit nach St. Andrews gekommen. Sie hat Hamish nicht mehr wiedergesehen bis eben …«

»Wissen Sie, er ist nicht mehr derselbe wie damals. Er ist durch seinen Unfall zu einem mürrischen, launischen Mann geworden, der anscheinend selbst nicht genau weiß, was er will«, versuchte Tessa die Spannung abzubauen, die zwischen ihnen herrschte. Doch sie bewirkte das Gegenteil. Jamie kniff ihre Augen zu gefährlichen Schlitzen zusammen.

»Oh, danke, Miss Baumann, dass Sie mir die Psyche meines Exverlobten erklären …«

»Jamie, sei nicht so verbittert. Wenn du sauer bist, dass ich mich mit ihm geprügelt und ihn zum Bahnhof geschickt habe, meinetwegen ruf ihn an. Ich wollte dich nur vor einem Arschloch schützen. Mit dem wirst du bestimmt nicht glücklich.«

»Das kannst du getrost mir überlassen! Und danke, nein, ich habe kein Interesse mehr an Mister Makenzie. Ich überlasse ihn ganz und gar Miss Baumann.«

»Jamie, jetzt hör aber auf! Du tust ja gerade so, als wäre das Tessas Schuld.«

In diesem Augenblick ertönte von der Tür des Salons ein Räuspern. Sie fuhren herum. Im Türrahmen stand Martas Hausmädchen Mary. »Entschuldigen Sie, ich wollte nicht stören, aber Ihre Mutter, Miss Jamie, Ihre Mutter ruft nach Ihnen.«

»Ihr entschuldigt mich«, zischte Jamie und eilte davon.

Ian blieb kopfschüttelnd zurück, während Tessa nur noch einen Wunsch hatte: Sie wollte Stellmore Castle auf dem schnellsten Weg verlassen.

»Ian, bringst du mich bitte nach Hause? Ich habe das Gefühl, ich bin hier nicht besonders willkommen. Ich meine, ich kann Jamie verstehen. Das ist sicher ein Schock zu erfahren, dass Hamish zweigleisig gefahren ist. Ich fand's ja auch nicht besonders lustig.«

»Ja, aber sie tut gerade so, als hättest du ihr den Verlobten ausgespannt.«

»Jamies Verhalten kann ich noch eher verstehen als das deiner Mutter. Ich bin ja nicht blöd. Kaum hat sie meinen Namen gehört, zieht sie sich zurück. Als hätte ich etwas verbrochen …« Tessa stockte. Und wenn sie gar nicht gemeint gewesen war, sondern ihre Mutter? Bei der Erwähnung des Namens Baumann war Misses McKinnon jedenfalls weiß wie eine Wand geworden.

»Was denkst du? Du siehst aus, als hättest du ein Gespenst gesehen«, bemerkte Ian besorgt.

»Ich frage mich gerade, ob deine Mutter den Namen Baumann schon einmal gehört hat.«

»Das glaube ich kaum. Er ist in Schottland nicht geläufig«, lachte Ian.

»Vielleicht hat es mit dem Besuch meiner Mutter in eurem Hotel zu tun«, murmelte Tessa, während sie sich auf das Sofa fallen ließ.

Ian setzte sich dicht neben sie. »Ich will dich nicht drängen«, raunte er. »Aber willst du mir nicht endlich erzählen, was dich wirklich nach St. Andrews getrieben hat?«

Tessa stieß einen tiefen Seufzer aus.

»Meinst du, dass das hier der richtige Ort ist? Willst du mich nicht lieber in die Wohnung bringen?«, wandte sie ein, um Zeit zu gewinnen.

»Wenn es dir nichts ausmacht, würde ich gern warten, bis meine Schwester von der Audienz bei unserer Mutter zurückkehrt. Und dann möchte ich sowohl mit meiner Mutter als auch mit Jamie kurz unter vier Augen reden. Danach bringe ich dich, wohin immer du willst. Und wenn du nicht allein bleiben möchtest, bleibe ich sogar bei dir.«

Ian strich ihr zärtlich übers Haar, bevor er ihr einen Whisky nachschenkte.

»Malt löst die Zunge«, sagte er. Tessa nahm ihm dankbar das Glas ab und stürzte das braune Zeug, das in ihrem Hals brannte, in einem Schluck hinunter.

»Ich weiß gar nicht, wo ich anfangen soll«, stöhnte sie.

»Wo du willst. Und selbst wenn du lieber schweigen möchtest, ich dränge dich nicht.«

»Nun kann ich nicht mehr zurück. Die Wahrheitsdroge beginnt zu wirken«, scherzte Tessa, bevor sie wieder ernst wurde.

»Darf ich meinen Kopf auf deinen Schoß legen und die Augen schließen?«, fragte sie.

»Was du willst. Und wenn du verlangst, dass ich im Kopfstand zuhöre«, erwiderte Ian und zog ihren Kopf sanft auf seinen Schoß. Tessa schloß die Augen und atmete ein paarmal tief durch, bevor sie Ian die Ereignisse schilderte, die ihr Leben von einem Tag auf den anderen so dramatisch verändert hatten.

Kinross, August 2012

Marta lag angezogen auf dem Bett und starrte zur Decke, als Jamie ihr Zimmer betrat.

»Mutter, bist du krank?«, fragte Jamie erschrocken, denn die Augen ihrer Mutter waren verquollen, als hätte sie geweint.

Marta setzte sich auf und sah ihre Tochter aus weit aufgerissenen Augen an.

»Jamie, wir beide müssen jetzt an einem Strang ziehen. Hörst du? Ian darf davon nichts erfahren.«

Jamie ließ sich auf der Bettkante nieder.

»Was ist in dich gefahren? Du bist ja wie eine Furie aus dem Salon geschossen, als Ian diese Person mitgebracht hat. Ich meine, wenn ich sie nicht leiden kann, hat das einen triftigen Grund, aber du? Dir hat sie doch nichts getan.«

»Was hast du denn mit ihr zu schaffen?«

»Sie hatte kürzlich ein Verhältnis mit Hamish.«

»Teresa Baumann?«

Jamie nickte.

»Sie kannte ihn offenbar von früher und hat ihn im Lift wiedergetroffen.«

»Und wo ist dein Hamish jetzt?«

»Ian hat ihn in den Zug nach Edinburgh gesetzt. Ich denke, er hat es nicht meinetwegen getan, sondern wegen dieser Deutschen. Er will wohl freie Bahn.«

»Was heißt das?« Martas Stimme klang hysterisch.

»Er hat ein Auge auf die Lady geworfen.«

»Aber das geht nicht, verdammt noch mal. Nein!«, kreischte Marta, und ihr Gesicht wurde krebsrot.

»Nun beruhig dich. Er wird sie ja nicht gleich heiraten. Du kennst doch deinen Sohn«, wiegelte Jamie ab.

»Bitte, sag so etwas nicht! Sie will etwas anderes. Sie spielt ein ganz perfides Spiel. Ich habe es geahnt, dass sie hier aufkreuzen und auf ihrem Recht beharren wird.«

»Ich verstehe keine Wort! Was ist denn los?«, bemerkte Jamie unwirsch.

Marta schnappte derart heftig nach Luft, dass Jamie schon befürchtete, ihre Mutter könnte unter akuter Atemnot leiden.

»Schwöre, dass du es niemals Ian sagen wirst!«

Jamie überlegte. Sie wollte eigentlich nichts versprechen, wenn sie nicht mal annähernd ahnte, worum es bei dieser Sache ging.

»Schwöre es!«, verlangte Marta.

»Okay. Ich wüsste zwar nicht, wann wir beide je ein Geheimnis gehabt hätten, von dem dein Ian nichts erfahren durfte, aber gut, ich verspreche es dir.«

Marta kam ganz dicht an Jamies Ohr heran und begann zu flüstern: »Du hast doch die blonde Frau an Vaters Bett gesehen, nicht wahr?«

»Ja, das weißt du doch«, entgegnete Jamie verunsichert. »Hast du sie etwa auch gesehen?«

Marta schüttelte energisch den Kopf.

»Nein, aber ich weiß, wer diese Person ist. Sie heißt Charlotte Baumann und kommt aus Hamburg.«

»Baumann?«, wiederholte Jamie ungläubig. »Wie diese Tessa?«

»Sie ist ihre Mutter.« Marta verfiel nun in Schweigen und schien in die Ferne zu blicken.

Jamies Herz schlug so heftig, dass es fast wehtat. Noch war nichts ausgesprochen, aber ihr Bauchgefühl signalisierte ihr, dass sie gleich etwas Schreckliches erfahren würde, etwas, das ihr Leben verändern würde …

»Mutter, sag mir jetzt sofort, was es mit dieser Frau auf sich hat.«

Marta deutete auf eine Karaffe. »Bitte gib mir ein Glas Wasser. Mein Mund ist trocken. Ich …«

Ungeduldig reichte Jamie ihrer Mutter etwas zu trinken. Marta trank das Glas aus, wischte sich über den Mund und ließ sich zurück in die Kissen gleiten.

»Es war ungefähr ein halbes Jahr nach deiner Geburt, da machte dein Vater eine Fortbildung in Brighton. Über zwei Wochen war er fort, und als er zurückkehrte, war er völlig verändert. Er war abweisend und schroff mir gegenüber. Das Einzige, was ihn zu Hause interessierte, warst du. Es gab einen heftigen Streit. Er zog ins Hotel. Als ich ihn überraschend besuchen und zur Rede stellen wollte, erfuhr ich, dass er gerade mit der blonden Praktikantin, die er aus Brighton mitgebracht hatte, unterwegs sei. In dem Augenblick ahnte ich, was los war. Ich lauerte ihm auf, und er gestand ohne Umschweife, dass er die Liebe seines Lebens gefunden habe. Eine junge Deutsche, die in Brighton ihre Ausbildung zur Hotelfachfrau absolvierte und nun zum Old Course House gewechselt habe. Er bat mich um die Scheidung.« Erschöpft hielt Marta inne.

Jamie biss nervös auf ihren Fingernägeln herum.

»Ich wollte nicht. Schließlich hatte ich gerade ein Baby bekommen, dich. Aber Aleck schwor, alles für dich zu tun. Und er wollte mir alles geben. Ich sollte Stellmore Castle bekommen und viel Barvermögen, während er mit dieser Frau im Hotel logierte … und dann kehrte er eines Tages als total gebrochener Mann zurück. Die Frau hatte herausgefunden, dass er Familie hatte. Das hatte dein Vater ihr wohl verschwiegen. Sie reiste bei Nacht und Nebel ab und hinterließ ihm einen Brief. Dein Vater hat ihn mir in seiner Verzweiflung vorgelesen. Sie beschwor ihn, sie nie wieder zu kontaktieren. *Wenn Du mich liebst, vergiss, dass es diese Liebe gegeben hat.* Ich habe sie gehasst, diese beschwörenden Worte, und ich habe diese Charlotte Baumann gehasst. Dein Vater und ich haben nie mehr über diese Person gesprochen …«

»Wolltest du das Old Course House deshalb verkaufen? Weil du die Erinnerung, dass er mit ihr dort glücklich gewesen ist, für immer loswerden wolltest?«, fragte Jamie mit heiserer Stimme.

Marta nickte.

»Und haben wir beide deshalb zeitlebens ein schlechteres Verhältnis zueinander als du und Ian? Weil ich dich an diese Zeit erinnere?«

Marta brach in lautes Schluchzen aus. Sie breitete die Arme aus. »Bitte, Kleines, komm in meine Arme. Ich habe dir Unrecht getan. Du konntest doch nichts dafür. Aber es hat sich in meine Seele eingebrannt. Wie dein Vater in der Mittagspause nach Stellmore Castle kam, an mir vorbeiging, als wäre ich gar nicht da, dir zärtliche Worte zuflüsterte, als wäre er mit dir allein im Raum. Es war so verletzend.«

Jamie beugte sich hinunter zu ihrer Mutter und ließ sich von ihr umarmen.

»Hast du deshalb damals, als Vater mir den Ring schenkte, verletzt reagiert?«

»Ja, ich wollte ihn so gern als Zeichen seiner Liebe. Sternsaphire sollen seinen Trägern Glück bringen. Glück in der Liebe«, seufzte Marta.

Jamie rollte mit den Augen. »Das sieht man an mir. Ich schenke ihn dir. Niemals hätte ich Vater so etwas zugetraut! Liebe? Dass ich nicht lache!«

»Lass nur, Kind. Ich möchte den Ring gar nicht mehr. Ich habe Ethan gefunden, und auch du wirst noch …«

»Lieb von dir, Mom, aber ich glaube, ich habe mit oder ohne Ring kein gutes Händchen für Männer.« Sie senkte die Stimme. »Aber nun tu mir den Gefallen. Sag mir, wie die Geschichte mit Frau Baumann weitergeht. Ich befürchte, sie hat kein Happy End – für dich und uns jedenfalls. Wieso ist diese Frau nach St. Andrews gekommen, als Vater im Sterben lag?«

»Ich habe das alles erst an dem Nachmittag erfahren, als ich ihn das letzte Mal gesehen habe«, sagte Marta entschuldigend.

»Was, Mutter?«

»Er wusste die ganze Zeit, wo sie lebte, dass sie ihren Verlobten geheiratet hatte, was er allerdings nicht ahnte, war, dass sie eine Tochter hatte. Aleck hat sie nie vergessen können und ihr aus dem Krankenhaus geschrieben, dass sein größter Wunsch wäre, sie noch einmal zu sehen. Offenbar ist sie diesem Wunsch deines Vaters nachgekommen. Ich wusste nichts davon. Er hat es mir erst an dem Nachmittag verraten. Und diese Frau hat deinem Vater gestanden, dass sie damals schwanger war, als sie zurückkam aus Schottland. Erst im zweiten Monat, aber es gibt keinen Zweifel. Diese Tessa ist definitiv nicht die Tochter ihres Mannes …«

»Scheiße!«, stieß Jamie gequält hervor. »Ich habe es geahnt, seit du von dieser Frau angefangen hast.« Wie sie diese Tessa hasste. Dafür, dass sie ihr Hamish weggenommen hatte, ihren Bruder und schließlich und endlich auch noch ihren geliebten Vater!

»Und was, meinst du, will sie hier?«

»Was wohl?«, schnaufte Marta verächtlich. »Sie will sich unauffällig ein Bild von dem Erbe machen.«

»Du meinst, deshalb hat sie sich an Ian herangemacht?«

»Natürlich. Sonst wäre sie ja offen an uns herangetreten, hätte sich bei uns vorgestellt. Das zeigt, dass sie ein gänzlich falsches Spiel betreibt.«

Jamie sprang vom Bett auf. »Na warte, der werde ich was erzählen!«

Marta schaffte es nur mit Mühe, ihre Tochter am Ärmel festzuhalten. »Ian soll davon nichts erfahren. Hörst du? Wir werden es ihm nicht verraten!«

Jamie sah ihre Mutter verwundert an. »Wieso?«

Marta holte tief Luft. »Was, glaubst du, wird er tun?«

»Er wird Gerechtigkeit verlangen, was das auch immer heißen mag«, schnaubte Jamie.

»Genau, er wird dafür sorgen, dass diese Person ebenso am Erbe beteiligt wird wie ihr.«

Jamie zuckte die Achseln. »Aber dürfen wir es ihm deshalb verschweigen? Vielleicht lässt er mit sich reden. Er wird völlig fertig sein, wenn er erfährt, dass er sich in die eigene Halbschwester verliebt hat. Er kann doch nur froh sein, dass wir ihm die Augen über ihre Falschheit öffnen.«

»Da kennst du deinen Bruder aber schlecht!« Marta kämpfte mit sich, ob sie Jamie nicht doch die volle Wahrheit anvertrauen sollte. Dass es ein Testament gegeben hatte, aber sollte sie sich ihrer Tochter wirklich auf Gedeih und Verderb ausliefern? Schließlich würde ihr kein Mensch mehr einen Strick aus der Sache drehen können. Mit Wesleys Tod war der einzige Zeuge zum ewigen Schweigen verurteilt.

»Jamie! Wenn du mit der Person teilen willst, musst du wirklich nur deinen Bruder einweihen. Aber es ist deine Entscheidung. Wenn ihr sie beteiligen wollt, bitte!«

»Ich will nicht, dass sie etwas erbt. Sie mag ja biologisch sein Kind sein, aber sie kennt ihn doch gar nicht. Und er hat sie nie geliebt. Wir geben ihr keinen Cent ab.«

»Aber glaubst du wirklich, dass Ian da mitziehen wird?«

Jamie dachte nach. Was würde ihr Bruder machen? Die Antwort lag auf der Hand. Ian würde trotz aller persönlichen Enttäuschung verlangen, Tessa bei der Verteilung des Erbes zu berücksichtigen.

»Aber was, wenn diese Tessa Ian sagt, wer sie wirklich ist?«

»Genau das müssen wir verhindern!«, entgegnete Marta nachdrücklich. »Sie muss denken, dass bei uns nichts zu holen ist. Verstehst du?«

»Natürlich, aber was ist mit Ian? Was, wenn er noch mehr Gefühle investiert? Was, wenn die beiden miteinander schlafen?«

Marta überlegte einen Augenblick und fasste sich dann theatralisch ans Herz.

»O Gott, Mom, was ist mir dir?« Jamie sah ihre Mutter erschrocken an.

»Ich werde meinen Sohn von nun an Tag und Nacht an meinem Bett benötigen. Mein Herz.«

»Ich verstehe«, seufzte Jamie.

»Hol ihn auf der Stelle her und schicke diese Person fort. Aber nicht, ohne ihr zu stecken, dass bei uns nichts zu holen ist!«

Jamie erhob sich vom Bett.

»Okay, wir haben wohl keine andere Wahl als zu tricksen«, stöhnte sie.

In ihrem Kopf ging alles durcheinander. Wäre es nicht besser, Ian die Wahrheit zu sagen? Doch da sah sie ihren Bruder, diesen Gutmenschen, der durchtriebenen Erbin bereits alles verzeihen und verkünden, dass man mit ihr teilen müsse. Es überkam sie eine Höllenwut auf ihren Vater. Warum hatte er diese Person bloß geschwängert? Und das, während ihre Mutter einen unschuldigen Säugling zu versorgen hatte? Vor ihrem inneren Auge sah sie plötzlich, wie zärtlich ihr Vater diesen blonden Eindringling angesehen hatte, die Mutter von Tessa Baumann.

»Ich werde ihr auf den Kopf zusagen, dass sie nichts erben wird und in St. Andrews nicht länger erwünscht ist!«, verkündete Jamie entschieden.

»Und ich werde vor Ian die herzkranke Mutter geben, sodass er überhaupt nicht mehr dazu kommt, sich um diese Deutsche Gedanken zu machen.«

Jamie beugte sich zu ihrer Mutter hinunter und gab ihr einen Kuss auf die Wange. So schäbig sie sich einerseits auch fühlte – noch nie hatte sie mit ihrer Mutter gemeinsame Sache gegen Ian gemacht. Das erfüllte sie mit einer gewissen Befriedigung. Und schließlich war das Ganze auch zu seinem Besten. Sie konnte unmöglich zulassen, dass er sich ernsthaft in seine Halbschwester verliebte. Natürlich würde sie ihm die Wahrheit sagen, sobald diese Frau von der Bildfläche verschwunden war.

»Tu mir einen Gefallen, verrate Ian niemals, dass diese Miss Baumann eure Schwester ist.«

»Jedenfalls nicht, solange sie sich noch in Schottland aufhält.«

»Er bekommt es fertig und spielt den guten großen Bruder auch, wenn sie längst zurück in Deutschland ist.«

»Du hast ja recht. Ich schweige und hoffe, dass Vaters Bankert ebenfalls seinen Mund hält. Ich werde die Dame in die Flucht schlagen. Versprochen! Du glaubst doch nicht, dass ich mit ihr zusammen mein Hotel führen möchte. Und außerdem habe ich noch eine kleine Rechnung mit ihr offen.«

»Hamish?«

Jamie nickte eifrig. »Wahrscheinlich bin ich in dem Punkt ungerecht, weil sie wirklich nichts von mir wusste.«

»Gib zu, meine Kleine, schlimmer als das ist die Tatsache, dass du deinen Vater teilen musst.«

»Ach, Mom, du kennst mich besser, als ich dachte«, seufzte Jamie. »Ich finde das alles einfach nur furchtbar, einfach zum Kotzen …«

»Jamie!«

»Ja, liebe Mom, ich finde es zum Erbrechen, aber es hat wie alles Elend im Leben auch eine gute Seite. Es tut gut, zur Abwechslung mal deine Komplizin zu sein und nicht deine Gegnerin.«

»Tief im Herzen habe ich dich immer genauso lieb gehabt wie Ian, aber es war die verdammte Eifersucht, die unser Verhältnis vergiftet hat.«

Jamie aber hörte ihr gar nicht mehr zu. Gab es überhaupt einen Beweis, dass die blonde Frau die Wahrheit gesagt hatte? Dass diese Tessa wirklich Alecks Kind war? Vielleicht hatte ihre Mutter noch andere Liebhaber gehabt?

»Mom, hast du mal daran gedacht, dass diese Charlotte Baumann Vater belogen hat? Gibt es einen Beweis?«

Marta stieß einen Seufzer aus. »Hast du sie dir mal genau angesehen, diese Person? Ihre Ähnlichkeit mit Vaters Großmutter sticht doch geradezu ins Auge. Sie besitzt genau dieselben graublauen Augen und das dunkle Haar. Da brauche ich keinen Gentest. Sie ist Alecks Tochter. Leider!«

»Gut, dann werde ich mein ungeliebtes Schwesterchen jetzt achtkantig rauswerfen!«

Jamie atmete ein paarmal tief durch, nachdem sie das Schlafzimmer ihrer Mutter verlassen hatte. Ihre Gedanken schweiften kurz zu Hamish ab. War sie nicht sehr ungerecht dieser Tessa gegenüber? Offenbar hatte sie doch, kaum dass sie von ihrer Verlobung mit Hamish erfahren hatte, ihr Verhältnis zu ihm beendet und Edinburgh verlassen. Nicht, dass sie mir noch sympathisch wird, schoss es ihr durch den Kopf.

Als Jamie den Salon betrat, fand sie Tessa und Ian in inniger Umarmung auf dem Sofa vor. Sie schienen ihr Kommen nicht einmal bemerkt zu haben. Jamie räusperte sich.

»Ian, du musst sofort zu Mutter kommen. Ich glaube, sie ist ernsthaft krank.«

»Was … was hat sie denn?«

»Es ist das Herz.«

»Um Gottes willen, sag ihr bitte, ich komme gleich. Ich muss nur noch Tessa zurückbringen.«

»Ian, es ist dringend! Das übernehme ich, wenn du nichts dagegen hast.«

Er wandte sich an Tessa. »Wäre das für dich in Ordnung?«

Tessa nickte. Jamie sah jetzt erst, dass sie offenbar geweint hatte. Als Ian Tessa nun einen Kuss gab, wäre Jamie gern auf der Stelle dazwischengegangen, denn sehr brüderlich wirkte diese zärtliche Geste nicht.

»Beeil dich, Ian, du kennst sie. Jetzt braucht sie den Trost ihres Lieblings.«

Er aber konnte sich nur schwer aus der Umarmung mit Tessa lösen.

»Ich komme nachher noch einmal vorbei, ich lasse dich nicht mit der ganzen Sache allein«, versprach Ian.

»Ich will kein Spielverderber sein, Bruderherz, aber ich befürchte, du musst heute bei Mutter bleiben. Ich habe noch einen Termin.«

»Aber du tust ja gerade so, als läge sie im Sterben«, widersprach Ian.

»Ich bin sicher, es steht sehr ernst um sie«, log Jamie. Sie merkte an einem leichten Ziehen im Magen, dass sie das nicht gern tat, aber es musste sein. Ian durfte auf keinen Fall mehr ohne Aufsicht in die Nähe dieser Person! Was für ein Biest, sie spielte ihrem Bruder erotisches Kino vor. Warum? Warum trat sie ihm nicht offen als Halbschwester gegenüber? Was sollte das Theater?

»So schlimm? Habt ihr schon einen Arzt geholt?« Ian war blass geworden.

»Nein, das will Mutter auf keinen Fall. Der lässt sie sofort in die Klinik bringen. Davor graust ihr. Nein, besser wäre, wenn du an ihrem Bett wachst. Ich kümmere mich um Miss Baumann.«

»Ich bin kein Arzt«, widersprach Ian.

»Deine Anwesenheit ist aber wie Medizin für sie!«

»Gut, aber wenn es schlimmer wird, dann lasse ich einen Arzt kommen.«

»Nun geh schon!«

Ian gab Tessa noch einen Abschiedskuss, bevor er eilig das Zimmer verließ.

»Kommen Sie!«, befahl Jamie Tessa, die ihm ratlos nachsah. Wenn sie gewusst hätte, wie gut es ihr tun würde, Ian das Herz auszuschütten, sie hätte es längst getan. Immer wieder hatte er sie in den Arm genommen. Und er hatte ihr sogar versichert, er würde sie nach Deutschland begleiten, wenn der Prozess gegen ihren Vater lief. Noch nie zuvor hatte sie sich bei einem Mann derart geborgen gefühlt. Ihr wurde warm ums Herz bei dem Gedanken an ihn.

Jamies kalte Stimme holte sie in die Realität zurück. Tessa war ihr bis vor die Haustür gefolgt.

»So, meine Liebe, und jetzt mal Tacheles. Hier ist nichts zu holen. Sie bekommen keinen Cent!«

Tessa blickte Ians Schwester erschrocken an.

»Hat Ian Ihnen etwa gesagt, dass ich im Moment nicht an die Konten komme?«

Jetzt sah Jamie Tessa verblüfft an. »Nein, er hat uns gar nichts gesagt. Er scheint nichts davon zu ahnen, warum und wieso Sie sich in unserem Hotel eingemietet haben.«

»Doch, ich habe ihm gerade alles erzählt«, erwiderte Tessa zögernd, während sie sich fragte, woher Jamie die Wahrheit wusste. Hatte Hamish es etwa ausgeplaudert?

»Haben Sie eben mit Hamish telefoniert? Der wusste nämlich als Einziger über alles Bescheid.«

»Hamish? Wie käme ich dazu?«, entgegnete Jamie in scharfem Ton.

»Er hat Ihnen also nichts von dem Prozess gegen meinen Vater erzählt?«

»Prozess? Ihr Vater?«

»Ach, jetzt tun Sie nicht so. Irgendjemand muss Ihnen gesteckt haben, was los ist. Natürlich wissen Sie, dass mein Vater im Gefängnis sitzt, weil er meine Mutter umgebracht hat. Und dass seine Konten eingefroren sind …«

Jamie starrte sie an wie einen Geist.

»Aber … aber sonst hätten Sie das mit dem Geld … ich meine, das hätten Sie doch sonst bestimmt nicht erwähnt«, stammelte Tessa und fügte hastig hinzu: »Aber da kann ich Sie beruhigen. Ich komme mit dem aus, was ich als Greenkeeper verdiene. Und außerdem kommt das mit Vaters Firma schon wieder in Ordnung. Also keine Sorge, dass ich Ihren Bruder ausnehmen könnte. Ich habe ihn nämlich sehr gern.« Das klang beinahe trotzig. »Oder wissen Sie etwa, warum …« Tessa stockte. »Wissen Sie vielleicht, warum meine Mutter Gast in Ihrem Hotel gewesen ist? Das war im Mai. Haben Sie sie vielleicht gesehen oder gesprochen?« Tessas ganzer Körper bebte vor Aufregung. Mit zittrigen Fingern holte sie das Foto ihrer Mutter hervor und reichte es Jamie.

Sie hielt es mit spitzen Fingern fest und warf einen flüchtigen Blick auf das Bild.

»Nein, ich kenne diese Frau nicht. Tut mir leid!« Hastig gab sie es Tessa zurück. »Ich glaube, wir haben uns missverstanden. Ich fand es nur seltsam, dass Sie einen Job als Greenkeeper angenommen haben.«

Jamies deute auf ihren Wagen und stieg ein. In ihrem Kopf ging alles durcheinander. Diese Deutsche schien völlig arglos. Ihre Mutter hatte ihr offenbar verschwiegen, was sie in Schottland getrieben hatte. Das änderte natürlich alles. Jamie würde einen Teufel tun und sie aufklären. Ihr Herz klopfte bis zum Hals. Dann ahnte diese Person also gar nicht, dass Ian ihr Halbbruder war. Schöner Schlamassel, dachte Jamie, und nun? Keine Frage, die Frau musste Schottland auf Nimmerwiedersehen verlassen und durfte ihren Bruder nicht mehr unter vier Augen treffen. Die erotische Anziehung zwischen den beiden war unübersehbar.

Jamie trat aufs Gas. Es ist zum Verzweifeln, dachte sie, am liebsten würde sie der Frau die Wahrheit sagen, aber nicht auszudenken, wenn die es brühwarm an Ian weitergab.

»Halten Sie an! Da ist es doch schon«, rief Tessa erschrocken. Jamie trat auf die Bremse.

»Ja dann, auf Wiedersehen, Jamie. Es tut mir wirklich leid, die Sache mit Hamish. Ich hoffe, Sie nehmen es mir nicht übel.«

Wie eine Furie fuhr Jamie herum und funkelte Tessa finster an. »Also, keine Ahnung, ob Sie von mir wussten oder nicht. Ich bin meinerseits nicht gerade erpicht darauf, Ihnen über den

Weg laufen zu müssen. Und da mein Bruderherz sich leider in mein Ressort, die Personalangelegenheiten, gemischt hat, sehe ich mich gezwungen, Ihnen den Job als Greenkeeper zu kündigen. Ich habe das nämlich jemand anderem zugesagt. Und ich möchte Sie bitten, diese Wohnung binnen Wochenfrist zu verlassen. Auch darüber kann mein Bruder nicht verfügen, auch wenn er immer wieder ein warmes Plätzchen für seine Affären braucht.«

Tessa sah sie fassungslos an. »Ja, gut, wenn Sie die Wohnung brauchen. Ich denke, Ihr Bruder und ich werden da sicher eine Lösung finden.«

»Mein Bruder? Auf den sollten Sie sich lieber nicht verlassen!«, lachte Jamie übertrieben.

Tessa lief rot an. »Was wollen Sie mir denn damit unterjubeln? Jetzt reicht es mir aber. Seit Sie wissen, dass ich etwas mit Hamish hatte, benehmen Sie sich mir gegenüber wie eine zickige Pubertierende. Ich bin fertig mit dem Typen und finde das Ganze genauso unangenehm wie Sie. Aber ich habe mich nicht halbwegs so dämlich aufgeführt, als ich Sie beide knutschend auf der Straße gesehen habe. Warum versuchen Sie jetzt so krampfhaft, mir Ihren Bruder madig zu machen? Sie wollen mich offenbar mit allen Mitten loswerden, aber den Gefallen tu ich Ihnen nicht. Natürlich werde ich mit Ian sprechen und nicht wie ein kleines Mädchen die Flucht ergreifen, weil Sie mir Ihre Krallen zeigen. Und wenn Sie es genau wissen wollen, selbst wenn ich abhauen wollte, ich könnte nicht mal meinen Flug bezahlen.«

Jamie wurde übel. Sie hasste sich abgrundtief für das, was sie gerade tat. Und jedes Wort, das die Deutsche von sich gab, hätte von ihr selber stammen können. Verdammt, die Erkenntnis jagte ihr kalte Schauer über den Rücken: Sie mochte diese Frau! Aber sie durfte nichts unversucht lassen.

Jamie holte schnaubend ihre Handtasche vom Rücksitz und zog ihre Geldbörse hervor. Sie hatte gerade fünfhundert Pfund abgehoben. Die reichte sie Tessa mit den Worten: »Das müsste reichen, meine Liebe. Ich tu es nicht gern, aber ich kenne meinen Bruder. Es wäre doch zu traurig, wenn Sie nach der Enttäuschung mit Hamish gleich eine zweite kalte Dusche erleben müsste. Mein Bruder ist ein Schürzenjäger. Wenn er erst mit Ihnen im Bett war, langweilen Sie ihn.« Jamie hielt inne.

»Oh, da habe ich ja Glück, dass wir es noch nicht getan haben«, erwiderte Tessa spöttisch.

»Außerdem ist er mit Carmen so gut wie verlobt«, fügte Jamie eifrig hinzu.

»Und vergessen Sie nicht, mir unterzujubeln, dass er Kleptomane und ein notorischer Lügner ist«, zischte Tessa, während sie die Scheine nahm und Jamie vor die Füße warf.

»Keine Sorge«, zischte sie beim Aussteigen. »Ich werde Ihrem Bruder nichts davon berichten. Ich werde meinen Job weitermachen, als wäre nichts geschehen, und bleibe in dieser Wohnung. Wenn Sie mich loswerden wollen, sollten Sie vorher mit Ihrem Bruder reden!«

Tessa knallte die Wagentür mit voller Wucht hinter sich zu.

St. Andrews, November 1957

In den vergangenen dreizehn Jahren hatte sich im Old Course House eine Menge getan. Erst im vergangenen Jahr hatte Aidan McKinnon den begehrten Preis für den besten schottischen Hotelier bekommen. Der Mann stand im Zenit seines Lebens. Grau meliert und von vornehmer stattlicher Erscheinung war er beruflich am Ziel seiner Träume angelangt. Seine Affären wurden unterdessen immer jünger und blonder. Aber Jamielle, die zu einer rundlichen Matrone geworden war, richtete ihre Eifersucht nach wie vor allein gegen das Kindermädchen, das sich intensiv um Alecks schulische Leistungen bemühte. Dank ihrer Nachhilfe brachte der Junge akzeptable Noten nach Hause.

Es war wie immer ein Spießrutenlauf, wenn Mairi die Hotelhalle durchquerte, was sie höchst selten zu tun pflegte. Ob es die Dame an der Rezeption oder der Liftboy war, in sämtlichen Blicken meinte Mairi zu lesen: Und das ist also die Geliebte vom Chef …

Als Aidan zu allem Überfluss auch noch laut durch die ganze Lobby rief: »Mairi, welch seltener Gast in unserer Hütte!«, fuhr sie herum und funkelte ihren Bruder wütend an. Sie war es manchmal so leid, dass er in der Öffentlichkeit nicht mehr Diskretion an den Tag legte.

»Guten Tag, Mister McKinnon«, gab sie spitz zurück. Sie nannte ihn vor Dritten prinzipiell förmlich beim Nachnamen.

Er aber näherte sich ihr strahlend. »Was tust du hier?«

Mairi räusperte sich verlegen. »Ich habe einen Termin.«

»So geheimnisvoll?«, scherzte er.

»Aidan, die Leute gucken. Musst du immer so laut sein, wenn du mich siehst?«, flüsterte sie.

»Ach, mein Herz, nun schau nicht so finster. Stell dir vor, unser Restaurant hat einen Stern bekommen. Es hat sich gelohnt, den Franzosen als Küchenchef einzustellen.«

»Herzlichen Glückwunsch«, murmelte sie. »Ich muss jetzt aber weiter«, fügte sie hastig hinzu. Aidan war der Letzte, dem sie hier hatte begegnen wollen. Natürlich würde er fragen, was sie vorhatte. Sie hatte normalerweise nie Geheimnisse vor ihm. Es war auch nicht ihre Idee gewesen, sich im Restaurant des Old Course House zum Lunch zu treffen, aber Stellmore Castle wäre keine Alternative gewesen.

Aidan musterte seine Schwester fragend, aber er unterdrückte seine Neugier. »Viel Spaß«, sagte er freundlich, doch Mairi entging der vorwurfsvolle Unterton keineswegs. Die brennende Frage *Seit wann hast du Geheimnisse vor mir?* stand ungesagt im Raum. Mairi stieß einen tiefen Seufzer aus. Wenn er wüsste, dass sie noch etwas vor ihm geheim hielt. In den letzten Wochen verspürte sie in unregelmäßigen Abständen ein schmerzhaftes Ziehen im Brustkorb. Sie dachte hin und wieder daran, einen Arzt aufzusuchen, aber der Druck verschwand jedes Mal so schnell, wie er gekommen war. Deshalb wollte sie dem kleinen Unwohlsein auch kein zu großes Gewicht beimessen. Wenn sie es allerdings Aidan verriet, wäre der Arzt schneller im Haus, als sie denken konnte.

Mairi aber wandte sich ab und eilte in Richtung Restaurant. Ihr war selbst unheimlich bei dem Gedanken, was auf sie zukam. Vor drei Tagen hatte sie den Brief eines Anwalts erhalten mit der traurigen Nachricht, dass ihr Onkel gestorben war. Mairi hatte ihn seit dem Fest im Hotel nicht wiedergesehen. Nial Macloyd hatte es nämlich nicht lange im schottischen Hochland ausgehalten. Er war ein rastloser Weltenbummler geworden. Mairi hatte aus vielen Ländern dieser Welt Postkarten von ihm erhalten. Und nun hatte den Abenteurer auf Kreta der

Schlag getroffen. Da er kinderlos geblieben war, hatte er Mairi als Erbin eingesetzt. Sie vermutete, dass es um ein paar Erinnerungsstücke ging, die er von seinen Reisen mitgebracht hatte.

Suchend sah sie sich im Restaurant um. Sie hatte sich vorgestellt, dass es nur einen Herrn gab, der allein am Tisch saß, aber sie hatte sich getäuscht.

So ließ sie ihren Blick über all die Tische gleiten, bis er an einem grauhaarigen Mann hängen blieb, dessen Augen unruhig im Raum herumwanderten. Als er Mairi sah, erhellte sich seine Miene, und er stand auf. Mairi ging auf ihn zu.

»Rechtsanwalt MacGray aus Dundee?«

»Dann sind Sie Mairi Haigs! Nehmen Sie Platz.« Er sprang auf und half ihr aus dem Mantel. Mairi machte diese Geste verlegen. Wann hatte sie schon einmal mit einem Fremden allein zu Mittag gegessen! Nicht dass sie sich erinnerte. Überhaupt war sie völlig ungeübt im Kontakt mit einem Mann, zumal der Anwalt offenbar genau wie sie die vierzig bereits überschritten hatte.

»Wollen wir erst das Geschäftliche erledigen oder erst speisen?«, fragte er höflich.

Mairi zuckte mit den Schultern. Sie kam sich so schrecklich unbeholfen vor.

»Ich richte mich ganz nach Ihnen«, sagte sie steif.

Er schenkte ihr ein Lächeln.

»Dann walte ich erst einmal meines Amtes«, erklärte er, öffnete umständlich seine Aktentasche und holte ein Schriftstück hervor.

»Normalerweise erledige ich das in meinem Büro, aber ich konnte der Versuchung nicht widerstehen, bei der Gelegenheit in St. Andrews zu speisen. Wäre Ihnen mein Büro lieber gewesen?«, fragte er beinahe entschuldigend.

»Nein, es ist alles bestens«, erwiderte Mairi. Langsam gewann sie ihre Sicherheit zurück. Offenbar war der grauhaarige Herr in ihrer Gegenwart auch ein wenig gehemmt. Er wird in mir doch nicht etwa eine Frau sehen, dachte Mairi ungläubig, als sie ihn schwärmerisch sagen hörte: »Wissen Sie, dass Ihnen dieses Blau außerordentlich gut steht.«

Mairi sah verlegen an sich herunter. Ja, das Blau ihres schlichten Kleides war wirklich von einer besonderen Strahlkraft, musste sie feststellen und wurde rot. Außer Aidan hatte ihr noch nie ein Mann Komplimente gemacht. Um ihr Unbehagen zu überspielen, sagte sie: »Lassen Sie uns den geschäftlichen Teil rasch hinter uns bringen. Ich freue mich schon seit Tagen auf das Essen, denn es soll phantastisch sein.«

»Soll? Sind Sie nicht Kindermädchen bei den McKinnons? Dann könnten Sie doch täglich hier speisen.«

»Ich lebe sehr zurückgezogen.«

Der Anwalt musterte sie. »Ich auch, jedenfalls seit dem Tod meiner Frau. Also schreiten wir zur Tat. Ich habe hier eine Liste des Nachlasses von Nial Macloyd.« Er reichte sie ihr. Mairi überflog sie. Wie sie erwartet hatte, handelte es sich hauptsächlich um Mitbringsel von seinen Reisen. Plötzlich stutzte sie. »Einen Flügel?«

»Ja, ich glaube, er hat dazu etwas in seinem Testament geschrieben …« MacGray stockte. »Sie müssen entschuldigen, ich bin etwas durcheinander. Das müsste ich Ihnen natürlich als Erstes verlesen.« Er holte einen Umschlag aus seiner Tasche. Mairi beobachtete ihn intensiv. Sie konnte gar nichts dagegen tun, aber dieser Mann gefiel ihr. Nicht dass sie auch nur annähernd solches Herzrasen empfand wie damals, als sie sich unwissentlich in ihren eigenen Bruder verliebt hatte …

Mister MacGray räusperte sich ein paarmal, bevor er den letzten Willen Nial Macloyds verlas.

»Meine liebe Nichte, ich bin nun im Himmel – oder der Hölle? – bei meinem Bruder, und ich werde Marcus fragen, wie und wo er gestorben ist. Und nach unserem Gespräch aus dem Totenreich werde ich Dir in Deinen Träumen eine Botschaft schicken, damit Du auch erfährst, was mit ihm geschehen ist, kleine Mairi. Du

sollst alles erben. Und wenn Du den Kram eines Weltenbummlers nicht willst, habe kein schlechtes Gewissen, sondern versilbere ihn. Nur den Flügel, den halte in Ehren. Ich habe ihn damals beim Verkauf unseres Schlosses gerettet. Auf diesem Instrument hat Deine Mutter einst gespielt, wenn sie bei uns zu Besuch war. Und manchmal spielten Marcus und Fiona vierhändig …«

Der Anwalt unterbrach sich. »Soll ich eine kleine Pause einlegen?«, fragte er fürsorglich.

Mairi standen die Tränen in den Augen, aber sie bat ihn weiterzulesen.

»Mein Anwesen habe ich noch rechtzeitig verkaufen können. Es hat erstaunlich viel eingebracht. Das Geld gehört Dir. Und nun mache es gut, kleine Mairi. Dein Onkel Nial«

Mairi wischte sich mit dem Ärmel hastig übers Gesicht. Sie wollte nicht vor dem Anwalt heulen wie ein Schulmädchen.

»Dann können wir jetzt essen«, seufzte sie schließlich.

Mister MacGray sah sie fassungslos an. »Wollen Sie gar nicht wissen, wie hoch das Vermögen ist, das Sie geerbt haben?«

»Nein, noch nicht. Wissen Sie, das ist alles viel zu viel für mich. Ich lebe bescheiden, und es geht mir gut so, wie es ist.«

Der Anwalt lächelte. »Dann essen wir jetzt.«

Es folgte ein längeres Schweigen. Mairi hatte das Gefühl, dass Mister MacGray sie die ganze Zeit über musterte, aber ihr fiel nichts ein, worüber sie mit ihm plaudern sollte.

»Spielen Sie denn Klavier?«, fragte er nach einer Weile.

»Ich habe einmal gespielt, aber lange kein Instrument angerührt. Aber das werde ich ändern. Über den Flügel freue ich mich von Herzen.«

»Hätten Sie Lust, mich demnächst in ein Konzert nach Edinburgh zu begleiten? Ich war immer dort mit meiner Frau, aber seit ihrem Tod bin ich nicht mehr hingefahren …« Er stockte. »Ich will Ihnen nicht zu nahe treten«, fügte er entschuldigend hinzu.

Nun musterte Mairi ihn eindringlich. Er besaß warme braune Augen, sein Gesicht war ihr etwas zu rundlich, sein Haar ein wenig spärlich, aber er strahlte unendlich viel Güte aus. Ohne weiter darüber nachzugrübeln, sagte Mairi zu.

Ein Strahlen ging über das Gesicht des Anwalts.

»Am Samstag? Ich hole Sie ab«, schlug er vor.

»Gern«, erwiderte Mairi, während sie Angst vor ihrer eigenen Courage bekam. Ich weiß ja nicht einmal, was eine Dame anzieht, wenn sie in ein Konzert geht, durchfuhr es sie beklommen. Ich werde wohl oder übel Jamielle um Rat fragen müssen.

Mairi war so aufgeregt, dass sie kaum einen Bissen herunterbekam, aber ein verstohlener Blick zu ihrem Tischpartner zeigte ihr, dass er mit den Gedanken auch nicht ganz bei der saftigen Rotwildkeule war.

Ihre Blicke trafen sich. Keine Frage, er sah sie nicht wie ein Testamentsvollstrecker an, sondern wie ein Mann, der Interesse an ihr hatte.

Nach dem Essen verließen sie gemeinsam das Restaurant. Sie kamen an dem kleinen Festsalon vorbei. Die Tür stand offen und gab den Blick auf einen Flügel frei. Mairi zögerte. Es zog sie magisch zu dem Instrument.

»Wollen Sie nicht einmal versuchen, ob Sie wirklich alles verlernt haben?«, fragte der Anwalt verschmitzt.

Mairi lächelte. »Können Sie Gedanken lesen? Das habe ich auch gerade gedacht. Kommen Sie!« Übermütig ergriff sie seine Hand, zog die Tür hinter sich zu und ihn zum Flügel. Dort erst ließ sie ihn wieder los und setzte sich auf den Hocker.

»Wahrscheinlich wird das ganz schlimm«, verkündete sie. Sie zuckte ein paarmal zurück, bis sie sich traute, die Tasten zum Klingen zu bringen. Ganz unwillkürlich spielte sie *Auld Lang Syne*, jenes Lied, das bei keinem schottischen Hogmanay zum Jahreswechsel fehlen durfte. Sie vergaß völlig, wo sie gerade war und wer ihr da zuhörte, sondern haute in die Tasten, als gäbe es kein Morgen.

Als der letzte Ton verklungen war und Applaus erklang, schreckte sie zusammen.

»Bravo, Mairi!«, rief Aidan, der sich in den Saal geschlichen haben musste, während sie gespielt hatte. Und schon kam er zum Flügel gelaufen. »Wunderbar. Und ich wollte für die große Silvestergala einen Pianisten engagieren. Das spare ich mir. Du wirst spielen. Wenn ich das gewusst hätte, wie virtuos du den Flügel beherrschst.«

»Ach, nun übertreiben Sie nicht, Mister McKinnon«, erwiderte Mairi förmlich.

Aidan sah sich prüfend um, dann erblickte er den Grund für ihre steife Anrede, wo er doch meinte, dass sie unter sich waren.

»Wollen Sie uns nicht miteinander bekannt machen, Miss Haigs?«, fragte Aidan lauernd.

Mister MacGray erhob sich von seinem Stuhl. Er schien noch ganz beseelt von Mairis Spiel. »Das war wirklich einzigartig«, schwärmte er und reichte Aidan die Hand. »Mein Name ist MacGray. Ich habe beruflich mit Miss Haigs zu tun.«

Mairi war dem Anwalt unendlich dankbar, dass er sich so diskret verhielt. Es wäre gar nicht in ihrem Sinn gewesen, wenn er sich als Testamentsverwalter zu erkennen gegeben hätte.

»Und was machen Sie beruflich?«, fragte Aidan nach, der sich offensichtlich nicht mit dieser mageren Information zufriedengeben wollte.

»Mister McKinnon, verzeihen Sie, aber wir sind noch nicht fertig. Und deshalb wäre es nett, wenn Sie …«

Mairi unterbrach sich. Aidans Blick sprach Bände. Es waren ihm sowohl seine Eifersucht auf Mister MacGray anzumerken als auch seine brennende Neugier, was dieser mit Mairi zu tun hatte.

»Sollte das eine Aufforderung sein zu gehen?«, fragte er beleidigt.

Mairi sah ihn flehend an. »Ich möchte Sie wirklich nicht hinauswerfen. Es ist Ihr Hotel, aber wir haben etwas unter vier Augen zu besprechen.«

»Na, dann will ich nicht länger stören«, entgegnete Aidan und rang sich zu einem schiefen Lächeln durch.

Kaum war er aus der Tür, seufzte Mairi: »Mein Bruder ist es nicht gewöhnt, dass ich Geheimnisse vor ihm habe, aber er weiß nichts von meinem Vater. Ich wollte ihn nicht unnötig verletzten …« Sie hielt inne. Hatte sie wirklich »mein Bruder« gesagt? »O mein Gott, jetzt habe ich Ihnen aus Versehen ein Geheimnis verraten.« Mairi schlug die Hände vors Gesicht. Das war dumm von ihr gewesen, sehr dumm sogar!

Sie zuckte zusammen, als sich eine warme Hand auf ihre Hände legte und sie die Arme sinken ließ. Sie blickte in das offenherzige Gesicht des Anwalts. »Ich habe nichts gehört, Miss Haigs. Meine Ohren, wissen Sie, die verweigern mir manchmal ihren Dienst. Aber ganz unter uns: Haben Sie den Stein plumpsen hören?«

»Welchen Stein?«

»Na, den von meinem Herzen. Glauben Sie, dass man in Dundee nicht über Ihr Verhältnis zu Mister McKinnon klatscht? Und so ist es mir hundertmal lieber. Aber warum tun Sie sich das an? Sie wissen doch, solche Geschichten fallen immer auf die Frauen zurück.«

Mairi schenkte ihm ein dankbares Lächeln. »Ach, Mister MacGray, das ist eine lange Geschichte. Aber ich bin auch froh, dass Sie jetzt Bescheid wissen. Jetzt, da ich ein Vermögen besitze … wie viel ist es eigentlich tatsächlich?«

Ein Grinsen umspielte Mister MacGrays Lippen. »Ich dachte schon, Sie seien so etwas wie eine Heilige. Etwas über fünfhunderttausend Pfund …«

»Fünfhunderttausend?«, schrie Mairi. Und da war wieder dieser Druck auf der Brust, den sie allerdings ignorierte. »Fünfhunderttausend?«

Der Anwalt lachte. »Ja, Sie müssen nie wieder arbeiten, können Reisen machen …«

»Mister MacGray, wie kann ich ein Testament aufsetzen?«

»Nun denken Sie doch bloß nicht ans Sterben, sondern ans Leben!«

»Ich möchte aber, dass alles geregelt ist. Können Sie das für mich aufsetzen? Wenn mir etwas zustößt, sollen es Aidan und Aleck McKinnon erben.«

»Gut, das wird erledigt. Ich bringe es mit, wenn wir Samstag ins Konzert gehen.«

»Dann könnte ich mir ja ein neues Kleid kaufen«, freute sich Mairi.

»Darf ich Sie beim Einkaufen begleiten?«

Mairi schmunzelte in sich hinein. Der Anwalt war regelrecht aufgetaut, und er sah wirklich gut aus. Er war groß, ein wenig schlaksig, und er trug einen perfekt sitzenden Anzug.

Mairi war völlig überrascht, als er einen Schritt auf sie zutrat und sie in den Arm nahm. Wahrscheinlich hätten sie sich geküsst, wenn in diesem Augenblick nicht Aidan seinen Kopf zur Tür hereingesteckt hätte. »Pardon, dass ich störe, aber ich müsste ganz kurz etwas mit Misses Haigs besprechen«, verkündete er wichtigtuerisch.

Mairi winkte ab. »Ich komme gleich.« Sie machte eine Handbewegung, als würde sie eine Fliege verscheuchen.

»Ich glaube, er platzt vor Neugier«, lachte der Anwalt.

»Er ist wie ein Kind, muss immer seinen Willen bekommen, aber es ist nun einmal meine Mission, ihm zur Seite zu stehen«, seufzte Mairi.

»Wie wäre es ausnahmsweise umgekehrt? Er steht dir zur Seite? Ich heiße übrigens Micheil.«

»Ach, Micheil, das ist eine lange Geschichte«, murmelte Mairi.

»Ich hoffe, wir verbringen in Zukunft so viel Zeit miteinander, dass du sie mir erzählen kannst«, entgegnete er.

Vor der Tür des Salons wollte er sie erneut umarmen, doch als Mairi ihren Bruder ganz in der Nähe der Tür entdeckte, verabschiedete sie sich ohne große Gesten von ihm.

»Was ging da vor sich? Was war das?«, fauchte Aidan seine Schwester an.

»Das war ein Mann, der mir gefallen könnte«, erwiderte Mairi gut gelaunt.

»Was wollte der Kerl von dir? Und was soll diese Geheimniskrämerei? Du verbirgst doch sonst nichts vor mir.«

»Er ist Anwalt und hat mir, er hat mir …« Mairi kam ins Stottern. Sie konnte ihrem Bruder schließlich unmöglich erzählen, dass sie fünfhunderttausend Pfund von ihrem Onkel geerbt hatte.

»Meine Mutter, ich meine, Murron Haigs, hatte noch Vermögen, das nun erst aufgetaucht ist. Und das … nun … das habe ich jetzt geerbt.«

Aidan kam ganz dicht an Mairi und legte den Finger unter ihr Kinn. »Schau mich an, du tischst mir doch gerade ein Märchen auf.«

»Wenn du mir nicht glaubst, frag Mister MacGray …« Sie holte tief Luft. Jetzt wusste sie, womit sie sein Interesse in eine andere Richtung lenken konnte. »Du wirst ihn nämlich in Zukunft öfter sehen. Wir gehen miteinander aus.«

»Wie bitte? Mairi, du bist zweiundvierzig. Mach dich nicht lächerlich!«

»Wer sich hier wohl lächerlich macht?«, schnaubte sie. »Du bist vierundvierzig und deine Freundinnen noch lange keine dreißig. Das nenne ich peinlich!«

»Aber das ist doch etwas ganz anderes, wenn wir Männer das machen. Bei Frauen hat das einen schalen Beigeschmack.«

»Du hast doch bloß Angst, dass deine Frau hellhörig würde, wenn ich plötzlich einen Verehrer hätte«, fauchte sie.

»Nein, ich möchte vermeiden, dass du dich lächerlich machst. Ein spätes Mädchen auf Freiersfüßen. Das ist absurd.«

»Weißt du was? Du bist ein missgünstiger, egoistischer Kerl«, fauchte sie und ließ ihren Bruder auf dem Flur stehen. Es tat ihr bereits leid, als sie das Hotel verließ. Sie hatten sich bis auf das eine Mal, nachdem Aidan von ihrer Verwandtschaft erfahren hatte, noch nie ernsthaft gezankt. Sie verspürte den Impuls, umzukehren und sich mit ihm zu versöhnen, aber dazu war sie zu wütend. Wie kam er dazu, sie als alte Jungfer abzustempeln? Nein, Micheil würde sie nicht Aidans Wohl opfern. Damit musste ihr Bruder leben. Ob er wollte oder nicht. Mairi wusste genau, was Aidan am meisten ärgerte. Er war neben Aleck ihr Lebensmittelpunkt, und jetzt hatte er Sorge, dass er ihre Aufmerksamkeit womöglich teilen musste.

Das Bedürfnis, sich mit Aidan zu versöhnen, war der Klarheit gewichen, dass sie dieses eine Mal hart bleiben musste, wenn es um ihr eigenes Glück ging. Und der Gedanke an den Anwalt bereitete ihr ein leichtes Kribbeln im Magen. Ein Kribbeln, das sie für alle Ewigkeit verloren geglaubt hatte.

St. Andrews, August 2012

Die vergangene Woche war für Tessa wie im Fluge vergangen. Sie hatte sich zwar nicht mehr auf den Old Course getraut, weil sie auf keinen Fall riskieren wollte, dass Ians Schwester sie vom Platz warf. Sie hatte Ian allerdings nicht verraten, dass seine Schwester versucht hatte, sie zur Abreise zu nötigen. Tessa hatte ihm gesagt, dass der Job, das Grün auf dem Platz in Ordnung zu bringen, sie einfach unterfordere. Das hatte Ian ihr ohne Weiteres abgenommen und sie mit einer weitaus interessanteren Aufgabe betraut. Er hatte sie gebeten, einen Kostenvoranschlag der Firma Stenton&Lake einzuholen. Eigentlich hatte er das in dieser Woche selbst erledigen wollen, aber wegen der schwerwiegenden Herzprobleme seiner Mutter war er in Stellmore Castle unabkömmlich gewesen. Bis zum heutigen Tag, an dem es offenbar eine Wunderheilung gegeben hatte. Tessa hatte soeben mit Ian telefoniert. Er hatte ihr fassungslos berichtet, dass sich seine Mutter endlich zu einer kardiologischen Untersuchung hatte begleiten lassen und das Ergebnis erstaunlich gut ausgefallen war. »Wenn es nach Ihrem Herzen geht, Misses McKinnon, können Sie glatt hundert werden«, hatte der Facharzt in Ians Gegenwart verkündet.

»Ich habe den bösen Verdacht, dass sie mich einfach ein paar Tage ganz für sich haben wollte«, hatte Ian vorhin gescherzt. Tessa fand das Ganze überhaupt nicht komisch. Sie war fest davon überzeugt, dass Mutter und Tochter mit allen Mitteln zu verhindern suchten, dass Ian und sie sich trafen. Aber warum?, fragte sich Tessa. Ob sie den guten Ian davon abhalten wollten, sich in die Tochter eines Mörders zu verlieben? Ian und sie hatten sich seit dem verunglückten Überraschungsbesuch auf Stellmore Castle jedenfalls nicht mehr wiedergesehen. Dafür telefonierten sie täglich. Tessa aber ließ nichts von dem durchblicken, was sie vermutete. Und selbst bei ihrem wöchentlichen Therapietermin ließ sie Lucas gegenüber nichts davon verlauten. Überhaupt reagierte sie erstaunlich gelassen auf diese eisige Ablehnung, die ihr Misses McKinnon und Jamie entgegenbrachten. Sie fühlte sich psychisch wesentlich stabiler als bei ihrer Ankunft in St. Andrews. Ob es an dem hervorragenden Therapeuten lag oder an der Tatsache, dass sie bis über beide Ohren in Ian verliebt war, sie konnte es nicht sagen. Jedenfalls wurde ihr jedes Mal warm ums Herz, wenn sie sich in Erinnerung rief, wie großartig sich Ian verhalten hatte, als sie ihm ihre ganze Geschichte anvertraut hatte.

Was sie ihm allerdings noch nicht verraten hatte, war ihr morgiger Flug nach Hamburg. Ihre Freundin Klara hatte ihr online das Geld dafür überwiesen. Schließlich fand in drei Tagen der Prozess gegen ihren Vater statt. Und das war ihre einzige Chance, Paul zu sehen. Und die würde sie um jeden Preis nutzen. Tessa wollte Ian ihr Vorhaben heute Abend persönlich beibringen. Denn er freute sich bereits riesig darauf, mit ihr ein paar Tage in die Highlands zu fahren. Tessa fand die Idee auch wunderbar, nur würde diese Reise noch ein wenig warten müssen. Spätestens heute Abend nach dem Fest, von dem er sie hoffentlich nach Hause bringen würde, wollte sie es ihm sagen. Ob er mit in ihre Wohnung kommen würde? Tessa hoffte jedenfalls darauf. Wie oft hatte sie sich in den letzten Nächten vorgestellt, wie es wohl wäre, mit ihm zu schlafen. Tessa spürte bei dem Gedanken, Ian heute Abend zu treffen, wie es in ihrem ganzen Körper flirrte. Ob er sie bitten würde, nach dem Prozess nach Schottland zurückzukehren? Ihr Herz pochte heftig. Sie würde keine Sekunde zögern, ihr Leben umzukrempeln.

Das wollte ich noch für keinen Mann tun, dachte sie verträumt und drehte sich vor dem Spiegel. Das Kleid, das sie heute

Abend zum Fest tragen wollte, hatte sie sich in Edinburgh gekauft. Vor drei Tagen, als sie Arran getroffen hatte. Ian wollte dringend neue Sofa- und Sesselbezüge für die Lobby. Das hatte er ihr am Telefon gesagt und war sehr frustriert gewesen, dass er in Stellmore Castle zu gar nichts kam. Tessa hatte ihm von ihrem persönlichen Draht zu Stenton&Lake erzählt. Ob die uns einen Kostenvoranschlag machen, hatte Ian gefragt. Tessa war froh gewesen, dass sie endlich wieder eine echte Herausforderung zu meistern hatte. Sie hatte sofort Arran angerufen und sich mit ihm in Edinburgh verabredet. Tessa hatte ganz offen mit ihm geredet, was die Schwierigkeiten in der Agentur angingen, und ihm freigestellt, zur Konkurrenz zu gehen. Arran aber hatte sich Bedenkzeit ausgebeten. Allerdings hatte Tessa alles ausgespart, was mit Hamish zu tun hatte. Sie durfte davon ausgehen, dass der verschlossene Hamish seinem Bruder gegenüber von sich aus nichts über ihre Affäre berichten würde. Als könnte Arran Gedanken lesen, bemerkte er plötzlich: »Mein Bruder ist übrigens wieder bei seiner Frau eingezogen. Es war wohl offensichtlich nichts mit seiner neuen Freundin.« Wie gern hätte Tessa ihn darüber aufgeklärt, was wirklich vorgefallen war – aber wozu? Wem nützte das? Arran hatte ihr noch an demselben Abend ein wirklich verlockendes Angebot für die Stoffe gemacht. Daraufhin hatte sie Ian gebeten, ihn und seine Frau auf die Gästeliste zu setzen. Natürlich war ihr ein wenig mulmig bei dem Gedanken, zu Jamies großem Tag in Ians Begleitung auf dem Fest zu erscheinen, aber was, wenn sie sich drückte? Würde Ian sich dann nicht sehr wundern? Außerdem hatte Tessa das Bedürfnis, vor nichts mehr wegzulaufen und sich den Schwierigkeiten zu stellen. Und was war die unverhohlene Ablehnung von Mutter und Schwester ihres Liebsten gegen alles, was sie in den letzten Monaten hatte durchmachen müssen? Nein, sie würde den beiden selbstbewusst und furchtlos gegenübertreten. Schließlich konnte sie sicher sein, dass der Mann an ihrer Seite wirklich zu ihr stand. Ein wohliges Schaudern durchlief ihren Körper.

Seufzend drehte sie sich noch einmal um die eigene Achse. Sie war sich selten so unsicher gewesen, ob das Kleid wirklich zu dem Anlass passte und ob sie nicht ein wenig overdressed sein würde in dem roten rückenfreien Neckholder mit dem weit schwingenden Rock. Sie hatte sich sogar rote Sandalen besorgt. Das Ganze war sehr sommerlich, und so wie die Sonne ins Zimmer strahlte, würde es tatsächlich ein warmer Abend werden.

Sie war Klara unendlich dankbar, dass sie ihr genügend Geld geschickt hatte, aber mehr noch, dass sie am Montag extra zum Prozess aus Paris einfliegen würde. Sie brannte schon darauf, ihr von Ian zu berichten.

Ihr Herz klopfte bei dem Gedanken, dass er sie gleich abholen würde. Sie steckte ihr Haar hoch und benutzte einen knallroten Lippenstift, im Ton perfekt passend zu ihrem Kleid. Sie war sich selbst beinahe fremd, war sie hier in Schottland doch meist ungeschminkt, mit Pferdeschwanz, Hosen und in Turnschuhen herumgelaufen. Sie fühlte sich ein wenig verkleidet. Dabei war sie in Hamburg nie aus dem Haus gegangen, ohne sich vorher zu schminken.

Das Klingeln an der Tür riss sie aus ihren Gedanken. Im Vorübergehen fiel ihr Blick auf das Innenleben des Tagebuchs von Bonnie Chattan. Tessa hatte es schon seit Tagen lesen wollen, jedenfalls soweit es Lady Fionas Schicksal anging, aber sie war einfach nicht dazu gekommen.

Mit weichen Knien öffnete sie die Tür. Ian strahlte übers ganze Gesicht. »Meine Güte, das grenzte ja an Folter, dass ich dich vier Tage nicht sehen konnte.«

»Fünf Nächte«, lachte Tessa.

»Bin ich froh, dass die Sache gut ausgegangen ist. Da verzeih ich doch meiner Mutter glatt, dass sie mich ausgetrickst hat. Lass dich mal ansehen.« Er trat einen Schritt zurück. »Wow, du bist die schönste Frau des Abends!«

»Mir wäre es lieber, die zweitschönste nach deiner Schwester zu sein«, entgegnete Tessa.

»Okay, okay, aber du siehst wirklich umwerfend aus.« Er nahm sie in den Arm und drückte sie fest an sich.

»Ist der Lippenstift kussecht?«, fragte er grinsend.

»Stand jedenfalls drauf! Aber ich denke, du solltest es lieber testen.«

Sie küssten sich leidenschaftlich. Als sie ihre Lippen voneinander gelöst hatte, brachen sie gleichzeitig in lautes Gelächter aus.

»Du hast einen knallroten Mund«, kicherte Tessa.

»Und bei dir hat sich die Farbe fast bis zum Kinn verteilt«, gab er schmunzelnd zurück.

Ein Blick in den Garderobenspiegel ließ Tessa zu einem Taschentuch greifen. Entschlossen wischte sie sich die Farbe aus dem Gesicht.

»Du musst mich leider ohne Kriegsbemalung mitnehmen«, scherzte sie. »Oder wir dürfen wir uns den ganzen Abend nicht küssen.«

»Bist zu wahnsinnig? Nein, wisch es nur weg. Ich beiße in den sauren Apfel und nehme dich als Bleichgesicht.«

Er umarmte sie von hinten und ließ seine Hände in Richtung ihres Dekolletés gleiten.

»Mister McKinnon, es ist halb acht. Wir müssen!«

»Schon verstanden!« Seufzend nahm er die Finger weg und reichte ihr den Arm. »Dann wollen wir mal.«

»Und deine Mutter ist wirklich wieder so fit, dass sie heute Abend zum Fest geht?«, fragte Tessa, als sie das Haus verließen.

»Und wie! Sie hat sich gerade von Ethan abholen lassen. Krank sah sie nicht gerade aus.« Seine Miene verfinsterte sich.

»Hat sie etwas Blödes über mich gesagt?«

Ian machte eine wegwerfende Geste.

Sie waren inzwischen beim Wagen angelangt. »Du kannst ehrlich zu mir sein. Was hat sie gegen mich?«

»Ach, das ist so ein Unsinn, den sie von sich gibt. Meine Schwester muss ihr wohl von der Geschichte mit deinen Eltern erzählt haben. Sie war vorgestern zu Besuch, und die beiden haben ihre Köpfe verschwörerisch zusammengesteckt, wie ich das selten bei den beiden Streithennen erlebt habe …«

»Nun komm schon, was hat sie gesagt?«

»Sie meinte, du würdest auf dem schnellsten Weg auf Nimmerwiedersehen nach Deutschland zurückkehren. Ich solle bloß nicht mein Herz an dich hängen. Die Tochter eines Mörders wäre nicht das, was sie sich für meine Zukunft vorstellt.«

Tessa zuckte die Achseln. »Na ja, irgendwie kann ich sie sogar verstehen. Das ist nicht gerade das, was man sich für seinen heiß geliebten Sohn wünscht.«

»Tessa, ich lasse mir meine Frau nicht von meiner Mutter aussuchen. Mein einziger Ratgeber ist mein Herz und …« Er musterte sie begehrlich. »Und, na ja, das für Männer Übliche. Schau nicht so betroffen. Ich lasse mir da nicht reinreden.«

»Weiß sie, dass ich mit zum Fest komme?«

»Nein! Nachdem mich Mutter und Jamie gestern noch einmal gemeinsam bearbeiten wollten, habe ich das Gespräch über dich verweigert. Und ich schwöre dir eines: Sollten sie sich unhöflich dir gegenüber benehmen, bekommen Sie es mit mir zu tun. Ich habe diesen Hamish doch auch höflich behandelt, obwohl ich ihn von der ersten Sekunde an nicht leiden konnte … Hoffentlich ist sein Bruder netter.«

»Du wirst ihn mögen. Jede Wette!«, versprach Tessa.

Ian sah ihr tief in die Augen. »Versprich mir nur eines: dass du nicht einfach einen Flieger nach Deutschland nimmst und fort bist.«

»Ian, ich …« Tessa zögerte. War es so zwischen Tür und Angel ein günstiger Zeitpunkt, ihm zu gestehen, dass sie bereits ein Ticket in der Tasche hatte?

Zu ihrer Überraschung lachte Ian jetzt. »Wie gut, dass du gar nicht wegfliegen kannst. Ich habe dir noch gar nicht den letzten Lohn ausgezahlt.«

»Natürlich würde ich nicht nach Hamburg fliegen, ohne das mit dir zu besprechen«, erklärte sie ausweichend.

»Und vergiss nicht, was ich dir versprochen habe. Wenn du wirklich zu dem Prozess nach Hamburg fahren willst, ich komme mit!«

Das ist so lieb von dir, dachte Tessa wehmütig, aber sie ertrug die Vorstellung nicht, dass Ian Zeuge dieses grausamen Schauspiels wurde. Was, wenn sich offenbaren würde, dass Paul wirklich ein skrupelloser Mörder war? Nein, das sollte Ian um keinen Preis miterleben.

»Wir müssen uns beeilen«, sagte sie hastig und stieg in den Wagen. Sie konnte ihm das schlecht zwischen Tür und Angel erklären. Aber heute Abend helfen alle Ausreden nichts mehr, dachte sie entschieden. Dann muss ich es ihm sagen. Ich hoffe, er hat Verständnis für meine Entscheidung, das Ganze allein – nur mit Klara – durchzustehen.

Arm in Arm stiegen sie schließlich die Stufen zum Old Course House hinauf. Die Lobby war festlich beleuchtet, und es waren bereits eine Menge Menschen anwesend. Der Empfang fand hier statt, bevor es zur Preisverleihung und dem Essen in den großen Festsaal ging.

Ian hatte Tessas Hand genommen und ließ sie nicht mehr los. Das fühlt sich gut an, dachte sie, so überstehe ich auch die Begegnung mit den beiden Furien. Sie hatte den Gedanken noch nicht zu Ende geführt, als sie beinahe mit Marta und ihrem attraktiven Begleiter zusammenstießen. So erfreut wie Ethan sie begrüßte, so feindlich stand ihr Marta gegenüber.

»Ich dachte, Sie wollten längst zurück in Deutschland sein«, zischte sie.

»Mutter! Tessa ist meine Begleitung, und ich bitte dich, sie zumindest höflich zu behandeln.«

Ethan nickte zustimmend.

Marta aber war sehr blass geworden. »Ich möchte dich nach der Preisverleihung sprechen. Unter vier Augen.«

»Hat das nicht Zeit bis morgen?«, erwiderte Ian genervt.

»Nein! An der Bar um zehn Uhr!« Das war keine Frage, sondern ein Befehl.

»Ja, ja!« Ian drückte Tessas Hand ganz fest und zog sie weg von seiner Mutter.

»Jetzt ist aber wirklich gut«, schimpfte er. »Du wirst mich nachher fünf Minuten entschuldigen müssen. Ich glaube, ich muss ihr mal meine Meinung sagen.«

»Das hast du doch schon. Lass nur, sie muss mich nicht mögen.«

»Aber respektieren! Stell dir vor, du wärst die Mutter ihrer Enkel und sie verhält sich wie ein Stinkstiefel. Das geht nicht.«

»Die Mutter ihrer Enkel?«, wiederholte Tessa lachend. »Sollte das ein Antrag sein?«

Ian blickte sie ernst an. »Sagen wir mal, eine Willenserklärung. Der Antrag folgt.«

»Aber wir kennen uns noch gar nicht richtig«, widersprach Tessa.

»Bei mir war es so etwas wie Liebe auf den ersten Blick«, entgegnete er und strich ihr eine Haarsträhne aus dem Gesicht. »Und ich habe mal gehört, die Beziehungen, in denen der Mann die Frau regelrecht erobern muss, sind die haltbarsten.«

»Das glaubte man vielleicht im neunzehnten Jahrhundert«, gab Tessa zurück, um ihre Rührung zu verbergen. Ian McKinnon hatte nämlich recht, jedenfalls, was ihre Beziehung anging. Er war am Ball geblieben und hatte sie regelrecht erobert. Mit Erfolg, wie sie an dem Kribbeln in ihrem Bauch unschwer erkennen konnte.

»In Schottland gilt das auch noch im einundzwanzigsten Jahrhundert«, lachte Ian.

In diesem Augenblick entdeckte sie Arran in der Menge und winkte ihn heran. Er kam in Begleitung einer eleganten schwarzhaarigen Frau auf ihn zu. Sie hatte einen leichten japanischen Einschlag. Tessas Eindruck bestätigte sich, als er sie mit »Meine Frau Aiko« vorstellte. Tessa machte die beiden mit Ian bekannt, und sie gingen zu viert an die Bar, um mit einem Champagner auf das Geschäft zwischen Ian McKinnon und der Firma Stenton&Lake anzustoßen. Arran saß zwar nicht im Vertrieb, aber er hatte die günstigen Konditionen ausgehandelt. Im Gegenzug durfte die Firma eine kostenlose Anzeige in der hoteleigenen Broschüre veröffentlichen. In diesem Augenblick näherte sich ihnen Jamie, die in ihrem kurzen grünen Kleid hinreißend aussah, wie Tessa neidlos zugeben musste. Dieser Eindruck kippte allerdings ins Gegenteil, als Jamie Tessa erblickte. Ihr Gesicht versteinerte förmlich.

»Ich dachte, Sie seien abgereist«, zischte sie.

»Sie sind die Zweite, die diesem Irrtum erlegen ist«, erwiderte Tessa betont freundlich. Ian machte Anstalten, sich einzumischen, doch Tessa legte ihre Hand auf seinen Unterarm zum Zeichen, dass sie das allein schaffen würde.

»Darf ich Ihnen Mister Makenzie vorstellen, er ist Marketingchef bei Stenton&Lake und hat Ihnen sehr gute Konditionen für die Lieferung von neuen Stoffen vermittelt«, erklärte Tessa geschäftsmäßig.

»Mister Makenzie?«, fragte Jamie tonlos und funkelte Tessa wütend an, ohne Arran eines weiteren Blickes zu würdigen.

Ian schien zu merken, dass hier gerade etwas völlig aus dem Ruder lief. Geistesgegenwärtig lockte er Arran und seine Frau von dem Kriegsschauplatz weg. »Kommen Sie mit, ich zeige Ihnen rasch die Sofas!«

Im Gehen drückte er Tessas Hand. »Kommst du?«

»Sie kommt gleich nach«, mischte sich Jamie ein. Tessa nickte Ian zu. Sie signalisierte ihm, dass er sie beruhigt mit seiner Schwester allein lassen konnte.

»Haben Sie wirklich geglaubt, ich hätte mich von Ihren Drohungen einschüchtern lassen und wäre nach Deutschland geflüchtet?«, fragte Tessa provokant.

»Ich habe nicht viel Zeit.« Jamie warf einen Blick auf ihre Armbanduhr. »Aber es wird genügen, um Sie von der sofortigen Abreise zu überzeugen. Folgen Sie mir!«

Tessa war gespannt, was für Geschütze Jamie auffahren würde, um ihren Bruder schlecht zu machen. Deshalb eilte sie Jamie hinterher. Das war gar nicht so einfach, weil die Preisträgerin alle paar Schritte angesprochen wurde und ein falsches Lächeln zeigte.

Vor dem Lift blieb sie stehen und drückte den Knopf. »Wohin entführen Sie mich?«, fragte Tessa, die das ganze Theater höchst albern fand.

»Dorthin, wo uns keiner hört.« Im ersten Stock stiegen sie aus. Tessa warf der Lady in Blau einen flüchtigen Blick zu. Doch da war Jamie schon den Flur entlanggeeilt. Tessa folgte ihr kopfschüttelnd, und ehe sie sichs versah, hatte Jamie sie in eine Wohnung geschoben. Geschmackvoll eingerichtet, dachte sie.

»So, meine Liebe«, fauchte sie. »Ich hätte Ihnen beziehungsweise uns das gern erspart, aber es geht nicht anders. Sie wollen offenbar nicht verstehen, dass mein Bruder für Sie tabu ist!«

»Sie machen sich lächerlich. Sollten Sie sich nicht lieber auf Ihre Dankesrede vorbereiten, statt leere Drohungen gegen unliebsame Freundinnen Ihres Bruders auszustoßen?«

»Bist du wirklich so ahnungslos oder ein ganz durchtriebenes Miststück?«

»Sie gehen zu weit, Jamie. Ein Wort noch und ich werde mit Ian reden. Bislang habe ich meinen Mund gehalten, weil ich dachte, ich würde allein mit Ihrer Mutter und Ihnen fertig.«

»Ja oder nein? Wissen Sie, wer Ihr Vater ist, oder nicht?«

»Blöde Frage. Auch wenn Sie ihn für einen Mörder halten, Paul Baumann ist und bleibt mein Vater.«

»Irrtum, meine Liebe!«

»Was soll das?« Langsam wurde Tessa mulmig zumute. Sie spürte die Gefahr, die von dieser Frau ausging, körperlich. Ihr wurde ein wenig übel.

»Sie wollen also wirklich behaupten, Sie wüssten nicht, dass Aleck McKinnon Ihr leiblicher Vater ist?«

Tessa wurde weiß wie eine Wand. Sie wandte sich zum Gehen. »Es reicht. Ich hole jetzt Ian. Sie sind ja verrückter, als ich bislang geglaubt habe!«

»Halt!« Jamie packte Tessa grob an den Oberarmen. »Sie scheinen tatsächlich keinen Schimmer zu haben. Sie sind also wirklich hergekommen, um zu erfahren, warum Ihre Mutter hier bei uns aufgekreuzt ist? Das kann ich Ihnen verraten!«

Tessas Knie wurden weich. Sie wollte etwas erwidern, aber ihre Zunge versagte ihr den Dienst.

»Sie hat erfahren, dass unser Vater im Sterben lag, und wollte sondieren, ob es etwas zu erben gab. Aber mein Vater hatte alles meiner Mutter vermacht. Damit dürfte Ihre Mission in St. Andrews erfüllt sein. Ich würde sagen, verabschieden Sie sich lieber nicht von Ian. Er kommt eher darüber hinweg, wenn er glaubt, Sie wären einfach aus einer Laune heraus abgehauen.«

Tessa zitterte am ganzen Körper. Erst weigerte sie sich, das zu glauben, doch dann drängte sich ihr mit Macht die Gewissheit auf, dass Jamie die Wahrheit sprach. Das würde so vieles erklären. Pauls Wahnsinnstat und seine Weigerung, sie zu sehen …

»Nun sagen Sie doch etwas! Sie haben schon verstanden, dass Ian Ihr Bruder ist und meine Mutter und ich keinen Wert darauf legen, mit dem Produkt von Dads Fremdgang Kontakt zu halten. Oder? Und wenn Sie Ian wirklich mögen, ersparen Sie ihm den ganzen elenden Mist! Soll ich diskret einen Chauffeur kommen lassen?«

»Halten Sie endlich Ihren dummen Mund!«, brüllte Tessa mit einem Mal.

Jamie zuckte erschrocken zusammen.

»Sie haben gewonnen. Ich werde diskret das Feld räumen, und sagen Sie Ian, wenn er fragt, ich sei zu Hamish zurückgekehrt.«

»Aber das ist ...«

»Ach, erzählen Sie ihm doch, was Sie wollen. Aber seien Sie nett zu seinem Bruder Arran. Die Bedingungen für die Stofflieferung sind wirklich günstig«, zischte Tessa und rannte aus der Wohnung, bevor Jamie etwas entgegnen konnte.

Am Lift angekommen drehte sich Tessa ein letztes Mal zu Lady Fiona um. »Damit wäre auch die Frage geklärt, warum wir uns ähnlich sehen«, murmelte Tessa und ließ den Fahrstuhl in den Keller fahren. Durch die Lobby davonzuschleichen war ihr zu gefährlich. Auf keinen Fall wollte sie Ian begegnen.

Sie schaffte es, unbemerkt zum Hinterausgang des Old Course House zu gelangen. Dorthin bestellte sie sich ein Taxi. Sie ließ sich zur Wohnung fahren und warf ihre Sachen in den Koffer, während der Wagen wartete. Sie zögerte kurz, ob sie das Tagebuch mitnehmen sollte oder nicht. Sie entschied sich dafür. Schließlich gehörte es ihr. Immer gesetzt den Fall, Jamie hatte die Wahrheit gesagt. Obwohl ihr Inneres längst wusste, dass es stimmte, nahm sie sich vor, das Erfahrene erst dann offiziell als Wahrheit anzuerkennen, wenn Paul es ihr bestätigt hatte! Der Taxifahrer war erfreut, als sie das Fahrziel nannte: Holiday Inn, Airport Glasgow!

Kinross, Dezember 1958

Auch in diesem Jahr würde Mairi die Gäste zu Hogmanay im Old Course House wieder am Flügel unterhalten. Seit ihrem spontanen Auftritt im vergangenen Jahr hatte sie ihr Repertoire um viele unterhaltsame Stücke erweitert. Der geerbte Flügel stand inzwischen in ihrer Wohnung, und sie spielte ständig darauf. Schließlich wurde sie als Kindermädchen kaum noch benötigt. Aleck hatte sich im letzten Jahr in der Schule gemausert und war mit seinen bald sechzehn Jahren zu einem jungen Mann herangewachsen. Viel Unterstützung bei den Hausaufgaben brauchte er nicht mehr, aber er ließ sich von Mairi gelegentlich am Klavier unterrichten.

Eigentlich hat sich der Junge prima gemacht, dachte sie, während sie ihre Noten zusammenklappte, nachdem sie noch ein letztes Mal für ihren großen Auftritt am Abend geprobt hatte. Wenn nur nicht der ständige Streit zwischen Vater und Sohn wäre. Aleck war ein furchtloser Bursche, der seinem Vater in letzter Zeit oft Widerworte gab, was Aidan gar nicht vertragen konnte.

»Warum behandelt er Mutter immer so herablassend?«, hatte Aleck Mairi wieder einmal gefragt. Sie hatte die Stirn gerunzelt und ihm versichert, sie hätte auch schon öfter versucht, diesbezüglich auf ihn einzuwirken. Vergeblich! Ihr gegenüber war Aidan immer noch sehr duldsam, wenngleich ihm Micheil MacGray ein Dorn im Auge geblieben war. Deshalb traf sie ihren Freund immer häufiger in seinem Haus. Sie war die abfälligen Bemerkungen ihres Bruders leid. Er tat gerade so, als würde sie im horizontalen Gewerbe arbeiten. Ständig löcherte er sie mit

Fragen, ob es denn schon zum Äußersten gekommen wäre. Mairi hüllte sich in vornehmes Schweigen. Was ging es ihren Bruder an, ob sie mit dem Anwalt im Bett gewesen war? Wenn er Augen im Kopf hätte, würde er die Antwort kennen, dachte Mairi belustigt, während sie vor dem Garderobenspiegel stehen blieb. Ihre Wangen waren rosiger als zuvor, ständig umspielte ein Lächeln ihre Lippen, und ihre Augen strahlten das gewisse Etwas aus. Mairi war sich sicher: Aidan kannte die Antwort ebenfalls und wollte es nur aus ihrem Munde hören. Sie hatte sich anfangs etwas geziert, mit Micheil ins Bett zu gehen, weil ihr die Worte ihres Bruders doch näher gegangen waren, als sie hatte zugeben wollen. Micheil aber hatte eine Engelsgeduld mit ihr bewiesen, und eines Tages hatte sie mehr als Küsse zugelassen. Und es war wirklich nicht schlimm gewesen. Dass ihr der Akt selber keine überbordende Freude bereitete, würde sie Micheil natürlich keinesfalls verraten. Es war ja nicht so, dass er nicht zärtlich war, aber er schien sehr unbeholfen, und da sie keinerlei Erfahrung besaß, wusste sie nicht, wie sie das Ganze lustvoller gestalten konnte. Wenn es nach ihr ginge, würde man sich jedenfalls nicht im Stockdunklen lieben und man würde sich mehr Zeit lassen. Ansonsten machte sie Micheils Gesellschaft sehr glücklich. Sie besuchten Konzerte, unternahmen kleine Ausflüge und spielten manchmal nächtelang Schach. Nachdem Micheil es ihr beigebracht hatte, war Mairi regelrecht entflammt für das Spiel. Außerdem war Micheil sehr belesen und besaß eine große Bibliothek, in der sich Mairi liebend gern aufhielt.

Mairi strich sich eine Strähne aus dem Gesicht, bevor sie sich von ihrem Spiegelbild löste. Ob er mir heute wohl einen Antrag machen will, durchfuhr es sie, als ihr einfiel, dass Micheil seinen Besuch auf Stellmore Castle schon für den frühen Nachmittag angekündigt hatte. Dabei begannen die Feierlichkeiten drüben in St. Andrews erst am späten Nachmittag. Mairi hatte sich extra für diesen Abend ein neues Kleid gekauft und einen verwegenen Plan gefasst. In dieser besonderen Nacht würde sie Micheil bitten, ein schummriges Licht anzulassen, wenn sie sich liebten. Vielleicht erhöhte das den Reiz, wenn sie einander dabei ansehen konnten.

Als es unten an der Haustür läutete, lief sie schnell los, um Aidan zuvorzukommen, der an diesem Tag zu Hause war, um sich für die abendlichen Feierlichkeiten auszuruhen.

Mairi hatte Glück. Außer ihr schien niemand das Klingeln gehört zu haben. Es war wie erwartet Micheil, der mit einem Strauß Rosen vor der Tür stand. Sie tat überrascht. »Blumen für mich?«

Das machte Micheil verlegen. »Ja … ich … also … lass uns nach oben gehen, in Ordnung?«

Micheil war auch nicht besonders erpicht darauf, Aidan zu begegnen. So eilten sie schnell die Treppen hinauf. Mairi bat ihn in ihren Salon und bot ihm einen Drink an. Micheil, der sonst kaum Alkohol trank, stürzte den Malt in einem Zug hinunter.

Mairi musste sich beherrschen, um nicht hell aufzulachen, weil es offensichtlich war, was ihrem Freund auf der Seele brannte.

»Mairi«, begann er seine Rede. Sie hatte sich still auf einen Stuhl gesetzt, um ihm Gelegenheit zu geben, sein Anliegen endlich vorzubringen. »Mairi, du weißt, wie ich dich liebe. Willst du meine Frau werden?«

Mit diesen Worten übergab er ihr den Rosenstrauß, den er bislang fest in der Hand gehalten hatte. Mairi beugte sich zu ihm und gab ihm einen Kuss auf die Wange. »Ich will«, flüsterte sie.

»Du machst mich zum glücklichsten Mann der Welt«, verkündete er überschwänglich.

Mairi lachte und nahm seine Hand. »Komm mit. Als mein Verlobter darfst du auch zusehen, wie ich mein neues Kleid anziehe«, flüsterte sie und fasste zeitgleich einen weitaus verwegeneren Plan, als heute Nacht ein Licht anzulassen. Kaum waren sie im Schlafzimmer angekommen, drehte sie den Schlüssel im Schloss herum.

Micheil sah sie zweifelnd an, aber er protestierte nicht. »Setz dich aufs Bett und schau mir zu!«, befahl sie. Er tat, was sie verlangte, und Mairi sah an seinen geröteten Wangen, dass es ihn erregte.

Als hätte sie nie etwas anderes getan, zog sie nun Kleidungsstück für Kleidungsstück genüsslich aus, bis sie nackt vor ihm stand. Seltsamerweise empfand sie keinerlei Scham. Im Gegenteil, sie genoss die begehrlichen Blicke, mit denen er sie musterte. Das war doch etwas ganz anderes als dieses schnelle Übereinanderrollen im Finsteren. Mairi näherte sich ihm, während sie ihm fest in die Augen sah. Sie setzte sich rittlings auf seinen Schoß. Sie spürte sofort, wie sein Körper auf ihre aufreizenden Bewegungen reagierte. Micheil stöhnte leise auf und begann über ihren Rücken zu streicheln, bis er es schließlich wagte, ihre Brüste zu berühren. Durch Mairis Körper liefen ungeahnte Wellen der Begierde. Sie rutschte von seinem Schoß und kniete vor ihm. Wie selbstverständlich öffnete sie seine Hose und half ihm, sie auszuziehen. Er stöhnte lauter, packte sie an den Armen, zog sie hoch und drückte sie auf das Bett. Als er sich über sie wälzen wollte, sagte sie leise: »Deine Hand. Gib mir deine Hand.« Mairi nahm sie und legte sie zwischen ihre Schenkel. Das wusste sie aus den vielen einsamen Nächten, dass das der Weg zur wahren Lust war. Micheil zögerte keine Sekunde und fing an, sie zu streicheln. Er hatte sie kaum berührt, als Mairi zu explodieren schien. Als Micheil nun in sie eindrang, war es anders als jemals zuvor. Mairi verspürte eine unendliche Lust. Sie stöhnten und schrien, als gäbe es kein Morgen.

Dann war alles ruhig, bis auf seinen Herzschlag, den Mairi hören konnte, während sie in seinem Arm lag. Plötzlich durchzuckte Mairi ein Schmerz in der Brust, der sich bis in den Oberarm zog, der aber so schnell verschwand, wie er gekommen war. Sie gab keinen Laut von sich und schob es auf die Aufregung.

Sie blieben noch eine ganze Weile schweigend im Bett liegen, bevor Mairi sich stöhnend aus den Laken schälte und aufstand. Da sah sie, dass Micheil eingeschlafen war. Ein seliges Lächeln umspielte seine Lippen.

Mairi strich ihm sanft über die Wangen. An diesem Nachmittag des alten Jahres schien ihr Glück perfekt. Das Einzige, das ihr Sorge bereitete, war die bange Frage, wie sie ihrem Bruder am besten beibrachte, dass sie ganz zu Micheil ziehen würde. Sie wollte diesen Schritt gern noch im alten Jahr tun und bat Micheil, nachdem er aufgewacht war, nach St. Andrews vorzufahren und sie mit Aidan und Aleck nachkommen zu lassen. Jamielle war bereits im Hotel, um die Vorbereitungen zu beaufsichtigen, denn das Hogmanay-Fest war nicht nur für die Gäste gedacht, sondern auch für Freunde der Familie. Auf der Fahrt dorthin würde sie ihrem Bruder mitteilen, dass sie Micheil heiraten werde. Es war ihr ganz recht, dass Aleck dabei sein würde. In Gegenwart seines Sohnes wird er sich bestimmt zusammenreißen, mutmaßte sie und schlüpfte in ihr neues Ballkleid.

Micheil, der nur ein wenig gedöst und sie aus halb geschlossenen Augen beobachtet hatte, stieß einen bewundernden Pfiff aus. »Du siehst aus wie eine Prinzessin«, schwärmte er.

Sie drehte sich ein paarmal hin und her und konnte kaum glauben, dass sie die Person war, die in diesem Traum aus Tüll steckte. Wenn da nicht so ein Druck auf ihrer Brust gewesen wäre, sie hätte vor Freude laut singen mögen.

»Ja, dann werde ich wohl auch aufstehen müssen. Ich werde aber sicher nach euch in St. Andrews sein, denn ich kann ja nicht im Straßenanzug zum Fest kommen.«

»Nein, Aidan hat für die Herren Kilts angeordnet«, lachte Mairi. »Besitzt du überhaupt einen?«

»Wo denkst du hin? Jedes Jahr auf dem Clantreffen tragen wir unsere traditionelle Kluft. Schwarze Jacke, Kilt und alles Übrige.«

»Dann bin ich gespannt auf meinen Verlobten im Rock.« Mairi umarmte Micheil stürmisch.

»Wollen wir es heute Abend offiziell bekannt geben?«

Mairi nickte. »Deshalb fahre ich mit Aidan im Wagen zum Hotel. Damit ich es ihm schonend beibringen kann. Wenn er es unvorbereitet vor allen Leuten erfährt, fällt er mir noch tot um.«

»Eigentlich sollte er sich freuen über das Glück seiner Schwester. Du bist doch glücklich, oder?«

»Und wie!«, seufzte Mairi. »Aber du kennst ihn ja. Wenn sich die Welt nicht um ihn dreht, wird er ungnädig. Und ich hatte mein Leben nun einmal seinem Wohl verschrieben. Wie konnte ich ahnen, dass mir noch einmal so etwas widerfährt wie du, mein Lieb?«

»Danke, Mairi. Vielen Dank!«

»Wofür?«

»Dass du mich heute wach geküsst hast.« Er senkte den Blick. »Meine Frau ... also ... sie war strenggläubig, und es wäre Sünde gewesen, so etwas wie Lust zu empfinden. Ich habe mich nicht getraut, meinem Sehnen nachzugeben.«

»Nie wieder im Dunklen. Versprochen?«, lachte Mairi.

»Ich liebe dich«, sagte Micheil. Er war jetzt vollständig angezogen und konnte sich nur schwer von ihr lösen. »Ich möchte nie mehr ohne dich sein«, flüsterte er.

Mairi umarmte ihn. Sie küssten einander leidenschaftlich, bis ein Klopfen an der Tür sie unterbrach.

Mairi verdrehte entnervt die Augen, ging aber zur Tür. Sie befürchtete, es wäre ihr Bruder, der womöglich etwas von ihrem lauten Liebesspiel mitbekommen hatte.

Doch es war ihr Neffe. »Ich wollte nur fragen, ob du mit uns fährst oder ... einen wunderschönen guten Tag, Mister MacGray. Oder ob du mit Mister MacGray fährst?«

»Nein, sie fährt mit Ihnen. Ich muss mich noch umziehen und komme dann nach«, erklärte Micheil hastig und warf Mairi einen verschwörerischen Blick zu, bevor er ihr zum Abschied einen Kuss auf die Wange gab.

»Bis nachher, Aleck«, sagte er freundlich und verließ das Zimmer.

»Hast du etwas auf dem Herzen?«, fragte Mairi und musterte ihren Neffen.

Aleck trat nervös von einem Bein auf das andere. »Ach nein, ich meine, ich wollte nur mal was wissen, ich dachte …«

»Komm schon rein!«, bat Mairi und bot ihm einen Platz auf der Bettkante an. Vorher versuchte sie, die zerwühlten Laken glatt zu ziehen. Was soll der Junge denken?, ging es ihr durch den Kopf, als sie seinen interessierten Blick wahrnahm.

»Tante Mairi, liebst du Mister MacGray?«

Mairi nickte eifrig.

»Und was ist mit meinem Vater?«

Mairi erschrak. Dabei hatte es eines Tages so kommen müssen. Aleck war kein Kind mehr.

»Ich … ich habe ihn auf eine, nun, auf eine andere Weise lieb«, stammelte sie. Und sie verfluchte wie so oft den Maulkorb, den Aidan ihr verpasst hatte. Wie gern würde sie diesem wunderbaren Jungen offen in die Augen schauen und ihm verraten: »Ich liebe ihn wie einen Bruder, denn Aidan ist mein Bruder.« Aber das durfte sie hinter Aidans Rücken nicht tun.

»Aber warum ist Vater zu dir immer sanft wie ein Lamm, während Mutter ihm gar nichts recht machen kann?« Alecks Miene hatte sich verfinstert.

»Ich weiß es nicht, aber ich glaube, nicht alle Ehen werden im Himmel geschlossen«, murmelte sie.

»Sie lieben sich also nicht so wie Mister MacGray und du einander, oder?«

»Ach, Aleck, es steht mir nicht zu, darüber zu urteilen«, erwiderte Mairi ausweichend.

»Ich hasse ihn manchmal dafür«, brach es aus Aleck heraus.

Mairi setzte sich neben ihn und legte ihm den Arm um die Schulter. »Das darfst du nicht einmal denken. Sieh mal, dein Vater war nicht immer so. Vor dem Krieg, da waren deine Eltern sehr glücklich. Damals, als Boyd …« Sie schlug sich erschrocken die Hand vor den Mund. Der Name durfte in diesem Haus nicht ausgesprochen werden.

»Bitte, erzähle mir von ihm! Haben Sie ihn mehr geliebt als mich?«

»Um Himmels willen, nein! Rede nicht solch einen Unsinn! Dein Vater hat dich als Kind genauso vergöttert …«

»Ja, bis ich angefangen habe, ihn zu kritisieren«, bemerkte Aleck bitter.

»Dein Vater ist ein Patriarch alter Schule. Er hatte es nicht einfach allein mit seinem mürrischen Vater …«

Aleck sah Mairi erstaunt an. »Er hat mir noch nie etwas über seine Herkunft erzählt. Ich weiß nur, dass die Lady in Blau, deren Bild im ersten Stock hängt, seine Mutter war und der grimmige Alte am Ende des Gangs sein Vater.«

»Dann frag ihn doch mal danach. Vielleicht ringt er sich nur nicht dazu durch, von selbst etwas von sich preiszugeben, und freut sich über dein Interesse. Wenn du erfährst, wie er aufgewachsen ist, hast du sicherlich ein wenig mehr Verständnis für ihn.«

»Ich glaube, ich will nie heiraten«, stieß Aleck trotzig hervor.

»Aber wie kannst du so etwas sagen? Warte ab, bis du dich wirklich verliebst. Dann wirst du deine Meinung ändern.«

»Ich will mich aber gar nicht verlieben!«

Mairi strich ihm über seine Locken. »Junge, wetten, das wird geschehen. Ob du es willst oder nicht!« Plötzlich kam ihr ein Gedanke, wie sie ihre Verbundenheit mit Aleck zeigen konnte, ohne dass sie ihm verraten musste, dass sie seine Tante war. »Warte, ich schenke dir etwas«, sagte sie aufgeregt und öffnete ihre Nachttischschublade. Sie holte ein Kästchen hervor. Bevor sie den Deckel hob, beschwor sie Aleck, den Inhalt demjenigen

Mädchen zu schenken, in das er sich einmal von ganzem Herzen verlieben würde.

»Und nur dieser einen Frau«, beschwor Mairi Aleck. »Der Ring bringt der Trägerin großes Glück«, fügte sie hinzu, während sie den rauchblauen Sternsaphir aus der Schachtel nahm und ihrem Neffen reichte. Seit sie Micheil kennengelernt hatte, trug sie ihn nicht mehr an einer Kette unter ihrer Kleidung. Und wo war er besser aufgehoben als bei ihrem geliebten Neffen? Schließlich war Fiona seine Großmutter gewesen. Und nun gelangte das Schmuckstück auf Umwegen in die Hände ihres Enkels.

In diesem Augenblick bahnte sich ein Sonnenstrahl den Weg in Mairis Schlafzimmer. Der Stein brach das Licht in alle Richtungen. Ein Strahlen erhellte den ganzen Raum.

»Ist der schön!« Aleck bestaunte die tausend Sterne, die der Saphir zaubern konnte.

»Versprich mir, dass du niemandem je diesen Ring zeigst und niemandem verrätst, dass er in deinem Besitz ist. Bis du ihn eines Tages der Frau deines Herzens schenkst.«

»Ach, Tante Mairi, ich verspreche dir, wenn ich mich eines Tages tatsächlich verlieben sollte, bekommt ihn die Frau. Und du wirst als Erste erkennen, dass sie meine große Liebe ist, wenn der Ring an ihrer Hand blinkt.« Er ließ das Schmuckstück rasch in der Hosentasche verschwinden.

»Ich hab dich lieb, mein Junge«, flüsterte Mairi, während ein höllischer Schmerz wie aus dem Nichts ihren Brustkorb zusammenzupressen drohte. Sie bekam keine Luft mehr, stöhnte auf …

Aleck erschrak, als er ihr Stöhnen vernahm, doch bevor er sie loslassen konnte, war ihr Kopf bereits leblos zur Seite gesackt. Ihre Augen waren weit aufgerissen.

»Mairi!«, rief Aleck verzweifelt. »Mairi!«

Er weigerte sich, es zu glauben, aber sie atmete nicht mehr. In seiner Verzweiflung schüttelte er sie, aber sie schlackerte leblos in seinem Arm hin und her.

Panisch legte Aleck ihren Körper auf das Bett und rannte schreiend aus dem Zimmer.

»Hilfe! Zu Hilfe!«

Und schon kam wie aus dem Nichts sein Vater angehetzt und stürzte an ihm vorbei ins Zimmer. Sekunden später ertönte ein gellender Schrei aus Aidans Mund. Aleck tastete wie betäubt nach dem Ring in seiner Hosentasche. Tränen rannen ihm übers Gesicht.

»Ich schwöre dir, Tante Mairi, ich werde mich eines Tages ganz doll verlieben, damit jemand deinen Ring tragen wird!«, murmelte er schluchzend.

Aleck hielt sein Versprechen und verriet keiner Menschenseele, dass der Saphir in seinem Besitz war. Auch nicht, als sein Vater Aidan am Tage vor Mairis Beerdigung fluchend ihre gesamte Wohnung durchsuchte und Aleck bat, ihm zu helfen, einen rauchblauen Ring zu finden, den er unbedingt mit Mairi zusammen beerdigen lassen wollte.

Das Schmuckstück blieb unauffindbar, und so wurde Mairi ohne den Ring bestattet. Obwohl Aleck vor Kummer um den plötzlichen Tod seiner geliebten Kinderfrau ganz krank war, konnte er das hemmungslose Schluchzen seines Vaters am offenen Grab kaum ertragen. Nicht, weil er seinen Schmerz nicht verstand, sondern weil die Blicke der Trauergemeinde allein auf Aidan gerichtet waren, der sich gebärdete, als wäre er der Ehemann der Verstorbenen. Ganz im Gegensatz zu Micheil MacGray, der zwar wachs-weiß im Gesicht war, der aber trotz allem Haltung bewahrte.

Aleck wusste sich schließlich nicht anders zu helfen, als seinem Vater einen Stoß in die Rippen zu versetzen und ihm zuzuraunen: »Reiß dich zusammen, Vater! Tu es Mutter zuliebe.«

Und diese Geste verzieh ihm Aidan nicht, solange er lebte. Seit diesem Tag war das Verhältnis zwischen Vater und Sohn getrübt, obwohl Mairis Tod für beide gleichermaßen ein unersetzlicher Verlust war.

St. Andrews, August 2012

Ian wippte nervös mit seinem Fuß, während Jamie ihre Dankesrede hielt. Erneut wandte er sich um und blickte suchend durch die Reihen. Er hatte einen Ehrenplatz ganz vorn. Der Platz neben ihm war allerdings frei geblieben. Wo war Tessa nur geblieben?, fragte er sich verzweifelt. Jamie hatte er nicht fragen können, weil sie erst in dem Moment in den Saal gekommen war, als die Preisverleihung begonnen hatte. Nun stand sie dort vorn auf dem Podium. Ian hörte ihren Worten gar nicht zu. Er machte sich Sorgen um Tessa. Hatte sie eine Panikattacke erlitten? Hatte sie die Feier verlassen, weil sie das feindselige Betragen seiner Schwester und seiner Mutter nicht ertragen hatte?

Ian nahm sich vor, die beiden zur Rede zu stellen. Ihr Verhalten war unmöglich.

Applaus brandete auf. Endlich war der offizielle Teil der Veranstaltung vorüber, denn Jamie erklärte das Büfett für eröffnet. Ian sprang von seinem Stuhl auf und bahnte sich einen Weg durch die Menge. Nachdem er vergeblich den ganzen Saal nach Tessa abgesucht hatte, ging er zurück zur Lobby, aber auch dort war keine Spur von ihr. Er fragte sogar an der Rezeption nach, aber keiner hatte Miss Baumann gesehen.

»Sie kann doch nicht verschwunden sein«, murmelte er, als er sah, wie Jamie auf die Waschräume zusteuerte. Er rief ihren Namen. Sie wandte sich kurz um, wollte dann aber hinter der Tür verschwinden. Mit einem Satz war Ian bei der Tür und riss sie auf. »Jamie, weißt du, wo Tessa ist?«

Sie schob ihn auf den Flur hinaus. »Was ist denn los? Du bist ja völlig aufgelöst.«

»Das wollte ich dich auch gerade fragen. Was ist los? Du bist doch eben gerade vor mir geflüchtet. Wo ist Tessa?«

Jamie zuckte die Achseln. »Woher soll ich das wissen? Bin ich ihr Kindermädchen?«, gab sie schnippisch zurück.

»Du bist sie in einer Art angegangen, dass ich Mister Makenzie aus dem Schussfeld bugsieren musste. Und danach habe ich sie nicht mehr gesehen. Was hast du ihr gesagt?«

»Gar nichts. Dass sie meine beste Freundin wird, kannst du nach der Sache mit Hamish wohl kaum von mir erwarten.«

»Was, Jamie? Hast du sie gebeten zu gehen?«

»Nein, wieso sollte ich?«

Ian kniff die Augen zu Schlitzen zusammen. »Ich weiß nicht, was in Mutter und dich gefahren ist, aber ihr werdet es mir sagen, sobald ich bei der Wohnung war.«

Jamie wurde blass. »Du willst das Fest verlassen? Das nenne ich einen Affront!«

Ian aber drehte sich wortlos um und eilte davon.

Jamie atmete ein paarmal tief durch. Sie konnte nur hoffen, dass Tessa die Wohnung bereits verlassen hatte. Nicht auszudenken, wenn Ian und sie einander noch begegneten. Wie sie die Deutsche kannte, würde sie Ian gnadenlos die Wahrheit ins Gesicht schleudern. Und dann würde der Gutmensch bestimmt darauf bestehen, dieses Ergebnis eines Fehltritts ihres Vaters am Erbe zu beteiligen.

»Sie haben sehr schön gesprochen«, riss eine männliche Stimme sie aus ihren Gedanken.

Jamie fuhr herum und blickte in die grünen Augen von Lucas Macbain, einem Studienkollegen von Ian. Er streckte ihr die Hand entgegen. »Meinen herzlichem Glückwunsch zu der Auszeichnung«, fügte er hinzu und bat sie um den Eröffnungstanz. Jamie hakte sich bei ihm unter.

Ian war wie der Teufel zur Wohnung gerast. Sie lag am Ortsrand von St. Andrews. Er hätte auch gut zu Fuß gehen können, aber er wollte keine unnötige Zeit verschwenden, denn er hatte ein ungutes Gefühl im Magen. Das bestätigte sich, als er, nachdem ihm auf sein Klingeln niemand öffnete, in die Wohnung stürmte. Das Licht brannte, die Schränke waren offen, ganz so, als wäre jemand übereilt aufgebrochen. Keine Frage. Tessa war abgereist, ohne sich von ihm zu verabschieden. Er ließ sich auf das Sofa fallen und überlegte. Sein erster Gedanke war, dass Jamie etwas damit zu tun haben musste. Doch dann fiel ihm ein, wie überstürzt Tessa Edinburgh verlassen hatte, nachdem sie Hamish mit Jamie gesehen hatte. Offenbar scheut sie ehrliche Aussprachen, ging es ihm durch den Kopf. Vielleicht ist sie einfach vor ihren Gefühlen geflüchtet. Nervös sprang er vom Sofa auf und lief im Zimmer auf und ab. Am Tisch blieb er stehen. Sie hatte einen Stapel Zeitungen zurückgelassen. Er stutzte. Ganz obenauf lag ein Computerausdruck. Es war die Bestätigung, dass sie ein Flugticket von Glasgow nach Hamburg für den morgigen Tag gebucht hatte. Ian nahm das Stück Papier in die Hand, und sein Blick blieb am Datum hängen. Die Reservierung war vom 20. August. Er ließ die Arme sinken. Sie hat das Ticket also bereits heute Abend in der Tasche gehabt und gewusst, dass sie abhauen wird, durchfuhr es ihn eiskalt. Was für eine Schauspielerin! Wütend zerknüllte er den Zettel und warf ihn zu Boden. Dann knipste er die Lampen aus, verließ die Wohnung und kehrte zum Fest zurück. Unabhängig von dem, was Tessa zu dieser Unaufrichtigkeit getrieben hatte, musste er in Erfahrung bringen, warum Marta und Jamie sie wie eine Aussätzige behandelt hatten.

Als er den Festsaal betrat, war die Feier in vollem Gang. Er entdeckte seine Mutter an der Bar. Sie winkte ihm hektisch zu. Es war genau zehn Uhr. Ihm fiel wieder ein, dass Marta ihn ja zu einem Gespräch zitiert hatte. Missmutig ging er auf sie zu.

»Wo ist diese Person?«, fragte Marta spitz.

»Ich weiß es nicht«, entgegnete Ian.

»Was heißt das?«

»Sie ist fort!«

»Na endlich«, stieß Marta erleichtert hervor.

Ian funkelte seine Mutter wütend an. »Was hat sie dir getan?«

»Nicht so laut. Die Leute gucken schon«, ermahnte Marta ihren Sohn.

»Es reicht. Komm, Mutter, wir müssen uns auf der Stelle unterhalten. In Ruhe.« Er packte sie am Oberarm und schob sie am Rande der Tanzfläche entlang aus dem Saal.

»Was soll das? Wenn sie weg ist, ist doch alles gut!«

»Ich werde den Verdacht nicht los, dass Jamie und du an ihrem plötzlichen Aufbruch nicht ganz unschuldig seid. Warum wolltest du sie loswerden?«

»Ich … na ja, ich meine, ihr Vater hat ihre Mutter auf dem Gewissen, also das ist einfach kein Umgang, ich meine, du weißt ja, dass der Vater im Gefängnis sitzt«, stammelte Marta.

In diesem Augenblick näherte sich ihnen Jamie. »Lass gut sein, Mutter, es ist alles in Ordnung.«

»Was ist in Ordnung?«, fuhr Ian dazwischen. »Hast du etwas damit zu tun?«

Jamie sah ein paarmal unschlüssig zwischen ihrer Mutter und ihrem Bruder hin und her. »Mom, wir sollten es ihm sagen«, seufzte sie. »Jetzt, wo sie weg ist. Ich glaube, es ist wirklich besser, wenn er es von uns erfährt.«

»Bist du verrückt?« Martas Stimme überschlug sich vor Aufregung.

»Er wird doch keine Ruhe geben, bis er die Wahrheit kennt. Und er muss sie doch bloß anrufen. Sie wird es ihm brühwarm erzählen.«

»Aber wieso? Ich denke, sie ist ahnungslos«, zischte Marta.

»Das war sie auch, aber sie wäre nicht abgehauen, wenn ich ihr eben nicht die Wahrheit gesagt hätte …«

»Du hast es ihr gesagt?«

»Ich musste, aber sie weiß, dass bei uns partout nichts zu holen ist.«

»Was wird hier gespielt? Worüber verhandelt ihr, als wäre ich gar nicht da? Los, raus mit der Wahrheit!«, ging Ian mit bebender Stimme dazwischen.

»Ich habe sie nur zu deinem Besten fortgeschickt. Das musst du mir glauben«, rechtfertigte sich Jamie.

»Die Wahrheit, aber ein bisschen plötzlich!«

»Tessa Baumann ist das Produkt eines Fremdgangs unseres Vaters. Sie ist deine Schwester. Du durftest nichts mit ihr anfangen.«

Fassungslos wandte sich Ian an seine Mutter. »Stimmt das?«

»Ja, dein Vater hat auch nichts von der Existenz dieses Kindes gewusst. Bis diese Charlotte Baumann ihn im Krankenhaus aufgesucht hat.«

»Die blonde Frau …«, murmelte Ian fassungslos.

»Deshalb musste sie verschwinden, bevor ihr womöglich miteinander ins Bett geht«, erklärte Jamie, doch Ian hörte ihr gar nicht mehr zu. Er schlug ein paarmal mit der flachen Hand gegen die Wand.

»Seit wann weißt du das? Schon als ich dir auf dem Boot im Hafen gestanden habe, was ich für sie empfinde?«

»Nein, da war ich genauso ahnungslos wie du«, wies sie diesen Vorwurf vehement zurück.

»Seit wann?«

»Mutter hat es mir vor ein paar Tagen erzählt.«

»Und seit wann weißt du es, Mutter?«

»Euer Vater hat es mir an seinem Todestag gestanden, nachdem diese Charlotte Baumann es ihm gesagt hatte. Aber ich habe doch nicht gewusst, dass ihre Tochter im Hotel wohnt. Das habe ich erst spitzgekriegt, als du sie mit nach Stellmore Castle geschleppt hast!«

Ian griff nach seinem Telefon. »Ich muss es ihr sagen. Vielleicht liegt dort der Schlüssel für die Wahnsinnstat ihres Vaters.«

»Sie weiß es«, bemerkte Jamie mit schneidend scharfer Stimme.

»Aber das ist Blödsinn. Sie hätte doch nie mit mir geflirtet, wenn sie gewusst hätte, dass ich in Wirklichkeit ihr Bruder bin.«

»Sie wusste es schon, als sie nach St. Andrews kam. Sie hat sich an dich rangemacht, um auszuforschen, was es hier zu holen gibt«, log Marta.

Ian wurde leichenblass und ließ die Hand, in der er das Mobiltelefon hielt, sinken. »Das glaube ich nicht.«

»Sie hat es mir selbst gesagt. Was meinst du, warum sie so schnell abgehauen ist? Weil ich sie entlarvt habe!«, erwiderte Jamie und sah an ihm vorbei. Sie konnte ihm unmöglich ins Gesicht lügen.

»Kinder, der Spuk ist vorbei. Lasst uns weiterfeiern«, schlug Marta betont fröhlich vor.

»Seid ihr völlig durchgedreht? Was diese Person auch immer getan hat, sie ist Vaters Tochter, und damit stehen wir in der Pflicht, ihr etwas von seinem Erbe zukommen zu lassen.«

Marta und Jamie sahen Ian gleichermaßen entgeistert an.

»Aber das kann doch nicht dein Ernst sein. Diese Frau hat dich übel belogen«, stieß Marta ungläubig hervor.

»Hier geht es nicht um Emotionen«, erwiderte Ian. »Vater hat drei Kinder, und damit sind wir vier Erben. Basta!«

»Und ich dachte, es hätte sich jemand einen schlechten Scherz erlaubt«, sagte eine hörbar aufgebrachte männliche Stimme hinter ihnen.

Sie fuhren herum und sahen in Ethans versteinerte Miene. Er hielt einen Briefumschlag in der Hand und holte ein Schreiben hervor.

»Ethan, Liebling, was du auch immer aufgeschnappt hast oder uns jetzt sagen willst, dies ist eine Familienangelegenheit …«

»Ich befürchte, es ist weit mehr als das«, entgegnete Ethan und faltete den Brief auseinander. »Ich verstehe endlich, warum du sehenden Auges das Lebenswerk der McKinnons verschenken wolltest, meine liebe Marta!« Das klang drohend.

»Ethan, bitte, wir brauchen nur noch einen Augenblick. Später kannst du uns vorlesen, was du willst«, fauchte Marta.

Ethan aber begann, laut vorzulesen.

»Sehr geehrter Mister Ethan Barclay, es ist unüblich, Dritten Abschiedsbriefe zu schreiben, aber mein Gewissen lässt mir keine Ruhe. Es gibt da noch etwas, das ich loswerden muss. Sie erinnern sich bestimmt an mich. Ich bin der Anwalt Ihres Bruders, Richard Wesley …«

»O nein, Ethan, bitte nicht«, flehte Marta.

Ethan ignorierte ihre Worte und fuhr unbeirrt fort:

» … Sie haben sich neulich sehr darüber gewundert, dass Marta McKinnon so unbedingt das Hotel an Sie verkaufen wollte, und das zu einem Dumpingpreis. Ich verrate Ihnen, warum sie es nicht schnell genug loswerden konnte. Ich ließ ihr keine andere Wahl, denn ich hatte sie in der Hand. Sie brachte mir Tage zuvor ein Testament, das ihr Mann, Aleck McKinnon, im Krankenhaus aufgesetzt hatte. Der alleingültige Letzte Wille des Erblassers. Darin verfügte er, was seine drei Kinder, Ian McKinnon, Jamie McKinnon und Tessa Baumann, erben sollten. Stellmore Castle sollte an Ian McKinnon fallen und das Hotel zu gleichen Teilen an seine Töchter …«

»Hör auf!«, kreischte Marta, riss Ethan mit einem Ruck den Brief aus der Hand und zerknüllte ihn.

»Mutter, stimmt das?« Ian musterte sie fassungslos.

»Nein, nein, alles Lüge!«, schrie sie.

»Ich kenne den Inhalt auswendig«, bemerkte Ethan ungerührt. »Wesley schildert, wie er das Testament mit Martas Einverständnis im Reißwolf verschwinden ließ und sie schließlich erpresste. Er hatte eure Mutter in der Hand.«

»Vater hat ein Testament gemacht, und du hast es verschwinden lassen? Das kann doch nicht sein.«

»Hört auf, alle auf mir herumzuhacken. Ich habe es nur für euch getan«, keuchte Marta, und dann fasste sie sich an den Bauch.

»Mutter, hör auf mit dem Theater«, schnaubte Jamie.

»Aber …« Mehr brachte Marta nicht heraus, weil sie nun lautlos in sich zusammensackte.

»Hör auf mit den Spielchen!«, schrie Jamie, doch da kniete Ethan bereits neben Marta auf dem Boden. »Schnell, im Saal sind mehrere Ärzte, holt einen her und ruft einen Krankenwagen«, befahl er. Jamie rannte los.

»Aber es hieß doch, dass ihr Herz in Ordnung ist.« Ian hockte sich ebenfalls zu seiner Mutter auf den Boden. Sie war noch weißer im Gesicht als zuvor, und auf ihrer Stirn standen Schweißperlen.

»Es ist nicht das Herz, es ist der Bauch«, korrigierte Ethan ihn.

Marta wimmerte vor Schmerzen. Der Arzt, der herbeieilte, versuchte, Kontakt mit ihr aufzunehmen, aber sie konnte nicht sprechen.

»Akutes Abdomen«, diagnostizierte er. »Litt Ihre Mutter vielleicht an einem Magengeschwür, Mister McKinnon?«

Ian zuckte die Schultern. »Nicht dass ich wüsste.«

Sie waren jetzt umringt von schaulustigen Gästen, sodass der Notarzt nur unter großen Schwierigkeiten zu Marta gelangen konnte.

Zwei Sanitäter hoben sie vorsichtig auf eine Trage. Jamie und Ian blickten einander an. In ihren Augen stand die Frage geschrieben, wer von beiden mit im Krankenwagen fahren sollte.

»Hättet ihr etwas dagegen, wenn ich sie begleite?«, fragte Ethan. »Ich könnte mir vorstellen, dass ihr gerade nicht so gut auf sie zu sprechen seid.«

»Nein, gar nicht«, bemerkte Ian eilig. Ihm stand tatsächlich nicht der Sinn danach, mit ins Krankenhaus zu fahren. Er befürchtete, seiner Mutter mit dieser Wut im Bauch auf ihre Spielchen nicht wirklich beistehen zu können. Nicht auszudenken, wenn sie damit durchgekommen wäre.

Aus dem Augenwinkel sah Ian, wie Ethan neben der Trage herging und Martas Hand hielt. Er wird ihr auch diesen Betrug schnell verzeihen, dachte er in einer Mischung aus Bewunderung und Unverständnis. Würde er Tessa je verzeihen können, dass sie ihm so übel mitgespielt hatte? Sein Blick fiel auf die am Boden kauernde Jamie.

»Sag mir nur eines, Schwesterherz. Hast du von dem Testament gewusst?«

Sie schüttelte den Kopf. Ihre Blicke trafen sich. Jamie knabberte nervös auf ihrer Unterlippe herum. »Sie hat übrigens nicht geahnt, dass du ihr Bruder bist.«

»Wie bitte?«

»Tessa Baumann kam nur aus einem Grund nach St. Andrews. Sie wollte in Erfahrung bringen, warum ihre Mutter in Schottland war.«

»Und warum weiß sie es jetzt?«

»Ich wollte sie loswerden. Nichts hat geklappt. Da habe ich ihr vorhin gesagt, was Sache ist. Und sie gebeten, dir nichts davon zu sagen.«

»Deshalb hat Tessa St. Andrews also fluchtartig verlassen?« Ian suchte ihren Blick, aber Jamie fixierte beschämt ihre Schuhspitzen.

»Und weiß sie vom Testament?«

»Natürlich nicht. Und ich habe ihr klargemacht, dass bei uns nichts zu holen ist.«

»Warum, Jamie, warum?«

»Glaubst du, ich will meinen Vater mit jemandem außer dir teilen? Auch nicht nach seinem Tod!«

»Aber was kann sie dafür, dass ihre Mutter und mein Vater eine Affäre hatten …«

»Das war keine Affäre. Das war die große Liebe! Ich will das nicht, verstehst du?«

»Dir wird aber gar nichts anderes übrigbleiben«, erwiderte Ian ungerührt und griff zum Telefon.

Angespannt beobachtete Jamie, wie Ian versuchte, Tessa zu erreichen.

»Mailbox«, fluchte er, aber er sprach nichts drauf.

Jamie atmete erleichtert auf. Sie konnte nur hoffen, dass Tessa nicht ans Telefon ging. Aber wahrscheinlich wird er ihr das Erbe notfalls schriftlich hinterhertragen, dachte sie resigniert.

»Hier sind Sie. Ich suche Sie überall«, ertönte jetzt Lucas Macbains Stimme im Hintergrund.

»Sie schickt der Himmel«, seufzte Jamie. »Hätten Sie Lust, sich mit mir ordentlich zu besaufen?«

Lucas lächelte Jamie gewinnend an. »Also, ganz ehrlich, da könnte ich mir nettere Dinge vorstellen, wenn ich Sie mir so ansehe.«

Ian rollte mit den Augen. »Lucas, das passt jetzt gar nicht!«

»Ich hab's dir versprochen, dass ich mich heute Abend nicht so vornehm zurückhalten werde wie sonst.«

Jamie hakte sich provokativ bei ihm unter. »Ich kann eine kleine Ablenkung gebrauchen. Dann können wir bei einem Champagner schon mal darüber nachdenken, wie das Hotel heißen soll. Tessas Inn vielleicht.«

Lucas blickte unschlüssig zwischen Jamie und Ian hin und her.

»Braucht ihr eine professionelle Betreuung, oder was ist in euch beide gefahren?«

»Tessa Baumann ist in Wirklichkeit unsere Schwester, und nun will Ian ihr unser Erbe in den Rachen schieben«, grollte Jamie.

»Eure Schwester? Oje. Das tut mir leid. Aber wenn dem so ist, dann gebe ich Ian recht. Dann kann man sie ja nicht einfach übergehen.«

Ian klopfte seinem Freund kräftig auf die Schulter. »Danke, alter Junge. Das ist doch ein Wort!«

»Mensch, Ian, das ist wirklich ein Hammer, oder? Du warst ziemlich verknallt in sie, oder?«

»Schon vergessen«, knurrte Ian und wusste genau, dass das nicht der Wahrheit entsprach. Sein Herz schmerzte bei dem Gedanken, dass er ausgerechnet die Frau, die ihm so viel bedeutete, nicht lieben durfte. Jedenfalls nicht so, wie er es sich erträumte.

»Viel Spaß noch«, brummte er und wandte sich zum Gehen. In der Lobby begegneten ihm Arran und seine Frau.

»Entschuldigen Sie, dass ich mich gar nicht mehr um Sie gekümmert habe«, sagte Ian hastig.

»Kein Problem, grüßen Sie Tessa von uns. Wir haben sie überall gesucht«, entgegnete Arran Makenzie.

»Das werde ich ihr ausrichten, und wir telefonieren nächste Woche wegen der Stoffe.« Ian rang sich zu einem Lächeln durch und eilte an den beiden vorbei nach draußen zu seinem Auto. Bevor er losfuhr, griff er noch einmal zu seinem Telefon. Er wählte Tessas Nummer. Wieder meldete sich nur die Mailbox.

Glasgow, August 2012

Im Holiday Inn in der Nähe des Flughafens bekam Tessa ein Zimmer. Sie bestellte sich eine Flasche Wein und einen Salat aus dem Restaurant und igelte sich in ihrem Zimmer ein. Das Essen rührte sie nicht an. Sie bekam keinen Bissen herunter. Der Schock saß tief. Immer wieder fragte sie sich, warum ihr das Schicksal erneut so übel mitgespielt hatte.

Sie zog ihr Nachtzeug an und legte sich aufs Bett. An Schlaf war allerdings nicht zu denken. Ich hätte mir das Zimmer sparen und bis zum Abflug im Terminal auf einer Bank dösen sollen, dachte sie, während sie das zweite Glas Rotwein hinunterstürzte.

So schrecklich sie den Gedanken auch fand, dass ihr leiblicher Vater dieser McKinnon war, es warf ein anderes Licht auf Pauls Wahnsinnstat. Was, wenn er zur Vase gegriffen hatte, nachdem er hatte erfahren müssen, dass sie nicht seine Tochter war? Das würde auch erklären, warum er sie nicht sehen wollte. Womöglich nicht, weil er sie nicht liebte, sondern weil er ihr die Wahrheit ersparen wollte. Es überkam sie eine große Sehnsucht, Paul in den Arm zu nehmen.

Als sie nach ihrem Waschzeug kramte, hielt sie plötzlich das Innenleben des Tagebuchs der Hebamme in der Hand. Sie zog es hervor. Jetzt, wo die Lady in Blau auch meine Ahnin ist, will ich es endlich lesen, dachte sie trotzig.

Mit dem Buch in der Hand legte sie sich aufs Bett. Das alte Papier roch muffig, aber Tessa blätterte es trotzdem auf. Nach ein paar Seiten wollte sie es enttäuscht zur Seite legen. Bonnie Chattan beschrieb in schillernden Farben ihre Erlebnisse als

Hebamme. Das war zwar interessant, aber Tessa wollte nur das eine wissen: Was war mit Lady Fiona?

Sie blätterte also hektisch weiter, bis ihr Blick an folgender Überschrift hängen blieb: *Das Schicksal der jungen Lady.*

Tessa atmete ein paarmal tief durch, bevor sie sich in den Text vertiefte. Die Schrift der Hebamme war schnörkellos und gut leserlich. Schon bei der Lektüre des ersten Satzes beschleunigte sich Tessas Herzschlag. *Was auch später behauptet wurde, alles Unsinn: Es war eiskalter Mord!*

Tessa trank ein weiteres Glas in einem Zug, bevor sie sich in die Beichte der Hebamme Bonnie Chattan vertiefte.

Das Unglück nahm schon viel früher seinen Lauf, aber davon ahnte ich nichts, als die junge Lady Fiona, schön wie ein Sommermorgen, eines Tages vor meiner Tür stand. Erst auf den zweiten Blick und nachdem die vornehme junge Frau, deren Sohn Aidan ich schon zur Welt gebracht hatte, ihren weiten Umhang abgelegt hatte, erkannte ich, dass sie hochschwanger war. Sie konnte mir auf den Tag genau sagen, wann das Kind gezeugt worden war. Ich schwieg dazu, denn jeder im Dorf wusste, dass ihr Mann Sir Calum seit mindestens neun Monaten an der Front war. Sie sah meinen Blick und vertraute mir unter Tränen an, das Kind wäre von Sir Marcus Macloyd, ihrer großen Liebe. Sie flehte mich an, sie vor ihrem Mann zu verstecken, der seine Rückkehr von der Front angekündigt hatte, nachdem er zuvor für tot erklärt worden war. Nun käme er zurück, und zwar gemeinsam mit ihrem Geliebten.

Sie schien große Angst vor Sir Calum zu haben und beschwor mich, keinem zu verraten, dass sie bei mir Unterschlupf gefunden hatte. Und sie beichtete mir, dass sie ihren Sohn zurücklassen und mit Sir Marcus weit fortgehen würde, sobald das Kind geboren wäre und ihr Geliebter sie holen würde. Ich mochte diese Frau, und ich konnte sie von Herzen verstehen. Aber auch Sir Calum tat mir leid. Es war bekannt, dass er seine Frau vergötterte.

»Warum haben Sie denn nicht gleich Sir Marcus geheiratet?«, fragte ich eines Abends, als wir beide vor dem Kamin saßen. Tränen traten in die Augen, die von einem Blau waren, das ich nie wieder so gesehen habe. Rauchblau waren sie, geheimnisvoll und tief. Und dann erzählte sie mir, wie man Marcus einst einen gefälschten Brief von ihr zugespielt hatte. Darin schrieb sie, sie werde auf ihn verzichten, weil er zu arm für sie wäre, und dass sie dem Wunsch ihrer Eltern Folge leisten und den reichen Sir Calum heiraten werde. Als Marcus zu einem heimlichen Treffen nicht erschien und sie nichts mehr von ihm hörte, gab sie Sir Calum ihr Jawort. Nachdem sie einem Sohn das Leben geschenkt hatte, beichtete ihr Vater auf seinem Totenbett, dass er den Brief gefälscht habe. Sie traf sich heimlich mit Marcus zu einer Liebesnacht, und als sie von ihm schwanger wurde, war Fiona fest entschlossen, mit ihm zu gehen und die falsche Welt auf dem Schloss der McKinnons hinter sich zu lassen, doch Marcus hatte ebenfalls zurück in den Krieg gemusst. Nun blieb sie allein mit ihrer schweren Entscheidung zurück. Es flossen reichlich Tränen während ihrer Erzählung. Ich reichte der wunderschönen jungen Frau ein Taschentuch und tröstete sie damit, dass nun ja alles zu einem glücklichen Ende käme. Bei mir dachte ich natürlich, dass einer auf der Strecke bleiben würde: ihr Sohn Aidan. Würde der Junge jemals verstehen, warum seine Mutter ihn mit Sir Calum allein hinter den dicken Mauern oben auf der Klippe zurückgelassen hatte? Wenn ich gewusst hätte, was noch kommen sollte …

Lady Fiona war ein angenehmer Gast in meinem bescheidenen Haus. Wenn ich unterwegs war, um ein Kind auf diese Welt zu holen, sorgte sie dafür, dass der Kamin brannte und dass eine warme Suppe auf dem Herd stand. Es waren schö-

ne Wochen, die aber am Tag der Niederkunft ein jähes Ende fanden.
Fiona war in den letzten Tagen unruhig gewesen. Sie litt unter schrecklichen Albträumen und hatte eine panische Angst, dass Sir Marcus nicht kommen würde, um sie und das Kind mitzunehmen.
»Woher weiß er denn, wo Sie sich aufhalten?«, fragte ich.
»Ich habe es ihm geschrieben.« Ihre Augen flatterten unruhig, während sie mir dies mitteilte.
»Wovor haben Sie Angst?«
»Ich habe ein komisches Gefühl. Die beiden, mein Mann und mein Geliebter, werden offenbar gemeinsam zurückkehren.«
»Aber Ihr Mann ahnt doch nichts von dem Kind, oder?«
»Nein, wie sollte er? Er war fast ein ganzes Jahr nicht zu Hause. Und er lag zwischendurch länger im Lazarett.«
»Dann hören Sie auf, sich derart zu sorgen. Das tut dem Kind nicht gut«, riet ich ihr. Damit konnte ich sie für eine kurze Zeit ein wenig beruhigen.
Am Morgen setzten die Wehen ein. Die Geburt war nicht schwer. Lady Fiona war tapfer. Nach knapp vier Stunden hielt sie ihre Tochter im Arm. Mairi sollte sie heißen. Sie war eine »alte Seele«, wie ich immer sage. Ich teile die Kinder in »alte« und »junge Seelen« ein. Ich bin fest davon überzeugt, dass man in den ersten Stunden eines Menschenlebens erkennen kann, ob diese Seelen schon einmal in anderen Körpern gelebt haben oder nicht. Dieses Mädchen hatte schon einige Seelenwanderungen hinter sich. Davon war ich überzeugt. Ich würde mich hüten, meine Gedanken den jungen Müttern zu verraten. Sie würden mich für eine Ketzerin und eine Hexe halten, denn in meiner Religion endet alles mit dem Jüngsten Gericht. Der Herr möge mir verzeihen, ich bin sonst eine streng katholische Person, aber wenn ich es doch täglich in den Gesichtern meiner Neugeborenen lesen kann.

Das Mädchen hatte schon oft gelebt. Lady Fiona wusste von alledem nichts, während sie den Säugling an ihre Brust legte. Es war ein so friedliches Bild, das sich in mein Herz eingebrannt hat. Und dann klopfte der Tod an die Tür. Ich glaubte, es wäre eine werdende Mutter, aber es war ein entsetzlich aussehender Mann. Ich erkannte ihn nicht. Bei der schweren Geburt seines Sohnes war er an der Front gewesen. Erst als er an mir vorüberstürmte und sich wie ein Rachegott vor dem Bett Lady Fionas aufbaute, ahnte ich Schlimmes.
»Bitte gehen Sie, Ihre Frau braucht Ruhe«, bat ich Sir Calum, aber er trat auf mich zu, versetzte mir einen Stoß, dass ich ins Straucheln kam. Glücklicherweise landete ich auf einem Sofa. Ich zitterte am ganzen Laib. Dieser Mensch war nicht mehr bei sich.
»Steh auf, du Hure!«, brüllte er. Das Baby fing zu schreien an. »Soll ich es mit eigenen Händen erwürgen?«, drohte er, doch Lady Fiona hielt das Kind schützend im Arm.
»Bring mich meinetwegen um, aber verschone meine Tochter!«
»Das Hurenkind hat den Tod verdient!«, schrie er wie von Sinnen. »Genau wie sein Vater!« Er lachte irre.
Ich sah, wie sich die Lady aufrichtete und ihn aus blutunterlaufenen Augen anstarrte. »Wo ist Marcus?«
»Ich kann dir verraten, was er bald sein wird. Fischfutter! Er wartet in einem mit Steinen beschwerten Sack darauf, auf den Meeresgrund zu sinken.«
»Nein, nein«, stammelte Lady Fiona und hielt ihr Baby noch fester.
»Gib her!«, herrschte er sie an und streckte die Arme aus.
»Dann musst du mich erst umbringen«, erwiderte sie mit bebender Stimme.
Wieder erklang sein irres Lachen.
»Nein, du bist zum Schluss dran, du sollst erst einmal mit ansehen, wie deine Brut versinkt!«

»Bitte mache mit mir, was du willst, aber lass das Mädchen in Ruhe.«

Sir Calum griff nun in seine Jackentasche und holte einen zerknüllten Brief hervor. »Gibst du zu, diese Zeilen geschrieben zu haben?«

Fiona zuckte die Achseln.

Ihr Mann, der offenbar den Verstand verloren hatte, verkündete im Ton eines Richters: »Wenn diese Worte aus deiner Feder stammen, bist du hiermit zum Tode verurteilt.« Dann las er ihren Brief an Sir Marcus vor. Ich überlegte indessen, wie ich es schaffen konnte, den rasenden Kerl unschädlich zu machen. Dazu musste ich unbemerkt an die eiserne Schale gelangen, die auf dem Tisch stand. Und ihn mit einem gezielten Schlag unschädlich machen ...«

Tessa biss sich an dieser Stelle so sehr auf die Lippen, dass sie plötzlich den Geschmack von Eisen im Mund hatte. Sie tupfte sich mit einem Taschentuch das Blut ab. Sie konnte nicht glauben, was sie dort las. Sir Calum wollte seine Frau umbringen, weil sie das Kind eines anderen bekommen hatte. War genau das der Grund gewesen, warum Paul zu der Vase gegriffen hatte? Am ganzen Körper zitternd las sie weiter.

»Liebster, was für ein Drama, dass Calum Dein direkter Vorgesetzter geworden ist. Trotzdem bin ich froh, dass die Nachricht von seinem Tod eine Fehlmeldung war. Auch wenn ich nicht länger bei ihm bleiben kann, den Tod wünsche ich keinem. Wenn Du Pech hast, kommt ihr auch noch gemeinsam zurück. Lass Dich nicht von ihm schikanieren. Denke immer daran, dass er Dich nur hasst, weil er weiß, dass ich Dich liebe. Sieh Dich vor. Er ist ein jähzorniger und unbeherrschter Mann. Dein Kind, das ich unter dem Herzen trage, wächst und gedeiht. Die Dienstboten lesen mir jeden Wunsch von den Augen ab. Sie ahnen zum Glück nicht, dass Calum

nicht der Vater sein kann. Nur er wird es sofort wissen, dass er nicht der Vater sein kann. Und dann wird er in rasender Wut um sich schlagen. Ich muss fort sein, bevor er zurückkehrt. Ich kann nicht ohne Dich leben. Wir gehören zusammen. Mir bricht es das Herz, aber ich werde den Jungen im Schloss zurücklassen müssen. Calum ist so stolz auf seinen Erben. Ich kann ihm seinen Sohn nicht nehmen. Aidan ist das Opfer, das ich unserer Liebe bringen muss. Ich habe keine Wahl: Von einem der beiden Kinder muss ich mich trennen. Denn selbst wenn ich auf Dich verzichten und im Schloss bleiben würde, Calum würde niemals erlauben, dass das Kuckuckskind in seinem Haus aufwächst.
Wir werden nach Indien gehen und fern der Heimat ein neues Leben anfangen. Bis dorthin reicht der Arm seiner Rache nicht! Melde Dich bei der Hebamme Bonnie Chattan, nachdem Du alles zu unserer Flucht Erforderliche vorbereitet hast. Ich liebe Dich, ich liebe Dich, ich liebe Dich! Fiona«

Sir Calum war bei jedem Satz lauter geworden. Zum Schluss schrie er nur noch.
Die Lady saß aufrecht in ihrem Bett. In ihrem wachs-weißen Gesicht war Todesangst zu lesen. Ich traute ihm alles zu und wuchs über mich hinaus. Während er ihr den Brief vorgetragen hatte, war ich zum Tisch gekrochen, ohne dass er etwas bemerkte.
Ich musste nur noch nach der Schüssel greifen.
»Wie kommt der Brief in deine Hände?«, hörte ich Lady Fiona fragen.
Seine Antwort war wieder dieses teuflische Lachen. »Der Arme musste mit mir ein Abteil teilen. Und im Gegensatz zu mir ist er irgendwann eingeschlafen, während ich sein Gepäck durchsucht habe. Unter seiner Kleidung in einem Seitenfach hatte der schlaue Fuchs deinen Brief versteckt. Aber so schlau war er doch nicht, denn er glaubte mir, als ich ihm

bei unserer Ankunft in Dornie versprach, ich würde ihn jetzt zu dir bringen. Du hättest mir in einem Brief alles gestanden, ich hätte dir verziehen und würde dich mit ihm ziehen lassen, wenn ich im Gegenzug meinen Sohn bei mir behalten würde. Der Dummkopf folgte mir hinunter zum Strand, und der Stein war spitz genug, dass ein Schlag genügte.« Er griff nach ihrem Kind, und ich war mir sicher, dass er dem Wahnsinn verfallen war und es umbringen würde. Und das konnte ich nicht dulden. In gewisser Weise war es ja auch mein Kind, denn ich hatte es mit zur Welt gebracht.
»Nein!«, schrie Lady Fiona verzweifelt. »Nein!«
In diesem Augenblick hatte ich mich hinter Sir Calum geschlichen, die Schüssel in der Hand. Ich wollte so zuschlagen, dass ich ihn schachmatt setzte, aber nicht umbrachte, doch ich durfte nicht zu lange zögern, weil es für ihn ein Leichtes wäre, ihr das Mädchen zu entreißen. Ich schloss die Augen, während ich mit der Schüssel auf seinen Hinterkopf zielte. Nicht mit voller Wucht, dachte ich noch und stoppte den Schwung. Trotzdem traf ich ihn, und er sackte stöhnend zusammen. Ich rannte zu der jungen Frau ans Bett und half ihr ins Kleid. »Sie müssen fort. Laufen Sie. Schnell! Ich rufe die Polizei, und wenn sie ihn dingfest gemacht haben, suche ich Sie. Verstecken Sie sich.«
Und schon stand die junge Lady vor mir und sah dennoch aus wie der Tod. Ihr schmerzverzerrtes Gesicht zeigte mir, dass sie dringend noch etwas Ruhe gebraucht hätte, aber es ging nun einmal um Leben und Tod.
»Laufen Sie!«, rief ich. »Laufen Sie um Ihr Leben.« Ich griff nach einem warmen Plaid und legte es ihr über die Schulter. »Sie müssen den Säugling damit wärmen«, befahl ich, bevor ich Mutter und Kind zur Tür hinaus in die eisige Kälte schob.
Ich schaffte es nicht einmal mehr, mich umzudrehen, sondern spürte nur noch einen dumpfen Schlag am Hinterkopf.

Als ich aufwachte, lag ich im Flur. Zunächst konnte ich mich an nichts erinnern, doch als mein Blick auf die halb geöffnete Haustür fiel, schwante mir, was geschehen war. Der Kerl hatte mir seinerseits die Eisenschale über den Schädel gezogen. Mein Kopf schmerzte, und trotzdem schaffte ich es, mich aufzurichten. Bevor ich einen klaren Gedanken fassen konnte, stand plötzlich die leichenblasse Murron Haigs vor mir. Man munkelte in Dornie, sie habe sich von einem der Handwerker schwängern lassen, die das Donan Castle wiederaufbauten. Trotz der Kälte stand ihr der Schweiß auf der Stirn. »Plötzlich war alles nass. Ich stand im Laden, und dann …«, greinte sie. Ich wusste sofort, was das bedeutete. Der guten Frau war die Fruchtblase geplatzt. Das hieß: keine Minute verlieren und das Kind holen! Es fiel mir schwer, nicht daran zu denken, ob Lady Fiona sich wohl in Sicherheit gebracht hatte, aber ich musste mich nun ganz auf diese Frau konzentrieren. Sie schrie vor Schmerz. Ich hakte sie unter und führte sie zur Liege, auf der Stunden zuvor Lady Fiona ihr Kind entbunden hatte. Ich schaffte es noch gerade, ein sauberes Laken aufzuziehen, als die Wehen bei Murron Haigs mit aller Macht einsetzten. Nein, mir blieb keine Zeit, die Polizei zu benachrichtigen. Ich musste arbeiten, und es war in der Tat ein hartes Stück Arbeit, dieses große Kind auf die Welt zu bringen. Ich habe viel erlebt in all den Jahren, aber das, was ich an diesem Tag aus dem Leib der Mutter holte, überstieg meine schlimmsten Vorstellungen. Murron Haigs gebar ein Zyklopenbaby. Ich hätte nicht schreien sollen, aber ich war durch die Geschichte mit Lady Fiona nicht ganz bei mir, und mein Kopf dröhnte. Deshalb ließ ich mich gehen. Also gewährte ich ihr einen Blick, woraufhin sie wie ein waidwundes Tier wimmerte und die Flucht ergriff. Ich wollte ihr folgen, aber meine Beine versagten mir den Dienst. So konnte ich mich gerade noch zu einem Stuhl retten. Da saß ich nun. Hilflos und mit schmerzendem Schädel. Ich weiß nicht,

wie lange ich so vor mich hin gedämmert habe. Aber ich hörte das Baby, bevor ich es sah. Es weinte, und eine Frauenstimme tröstete es. Dann sah ich Murron Haigs mit Fionas Baby im Arm. Ich herrschte sie an, woher sie das Kind habe, doch sie sagte nur: »Es ist mein Baby«, dann wurde sie ohnmächtig. Das Kind war offensichtlich unterkühlt. Ich badete es in warmem Wasser und wickelte es in Decken.
Als Murron wieder zu sich kam, fragte sie sofort nach ihrem Baby. Ich gab ihr das fremde Mädchen auf den Arm. »Wo hast du es gefunden?«
»Es lag hinter einem Busch«, erwiderte sie, ohne den Blick von dem Säugling zu nehmen. »Aber jetzt gehört es mir!« Sie hielt es fest umschlungen.
»Murron, was hast du dort draußen noch gesehen. Hast du einen Mann gesehen, der eine Frau verfolgt hat?«
Murron schüttelte ihren Kopf. »Niemanden!«, erklärte sie beinahe trotzig. »Es gehört mir! Ich habe es geboren! Verstehst du. Ich allein!«
In meinem Kopf ging alles durcheinander. Mein Gefühl sagte mir, dass Lady Fiona nicht mehr lebte. Ich sollte zur Polizei gehen, aber den Gedanken verwarf ich sofort wieder. Was, wenn ich Sir Calum verdächtigte und sie ihn festnahmen? Was geschah dann mit dem kleinen Aidan? Und überhaupt, würden sie mir glauben? Mich hielten doch viele für eine Hexe. Sir Calum war ein mächtiger Mann. Was, wenn er alles abstritt, sie ihn ziehen ließen? Würde er nicht als Vater des Mädchens gelten? Und sie würde ihm womöglich das Kind geben müssen? Ich zweifelte daran, dass er es auch nur einen Tage am Leben lassen würde … Mir wurde heiß und kalt.
»Habe ich nicht ein schönes Kind?«, flötete Murron Haigs.
Da kam mir die entscheidende Idee. »Du kannst es haben, aber du darfst nie einer Menschenseele verraten, dass es nicht deine Tochter ist. Ich werde mein Leben lang beschwören, dass ich dieses Kind aus deinem Leib geholt habe.«

Murron Haigs lächelte. »Sie ist meine Tochter!«
»Es gibt noch eine Bedingung. Sie soll Mairi heißen.«
»Was für ein schöner Name für mein Kind«, flötete Murron.
Mairi Haigs. Ich hielt es im Augenblick für die beste Lösung. Bei Murron Haigs war das Mädchen gut aufgehoben. Sie war eine gläubige und ehrliche Person. Außerdem hatte sie sich mit viel Fleiß ihren Laden aufgebaut. Ja, sie war eine gute Mutter. Sollte Lady Fiona eines Tages wieder auftauchen, dann würde man es der Armen wieder fortnehmen müssen. Wenn … Ich glaubte jedoch nicht an Wunder!
Murron Haigs blieb noch ein wenig in meiner Obhut. Ich hatte Sorge, sie hätte sich eine Lungenentzündung geholt, als sie halb nackt ins Kalte geflüchtet war. Als ich sie Tage später nach Hause begleitete, sahen wir am Strand eine Traube von Menschen. Und ich hörte eine Stimme lamentieren, die mir das Blut in den Adern gefrieren ließ. Mit einem Blick auf das in Decken gehüllte Kind auf Murrons Arm vergewisserte ich mich, dass man nichts von ihm erkennen konnte. Nur die Nase und der Mund waren nicht bedeckt. Ich kämpfte mit mir. Es wäre vernünftiger, das Schicksal nicht herauszufordern, doch die Neugier siegte. Ich bahnte mir einen Weg durch die Menge, während ich Murron anwies, sich im Hintergrund zu halten. Im Sand lag Fiona. Schön wie im Leben, aber ohne einen Hauch Atem in sich. Vor ihr kniete Sir Calum und raufte sich die Haare. »Warum hast du das getan?«, jammerte er. »Ich bin doch wohlbehalten zurückgekehrt. Ich lebe, Liebling!«
Mir wurde übel von dem Schmierentheater. Ein Raunen ging durch die Menge, als er ihr einen Saphirring vom Finger ziehen wollte. Er schaffte es nicht, aber er muss es ohne Zeugen vollbracht haben, denn ich habe sie noch einmal gesehen. Am Tag, als sie beerdigt wurde, bevor man den Deckel schloss. Und der Herr stehe mir bei, aber ich schwöre, sie trug nicht mehr diesen Ring am Finger, sondern einen Ehering.

Neben mir flüsterte die Frau des Arztes ihrer Nachbarin zu, dass er ihr den Abschiedsbrief seiner Frau gezeigt habe. Verdammter Lügner, Heuchler, Mörder, dachte ich, da trafen sich unsere Blicke, und er machte mir kaum merklich ein Zeichen, was mir blühen würde, wenn ich den Mund aufmachte. Dass er mir androhte, die Kehle durchzuschneiden. Er glaubte wohl, das Kind wäre tot. Ich weiß auch nicht, warum ich mich von diesem Mann derart habe einschüchtern lassen, aber ich hielt meinen Mund. Ich hätte das Geheimnis auch mit ins Grab genommen, wenn ich nicht immer häufiger von diesen schrecklichen Albträumen geplagt worden wäre. So habe ich es mir wenigstens von der Seele geschrieben. Das Mädchen macht sich gut bei Murron Haigs. Mich aber kann sie nicht leiden. Dabei kann sie nicht wissen, dass ich sie womöglich vor dem Tod bewahrt habe. Sir Marcus' Leiche hat man übrigens niemals gefunden, und ich glaube, ich weiß warum. Er hat sie tatsächlich beschwert und über Bord geworfen. Er liegt auf dem Grund des Loch Duich. Manchmal stehe ich am Ufer und bete für seine Seele. Lady Mairi bekam ein einsames Grab ganz in der Nähe der Mauer, fernab von allen anderen, wie es die Kirche in unserem Dorf für Selbstmörder vorsieht. Was für eine bittere Rache von Sir Calum auch noch post mortem. Nicht mal ein Kreuz sollte sie bekommen, aber wenigstens das eine habe ich für sie tun können. Ich bastelte ein Holzkreuz und schnitzte hinein: »Hier ruht Fiona Macloyd.« Manchmal bete ich an ihrem Grab.

Tessa atmete ein paarmal tief durch. Was für eine Geschichte! Dann hatte Miss Cameron gar nicht unrecht gehabt. Wenn es wirklich Geister geben würde, dann spukte Lady Fiona nur deshalb herum, weil sie einsam und allein in einem Grab lag, während ihr Liebster am Grund des Loch Duich ruhte.

Sie blätterte noch ein wenig weiter in dem Tagbuch, aber die fremden Geschichten erregten nicht ihr Interesse. Ganz am

Schluss der Aufzeichnungen fiel ihr allerdings der Name »Aidan« ins Auge.

Mir blieb beinahe das Herz stehen, als ich Aidan und Mairi so vertraut beieinander sah. Ich erkannte den Jungen sofort wieder, obwohl er zu einem jungen Mann herangewachsen war, aber es ist seltsam. Ich erkenne jedes Menschenkind, das ich zur Welt gebracht habe, wieder. Und wenn vierzig Jahre seit der Geburt vergangen wären. Bei Aidan McKinnon waren es achtzehn Jahre, aber es gab keinen Zweifel. Ich fragte mich zwar, was der Junge hier wollte, war er doch mit seinem Vater lange fortgezogen, nachdem der trunken sein Schloss angezündet und alles verloren hatte. Und es war unverkennbar, dass die beiden sich liebten. Ich weiß nicht, warum Mairi solche Angst vor mir hat, aber ich konnte ihr schlecht verraten, dass ich einst ihr Leben gerettet hatte, indem ich behauptete, ich hätte sie aus Murrons Leib geholt. Ich redete ihr ins Gewissen. Mairi hatte Angst vor mir. Der Bengel lachte mich aus. Aber ich musste es verhindern, dass die Geschwister ein Liebespaar wurden. Ich hatte nur eine Chance. Ich passte Murron an jenem Tag am Bahnhof ab und verriet ihr, wer die leibliche Mutter von Mairi war und dass sie im Begriff stand, sich ihrem Bruder hinzugeben. Zu meiner Verwunderung bot sie mir ihren Laden an. Sie beschwor mich, ihr Geld zu geben, damit sie noch an demselben Tag mit Mairi weit fortgehen konnte. Ich denke, sie hat ihr die Wahrheit gesagt, denn am nächsten Tag waren Mutter und Tochter weg. Aber der junge Mann kam zurück. Ich war im Laden, als er ihn betrat. Er kam direkt auf mich zu und fragte nach Mairi. Als ich ihm erklärte, sie sei mit ihrer Mutter fortgegangen, wäre er beinahe auf mich losgegangen. Dann hat er den Laden verlassen, und ich habe sie alle niemals wiedergesehen. Ich hoffe, sie haben ihr Glück gefunden!

Plötzliche Trauer überkam Tessa, und sie begann, haltlos zu weinen. In dem Augenblick klingelte ihr Telefon. Es lag auf dem Nachttisch, und sie griff danach. Es war wieder Ian. Er hatte es bereits diverse Male versucht, aber sie hatte es ignoriert. Dieses Mal nahm sie das Gespräch an, aber sie meldete sich nicht.

»Tessa, bist du dran?«, hörte sie ihn besorgt fragen.

»Ich … wir … ich habe das Tagebuch gelesen«, schluchzte sie. »Aidan war Mairis Halbbruder. Lady Fiona hatte einen Geliebten, und von dem hat sie Mairi bekommen. Die beiden haben sich ineinander verliebt, ohne zu wissen, dass sie Geschwister sind. Hörst du, das ist der Fluch, der über unserer Familie liegt.«

»Tessa, bitte weine nicht. Soll ich kommen? Dich nach Deutschland begleiten? Wo bist du?«

»Nein, es ist besser, wenn wir uns niemals wiedersehen. Mein Vater ist Paul Baumann, und der braucht mich jetzt. Leb wohl!«

Tessa beendete das Gespräch und rollte sich unter der Bettdecke ein. Sie hatte sich noch nie zuvor so einsam gefühlt.

Dundee, August 2012

Jamie und Ian hatten kaum ein Wort miteinander gewechselt, seit er seine Schwester im Hotel abgeholt hatte, um mit ihr ins Krankenhaus zu fahren. Marta hatte dringend um einen Besuch beider Kinder gebeten. Man hatte ein Magengeschwür diagnostiziert, das medikamentös behandelt wurde.

»Bist du noch wütend auf mich?«, fragte Jamie, als sie gerade das Ortsschild »Dundee« passierten.

»Ich finde eure Haltung unerträglich und werde nicht mitspielen, falls du das meinst«, gab Ian kurz angebunden zurück.

»Es tut mir leid, dass ich mit Mutter gekungelt und dich nicht eingeweiht habe«, erklärte Jamie. »Bitte verzeih mir. Der Gedanke, dass Vater noch eine Tochter hat, hat mich wahnsinnig gemacht.«

»Und du hast wirklich nichts von dem Testament gewusst?«

»Ich schwöre es dir!«

»Und? Bist du immer noch der Meinung, wir sollten Tessa ausbooten?«

»Nein … ja … also wenn ich mir vorstelle, sie will in unserem Hotel mitmischen? Grauenhaft!«

»Keine Sorge, ich befürchte, dass sie keinen Fuß mehr nach St. Andrews setzt, nachdem du sie so äußerst sensibel über die wahren Verhältnisse aufgeklärt hast.«

»Hätte ich vielleicht darauf warten sollen, bis mein Bruder mit seiner Schwester ins Bett steigt? Ich wollte, dass sie verschwindet.«

Ian stöhnte genervt auf.

»Und jetzt? Möchtest du immer noch, dass sie leer ausgeht?«

»Ich … ach, ich weiß es nicht! Aber ich will nicht mit ihr das Hotel teilen.«

»Keine Sorge, das gehört in Zukunft ganz allein dir!«

Etwas in Ians Ton ließ Jamie stutzen.

»Was heißt das?«

»Ich gehe zurück auf die Kanaren. Der Vertrag für mein Hotel ist noch nicht unterzeichnet, und Carmen verzichtet liebend gern auf mein Hotel, wenn ich wieder zurückkäme.«

»Glücklich siehst du bei der Vorstellung aber nicht gerade aus«, bemerkte Jamie lauernd.

Ian ignorierte Jamies Anspielung. »Ich schlage vor, wir bieten Tessa eine hübsche Summe Bargeld. Ich weiß, dass sie das gerade sehr gut gebrauchen kann.«

»Meinetwegen«, seufzte Jamie.

Sie waren jetzt vor der Klinik angekommen, und Ian suchte einen Parkplatz.

»Hat Mutter dir verraten, warum wir beide zusammen kommen sollten?«, fragte Jamie, als sie in den Fahrstuhl stiegen.

Ian zuckte die Schultern. »Keine Ahnung. Vielleicht will sie uns beschwören, unserer Schwester keinen Cent zu geben, aber in dem Punkt passt kein Blatt zwischen uns beide, nicht wahr, Schwesterherz?« Ian rang sich zu einem Lächeln durch, als er sah, wie sichtlich schwer seiner Schwester diese Entscheidung fiel.

»Ja, ja, deine geliebte Tessa kriegt ihr Geld«, stieß sie genervt hervor. Dann musterte sie ihn neugierig. »Hast du sie eigentlich erreicht? So, wie ich dich kenne, hast du dir die Finger wund gewählt.«

»Ja, ich habe mit ihr gesprochen. Sie hat das Tagebuch der Hebamme gelesen, und stell dir vor: Mairi war in Wirklichkeit Aidans Schwester, und unsere gute Lady Fiona ist sicherlich nicht aus Liebe zu dem Griesgram ins Wasser gegangen, denn Mairi hatte einen anderen Vater.«

»Das gibt es nicht«, entfuhr es Jamie. »Und das wiederholt sich jetzt bei euch!«

»Du wirst wohl deine Geisterstunde ein wenig variieren müssen.«

»Das ist das geringste Problem. Mir liegt viel mehr am Herzen, dass du dich rasch von dem Schock erholst. Und dass du deine Flucht auf die Kanaren noch einmal überdenkst. Ich brauche dich doch hier!«

»Mein Entschluss steht fest!«

Auf dem Flur trafen sie eine Schwester und fragten nach der Zimmernummer ihrer Mutter.

»Das letzte hinten rechts. Das Einzelzimmer!«

Jamies Herzschlag beschleunigte sich, als sie an die Tür klopfte. Plötzlich war ihr flau. Was, wenn ihre Mutter wirklich von ihnen verlangen würde, Tessas Erbanspruch zu ignorieren? Es kam ihr in den Sinn, dass es der erklärte Wille ihres Vater gewesen war, seine zweite Tochter zu berücksichtigen. Zum ersten Mal seit gestern konnte sie wieder ohne Groll an ihn denken. Ich werde dich nicht hintergehen, Dad, dachte sie entschieden.

Zu ihrer großen Überraschung war Marta nicht allein. Ethan saß an ihrem Bett und hielt ihre Hand.

»Wollt ihr heiraten?«, rutschte es Jamie heraus.

Ethan lächelte. »Dir kann man auch gar nichts verheimlichen, was?«

»Herzlichen Glückwunsch«, knurrte Ian. »Aber musstet ihr uns dafür mitten aus der Arbeit reißen?«

»Nicht ganz«, erwiderte Ethan und sah Marta, die noch keinen Ton von sich gegeben hatte, beschwörend an.

»Setzt euch bitte«, bat sie.

Zögernd nahmen die beiden Kinder am Bett ihrer Mutter Platz. Marta sah sie an wie ein geprügelter Hund.

»Ist es schlimmer, als der Arzt uns gesagt hat?«, fragte Jamie erschrocken.

»Nein, alles bestens. Es ist nur …« Hilfe suchend blickte sie zu Ethan. »Muss ich wirklich?«, fragte sie leise.

Ethan nickte streng.

»Liebst du diese Tessa Baumann?«, fragte sie ihren Sohn.

»Was ist das denn für eine blöde Frage?«, erwiderte Ian aufgebracht.

»Ich möchte doch nur wissen, ob du ernsthafte Absichten hattest?«

Ian funkelte seine Mutter wütend an. »Muss ich mich jetzt hier auch noch öffentlich bekennen? Wie sehr ich mich in meine eigene Schwester verknallt habe? Sorry, aber mir wäre es lieber, wenn ich das mit mir selbst abmachen dürfte. Das ist nichts für die Familienkonferenz.«

»Da muss ich Ian recht geben«, sprang ihm Jamie bei. »Es ist schwer genug für ihn, damit fertigzuwerden, dass die Frau seine Schwester ist.«

Marta kämpfte mit sich. Schweiß perlte von ihrer Stirn.

»Was, ich meine, was würdest du tun, wenn diese Tessa Baumann gar nicht deine Schwester wäre?«

Ian sprang von seinem Stuhl. »Schluss jetzt!« Er steuerte auf die Tür zu.

»Sie ist nicht deine Schwester, Ian!«, keuchte Marta.

Ian fuhr wie der Blitz herum. »Wie bitte?«

»Tessa Baumann ist nicht Ihre leibliche Schwester«, wiederholte Ethan.

Ian kehrte zum Krankenbett seiner Mutter zurück und ließ sich auf den Stuhl fallen. »Ich höre.«

»Es ist eine lange Geschichte«, fing Marta an.

»In aller Kürze, bitte!«, verlangte Ian.

»Gut, also ich war, bevor ich Aleck heiratete, mit einem anderen Mann verlobt. Es war ein Freund deines Vaters. Sein bester. Er war ein wunderbarer Mann, nur hatte er einen Hang zur Schwermut. Eines Tages schoss er sich eine Kugel in den Kopf. Es war an dem Tag, an dem ich erfahren hatte, dass ich schwanger war. Meine Eltern waren sehr streng. Ein uneheliches Kind war damals, vor fünfunddreißig Jahren, noch eine Schande. Jedenfalls in den Augen meiner streng katholischen Eltern und der Gesellschaft, in der sie verkehrten. So vertraute ich mich Aleck an, den ich gernhatte, aber der immer sehr unnahbar war. Die Frauen mochten ihn, aber er ließ keine an sich heran. Und nun machte mir Aleck den Vorschlag, mich zu heiraten, damit ich keine Schwierigkeiten bekäme und er aus dem Visier einer sehr aufdringlichen Verehrerin geriete …«

»Moment mal, willst du mir sagen, ich sei der Sohn eines depressiven Selbstmörders?«, fragte Ian entgeistert.

»Keine Sorge, Ian, das hast du sicherlich nicht geerbt«, mischte sich Jamie fürsorglich ein. »Aber du bist schon seine Mutter, oder? Ich möchte ihn nämlich als Bruder behalten.«

»Bitte, Jamie, nun mach keine Scherze«, schimpfte Marta.

»Oh doch, Jamie, wenn dir noch mehr lustige Dinge einfallen, nur raus damit«, spottete Ian.

Jamies Miene verfinsterte sich. »So witzig finde ich das alles gar nicht. War es denn überhaupt mal eine richtige Ehe zwischen euch?«

»Du bist der lebende Beweis«, bemerkte Ian ungerührt.

»Hört auf, das Ganze ins Lächerliche zu ziehen. Ich habe euren Vater sehr geliebt, aber er hatte nur ein Interesse an mir: dass ich ihm eigene Kinder schenke. Deshalb hat er dich so vergöttert, Jamie! Du warst sein absoluter Sonnenschein!«

»Großvater wusste nichts davon, oder?« Ian legte den Kopf schief. »Sonst hätte er wohl kaum so große Stücke auf mich gehalten.«

»Es wusste niemand. Und ich hätte es dir auch im Leben nicht erzählt, wenn Ethan, dieser Moralapostel, dem ich es als erstem Menschen gestanden habe, nachdem er mir den Antrag gemacht hatte, mich nicht dazu genötigt hätte.«

»Danke, Ethan!«, sagte Ian. »Dad hätte gewollt, dass du es mir sagst«, fügte er nachdenklich hinzu.

»Niemals!«, widersprach Marta.

»Doch, er hat mir bei unserem letzten Gespräch ans Herz gelegt, dich zu fragen, ob du mir etwas zu sagen hättest. Und was soll das wohl sonst gewesen sein?«

»Na ja, nun wisst ihr alles«, schnaubte Marta.

»Längst nicht alles«, erwiderte Jamie. »Warst du sehr eifersüchtig auf Tessas Mutter?«

»Ich hätte ihr den Hals umdrehen können. Und fand es großartig, dass sie damals zu ihrem Verlobten nach Hamburg zurückgegangen ist …«

»Wenn ihr Vater nun gar nichts davon gewusst und es erst am Tag ihrer Rückkehr erfahren hat …«, sinnierte Ian laut. »Der Prozess …«, fügte er hinzu.

Die anderen musterten ihn fragend.

»Ich muss los!« Ian gab seiner Mutter einen Abschiedskuss und winkte in die Runde.

»Aber du kannst doch nicht so einfach nach Teneriffa fliegen. Ich meine, wir beide …«, stammelte Jamie.

»Ich nehme mir eine Woche Urlaub«, entgegnete Ian und umarmte seine Schwester überschwänglich. Dabei fiel sein Blick auf den Ring an ihrem Finger. Ian betrachtete ihre Hand und sah den kornblumenblauen Saphir herrlich im Licht funkeln.

»Glaubst du wieder daran? An die große Liebe? Lucas?«, fragte er lachend.

»Mal sehen!«

»Wovon redet ihr?«, mischte sich Marta neugierig ein.

»Darüber, dass die Frau, die diesen Ring trägt, ihre große Liebe gefunden hat, Mutter.« Er warf einen Blick auf seine Uhr. »Wenn ich mich beeile, kriege ich noch den Abendflieger.«

»Verdammt noch mal, wo will er hin?« Marta hatte sich aufgesetzt und starrte ihrem Sohn hinterher.

Vor der Tür stieß Ian beinahe mit Professor Blair zusammen, dem Arzt, der seinen Vater behandelt hatte.

»Gut, dass ich Sie treffe, Mister McKinnon«, sagte er mit sorgenvoller Miene. »Ich würde gern mit Ihnen sprechen, bevor ich mit Ihrer Mutter …«

»Was ist mit ihr? Ich dachte, es ist nur ein harmloses Magengeschwür?«

»Das dachten meine Kollegen, aber …« Er unterbrach sich, als er sah, wie Jamie und Ethan das Krankenzimmer verließen. »Ihre Schwester sollte das ebenfalls erfahren.«

»Professor Blair«, begrüßte Jamie den Arzt freundlich.

»Hätten Sie einen Augenblick Zeit?« Professor Blair wartete die Antwort gar nicht erst ab, sondern eilte den Gang entlang, bis zu seinem Zimmer. Fragend blickte er auf Ethan.

»Was Sie uns auch immer zu sagen haben, er soll es auch erfahren. Er ist der Verlobte meiner Mutter.«

Jamie konnte am Zucken im versteinerten Gesicht des Arztes erkennen, dass ihn das verunsicherte, war doch ihr Vater noch keine drei Monate tot.

»Ja, Mister Barclay gehört zur Familie«, bekräftigte Ian die Worte seiner Schwester.

Der Professor war kein Mann großer Worte. Kurz und knapp teilte er ihnen mit, dass ihre Mutter genau an dem gleichen Tumor litt, an dessen Folgen ihr Vater kürzlich verstorben war, aber dass ihre Prognose wesentlich besser sei, weil es früher erkannt worden war.

Die drei sahen einander fassungslos an. Ian warf einen flüchtigen Blick auf seine Uhr. Wenn er den Flieger noch bekommen wollte, musste er zeitnah aufbrechen …

»Unter diesen Umständen bleibe ich natürlich«, seufzte er.

»Das kommt gar nicht infrage«, widersprachen Jamie und Ethan wie aus einem Mund.

»Aber ich kann doch jetzt nicht einfach nach Hamburg fliegen und …«

»Du musst!«, entgegnete Jamie energisch. »Tessa braucht dich jetzt dringend. Außerdem dauert so ein Prozess ja nicht ewig.«

»Sie hat recht. Beeilen Sie sich. Und überlassen Sie es uns, mit Ihrer Mutter zu sprechen.«

»Soll ich wirklich abhauen?«, hakte Ian zögernd nach.

Jamie nickte eifrig.

Ian hatte zwar ein schlechtes Gewissen, als er das Krankenhaus wenig später verließ, aber er war sich sicher, dass Marta bei Jamie, Ethan und Professor Blair in guten Händen war. In Gedanken wiederholte er immer wieder die Aussage des Professors, dass Martas Prognose wesentlich besser sei als die von Aleck. Und es gab nun einmal einen Menschen, der ebenso sehr seine Unterstützung benötigte.

Hamburg, August 2012

Tessa hatte es nicht über sich gebracht, ihr Elternhaus zu betreten. Sie hatte sich vom Flughafen dorthin fahren lassen, aber dann hatte sie es nur bis in den Vorgarten geschafft. Ihr war so übel geworden, dass sie sich beinahe in den Rhododendronbusch übergeben hätte. Sie war keinen Schritt weitergegangen, sondern hatte das Grundstück fluchtartig verlassen. Sie konnte dort unmöglich auf ihre Freundin Klara warten oder gar übernachten. Tessa spürte in jeder Pore ihres Körpers den Widerstand gegen das Betreten des Todeshauses. Sie erreichte Klara auf dem Handy, die gerade in Fuhlsbüttel gelandet war, und sie verabredeten sich in einem kleinen Hotel an der Alster.

Als Tessa dort ankam, wedelte Klara schon mit einem Schlüssel. Sie hatten das Hotel an dem Abend nicht mehr verlassen, sondern sich Essen liefern lassen. Und den Wein dazu. Drei Flaschen hatten sie gelehrt, während Klara alles von ihrer Freundin erfahren hatte.

Am nächsten Morgen fühlte Tessa sich wie gerädert, als sie sich aus dem Bett quälte. Es roch wie in einer Kneipe, denn sie, die beiden Nichtraucherinnen, hatten gemeinsam eine ganze Schachtel, die sie in der Bar erstanden hatten, niedergemacht. Und das in einem Nichtraucherzimmer. Tessa riss die Fenster groß auf und versprühte Mengen von ihrem Lieblingsparfum. Klara lag noch wie tot im Bett und bekam von alledem nichts mit. Erst als ihr Telefon klingelte, wachte die Freundin auf und fasste sich stöhnend an den Kopf. Tessa befürchtete schon, es wäre wieder Ian, doch es war der Anwalt ihres Vaters.

»Entschuldigen Sie, Frau Baumann, ich wollte nur wissen, ob Sie wirklich kommen. Ihr Vater will aussagen. Das ist schon mal ein Fortschritt, oder?«

»Das kann man wohl sagen. Erzählen Sie ihm nicht, dass ich dort sein werde.«

»Wo denken Sie hin? Nachher zieht er sich wieder in das Reich des eisigen Schweigens zurück.«

Sie verabredeten sich vor dem Sitzungssaal.

Tessa überlegte nicht, was sie anziehen sollte. Es war ihr seltsam gleichgültig. Sie nahm gedankenverloren eine schwarze Hose und eine weiße Bluse aus dem Koffer. Es regnete in Hamburg, seit sie am Flughafen gelandet war. Also griff sie nach der Regenjacke, die ihr auch in Schottland gute Dienste geleistet hatte, und zog ihre Wanderschuhe an.

»So willst du zum Gericht?«, fragte Klara und rümpfte die Nase. »Du siehst aus, als würdest du zu einer Highlandwanderung aufbrechen. Fehlt nur noch der Rucksack.« Sie selbst trug ein Kleid, das ganz nach den Champs-Élysées aussah.

»Wenigstens die Schuhe«, fügte sie bittend hinzu.

Murrend tauschte Tessa die sportliche Fußbekleidung gegen Ballerinas aus.

Klara musterte die Freundin von Kopf bis Fuß. »Okay, so geht's«, bemerkte sie gönnerhaft.

Tessa aber stand nicht der Sinn danach, sich mit Äußerlichkeiten aufzuhalten. Sie raffte ihr Haar zu einem Pferdeschwanz zusammen und verzichtete auf jede Art von Schminke. Seit sie in Schottland so viel an der Luft gewesen war, hatte ihre Haut eine leichte Tönung bekommen.

»Du siehst aus wie damals, als du aus St. Andrews zurückkamst.«

»Das nehme ich mal als Kompliment«, knurrte Tessa, während die Gedanken in ihrem Kopf wild durcheinanderwirbelten. Würde Paul wirklich reden? Was, wenn er sie zwischen den Zuschauern entdeckte? Ob er am Tatabend erfahren hatte, dass sie gar nicht seine Tochter war? Und immer wieder kam ihr zwischendurch Ian in den Sinn. Sie konnte nicht ohne Herzklopfen an ihn denken. So schnell ließ sich der Schalter in ihrem Herzen nicht umlegen. Was sie mit Sicherheit nicht für ihn empfand, waren brüderliche Gefühle.

»Vergiss ihn!«, ermahnte Klara die Freundin. »Ich sehe es dir an. Du träumst von deinem Bruder …« Sie stockte. »Aber wenn er so toll ist, wie du sagst, wäre er vielleicht etwas für mich … wo du ihn schon nicht haben kannst.«

Tessas Miene verfinsterte sich noch mehr.

Klara machte eine abwehrende Geste. »Okay, okay, ich werde ihn nicht mehr erwähnen. Soll er doch lieber diese Spanierin nehmen.«

Wider Willen musste Tessa nun grinsen. Klara war unmöglich, und sie würde es wohl keinem anderen Menschen verzeihen, wenn er Scherze auf Ians und ihre Kosten machte.

Sie bestellten sich ein Taxi und waren etwas zu früh am Sievekingplatz. Die Verhandlung sollte in zwanzig Minuten beginnen. Tessa wollte sich schon in den Saal setzen, nachdem sie durch die Sicherheitsschleuse in das Innere des Strafjustizgebäudes gelangt waren. Vor dem Sitzungssaal ging ein Mann, den sie auf Ende dreißig schätzte, auf und ab und murmelte dabei Unverständliches vor sich hin. Hätte er keine Robe getragen, man hätte ihn für gestört gehalten.

Als er Klara und Tessa erblickte, unterbrach er seine Selbstgespräche und kam ihnen mit wehender Robe entgegen.

»Sie müssen Tessa Baumann sein«, begrüßte er Klara.

»Haarscharf vorbei«, spottete Tessa und streckte dem Anwalt die Hand entgegen. »Doktor Tillmann, nicht wahr?«

»Frau Baumann, schön, dass Sie da sind.« Der Anwalt ließ es sich nicht nehmen, Klara ebenfalls aufmerksam zu begrüßen.

»Wie geht es meinem Vater?«, unterbrach Tessa den kleinen Flirt auf dem Gerichtsflur.

»Den Umständen entsprechend, aber er ist immer noch gewillt, den Sachverhalt zu schildern, was sich, soweit ich es beurteilen kann, nur positiv auswirken dürfte.«

»Das hört sich gut an«, erwiderte Tessa, und sie folgten dem Anwalt in den Sitzungssaal. In der Tür drehte er sich abrupt um. »Bevor ich es vergesse, Ihr Vater, der ja keine Ahnung hat, dass Sie heute kommen, hat mich gebeten, Ihnen das hier zu schicken.« Er drückte Tessa ein kleines, in Geschenkpapier eingewickeltes Kästchen in die Hand. Mit zitternden Fingern ließ sie es in ihre Jackentasche gleiten.

»Am besten setzen Sie sich nicht in die erste Reihe«, schlug er vorsichtig vor. »Damit er Sie nicht sieht, jedenfalls nicht, bevor er seine Aussage gemacht hat.«

»Nein, wir gehen nach hinten. Jetzt, wo er freiwillig redet, muss ich ihn ja nicht mehr durch Blickkontakt zum Auspacken nötigen.«

Schließlich setzten sie sich in die vorletzte Reihe. Tessa machte sich ganz klein auf ihrem Platz hinter der Presseriege und den Schaulustigen. Ihr Herzschlag drohte einen Augenblick lang auszusetzen, als ihr Vater von einem Justizvollzugsbeamten hereingeführt wurde. Sofort zuckte ein Blitzlichtgewitter, und Tessa bereute es aus tiefstem Herzen, sich in die Höhle des Löwen gewagt zu haben.

Zum Glück hält er den Kopf gesenkt, durchfuhr es sie, während sie ihm mit den Augen folgte. Aber auch so war unschwer zu erkennen, dass ihr Vater völlig abgemagert war. Die Hosen wollten ihm beinahe vom Körper rutschen, so dünn war er.

»O Gott«, entfuhr es Klara erschrocken, und sie nahm Tessas Hand. Tessa bebte am ganzen Körper. Sie spielte mit dem Gedanken, den Saal zu verlassen, aber in diesem Augenblick traten drei Richter und zwei Schöffen aus einer Tür hinter dem Verhandlungstisch. Alle erhoben sich. Tessa tat das mehr mechanisch, weil sie ihren Blick immer noch auf ihren Vater geheftet hatte. Paul hatte den Kopf inzwischen gehoben und musterte seine Richter.

Nachdem sich alle gesetzt hatten, wurde Paul zunächst zu seinen Personalien gefragt. Tessa hätte schreien können, denn seine Stimme klang völlig verändert. Da war nichts mehr von der tiefen sonoren Sprechweise. Jetzt war seine Stimme brüchig. Wie bei einem alten Mann, wie er überhaupt um mindestens fünfzehn Jahre gealtert wirkte.

Tessa schlug sich die Hand vor den Mund. Es war für sie kaum zum Aushalten. »Willst du raus hier?«, raunte Klara.

Tessa schüttelte den Kopf. Nein, sie wollte nicht vor der Wahrheit flüchten. Der krank aussehende Mann mit der aschfahlen Haut dort vorn ist mein Vater Paul, sagte sie sich wiederholt, bis sie stutzte. Nein, das stimmt ja nicht einmal, korrigierte sie sich, mein Vater ist Aleck McKinnon. Sie mochte gar nicht daran denken. So fremd war ihr die Vorstellung.

Mit heiserer Stimme beantwortete Paul die Fragen des Vorsitzenden. Er war ein weißhaariger, fülliger Mann, der offenbar kurz vor der Pensionierung stand.

Nachdem die Formalitäten erledigt waren, übergab er an die Staatsanwältin, eine junge Blondine mit akkurat geschnittenem Pagenkopf. Ihre schneidende Stimme passte überhaupt nicht zu ihrer schmalen Statur. Sie verlas die Anklage wegen Totschlags. Noch bevor der Richter den ersten Zeugen aufrufen konnte, verkündete Dr. Tillmann, dass Paul Baumann nun ein umfassendes Geständnis ablegen werde. Der Richter musterte den Anwalt erstaunt.

»Das ist ein Wort«, ließ er sichtlich erstaunt verlauten. »Dann darf Ihr Mandant beginnen.«

Paul Baumann erhob sich schwerfällig. Mit schleppender Stimme begann er die dramatischen Ereignisse zu schildern, die sich an jenem Tag in seinem Haus zugetragen hatten. Er beschrieb, wie er seine Frau an dem Nachmittag nach ihrer Rückkehr aus Schottland um ein Gespräch gebeten hatte. Jeden zweiten Satz unterbrach er mit einem nervösen Hüsteln.

»Ich hatte ein merkwürdiges Gefühl. Schon seit sie nach

Schottland gefahren war. Sie hatte etwas gegen Schottland und unserer Tochter sogar damals verbieten wollen, ein Auslandsschuljahr dort zu absolvieren. Wenn ich geahnt hätte, dass der Grund nicht Hass, sondern Liebe war ...« Er schluckte ein paarmal.

Tessa erkannte, dass er gegen die Tränen ankämpfte.

»Als sie fort war, habe ich alles nach Anzeichen dafür abgesucht, dass sie mich betrügt. Alles habe ich durchsucht. Sogar den Geschirrschrank und die Blumenvasen. Und tatsächlich: In einer Vase, die ganz hinten in einer Ecke stand, fand ich einen Ring. Das Schmuckstück hatte ich noch nie zuvor gesehen. Mir blieb schier das Herz stehen, als ich den graublau funkelnden Saphir in den Händen hielt. Von mir hatte sie den Stein nicht. Ich nahm mir vor, sie bei ihrer Rückkehr damit zu konfrontieren. Und das tat ich dann.« Er senkte die Stimme. »Ich war so eifersüchtig. Sie hatte von einem ...«

Tessa wurde leichenblass. Ein rauchblauer Saphir? Handelte es sich etwa um den Stein, den Lady Fiona ... Sie traute sich kaum, den Gedanken zu Ende zu führen. Aber was war denn das für ein Ring gewesen, den Jamie am Finger getragen hatte? Gab es zwei davon? Und hatte ihr Vater in der Vase etwa den echten gefunden? Ihr Herz pochte ihr bis zum Hals. Ich darf nicht in Gedanken abschweifen, ermahnte sie sich. Sie hatte die letzten Worte ihres Vaters verpasst, denn er beschrieb nun detailliert, wie seiner Frau jegliche Farbe aus dem Gesicht gewichen war, nachdem er die Vase hervorgeholt und vor Charlottes Augen mit Wasser für die Rosen gefüllt hatte. Er habe den Ring vorher in seine Tasche gesteckt, aber Charlotte musste natürlich annehmen, er befände sich noch in der Vase. Charlotte war blass geworden und hatte hektische Flecken bekommen. Erst nachdem er alle Rosen in der Vase arrangiert hätte, habe er den Ring aus seiner Tasche geholt.

»Ich habe sie direkt gefragt: ›Hast du Angst, das hier könnte mir in die Hände fallen?‹ Ihr Hautton hatte etwas Grünliches bekommen. ›Woher hast du ihn?‹, hakte ich nach. Sie schwieg. Nach einer Weile erzählte sie, es sei ein Ring, den ihr jemand geschenkt habe, der seinem Kindermädchen einst versprochen hatte, ihn seiner großen Liebe zu geben. Ich sah innerlich rot. Wer soll ihr vor mir so ein Schmuckstück geschenkt haben? Wer außer mir sah in Charlotte seine große Liebe? Wer außer mir hatte ein Recht dazu? Wir haben uns kennengelernt, da war Charlotte achtzehn. Und als sie aus England zurückgekehrt war, war sie zwanzig und wir haben sofort geheiratet. Plötzlich fiel es mir wie Schuppen von den Augen. Es musste in England geschehen sein. Sie war mir nicht treu geblieben. Ich erinnerte mich an ihre Rückkehr damals. Sie war abgemagert und sah schlecht aus. Und sie kam sofort auf meinen Heiratsantrag, den ich ihr in einem meiner schmachtenden Briefe gemacht hatte, zu sprechen. Wir verlobten uns noch an demselben Abend. ›War es ein Engländer?‹, fragte ich, als wir uns nun am Nachmittag ihrer Rückkehr wie Feinde gegenüberstanden. ›Nein, ein Schotte‹. Ich packte sie bei den Schultern und schüttelte sie. ›Was für ein verdammter Schotte?‹ Sie aber starrte auf den Saphir in meiner Hand, so … als könnte der ihr helfen.«

Tessa tastete während des Geständnisses nach der kleinen Schachtel in ihrer Tasche. Ihr Herz klopfte bis zum Hals. Sie brauchte gar nicht nachzusehen. Sie wusste, was in dem Kästchen war. Plötzlich sah sie das Bild von Lady Fiona vor sich, aber sie schüttelte es ab. Sie wollte kein Wort ihres Vaters verpassen.

»Ich reichte ihr den Ring, verspottete sie und sagte, sie solle ihn nur tragen, die große Liebe käme schon. Und ob sie ihn wiedergetroffen habe. Sie leugnete nicht. ›Dann geh doch zu ihm!‹, habe ich geschrien. Charlotte aber stand vor mir wie in Trance, als würde sie das alles gar nichts angehen. In diesem Augenblick hasste ich sie mit derselben Leidenschaft, mit der ich sie immer geliebt habe. ›Lass uns nicht streiten! Ich kann so nicht weiterleben‹, sagte sie nach einer Weile, bevor sie mir einfach den Rücken zudrehte und langsam auf die Terrassentür zuging. ›Wo willst du hin? Verdammt, rede mit mir. Wo willst du hin?‹, schrie ich. Sie wandte sich um. Tränen standen ihr in den Augen. ›Er ist tot. Ich verlasse dich trotzdem, aber erst gehe ich in den Garten, schnappe frische Luft und sammle den Mut, um es endlich Tessa zu sagen.‹ Ich starrte sie eine Weile an, bis ich ihr höhnisch an den Kopf warf, unsere Tochter würde ihr sicherlich keine Träne nachweinen, wenn sie erführe, dass ihre Mutter zu ihrem Liebhaber gereist wäre. ›Er war Tessas leiblicher Vater‹, sagte Charlotte und wandte sich ab. Ich kann mich nicht mehr ganz genau an alles erinnern, aber ich sehe mich die Blumen aus der Vase reißen, die Vase hochheben und nach ihr schlagen. Ich höre jede Nacht vor dem Einschlafen das grausame Geräusch von zerberstendem Glas, den Aufprall ihres Körpers auf den Fliesen der Terrasse. Ich habe immer noch die Vase in der Hand, als meine Tochter angerannt kommt und einen Schrei ausstößt, den ich mein Leben lang nicht vergessen werde. Jede Nacht höre ich mein über alles geliebtes Kind vor Entsetzen schreien. Ich kann nur schwören, dass ich diese Tat bedauern werde, solange ich lebe. Meine Tochter soll niemals erfahren, dass ich nicht ihr Vater war. Sie soll mich hassen für die Tat. Ich will kein Pardon! Bestrafen Sie mich, sperren Sie mich ein …«

Da sprang der Anwalt blitzschnell auf und unterbrach Paul rasch. »Hohes Gericht, Sie kennen nun die ganze Geschichte, und ich beantrage …«

Tessa aber schluchzte laut dazwischen. »Dad, ich hab dich lieb!«

Der Anwalt verstummte, Pauls Kopf fuhr herum, und ein Lächeln huschte über sein gequältes Gesicht.

»Bitte setzen Sie sich«, ermahnte der Richter Tessa, aber da begann bereits der Boden unter ihr zu schwanken. Sie wurde kalkweiß. Klara bemerkte sofort, dass der Kreislauf ihrer Freundin verrücktspielte. Sie hakte Tessa unter und führte sie aus dem Saal.

Auf dem Flur war eine Bank. Klara half ihr, sich dort hinzulegen, und lagerte die Füße hoch.

»Warte, ich hole dir ein Glas Wasser. Kann ich dich allein lassen?«

Tessa nickte bei geschlossenen Augen. Sie spürte, dass sie schon wieder zu Kräften kam. Wenigstens keine Panikattacke mehr, dachte sie, als sich eine Hand auf ihre Stirn legte. Erschrocken riss sie die Augen auf und blickte in Ians Gesicht.

»Das nenne ich einen Fortschritt«, sagte er. »Immerhin keine Panikattacke mehr.«

Wider Willen musste Tessa lächeln. Zwei Menschen, ein Gedanke. Das würde sich wohl niemals ändern.

»Ich wollte dich doch erst einmal nicht wiedersehen«, stöhnte sie. »Ich kann den Schalter nicht einfach umlegen. Ich empfinde für dich nicht wie für einen Bruder.«

Ian beugte sich hinunter und küsste sie auf den Mund. Tessa war so verdutzt, dass sie sich nicht wehrte, aber Ian hatte seine Lippen bereits wieder von ihren gelöst.

»Nein, ich kann dich beim besten Willen nicht brüderlich küssen«, lachte er.

»Ich weiß nicht, was daran komisch ist«, fauchte sie und setzte sich mit einem Satz auf.

»Auch wenn du süß aussieht wenn du dich ärgerst, ich will dich nicht unnötig auf die Folter spannen. Meine Mutter hat mir gestanden, dass ich von einem anderen Mann bin.«

»Wie? Du bist auch ein Kuckuckskind wie ich?«

»Es gibt nur einen kleinen Unterschied. Mein Vater wusste davon, ja, er hat die Heirat sogar vorgeschlagen, nachdem sein Freund, mein Vater, sich umgebracht hatte. Während es deiner, wie ich gerade gehört habe, offenbar nicht einmal ahnte.«

»Du warst im Saal?«

Ian nickte und nahm sie fest in den Arm.

»Oh, wen haben wir denn da?«, fragte Klara, als sie mit einem Glas Wasser zurückkam. »Nach deiner Beschreibung könnte das dein Bruder sein.«

»Falsch«, lachte Tessa und küsste ihn so leidenschaftlich, wie es auf Gerichtsfluren sicher nicht häufig geschah.

Dann streckte Ian Klara die Hand hin. »Ian McKinnon.«

Klara schnappte nach Luft. »Sag ich doch, der Bruder!«

»Er ist nicht von meinem Vater«, erwiderte Tessa, während sie in ihre Jackentasche griff und das Kästchen hervorholte. Wie sie vermutet hatte, kam beim Auspacken der rauchblaue Saphir zum Vorschein. Ian starrte das Schmuckstück verwundert an.

»Dein Vater hat ihn damals meiner Mutter geschenkt. Es hat die ganze Zeit über zwei Sternsaphire gegeben.«

»Das ist das Original, das Lady Fiona getragen hat.« Er nahm ihr sanft den Ring aus der Hand und steckte ihn ihr an den Finger.

In dem Augenblick öffneten sich die Saaltüren. Als Erster wurde Paul von einem Wachmann herausgeführt. Tessa war nicht mehr zu halten. Sie stürzte auf ihren Vater zu und umarmte ihn.

»Und?«, fragte sie.

»Wir haben eine Unterbrechung bis morgen beantragt. Ich fühle mich dem nicht gewachsen.«

»Darf ich dich im Untersuchungsgefängnis besuchen?«

Paul brach in Tränen aus. »Ich war so töricht, meine Kleine. So vernagelt, so unendlich egozentrisch! Ich dachte, ich könnte dir die Wahrheit vorenthalten. Dann würdest du meine Tochter bleiben. Du solltest nicht erfahren, dass ich nicht dein Vater bin, aber das war dumm von mir. Dumm und egoistisch. Ich liebe dich doch so.« Sein Blick blieb an ihrem Ring hängen. »Du trägst ihn schon?«

»Ja, Dad, ich habe meine Liebe gefunden. Er steht da drüben bei Klara. Wie findest du ihn?«

»Herr Baumann, wir müssen!«, drängte der Wachmann.

»Ich erzähle dir morgen alles von ihm«, versprach Tessa.

»Oder bring ihn doch am besten gleich mit!«

Tessa gab ihm zum Abschied einen Kuss auf die Wange.

Augenblicke später trafen sich Ians und Tessas Blicke. Nein, brüderlich sieht er mich wirklich nicht an, dachte Tessa und lächelte. Nach all dem Schmerz, den sie erfahren hatte, spürte sie in diesem Moment, wie eine Woge des Glücks durch ihren Körper rauschte.

Ihr Blick blieb an dem Ring hängen. »Aleck hat dir den Sternsaphir nicht umsonst geschenkt, Charlotte«, murmelte Tessa.

Dornie, November 2012

Ein heftiger Sturm fegte von Westen mit aller Kraft in die Bucht. Das Wasser des Loch Duich war aufgewühlt, und die Schaumkronen führten wilde Tänze auf.

Die kleine Gesellschaft, die an diesem unwirtlichen Tag am Strand von Dornie zusammengekommen war, sang aus voller Kehle »Auld Lang Syne«. Sie wurde von einem Dudelsackspieler begleitet. Auch ein Pater war dabei. Er trug eine Urne vor sich her.

Nachdem der letzte Ton erklungen war, hörte man nur noch das Rauschen des Meeres und den Wind pfeifen.

Der Pater erhob seine Stimme. Er hielt eine kleine Predigt und kündigte an, dass die arme Seele nun endlich ihren ewigen Frieden finden würde. Als Nächstes trat Jamie vor und erzählte die wahre Geschichte der Lady McKinnon, deren Asche man nun dort verteilen werde, wo einst ihr Liebster, Marcus Macloyd, sein grausames Ende gefunden hatte. An ihrem Finger funkelte der kornblumenblaue Sternsaphir. Zum Schluss suchte sie Lucas' Blick, der sie zu dieser Rede ermutigt hatte.

Marta schluchzte leise vor sich hin und stützte sich auf Ethans Arm. Es ging ihr erstaunlich gut, und die Ärzte machten der Familie Hoffnung, dass sie die Krankheit überstehen würde.

Das liegt nicht zuletzt an der heilenden Kraft der Liebe, die sie durch Ethan erfährt, dachte Tessa, während sie sich noch näher an Ian kuschelte.

»Misses McKinnon, wir können«, sagte der Pater. Drei Gesichter wandten sich ihm gleichzeitig zu: Martas, Jamies und Tessas.

»Ich meinte Sie«, lächelte der Pater und drückte Tessa die Urne in die Hand. Unter den Klängen eines Dudelsacks bestiegen Tessa und Ian ein kleines Boot, mit dem sie hinaus aufs Wasser ruderten. Marta hatte gewettert, das wäre zu gefährlich, aber sie fuhren nur ein kleines Stück. Dort öffnete Ian die Urne, die sie Stunden zuvor mit der Erlaubnis des Paters aus dem Grab einer gewissen Fiona Macloyd geholt hatten, und schüttete die Asche ins Meer.

In diesem Augenblick verirrte sich ein einzelner Sonnenstrahl auf den winzigen Flecken im Meer. Und Tessas Saphir schickte seine Sternstrahlen in alle Richtungen. War dies tatsächlich ein Zeichen, dass die Liebe schließlich über das Dunkel siegte, so wie es Tessa in diesem Augenblick voller Dankbarkeit empfand?

»Nun hat das Spuken ein Ende, Lady Fiona!«, lachte Ian und schloss behutsam den Deckel der Urne. »Weißt du eigentlich, dass ich versucht habe, Miss Cameron im Heim zu besuchen?«, flüsterte er Tessa zu.

»Und?«

»Sie war tags zuvor gestorben.«

»Dann meint der Sonnenstrahl auch sie«, erwiderte Tessa und warf mit einer kraftvollen Bewegung Fionas und eine weitere, eine imaginäre Urne ins Meer.

PHILIPP ANDERSEN
MIRIAM BACH
WARTE auf MICH
Roman
pendo
Lust auf mehr Unterhaltung und große Gefühle? Dann sollten Sie umblättern. Hier erwartet Sie eine exklusive Leseprobe des Bestsellers »WARTE *auf* MICH«.
© Eckhard Waasmann

Leseprobe aus dem Roman von
Philipp Andersen und Miriam Bach:
»Warte auf mich«, erschienen bei Pendo.

Kapitel 1

1.

Warten. Ihr schien es, als bestünde ihr Leben seit Monaten nur noch aus Warten. Warten auf das nächste Treffen mit ihm, die wenigen gestohlenen Stunden oder Tage, die sie miteinander hatten. Warten auf die Telefonate, immer spät in der Nacht, wenn er ungestört sprechen konnte. Und schließlich warten darauf, dass sich alles eines Tages änderte. Ohne auch nur die geringste Ahnung zu haben, ob das jemals passieren würde.

Doch sie wartete.

Ausgerechnet sie, die immer Rastlose, der nie etwas schnell genug gehen konnte. Immer zack, zack, höher, schneller, weiter, gehetzt und ohne jede Geduld, heute hier, morgen dort. Und jetzt also das Warten, stunden-, tage-, wochenlang, das gesamte Leben abgestellt auf ein paar Momente, diese wenigen Augenblicke, wenn sie in seinen Armen lag. Aber es machte ihr nicht einmal etwas aus. Denn in Wahrheit hatte sie schon eine kleine Ewigkeit auf ihn gewartet, viele Jahre auf den einen, der ihren grenzenlosen Durst, ihren quälenden Hunger nach dem stillte, was sie lange nicht hatte benennen können. Mehr. Sie hatte nach dem »Mehr« gesucht und es in ihm gefunden.

»Himmelfahrten« nannte er ihre gemeinsamen Fluchten, ihre heimlichen Treffen, bei denen nichts zählte außer ihren Gefühlen füreinander. Und es waren tatsächlich

Himmelfahrten, Momente, in denen sie den Rest der Welt vergaßen.
Aber kein Himmel ohne Hölle.

Sie kannte ihn schon einige Jahre, nur flüchtig zwar, aber sie wusste, wer er war. Zwei- oder dreimal hatte sie ihn auf der Buchmesse gesehen, als sie eine Zeit lang im selben Verlag veröffentlichten. Einmal hatte er ihr sogar einen seiner Romane signiert, den sie zu Hause ungelesen ins Regal gestellt und dann vergessen hatte. Er war ein arrivierter Autor, seine Bücher in den Bestsellerlisten, in zwei Dutzend Sprachen übersetzt. Sie selbst war auch nicht unerfolgreich, doch weit unterhalb seiner Wahrnehmungsschwelle und außerdem in einem vollkommen anderen Genre tätig; während er über die Vergangenheit schrieb, zog sie es vor, sich mit der Gegenwart, mit dem Hier und Jetzt, zu beschäftigen.
Sie mochte ihn nicht sonderlich. Arrogant und blasiert kam er ihr vor, ein selbstgerechter Schwätzer, der wie ein Pfau über die Messe stolzierte, immer umzingelt von Journalisten, Fans und Verehrerinnen. Es war wohl auch ein kleiner Stachel namens Neid, den sie in ihrer Brust verspürte, wenn dieselben Journalisten, die ihn zuvor in den Himmel gelobt hatten, ihr gegenüber eine gewisse Abfälligkeit an den Tag legten. Sie war noch ein halbes Kind gewesen, als sie ihren ersten Roman veröffentlicht hatte, und auch Jahre später musste sie darum kämpfen, dass sie als Schriftstellerin ernst genommen wurde. Und er war eben das Sinnbild dafür, der Sündenbock, auf den sie diese Ungerechtigkeit projizierte.

Dann der Abend, der alles veränderte: ein Verlagsjubiläum in München, dreihundert geladene Gäste. Darunter sie, Miriam Bach. Und natürlich auch er, Philipp Andersen,

der Star des historischen Romans. Sie entdeckte ihn bereits zu Beginn der Feier, wie er im vorderen Teil des Festsaals saß, wichtig schwadronierend mit den Großen und Einflussreichen der Branche. Nicht ohne Genugtuung stellte sie fest, dass er anfing, in die Jahre zu kommen; seine dunklen Haare waren zwar voll, aber von weißen Strähnen durchzogen, und trotz seiner schlanken Statur zeichnete sich unter seinem Hemd ein deutlicher Bauchansatz ab, eine Lesebrille steckte in der Brusttasche seines Jacketts. Insgesamt war Philipp Andersen ein attraktiver Mann, keine Frage, aber eben einer, der seinen optischen Zenit vor gut und gern zehn Jahren überschritten hatte. Einer, dem Leben und Erfahrung unübersehbare Spuren ins Gesicht gezeichnet hatten, während sie selbst trotz ihrer neununddreißig Jahre immer noch mehr Mädchen als Frau zu sein schien. Nie hätte sie gedacht – niemals und nie! –, dass ausgerechnet dieser Abend eine schicksalhafte Wende in ihrem Leben bedeuten würde.
Und als sie zu späterer Stunde an der Bar stand, ein bisschen gelangweilt mit einer Kollegin plauderte und ihren Blick dabei beinahe abwesend durch den Raum schweifen ließ; als sie plötzlich bemerkte, dass Philipp Andersen sie von seinem Platz aus unverwandt ansah und ihr mit einer kleinen Geste bedeutete, dass sie zu ihm kommen sollte – da ging sie einfach zu ihm rüber.
Hätte sie um die Folgen dieser wenigen Schritte gewusst, sie hätte sich keinen Millimeter von der Bar weggerührt. Und wäre gleichzeitig, so schnell sie nur konnte, zu ihm gerannt.

2.
22. März

Plötzlich war sie da. Wie vom Himmel gefallen. Saß einfach neben mir, so nah, dass unsere Schenkel sich berührten, und hielt meine Hand, oder ich ihre, das ließ sich nicht unterscheiden. Wie war sie bloß auf diesen Stuhl geraten, auf dem doch eben noch mein alter Freund Christian gesessen und mir die Ohren vollgelabert hatte? Ich weiß es nicht mehr, so wenig, wie ich mich daran erinnern kann, wie wir uns begrüßt und über was wir als Erstes geredet haben. Ich weiß nur noch, dass wir uns von Anfang an duzten. Als würden wir uns seit einer Ewigkeit kennen. Und dass ich wahnsinnig gern mit ihr sprach, egal worüber, und wenn es der größte Blödsinn war.

Warum, zum Teufel, haben wir uns eigentlich geduzt? Herrgott, ich bin doch viel zu alt für so was! Das ist doch alles längst vorbei!

Wahrscheinlich waren es ihre Augen. Diese wasserhellen blauen Augen mit einem scharf konturierten, dunklen, fast schwarzen Ring um die Iris, mit denen sie mich von der Bar aus angeflirtet hatte. Huskyaugen. Noch nie hatte ich Augen gesehen, die so unglaublich traurig blicken konnten, um im nächsten Moment aufzuleuchten und zu strahlen, als hätte jemand ein Licht in ihr angeknipst. Und dann ihr Mund. Auch ihr Mund hatte diese Traurigkeit, wurde manchmal ganz klein und schmal, als wolle er sich selbst verschlucken, sogar wenn sie gerade einen Witz erzählte. Aber genauso wie die Augen konnte sich auch ihr Mund verändern, urplötzlich, von einem Moment zum anderen, wurde ganz weich und groß, blühte auf.

April, dachte ich. Eine Frau, in der Aprilwetter ist.

Bis Mittag hatte ich an meinem neuen Roman gearbeitet, und noch auf der Autobahn hatte ich mich gefragt, was ich eigentlich auf dieser Party sollte. Der Verlag, der sein hundertjähriges Jubiläum feierte, war ja gar nicht mehr mein Verlag, wir hatten uns nach meinem vorletzten Buch getrennt. Mein alter Verleger wollte immer dasselbe von mir, einen historischen Roman nach dem anderen. Aber ich bin nicht Autor geworden, um an einer Marketingstrategie entlangzuschreiben. Ich will Geschichten schreiben, die ich schreiben muss*! Doch wenn der Verlag mich trotz unserer Trennung zu diesem Festtag einlud, wäre es sehr unhöflich gewesen, die Einladung auszuschlagen. Außerdem war der Abend eine gute Gelegenheit, mal wieder ein paar Leute zu treffen. Präsenz zeigen, Backen aufblasen und wichtigtun. Schließlich brauchte ich bald neue Verträge.*

Und dann war sie plötzlich da, und all die wichtigen Leute, wegen derer ich gekommen war, interessierten mich nicht mehr. Ich schaute ihr in die Augen, schaute auf ihren Mund, ohne irgendetwas anderes von ihr wahrzunehmen, während unsere Hände miteinander sprachen, als würden sie uns vorauseilen, und ihr nackter Schenkel unter dem Saum ihres albernen goldenen Paillettenkleids, in dem sie zu Ehren des schwerhörigen Seniorverlegers und Sohn des Verlagsgründers »Happy birthday, Mr. Publisher« ins Mikrofon gehaucht hatte, immer höher an meinen Oberschenkel heraufrutschte und ich immer neugieriger wurde auf diese Frau, die ich nicht kannte und die mir doch so seltsam vertraut vorkam. Wie siehst du wohl aus, wenn nicht April in dir ist, sondern Mai oder August oder November?

3.

Alles, wirklich alles, was sie je über ihn gedacht hatte, war falsch. Er war witzig und charmant, ein brillanter Geist, ein Kindskopf, ein Spinner, ein vollkommen verrückter Mensch. Sie saßen da und redeten miteinander, die Minuten flogen wie Sekunden vorüber. Auf einmal – sie konnte nicht sagen, wie es dazu kam – hielt er ihre Hand, sie steckten tuschelnd ihre Köpfe zusammen und nahmen nichts mehr wahr von dem, was um sie herum geschah. Sie sah nur noch seine großen blauen Augen, die ihr wie ein Spiegel ihrer selbst erschienen, hörte sein tiefes Lachen, das wie ein Stromschlag durch ihren Körper zitterte, spürte und roch seine Nähe, genoss jedes einzelne seiner Worte. Wie er von seinen Büchern erzählte und sie nach ihren fragte, wirklich und aufrichtig interessiert wollte er alles von ihr und ihrer Arbeit wissen. Keine Spur von dem blasierten Wichtigtuer, für den sie ihn immer gehalten hatte, im Gegenteil, seine Neugier beschämte sie fast, weil sie ihm ganz offensichtlich Unrecht getan hatte. Denn jetzt saß er vor ihr und sagte ihr, dass er unbedingt mal etwas von ihr lesen wolle, er hätte Lust, in ihrer Seele herumzuspazieren, um zu sehen, was sich in ihrem Köpfchen verbarg. Genauso sagte er es, »in deiner Seele herumspazieren«, und es kam ihr nicht einmal kitschig oder überzogen vor.

Und dann waren da ihre Hände, die einander festhielten und sich gegenseitig streichelten als sei es das Natürlichste der Welt. Hier, auf diesem Fest, wo jeder es sehen konnte und es trotzdem vollkommen egal war.

»Was machen unsere Hände da?«, fragte sie irgendwann, ohne ihn auch nur eine Sekunde lang loszulassen.

»Lass sie doch«, erwiderte er lächelnd, »die spielen nur und vertragen sich schon.« Ihr Blick wanderte über seine schönen, schlanken Finger, die verästelten Adern, die leicht unter der Haut durchschimmerten, die vielen kleinen Sommersprossen, die sich vom Handgelenk aus Richtung Ellbogen ausbreiteten, und seine behaarten Unterarme, die aus den Ärmeln seines Hemds hervorlugten. Und den Ring, seinen Ehering am vierten Finger seiner linken Hand, natürlich bemerkte sie auch den.

»Bist du zum Spielen nicht viel zu verheiratet?«

Er lachte. »Viel zu verheiratet? Kann man denn weniger verheiratet sein?«

»Ich weiß nicht. Kann man?«

»Vielleicht. Dann bin ich jetzt gerade mal weniger verheiratet.«

»Und hast du eher mehr oder weniger Kinder?«, setzte sie das Spiel fort.

»Eher weniger. Eine Tochter. Aber die ist schon erwachsen.«

»Dann muss ich dich jetzt wohl fragen, wie alt du eigentlich bist.« Er zögerte, seine Hand zuckte kurz zurück, aber sie hielt sie fest. Würde er jetzt lügen? Sie schätzte ihn auf Mitte oder Ende vierzig.

»Fünfundfünfzig, fast sechsundfünfzig.«

»Oh.« Noch nie hatte sie mit einem Mann dieses Alters Händchen gehalten oder auch nur geflirtet, im Gegenteil, mit ihrem kindlichen Aussehen zog sie meist wesentlich jüngere an. Doch es war seltsam: Hatte sie zu Beginn der Feier noch mit leichter Häme gedacht, dass er langsam in die Jahre kam, schien er jetzt, während er ihr gegenübersaß, mit ihr sprach und seine Finger mit ihren verschränkt hatte, von Sekunde zu Sekunde jünger zu werden. Benjamin Button, er war ein Benjamin Button! Seine großen blauen Augen, mit denen er sie neugierig musterte, lachten, in beiden Wangen bildeten sich jungenhafte Grübchen, ständig fiel ihm eine dicke Strähne seines vollen Haars in die Stirn, die er sich wieder und wieder aus dem Gesicht pustete, und selbst auf seiner Stupsnase entdeckte sie mehrere große Sommersprossen und dann noch eine direkt links über seinen vollen Lippen. »Dein Alter macht mir nichts aus«, sagte sie und kam sich im selben Moment unglaublich dämlich vor. Wie konnte sie so etwas sagen?

Aber wieder lachte er nur. »Das freut mich. Mir macht es auch nichts, dass du fast zwanzig Jahre jünger bist.«

Dann schwiegen sie beide, sahen sich einfach nur an, ließen ihre Hände weiter miteinander spielen und reden, sich alles erzählen, was ihnen auf dem Herzen lag, durch die Berührung Geheimnisse austauschen.

Irgendwann war es Mitternacht, und sie musste gehen, am nächsten Morgen wartete ein früher Termin auf sie. Doch sie konnte nicht. Sie wollte nicht, wollte seine Hand nicht loslassen und ihn dadurch verlieren. Nicht, ohne ihm zu sagen, in welchem Hotel sie wohnte, und ihn zu bitten, ihr später zu folgen.

4.
23. März

Kaiserhof«, hatte sie mir beim Abschied ins Ohr geflüstert, »ich warte auf dich.« Fünf Minuten nachdem sie fort war, verließ auch ich die Party. Das Hotel lag nur ein paar Minuten entfernt. Einigermaßen nervös huschte ich durch die Bar, aber ich sah in dem schummrigen Raum keine Frau, die ihr im Entferntesten glich, nur ein paar Geschäftsleute, die sich gegenseitig bei einem Absacker langweilten. Halb enttäuscht, halb erleichtert gab ich es auf. Alter Trottel, was hast du hier verloren? Du bist verheiratet, seit fast dreißig Jahren, glücklich *verheiratet, und streunst mitten in der Nacht durch Hotelbars wie ein ralliger Kater? Sieh zu, dass du ins Bett kommst, und zwar in dein eigenes!*
»Suchen Sie jemanden?«, fragte der Portier, als ich wieder in die Halle kam. »Nein«, sagte ich, »das heißt – doch. Eine Frau, die angeblich hier wohnt. Sie muss gerade zurückgekommen sein.«
Der Portier zog ein sehr professionelles Gesicht. »Ihr Name?«
Verflucht, ich wusste nicht mal, wie sie hieß! Dabei war sie, so hatte mir der Verleger beim Abschied zugeraunt, in ihrem Genre eine kleine Zelebrität. Zum Glück fiel mir wenigstens ihr Vorname ein. »Miriam …«, sagte ich und reichte dem Portier einen Geldschein. »Mitte dreißig. Blonde Locken, glaube ich …«
Der Portier runzelte kurz irritiert die Brauen, dann schlug er im Gästebuch nach und griff zum Telefon: »Da ist ein Herr, der nach Ihnen fragt«, sprach er diskret in die Muschel. »Herr …?« Ein fragender Blick in meine Richtung.
»Andersen.«
Ein paar Sekunden Hochspannung, während ich leise ihre Telefonstimme hörte, doch ohne etwas zu verstehen. Dann die Auskunft des Portiers: »Nr. 17.«
Das Zimmer lag im ersten Stock, doch da ich ziemlich eilig die

Treppe hinaufstieg, war ich ein bisschen außer Atem, als ich an ihre Tür klopfte.
»Sofort!«
Hinter der Tür Geraschel und Schritte. Als sie öffnete, holte ich tief Luft. Sie hatte sich schon ausgezogen, trug nur noch einen schwarzen BH und ein kleines bisschen schwarze Spitze unten herum.
»Komm rein«, sagte sie, als würde ich sie schon zum hundertstenmal mitten in der Nacht in einem Hotel besuchen, und tippelte auf ihren nackten Füßen zurück ins Zimmer. Vor dem Bett blieb sie stehen und drehte sich zu mir um.
»Du bist ja gar nicht blond«, sagte ich verwirrt.
»Wie bitte?«, lachte sie. »Warum sollte ich blond sein?«
»Ach nichts«, sagte ich, ging einen Schritt auf sie zu und strich über ihr glattes, braunes Haar. »Wahrscheinlich war es dein goldenes Kleid, weshalb ich …« Statt den Satz zu Ende zu sprechen, nahm ich ihr Gesicht zwischen die Hände.
Sie sah mich an, ein bisschen prüfend, ein bisschen spöttisch. »Was jetzt?«
»Was wohl?«
Ich hob ihr Kinn, und dann küssten wir uns. Doch seltsam, der Kuss fiel vollkommen leidenschaftslos aus. Wir küssten uns eher pflichtgemäß, weil es sich in dieser Situation eben gehörte, sich zu küssen, so wie es sich gehört, jemandem zur Begrüßung die Hand zu geben.
»Nur damit du es weißt«, sagte sie, als wir irgendwann aufs Bett sanken, »ich werde nicht mit dir schlafen.«
»Wie kommst du darauf, dass ich mit dir schlafen will?«, erwiderte ich. Statt einer Antwort warf sie einen kurzen Blick auf meine Hose. Ihr Mund lächelte, aber ohne ihre Augen.
»Oh Gott, bin ich müde.« Tatsächlich, jetzt gähnte sie auch noch.
»Willst du schon schlafen?«, fragte ich wie ein Idiot.
Sie gab keine Antwort, sondern kuschelte sich einfach unter ihre Decke, als wäre ich gar nicht da, und es dauerte keine Minute, bis

sie schlief. Was war das denn für eine Nummer? Lädt mich in ihr Zimmer ein und pennt hier einfach vor mir weg? Für einen Moment war ich beleidigt, ein Reflex meiner männlichen Eitelkeit, aber der Moment dauerte gerade einen Wimpernschlag. Tatsächlich war ich gar nicht beleidigt, nicht im Geringsten. Eher amüsiert. Eine Verrückte! Total durchgeknallt! Ihr Atem ging schon ganz gleichmäßig, und ihre Lider zuckten, als würde in ihr immer noch irgendwas kämpfen. Plötzlich, ohne jeden Grund, hatte ich das Gefühl, dass ich sie wahnsinnig gernhaben würde, wenn wir uns erst kannten … Doch dazu würde es wohl nicht kommen. Schade. Sehr schade. Ich stand auf und suchte meine Schuhe.

»Wenn du willst, kannst du ruhig bleiben«, murmelte sie im Halbschlaf. »Du bist doch genauso müde wie ich.«

»Meinst du das im Ernst?«

»Natürlich.« Blinzelnd schlug sie die Bettdecke zurück und rückte ein Stück zur Seite. »Komm, stell dich nicht so an.«

Einen Moment zögerte ich. Meine Nacht bei Maude *fiel mir ein, ein uralter Film von Truffaut, mit Jean-Louis Trintignant und Jeanne Moreau. Nein, so blöd wie Trintignant, der die ganze Nacht im Mantel und mit hochgestelltem Kragen an Maudes Bett auf seinem Stuhl hockte, war ich nicht! Also zog ich mich aus und legte mich zu ihr.*

Ohne sich umzudrehen, tastete sie mit einer Hand nach mir. »Oh, du bist ja nackt«, sagte sie. »Ganz nackt.«